桂堂文库

中国当代文学的「历史叙述」和「典型现象」

席 杨 著

人民出版社

责任编辑:詹素娟
封面设计:周涛勇

图书在版编目(CIP)数据

中国当代文学的"历史叙述"和"典型现象"/席 扬 著.
　—北京:人民出版社,2015.6
ISBN 978－7－01－014211－1

Ⅰ.①中…　Ⅱ.①席…　Ⅲ.①中国文学-当代文学-文学研究
　Ⅳ.①I206.7

中国版本图书馆 CIP 数据核字(2014)第 276695 号

中国当代文学的"历史叙述"和"典型现象"
ZHONGGUO DANGDAI WENXUE DE LISHI XUSHU HE DIANXING XIANXIANG

席　扬　著

人 民 出 版 社 出版发行
(100706　北京市东城区隆福寺街 99 号)

北京中科印刷有限公司印刷　新华书店经销

2015 年 6 月第 1 版　2015 年 6 月北京第 1 次印刷
开本:710 毫米×1000 毫米 1/16　印张:27.75
字数:425 千字

ISBN 978－7－01－014211－1　定价:68.00 元

邮购地址 100706　北京市东城区隆福寺街 99 号
人民东方图书销售中心　电话 (010)65250042　65289539

序

　　福建师范大学是一所百年学府,肇始于 1907 年由清末帝师陈宝琛先生创立的福建优级师范学堂,开示福建高等教育的先河和师范教育的优良传统,又承传 1908 年筹设的福建华南女子文理学院和 1915 年兴办的福建协和大学两所教会大学的学科积淀,历经百年建设,发展成为东南名校。

　　我校中文系与校史一样源远流长,主要由福建优级师范学堂国文科、协和大学与华南女院等中文系科发展而来,于 2000 年改设文学院,现包括中国语言文学、秘书学和文化产业管理三系。文学院的学术源流,既呈现了陈宝琛、陈易园、严叔夏、董作宾、黄寿祺诸先贤奠定的传统国学,又涵衍着叶圣陶、郭绍虞、章靳以、胡山源、俞元桂等名家开拓的现代新学,堪称新旧交融,底蕴深厚。其中,长期为学科建设殚精竭虑而贡献卓著者,当推前后执掌中文系务三十年的经学宗师黄寿祺(号六庵)教授和现代文学史家俞元桂(号桂堂)教授。

　　随着改革开放的新时代进程,我校中国语言文学学科建设稳步发展,屡有创获。由六庵先生和桂堂先生分别领衔的中国古代文学和中国现当代文学学科,于 1979 年开始招收研究生,1981 年经国务院学位委员会批准为全国首批硕士点;1995 年中国语言文学学科由国家教委确认为国家文科基础学科人才培养和科学研究基地;1998 年一举获得中国古代文学和中国现当代文学两个博士点,2000 年又获汉语言文字学博士点,2001 年设立中国语言文学博士后科研流动站,2003 年获取中国语言文学一级学科博士授予权,2007 年中国现当代文学被评为国家重点学科。此外,还有戏剧与影视学一级学科博士授予权和博士后科研流动站,国家级特色专业、人才培养模式创新实验区、教学团队各 1 个和精品课程 4 门,综合实力居全国同类院系的先进行列。

先师桂堂先生,1942 年毕业于协和大学,系国学名师陈易园、严叔夏先生之高足;1943 年考入中山大学研究院中国语言文学部,又师从文献学家李笠教授和文艺学家钟敬文教授;1946 年获文学硕士后,受严复哲嗣叔夏先生举荐回母校执教,直至退休。1956 年起任中文系副主任,协助六庵先生操持系务,1979 年接任系主任,至 1984 年卸任。先生从教五十年,早期讲授中国古代文学和文学批评史,1951 年起奉命转治现代文学,晚年创立现代散文研究方向,著有《中国现代散文史》、《桂堂述学》及散文集《晚晴漫步》、《晓月摇情》等,与六庵先生同为我校中文学科德高望重的鸿儒硕老。文学院此次策划出版两套学术文库,分别以两位先师的别号命名,不止为缅怀先师功德,更有传承光大学术门风的深长意味。

《桂堂文库》首批辑录 11 种,均来自我校现代文学学科群三代学者,包括文艺学、比较文学和语文教育学等学科。老一辈名师中,孙绍振教授以《文学的坚守与理论的突围》汇集他在中外文论、文艺美学和文本解读方面的精品力作,姚春树教授则以《中国现代杂文散文杂论》显示精鉴博识的特色。中年专家有 6 种,闽江学者特聘教授南帆的《表述与意义生产》畅论当代文论和文学研究的前沿关键问题,辜也平的《多维牵掣下的苦心雕镂》在巴金研究和传记文学探索上有所创获,席扬在《中国当代文学的"历史叙述"和"典型现象"》中阐发学科史和思潮史的新见,潘新和专门论述《"表现—存在论"语文学视界》,赖瑞云则细心探讨文学教育的《文本解读与多元有界》的理论与实践,拙作《现代散文学初探》只是附骥而已。新一代学人有郑家建的《透亮的纸窗》、葛桂录的《经典重释与中外文学关系新垦拓》和朱立立的《阅读华文离散叙事》,在各自领域显示学术锐气。原作俱在,可集中检阅我们学科建设的部分成果和治学风气,我作为当事人不宜在此饶舌,还是由读者独立阅读和评议吧。

汪文顶

二〇一四年夏于福建师范大学仓山校区

目 录
CONTENTS

中国当代文学史学科
相关问题研究

文学史写作的思维方式辨析

一

　　文学与时间的关系，并不只是"事件"与"过程"的自然相连,时间的意义之于文学,是在于它可以使后者进入一种"历史叙述"。至此,当"文学与时间"共同被命名为"史"或称之为"史"的时候,它们之间的关系就变得神秘而又迷离。文学的发展性总是呈现为一种量的累积,"状态的文学"亦总是在人们的感觉之中把时间压缩在其中。那些林林总总原本并不以主体意志为旨归的文学事件,一进入时间视野,便消隐了它当初出生时纯粹盲目的情形,无疑地而又是被强制性地在"史"的规范之中获得"结构"或"合目的性"(即通常所谓的规律性)。按照过去的习惯,当人们并没有想到把"文学事件"、"时间"或"史"这些概念单独抽出加以审视时,三者之间的"命名转换"似乎是一个自然的过程,即人们在无意识的通常意义上,把三者理解为不同状态的同质表述,而非是有着明确边界和指称的、有自我生命活力的概念。一如我们常常把"薯片"可以转称为土豆片一样,问题就出现在这里:"文学事件""时间""史"及"文学史"等,在"史"的写作者这里并不是以各自不同的概念主体性作用于一个描述或一个判断文本的结构之中,而在一开始就被"主属"等级秩序化了。"文学事件"处于文本结构中的"主位置","时间"被"文学事件"在走向状态的组合中所吸纳,从而在文本中被"遮蔽","史"体现为"具体日期"从前至后的有挑选的排列,"文学史"被"语言"串起来的"文学事件"所填充,文学史实际上等于"文学事件"的日程表。同样的,我们还看到,"文学事件"的"语言事实"性也在这一排列中被"忽略",靠阐释显示自身的语文事实,只能被"事件"过程描述架构所销蚀,从而"文学史"远离了"语言的文学"的本体视角,"过程"表象的逻辑成为"文学史"结构的内结构。

"史"不等于过程,自然"文学史"也不等于"文学过程"——这应当是在形而上意义上不言自明的。"史"之于"文学"在概念和结构上的主体性,一方面是其写作过程的"选择性"体现为"治史者"的主体能动性,即不但涵纳着主体素养的全部,也同样关联着他对"史"这一概念的理解与运用能力——"史识"。当然,"史识"在这里并不只是强调传统意义上的那种对什么是历史可信的"真实材料"的辨识力,而更为重要的是"历史哲学观念"——我们的传统史学中缺乏的正是这个东西。在"文学史"中,当把"文学事件"——包括作家、作品、理论、社团、争论等个案因素的背景及产生过程一并作为概念衍展的基本范围时,便会在一开始就忽略这样一个事实:"史"作为被重新整合为"语言描述"的"时间"过程,它同"事件"原在的复杂歧样性。如果我们认为这样表述是合适的——即"事件"(包括已被人熟知的、尚未引起重视的或尚在"沉睡"当中的)是"不动产",那么,我们必须考虑,这些"不动产"是如何变为"资本"加以流通的,即"事件"走入"史"的可能性问题。"史"不同于"事件"之处在于,"史"毕竟是一种"命名",并具有无数次的可重复性。这种"史"的"命名"的"可重复性"——无限所指化,又在说明"史"与"事件"是两码事。

如此说来,"事件""过程""时间""史"等概念是几个完全不同的概念,同样也无法找到或给定它们可通约的范畴。就文学而言,无论多少作家作品及其事件进入我们的视野,都不能认为发生于"同一时间"内的各种现象可以用"时间"抹去它们的差异性——问题的复杂性在于,我们也许在理论上早已分清了这种"界限",但实际操作中又往往会不由自主地臣服于"时间"的膝下。就像文学批评不是"史"性描述一样,对作家作品的时间排列也决不是"历史哲学"意义上的"文学史"。

　　我要思考的问题是,如何把"史"作为"文学史"的主概念? 如何把"文学事件"的"时间性"置换为"史"在整合"文学事件"时的属于"史"的新的"时间性"? 如何以"史"的理念预置"文学史"的架构以便生成"史"的叙述,从而在过程中完成"事件"走入"史"的"可能性",矗起"史"的可信度标识。

　　我们还能进一步分析出,"文学事件"进入"史"的叙述和对"文学事件"进行"史性"叙述,这二者之间也有不同。文学史的叙述对象是无数个事件,需要特别地对已有的"时间性"进行处理。这种处理的难度在于,无数"事件"的"时间性"早已被人感知,文学史的叙述显然不是去印证这些通常意义上的个人经验事实,也不是把个人感知的事件的时间碎片加以串联便算完成了,即不是再现经验世界里的"时间事实",而只能是以经验的时间感知为前提或起点,让"事件"在文学史的叙述中重新生成自己的时间,以形成对经验时间事实的陌生,造就某种理念下的独立的日程表。如果说文学史的叙述是一种重构,那么对事件的"史性"描述则多半是经验时间感知情形下的分析了。在"史性"描述这里,"事件"不能不是孤立的,其本身的"自然时间感"在大多数阐释者那里一般是视而不见或是忽略不计的。单个"事件"的"史性"描述的潜在参照(指未进入叙述的其他相关或不相关的事件)虽然与其相伴始终,但这种参照的实际作用却在惯性操作中无形被缩减为零——既对叙述指向无定向作用,也在结构上起不到修正功能。"事件"的"史性"描述,作为文学批评的一个类型,在这里依然看不到"史"的观念的独立,看不到新的"史"的时间的生成,"事件"为主的概念推衍并未被置换,经验世界的"时间"及其过程,依然制约着文学史叙述的总体面貌。

　　因此,我这样认为,所谓文学史的可能性或可信性,必得仰赖文学事件进入新的叙述时间,这一时间生成的内部结构,来自于文本之前的"史"的观念。对于所有过去式的"文学事件",其文本必须是一种新的"历史叙事"。其"真实",不是返回经验世界,而是超越其上,达到学理层面的可靠性。

二

我先验地认为,文学史的"史学理念"应当是一个规范的、具有恒定性的且容易掌握运用的东西。它当然不是"玄学",但也决不是任何个体经验的日常化水平里所能涵育生发的。诚然,"事实"或"事件"对于理解无疑是重要的,但却远非唯一——即一般意义上的土壤、母体关系。其实,它关联着"历史是什么"这类本体性追问。在叙事学那里,"历史"已没有了我们传统所赋予的那些神圣,而是和人的生命过程中所遭逢到的其他因素一样,是可以言说的、并且是可以随便地言说。"历史叙事"与"叙述历史"在这里是同样事物的两种表达而已。"历史"是可以写作的,而不只是非冠以"编纂"不可。对于分析哲学来说,正如维特根斯坦所直言地那样,历史或一切与历史有关的难题,并不存在,而是我们制造出来的。人的主体性进入写作的叙事状态其实已被剥夺了,即现在的"语言"成为人的主体性赖以外现的不可选择的唯一方式。"艺术是纯粹的直觉"——这已经告知艺术世界或事件之间的"时间性"并不能用集体感知的"时间性"来界说。海德格尔声称"语言是存在的家园",这里面隐含着对"历史"的怀疑。何以"语言"获此从未有过的信任感呢?其实是看透了庄严的历史都只能以多变的、无定性的"语言"作为基本的建筑材料。当人们被维特根斯坦提出的"全部哲学就是语言批判"的命题所震惊的时候,而继之又在他对"用法""语境""家族相似"等一系列论述面前不得不陷入沉思。其实,我们在上文中列出的问题,无不与叙述历史的"语言"有关。"语言"是死的符号,但如何排列它的思维方式却应当是活的。而长期以来,死的思维方式使语言变成了死而又死的东西。结果当然是可悲的——语言只是屈居于历史创造的角落里,它只能被创造,而无以更新自身。为此它成为单一的描述工具。其实,语言具有无限地创造自身的可能,任何叙述包括文学史的叙述,都应当伴随着对它的这种创造潜能的最大限度的关注。"史"的生成过程应当是"语言性"的,上文提到的"理念",也首先应当在这里体认。

文学史的"史学理念",我的意思是指称一种"历史哲学"层面上的态度,或是对"文学事件"进行处理的思维方式。这种"史学理念"的优势在于,它从一开始就对人们的自然生活的经验世界提出怀疑,并且这种质疑伴随叙述的始终从而有效地避免向经验性的"时间框架"投降。这是建立"文学史""时间秩序"的必要前提。以质疑的态度面对"文学事件",其作用力点并不黏滞于眼前的"文学事件"上,而是文学史整体本身。我们所有治史者必须不断重复地向自己、也是向"叙述"提出以下这样的问题:

其一,什么是"史"?

其二,文学成为"史"的可能性是什么? 在哪里?

其三,所谓被"历史"命名或命名为"史"的东西都可信么? 我们的"叙述"如何"取信于民"?

其四,我们能始终相信被我们的"语言"所描述的"史"么? 我们有哪些隐在的假设需要交待? 这些假设是否是建立在经验的共同性上的?

其五,"史"在写作中,是一种"转述"、还是"重建"? 重建的"史"的"时间性"边界在哪里?

……

提出这些问题并不妨碍"史"的写作,而关键是我们是否以为自己是在"写作"。当我们把自己打扮成"历史真实"的真正见证者的时候,这些问题当然是不存在的,可是这些问题会在读者那里冒出来。显然,当自我之"信"与读者"非信"形成张力时,上述问题就不可避免了。严格地说,"史"的写作是应当避免上述张力的,然而避免的途径不能是神化或圣化自己的"历史"写作,而只能是回到历史可以写作的视点上。

当我们面对"史"的时候,"史"在人们这里可能呈现为这样的两种状态:一种眼光是"史"应为一种超验而又与我们的经验相重合的"真在",我们很难看到或看清它,但它却不是"无",这种"有"却又呈现为无需证伪或难以证伪的"原概念"的存在物。人们走进它的能力是极有限的,也许只会接近,而永远难以走进。对这种"原在",人们为"史"的写作提出的任务是注释,使它逻辑化、合法化,从而与人们意识之中已有的"物"的话语事实合类,即在写作的语言操作中,使"史"的"超验性"与人们感知的"史"的生活之迹合而为一,从而走向"信"与"被信"。因为这样的"原在"已有确指（其实概念在这里已被经验物化,所以也是确指）,故而,"史"的架构必然是一种"逻各斯崇拜"式的"价值证明"状态。确指之"物"的时间性是不容怀疑的,并且形成"价值证明"状态的内在秩序。价值证明过程和价值厘定标准的伦理化（即对生活的还原或对现在价值性体认）,从一开始就使"史"的注释活动与意识形态保持一种亲近关系,"文学事件"的原生秩序与事件周遭"语境"的意识形态化,自然会以共谋的形式,在"还原"的旗帜下占领"叙述"高地。这种"史"的叙述只有也只能选择"热叙述",即"历史"写作主体对外在利益共同体的认同。诚然,写作变成一种描述,并不说明个人的主体性消失了,而是主体性以另一种方式——即共同主体性来替代。为此,"史"的写作个性或个性叙述就只能成为一种共同叙事,其"史"性也就难以存在。建国以来有关中国现当代文学的史述著作,绝大多数属于此类。

"史"呈给人们的另一种状态是:"时间"的过去和"历史",只是一大堆并无必然联系的"语言"事件,只是在思维中串起这些语言事件仅仅也只能算是第一步的工作,而更为重要的是以"史学理念"统驭下的"史的时间"打磨并重建,建立新的连接方式和状态,并使这种连接方式成为人们可以自由进入的"阐释空间"。在这里,"史"始终被看成是让语言叙述出来的并无确证的一种"人为"地存在,即"语言是历史的存在家园"。"语言"的主体性在治史者看来是不可改变的。人的主体性与前种价值厘定式的主体性差异,体现为一种努力——"历史"在语言的承载中具有多种被阐释的可能。

以上两种状态都有赖于对"历史记忆"的自我生成。所谓的"历史记忆"是指留存下来的一切可以让后人作为体认"过去"存在的状态的材料,它既包括文字的,也当然包括实物的及其他种种。

把"史"作为超验的"原在价值"显现过程的治史者,他在寻觅中所期望的是"还原历史",种种努力体现了对由于种种原因而被遮蔽掉的真实图景或事件原貌的不懈探寻,以冀走向"历史腹地"。但是,"还原意欲"本身就来自于质疑。"还原"过程其实也可以看作是质疑的过程——值得注意的是,质疑并不仅仅针对材料,还有按照原有材料形成的结构、"时间性"等,并于此过程中必然形成新的"历史理念",即原有的"时间性"被撑破了。但这需要对"历史记忆"进行选择——也必然渗透着自始至终的选择。问题是,"历史记忆"(即资料、历史文件等)的特殊性会影响到价值寻觅。对"历史记忆"的自我生成,在选择之外同时又是一种"转述"(我再次强调转述)。"历史记忆"本身之于我们的感觉已是一种经过"语言"(主要是记载)的"转述","还原"过程中使用者对它们的运作(包括发掘、补充、对比、重读)也一样是"转述"——而且形成"转述之转述",这一"二度转述",必然因"历史事件"的天然"语言性"而在治史者使用中增值或减值。因为"转述"既不可避免,又无可奈何,所以"历史记忆"的增值或减值也是必然地不可改变。我以为,主体性就体现在这"增"或"减"中。2000年备受关注的两部当代文学史著述——洪子诚的《中国当代文学史》与陈思和的《中国当代文学史教程》,前者期慕走进"历史的深处",所发现的是文学在"体制"语境中的"新状态",从而使"体制"上升为论著的"历史哲学"理念——但时间重组并未做到。它依然难以避免这样的质疑:无论如何,"深处"或"腹地"的历史存在,仍旧是被语言照亮的悬浮物,"转述"与"选择"的不可避免,使"史"的生成必然带有极明显的个体性特征。如此,其"可信性"同样会遭到挑战。在洪著中,"历史记忆"体现为对以往"时间性"的纵向深探,通过"转述"与"选择",托出一种不曾为人看重的制约结构的"历史理念"。陈著则采用"换血"的方式(即更换"历史记忆"),把暗物推置前台,让边缘存在物成为历史舞台的中心意象,这迹近于创造一种新的"历史记忆",我们姑且不论它大胆舍弃"主流""中心"及种种不可忽略的影响因素给著述所带来的偏颇,而以"民间"概念为核心也未能建立"历史"的"时间性",从传统意义上说,其"可信性"更值得怀疑。"历史记忆"在"转述"过程中的增值或减值现象,在文学发展的过程之中是屡见不鲜的,尤其是当"文学事件"的"史化"是在当事人尚还健在的情况下进行的时候,治史者所面临的"历史记忆"的选择局面就更为复杂——因为活着的当事人会不断地连续性地在新的语境之中制造"历史记忆",加上研究者和媒体"连蒙带猜"的介入甚而炒作,这种种都可能使"历史记忆"日益远离"原在"、走向"虚构"。如果治史者刻意把当事人的"回忆"当作"文学事件"的真相因素加以使用,那结果是不言而喻的。比如中国现代文学史上对"左联"的回忆,尤其是对鲁迅与所有和他有过"纠葛"的作家之间关系的研究,都充满着上述"不可信性"。

事实上,文学史的写作就充满了这样的悖论:"历史"在人们意识中作为一种超验的又是"物性"的存在特性,不但已经生成,而且仿佛不可改变。但任何当事人对"物性"的回忆或者以回忆方式对"历史""物性"的再现,都可能造成"历史记忆"的"移植"。我们何以判断哪一个更真实呢?因为"语言"所导致的"回忆"的变异性使我们无法判断。建国以后,有关中国现代文学、当代文学的许多种"史"本,之所以"雷同",除了意识形态的制约之外;并不是"抄袭"所致,而是"历史记忆"的"移植"所致。

三

以上的论证只是想说明,所谓"历史真实"、所谓"信史",都只有当它被认定为是一种叙述策略时,才是有意义的。所谓"治史",以文学而言,不但贯穿着主体的选择、"转述"、接受"移植"从而使"史述"渗透着浓浓的个人性,而且对"文学事件"的"历史化"处理,也只能是治史者以自我的知识系统与解读方式对它进行界定的过程。"历史写作"的原则性也许就在这里。治史与其他类型的文学创作一样,"虚构"是不可避免的。它是一种写作,一种以别人的言说为主体对象的写作,其"创造性"体现在对言说材料的自我逻辑化处理与取舍、认知、阐释,体现为这一逻辑展开过程中形而上"历史哲学理念"的生成与传播。把"信史"(我们传统中的"历史哲学理念",并以"秉笔直书"提出了对治史者心态与理性的要求)作为一种境界显然没有太大的意义,而且它难以成为一种境界——因语言缠绕,它永远具有乌托邦性质。

我以为,对于治史者来说,治"史"首先是一种对"历史原在"或"历史"真有"真实"的"假定"的认可,并承认这种"假定"在"事件"历史化过程中的可行性。为此,任何文学史,尤其是中国现代文学、当代文学,把握其"历史"进程的理念似乎这样定位更加合适:把"史"看成是一种"思维方式"（区别于文学创作、文学批评）或方法论,承认这种"写作"有一些先在的约定的规矩,时刻惦记着这种"写作"所面对的对象性质（言说材料）与纯粹的文学创作所面对的对象的差异性,在选择、阐释与重整"时间关系"上体现其形而上理论的创造性,使"史"的呈现成为知识分子权力资源不断外化的一个过程,成为知识分子在以文学为生命展开的方式中不断认识自我、实施关怀的过程。

文学史的"史料""阐释""价值"

在文学研究过程中,研究主体对研究对象相关历史文献资料的广泛搜求与占有,一般被看做是最基础的工作和研究主体需要时时遵循的基本规则。这一点,既是学界的共识,也是每一个学术主体理应具备的常识。研究者对文献资料的搜求当然是尽可能做到既全又细,对此,只要研究者肯下一番苦工夫是不难达到的。而占有的情形则无疑要复杂些。就我个人的肤浅理解,真正的占有,除了全面拥有研究对象的文献资料(搜求、整理、甄别、考证及其最后的确认)之外,更重要的是对具体文献资料之功能的精确分析与把握,即感悟文献、确定文献被使用的途径以及文献的阐释可能性等。绝大多数研究者所进行的文献收集与整理,都有一个预置的学术目标:或是就对象原有的问题进行质疑引申,或是从新的视角实施别样的理解,或是依据某种理论模式展开新的探讨等,凡此种种,不一而足。然而,值得我们特别注意的是,在实际研究过程中,不同研究者面对同一对象所设定的学术目标,其差异是既细微又复杂的。此种情形,若从研究主体对文献的价值诉求方面分析,大致可以分为两类:一类是"真相还原"的需要,一类是理论阐释的需要。前者多体现在有关作家传记的研究写作之中;后者则大量集中于研究者在不同的时代语境驱使下对同一对象所进行的不断趋新的价值阐释里面——很显然,在这一类主要由研究者的阐释所构成的文献中,其阐释过程对以往文献的选择使用,无疑具有着鲜明的主体色彩。正是这些不同的研究者对同一对象不断阐释的积累,才形成了研究对象的研究历史。就中国现代文学研究领域而言,如果我们有意去探查每一个特定对象的研究史就不难发现,在研究史形成过程里,许多文献被不断地重复使用,并且不断地生成着新的价值。无疑这说明了文献具有着多种被阐释而产生价值的可能性。同时又正是文献价值的可能性空间被不断地打开,致使文献的功能亦发生连续性的变异,这一切均影响并促动着文献的价值属性发生变化——即文献的价值,在被使用过程中对自身的陈述性功能的依赖日益弱化,而研究者借助于某种理论模式对文献的重新结构,不但使那些大家都非常熟悉的文献资料具有了新的功能,而且在新的价值系统中被赋予了新的生命。文献原本那些似乎是天经地义能够证明对象历史真相的作用被淡化,它们的价值状态亦由此不断被挪移到由时代语境所制约的修辞体系之中。研究主体对文献的使用,也因此呈现为一种修辞行为。我以为,文献与修辞的关系,便会产生一系列我们不得不思考的有关文献的理论问题。

就中国现代文学学科来说,比如,文献可以不可以进行类型的划分? 有关类型的理念应当怎样确定? 再比如,文献的价值生成,是来源于由自身"陈述性质"所决定的"自生产",还是更仰赖于被修辞化处理的"被生产"? 在文学研究的实际过程里,理论(阐释模式)与文献的关系究竟是怎样的?

一、文献的分类问题

提出文献的分类问题,不仅仅是因为我们常常感到特定研究对象其大量相关文献在内容方面的一般性差异,更多的是看到在文献被使用过程中所呈现的功能差异,尤其是文献进入不同的修辞语境、理论结构而产生的价值变异以及文献价值被不断"再生产"的可能性等方面。所以,我们提出这个问题,不是针对文献作为静态时的客观状态,而是针对文献之于实践时的种种情况。这是我们对文献进行类型划分的立足点。考察文学研究实际过程中文献的使用情况,我们能够发现,一个特定对象的相关文献,一部分是常常被用来说明特定对象的客观属性、存在状态及对象在物性生产过程中的相关属性方面的,这些文献指称的是"是什么"。就作家来说,比如作家的家谱资料、作家年谱、创作年表、作家自述、日记和见证作家的人士回忆中的那些陈述性的文字,有关作家的客观报道,作品的发表、出版以及与之相关的即时性的各类文字等。这些文献无疑都具有着"即时见证"性质,如照相一般,纪录、陈述是其基本的价值属性。它对于作家、作品的考证功能,对复原对象的历史面目,确认制约作家修辞行为的时代语境等有着不可替代的作用。我把这一类的文献称之为"硬性史料"。

第二类,我称之为"软性史料",主要是指那些非陈述性的、对包括作家作品在内的审美历史现象进行价值判断的解读性资料。由于研究者是基于一定的站位和立场实施分析,虽然众多的研究者总是把追求真实作为目标,但是,因其所依托理论的有限性和不能不进行的价值判断,又每每与其真实的目标难以吻合——这是研究主体常常遭遇到的、又难以摆脱的困境。不过,也正是这样,才使得同一对象有了被历代研究者不断进行解释的可能性。我们看到,种种新的阐释与价值结论总要被超越,所有的价值都只是、也只能是过程性的。在这样的境遇中,作为生命体的对象,其生命的延展过程其实就是研究主体借助于某种理论对其进行阐释的过程。在接力赛般的阐释竞走里,研究对象的生命形态发生着悄悄的、连续不断的变化,它在日益远离其最初由相关文献、史料所形成的历史氛围,逐步呈现为一种被悬置的状态,从而由原来的特定对象(指由一种视野所锁定的状态)演变为一个完全的阐释对象(被不断阐释的状态)。特定对象与不同时代文化语境之间的连续性"遇合",对象价值空间不断增大的可能性(这种可能性具体表现为同一研究对象在众多研究者那里其价值性质的巨大差异性),我以为,这正是研究者假借某种理论或栖身于某个角度而对研究对象所进行的修辞化结果。研究对象的价值确亦愈来愈仰赖于由某种理论所建构起来的逻辑语境,而不是由历史陈述形成的事实语境。正是由于如此,所以,这一类分析性文献的价值内涵不但常常游离于对象之外,并且日益向思维层面靠拢,研究价值最终体现为研究主体在思维层面上的超越性。学术界常常强调的研究者要掌握第一手资料、原始资料等,显然是注意到了这一类文献有可能形成对研究对象原初历史面目的屏蔽危险。如何看待这一类文献资料,是一个值得思考的问题。

二、文献的价值及其生产过程

一般认为,文献的价值应体现为它与研究对象之间或直接或间接的相互说明的关系。这种判断里面有一点值得我们注意,即文献和对象的价值是在二者的关系状态中被呈现的。若粗略划分,文献与研究对象之间的关系状态有两种基本类型:一是天然的关系,是指那些以客观地陈述直接说明对象的材料;另一种是结构的关系,是指那些与特定对象相关的材料被研究主体选择之后纳入某一框架之后产生的关系。这两类关系的差异是明显的。处于天然关系状态中的文献,因为是陈述,话语功能主要体现为说明。所以,它对于理论阐释逻辑的适应性是极其有限的。而在结构关系当中,文献所突出的是它被灵活选择的一面,文献对所有的阐释结构都是开放的。这说明,文献是在被使用中拥有价值的,即它的价值是"被生产"出来的,文献的价值离开使用过程便无从认定。在文献价值的生产过程中,文献被研究者所引用是一个重要的环节。引用文献其作用大致不外乎两种情况,既是为了显示研究者对研究对象的了解与熟悉程度,也是为了凸现问题、解释与回答问题。但我们于此想深究的是,研究者的问题与其所引用的文献之间到底是一种怎样的关系? 我以为这不是一个可以不证自明的问题。有这样一种认识是比较普遍的:研究者在同时面对问题与文献史料时,总是不自觉地认为其问题是从文献中得来的,或说是被提炼出来的。文献史料是学术问题产生的基础与土壤,离开了前者,后者也就无从谈起。问题与文献史料的关系,在这样的认知框架里形成了似乎是很清晰的隶属关系。其实,实际的状况并非如此。首先是,那些已为广大研究者所熟知的文献史料是不可能自动产生新问题的。问题是被新的中介(新的研究主体)所发现的。能够在大家所熟知的文献史料中发现新问题,是因为研究主体的问题意识框架发生了变化,他所借助的新的理论资源,赋予已有的文献以新的生命,问题也就自然产生了。如果我们进一步深入思考,还会发现更加令人震惊的现象:其实早在研究主体拥有新的理论资源的那一刻,新的学术问题就已经产生了,只是这些问题借助于文献资料被得以具体化而已。问题与文献隶属关系的真相正在这里。我们看到,当文献在上述这样的隶属关系里充当主导时,问题的价值是为了说明材料;反之,当问题被置于主角位置后,材料是被选择的对象。材料的价值只能是为了问题的确立与完善而存在。从既往的研究历史看,后一种情况居多——尤其是中国学术进入与国际对话的现代时空以来,已成为学术研究的主流。

文献与问题之间隶属关系的辨析,也同时衍生出一些连带性问题:比如研究者对文献史料的引用是如何进行的。我们通常所说的研究者对某一研究对象相关文献资料的熟悉与掌握,不仅包括尽可能多的资料占有,更强调研究者对文献价值大小的评估与确认。这是引用的前提。但是,文献价值的大小,并不单单取决于文献资料被公开的程度,而是更多地受着时代语境与修辞可能性的制约。研究者在具体研究实践中"能说什么与不能说什么"、"会说什么与不会说什么"、"会怎样说与能说到什么程度"等,取决于研究主体对人类所积累的理论阐释资源的融会贯通、组合再生的能力。文献在这一能力面前总是处于不断被复活的状态。研究主体的言说能力内在地制约着研究过程对文献的引用状态。引用使文献史料产生价值,引用也无疑是一种选择,而且又是先在的问题决定着选择。此时我们就不难判断,与其说任何引用之于对象的全部文献而言都是不完整的,毋宁说引用从一开始就在有意地拒绝文献史料的完整从而去完成问题的完整。这样一来,特定学术对象的完整的文献系统,就会在一个个不断滋生的学术问题和不断扩大的学术视野面前,被不断地选择、重组,甚至不免自主式地放大或缩小,形成文献史料的运动状态。我以为,这种状态的出现正是中国学术进入现代以来由于理论资源不断引入、强势的理论话语对文献史料不断侵入的必然结果——不过,这并非全是负面影响。五四以来中国学术不断发生的新变,大多由此玉成。

我通过这样的辨析,是想说明"论从史出"和"以论带史"两种学术研究状态在思维层面上的差异性与同一性,尤其是研究主体在文献使用过程中的深层思维机制。任何企图进行价值判断的论述,都难以逾越研究者所使用的理论的局限与视角的屏蔽。学术研究的真正价值,也许不是为了客体的真实,而是为了展示人类智慧与思考的不断增强的可能性。

三、理论（阐释模式）与文献的关系

理论（阐释模式）与文献的关系，在上面谈及问题与文献史料的关系时已经涉及到了。这个问题的提出，是因为深刻地感觉到古今学术面貌及其方法、路数的巨大差异。有学者这样指出："中国思想传统所具有的以感性为基调的诗性经验思维方式，空灵有余而逻辑力量不足，缺乏深入提问和精确解决问题的能力。正是这种思维方式导致中国思想史创新不足。"[①] 如果说中国古代先贤的学术活动里应该是有着各种各样的方法的话，那么，这些方法与现代以来所产生的各种各样的学术方法加以比较我们就不难看出，中国古代的学术方法应当说是缺乏理论的体系性的——也就是说，这些方法并不是、也没有离开具体的对象而具有充分的理论自足性。即使如已经相对完善的清代乾嘉学派，也并没有做到这一点。中国古代的学术主流都是自觉或不自觉地把追求经典的真实性作为基本的学术目标——这一点至少在儒学的发展历史上是清晰的。以"注"、"疏"为主的中国传统学术，其"章句之学"从机制上并没有为新理论的生长营造氛围，腾出空间。辨析中国传统学术的这一特征，其实并不是为了比较中西或古今学术的优劣，而只是想指出，因为有了大量的西方理论资源的传入及其中国化，才使得现代的中国学术产生了诸如理论与文献史料的关系问题。任何理论无疑都是为着更加有效地解决问题而产生的，尤其是当某种理论是以自足、独立的面目进入学术领域，学术问题的产生就有了三种可能：一是问题从文献史料中来；二是发展的社会生活提出问题；三是问题被理论生成。据我自己看来，我国新时期以来文学研究领域的大量的学术问题，就是被不同的理论资源催孕而成的，比如中国文学的现代性问题等。显然，理论、文献、生活在今天的文化语境里已形成各自独立的平等关系，就它们在激活学术、诱导创新等方面的功能而言，它们的作用已难分轩轾。在学风已呈浮躁之弊的今天，推重文献学之于中国现代文学学科建设的直接作用，无疑具有重要意义。不过，亦应对科学研究中的"资料主义"保持必要的警惕。

---

① 　崔平：《从诗性走向方法——中国传统思维的当代改造任务》，《河北学刊》2004 年第 4 期。

中国当代文学学科研究的四个问题

　　作为 20 世纪中国文学历史的重要组成部分——中国当代文学的研究，自 20 世纪 90 年代中期以来有了长足且切实的发展。与中国现代文学研究的相对"沉寂"相比，中国当代文学的活跃性，一方面体现为研究主体学科意识的自觉强化和历史性思维的大规模介入，更为重要的是中国当代文学学科在不断走向深化过程中所日益实现的"问题性"及其过程、价值和功能的复杂性。仅就中国当代文学的各个阶段而言，仍有不少研究盲点和必须深入探讨的问题。例如，"十七年文学"与解放区文学的关系以及"十七年文学"与 20 世纪 30 年代"左翼文学"和"文革文学"的关系等，这些问题虽然已在不少论著中涉及，但深入细致的研究成果尚需待时日。"文革文学"自 20 世纪 70 年代以来，一直处于敏感话题范畴之中。从对它的命名到有关"文革文学"具体现象的分析，都离正常的历史化客观状态还很远。"80 年代文学"的真正成就应当如何界说？它与时代语境的复杂关系及其大量有意味的文学事件、文学现象等，依然未能得到深入研究。这些不但影响了当代文学研究进程，而且这些（不仅仅只是这些）大量问题的存在，使得当下中国当代文学的研究呈现出既成熟又幼稚的状态。一方面，它的"学科性"已被较充分地建构起来，学科构成层面的内在分野也日渐明晰化；另一方面，由于学科建构的基础并未夯实，故而学科研究的价值指向不明，或随时可能被模糊化。

有鉴于此,对中国当代文学研究历史和当下研究状况的梳理与分析,就显得十分必要。

一、中国当代文学研究的阶段性

中国当代文学被作为"史"的对象的研究始于何时——迄今为止这仍然是一个学术界尚未明确加以探讨的问题[①]。显然,如果从"史"的角度看,中国当代文学的研究起始,不能以当代文学的"批评"状态的出现来界定。这不但因为 20 世纪 50 年代初的有关中国当代文学的批评缺乏"史"的自觉意识,还在于被"批评"的现象,并非完全可能成为"史"的现象。文学现象的"史"的意义在于,它不但参与了文学历史的结构生成,而且其自身也只有在被命名的文学历史时空的"意义架构"中获得价值。"史"的研究需要一个可以自由穿梭、查看的时空,它包含着现象及对现象的批评。从这个意义上说,中国当代文学"史"的研究,不是与批评结伴而行的产物。

我们以为,中国当代文学的"史"的研究,应当从 1959 年 10 月算起。1959—1962 年,可视为中国当代文学"史"研究的第一阶段。1959 年 10 月及稍后的一个时期,在庆祝建国十周年的激奋浪漫时代氛围中,一大批从"史"的角度研究"新中国文学"的著述纷纷刊出,如《十年来的新中国文学》、《中国当代文学史 1949—1959》、《中国当代文学史纲要》等,这些著述应看作是有意识从规范的文学史意识层面对中国当代文学发展进行全面叙述的重要著作。虽然它们对当代文学发展和价值的总体判断带有特定时代的明显痕迹,整体上专人了中国当代文学成就,尤其是在与中国现代文学比较中存有不少"妄断",但它毕竟标志着中国当代文学"史"研究的起步。实际上,在此类著作出版之前,借十年国庆之际,重要的文学报刊都纷纷刊载了大量总结新中国文学十年成就的文章——这些"大文章"都可以视为中国当代文学史研究初期的重要构成部分。《文艺报》1959 年第 18、19、

---

① 　有研究者认为,"中国当代文学"作为一个学科,在 1955 年就已经出现了。参见洪子诚:《20 世纪中国文学研究——中国当代文学研究》,北京出版社 2001 年版。

20期都有意识地集中刊登了多篇显然是事先组织的文章,其中有邵荃麟《文学十年历程》和冯牧、黄昭彦《新时代的画卷——略谈十年来长篇小说的丰收》等。此外,许多作家也自觉以"十年"的"史"的方式总结自我创作或者获得评价。例如,孟超《漫谈田汉十年来的创作》、邓绍基《老舍十年来的话剧创作》、宋爽《努力描绘社会主义的人物——试谈马烽十年来的短篇小说》、张立云《为壮丽的生活和事业引吭高歌——漫谈刘白羽同志十年来的散文特写》、老舍《十年笔墨》、贾芝《十年颂歌》等。重要的文学批评研究刊物如《文艺报》、《文学评论》、《戏剧报》等均出版了纪念专号,其内容也都涉及到了对新中国十年文学历史的回顾与评价。从1959年10月开始,人民文学出版社陆续出版《建国十年来优秀创作》丛书。不少省份还分别在1959—1960年间,隆重推出了一批本地区创作选集,如《短篇小说选》(1950—1959)、《甘肃短篇小说选》(1949—1959)、《安徽短篇小说选》、《江西十年短篇小说选》、《河南十年短篇小说选》等。据不完全统计,这两年间,各地出版社以"十年选集"形式出版的短篇小说、诗歌、散文(杂文)、戏剧、电影剧本等达五十余种。这种类似于"中国新文学大系"的作品编选和文坛"检阅"方式,也可视为中国当代文学"史"研究过程生发的一个重要方面。

中国当代文学"史"研究的第二阶段,是指20世纪70年代末、80年代初。进入改革开放历史新时期以后,随着高等教育的恢复和高考制度的重新启动,大学中文系课程体系中的"中国当代文学"被普遍单独列出,虽然在很多院校的课程规划和具体实施过程中,"中国当代文学"总是被置于"中国现代文学"的"附属"地位,甚至有些院校只以讲座形式附加开设,但"中国当代文学"毕竟已开始走向"学科性",作为中文系汉语言文学专业的"课程"地位日渐得到加强,并由此艰难地进入中文系专业"知识谱系"构成体系。课程的需要催生着具有"史"性层面的"中国当代文学"教材的大量产生。在这一历史时段里,中国当代文学"史"的研究以教材编写为标志,进入了一个短暂的繁荣时期。这一时期大致出版有三十余部文学史,其中一部分是以"内部教材"形式出版的,都被运用到教学实际过程之中。仅以这一时期"中国当代文学史"教材来透视"中国当代文学"的研究状况,已呈现出与第一阶段大为相异的区别。主要表现为:第一,中国当代文学"史"的框架和界限初步得到勘定,并在很大程度上取得了共识。例如,对中国当代文学"史"的分期上,绝大多数史著都把建国以来三十年的文学史划分为三个阶段——"十七年"、"文化大革命"和"新时期"。对于"十七年文学"是否可以作为一个整体,在认识上稍有分歧,如《中国当代文学》把"十七年"分为两段,1949—1956 年为一段,1957—1966 年为一段。在中国当代文学尤其是"十七年文学"的代表性作品的选择与衡定上,则大同小异。在对作家进入文学史的叙述分量的分配上,则显得差异稍大一些。比如,散文家杨朔在《中国当代文学史初稿》中是单列专章加以论述的,而其他著述则只列为专节。关于巴金的当代散文创作,在各文学史著述中排列位置和叙述分量上也有不小的差异。第二,这一时期的中国当代文学史的价值叙述,多侧重对作家之于时代的认同态度和其创作的"题材"性质的考量方面。"重大题材"、"重大矛盾"以及"新生活"、"新风貌"等方面受到重视。创作的"主题"与"思想意义"备受关注,也是研究者对作家或作品实施评判的基本范畴。一般文学史对作品分析大都采用了这样的结构模式:题材—主题和思想性—人物形象塑造及其特点—艺术特点—不足或缺憾。关于作品审美性分析的着力点,大多集中在对人物形象"典型性"的衡量与评说。对诗歌的评判也是"写什么"重于"怎么写",诗人的"抒情方式"和诗的"抒情结构"以及意象世界的复杂性未能得到充分的阐释。第三,这一时期中国当代文学史叙述话语和意识形态话语的有意勾连与同构状态。这不仅体现在对当代文学史阶段划分自觉与当代史的"革命式"划分相一致,更为重要的是把当代政治对历史的评判体系移植于审美评价过程中。有意识地对文学的"政治性"价值予以强调,并以此为中国当代文学的合法性寻求依据。例如,单章讲述"毛泽东诗词"和"老一辈无产阶级革命家的诗词";出于"民族团结"大局的考虑,有意设置了对李乔《欢笑的金沙江》和玛拉沁夫《在茫茫的草原上》的专节叙述。强调对电影《武训传》、俞平伯《红楼梦研究》、胡风文艺思想批判的"必要性"、"及时性";无形夸大了周恩来在《新侨会议》、《广州会议》上讲话的重要意义以及这两次会议对文艺界的直接影响。再比如,对"文化大革命文学"一般都采用一概抹杀的做法——"一片废墟"、"阴谋文艺"的命名得到广泛的认同。对"文化大革命文学"叙述的另一种做法是把1976年"天安门诗歌"加以放大,使之整个代替了"文化大革命文学"的全部存在。

以上种种问题都说明,虽然在20世纪70年代末、80年代初中国当代文学作为学科已走向建构,但它的"历史叙述"则表呈出很强的"主观性"。这种"主观性"并非是基于个人的,而是意识形态权力意志的体现,作为真实存在的文学并未参与中国当代文学史的叙述。这些也为此后的一个时期——从20世纪80年代中期至90年代后期,中国当代文学的不断"修改"、"重写"、"改写"留下了大量空间和话题。

20世纪80年代中后期,对中国当代文学"史"的连续性"修改",可视为中国当代文学"史"研究的第三个阶段。至于"修改"的动机和原因,编著者是这样表述的:"《中国当代文学史》于1978年开始编写,1985年出齐。……在这六年中,在党的十一届三中全会所确定的思想路线指引下,我们国家的政治、经济、社会生活等方面都发生了显著变化。在文艺战线上,由于'双百方针'的贯彻,文学创作出现了蓬勃发展的局面,文艺理论研究和文学批评获得了突破性进展,中国当代文学史的研究,也取得了新的成果,原来一些一时尚难做出比较正确结论的问题,在实事求是的探讨中,也已经有了比较符合实际的认识。这一切都说明,对《中国当代文学史》做一次修改,以匡正本书第一版中某些现在看来已经显得不太恰当的评价,使它更符合历史的实际,更具有科学性,这不仅是必要的,也是可能的。"[①]《中国当代文学史初稿》的"修改说明"更是直接地透露了时代变化、尤其政治变化之于"修改"文学史的必要性。"这次修改的要点是:一、调整某些过时的提法,使全书在观点和表述方面更加符合中央关于文艺问题的精神;二、注意吸收学术界新的研究成果,提高全书的科学性和理论水平;三、增删和调整某些章节。"[②]

这一时期,中国当代文学史的修改大致着力于以下几个方面:一是作家作品的"排序"变化;二是对当代文学过程中具有"史性"影响的"文学现

---

① 二十二院校编写组:《中国当代文学史·修订说明》,福建人民出版社1987年版。
② 陈荒煤顾问,郭志刚、董健、曲本陆、陈美兰主编:《中国当代文学史初稿》,人民文学出版社1980年版。

象"评价的"修改";三是对"文化大革命"文学的研究出现了新的变化;四是"新时期文学"的当下发展状态及激起的全民认同,直接影响到研究主体对中国当代文学史一系列问题的认识;五是中国现代文学研究在20世纪80年代的繁荣与活跃以及由此形成的"五四文学正统观"大面积辐射到中国当代文学研究领域,日益影响着对中国当代文学史的价值评判。

中国当代文学"史"研究的第四个阶段,以1999年洪子诚《中国当代文学史》、陈思和《中国当代文学史教程》和中国社会科学院文学研究所杨匡汉等集体撰写的《共和国文学五十年》等文学史著作的出版为标志。它们的出现,一方面证实了文学历史被叙述的多种可能性,由于文学史著述的"个人性"的出现,使文学史写作走向多元景观;另一方面,尤以洪、陈二人之著为烈,他们在文学史框架、视点以及文学史观的重构中,初步实现了中国当代文学史的"重写"。21世纪以来,"重写"工作仍在继续深入,有关文学史观的讨论亦有了新的进展。

二、中国当代文学研究主体的分化

20世纪80年代及以前的中国当代文学研究,由于它的下限总是随着当下创作的不断出现而形成了无限延展的状况,加之1949年10月至1980年代中国社会生活的高度一致性和文化指向一统化,"时代的差异性"并未在"十七年"、"文化大革命"和"80年代"等这样的人为时空显示出来。所以,自建国后就形成的当代文学"研究"与"批评"的一体化状态一直被延续着。"研究"与"批评"在主体实践中的交互关系,具体表现为对中国当代文学"史"的研究需要在不断关注当下文学状况的追踪里获得激情与信念,同时,有关的当下文学批评亦从"史"的研究中赢取必要的历史感知和时空比照。这种表面上看上去可能实现的"双赢"局面却并未实现,反倒是因为时下批评所无可避免的时尚性波及"研究"而使中国当代文学有关"史"的研究无法摆脱"言之无据"、"失范无托"的尴尬境遇。而这一问题直到20世纪80年代末还未被中国当代文学学界清醒意识到。20世纪90年代中期以后,中国当代文学学科的"历史"性,在当下生活与20世纪

50年代生活拉开距离从而被"陌生化"的氛围中日益实现。如"十七年文学"、"文化大革命文学"等,其作为"历史"存在的一面凸现了出来。20世纪90年代以来,文学在多元语境中不断展示的可能与实验,促使着当下的文学真正步入了一个"新时代",断裂亦产生。

值此,中国当代文学研究主体的分化似乎有了理由。具体而言,这种"分化"是指有关中国当代文学的学术探讨分成了两支——一是以"史"的把握为重心的研究;二是对当下文学现象加以即时关注的批评。从目前这两种力量的分布来看,大致可以这样认为,高等院校的相关学科及从业人员多倾向于"史"的研究;而各级作协、文联、社会科学院相关学科人员则在对当下现象的批评方面用力甚勤。这种"分化",显然给现阶段中国当代文学领域的研究带来了一些值得注意的变化。其一,这种"分化"使中国当代文学"史"的性质在研究主体身上被看重并在研究实践中有意强化着。一些新的研究课题随之而生,比如在关注当代文学如何发生的问题方面,衍生出了对当代文学性质的进一步思考,开始关注"十七年文学"与解放区文学的关系以及与20世纪30年代"左翼文学"的关系等。再比如,鲁迅作为文学现象的当代境遇问题、"五四"及现代文学资源的当代转化问题等。这些"问题"的提出和学术研究的逐步展开,不仅是对20世纪中国文学整体研究的推动,也使现当代文学迈向实质性的一体化进程,同时亦使中国现代文学和中国当代文学在相互独立的状态下形成学术上的资源互补。其二,这种"分化",使当代文学的研究队伍拥有了一次重组的机会和学术研究的重振。以往在批评方面沉潜较深的学术研究者,可能会在转向"史"的研究实践中带进一些理论的新锐性,从而使中国当代文学的"史"性研究并不会因此走向古典形态而保有自身学科品质。即使在目前提出重视中国当代文学史料建设的语境下,于当代文学来说,对它的重新阐释的可能性依然更多地仰赖于"理论模式"的不断更新。例如,"文化批评"在中国当代文学研究方面所日益显示的新颖性,就是一个明证。其实,这种"分化"效应也还影响到许多当代文学学术刊物的编辑选稿走向。如《当代作家评论》、《文艺争鸣》、《南方文坛》和《粤海风》等杂志,不但实行了对"现当代"兼容并包的做法,而且还常常以组稿形式分别展示"批评"与"研究"不同类型的学术成果。

我们以为,这种分化,不仅有利于中国当代文学作为学科的"严正性"的确立,同时会对当代文学学科的学术传统、惯例、规范的逐步形成以及人们的认同感的建立起到促进作用。

三、中国当代文学经典的指认与重释

就中国当代文学自 1959 年进入"史"的研究以来的过程来看,对经典的指认作为这一过程的重要方面就一直结伴而行。对经典的指认,不仅是文学史价值建构的重要工作,也是文学史走向完善、真实、客观的标志之一。经典的指认与确立无疑会对当下的文学发展产生重大影响。从世界各国文学史所涉及的作家作品经典的选择的情形来看,它首先是一个需要被"历史化"或曰在历史语境中才能自足的现象。一般认为,有这样几个因素影响着经典的指认与产生过程。首先,是作品发表后所引起的接受反响。其次,是作品所含纳的写作行为、修辞方式(包括题材选择、主题意义以及艺术理念的结构呈现等)与主流意识形态所倡导的审美理性的关系状态。再者,取决于作家作品被置于历史比较范畴中的创新程度和理论视野中被阐释的可能性。诚然,具体的经典指认过程是不可能完全顾及到这些因素的整合状态的,但上述三点作为经典指认的基本原则,是文学史著述不能轻易忽视的。鉴于中国当代文学发展历史的复杂性,其经典指认也充满了其他文学阶段所没有的独特与异样,并且经典指认总是和研究主体不同的历史叙述有着紧密的关联。我们以为,中国当代文学"史"的研究过程中,经典指认亦可分为二个阶段。第一阶段包括"十七年"和 20 世纪 70 年代末 80 年代初这一段时间("文化大革命文学"时期的情况需要特殊分析,故这里暂不涉及)。这一阶段经典指认的特点主要集中在"当下语境"对它的制约。例如,配合建国十周年庆典而大量出版的短篇小说、诗歌、散文、剧本等文类的"选集",并非是着眼于历史的选择,而更多是偏重于成就检视,全面总结。数量上的要求是必然的,作品质量的选择离不开"新生活"或"新气象"的范畴。那些直接或间接地与时代政治节奏保持了一致性的创作显然受到了分外的关注。经典的价值意义并不需要在与历史的比较中觅取,而是以审美创作是否鲜明地体现了新旧两个时代之间的断裂为标准的。如此看来,这一与创作同步的经典指认,不但难免粗疏,而且因无法把"经典"置于历史语境而使经典的指认难以真正得以展开。20世纪70年代末、80年代初,文学整体性向"十七年"格局大规模复归的态势,亦使这一时期文学史叙述中经典指认不可能出现新的变化。这一时期在"经典"认识上,其作为"教材"不能不受到当时教育理念规约的极大影响。"教化"、"伦理"责任影响到对经典的选择与确认。他们认为应该坚持对作品价值把握的如下原则:"只有那些经得起群众检验并为群众所了解和爱好的作品,才称得上是真正的艺术珍品。""主要看它是否符合人民的根本利益,看它在社会大众中产生的效果。""社会作用的大小、艺术价值的高低、社会效果的好坏,是检验作品质量与水平的重要依据。"这一时期所普遍强调的"历史的美学的观点",在具体的能指阐释里就被具体落实到毛泽东的"三个统一"上,即"政治与艺术"、"内容与形式"、"革命的政治内容与尽可能完美的艺术形式"的统一。判断作家和作品"经典性"程度的高低,主要标准是:"反映生活"、"概括时代精神"是否"真实深刻",是否"坚持真实性与典型化原则"等。① 这种对文学经典指认方面的"二元论"及其内在矛盾性,是当代文学研究中普遍遭遇到的难题。

综观这一时期有关文学经典的论述,有以下特点值得提出:其一,由于强调了中国当代文学之于中国现代文学的发展性、进步性,所以"进化论"思维支配着经典选择与文学史叙述。其二,"本质主义"认识观在经典指认过程中受到普遍推崇。其三,人物形象的典型性和时代性以及抒情类作品的激昂、明快特征,成为经典选择过程中首先也是重点探查的方面。

第三阶段,是在"中国现代文学语境"下的对当代文学经典的考察。这一阶段从20世纪80年代中期一直持续到20世纪末。受"五四文学正统论"的普遍影响,研究主体自觉不自觉地把现代文学经典性作为指认当代文学经典的基本参照和厘定标准。② 性格复杂性、主题多义性、情调人性化的作品被凸现,与中国当代文学中宏大叙事不同的其他叙事类型被重新阐释,甚至

---

① 《中国当代文学史初稿》,人民文学出版社1980年版。
② 席扬:《新时期"中国现代文学研究"与"中国当代文学研究"之比较》,《广东社会科学》2007年第3期。

是过度阐释。比如，茹志鹃的作品、"重放的鲜花"、路翎的"异样"的角度、孙犁风格等等。作家的复杂性、矛盾性也同时受到分外关注，如赵树理、郭小川等。20世纪末出版的洪子诚和陈思和的两部文学史著作，虽然在一些地方仍有"现代文学正统论"的影响痕迹，但他们通过大量的对文学经典的重释与置换，使经典在一种新的意义结构中恢复了生机，经典指认步入了比较理性的境界。

四、中国当代文学研究方法的更移

20世纪70年代末80年代初，当代文学在研究方法上仍然未能摆脱"十七年"文学批评所形成的模式影响，把中国当代文学作为中国当代社会史附庸的做法相当普遍。"社会"与"文学"的关系，尚未被视为两个相互独立而又紧密联系的个体，因而更多地认为当代文学只能是这一时期生活的反映，生活决定着文学。文学的独特性也只能在如何"反映生活"的"差异性"方面被界说。这在当时被讥为"庸俗社会学"方法。其实我们看到，这种方法的流行以及形成的权力状态，不只是黏滞了当代文学深入发展的可能，也大大影响了中国当代文学学科性的生成与确认。我们认为，中国当代文学学科意识的浮出与鲜明，除了高等院校课程设置的促动之外，就学科研究自身而言，它是与20世纪90年代以来的"文化批评"理论及方法被广泛认同紧密联系在一起的。在"文化批评"的理论世界和阐释视野中，中国当代文学历史的许多"问题性"显露了出来，"文化批评"对"意识形态"及相关性问题的全新解释，使当代文学中的许多现象变得重要了，当代文学的发生和生产机制特性因此拥有了可能被洞察的空间与视角，作为"历史学科"的中国当代文学，其"历史观"获得了与中国古典文学、中国现代文学接轨的可能性。独立性的强化、现象分析的深入以及其他方面活力的增加等自不必说，更加值得注意的是，它自身也因此初步实现了对以往几个阶段里中国当代文学史研究资源和叙述方式的整合。

不过，就现阶段而言，中国当代文学"史"的研究，仍有必要对以下几个问题作深入讨论，如"历史"的细节与规律、"历史"的功能与语境、历史的"对象化"与"他者化"等之间的关系问题等。

中国当代文学史的"发生"与"发展"

作为 20 世纪中国文学历史的重要组成部分——"中国当代文学史"的研究,自 20 世纪 90 年代中期以来有了长足的发展。与中国现代文学研究的相对"沉寂"相比,中国当代文学的活跃性,一方面体现为研究主体学科意识的自觉强化和历史性思维的大规模介入,更为重要的是中国当代文学学科在不断走向深化过程中所日益实现的"问题性"及其过程、价值和功能的复杂性。诚然,就中国当代文学各个阶段研究的具体情形和各个阶段之间的差异而言,仍有不少研究盲点和必须深入的大量问题,例如,"十七年文学"与解放区文学以及与 30 年代"左翼文学"和"文革文学"的关系等;"文革文学"自 70 年代以来,一直处于敏感话题范畴之中。"文革"时期有无真正的文学?"革命样板戏"是不是一种审美?"文革"时期的小说、诗歌、散文及文学批评等文类的基本状况如何,至今未能弄清楚。"八十年代文学"的真正成就应当如何界说? 它与时代语境的复杂关系及其大量有意味的文学事件、文学现象等,依然未能得到深入研究。

这些(不仅仅只是这些)大量问题的存在,使得当下中国当代文学的研究面目表现为既成熟又幼稚的状态。一方面,它的"学科性"已被较充分建构起来,学科构成层面的内在分野也日渐明晰化;但另一方面,学科建构的基础并未夯实,"问题"的大量存在使得学科研究的价值指向不明,或随时都可能被模糊化。至此,中国文学学科的活跃性便具有了双重性意义:

就学科整体而言,在与中国古代文学、中国现代文学研究比较中,它表现为"不断出新"、波澜频生的动感状态,正是这一点,使得中国当代文学研究能够不断获取各种理论与话语资源,赢得学科研究不断深入的可能。然而,"活跃性"也必然包含学科有待成熟和研究完备化的一面。如何使其在有序、科学、避免歧向的健康方向上深入发展,无疑是我们需要认真思考的大问题。

鉴于此,对以往中国当代文学研究历史和当下研究状况梳理与分析,显得相当必要。本文以这一时期出版的中国当代文学史著作为考察对象①,拟从"中国当代文学研究的几个阶段"、"中国当代文学经典的指认与重释"、"中国当代文学研究方法的更移"等方面,做一简单的探讨。

一

中国当代文学被作为"史"的对象加以研究始于何时——迄今为止仍然是一个学术界尚未明确加以探讨的问题。显然,如果从"史"的角度看,中国当代文学的研究起始,不能以当代文学的"批评"状态的出现来划界。这不但因为50年代初有关中国当代文学的批评缺乏"史"的自觉意识,还在于被"批评"所处理的现象,并非完全可能成为"史"的现象。"批评"与"现象"对"史"的有意拒绝,无形张扬并放大了这种研究的"即时性"

---

① 据有关专家和笔者的研究统计,截至2007年年底,已有近七十部中国当代文学史著作出版发行,其中包括把现代文学和当代文学合在一起的"20世纪中国文学史"——比如朱栋霖主编的《中国现代文学史(1917—2000)》,吴宏聪、范伯群主编的全国高等教育自学教材《中国现代文学史(1917—1986)》(武汉大学出版社1991年版)等。文中涉及的中国当代文学史著作,笔者有意选取了在20世纪80年代具有代表性、并且发行量很大的四部文学史著述:张钟、洪子诚等主编的《当代文学概观》,北京大学出版社1980年版,简称"北大本";由陈荒煤任顾问、郭志刚、董健等人担任"定稿"者的《中国当代文学史初稿》,人民文学出版社1981年版,简称"初稿本";由复旦大学、山东大学等22院校联合编纂的《中国当代文学史》(共1、2、3册,分别于1980年5月、1981年12月和1985年面世。1986年年底对第1、2册进行了修订,简称"二十二院校本",修订本改由海峡文艺出版社出版;由冯牧任顾问、王庆生任主编、华中师大中文系编著的《中国当代文学》(共3册,第1册初版于1983年9月;第2册1984年5月第1版由上海文艺出版社出版;第3册初版于1989年5月;第1、2于1989年4月修订再版,简称"华中师大本"。上述文学史著述均又在其后不同时间进行过大规模修订。

和"价值"的有限性。文学现象的"史"的意义在于,它不但参与了文学历史的结构生成,而且其自身也只有在被命名的文学历史时空的"意义架构"中获得价值。"史"的研究需要一个可以自由穿梭、查看的时空,它包含着现象及其现象的批评。从这个意义上说,中国当代文学"史"的研究,不是与批评结伴而行的产物。

　　中国当代文学"史"的研究,应当从 1959 年算起。1959 年 10 月以后及稍后一段时间(包括 1960 年),可视为中国当代文学"史"的研究的第一阶段。在庆祝建国十周年的激奋浪漫时代氛围中,一大批从"史"的角度研究"新中国文学"的著述纷纷刊出——其中,由中国科学院文学研究所《十年来的新中国文学》编写组集体撰写、1960 年出版的《十年来的新中国文学》(作家出版社),应看作是第一部有意识从规范的文学史意识层面对中国当代文学发展进行全面叙述的重要著作。虽然它对当代文学发展和价值的总体判断带有明显的时代痕迹,整体上夸大了当代文学成就,尤其是在与现代文学比较中存有不少"妄断",但它毕竟标志着中国当代文学"史"的研究的真正开始。在此著之前,即 1959 年 10 月国庆之际,重要的文学报刊纷纷刊载了大量总结新中国文学十年成就的文章。1959 年《文艺报》第18、19、20 期都有意识地集中刊登了多篇显然是事先组织的文章,如邵荃麟《文学十年历程》、冯牧、黄昭彦《新时代的画卷——略谈十年来长篇小说的丰收》、《文艺报》编辑部《十年来的文学新人》(以上为《文艺报》)、梅兰芳《戏曲大发展的十年》(《戏剧报》1959 年第 18 期)、晓雪《谈十年来的新歌剧》(《文艺报》1959 年第 24 期)等。许多作家也自觉以"十年"的"史"的方式总结自我,或者获得评价。比如,孟超《漫谈田汉十年来的创作》(《戏剧研究》1959 年第 4 期)、邓绍基《老舍十年来的话剧创作》(《文学评论》1959 年第 5 期)、宋爽《努力描绘社会主义的人物——试谈马烽十年来的短篇小说》、张立云《为壮丽的生活和事业引吭高歌——漫谈刘白羽同志十年来的散文特写》(《新观察》1959 年第 20 期)、老舍《十年笔墨》(《侨务报》1959 年 9 月号)、贾芝《十年颂歌》(《民间文学》1959 年 10 月号)等。重要的文学批评研究刊物如《文艺报》、《文学评论》、《戏剧报》等均出版纪念专号,专号内容均涉及对新中国十年文学历史的回顾与评价。

《文艺报》在 1959 年第 18 期专号上还专门就"作协会员"、"作协分会"、"文学刊物"、"文学作品创作种数"、"少数民族文学作品"、"文学作品发行总数"等方面,运用数字统计与对比方式,把 1959 年与 1950 年(有的是 1949 年)进行对比,以说明"十年来我国文学事业取得了突飞猛进的发展"。从 1959 年 10 月开始,人民文学出版社陆续出版《建国十年来优秀创作》丛书。不少省份还分别在 1959—1960 年间,隆重推出了一批本地区创作选集。1960 年第三次文代会上,陆定一、郭沫若、周扬、邵荃麟等文艺界领导的报告、讲话等,亦是从"史"的角度对建国以来的文学进行总结。[①] 据笔者不完全统计,这两年间,各地出版社以"十年选集"形式出版的短篇小说、诗歌、散文(杂文)、戏剧、电影剧本等,达五十余种之多。这种类似于"中国新文学大系"的作品编选和文坛"检阅"方式,也可视为中国当代文学"史"的研究过程生发的一个重要方面。这一时期是当代文学史研究"生成"的重要年份。

其后,在 1961—1966 年里,有关当代文学"史"的研究,具体成果多体现在从"史性"角度的宏观性论文之中——如《人民日报》、《文艺报》纪念讲话 20 周年的社论以及以建国十五年为契机对当代文学的整体总结著述等。[②] 但值得注意的是,1959 年以后的中国当代文学史研究,出现了一些重要的不寻常变化——正是这些变化表征了中国当代文学研究"史"的第二阶段。具体变化表现为以下几点:

第一,与 1959 年在喜庆氛围中所形成的"检视收获"、突出成绩不同,自 1960 年开始,尤其是执政党领袖对现实形势判断的转变,警惕"右倾"、强调阶级斗争和倡导"继续革命"等意识形态理念,开始口见强力地影响着中国当代文化语境和文学艺术发展情势的变化与走向。此间,有关"京剧可否演现代戏"的讨论、京剧现代戏汇演活动和毛泽东的"两个批示"等构成了表征时代症候的重要现象。在文化语境的紧张状态中,对当代文学的"史"性价值实施判断的否定性思维逐步得到了张扬。1962 年 2 月、3 月分别召

---

① 参见《中国文学艺术工作者第三次代表大会文件》,人民文学出版社 1960 年版。

② 《人民日报》1960 年 5 月 23 日发表题为《为最广大的人民群众服务》社论、《红旗》杂志和《文艺报》的社论分别为《知识分子的道路》、《文艺队伍的团结、锻炼和提高》。

开的"新侨会议"和"广州会议",实际上为这种否定性思维的扩张提供了口实。同年9月,中共召开了八届十中全会,会上提出了现阶段我国社会主要矛盾仍然是"阶级矛盾"。11月,在文化部召开的首都京剧创作座谈会上,有关现代戏与传统戏的"比例"问题,引起极大争论。这些都表征了对当代文学总体成就的另一种判断。

第二,中国当代文学发展的具体时段得到了强调。以往的"新中国以来"的提法已经被质疑,比如上海市委书记柯庆施1963年年初提出"写十三年"的激进口号,由此引发了文艺高层对这一口号及相关问题的不同意见。周扬、邵荃麟等在中宣部于1963年召开的文艺工作会议上,指出"写十三年"这个口号有明显的片面性,"特别批驳了只有写社会主义时期的生活才是社会主义文艺的错误论调"①。张春桥在此次会议上,对柯庆施的口号进行了论证,提出了"写十三年的十大好处"。这种更为激进的姿态,是60年代文艺领域发生变化的一个重要信号,并与其后毛泽东的批示、江青有关京剧革命的意见一起②,构成了20世纪60年代新的更为激进的文艺观念。此等观念作用于当时的文学研究领域,就出现了以否定性评判代替成就总结的观点,对建国以来的文学历史开始了由点到面的质疑与否定。

第三,文学史的经典标准发生重大变化。"批判"范畴的扩大和对文学作品的日益革命化即"社会主义化"的纯化要求,使得当代文学史研究呈现为全新的"颠覆"状态。《纪要》作为毛泽东文艺思想的当代形态,其对中国当代文学发展史的基本判断,在"文革"开始后的非常岁月里生成为新的文学史观。在《纪要》中,既表达了对五四以来乃至建国以后经典作品的质疑和否定,也凸显了自1965年以来激进主义文艺思潮下重新铸造经

---

① 1963年1月初,时任上海市委书记的柯庆施在"上海部分文艺工作者座谈会"上提出"写十三年"的口号。见《文汇报》1963年1月6日。4月,在"新桥会议"上,与会者就这一问题展开了激烈辩论。1964年8月,《红旗》杂志发表柯庆施在1963年年底至1964年年初华东地区话剧观摩演出大会上的讲话,这标志着"激进者"已取得胜利。

② 其实这一"激进"姿态,在《红旗》杂志题为《文化战线上的一个大革命》、《人民日报》的《把文艺战线的社会主义革命进行到底》等社论中已经被系统地理念化、原则化了。

典的想象与冲动。1965 年对《欧阳海之歌》的吹捧①,旋即在"文革"开始后又被否定。

二

中国当代文学"史"研究的第三个阶段,是指 20 世纪 70 年代末、80 年代初,由于政治权力更替带来的社会变动,中国当代文学史的写作进入了一个可以与"十七年"拉开距离的时期。进入历史"新时期"以后,随着高等教育的恢复和高考制度的重新启动,大学中文系课程体系中的"中国当代文学"被普遍单独列出,虽然在很多院校和课程规划具体实施过程中,"中国当代文学"总是被置于"中国现代文学"的"附属"位置,甚至有些院校只以"讲座"的形式附加开设,但毕竟"中国当代文学"已开始走向"学科性"。课程的需要催生着具有"史"性层面的"中国当代文学"教材的大量产生。② 从总体上看,受着"拨乱反正"时代思维的牵导,20 世纪 70 年代末 80 年代初的中国当代文学史研究,在认知判断上共同折向对"十七年"的全面肯定,被"平反"的作品大批进入文学史。此时研究主体的"史识"表现为:除了强调"十七年"文学的"社会主义性质"外,还力图使"十七年"文学与五四以来的"新文学"接续。文学史叙述秩序被全新建构,许多先前忽略的中国当代文学的重要现象被逐一提出,但对文学价值认定的"政治性"倚重并没有被改变。如对《武训传》事件、俞平伯《红楼梦研究》事件、胡风事件、"双百"和"两结合"口号等现象的评价。笔者拟以在当时影响较广、发行数量较大的四部文学史——《当代文学概观》、《中国当代文学史初稿》、《中国当代文学史》、《中国当代文学》作为对象进行考察。大

---

① 《欧阳海之歌》首刊于 1965 年《解放军文艺》6 月号,1966 年 1 月 9 日《人民日报》选载此著,并加编者按予以推荐。1966 年 2 月 26 日,《羊城晚报》发表小说作者金敬迈创作体会文章《做毛泽东思想的宣传员》,《人民日报》《文艺报》很快予以转载。1966 年《文艺报》第 2、4 期分别发表冯牧《文学创作突出政治的优秀范例——评〈欧阳海之歌〉》、郭沫若《毛泽东时代的英雄史诗——就〈欧阳海之歌〉答〈文艺报〉编者问》等文,均予以高度评价。

② 有学者统计,至 2000 年,已出版《中国当代文学史》著作六十余部。参见孟繁华等《中国当代文学发展史》。

体看来,这一时期中国当代文学史研究表现为如下两个特点:

一是文学史研究的"教材形式"和"教材"的"讲义"性质。这实际上决定了中国当代文学学科独立性还不可能得到强调,有关文学史的"事实"取舍随意性很大。对"经典"的确认,基本上是以那些与编写者记忆之中的作品事件相对应、在当时产生较大影响的文学存在为基础。

二是"文学史观"的模糊。比如由张钟、洪子诚、佘树森、赵祖谟、汪景寿编撰的《当代文学概观》(以下简称"北大本"),编者解释说:"这本当代文学概观,主要是通过对当代史上具有代表性作家和创作成果的评述,概观30年来文学创作的概况,虽然试图探讨文学创作发展过程中的某些问题,但是距离要达到的目标实在很远。一方面,因为这是一本应教学需要仓促编成的讲义,从1978年夏季着手到全书脱稿,才只一年半的时间。要搞清当代文学的发展过程及其规律性,以我们的水平和准备的状况来看是一时难以做到的。另一方面,30年来,当代文学走过不平坦的路,它的发展是复杂的,今天,运用实践是检验真理的唯一标准的尺度来衡量,对它的历史进程的认识,还在不断发展和深入,还需要一个过程。"① 同年, 1980年12月出版的《中国当代文学史初稿》(上、下册)②(以下简称初稿),其撰著目的与此多有相似之处,被教育部视为"高等院校中文系教材"的《初稿》,参加撰写的有十所院校。1979年3月编写组在上海开会,讨论本书编写大纲,并广泛听取了应邀到会的四十多个院校及有关文学研究单位的代表对大纲的意见。为了进一步解决编写进程中遇到的一些难点,编写组成员又于1979年8月在长春举行的全国当代文学学术讨论会上,与参加会议的文学研究者和教学工作者一起就有关问题进行了探讨。他们认为"编写建国后30年的文学史,这是一项初创性的工作。本书试图运用辩证唯物主义和历史唯物主义观点对新中国文学30年的成就、经验、教训及其发展规律进行初步的总结和探讨,

---

① 张钟、洪子诚等主编:《当代文学概观》,北京大学出版社1980年版,后连续重印,总印数达三十余万册。

② 《中国当代文学史初稿》(上、下册),人民文学出版社1980年初版,1988年修订。此教材由陈荒煤任顾问,郭志刚、董健、曲本陆、陈美兰任主编,前后参与编写者达20人。2006年第二次修订,改名为《中国当代文学史新稿》,董健、丁帆、王彬彬主编,参编队伍也大换血。书中内容面貌也发生巨大变化。

为大学文科学生和其他读者了解建国后文学的发展勾画一个概貌,提供必要的理论观点和历史知识"。

显然,"初稿本"相比于"北大本",对中国当代文学的"时期性"更为看重,这表现为,"初稿本"明确以"十七年"、"文化大革命十年"和"社会主义新时期"三个概念对中国当代文学的阶段性进行了划分,而不是"北大本"那样主要以"文类"含纳"时期"的方式把几个阶段串起来。

1980年出版的另一部《中国当代文学史》(1、2、3册),编写近五年才出版 ①,由22个院校参与撰写(以下简称"22院校本")。据"前言"自述,编写此书亦是"为适应高等学校中文系教学的急需","为了眉目清晰,讲授方便,我们从30年来我国政治、经济和文学事业发展的实际状况出发,把当代文学的历史初步划分为四段,每段为一编,即1949年第一次文代会到1956年为第一编,1957年到1965年为第二编,1966年到1976年为第三编,1977年以后为第四编。全书以'绪论'开篇,总论当代文学的历史过程、重大成就和主要经验教训。每一编的'导言',简述本时期政治、经济发展状况,以便读者了解文学运动、文学创作发生发展的历史背景。除'毛泽东诗词'、'郭沫若'两个专章和各编第一章'文艺运动和文艺思想斗争'外,其余各章均有'概述'一节,简括介绍各时期文艺批评和各种体裁文学创作的概貌。关于作家一般以其代表性作品问世的时期,作为排列于某一时期的依据,此前和此后的作品则采取补叙和追叙的办法。重要作家都有创作道路部分,其他作家,则根据在文学史上所占地位的不同,或对生平及其创作发展的历史线索做简要介绍,或只介绍生平,或只具名,不做介绍"。华中师大中文系编写的《中国当代文学》(以下简称"华中师大本"),起步于1979年春天,(此校中文系曾于1962年出版过《中国当代文学史稿》一书,科学出版社出版)此著编写者"考虑到高等学校特别是师范院校教学的需要,本书以分析、评论作家作品为主,兼及史的论述。当代文学的教学与研究,以文学作品为主要的对象。只有按照文学发展的脉络,紧密围绕每个时期的主要作家作品进行教学,才能使学生认识当代文学的特点和规律,提高鉴赏、分析、

---

① 二十二院校编著:《中国当代文学史》(1、2、3册),第1册福建人民出版社1980年初版,1985年3册出齐,1987年修订。后改为海峡文艺出版社出版。

评论当代作家作品的能力,对当代文学有一个轮廓的了解。"①

　　这一时期大致出版有三十余部文学史,其中一部分是以"内部教材"形式出版的,都被运用到教学实际过程之中。仅以这一时期"中国当代文学史"教材来透视"中国当代文学"的研究状况,已呈现出与第一阶段大为相异的区别。主要表现为:

　　第一,中国当代文学"史"的框架和界限初步得到勘定,并在很大程度上取得了共识。例如对中国当代文学"史"的分期,绝大多数史著都把建国以来30年的文学史划分为三个阶段——"十七年"、"文革"、"新时期"。对于"十七年文学"是否可以作为一个整体,在认识上稍有分歧。有的著述把"十七年"分为两段:1949—1956年为一段, 1957—1966年为一段。有关中国当代文学、尤其是"十七年文学"的代表性作品的选择与衡定上,大多数著述小异大同。在对作家进入文学史的叙述分量的分配上,则显得差异稍大一些。比如散文家杨朔,在《中国当代文学史初稿》中单列专章加以论述,而其他著述则只列为专节。巴金当代的散文创作,在各文学史著述中排列位置和叙述分量上有不少差异。

　　第二,这一时期中国当代文学史的价值叙述,多侧重对作家之于时代的认同态度和其创作的"题材"性质的考量方面。"重大题材"、"重大矛盾"、以及"新生活"、"新风貌"等方面受到重视。创作的"主题"与"思想意义"备受关注,也是研究者对作家或作品实施评判的基本范畴。一般文学史对作品分析大都采用了这样的结构模式:题材——主题和思想性——人物形象塑造及其特点——艺术特点——不足或缺憾。关于作品审美性分析的着力点,大多集中在对人物形象"典型性"的衡量与评说。对诗歌的评判也是"写什么"重于"怎么写",诗人的"抒情方式"和诗的"抒情结构"以及意象世界的复杂性未能得到充分地阐释。

　　第三,这一时期中国当代文学史叙述话语与意识形态话语的有意勾连与同构状态。这不仅体现在对当代文学史阶段划分自觉与当代史的"革命

---

　　① 王庆生主编、华中师范大学《中国当代文学》编写组编写的《中国当代文学》,第1册1983年9月初版,第2、3册分别于1984年11月、1989年5月初版。第2册1989年4月第1次修订,总印数达九十余万册。2001年之后进行了第二次全面修订。

式"划分相一致,重要的是把当代政治对历史的评判体系移植于审美评价过程中,有意识地对文学的"政治性"价值予以强调,并以此为中国当代文学的合法性寻求依据。例如,单章讲述"毛泽东诗词"和"老一辈无产阶级革命家的诗词";出于"民族团结"大局的考虑,有意设置了对李乔《欢笑的金沙江》和玛拉沁夫《在茫茫的草原上》的专节叙述。强调对电影《武训传》、俞平伯《红楼梦研究》、胡风文艺思想批判的"必要性"、"及时性";无形夸大了周恩来在"新侨会议"、"广州会议"上讲话的重要意义以及这两次会议对文艺界的直接影响。再比如,对"文革文学"一般都采用一概抹杀的做法——"一片废墟"、"阴谋文艺"的命名得到广泛的认同。对"文革文学"叙述的另一种做法是,把1976年"天安门诗歌"加以放大,使之整个代替了"文革文学"的全部存在。

第四,"文学史观"的模糊与差异性。"文学史观"应该在两个方面得以呈现:①是对"经典"指认的标准。比如是文学史"价值"的,还是"思潮"的。②是对文学发展阶段性的划分。一般也有两种:其一是注重于外部对文学的影响,强调的是文学对外在强势的呼应;二是注重从文学自身变异来划分。这一时期的当代文学史著述,大多表现为经典指认的"影响"取向与阶段划分的外在依附。"初稿本"分作三个时期:"十七年"、"文化大革命十年"、"社会主义新时期";"华中师大本"则分为四个时期:开拓时期的社会主义文学(1949—1956)、在曲折中前进的社会主义文学(1957—1965)、"文化大革命"时期的文学(1966—1976)、新时期的社会主义文学(1976.10—1986.10);"22院校本"与之相类似,但"命名"上则取"中性"概念:"1949—1956年的文学"、"1957—1966年的文学"、"1966—1976年的文学"、"1976—1982年的文学";"北大本"虽然未在目录中划分阶段,但实际叙述中也是按上述"时段"进行的。不过,各时段的界限相对模糊些。这里,时段划分上完全按照当代政治的不同状况及每种状况之于知识分子和文学的关系来认定的。时代政治的"清明"与否由于与文艺政策相关,进而影响到一个时期文学的数量、风貌等,所以有些事件被有意凸显,比如"双百方针"的提出,60年代的"新侨会议"、"广州会议"等。这种叙述显示了当代文学史在80年代试图在政治与文学之间寻找完全对应性的真诚的努力与期待。

　　中国当代文学史编写中的一些重要问题,一般都反映在"绪论"中,诸如关于当代文学性质、关于现当代文学之间的关系、关于中国当代文学的时段划分、总体特征、经验教训以及体例思考等,都是研究者必须在"绪论"中加以解决的。因而,"绪论"可视为文学史编纂的"纲"。所谓"指导思想"和"原则"其实就是文学史观的体现。以"初稿本"、"北大本"、"华中师大本"和"22院校本"等几部最初出版的文学史来看,"绪论"所要解决的问题大都基本一致——即使有"差异",也是因为教材侧重点不同而形成,并无本质的或方法论层面上的不同。

　　以"初稿本"为例谈谈这种情况。

（一）关于当代文学性质的认识

　　"初稿本"对当代文学的一些基本问题的思考,是建立在对现当代文学的联系与比较的思维基础之上。它认为,现代文学是"在马克思主义理论指导下逐步发展起来的无产阶级革命文学。在30年间,它作为整个中国革命的一个必要的和重要的战线,发挥了重要的影响和作用,并在战斗中培育和锻炼了具有民族特色的革命现实主义和革命浪漫主义的传统,我国当代文学就是继续着这个传统,在社会主义制度的历史条件下曲折地成长与壮大起来的。""中华人民共和国的成立,开辟了我国革命历史的新阶段,也开辟了我国无产阶级革命文学的新阶段。""毛泽东同志曾经形象地把中国革命的两个发展阶段比喻为上下两篇文章,包括新民主主义阶段和社会主义阶段在内的整个我国无产阶级革命文学,——人们习惯上把新民主主义阶段的文学称之为中国现代文学,而把社会主义阶段的文学称为中国当代文学。"谈到对这一性质认定的认识基础时,绪论说:"自鸦片战争以来的中国近代历史证明,凡属根本性的社会政治变革,总是要反映到文学上,引起文学性质的变化。""社会变了,文学就会跟着变化。""中华人民共和国的成立,标志着新民主主义阶段的基本结束和社会主义阶段的开始。在社会主义阶段,社会主义已经不只是一种思想体系或一种理想,而是逐步变成活生生的现实了。通过形象化的手段,反映并促进社会主义政治、经济制度的建立、发展和不断完善、巩固,是我国当代文学的光荣使命,当我们的文学真正肩负起这一历史使命,并真正成为有社会主义觉悟、有文化的广大劳动者（包括脑力劳动者）所掌握的时候,就形成为社会主义文学了。建国 30 年来,我国当代文学走了一条曲折的道路,但就其总体来说,是社会主义性质的。"

（二）关于中国当代文学的总体成就

在总结中国当代文学的成就时,绪论从六个方面展开。① "作家和工农兵群众进一步结合,文学创作和劳动人民进一步结合,从而形成了文学史上最深刻的革命。"认为 1942 年提出的文艺为工农兵服务的方向,在当代得以彻底实现,"没有 1942 年提出的这一方向,就不会有今天崭新的社会主义文学"。② "无产阶级和劳动人民的新人形象在作品中占有突出位置。"③ "劳动人民不仅是文学作品的接受者,而且参与了文学创作事业。"④ "在创作手法上,……从整个倾向上看,充满社会主义和共产主义理想的革命现实主义和革命浪漫主义的方法日益被广大作家所接受,并占了主导地位。"⑤ "在艺术风格方面,在民族化、群众化的总的方向下,越来越多的作家逐步形成了各自独特的风格。"⑥ "提供了多民族文学共同繁荣的现实可能性。"

对"当代文学史的分期和对各个时期的基本估价",绪论将之分为"三个时期"——"十七年"、"文革十年"、"七六年以后"。认为"这个分期方法的好处是,它仅仅抓住了事物的质变点"。"三个时期的质的规定性是十分明确,不易混淆的。""十七年""是正确路线占了主导地位,甚至'十七年'这个词,已经成了人们评价当代文学的习惯用语,是不好再分开的了。""'文化大革命'中的十年,文艺园地百花凋零,万马齐喑,形成了世界文学史上罕见的现象,因此,它可以作为特殊的一页留在义学史上。"

绪论在分述三个时期的成就和对之进行基本介绍时,提供了有意思的思考。这些思考既是围绕作品而展开的价值探讨,亦是一种别样的文学"经典化"认识状态。它认为,"十七年"时期的文学创作,"总的说是繁荣的,有生气的,在各种形式的文艺作品里,都出现了一批思想上和艺术上比较成熟的作品。其中,如《红旗谱》、《创业史》、《红岩》这样的长篇小说就算比起五四以来新文学史上任何一部长篇作品,都是毫不逊色的"。认为,朱老忠、严志和、梁生宝、梁三老汉、许云峰、江姐、华子良等人物,"都是很富有民族特色的典型形象,在他们身上,分别概括了民主革命时期和社会主义革命时期极为深广的社会内容","可以看到中国人民在中国共产党领导下建立根据地,推翻旧世界,建设新中国的伟大历程。""这些具有独特性格内容和鲜明个性特征的典型形象,不仅为世界文学史上所没有,就是在我国以前的文学史上,也是没有先例的。因此,我们可以说,这些典型形象的出现,是对世界进步文学画廊的一个崭新贡献。"

对"文革文学"的基本估计,认为,"这是一个非常的时期","基本上有三类状态的文艺:一是阴谋文艺;二是'瞒和骗'的文艺;三是革命文艺"。

(三)关于中国当代文学的"经验教训"

"绪论"在总结"经验教训"时,提供了几个方面的认识:①"必须正确开展文艺上的两条路线的斗争,拒绝用政治运动和群众斗争的方式来对待文学艺术领域中的问题。"认为,"建国初期对电影《武训传》的批判,对《红楼梦》研究中唯心主义思想和整个胡适派观点的批判,以及后来对胡风文艺思想的批判等等,都是必要的、及时的"。但批判过程中"运动式的做法"和"缺乏辩证的、一分为二的全面分析"的"两种倾向",都是"消极的"、"有害的"。②"必须正确处理文艺和政治的关系。""绪论"认为,"在文艺和政治的关系方面,我们多年来在认识上和处理上是片面的、机械的",具体表现为"一方面对政治做了简单的、片面的和庸俗的理解,把当前运动和党在各项工作中的具体政策当作了唯一的政治"。"机械地片面地强调'文艺为政治服务'的口号",从而造成否定艺术特征与功能的结果。另一方面,"在强调政治标准第一、艺术标准第二这个艺术批评的标准时,往往变成'政治标准唯一'"。绪论解释说,"事实上政治和艺术是结合在一起的,政治是通过艺术来体现的"。"在文艺创作中,取消了艺术也就没有了政治。"同时就作家主体的政治性,绪论说道:"向作家、艺术家宣传深入群众和改造思想的长期性和必要性,以期保证他们艺术创作的正确方向,这是正当的。但却不应该提倡那种政治脱离艺术,甚至用政治代替艺术的错误理论和做法。"③"必须按照艺术规律办事,坚决贯彻'百花齐放、百家争鸣'方针。"绪论认为,"必须认真认识和尊重文艺自身的客观规律,"认为"双百"方针,就是严格遵循艺术规律办事的正确方针。④"必须忠实于现实主义的传统。"绪论认为,"在十七年中的我国文学,毫无疑问是坚持了现实主义的优秀传统的,……是坚持了革命现实主义与革命浪漫主义的创作方法的。"但由于"左"倾意识的发展,"在我们的文学创作中还存在着现实主义严重不足的一面。"⑤"必须正确区分两类不同性质的矛盾",认为"只有坚持实践第一,实行艺术民主,才能保护好的,批判坏的"。

从以"初稿本""绪论"为代表的80年代初中国当代文学史的研究中可以看到,除了受政治转换影响而对"文革文学"进行了"大胆否定"(甚至是全盘否定)之外,在面对"十七年"的许多影响全局的、根据毛泽东《讲话》所确立起来的重大艺术理念,对一些基本范畴的价值判断等,都表现出基本肯定的态度。所做的"反思",仅仅局限于对一些重要问题的"更加全面"或"辩证"的分析态度。例如,依然肯定并强调"生活"对主体创作的先天性的支配作用,从而完全回避了作家的"主体性"问题。对"文学与政治"的关系问题,不但认为这是一个重要的"历史问题",而且也是一个必须在新的条件下处理好的大问题。肯定政治对文学的支配作用,不否认政治价值之于文学的重大性和必要性。因而,对50年代的几次"文学大批判"依然持肯定态度,甚至对《文艺八条》等一些重要文件里的"左"的东西未能加以清理,也就不可能去分析60年代初周恩来的文艺言论与毛泽东的内在一致性,从而把"一个时期的错误"归结为"一个人的错误"。正是这样的思维,使得这一时期中国当代文学史的重要结论都值得怀疑。比如把十七年分为两阶段,1957年以前是正确的,1957年以后则基本是错误的,等等。这表现了从政治立场对文学进行价值判断的普遍情形。

(四)关于中国当代文学和中国现代文学的关系

中国当代文学和中国现代文学的关系,是当时文学史家普遍意识到的并试图给予回答的重要问题。但是在回答这一问题时,研究者普遍采用的是以当代为中心,并以"进化论"思维加以论述的。认为,中国现当代文学是一个整体,是建立在自五四以降无产阶级对文学的影响与领导方面,不但将毛泽东的新民主主义革命论作为依据,而且在极力申述中国现代文学30年的无产阶级性质的基础上,为当代文学的性质寻找历史依据与合法性。站在"当代"立场,一是为了证明"当代"比之于"现代"的更显"高级"的形态。对当代文学性质的"社会主义"的判断,又使得当代文学在当时政治价值范畴之中其价值显得更为重要。在这些文学史的叙述里,文学的丰富性被淡化,文学的"时代性"和"功用性"仍然得到了普遍强调与凸显。中国现当代文学"一体性"的立足点,主要是历史和现实的"正确性"的一面,而非是从文学内部或文学本身的关联方面加以体认的。

以上种种问题都说明,虽然在 20 世纪 70 年代末、80 年代初中国当代文学作为学科已走向建构,但它的"历史叙述"则表现出很强且不无随意性的"主观性"。这种"主观性"并非是基于个人的,而是意识形态权力意志的体现,作为真实存在的文学,并不参与中国当代文学史的叙述。这些也为此后的一长段时期——从 80 年代中期至 90 年代后期,中国当代文学的不断"修改"、"重写"、"改写"留下了大量空间和话题。

三

20 世纪 80 年代中后期,对中国当代文学"史"的连续性"修改",可视为第四个阶段。"修改"的动机和原因,编著者是这样表述的:"《中国当代文学史》于 1978 年开始编写, 1985 年出齐。……在这六年中,在党的十一届三中全会所确定的思想路线指引下,我们国家的政治、经济、社会生活等方面都发生了显著变化。在文艺战线上,由于'双百方针'的贯彻,文学创作出现了蓬勃发展的局面,文艺理论研究和文学批评获得了突破性进展,中国当代文学史的研究,也取得了新的成果,原来一些一时尚难做出比较正确结论的问题,在实事求是的探讨中,也已经有了比较符合实际的认识。这一切都说明,对《中国当代文学史》做一次修改,以匡正本书第一版中某些现在看来已经显得不太恰当的评价,使它更符合历史的实际,更具有科学性,这不仅是必要的,也是可能的。"①《中国当代文学史初稿》的"修改说明"更透露

---

① 二十二院校编著:《中国当代文学》(1)"修订说明",福建人民出版社 1986 年版。

了时代变化、尤其政治变化之于"修改"文学史的必要性。"这次修改的要点是：一、调整某些过时的提法，使全书在观点和表述方面更加符合中央关于文艺问题的精神；二、注意吸收学术界新的研究成果，提高全书的科学性和理论水平；三、增删和调整某些章节。"

统观这一时期的中国当代文学史的修改，可以看到大致着力于以下几个方面：一是作家作品的"排序"变化和对重要作家、作品的"价值"修订；二是对当代文学过程中具有"史性"影响的"文学现象"的评价"修改"；三是对"文革"文学的研究出现了新的变化；四是"新时期文学"的当下发展状态及激起的全民认同，直接影响到研究主体对中国当代文学史一系列问题的认识；五是中国现代文学研究在20世纪80年代的繁荣与活跃以及由此形成的"五四文学正统观"大面积辐射到中国当代文学研究领域，并日益影响到对中国当代文学的价值评判。

以下仅就作家作品的"排序"变化和对重要作家、作品的"价值"修正方面做些较为细致的考察。

以"初稿本"为例，在专门讨论"十七年长篇小说"的第二章里，作家"排序"和各自的"分量"都发生了不小的变化：梁斌及其《红旗谱》原单为一节，置于"概述"之后。1988年出版的"修改本"则把原处于第七节、与"小城春秋"合为一节的欧阳山的《三家巷》提到第二节，与《红旗谱》合为一节。位于第三节单列的"杜鹏程及其《保卫延安》"，退至第四节，并与吴强的《红日》、曲波的《林海雪原》合为第五节。原合为一节的《红岩》与《青春之歌》，在次序上作了调整，《青春之歌》置前，《红岩》则在后头。高云览的《小城春秋》则被删掉了。长篇小说"节数"，也由原来的"九节"变为"七节"。

其中，作品评价的一些"关键词"的修改值得注意：关于作家梁斌——"初稿本第一版"说"梁斌是建国后在小说创作上取得突出成就的作家之一"，"修改本"把"突出成就"改为"重要成就"。对作品的评价，"初稿本第一版"称《红旗谱》是一部党领导的农民运动的壮丽史诗"，修改本则以"史诗性作品"替代了"壮丽史诗"的称誉。对《保卫延安》，修改主要集中于指出作品的"不足"。"初稿本第一版"认为："《保卫延安》的缺点是不够活泼、生动,就反映的生活面来说,除战争之外,其他方面还比较狭窄,有单调感。作家真实地再现了人民战士的英雄形象,但对敌人的刻画则显得薄弱。"在80年代后期则修改为:"《保卫延安》就反映的生活面来说,还比较狭窄,除战争以外,其他生活层面铺展不够,因而有单调感。此外,对敌方将领刻画显得薄弱,尚未克服脸谱化。"这里的修改有两点比较明确:一是"初版"的"不足"比较笼统,"修改本"则指出了作品造成单调感的原因是"其他生活层面铺展不够"。用"脸谱化"来解释"对敌人的刻画则显得薄弱",是一种已经有了审美距离的走向"客观"的判断。二是明显弱化了"敌""我"对立比较意味,调整了对之进行观照的视点——自然,这种"调整"显然是有限的,仅仅是"微调"而已。不过,虽然如此,也透露出20世纪80年代各种频繁而激烈的"论争"对中国当代文学史研究与历史叙述的重大影响。文学史观念正在发生着"悄悄"的变化。

对《红日》,"初稿本第一版"对它的价值表达是:"《红日》在艺术地反映大规模革命战争方面所取得的成就是十分出色的","修改本"改为"《红日》在艺术地反映大规模革命战争方面所取得的成就比《保卫延安》有较大的进展"。第一版认为"从生活实际出发描写英雄人物的性格的丰富性,是《红日》塑造人物的又一个可取之处"。修改后的表述,对之肯定的力度大大加强:"力图突破创作中写英雄的模式,坚持从生活实际出发表现英雄人物性格的丰富性,是《红日》塑造人物的又一个成功之处。"这里显然是把《红日》与《保卫延安》进行了比较,暗示出艺术成就前者高于后者的评价变化。"丰富性"从"可取之处"升格为"成功之处",这与新时期文学创作中大量出现的爱情描写有关,实际上可以看作是"爱情描写"在80年代的公开化、合法化反射在"十七年"历史叙述的具体表征——这也说明,文学史研究与时代当下思潮之间的必然的呼应及其在"历史叙述"中叙述主体站位对审美评价的影响。

作为"十七年"文学"经典性"作品《林海雪原》,"初稿本第一版"在涉及小说"不足"之处时专门谈到了小说的爱情描写:"至于作品少剑波与白茹之间的爱情描写,应该是无可厚非的,但有些地方处理的还不够恰当。""修改本"中这几句话被完全删去。这一变化依然值得我们注意:《林海雪原》发表之初及其以后的一段时日,评论界对它的"爱情描写"就有着不同意见。基本上认为这部作品的"爱情描写"没有合理性——一是为了"突出个人"①，二是"损害整部小说，给人不好的印象"②。据此，我们看到，"初稿本第一版"的"不足"评价，明显受到了"十七年"审美认识的影响。"修改本"对这一"不足"的删除，在宽容"爱情"的同时，也反映了80年代"中国现代文学"经典在生成过程中对"中国当代文学史"的价值判断的重要影响。

　　作为设"专章"讲述的"农村小说""三大家"——赵树理、柳青、周立波，"初稿本"在修改中，其"排序"并未发生变化。但对他们的整体评价和代表作的评价都有不少的更动。其中值得注意的是，对于赵树理评价明显往"高处"走。例如关于《三里湾》的价值，著史者有意突破了长期以来仅仅只是在"纵向"的赵树理创作范畴对其实施审美价值评价的既定意识，把他挪入中国当代文学史"农村题材创作"的纵横比较视阈里，突出了赵树理的自我"坚守"和他自己的"现实主义"形态。"修改版"增加了这样一段话："值得我们注意的是，《三里湾》在揭示农业合作化初期农村的生活矛盾时，没有受到像后来一些作品那种'阶级斗争'模式的框囿。比如，小说就没有有意识设计一条地主富农破坏的情节线索，人为地制造一种敌我矛盾的气氛；即使写合作化中两种思想对立的人'摆开阵势'，也不故意将矛盾推向两个极端。正如作者所认为的：'说他们走的是两条道路，不过是为了说话方便打的一些比方，实际上这两种势力的区别，不像打仗或走路那样容易看出彼此来。'小说这样描写农村斗争形态，使它更富有生活实感。这个特点，是建国后同类题材的小说创作中所不多见的。"从"十七年"至文革强调"阶级斗争"是生活的常态，到新时期政治与民众对生活"非斗争"形态的普遍认同，以往的"斗争审美"逐步遭到质疑与否弃。由此带来的赵树理小说创作"当代价值"的变化，毕竟是有限的。赵树理创作价值的政治属性并没有得以祛除。③柳青，基于当年《创业史》（第一部）出版时评论界对

---

① 何其芳：《我看到了我们的文艺水平的提高》，《文学研究》1958年第2期。

② 王燎荧：《我的印象和感想》，《文学研究》1958年第2期。

③ 可参见董之林：《关于"十七年"文学研究的反思——以赵树理小说为例》，《中国社会科学》2006年第4期。

他的"热评",作品对于"政治逻辑"的娴熟运用以及由此建立的"农村理想"与时代政治期待的高度一致性,使得他在中国当代的"农村小说"创作中"出类拔萃",占尽风流,似乎从《创业史》(第一部)问世起,就天然地拥有了"宗主"地位。正是这些原因,致使进入文学史的柳青,在叙述中一直处于被著史者仰视的位置。历史地看,任何一种得益于特定时代的产物,也必然会在与原来有着极大不同的文化语境中受损。20 世纪 80 年代,在中国当代文学史的"修改"浪潮中,对柳青的评价修改力度最大,并呈为"下挪"趋势。比如"初稿本第一版"说:"在当代文学史上,柳青的贡献是很大的",修改为"在当代文学上,柳青有着自己独特的贡献"。"初稿本第一版"中的"为我国社会主义文学的发展提供了营养和经验。"修改为"为我国社会主义文学的发展提供了有价值的研究材料。"对代表作《创业史》(第一部)的评价,有如下一些触目的变化。首先对其文学史地位的认定。"初稿本第一版"认为:《创业史》是一部反映农村合作化运动的史诗性的巨著,其思想和艺术成就都远远超过其他同类题材的作品,在我国当代文学史上占有非常突出的地位。""修改本"改为"《创业史》是一部反映农业合作化的史诗式巨著,在我国当代文学史上占有突出的地位。"删去了"《创业史》深刻地概括了我国农业合作化初期的社会矛盾冲突,着重表现了在这场变私有制为公有制的革命中的社会的,思想的,和心理的变化过程。"作品主人公梁生宝不再被指认为是"具有鲜明时代特征的英雄形象",不再被认为是"作者社会政治思想及美学理想的深刻体现",而仅仅称之为"农村新人形象",并且指出作者"有意对人物作了净化的处理,略去了这个年轻农民身上不可避免的小生产者的思想意识,一定程度上影响了形象的可信性"。"修改本"认为,梁生宝形象的感染力,更多地是与他身上所体现出来的"陕西农民所特有的精神气质,行动方式、感情状态以至语言习惯"等方面的地域特征大有关系——这是"初稿本第一版"中没有的表达。

梁三老汉由"初稿本第一版""典型性很高的艺术形象"变为"《创业史》中最为成功的艺术形象。"郭振山从"一个具有深刻教育意义的艺术典型"变为"郭振山的形象具有深刻地警策意义。"显然是,"史诗"下移为"史诗性作品",梁生宝由"英雄"走入"新人"行列,梁三老汉借助于"典型性很高"的台阶跃上"最为成功"境界,人物的"复杂性"成了他们价值位置发生变化的主要依据。更为重要的是,80年代关于"真实性"讨论中"存在真实"对"历史必然性"的有效剔除,"人性"的受宠和对"阶级性"的有意放逐,"人"与"历史"之间互为主体的复杂性的时代追问等等因素,无疑也是这些"修正"产生所仰赖的重要资源。

周立波当代创作评价的变化,主要体现在对其代表作《山乡巨变》局限的突出上。"初稿本第一版"中是就它的"不够充分"而言的,"但作为一部概括时代风貌的长篇小说,作品在表现清溪乡合作化运动时,对历史、时代背景展示得不够充分;在注意描写农民的思想负担,表现合作化运动中尖锐的矛盾冲突的同时,对他走社会主义道路的积极的一面,还描写得不够有力,对敌我斗争的处理也有点简单化。这些都多少影响了作品的思想深度。"而"修改本"则从整体上对作者的局限进行了陈述。"但今天看来,这个小说也还有一些局限和缺陷,比如对时代风貌的概括,还在一定程度上受到过去农村阶级斗争模式的影响,像龚子元这个暗藏的革命分子的设置,就显露出一种人为地扩大阶级斗争矛盾地痕迹,使许多描写经不起推敲。对党的工作者李月辉的刻画,作者一方面写出他实事求是的作风,处处含有真诚的赞许,但另方面又在一些地方生硬地给人物套上所谓'右倾温情主义'的批评,造成了形象的矛盾性。作者对老农陈先晋的精神世界是剖析得相当深刻的,但这个人物在作品后半部就搁了浅,不敢再作深化的处理,使艺术形象处在半完成状态。这些,都反映出作者当时创作思想所处的矛盾状态:既想认真坚持现实主义态度真实描写生活,又不能不在一些地方屈从于当时流行的某些观念,这就只能给艺术创作留下了再也无法弥补的缺陷。"

在对诗歌评价修正方面,贺敬之的文学史叙述可以作为重点分析对象。"修订版"里,除了把原版本中列为单节的长诗《雷锋之歌》与《桂林山水歌》合为一节以外,重要的是对《雷锋之歌》"缺陷"的评价变化。这样的评价依然保留着:"经过十几年实践的检验特别是经过十几年实践的检验来重新玩味它的'诗情',自然会发现它的某些不足之处。长诗对阶级斗争形势的估计,掺杂着一些虚夸不实的成分;对雷锋的评价以及对学习雷锋的意义的认识,也有些过头和绝对化,显而易见这是受了当时政治宣传中某些形而上学和唯心论倾向的影响。尽管诗人十分真挚地歌颂学习雷锋的群众运动,并把这一运动与当时国际国内的斗争形势联系起来,试图把主题表达得更深刻一些。但是由于他对现实生活观察和体验上的不足,激越昂扬的诗情中,便带有政治运动中的人为的过眼烟云的东西,或者说,带有一些不够真实的、经不起实践检验的东西。贺敬之政治抒情诗中的这种不足,在他后来写的诗歌中仍有表现。但是,实事求是地分析这种现象产生的复杂社会原因,人们就不会苛求诗人了。"

但我们看到,当"修订本"把《雷锋之歌》与《桂林山水歌》并置在一起时,也许并不是为了强调政治抒情诗的不足,而是提醒人们注意诗人艺术探索的"另一个侧面"——《桂林山水歌》的"民谣"风味,显然是强调了贺敬之自觉向我国古典诗词学习与借鉴的一面,"十分注意炼字炼意","情醇而境美"。

在单独谈到贺敬之诗歌的艺术特色时,"初稿本"第一版首先强调了他是"最善于用诗来表现政治性很强的重大题材"的诗人。认为"贺敬之的政治抒情诗总能够赋予抽象的政治性命题以具体生动的形象,以政治的'虚'来贯串、带动形象的'实',又以形象的'实'使政治变成可观可感的东西"。其次强调他的抒情主人公的独特性——"大我"与"小我"的融合。第三点强调了它在"语言"方面的独创性。认为作者"注意诗的节奏、旋律和押韵,继承了古典诗词那种音乐美"。在"修改本"当中,虽然对贺敬之的评价基本方面没有改变,但在某些"点"上的阐释力度明显加大了。比如对诗中"大我"与"小我"之间关系的论述;再如对贺敬之在"诗体"方面的"探索",认为他"以广泛借鉴吸收民歌和古典诗词的艺术技巧以及外来形式为基础,去熔铸自己的新诗体、新风格",具有"多样化色彩"。

显然可以看出,80年代初文学领域对文艺从属于政治、必须为政治服务的理念的大规模反思,影响并制约着对贺敬之的评价。虽然写足了他的政治抒情诗的种种"成就"特征与"好处",但对其"缺陷"、"不足"的认识也是相当清醒的。我以为,这与"朦胧诗"所展现的新的时代抒情方式以及这种美学情态被越来越多的人所接受有着极为密切的关系。"修改本"中对他的诗的某些方面的进一步的确认,显然是基于"小我"在诗中已经取得

"合法性"有关。有意淡化诗人的"政治性"一面,进而有意"挖掘"并展示贺敬之那些被遮蔽的另一面——"纯粹诗人"或"诗艺"的一面。80 年代中期,我们对诗的评价标准已发生了极大变化,50 年代的抒情方式受到普遍的质疑。

这种带有"论辩"性的文学史叙述,是这一时期中国当代文学史修史过程中的一个重要且独特的现象。它多体现在当代文学史上的"大家"身上,也鲜明地映现了 80 年代中后期中国文坛思潮变幻、意识转型的激烈景观,值得认真研究。

第五阶段,是在"中国现代文学语境"下的对当代文学经典的考察。这一阶段即从 80 年代中期萌芽一直持续到 20 世纪末凸显出鲜明的"史"的阶段性特征。受"五四文学正统论"的普遍影响,研究主体自觉而不自觉地把现代文学经典性作为指认当代文学经典的基本参照和厘定标准。性格复杂性、主题多义性、情调人性化的作品被凸显,与中国当代文学中宏大叙事不同的其他叙事类型被重新阐释,甚至是过度阐释。比如茹志鹃的作品、"重放的鲜花"、路翎的"异样"的角度、孙犁风格等。作家的复杂性、矛盾性也同时受到分外关注,如赵树理、郭小川等。世纪末出版的洪子诚和陈思和的两部文学史著作,虽然在一些地方仍有"现代文学正统论"的影响痕迹,但他们通过大量的对文学经典的重释与置换,使经典在一种新的意义结构中恢复了生机,"经典"指认步入比较理性的境界。由于这一阶段"中国当代文学史"的研究语境和凭借资源均发生了重大变化,呈现的"问题"的类型也与前述诸阶段差异迥然,笔者将另文论述,此不赘述。

中国当代文学史的"民族文学"叙述问题

"中国少数民族文学"在整体的中国当代文学史中的"历史叙述"问题,应是一个值得学术界长久关注的重要问题。这一问题的重要性,一方面体现为"中国当代文学史"作为"中华民族"文学当代存在状态如何获取其"整体性"问题,另一方面则体现为自 20 世纪 50 年代末中国当代文学史开始编纂以来,"中国少数民族文学"在整体的"中国当代文学史"价值定位和历史叙述的不断变化中而日益走向淡化的严峻现实。就学科发展来看,作为"中国语言文学"一级学科所属的"中国少数民族语言文学"学科,其自身在新时期以来有了切实的大规模发展,各种单一民族的文学史(包括通史、断代史、文体史)著述层出不穷,几乎囊括了 55 个少数民族,尤其是蒙古族、藏族、维吾尔族、壮族等人数比较多的民族的文学研究更是硕果累累。但另一方面我们也清楚地看到,在不断修订重写的"中国当代文学史"中,有关"中国少数民族文学"的历史叙述和价值分析却一路淡化,甚至在绝大多数的文学史著述当中逐步被取消。这一现象值得中国现当代文学研究界深思。

一般意义上的"中国当代文学史"的"生成"应是以 1959 年为开端①,

---

① 参见笔者:《论中国当代文学史的"发生"与"发展"——以四部文学史著作作为考察对象》,《中国现代文学研究丛刊》2008 年第 6 期。

但真正的"中国当代文学史"课程设置则是自"新时期"肇始。本文意欲通过分析以下四部出版于"新时期初期"富有代表性的"中国当代文学史"著述,并通过对这些文学史著述在 20 世纪 80 年代中期至 90 年代中期、90 年代中期至新世纪不同阶段"修订"状况的具体考察,以期深入讨论"中国当代少数民族文学"在"中国当代文学史"中的历史叙述问题及其意味深长的变化。

<h2 style="text-align:center">一</h2>

张钟等人的《当代文学概观》(简称"北大本")、郭志刚等撰著的《中国当代文学史初稿》(简称"初稿本")、王庆生等编著的《中国当代文学》(1、2、3 卷)(简称"华中师大本")和二十二院校编写组的《中国当代文学史》(1、2、3 册)(简称"二十二院校本"),均出版于 20 世纪 80 年代初期,在当时是各个高校普遍采用的有较大影响的教材。这四部文学史中关于"当代中国少数民族文学"的历史叙述的处理方式,能够反映出我国文学界在新时期初期对于这一问题的基本思考。比如"北大本",该书除"前言"之外共设五编——"第一编 诗歌创作"、"第二编 散文创作"、"第三编 戏剧创作"、"第四编 短篇小说创作"、"第五编 长篇小说创作"。这"五编"当中,除"第二编 散文创作"之外,其余四编均有关于"少数民族文学"的专节论述。该书每一编的"概述"中有关中国当代少数民族文学发展过程与历史成就的评价,亮出了编著者在处理中国当代文学史构成中关于少数民族文学价值的基本思路和理论架构。以"诗歌创作"编为例,编著者说:"三十年来,在兄弟民族中,一批有成就的诗人做出显著成绩。他们是蒙古族老诗人纳·赛音朝克图和青年诗人巴·布林贝赫,维吾尔族诗人艾里坎木,哈萨克族库尔班阿里,藏族饶阶巴桑,僮族韦其麟,傣族康朗甩、康朗英,土家族汪承栋,仫佬族包玉堂等等。少数民族的民间叙事诗,是我国诗歌宝库的重要财富。解放以来,进行了大量收集、整理工作,有的诗人并根据这些民间叙事诗进行再创造。其中,《阿诗玛》、《嘎达梅林》、《召树屯》等,

为人们所熟知。"① 在这种总体评价之外的具体文学史叙述中,除上述诗人之外,还涉及蒙古族民间诗人毛依罕和琶杰,维吾尔族诗人克里木·霍加,藏族诗人擦珠·阿旺洛桑,侗族诗人苗延秀等。并对他们进行了比较详细的评价。

"北大本"在第三编"戏剧创作"中,设专节讨论了"反映少数民族斗争生活的剧作"②,在"反映少数民族生活的长篇小说"一节里,不仅对建国"十七年"中少数民族作家长篇创作的基本价值给予了充分肯定,而且还重点分析了代表性作家玛拉沁夫、徐怀中、李乔等。谈到玛拉沁夫《茫茫的草原》(上部)的思想和艺术成就时,是这样评价的:"走什么道路的问题是这样深刻地影响着草原","小说通过安旗骑兵中队的成长,展现了草原上两条道路斗争的情景,表现了内蒙人民在中国共产党的领导下走过的艰难曲折的道路"。认为"鲜明的民族特色、强烈的抒情性是这部小说显著的艺术特点。小说中那些具有民族特色的描写和热烈的抒情是和人物的刻画、事件的描写紧密联系在一起并为后者服务的"。徐怀中的长篇小说《我们播种爱情》,"以一个农业技术推广站筹建并发展成国营农场为中心线索,广泛地反映了西藏和平解放初期的社会生活与发展变化,歌颂了为西藏进步和繁荣而艰苦奋斗的人们及其领导者中国共产党"。对于彝族作家李乔,认为他在小说创作中特色的形成是与他的生活经历有密切关系。"李乔是彝族人,对彝族有深刻的了解,他笔下的人物无论是彝族干部还是凉山奴隶,大都写得较为形象,有一定的深度。"教材中重点分析了主要人物彝族干部丁政委、奴隶阿火黑日、挖七、穷苦百姓阿土泥竹、接米约哈等。认为《欢笑的金沙江》里"没有那种为表现'民族特色,而猎奇逐异的描写,没有那种为引人注目而故作惊人的渲染"③。

"初稿本"对于中国当代少数民族文学的关注,体现为把"少数民族文学"置于"生活类型"和"题材类型"相叠合的范畴中加以阐释。比如在其上册第二章"十七年小说(上)"的"概述"中谈道:"许多少数民族出现

---

① 张钟、洪子诚等主编:《当代文学概观》,北京大学出版社 1980 年版,第 21 页。

② 值得注意的是,这是笔者见到的唯一——部关注到少数民族戏剧创作的文学史著作。

③ 张钟、洪子诚等主编:《当代文学概观》,北京大学出版社 1980 年版,第 448 页。

了自己第一代的小说家,他们第一次拿起笔来反映自己民族的生活,这在我国小说发展史上有着特殊的意义。建国初期玛拉沁夫的《科尔沁草原的人们》、朋斯克的《金色的兴安岭》、李乔的《欢笑的金沙江》等,都是有影响的作品。"① "对少数民族生活的反映也更丰富多彩。陆地的《美丽的南方》、林予的《塞上烽烟》、郭国甫的《在昂美纳部落里》,分别反映了僮族、佤族人民解放初期与反动残余势力的激烈斗争。徐怀中的《我们播种爱情》反映了汉藏人民在建设新生活中所结下的深厚情谊。"② 这里有一点值得我们特别注意——在上述论述中,中国当代少数民族文学的范畴也包括了非少数民族作家描写少数民族生活的作品,这是一个值得分析的现象。其实这关涉到如何定义中国当代少数民族文学的大问题。

　　我们同时还看到,在"北大本"中,"少数民族文学"被视为文体"类型",而在"初稿本"中,"少数民族文学"的价值类型范畴既有"文体性"、又有"题材性"——"初稿本""概述"中的上述价值评析,是在"革命时期艰苦卓绝的斗争"、"反映社会主义时期现实生活"、"反映工业战线和工人生活"、"反映部队生活方面"、"对少数民族生活的反映"等"生活题材"类型的并置中展开并加以本质化的——这是一种很有意义的关于"少数民族文学"文学史价值叙述的方式。其实,当撰史者只是把"少数民族文学"当成"生活类型"和"题材类型"时,作家的民族身份实际上并没有进入审美价值独特性的评判范畴。当主题或思想性的要求已内化为作品审美性的主要指标时,特定"族群"历史及其风俗所形成的审美方式、美感呈现方式及其对人类及自然的想象方式,都在这些"统一性"中被遮蔽了。这是中国当代文学史关于少数民族历史叙述的一个缺陷。

　　"初稿本"上册除"概述"之外,单设的第九节把李乔和玛拉沁夫合在一起加以评论(这是第一次看到李乔排在了玛拉沁夫之前)。与"北大本"不同的是,"初稿本"在这一节里对两位作家的创作进行了比较详尽的全面阐释——等于一个微缩版作家论(含生平、创作历程、代表作分析——分别

　　① 　郭志刚、董键、曲本陆、陈美兰主编:《中国当代文学史初稿》(上册),人民文学出版社 1980年版,第 120 页。
　　② 　同上书,第 123 页。

从题材、主题、人物、艺术特色等方面）。具体到《欢笑的金沙江》，它认为小
说的主题是"党的民族政策的胜利"，"作者在塑造人物时，十分注意把握
各人不同的阶级地位与思想基础"，"能够十分自然地描绘他们带有少数民
族特点的性格与心理活动"。①对《茫茫的草原》的评价，书中引用了该书初
版时的反响作为引子，"《茫茫的草原》出版后，立即因题材新颖，人物形象
生动，草原气息浓烈引起文艺界重视。""小说采用多线索交叉发展的方法，
通过众多人物复杂错综的关系，细致描绘内蒙各阶层人物的思想动向。""小
说塑造了一批栩栩如生的人物形象。""小说作者用饱含诗意的文笔，描绘了
蒙古族人民的风俗习惯和生活图景，勾画出迷人的草原风光，使作品具有一
种浓郁的地方色彩和生活气息。"作品对"蒙古族人民丰富、幽默的民间谚
语，在叙述中运用的恰如其分。"谈到其缺点时认为"有一些描写爱情的情
节是多余的，甚至有自然主义倾向。"②——这里直接表呈出此阶段中国当代
文学史著述中对于"爱情"描写评价的"暧昧性"：要么遮蔽或回避，要么
有意把"爱情"描写放在"政治范畴"予以肯定或否定——少数民族文学
中的"爱情"笔墨，并没有因为民族文化观念的特定性而得到宽容。

　　相比较而言，"二十二院校本"关于"十七年"时期"少数民族文
学"的论述是比较简略的。该著第一册第一编第三章"本时期的小说"（指
1949—1956）部分，其第 11 节是关于少数民族小说的专项内容——"玛拉
沁夫等兄弟民族作家的创作"。此著对于所有涉及的作家均采用生平、创作
历程和具体作品分析相杂糅的论述方式。本节涉及的作家和作品有玛拉沁
夫《茫茫的草原》、朋斯克《金色的兴安岭》、扎拉嘎胡《春到草原》（中篇）、
李乔的《欢笑的金沙江》、祖农·哈迪尔《锻炼》（短篇集）、陆地的一些短
篇和《美丽的南方》等，同时还提到彝族作者普飞、熊正国，苗族作者伍略
等，认为他们"也都写了一些较好的短篇③。在中册"本时期的诗歌"一章
里，著者把藏族诗人与李瑛、张志民等并列进行了论述——"北大本"提到
的一些诗人这里全部隐去了。认为饶阶巴桑是"深受藏族民间歌谣的影响，

　　①　《中国当代文学史初稿》（上册），人民文学出版社 1980 年版，第 205—206 页。

　　②　同上书，第 207—211 页。

　　③　二十二院校编著：《中国当代文学史》（1），福建人民出版社 1980 年版，第 221—225 页。

采用了一些藏族人民惯用的艺术手法,同时还继承了五四以来新诗的优良传统,融合了汉族民歌的语言特点,创造了诗歌的新形式,并具有雄奇刚健的独特风格"①。第三册集中论述了新时期文学——在"本时期的诗歌创作"、"本时期的散文创作"、"本时期的小说创作"等三章里,对新时期的少数民族文学都有了比较多的论述,具体表现为扫描式、概览式的叙述。作家特色和具体的作家分析尤显不足。

"华中师大本"应当说是这四部文学史当中在少数民族文学叙述方面做得最为充分的。《中国当代文学》全三册,按三个时期分册(1949—1956、1957—1976、1976 年以后新时期)。在每一个历史时期的文学史叙述中都有少数民族文学的专章论述,并且把概况介绍与名家经典细致分析结合起来,突出了少数民族文学中的那些汉族文学所没有的元素或不那么突出的东西。比如少数民族的民歌传统、少数民族古代文学历史上的诗歌传统尤其是长篇叙事诗传统等,并对少数民族文学经典作品的审美想象方式予以重点考察。"华中师大本"在第一卷叙述 1949—1956 年间中国少数民族文学成就时,重点分析了解放后经过黄铁等四人整理的彝族撒尼人民间长篇叙事诗《阿诗玛》、蒙古族叙事诗《嘎达梅林》、韦其麟长诗《百鸟衣》、纳·赛音朝克图的诗、玛拉沁夫的长篇小说《茫茫的草原》等。论者认为《阿诗玛》的主题与思想性主要体现为"叙述勤劳勇敢、聪明美丽的姑娘阿诗玛,为追求自己幸福的生活,反对强迫婚姻,同他哥哥一起,向封建统治者进行不屈不挠的斗争的故事。它用生动的形象,富有民族特色的优美诗句,展现出劳动人民热爱劳动、机智勇敢,不屈服于封建压迫的崇高品质和追求美好生活的强烈愿望"②。作者进一步认为,其艺术成就主要集中于几个方面:一是"成功地塑造了阿诗玛和阿黑这两个光彩夺目的艺术形象"。二是"它的人物、故事,都根植于民族生活的土壤里。那一幅幅风俗画和风景画,反映出鲜明的民族生活特色,使人感到真实亲切,从这个意义上说它是现实主义的。然而它又具有浓郁的浪漫主义色彩,作者巧妙地采用富有诗意的象征手法来概括尖锐的斗争,在民族生活的土壤上,驰骋美丽的想象"。三是"语言既朴素而

---

① 二十二院校编:《中国当代文学史》(2),福建人民出版社 1981 年版,第 314 页。
② 王庆生主编:《中国当代文学》(1),华中师范大学出版社 1999 年版,第 319 页。

又优美。它广泛采用了比兴、夸张、拟人、对比的修辞手法"①。

上述分析与讨论,在今天看来已派生出诸多有意义的学术话题。在特定历史文化语境中对少数民族历史传说和集体性作品的"整理"与"改编",不仅深受汉语文化的影响,而且"整理者""改编者"的价值立场、审美趣味以及对时代意识形态主流理念的自觉认同等因素,也都深刻影响着"整理""改编"后作品的价值面目。据此而言,显然上述文学史价值评价,都是针对经过整理后的《阿诗玛》而言的。在这样的价值认定中,时代文化语境及其特定历史时期艺术理念通过"整理"这一中介对民歌原有生态的重构,其实被作为民族文学的"原生态"予以认同了。我们能够看到,整理的《阿诗玛》突出了"斗争",强化了"阶级对立",对劳动人民的"革命化"的身份给予了充分提升,20 世纪 50 年代被强力推行的典型化意念和手法在这一"整理""改编"过程中得以广泛采用。同时,也正是这些步骤为它们在中国当代文学史中的经典化奠定了基础与前提。"整理"与"改编"过程中对"阿诗玛"几种传说"异文"的统一化处理,透示出时代意识形态对已有文学遗产的"再生产"过程与政治意图。②

关于《嘎达梅林》的价值,论者认为"它取材于真实的历史事件,而又不拘泥于史实,具有广泛的概括性和典型性"。论者除对作品的主要英雄人物的刻画给予充分肯定之外,重点分析了该作品在"继承蒙古族民间叙事诗的优良传统而又有新的发展"方面的艺术实践。其"抒情性"特点,在以"唱词"为基干的基础上,把"抒情性贯穿在对环境描写、情节铺叙和人物刻画之中,通过独唱、对唱和演唱人的叙事抒情等多种方式来实现,十分生动活泼,富于表现力"。并且是"说唱结合",超越了传统。③韦其麟的长诗《百衣鸟》,是根据民间故事传说"创作"的作品,并非"整理"之作。对于被视为"经过整理和改编的民间创作的珍品"的《百衣鸟》,论者的评价主要集中于作者对它的"改写":"《百衣鸟》汲取民间传说故事的基本情节,从

---

①   王庆生主编:《中国当代文学》(1),华中师范大学出版社 1999 年版,第 321—325 页。

②   与建国初期我们对于所有文学遗产一样——包括各民族古代文学、现代五四文学遗产以及民间文学遗产等,其态度是一样的,这方面的研究还很薄弱。

③   王庆生主编:《中国当代文学》(1),华中师范大学出版社 1999 年版,第 326—330 页。

壮族人民的实际生活出发进行大胆的创造,围绕着古卡和依娌这一对青年男女悲欢离合的遭遇,真切地反映了壮族劳动人民在封建势力残酷统治下的苦难历史和勇敢不屈的反抗精神,流露出对自己前途无比乐观的豪迈感情。"①该著在细致分析了主要人物性格发展史之后,对它在艺术上的"成功"给予了高度评价:"诗人取材于这个古老的民间故事进行再创作,不仅有一个去粗取精的问题,还有一个按照叙事诗的要求加工处理的问题。作者在这方面的努力是值得肯定的。例如,原故事的神奇色彩比较浓厚,需要什么依娌就可以变出什么来,因此古卡和她成亲后,立刻便成了一个商人和富翁。作者对故事进行的改造,着重把主人公作为现实的劳动者来描写,对其聪明才智给予适当的夸张,使作品更能真切地反映出壮族劳动人民的实际生活与阶级斗争情景。"②

　　我们可以清晰地看到,上述文学史在对《百鸟衣》的各方面成就给予充分肯定的同时,却把"改编者"自觉依从时代意识形态要求而对于"原生态"的"删除"与"遮蔽"的问题,轻轻放过了。"时代阶级性"的强化与民间文化(包括审美想象方式)原生趣味的弱化,正是特定历史文化语境的映像。这是"新时代"里所有艺术遗产(包括中国古代各民族文学、民间文学甚至五四以后的新文学)的共同宿命。"整理"和"改编"成了所有原有艺术遗产进入新时代"经典"谱系的唯一中介——这也是少数民族文学原有文学遗产时代境遇与变迁的一个值得深入研究的重要问题。《阿诗玛》与此相类似。

　　关于玛拉沁夫的文学史评价,各个中国当代文学史著述所侧重的方面大致相同。不过,"华中师大本"更加强调《茫茫的草原》这部代表作的"主题"重大性及其思想意义。"《茫茫的草原》所表现的是一个具有重大历史意义的主题。"论者在对几个主要人物性格与时代关系进行了深入分析之后指出:"作品启示人们,只有在中国共产党领导下,将蒙古族人民的革命斗争汇入祖国各族人民为解放全中国而战的革命洪流之中,蒙古族才能获得真正的复兴,草原牧民才能实现自己梦寐以求的美好生活理想。民族团结和爱国

---

①　王庆生主编:《中国当代文学》(1),华中师范大学出版社1999年版,第335页。
②　同上书,第337页。

主义思想,像一根红线贯穿在《茫茫的草原》和其他作品中。""'祖国啊,母亲!'这种赤诚的感情洋溢在字里行间,构成玛拉沁夫文学创作的一个鲜明特点。"① 对于玛拉沁夫文学创作的艺术贡献,学术界一向强调"民族特色"与"抒情性"——对于这一点,"华中师大本"是这样解读的:"《茫茫的草原》真实生动地展现出察哈尔草原人民的苦难生活以及他们的反抗斗争。这一民族地区的斗争生活,有着不同于其他民族地区、其他地区斗争生活的鲜明特点,它构成了作品民族特色的主要内容。""在这基础上,作者又从多方面增强了民族色彩。"主要表现为"善于勾勒草原的风俗画和风景画"。其"抒情性"既缘于作者一贯的写作追求,同时又利用"借景抒情,借渲染草原风光以抒发作者或主人公的内心感受,使情景融汇,造成强烈感染读者的诗意"②。

今天看来,这种对于民族作家"民族特色"的认识是肤浅而表面的。作家的民族性体现出来的是一种文化心态或意识结构,在审美创造中更多地表呈为富有民族特色的审美想象及其认知世界的方式。许多民族作家写作中"民族色彩"的表面化,其实反映了在特定历史文化语境中对一种"同一"的意识形态"言说"方式的认同,这是一个值得进行细致文本解读的棘手问题。"意识形态认同"与"民族情结"的意识结构状态及其建构,是建国之后所有少数民族作家面临的难题,"何者为先"和"何者为主",并不仅仅只是主体可以自由选择的,它在很大程度上决定了少数民族作家在创作上是否可以最终获取创作自由的问题。"十七年"时期,是一个"阶级范畴"可以涵纳或替代"民族范畴"的历史时期,"阶级认同"的一致性可以有效地弱化民族记忆,这也是少数民族作家在"十七年"时期汉语写作中普遍表现出来的文化症候。李乔、陆地、玛拉沁夫等等均是如此。

纵观这一时期《中国当代文学史》中关于"少数民族文学"的价值叙述,我们感到有这样几个问题值得注意:其一,这一时期中国当代文学史叙述话语与意识形态话语的有意勾连与同构状态。这不仅体现在对当代文学史阶段划分自觉与当代史的"革命式"划分一致,重要的是把当代政治对历

---

① 王庆生主编:《中国当代文学》(1),华中师范大学出版社1999年版,第351页。
② 同上书,第353—354页。

史的评判体系移植于审美评价过程中。有意识地对文学的"政治性"价值予以强调，并以此为中国当代文学的合法性寻求依据。普遍地表现出对少数民族文学创作及其文学成就的重视与宽容性的价值体认。上述文学史著述中对于少数民族文学的"重视"与"宽容"，具体表现为一些叙述策略的选择与斟酌：比如有关少数民族文学的内容大都实行"单列"，其创作的"成就"与"经典性"就可以有效避免与汉语写作成果比较所可能产生的认定标准的"暧昧"与认定过程的"彷徨"，从而保证其所作出的价值评判已被牢牢限定于"少数民族文学"范畴所应具有的权威性和示范意义。同时，另一个策略是，有意凸显关于创作主体、作品的"主题重大性"，对其创作的时代认同与阶级政治认同方面实施异常深入的阐释，在有意无意淡化"族群"历史意识的同时强化"民族风情"地域性特征。如此一来，有效地保证了文学史中"少数民族文学"价值叙述与中国当代文学总体格局与面目的内在"统一性"状态。其二，虽然各个文学史著述所涉及的作家作品的多寡有不少差异，但对于代表性作家的认定和少数民族文学经典的提炼与阐释却有着很大的趋同性。仔细分析，这一"趋同性"并非是特定历史时期审美统一性所致，而更多地决定于"文化意识"的共同性。在上面所列的"少数民族文学"经典作家和经典作品当中，除了第一点所涉及的"主题"、"意义"等因素的功能之外，如何使当代的少数民族文学加入到"新时代"民族国家"想象共同体"中，亦是撰史者需慎重考虑的重要问题。在这样的情势中，"汉语写作"的主流性虽未被有意强调（甚至有时是需要故意隐匿的一种叙事意图），但少数民族作家的"汉语写作"不仅受到实际的重视，而且拥有着率先被"经典化"的资格。对于主流意识形态的认同，不仅启动了"一统化"文化认同，而且"语言认同"也随之成为顺理成章的事情。其三，表现在对经典作家和经典作品的价值评判方面，"主题决定论"、"题材的重大与否"以及对"政治"共性内容的过度阐释等等，形成了价值认同的"有意偏颇"。"偏颇"体现为"内容"与"艺术表现"评价方式的间离，表现为与同类生活内容的汉语作家作品无比较的有意隔绝状态，这实际上造成了中国当代文学史历史叙述的"分裂"。与此同时，当代"少数民族文学""独创自足性"也由此受到了弱化——这是造成多年来文学史研究界一直质疑、批评

"拼盘式"文学史的根源所在。如何把中国当代各民族文学融为一体,建立一种"等量齐观"的文学史叙述,多年来一直是中国当代文学史界意欲破解的难题,同时也是中国当代文学史的理想叙述。另外"汉语文学正统"意识与"现代文学正统"意识体现得分外强烈。

二

20世纪80年代中后期,对中国当代文学"史"的连续性"修改",是当时出现的一个重要现象。"修改"的动机和原因,编著者是这样表述的:"《中国当代文学史》于1978年开始编写,1985年出齐。……在这六年中,在党的十一届三中全会所确定的思想路线指引下,我们国家的政治、经济、社会生活等方面都发生了显著变化。在文艺战线上,由于'双百方针'的贯彻,文学创作出现了蓬勃发展的局面,文艺理论研究和文学批评获得了突破性进展,中国当代文学史的研究,也取得了新的成果,原来一些一时尚难做出比较正确结论的问题,在实事求是的探讨中,也已经有了比较符合实际的认识。这一切都说明,对《中国当代文学史》作一次修改,以匡正本书第一版中某些现在看来已经显得不太恰当的评价,使它更符合历史的实际,更具有科学性,这不仅是必要的,也是可能的。"①《中国当代文学史初稿》的"修改说明"更透露了时代变化、尤其政治变化之于"修改"文学史的必要性。"这次修改的要点是:一,调整某些过时的提法,使全书在观点和表述方面更加符合中央关于文艺问题的精神;二,注意吸收学术界新的研究成果,提高全书的科学性和理论水平;三,增删和调整某些章节。"②

参阅多部修改于这一时期的《中国当代文学史》,在"修改说明"中很少有文学史提到关于"少数民族文学"相关方面的问题。就这一时期"中国文学史"关于少数民族文学所涉及的诸多方面修改情形综合比较,若从上述几部文学史的章节设置、内容含量的细部变化来看,其中评述的作家数量

---

① 二十二院校编:《中国当代文学史》(1)"修订说明",福建人民出版社1987年版,第5页。

② 郭志刚、董健、曲本陆、陈美兰主编:《中国当代文学史初稿》(上册),人民文学出版社1995年版,第1—2页。

没有改变,对作家的文学成就和艺术贡献方面的评价也基本没有变化,只是在极个别的地方做了文字上的修正和少量的增删——比如"初稿本"的原版与修订版相比较,关于当代"少数民族文学"的叙述部分与书中大量改写的其他章节和内容相比,几乎可以说是"原封不动","初稿本"修订本与第一版相比较而发生的诸如作家作品的"排序"变化和对重要作家、作品的"价值"修订、对当代文学过程中具有"史性"影响的"文学现象"的评价"修改"、由于"新时期文学"的当下发展状态及激起的全民认同而直接影响到研究主体对中国当代文学史一系列问题的认识变化、中国现代文学研究在 20 世纪 80 年代的繁荣与活跃以及由此形成的"五四文学正统观"大面积辐射到中国当代文学研究的价值评判等等情形,并未在"少数民族文学"的历史叙述中出现。

　　不过,值得我们注意的是,这一时期的多部中国当代文学史著述之间,却出现了关于"少数民族文学"叙述的"差异"与"分化"现象。比如"初稿本"、1987 年 4 月至 1988 年 9 月印行的"二十二院校本"、在初版中就设有"少数民族文学"专章内容的"华中师大本"等,均属于"原封不动"。而 1988 年 1 月出版的"北大本"修订版与第一版相比较,却呈现出明显的差异:"北大本"第一版全书共有五编——分为"诗歌创作"、"散文创作"、"戏剧创作"、"短篇小说创作"、"长篇小说创作"。其中"诗歌创作"、"戏剧创作"和"长篇小说创作"三章都辟有对少数民族文学的专节论述。而修订本则把有关少数民族文学的叙述(包括概述部分的内容)全部取消了。这种"弱化"情形在其他的中国当代文学史的修改中也是如此。比如 1991 年发行的供自考学生使用的《中国现代文学史》(此著是把现当代和在一起的),除了在其下编第二章"建国后十七年的小说"中专节论述"玛拉沁夫、李乔"之外,其他章节均未涉及"少数民族文学"的论述。①

　　20 世纪 90 年代中后期及至"新世纪"以来出版的多部《中国当代文学史》,如朱栋霖等主编的《中国现代文学史(1917—1997)》(高校出版社 1998 年版),洪子诚著《中国当代文学史》(北京大学出版社 1999 年版),杨

---

① 见范伯群、吴宏聪主编:《中国现代文学史(1917—1986)》,武汉大学出版社 1991 年版。

匡汉等主编的《共和国文学 50 年》(中国社会科学出版社 1999 年版),孟繁华、程光炜《中国当代文学发展史》(人民文学出版社 2004 年版),董健等人主编的《中国当代文学史新稿》(修订版)(人民文学出版社 2005 年版),朱栋霖等主编的《中国现代文学史(1917—2000)》(北京大学出版社 2007 年版)等,除了极个别文学史著述之外(王庆生主编的如"华中师大本"修订版)、陈思和主编的《中国当代文学史教程》(复旦大学出版社 1999 年版)以及陈思和、李平主编的中央电视大学教材《中国当代文学》(中国广播电视大学出版社 2001 年版),其他则一律采用了"取消"手法,全部删除了有关当代少数民族文学的一切论述。令人深思与疑惑的是,上述所列的部分文学史著述却大量增加了"台港文学"篇幅和分量——比如,朱栋霖主编《中国现代文学史》两个版本(1998、2007)、《中国当代文学史新稿》等。

中国当代文学史在新时期 30 多年的编写著述过程中,关于少数民族文学的历史叙述从"有意"叙述到"有限"叙述,再到"差异"叙述最后至"零叙述"的巨大变化,是值得我们深思的。

三

总括而言,自"新时期"至"新世纪"30 年来,中国当代文学史关于少数民族文学的叙述变化,可以概括出以下几个特点:①就大部分中国当代文学史著述而言,呈现出叙述分量的持续性"弱化"与"减量"叙述。这一"弱化"其实可以从多个方面看取。一种是在总体设想与篇章结构的安排方面,采用"不顾及"的方式,即"零叙述"状态。比如洪子诚著《中国当代文学史》、董健等著《中国当代文学史新稿》、朱栋霖等《中国现代文学史(1917—2000)》等。第二种则表现为"无变化"方式。上文我们已经谈到,20 世纪 80 年代中期至 90 年代末,是中国当代文学史被大规模且连续性"修改"时期,这些"修改"牵扯到中国当代文学的多个重要方面——诸如作家作品的"排序"变化和对重要作家、作品的"价值"修订;对当代文学过程中具有"史性"影响的"文学现象"的评价"修改";由于"新时期文学"的当下发展状态及激起的全民认同而直接影响到研究主体对中国当代文学史一系列问题的认识变化;中国现代文学研究在20世纪80年代的繁荣与活跃以及由此形成的"五四文学正统观"大面积辐射到中国当代文学研究的价值评判等等。但是这些重大变动并没有在少数民族的历史叙述中表现出来。而实际情形却是,我国不仅从学科建制的层面上单列了"中国少数民族语言文学"学科,而且在体制上有些切实的加强——国家级研究机构"中国社会科学院少数民族文学研究所"的成立及其工作大规模展开,《民族文学研究》杂志的创刊以及文学领域所增设的"中国少数民族文学学会"、中国作协"少数民族文学创作委员会"、《民族文学》杂志问世和少数民族文学奖项"骏马奖"的设立等,更为重要的是新时期以来,中国少数民族文学的研究境界得以大幅提升,开拓性研究成果成批问世。这一切,应当是为中国当代文学史的"多民族整合",提供了坚实的基础。令人遗憾的是,"中国少数民族语言文学"学科的确立,却造成了其与"中国古代文学"和"中国现当代文学"两个学科的进一步"疏离",彼此融汇的空间似乎在实践中变得更加狭小。②以新时期少数民族文学成就的叙述代替整体的60年中国当代文学中少数民族文学的叙述。这一特征似乎值得深入辨析。我们看到,上述几部产生较大影响的中国当代文学史著述,在"新时期"文学叙述中,少数民族文学均没有像"十七年"那样被"单列"出来,或是得到了"整一"性的价值评价。这里可能反映出两方面的问题:其一,说明"新时期"以来"少数民族文学"的当下创作已与汉语主流写作状态同步,原有的差异已不复存在。其二,以新时期少数民族文学成就的叙述代替整体的60年中国当代文学中少数民族文学的叙述,也正是"五四文学正统观念"确立后之于少数民族文学价值重估的一种体现。"单列"的叙述,从某种意义上说仍然属于一种"差异性叙述",它所强调的并不是独立的"差异性",或不期然指向范畴的差异性,凸显了两者之间的"不可比"性。这显然不是走向"视界融合"理想途径。当然了,我们也必须认识到,"新时期"中国当代文学史这一"替代"叙述的出现,又可视为对以往"单列"叙述模式的突破。无论是文学实践的启迪,还是理论探险的促动,毕竟开启了多民族文学被"整一性"共同叙述的可贵空间。③大学教育和社会文化教育体系里中国文学史知识谱系中少数民族文学的持续性缺失。应当说,这一状况的出现显然与"中国当代文学史"历史叙述中的关于"少数民族文学"的缺失有着直接的关联。"新时期"以来,尤其是 80 年代里,由于"中国现代文学"学科研究的兴盛与当下文学创作的持续性繁荣,不但导致了中国语言文学学科整体的某些"偏执",而且似乎也为少数民族文学之于公众接受的"淡化"提供了某种合理的"客观性"。这固然是特定历史阶段的规定情形,但问题的复杂性并不仅仅如此。仅就"中国语言文学"一级学科而言,其辖属的几个二级学科——"中国古代文学"、"中国现当代文学"、"文艺学"、"比较文学"、"语言学"、"应用语言学"等学科,均已成为"中国语言文学系"的基础课程和主要的选修课设立范畴,而"少数民族文学"除了在个别的"民族大学"开设之外,绝大多数设有"中国语言文学"专业的大学,不仅基础课程体系中无之,选修科目中也了无踪影。多年来关于要求在综合性院校中开设此类课程的呼吁可谓绵延不绝,但事实上"无"的状态并未改变。这一状态必须引起我们的高度关注。④中国少数民族文学研究的"非主流化"、"边缘化"和"孤独化"。这一问题因涉及到文化语境的复杂多变和现代学科分层的具体情形,并非轻易说得明白,笔者将在另文中加以深入讨论。

　　就"新时期"三十余年的"中国当代文学史"学科发展来看,如何使"中国文学史"的历史叙述趋向"合理"与"完美",其实已成为任何一部"中国当代文学史"彰显其"独特性"的重要标示。当代文学史研究界的许多有识之士于此已做了不少尝试。其中,张炯、邓绍基、樊骏主编的《中华文学通史·当代文学编》和陈思和主编的《中国当代文学史教程》(复旦大学出版社 1999 年版),给人的启示犹大——关于这方面的讨论,笔者将以专文论述。

中国当代文学史与"民族文学"的价值叙述与可能

如果我们可以把"中国现当代文学"的修史历史视为一种有紧密关联的整体性现象,那么,"五四"文学时期的后半期出现的一些新文学作品选本、过程总结以及有意从历史视角考察"现代文学"现象的文献,就应当被看作是"中国现当代文学"的修史开端。[①] 这种情形意味着"中国现当代文学"的修史历史与其自身发展的历史,几乎是同时开始的。此种状态,一方面说明"新文学"之于"旧文学"的鲜明的"陌生化",从一开始就被文学界乃至社会科学界真切感受到了,同时另一方面,西方近现代"历史意识"的传播与浸染,也促使着"新文学"的修史成为回应"现代性"思潮和播撒西方知识的有利场域。仔细分析我们能够确认,"中国现当代文学"开始于"五四"时期的修史过程,既是历史书写领域"现代性"的生长期,也是中国历史书写传统在激进语境中被迫发生变异的重要时期,还是"中国现当代文学"历史书写的各种程式、规则、惯例等基本格式因素形成的重要时段。虽然"现代"与"当代"的历史书写因世界文化语境和中国现实语境不断发

---

① 一般认为一个时段文学的修史历史应以关于此阶段的文学史专著的出版作为标志。笔者认为,"经典化"是文学史的重要任务,而先于文学史著出现的各种选本,实际构成了文学史最早的经典化实践。

生巨变的影响而有着诸多鲜明的不同,不过,值得我们注意的是,"现代"和"当代"历史书写的一些观念层面的东西仍然存有相当密切的关联——比如对"进化论"观念的倚重、对社会变革之于文学影响的因果关系的强调、文学价值判断过程中内容先于形式的具体操作等。在这些林林总总的"新传统"因素的因袭过程中,"主流"与"边缘"关系的观照,一直是中国现当代文学历史书写的一个重大盲点。从中国现当代文学史历史叙述的实际情形中能够明显看出,"城市"与"农村"、"体制化存在"与民间形态、"知识者话语"与"百姓言说"、"现代西方知识"与中国本土学问、多数民族的观念与少数民族的意识、汉语与非汉语等,其范畴的对立性远大于彼此的认同性。文学在"城市"、"体制化存在"、"现代西方知识"、"汉语"领域中的景象不但备受关注,而且在历史书写中其价值亦被有意无意地放大。与此相关的"重要作家"、"重要作品"等一些等级观念,也同时显现在中国现当代文学史的历史叙述细节之中。仅就汉语文学与民族文学而言,中国现代文学历史叙述的汉语中心观念,不仅体现在具体修史的章节安排和现象、作家、作品的遴选方面,也对建国之后"中国当代文学"的历史书写产生了持续性影响。正因为如此,尽管"中国当代文学"中"民族文学"[①]在当代尤其是新时期以来有了极大的发展,甚至呈现出从未有过的繁荣,但直到今天,"民族文学"在中国现当代文学史叙述中的"尴尬"与"困顿"的局面,依然没有得到有效改变。这一情形的严重后果之一,便是"民族文学"的审美的和文化的等各方面价值在历史书写和现代中国人知识谱系中的模糊与虚浮。"民族文学"的文学史价值的厘定,始终处于"被呼唤"的过程与持续性的旋启旋闭状态中。纵观迄今为止已经行世的两百多部中国现当代文学史,除少数几部曾有意尝试着使用各种方式进行"多民族文学"的整合性书写之外,绝大多数仍然采用"视而不见"或"一笔带过"的"简约"书写方式。中国现当代文学的"多民族"历史书写,已经不只是一个仍然需

---

①   关于"民族文学"的概念,自 1949 年至今有一个不断变化的过程。"十七年"和"文革"时期,"兄弟民族文学"和"少数民族文学"两个概念在同时使用着;新时期 80 年代以"少数民族文学"称之;90 年代以来,"民族文学"的称谓得到了越来越多地认同与使用。本文采用"民族文学"概念来指称我国除汉族之外的"少数民族文学"。本文的"民族文学"范畴,包括产生于中国现当代历史时空中的"民间文学"和"作家文学"。

要在学理上继续建构的理论命题,更重要的是它已演变为一个亟须在"文学史观"层面加以重塑、在文学史书写层面认真加以展开的实践性命题。

这是迄今为止,"民族文学"的价值认定依然作为一个重要问题的基本理由。

一

"民族文学"恒定性价值的指认困境,在笔者看来主要源于"框架冲突"、"视点交叉"和"正典思维干扰"三个方面。

作为历史意识物化实践的"文学史"书写,主要展现为文学过程、审美选择与历史观念三者的相互生成与相互制约影响的复杂过程。在文学史的生命过程里,人们普遍地认为——就像历史学科一样——"历史观"即"理解历史的观念及其相应地处理历史的方式",不仅处于核心位置,而且常常受到历史书写传统、时代政治所需要的意识形态体系及其概念话语修辞好尚等诸多因素的深重影响。这在一般意义上决定了"历史观"在任何历史书写中的"预置"特征。其实,文学史的书写并不完全如此。一如"新历史主义"强调历史的建构性一样,我们更应当看到历史建构中各恒定因素之间已有的或可能产生的多种多样的冲突。如今,文学史到底首先是"历史学科"还是"文艺学"的问题,人们已经不认为这是一个有展开空间的前沿话题了,但是,在文学史书写的具体实践中,却仍然常常遭遇到"历史学科"的基本观念与基于文艺学理论对文学现象阐释之间的失衡苦恼,以及由此带来的义学史书写的"偏执"。这种状况,在面对中国现当代"多民族文学"已是显在事实的时候,其困顿便显得尤为突出。

自"五四"时期开始直到今日的中国现当代文学的发展过程,也是中国"民族文学"实现从以民间文学为主体转向以作家文学为主体、从口传集体创作转向作家个人写作的转折时期。几个"多民族文学"历史书写的各有特点的阶段,也于此有了比较清晰的界线。已有学者把发表于1922年3月《申报》胡适所撰《五十年来中国之文学》,视为"新文学史"的研究起点。① 中经王哲甫的《中国新文学运动史》《中国新文学大系》的编纂,再到抗战爆发之后的多部中国新文学史,在"1949年之前的编纂实践"成果里面,是看不到文学史叙述的民族视野的。我们可以把这一阶段看作是"多民族文学"历史书写的"无有"阶段。在这一阶段里,文学史的历史书写体现为"新""旧"对举状态,新文学的价值性无不体现在新文学与作为隐性参照的旧文学的对照之中,而支撑这一对照并使新文学获得价值性的合法性,则是源自西方的"进化论"。倚重"进化论"的历史观,代替了汉语历史书写已形成传统的"循环史观"。从当时的文学史书写实践来看,"进化史观"在对已有文学历史"腐朽性""僵死性"一面进行"箭垛"式否定之时,也遮蔽了包括各民族文学在内的中华文学历史存在的繁复性。更重要的是,这一对举中的"旧文学",不仅包括"腐朽"的汉语古典文学,也包括了各种各样的处于低级状态的"民间文学"。这样一来,多数以"口头文学"为传统的民族文学,便顺然地成为被"搁置"的边缘性存在了。在"1949年之后的编纂实践"中,"十七年"时期问世的以王瑶《中国新文学史稿》为代表的若干著述,均没有关于"民族文学"的叙述,由此可以说,本时期"中国现代文学史"众多著述中"民族文学"历史书写的缺失是一个普遍现象。这一"缺失",既有着1949年之前"新文学史"撰写惯性的作用,又有在建国后仍未得以有效辨正的文学"雅""俗"既成观念的影响。当文学史撰述主体自然地认为文学进化应是从俗到雅的过程时,以民间文学为主体的民族文学的"另类"性,就被凸显了出来。

从上述两个阶段文学史书写的"同一性"里我们可以看到,由于民族文学被赋予"民间文学"性质,所以民族文学价值不仅在进化论的文学史观中被"合法"地轻视,也在文学史书写实践中被"合理"地省略了。同时,"汉语文学"正统意识,也在这一过程中变成了一种"自然"状态,一种"理解知识的知识",即"常识"。下面要论述的关于"民族文学"历史叙述的"两个框架",就是在这样的知识背景下产生的。

"民族文学"的文学史叙述,基本被置于两个结构框架里面:一是"单

---

① 参见黄修己:《中国新文学史编纂史》,北京大学出版社2007年版,第3页。

一"断代的"民族文学史"及其单一语种民族文学史叙述框架;二是"总体性"的"国家文学史"叙述框架。①

　　作为文学断代史的"中国现代少数民族文学史"或"中国当代少数民族文学史",它不仅在"时间"和"对象"的设定方面具有特定性,同时在与历史内容包含更为广泛的具有"总体史"意味的"中国现代文学史"或"中国当代文学史"相比较时,虽然有着许多可以意会并理解的差异,但是一些更为隐形的差异,并不为一般人所关注——比如,入史作家作品的标准问题、历史价值性的解释理念问题以及与范畴之外的文学存在的比较问题等等。中国现当代文学史撰述系列中的"特定对象史"和"总体对象史"之间的阶梯性质,其实也在具体作家作品的价值阐释方面得以存续,即"总体史"②的标准和理念,很多时候不便运用到"特定史"的历史书写之中。在笔者看来,这是一种与"总体史"既有联系又有显著差异的新的历史书写框架,它可以使民族文学价值的相关方面得以充分展开与论述。这一叙述的"自洽性",既来源于民族文学基于进化论思维所呈现出来的线性进步景观,又可以在民族文学的特性元素的充分张扬中获得支撑。比如,关于当代蒙古族诗人纳·赛音朝克图的历史评价,上述两个不同范畴的书写差异是很有意味的。20世纪80年代影响较大的四部《中国当代文学史》③当中,华中师范大学《中国当代文学》编写组的《中国当代文学》④,是在少数民族文学叙述方面思考审慎的著述。不但在"十七年"文学单元里为"少数民族文学"设置了专章,并在内容上尽可能做到全面。作为单节论述的纳·赛音朝克图,论者把诗人的精神变化历程与其诗歌艺术进步结合在一起,认为建

---

　　①　据有关机构和研究者统计,截至20世纪末我国55个少数民族中已有40多个少数民族文学史的撰写得以完成,并有多部"中国现当代少数民族文学史"行世,恕不一一列出。

　　②　关于"总体文学史观",笔者引用李正荣关于俄国学者 A. 维谢洛夫斯基"历史诗学"的解释。他认为,维氏的历史诗学蕴含着一个基本思想,即历史是全体人民大众创造的历史。在文学研究中他一直致力于发掘主流文学背后的"总体文学"之源。参见《从总体文学史观看民族文学与主流文学的关系》,《"民族文学的多重视域与理论构建"学术研讨会暨中国少数民族文学学会2011年会论文资料汇编》。

　　③　这里所说影响较大的四部文学史,包括张钟等《当代文学概观》,郭志刚、董健等主编《中国当代文学史初稿》,华中师范大学撰写的《中国当代文学》,二十二院校编的《中国当代文学史》。

　　④　《中国当代文学》1—3册,上海文艺出版社1983年至1989年陆续出齐。

国后"诗人最有特色的作品,是另一类以直抒胸怀的方式写成的赞颂党和祖国、赞颂新生活的诗歌"。结合代表作《狂欢之歌》具体分析,认为诗歌的审美性体现为"在广阔的背景上进行构思,将今天的美好现实与昔日的苦难与抗争相联结,使沸腾的感情同深刻的思索融为一体,铸造出优美而深远的意境"。论者认为,这些特征是与其"民族性"身份联系在一起的。"纳·赛音朝克图的诗作,具有鲜明的蒙古族诗歌艺术的特色。"具体说就是"比喻"、"对比"的大量使用或"民族生活特色的生活细节"选择等,并特别指出,其大型抒情诗中的"楼梯式"外在样态,"是由蒙古族民间诗歌宝库中所特有的祝词赞词的格调演化而成"①。这种有节制的简洁叙述,正是与此著中已有诗人艾青等幕后比较后的选择。但是,纳·赛音朝克图在"单一的"("特定史")历史书写——《中国少数民族当代文学史》② 中,无论书写规模还是分析阐释深度,与前述显示出很大差异。作为专章论述对象,著者分别用三节详细论述了诗人的"创作道路"、经典诗作细读和总体"艺术特色"归纳,认为值得入史的"经典性"诗作有十余首。对于代表作之一《狂欢之歌》的价值评价是这样的:"这首诗以其宏大的规模,雷鸣闪电般的气势和强烈的政治抒情性,在当代蒙古族诗坛产生了深远影响。这首诗在时代精神与民族形式的结合上,在采用完美的艺术形式表现健康向上的思想内容上,都表明了当代蒙古族诗歌思想内容的深化和艺术技巧的臻于成熟和完美。"③"纳·赛音朝克图纵跨蒙古族文学史上的两个发展时期,成为现代诗歌的革新代表。""纳·赛音朝克图是蒙古语言大师,他不仅是运用发展蒙古族文学语言的榜样,而且是学习运用人民群众丰富多彩的活的语言的典范。""他的诗歌是蒙古族新诗歌的典范,他的开拓性、独创性在蒙古族的新诗歌中占有极为重要的地位。"④ 这种历史价值的判定,放在蒙古族的现当代文学历史变迁史上考察,应当说是恰切而适当的。甚至他在引领蒙古族文学从"过去"走进"现代"所发挥的作用上,属于"开山"之首。

---

① 《中国当代文学》,上海文艺出版社 1983 年版,第 342—345 页。
② 特·赛音巴雅尔主编:《中国少数民族当代文学史》,内蒙古教育出版社 2009 年版。
③ 同上书,第 10 页。
④ 同上。

　　然而,这一"单一"所具有的屏蔽性也是一个显在的事实。在"单一"或"特定史"的范畴框架里,"少数民族"不只是相别于汉族多数的社会学概念,更应该是"单一"文学史历史书写对象的优先性标示,也可说是这种文学史历史书写的唯一对象。这一情况说明,"单一的"或"特定史"范畴的有限性不仅是合理的,也是历史书写传统或者惯例之于特定对象的基本选择。在"单一"或"特定"中重设标准,安排书写秩序和分配内容比例等,却又是历史书写者必须根据现有对象与框架功能进行全新布局的生成过程。这种"单一的"或"特定史"在赢取自身"自洽性"时所付出的代价,便是与同时期汉族文学及国外文学各类型的有效比较的缺失,天然地锁定了"特定史"历史书写价值性的相对性质。"自给自足"的叙述过程无法赢得民族文学在国家属性的"总体史"层面上的确定性价值。

　　二是"总体性"的"国家文学史"叙述框架。这是指以国家为单位、包括各民族文学实践在内的具有鲜明"总体性"的文学历史书写——它既可以是国家所有时段整合为一体的"总体历史",比如张炯等编辑的《中华文学通史》;也可以是某个历史阶段的"断代总体史"。所以,我们可以认定,不论是整体历史性的还是断代历史性的,其基本的要点是现实的"国家视野"和"中华民族整体"。这是我们中国文学历史书写的复杂性所在。如果说,由于中国古代的民族关系的错综性和绝大多数的少数民族因为没有文字,而使得长期以来关于"中国古代文学史"的汉语文学唯一性写作可以理解的话,那么,进入现代以来尤其是中国当代的文学发展现实,这种"汉语文学唯一性"历史书写模式就显得遗漏多多,其自身的逻辑自洽性也日益受到质疑。① 但就当代而言,由于中共民族政策的鼓励与扶持,和平时期中国各少数民族文学发展的突飞猛进,其代表性创作不但具有了与同时期汉语文学进行多层面比较的价值,而且少数民族文学在很多方面所表现出来的"先锋性"与"独异性",以及相当多民族作家在"现代性"语境中对于自身民族文明转换的独特描写等,已经成为中国当代文学面貌发生变异的重要的结构性因素。而这些本来需要在文学史书写中加以价值化论述的现象,却很难在

---

　　① 现当代文学史多数被指责为仅仅是"中国现当代汉语文学史"的说法不绝于耳,正是这种状况的具体表现。

现有的"国家文学史"框架中得到彰显。

其实我们已经看到了,已形成许多惯例的"国家文学史"的书写,虽一直坚持着把每一个历史时段的审美进步和状态呈现看作是文学史书写的首要责任,但其参照对象的缺失问题并没有得到认识与解决。可以明确的是,以往"国家文学史"书写中对于审美进步性的判断,只是选取了同体系中的历时视角与西方的共时性比较,而缺少"国家"或"历史"同一基础上的"汉语文学"与民族文学基于特定地域所生成的文学事实的有意比较。这就造成了长期以来以"汉语文学发展描述"替代"国家文学发展总体描述"的情形。同时,国家文学的动态发展过程,也由于忽视了对民族文学在其构成机制中的作用的深入分析,不但使国家文学史总体面貌的真实性受到损害,也遮蔽了进入现代以来中国民族文学丰富复杂、多姿多彩的"现代化"过程景观。

再一方面看,由于文学史的基本任务是对文学经典的指认,"审美进步"与代际之间的"审美超越"是厘定文学价值的基本准则。笔者曾就此做过探讨:"'经典'指认,不仅是文学史价值建构的重要步骤,也是文学史走向完善的鲜明标志。从世界各国文学史经典选择确立的情形看,它无疑是一个需要被'历史化'或曰在历史语境中才能予以完成的复杂过程。一般认为,有这样几个因素影响着经典的指认与产生过程。首先是作品发表后所引起的接受反响。其次是作品所含纳的写作行为与修辞方式(包括题材选择、主题意义以及艺术理念的结构呈现等)与主流意识形态所倡导的审美理性的关系状态。再次,取决于作家作品被置于历史比较范畴中的创新程度和理论视野里被阐释的可能性。诚然,具体的经典指认过程是不可能完全汇融上述诸因素及它们在被整合过程中所生发的新的整体性——比如,有时会强调某方面,而有时则会凸现另一方面。但无论如何,上述三点作为经典指认的基本原则,应是文学史著述不可漠视的前提性规约。鉴于中国当代文学发展历史的复杂性,其经典指认也充满了别的文学阶段所没有的独特与异样,并且,经典指认总是和研究主体不同的历史叙述有着紧密的关联。"① 故此,民族文学在"单一"格局中的价值,就会在这一视野中被忽略或否弃。上文中涉及

---

① 参阅笔者:《"经典"重释与"指认"困境——论"十七年"散文的文学史叙述》,《文史哲》2009 年第 3 期。

的蒙古族当代诗人纳·赛音朝克图,其在"特定史"和"总体史"的评价比较,就能说明这一点。此外,中国现当代文学史上的民族文学重要作家如老舍、沈从文、玛拉沁夫、铁依甫江·艾里耶夫、李乔、陆地、扎西达娃、霍达、阿来等等,他们在两种框架中的文学史定位与评价,都呈现出上述"尴尬"情形——真实的情况是,在国家文学层面上,任何作家的价值厘定,其实都是一个比较的结果。价值差异体现为不同范畴的比较标准的差异,而不是其他因素带来的差异。然而,无论怎样说,"差异惯性"并不能解答"差异"何以"合理"。我们要追寻的是,"民族文学"的价值的"合理性"与"充足性",在怎样的文学史书写框架中可以实现,从而有效避免民族文学价值叙述的零散化、点缀式的状况。这是我们今天的"整体性"的国家文学史关于民族文学历史价值叙述,需要认真研究的重大问题。

二

"视点交叉"是指民族文学在进入文学史叙述之后所呈现出来的价值点选择与凸显以及这一过程的叙述模糊性。具体而言,可以从以下几个侧面加以理解:

首先,此种状况一般发生在"总体性"的国家文学史书写当中。"视点交叉"所带来的问题性并不指涉作家的复杂性——比如作家的民族身份认定、非母语写作或者作家民族身份意识变化等;而是指在"总体性"文学史书写中所生发出来的问题——要不要凸显作家作品的"民族性"、如何彰显作家作品的"民族性",以及如何处理特定文化型塑的文学"民族性"与世界视野里审美普适性观念之间的关系等。这些问题,涉及到文学史书写价值判断的准确性和有效性,即如何使民族文学因素成为国家层面文化整体中审美意识和审美知识的有效构成部分,并逐步演化为公民知识谱系中的常识。

其次,"视点交叉"言及一般文学史书写中"民族文学"价值叙述过程的游移性。就我国目前已出版的两百多部中国现当代文学史的"史学观念"来分析,已产生两种基本成熟的观念及其叙述结构:一是主要着眼于艺术作品的创新程度,这是基于"进化论"的文学史观,我们可以简称为"审美进化论"的观念和结构。撰史者在历史各阶段的比较中,通过仔细判断今日之于往日同类作品所具有的新因素——包括观念层面、形式层面以及对象与呈现方式之间的融合性等等,从而确认作品作家的经典层次与价值分量;二是侧重于文学思潮角度的历史梳理。文学思潮视野规约下的文学史书写,其目的是意欲有效还原历史真相,最大限度本真地描述出文学历史构成中哪些因素参与了对历史的建构,着力要阐释的是历史动力因素的选择理由和各重要现象在形成历史过程中的结构功能。在基于文学思潮视野和方法的文学史书写中,一切文学历史的存在都会被最大限度地"现象化",即把文学发展历史看作是被现象合力生成的结构过程——哪些因素(即现象)参与了文学历史的生成、各现象的结构作用如何等。文学史作为"历史科学"分支的基本属性,决定了文学真实面目和价值确认的郑重与复杂。"历史"、"审美"和"意识形态"的紧张关系,常常致使特定时代的许多"即时性"因素影响着主体对文学价值的认识。上述这两种文学史观及其结构方式之于"民族文学"价值性叙述,也常常发生"尴尬"与"困顿"。如果着眼于"审美进步"性,"民族文学"与"汉语文学"在许多历史阶段是不可比的,这就会导致叙述的合理"空白"或"省略";而当我们从文学思潮视角实施文学历史书写时,依然需要对特定时段文学现象的重要与否进行选择,现象的影响力无疑又是我们取舍的指标。这样一来,只在少数民族自身发生影响的文学现象,便无法整合到总体性的国家文学史之中。比如藏族、蒙族、彝族等"史诗传唱"现象,无疑是其所属民族的重大文学现象,但如何论述其在国家文学史中的结构性功能,仍然困难重重。

诚然,在中国现当代文学时空里,很多"民族文学"的存在形态已发生了很大变化——"作家文学"的出现,改变了许多少数民族文学只靠"民间文学"一脉单传的局面,这就为"总体性"的国家文学史的诞生创造了有利条件。同时也使得已有国家文学史的书写缺失显得更为明显。认真分析今天在全国高校普遍使用的各种版本的"中国现代文学史"和"中国当代文学史"教本便很容易看到,现有教材对于"民族文学"价值和民族作家的"身份"确认,一般是做实在对其审美成果里面"民族性"成分的挖掘与阐释方面,对民族文学的"民族性"描述,大多体现为"地域性"和"民俗性"两个方面。虽然"地域性"与"民俗性"的叠合状态并不鲜见,但当遭遇到两者并不叠合的情形时,"民族文学"或者"民族作家"的文学史书写就常常以所属民族的一般性特征替代了特定作家自我化的"民族性"呈现。有时候还会发生强调了一端便弱化了另一端的情形。这种情形在中国现当代文学史中老舍和沈从文两位作家身上表现得异常突出。关于满族文化或者"旗族"身份对老舍创作的影响,很多文学史书写是根本看不到的。在已有现当代文学史中关于老舍与满族文化关系的书写中,我们很少看到其"民族性"拥有对其创作各个要素层面影响的细致描述。"城市贫民"的大量描写,究竟与辛亥革命后的"落魄旗人"有何关系?这种执著的选择是否藏有为"旗人"写传的隐秘意图?为何老舍常常把笔下的贫民描写为"文明的贫民"?他们在文明上的高贵与实际生活中的"低贱"之间,是否可以在"民族""现代""革命"的相互关系中找到老舍写作的真谛;就是已经化为文学常识的老舍创作的"京味儿",与满清入主中原之后所形成的"京城"话语风尚也有着极大关系,它是不是可以算作满族文化或满清文化的构成部分;一味地到英国文学或者"底层叙述"里面为老舍的独特寻找渊源与根由,其可靠性是值得怀疑的。同样的,当我们把"湘西"视为沈从文审美独特性的确定性标识时,遮蔽的是沈从文苗文化基因在其文学创作中的情感定位作用。苗族苦难历史记忆与现代性遭遇之后所产生的创作追求,不是仅仅体现为对湘西边地风情的倾心,而是为所属民族文化属性"正名"——所以,他的笔下才会有另一种文明,不但高于汉族文明,而且有着与世界性的现代化潮流相比具备超越性的文化价值因素。这些"民族文学"的文化价值,在我们的文学史书写中难以看到。

我们所遗憾的是,在理论上常常强调的民族文化、思维方式、价值理念、认知特性以及情感心理的"民族性",往往无法在这样的叙述中看到。

三

20世纪中国文学的生成过程,普遍地被认为是从"古典"走向"现代"的过程。无论学术界把"中国文学现代化"的缘由认定为"外援"还是"内发","现代性"成了人们评价中国文学在20世纪发展状态和历史价值的重要范畴,并且似乎已经成为这个领域中学人的共识。但我们要分析的是,自晚清至今的中国文学发展及其状态,其"现代性"的质素的获取,是历史选择的自然过程,还是基于某种意识形态诉求而"被建构"的逻辑过程。现在看起来,这已经愈来愈成为了一个值得郑重讨论的问题!从"现代性"到"后现代性",中国文学在融入世界体系过程中也不断凸显着自身特性与价值的日渐模糊化的事实——有趣的是,无论是晚清、"五四"时期与中国文学传统的有意诀别,还是20世纪90年代中期以来在反思"现代性"过程中对于文化多元化学说的呼应,我们的思想展开却都是在"西方"的引导下展开的。简单地说,即是我们对于自身文化存在及其传统的"否定"与"肯定",不但受到西方自我审视过程中的启迪,也同时接受了西方的理论及其逻辑法则。大致可以这样说,从晚清、"五四"时期以"进化论"为主导的"现代性",到20世纪90年代中后期对"后现代"文化多元合理理论的认同,昭示出这样一条中国现代思想发展的脉线:我们有着深厚积累的价值体系丧失了作用,用西方知识体系思考中华民族的历史与现实,已经成为"新传统"。显然,这是一种日益得到巩固并泛化的思维成规。笔者把这种文化和知识语境中生成的观照文学审美价值的思维方式,称之为"正典思维"。

这一"正典思维"生成了两种"元话语"。其一,自近代以降,我国的"经典意识"便走入"进化论"所导引的线性轨道。西方文化的存在作为"批判的武器",从一开始就扮演着重估中国文化的价值性"元话语",这一功能直到今天依然存在。其二是我国20世纪90年代中后期在后现代文化多元理论学说启发下形成的重估传统价值的话语。这一波文化思潮的强势状态迄今依然保持着。当然,我们看到了,文化多元理论不仅为国家层面各个民族的文化,提供了理应保护、合法延续的理由,同时使得在历史上具有深厚传统的汉语文明也获得了重回经典的便利。汉语经典及其所形成的历史话语,成为今天与西方话语并置的又一"元话语"。上述两种话语,在文化实践中已经自觉不自觉地被我们运用为评价民族文学价值的双重性元话语。中国现当代文学史书写中关于"民族文学"的价值评价的虚浮与模糊,笔者认为与此关联密切,并在"总体性"的国家文学史之中表现得尤为明显。显而易见,"民族文学"的"民族性"特征,除了上文所述要有合理的框架与结构予以接纳之外,更为需要一个合理的意义范畴。然而,文学史书写的实际情形是令人沮丧的。"民族文学"的价值,长时间一直处于被上述双重元话语轮番检测的过程之中,在国家文学史的整体性论述中,其结果必然是,要么被省略,要么被简约。

其实,我们已经看到,随着我国民族文学和民族作家的族性意识的强化,文学史叙述中上述元话语的"真理性"已遭到怀疑,已有的叙述框架正在被撑破。理想的国家文学史应确立"多民族文学"史观,重建"国家文学史"结构,深入阐释民族文学作为总体性"国家文学"建构元素的独特性价值及其在更新时代审美中的作用,进而确认"民族文学"之于中华民族整体文化建构的价值贡献。这是今后文学史叙述中应当引起严肃思考的重要问题。

中国当代文学史视野中的"戏改"及其特殊性

　　中国当代所进行的"戏剧戏曲"改革,迄今为止已有四次①,学术界对此亦给予不少研究,成果是相当丰富的。人们在涉及中国当代"戏剧改革"的发生语境、历史过程、内外关系以及价值评价、功过是非和经验教训等方面,业已取得不少有价值的结论。纵览这些成果,笔者感到,研究中人们对于发生在 20 世纪 50—70 年代的三次"戏剧改革"的主要方面已形成许多共识,它们作为日益具有历史品格的学术对象也愈来愈受到人们的关注。然而, 90 年代以来还在持续进行的第四次"戏改",似乎还未受到人们应有的重视,或者说研究界许多人尚未从"戏剧改革"的角度来加以思考。我以为,与 20 世纪 50—70 年代的三次"戏剧改革"相比较,这是一次在新的历史语境诸多因素参与下呈现为空前复杂化的"戏剧改革"——自然,目前这还是一个需要认真讨论的问题。本文所要论述的中国当代"戏改"的"特殊性",既含有"戏剧改革"作为一个整体的不同阶段各个参与因素的"历时性"比较意味,也必然涉及戏剧(戏曲)在今天的现实困境和"可能性"问题。这些问题与过去的"戏改"有关,尤其是与中国当代历次"戏改"的

---

　　① 　这是笔者的看法。中国当代四次"戏改"具体是指20世纪50年代初期、60年代前期、"文革"时期和90年代至今四个时期。

"特殊性"有关——正是在这里,我们发现了"戏改"这一对象可供思考的可能性空间。

中国当代"戏改"的"特殊性"问题,我们是把它置于中国当代文学艺术整体的历史框架和中国当代文化艺术思潮的复杂变迁过程之中加以考量的。这就需要我们对每一次戏改的目的、各个因素的变化以及之于文化整体的结构功能予以深入的讨论。就此而言,不仅各次"戏改"之间存在许多隐蔽的差异,而且,这些差异也都在一个具有元话语性质的宏大结构中走向最后的同一——渐次完成"戏改"所担负的"经典重识"、"再造经典"、"创造经典"的建构重任。每次"戏改"之间实际所形成的"等级"性,充分显示了中国当代复杂的意识形态变迁在戏剧领域留下的浓重痕迹。

显然,这是一个很有意味的话题。因此,我把中国当代"戏剧改革"按照上述功能进行重新的讨论。

一、"重识经典"
——20 世纪 50 年代的"戏改"

随着中华人民共和国的成立,新中国的"新文化"建构任务便显得愈加急迫。1949 年第一次文代会上,周恩来代表中共中央给大会所作的政治报告中,在谈到"有关文艺的几个问题"时就特别强调了"改造旧文艺的问题":"我感到我们对于旧文艺的改造的重视是不够的。凡是在群众中有基础的旧文艺,都应当重视它的改造。这种改造首先和主要的是内容的改造,但是,伴随这种内容的改造而来的,对于形式也必须有适应的与逐步的改造,然后才能达到内容与形式的和谐与统一。""旧文艺里的一切坏的部分、一切不适合于人民利益人民要求的部分一定就会被消灭……另外一些合理的、可以发展的东西就会慢慢地提高、进步,逐渐变成新文艺的组成部分。"① 郭沫若在本次会上所作的"总报告"中,不仅鲜明地提出了"新的人民的文艺"

---

① 《在中华全国文学艺术工作者代表大会上的政治报告》,《文学运动史料选》第五册,上海教育出版社 1979 年版,第 649—650 页。

口号,而且着重指出:"还有一个我们不应该忽视的重要事情,就是各种半殖民地半封建的旧文艺,以及原封不动的封建文艺,在落后群众中间,还占有很大的地盘。我们应该以夺取这种反动文艺的阵地为我们的责任。我们应该采取各种有效的方法来完成这种任务。"[①] 比起周恩来、郭沫若尚显笼统的说法,周扬的表述就显得具体而直接:"旧剧是中国民族艺术重要遗产之一,和广大人民群众有密切的关系,为群众所熟悉所爱好,同时旧剧一般地又是旧的反动的统治阶级有意欺骗麻醉劳动人民的一种阶级斗争的工具,因此改造旧剧是一个非常重要的任务,也是一个非常复杂的思想斗争。我们对于旧剧采取了从思想到形式逐步加以改革的方针。""对人民有害的剧本,必须加以限制……旧剧把中国民族的历史通俗化了,但它是通过封建统治阶级的仪式将历史歪曲了,颠倒了,我们的任务就是要恢复历史本来面目,以历史唯物主义的观点来创作新的历史剧。""要改革旧剧,必须团结与改造旧艺人……在毛泽东思想指导下,新旧艺人不但结成了统一战线,而且这个新旧的界限将逐渐消除。"[②] 在这里,新中国的文学艺术不但有了自己必须遵循的明确的"艺术理念",同时各个艺术门类尤其是中国传统的"戏曲"命运也被规限。基于新的文化建构需要而迅速展开的大规模的"文化改造",显然不仅仅只是为了满足"人民群众的需要"。我们看到,作为这一"改造工程"的重要组成部分,"戏曲改革"不但备受重视[③],更为重要的是它的"特殊性"在"改造"的过程中逐步显示了出来。20 世纪 50 年代大陆文艺界开展的三次大规模的"批判"——关于电影《武训传》、关于俞平伯"红楼梦研究"、关于"胡风集团"——的过程,正是第一次"戏改"运动逐步深入的过程。三次"批判"中所迅速确立的对文艺创作价值必须实施"阶级分析"的观念、学术研究方法论的"阶级化"转向和借助于体制权力通过对"异端"言说弹压而形成的话语霸权,其目的都从不同的维度指向"重识经典"这一重大

---

① 《在中华全国文学艺术工作者代表大会上的政治报告》,《文学运动史料选》第五册,上海教育出版社 1979 年版,第 661 页。

② 同上书,第 697—699 页。

③ 1949 年成立了"中国戏曲改进委员会",1951 年 5 月 5 日《人民日报》刊载公布了政务院《关于戏剧改革工作的指示》。1952 年 10 月,在北京举行了第一届全国戏曲观摩演出大会,1956、1957 年又连续召开了全国戏曲剧目工作会议等,这些都充分说明时代政治对戏剧的高度重视。

命题。这实际上规定了此时所有文化行为的可能性语境。如此来看五十年代的第一次"戏改",其特殊性就表现为这样几个方面:

一是作为"戏剧发展"的"戏改"。在这样的范畴中我们看到,中国传统戏剧(戏曲)在历史上所形成的颇有自由竞争意味的生存、发展模式发生"断裂",戏剧行为(包括编、导、演等)的属性发生根本性变化。它不再被允许把"戏剧"视为个人的或某个利益集团以及区域的独享。时代政治试图尽快抹去戏剧在中国历史传统中由于社会等级划分而留下的"卑微身份"痕迹。不过,这种看来要明确提升戏剧行当社会地位的举措,实际上已暗示了主体必须付出的"交出自由"的代价(其实,当时的许多人并未意识到这一点,即使是意识到,也未必有多少人在这种选择面前过分犹豫)。作为国家事业一部分的戏剧的前途,对于其今后发展的瞩望与期待,个人或小团体的义务与权力同时都被淡化,国家承诺了一切。显然,"国家承诺"对于个人或文化群体发展文化责任的公然替代或隐形的遮蔽,后果是相当不利的。为了便于管理而实行的国家包揽的做法,也为自己赢得了一个可能发生长期冲突的行业与为数不少的个人。

二是作为"体制化过程"的"戏改"。与上一个问题相联系,体制化主要要考量的是作为戏剧主体的个人在整体利益格局的站位与变化。作为国家行政版图中的一个因素,演出群体的"单位化",以合法性的权力等级代替了过去这个特殊行当里传统的实力等级。个人的角色具有了多重性。技艺的高低、群众的追捧或者纯粹的行业评价等等,都不再是最终决定一个人价值的因素,而变为一个人能够从事某种行业的一般的、必需的寻常素质而已。作为有着"特殊技艺"的个人,因为其技艺的差异而形成的物质利益的差异已经消失,所以,个人被公开鼓励去利用这一技艺为自己的政治角色服务,政治角色的差异决定着个人的社会价值差异——这是体制化过程之中的不可忽视的诱惑。"重视对旧艺人的改造",实际所期待是要求职业观的改变。艺人们所需要的不是对艺术的负责,而是对艺术的"意义"负责。问题的重要性在于,艺人"身份"的改变,从根本上改变了戏剧主体在传统历史中始终所扮演的创续文明、启蒙民间、融合庙堂与民间意识形态、在人与戏互动之中提升价值境界的"文化贵族"属性和其自由延展的生命情态。"戏改"过程中的"改戏""改人"的联动,人的改造更重要。值得我们注意的是,"戏剧改革"并没有破除"艺人"的附庸性——只不过是所附庸的对象发生的改变。实际上,这种角色的转换并不是轻易可以完成的。角色转变,意味着割断与传统的联系和多重的"压力"。接受改造的人们,其压力来自于不同的方面——戏剧文化的历史信仰、师徒关系中的艺术崇拜、门派视野中的经典意识,等等。"重识经典",意味着必须对所恪守的传统戏剧价值观实施放逐。

三是作为新意识形态统一对象的"戏改"。第一次戏改的目标具有多重性和夹缠性的特点。包含有大规模对于已有戏曲曲目的取舍,保留曲目的改"旧"为"新"、推陈出新,演出主体的由旧变新,促成新编历史剧创作与演出的共同繁荣等等。在多重目的共同向前推进的行程中,却始终有着意识形态化的宏大叙事目标的监控与调整,就是周扬所谓的"必须确立人民文艺的新的美学的标准","用历史唯物主义的观点创作新的历史剧"。[①] 这便涉及戏剧主体的"戏剧价值观"的问题——显然,这是一个核心问题。戏剧价值观就历史范畴而言,就是历史观的问题,就是如何看待历史、如何评价历史,这显然属于如何阐释历史、如何建构历史的重大问题。这不仅仅只是表现在对待传统戏剧上,也普遍性地表现在所有具有历史意味的戏剧创作方面——老舍的"今昔对比"主题的系列创作,田汉、郭沫若、曹禺等人的新编历史剧,戏曲"推陈出新"的标本昆曲《十五贯》等。从中我们超前看到了20世纪90年代大陆相当盛行的"新历史主义"创作景观,也明显地感觉到了西方20世纪以来不断被强化的"叙述改变历史"的观念。作为新意识形态统一对象的"戏改",正是以这种对历史大胆的重新叙述,发挥了其对新意识形态的积极建构作用。

四是作为整体的文学艺术一个构成因素的"戏改"。我以为,这一次"戏改"具有重要的示范意义,它推动了特定语境下的所有有关传统的"推陈出新"的步伐,也率先确认了作为文学艺术范畴的因素在整个社会文化格局中的位置,即上层建筑的领域角色、意识形态的功能角色、除旧布新的示范

---

① 《在中华全国文学艺术工作者代表大会上的政治报告》,《文学运动史料选》第五册,上海教育出版社1979年版,第697—699页。

角色等。隐含于其中的还有对未来的想象方式以及戏剧改造的合法性的确立,等等。

这一次"戏改"的文化史或文学史意义是不容忽视的。我以为主要体现为三个方面:首先是实现了"新""旧"断裂,完成了对已有戏剧资源的重新整合,使戏剧的存在形态和发展模式发生根本性转变。其次是率先参与到中国当代文学艺术建构之初对经典的重新指认的工程之中。再次,有力地推动了时代政治有关"文学艺术遗产"理念的顺利实施。①

二、"再造经典"
——20世纪60年代前期的"戏改"

在中国当代文学艺术的发展历史中,已被愈来愈多的研究者意识到,虽然"戏剧戏曲学"作为独立的学科是20世纪80年代才正式被确立,但是在"十七年"乃至文革十年及其新时期初期,"戏剧戏曲"始终是以实实在在的努力参与着中国当代文学艺术的建构工程。发生在20世纪60年代前期的第二次"戏改",突出地确证了这一点。"戏改"的轰轰烈烈及其所取得的不平凡的成效,至今令人缅怀感慨!对这次"戏改"的必要性和必然性的研究,学术界已有不少的成果。但对它的"特殊性"做深入研究,应该说还有不少讨论空间。在第一次"戏改"中我们看到,"推陈出新"作为一项系统工程,实际的效果是"推陈"有余,"出新"不足。"推陈"对于"出新"的覆盖,客观上形成了第二次"戏改"的必须与必然。另一方面我们也注意到,五十年代"戏改"过程中对于戏剧遗产的取舍进行得相当顺利,对于遗产的"改编"却有着权宜意味,有许多重要的问题尚未涉及。作为重点的内容的改造主要是"用历史唯物主义的观点来创作新的历史剧"——正如周扬所言:"对于旧剧目,应以是否符合人民利益为标准全部加以审定。对人民有害的剧本,必须加以限制,要向群众揭露它的反动内容","对人民有益的

---

① 新中国成立之后,有关处理"文学艺术遗产"的价值理念,是以"取其民主性之精华、弃其封建性之糟粕"为基础的——不过,实践中对它的理解,差异性是很大的。

剧本,例如表现反抗封建压迫、反抗贪官污吏、歌颂民族气节、歌颂急公好义等等,这些都是旧剧遗产中的合理部分,必须加以发扬"①(这些承诺,实际上很快就被超越了)。而有意味的是,"新编历史剧"并没有依此作为评价的标准,四十年代以郭沫若为代表的"把这时代的愤怒复活在屈原时代里去"的主观化历史剧写作观念得到张扬②。尽管如此,"新编"成就不很乐观。至于周恩来指出的要内容和形式同时改造方面,戏剧形式的改造并未真正启动。我以为这些为第二次"戏改"的"特殊性"的生成提供了条件。

　　具体说来,第二次"戏改"的"特殊性"表现为以下几个方面:

　　一是"戏改"的高潮与轰动状态。60 年代有关戏剧戏曲的"汇演"、"评奖"可以看作是当代文化史的重要事件。比如说 1964 年就举办了三次全国规模的文艺会演和授奖活动。第一次是 1964 年 3 月 31 日,文化部在北京举行 1963 年以来优秀话剧创作暨演出授奖大会,包括《红色娘子军》《龙江颂》等在内的 22 个剧作获奖。第二次是 4 月 6 日—5 月 10 日,全军第三次文艺会演大会举行。演出活动中展示了近几年来创作的 388 个作品。围绕这次会演,各地报刊纷纷发表社论和大篇幅报道,几乎一致地大力提倡创作、演出现代戏(林彪第一次就文艺问题发表公开讲话,提出了创作的"三结合""三过硬"的主张)。第三次是 1964 年 6 月 5 日—7 月 3 日,全国京剧现代戏观摩演出大会在北京举行。19 个省市的 28 个剧团参加演出了 37个剧目,其中《芦荡火种》《红灯记》《奇袭白虎团》《节振国》《红嫂》《红色娘子军》《智取威虎山》《杜鹃山》《红岩》等后来成为"样板戏"的剧作受到专家、群众的热烈好评。《人民日报》《红旗》杂志分别发表了题为《把文艺战线的社会主义革命进行到底》《文化战线上的一个大革命》的社论③。应该说,60 年代的戏剧创作与演出状态,既是史无前例的戏剧史的巅峰状态,又引领了中国当代文学艺术的先锋潮头,期间许多东西值得我们进

---

　　① 《在中华全国文学艺术工作者代表大会上的政治报告》,《文学运动史料选》第五册,上海教育出版社 1979 年版,第 697—699 页。

　　② 《序俄文译本史剧〈屈原〉》,《郭沫若论创作》,上海文艺出版社 1983 年版,第 403 页。

　　③ 1964 年 7 月 1 日,《红旗》杂志第 12 期发表社论《文化战线上的一个大革命》;1964 年 8月 1 日,《人民日报》发表了题为《把文艺战线上的社会主义革命进行到底——祝京剧现代戏观摩演出大会胜利闭幕》的社论,显示了舆论界对这次观摩演出大会的重视。

一步思考。其"特殊性"表现为戏剧内外的共鸣,意识形态、戏剧艺术的恒常原则与民间接受的三者的"共谋"。这是我国戏剧史上极为罕见的现象。

二是针对剧种的全面改造拉开帷幕,京剧被作为动大手术的首选对象。显然,在这样的高潮和热烈气氛中,此前戏剧界关于"京剧可以不可以演现代戏"的争论就显得无力而迂腐。① 京剧作为全国性的大剧种,它的"国剧"地位以及同仁对其艺术传统"完整性"的顽强卫护,反倒从另一面论证了京剧改革的重大意义。包括戏曲在内,对自身"经典性"的时时强调,实际上一直是中国传统艺术保持纯洁性、拥有尊严的修辞策略。周扬在第一次文代会的报告中已经有了警觉,并指出了它作为对抗"戏改"借口的可能性。② 60年代前期的这次"戏改",其"好评如潮"看似颇有些出人意料,但是建国以后日益激进的阶级斗争文化思潮对于人民新的艺术趣味的培育以及所形成的期待视野,是其成功的一个重要因素。京剧能够演现代戏,并且能够演好现代戏,所证明的不只是"戏改"的正确性,更为重要的是,使得戏剧的意识形态功能被顺利地合法化了——用改造过的艺术的胜利来说明这一点,是很不容易的。

三是"戏改"在内容方面的"现代"诉求。与前次不同,此次"戏改"过程中对于"内容"的要求发生了很大变化。阶级观念的持续强化,使建国初期的关于内容合理性的判断标准不断遭到质疑,在此标准内形成的经典意识日益显露出保守性。我们看到,正是在这里,出现了内容的"等级状态"——现代的高于历史的、革命的重于日常的,当下的内容获得了最高的礼遇。这种情形也在60年代权力者对文艺日益强烈的批评中得到说明。毛泽东从1963年12月到1964年7月半年时间里,连续发出对文艺界人加抨

---

① 1964年5月,《戏剧报》发表《关于京剧演现代戏的讨论》的综合材料。材料主要介绍了1963年下半年以来关于演现代问题的讨论情况:一是要不要演现代戏? 二是京剧演现代戏要不要像京剧? 三是怎样演好现代戏?

② 周扬在第一次文代会报告中曾指出:"一方面,我们反对把旧剧看成单纯娱乐的工具,盲目地无批判鼓吹旧剧,或者对旧剧的技术盲目地崇拜,在'掌握旧技术'的口号下,实际拒绝对旧剧的改革。"

击的"批示"①,时任上海市委书记的柯庆施,在 1963 年华东地区话剧汇演大会上的讲话已经把文艺界说得一团乌黑②。值得注意的是,即使是现代或当下的题材内容,也有了"等级"形态——日常生活场景受到压抑、性格复杂的"中间人物"类型逐步挤向边缘,"英雄人物"成为具有强大能量的时代关键词。这些种种"质疑""否定""批判"等,综合体现出这一时期文艺领域强烈的"再造经典"冲动。可以觉察到,"现代"诉求只剩下与激进政治密切结合一条路子。戏剧由"改革"层次向"革命"境界迈进的步伐,明显是加快了。

四是"戏改"中对"内容"与"形式"有效剥离。"剥离"的真正内涵是指"戏改"过程中对于戏剧内容和形式分步进行革新的次序安排。正如前面所述,"戏改"过程中有关内容的等级划分及其作为评价标准的普泛化,既引导了创作主体对于题材的判断与追求,也同时引导着这一追求向形式方面的逐步逼近。从 60 年代几次汇演的实际情况看,出现在戏曲舞台上的"现代戏",其"形式"方面种种因素的变化,令人耳目一新——借鉴于西方话剧的布景"实景化"处理,与剧情相吻合的人物衣饰、道具,传统脸谱类型的取消和现代舞台化妆技术的使用,在采撷原有戏功基础上的新的舞台各类人物动作的设计,道白中以"普通话"对"拿腔捏调"的替代,甚至是"声口"的转变,等等。除了音乐唱腔之外,原有的作为戏剧传统的一切都程度不同地进行了"改造"。诚然,迄今为止学术界对此依然是见仁见智,但不可否认,它的为数不少的成功之处,值得惊叹。且不说这一"改造"面世以来早已赢得了众多的受众。

五是"戏改"形成受众的分流。这种分流与过去由流派而形成的不同的"票友"群体不同。如果说"票友"群体形成的受众分割,是一种"共时"的"空间"存在状态,那么这一次"戏改"的受众分割却是一种"历

---

① 毛泽东的"两个批示",即 1963 年 12 月 12 日在中宣部文艺处的一份关于上海举行故事会活动的材料上的"批示"和 1964 年 6 月 27 日在《中央宣传部关于全国文联和所属各协会整风情况报告》所作的"批示"。

② 《红旗》杂志 1964 年第 15 期正式发表了柯庆施在"华东地区话剧观摩演出会上的讲话"。"讲话"说:"对于反映社会主义的现实生活和斗争,15 年来成绩寥寥,不知干了些什么事。他们热衷于资产阶级、封建阶级的戏剧,热衷于提倡洋的东西,古的东西,大演'死人'、鬼戏。"

时”的“时间”存在状态。比如京剧的“传统样态”与“改造样态”拥有着不同的受众。他们所青睐的艺术样态,分别属于“历史”与“现代”。当然,在这两者之间应该说还有第三种状态。这是一个过去学术界未曾注意的问题。指出这个问题的意义在于,它与长期以来社会人生对于京剧改革的争论有关,与新时期以来戏剧不断遭遇到的发展“危机”有关。关于“戏改”的不同意见,戏剧界一直存在着。但我们必须注意到,行业内部的歧见与普通受众从感性喜好出发得出的判断,其作用是大不相同的。从 50 年代到 70 年代,“戏改”进行了二十余年,它以自己的艺术样态培养了一大批只属于自己的受众。如此看来,当新时期出于对“文革”及其“革命样板戏”的反动而导致传统的艺术样态全面复辟后,很快戏剧危机就接踵而来。其实,过去我们在思考戏剧危机时,忽略了这个事实——50 至 70 年代期间出生的这两三代人对于戏曲艺术趣味的感性认识,是从欣赏与他们的实际生活相同一的“现代戏”开始的。同时我们也看到,在九十年代前期的“怀旧”思潮中,被强行尘封多年的“革命样板戏”又浮出地面,坦然走进艺术遗产的行列。此次“戏改”的“特殊性”可以概括为:戏剧改革“现代”诉求的初步实现,传统戏剧某些基本属性得以改变,催生了新的戏剧受众群体。

三、“创造经典”
——“文革”时期的“戏改”

“文革”时期的“戏改”与 60 年代前期的“戏改”有着密切的联系,有的研究者甚至认为后者是前者的继续——这当然是可以继续讨论的。不过,在中国当代文学艺术发展的整体历程中,就“戏改”的“特殊性”来说,两者之间存有不少差异。我以为,把“文革”时期的“戏改”视为一个独立的时期,不仅可能而且必要。在此,我们强调的不是“文革”时期之于“戏改”过程的“非常性”的物理时间意义,而是强调它有着明确的、相对于 60 年代前期的第二次“戏改”来说所具有的“超越性”特征。这是一个以创造“无产阶级革命文艺”的口号替代 1961 年第三次文代会所提出的“革命的现实主义和革命的浪漫主义相结合"创作口号的文艺激进时期。① 文艺激进具体表现为对艺术功能的"纯粹化"追求和彻底实现文艺意识形态转型。应该说这是"文革"时期"戏改"的指导思想和原则规限,并且预示了此次"戏改"的可能性维度。《纪要》对 20 世纪 30 年代文艺与"十七年"文艺进行否定的同时,提出了一个前所未有的"重新创造经典"的任务。我们看到,作为重新创造经典的重要途径的"戏改",有意地放弃了以往具有合理性的所有可以凭恃的资源:第一次"戏改"所遵循的对于遗产的"有益""有害"的标准取消了,第二次"戏改"容许存在的题材多样性被放逐了,以此大大拓展了"戏改"的可能性。具体说来,此次"戏改"的"特殊性"表现为如下方面:

一是创作题材的等级划分和对题材属性的进一步强化。这一倾向在上一时期已经初露端倪。以第一批的"八个样板戏"为例看,有京剧《红灯记》《智取威虎山》《沙家浜》《奇袭白虎团》《海港》,芭蕾舞剧《红色娘子军》《白毛女》,交响音乐《沙家浜》等。除《海港》之外全为清一色的"革命历史题材"。这些样板的推出,与《纪要》设计的题材规划是完全一致的。② 我们想提请注意的是,首先,这些早已在五六十年代出现的剧目在这一时期被赋予了特殊的意义——确定为"样板",意味着把其可以视为"经典",并以此与这些剧目的前期过程相区别。其次,这是一次"再改编"(即重新创造)的结果(此点,我们在后面将详述),正是在这里隐藏了大量对于题材属性实施强调的具体做法。来自于戏剧遗产的改编剧目找不到了。显然,排斥与张扬的意图是十分明显的。"革命历史"、"现实的阶级斗争"的生活内容赢得了独尊身份。

二是 对已有"戏改"成果的"再突破"。具体研究此时的"革命样板戏","再突破"体现在两个方面:一是对戏剧矛盾、人物关系和主题的重大修改。《沙家浜》的主题,由隐蔽的"地下斗争"改为正面的"武装斗争"。

---

① 《纪要》中提出的口号是"社会主义的革命新文艺",进入"文革"后,"无产阶级的革命文艺"的提法就逐步取代了上面的口号。

② 《纪要》中强调:"我们应当十分重视社会主义革命和社会主义建设的题材,忽视这一点,是完全错误的。""辽沈、淮海、平津三大战役以及其他重大战役的文艺创作,也要趁着领导、指挥这些战役的同志健在,抓紧搞起来。许多重要的革命历史题材和现实题材,急需我们有计划、有步骤地组织创作。"人民出版社 1967 年版,第 20 页。

郭建光升为一号人物。人物关系的结构状态以主要英雄人物为中心和制高点,依次呈梯形排列为次英雄人物、成长类英雄人物、正面人物、基本群众等。《红灯记》原有的李玉和等祖孙三人的伦理关系被淡化,革命的继承关系得到突出。作为"抗战题材"属性的《红灯记》,在民族斗争线索之外增加并突出了阶级冲突线索,作为具有"抗日斗士"和"共产党员"双重身份的李玉和,对其性格特征的设计始终围绕"党的儿子"这一理念。这些无疑是此次"戏改"对前面成果的重要的有意识的突破。我以为,这一突破带来的连锁反应,不只是确立了"样板"的经典特性,更重要的是戏剧艺术所仰赖的"情感"范畴由日常生活转入二元对立的阶级范畴。再突破的第二个方面是对原有戏改未曾涉及的领域或因素进行了"探险式"革新。在戏剧音乐方面,比如中西乐器混编,配器结构的改变,与剧情相一致的音乐设计,乐队指挥的设置,唱腔设计尤其是背景音乐、过门音乐的设计,完全突破了传统的调式成规,真正实现了音乐因素对主题表现、人物塑造的作用。拥有了独立的音乐形象,并有效地以此弥补了脸谱废除后舞台人物性格展示的不足。

三是确立了"三突出"的创作理念。对于"文革"时期提出的"三突出"创作原则,多年来学术界几乎采取了全盘否定的做法。我以为,对于这个问题应该以学术的客观化的眼光予以认真审思。就戏剧舞台艺术而言,其实它强调的无非是舞台调度中如何突出人物形象的问题。在中国传统戏剧演出过程中,"三突出"所强调的情形是普遍存在的。中国古代文学叙事文学作品中如《三国演义》等,此类痕迹也是明显的。在我看来,"三突出"对主要人物的突出,并非排斥其他类型人物的存在及其作用的发挥。如果我们仔细地检视一下"十七年"和文革时期的文艺理念,就能发现它们之间有着相当深刻的多方面的内在联系——比如五六十年代文艺界关于"英雄人物"塑造的长期讨论,尤其是周扬、冯雪峰、何其芳等理论家的论述,与这一观点在学理逻辑上有关诸多相同之处。[1] 就"革命样板戏"来说,这一方法

---

① 《纪要》中强调:"我们应当十分重视社会主义革命和社会主义建设的题材,忽视这一点,是完全错误的。""辽沈、淮海、平津三大战役以及其他重大战役的文艺创作,也要趁着领导、指挥这些战役的同志健在,抓紧搞起来。许多重要的革命历史题材和现实题材,急需我们有计划、有步骤地组织创作。"人民出版社1967年版,第20页。

的确起到了对主要人物性格和作品主题的凸显作用。与前两个时期的"戏改"成果相比,经过"再改编""再突破"后的京剧剧目以及改编自其他剧种的"样板",显然更精致,戏剧性特征更突出,也更好看了。与此项关联的还有一点值得我们注意,即作为"样板"向其他剧种的大规模移植,这些无疑都对传统戏剧改革的深入有着程度不一的推动作用。

四是戏剧活动对"市场化因素"的完全拒斥。"文革"时期,戏剧的市场状况发生了绝大的改变——传统意义范畴的市场已经不复存在。戏剧演出活动被高度的组织化,成为有目的有组织的政治启蒙活动,戏剧艺术的天然的娱乐性被坚决地排斥(其实,受众的娱乐感受并不完全受制于戏剧创作主体和剧情的影响,"看戏"这一举动本身的娱乐性是任何时候都无法取消的)。这些都使得"文革"时期的戏剧艺术的自由竞争完全失去了条件。这是文学艺术极端体制化的必然结果,其戏剧艺术的萎缩也就不可避免。但是,这一次展开于"文革"时期的"戏改"所给予今天的启示,我以为并非全是负面的。比如它在"戏改"方面的总体考虑,对剧本文学性品位的强调、锤炼与提升,对舞台布景的实景化的处理尝试,把音乐因素作为戏剧整体有机性构成的设计思路,舞台人物造型象征化、意境化的处理以及整体的精致化的追求,等等,不仅在今天的舞台艺术实践中大量存在,也是我们今后戏剧改革应该客观对待的重要资源。

四、"新一轮的经典创作"
——新时期以来的"戏改"

与前三个时期相比,新时期的"戏改"似乎特征并不明显。我把它视为"戏改"的理由是,不仅包括戏剧在内的文学艺术所面对的文化语境在不断地发生着变化,而且我们从新时期二十年来的戏剧样态的不断翻新也可以体味到这一点。虽然它没有再借助于体制化的力量以规模化的"运动"方式展开自身,但被局限于艺术领域的戏剧改革从来没有停止过。而且我认为,它的进程、细节和所取得的成绩值得认真研究。作为"戏改"的"特殊性",是与这一时期社会发展和文化转型所形成的语境的特殊性密切联系在一起的,是与文学艺术在社会文化整体建构过程中的角色变化有关,是和戏剧再度逐渐地与"市场"相遇后所产生的一系列的悲喜状况有关。具体说来有如下几点:

一是从"否定"、"回归"到"复辟"。这是指新时期以来戏剧主体相对于包括"文革"时期的所有戏剧遗产的价值态度而言的。新时期随着政治权力主体的更替,对历史的"重新叙述"也随之展开。戏剧领域的否定当然是指向与传统大胆背离的文革时期及其"革命样板戏"和其他的同类作品。这种否定今天看来始终没有走出"革命样板戏"的政治属性范畴和这些作品在"文革"中与权力主体形成的"特殊关系"范畴——显然,这是一种容易取得否定成功的做法,但却很难否定得彻底。对于"文革戏改"的艺术否定从来都没有认真展开,也不可能展开。不过,这种简单化的否定却在当时赢得了共识,否定带来的直接的积极效应就是对"十七年""戏改"合法性的重新确认。戏剧界也与艺术领域的其他门类一样,"回归"成了统一的价值追求和时代风潮。我们还看到,在思潮挟裹下的"回归"势头并没有止步于"十七年"的门槛,而是急速地跨越到以"民间趣味"为主导的"戏剧遗产"范畴之中,大量的旧版古装戏重现于舞台,一时间"复辟"的景观成为此时主要的戏剧样态,民众对于这些久违的已经有些"陌生化"的古装旧版戏剧的热烈迎接,形成了新时期唯一一次、也是 20 世纪最后一次戏剧高潮(其实,这一热烈情形,同样表现在那些被尘封多年、此时"重现江湖"的话剧、歌剧等演出领域。他们与传统戏曲一起构成了这一高潮)。我以为,这既可以看成是一次"戏改",也可以被视为是新时期"戏改"的前奏。

二是从"探索"到"包装"。这里所涉及的"探索"话题对象,是应当从新时期话剧的诸多集中的有意试验说起。从 80 年代初沙叶新、高行健的创作探索以及与此联袂出台的有关"戏剧观"争论的理论突围,到 80 年代末以《桑树坪纪事》《魔方》等为代表的比较成熟的探索成果,与 80 年代一系列的"戏剧事件"一起,对于整个戏剧领域的观念冲击力度应该说是比较大的。具体到"戏曲"领域,这一冲击所带来的直接的创作成果虽然并不明显,不过,"回归"后的热烈开始大幅度降温,"戏曲"危机显出征兆。我们也看到了,戏曲界寻找回应危机的目光,也并没有直接指向话剧的探索状态。

但探索剧的形式创新,无疑给了危机中的戏曲以启迪。借助于现代化的新器材和技术来加强对戏曲演出的包装,是普遍采用的方法。我以为,这一"包装"可以视为新时期"戏改"的一个明显的集体动作,并且一直持续着。国家干预"危机"的做法是陆续设立了一些具有经典遴选作用的奖项——诸如"梅花奖""文华奖",等等。事实上,新时期戏曲危机从一出现就没有得到根本缓解,戏曲界的努力和国家采取的扶持政策,更多地体现为在商业化社会成型过程中时代对于文化遗产的保护态度,和对它可能在全球化语境中承载强化"民族国家意识"功能的重新发现。在"危机"中进行被迫的"戏改",这在中国当代戏剧的"戏改"史上,属于第一次。

三是"双轨"体制的运行。新时期的文艺体制尤其是艺术院团的管理体制改革,是在减轻财政负担和搞活演出市场的双重预设目的指导下进行的,它与50年代对文学艺术的全面体制化形成了有趣的历史比照。戏剧观众的大量流失、演出成本的持续上涨、编创表演人员的纷纷"出走"以及其他新型娱乐形式日渐兴盛带来的冲击等,使预设的演出市场并未顺利形成,而且还出现了一系列新的困扰与问题。比如原有艺术院团艺术实力的持续削弱、经费的进一步紧张和专业人才的断档等。对于民间滋生的"草台班子"又缺乏有效的管理,出现了前所未有的混乱状况。这种情况,直到1995年前后才出现改善的迹象。可以说,这一时期由于种种原因,国家和政府有意无意地放弃了保护、发展民族文化遗产的职责。

四是新一轮的"经典"创造。90年代后期以来,我们看到传统戏剧的"孤独"状态得到明显改善。仔细分析可以觉察出国家对于戏剧发展思路上的两个展开:①放开民间演出市场,以受众的艺术趣味来左右演出市场,以形成真正的竞争局面。②逐步淡化市场因素在评价戏剧价值方面的权重,借助于国家所设立的各类艺术大奖的权威性,达到既保护又创新的目的。加之各种集中于北京等中心城市的大型汇演,大大强化了戏剧创作演出主体的"精品"打造意识。以专业人员和城市受众为主体的接受局面,无疑有力地推动了戏剧改革的现代化和精致化。我以为这可以视为新一轮的"经典"创造。近年来,国家舞台精品工程的启动,使得新时期以来一直进行的"戏改",似乎进入到思路清晰、稳定发展的时期——不过,戏剧的"危机"并没有真正消除,而是被悬置了起来。

　　通过回顾建国以来四次"戏改"的过程及其各自的特殊性,笔者认为,各个历史时期不同的文化语境和产生"问题"的"具体性",深深影响着戏剧改革的目标预设和思路设计,徒然地增加了"戏改"的曲折和茫然。任何因素的过分具体的干预,只会导致"戏改"走向某一极端。我以为,对于作为传统遗产的中国戏剧(戏曲),一方面要以充分"贵族化"的方式使之能够在历史与现代的合力下走向"经典"境界,另方面,鼓励戏曲的民间运作,以市场的力量和民间演出主体的自由创造性,获取这一遗产的普及和其生命的延展。在这样的视野中,我们要做的工作是,去努力发现属于戏剧发展的真正的问题。

中国当代文学史的"思潮"与描述

——以"十七年文学"为例

　　1949—1976 年间的中国文学发展历史,它在整体构成上包括"十七年文学"和"文革文学"两个阶段。由于这两个阶段在对文学一些基本问题的认识上多有一致,所以就其文学思潮的存在状况和发展历程而言,它们也表现为本质上的诸多一致性。"50—70 年代"文学思潮的一致性,既表现为有关文学或审美理念方面的相同——诸如关于文学的性质、目的、功能、价值等,比如都一致性地强调文学的"无产阶级"或"社会主义"性质,有意地坚持把服务现实、服务政治及配合国家意识形态作为文学的基本目的,分外重视文学或审美的"革命"功能和"用社会主义、共产主义精神"教育人民的作用,并在此基础上有意凸现文学在某一历史阶段里之于"意识形态"范畴的价值等等。同时这种一致性也鲜明地体现在文学或审美实践的各个方面——比如,在这一阶段里,国家意识形态一直坚持不懈地在对文学的各种因素进行"体制化"的规范与整合,文学的"组织化"成为文学生产的基本形式,文学批评也一直扮演着规范、整肃、指导整个文学创作和确立文学发展方向的"监管"角色,文学创作也随之呈现出大致相同的表现方式与审美风貌,甚至在诸如题材选择、主题范畴、矛盾或冲突的设置、人物性格或意象的内涵等等方面,都逐步确立了一系列的"限制"和"成规"。文学及其与之相伴生的文学思潮,由此进入了一个前所未有的"一统化"阶段。①

"50—70年代"的文学思潮发展走向,总体呈现为从"多维""丛生"走向"单纯""纯粹"的过程。1942年"延安文艺整风"和毛泽东《在延安文艺座谈会上的讲话》(简称"讲话")发表以后,解放区所形成的"延安艺术理念",就开始了对包括"国统区"文艺在内的各个领域的影响与渗透,到了20世纪40年代末,以服务"人民政治"和表现"工农兵"为核心的"延安艺术理性"已表现出对全国文艺界"混乱"局面的"整肃"趋势②——这些无疑为建国后文艺思潮的"定向"与发展,确立了原则和前提。在这一时期的文学思潮发展过程中,《讲话》所阐释的"延安艺术理性"不仅得到了进一步的确认,而且亦在不断的"完善"中被泛化与强化。整个50年代的文学行为,大致一致地呈现为对创建文学新的格局与秩序的努力。有关文学或艺术问题的讨论开始向"批判"层面 推进。创建文学新的格局与秩序,既表现为对当下及未来文学发展的"规划",同时更加重视对已有的一切文学历史存在的"清理"与价值的"重新确认"。异域文学、中国传统文学、五四新文学及民间文学等,都在新的时代语境中面临着被重新定位的命运。政治与文学的关系问题,上升为文学与所有外部关系中的最重要的问题。从1949年8月开始的关于"小资产阶级人物可否作为文艺作品主角"问题的讨论、以"中国戏曲改进委员会"成立和毛泽东"推陈出新"方针提出为方向的50年代对传统戏曲的大规模"改革"、1951年对电影《武训传》的"讨论"式批判、1954年就俞平伯在《红楼梦》研究中的所谓"唯心主义"观念的批判及1955年对"胡风反革命集团"的"镇压"等,加之在此期间无以胜数的对于不同作品、作家、倾向、"思想"等批判风潮,文学思潮发展当中的"政治"理念得到了原则化的确立,并依次逐步把文学向"纯粹"境界推进。进入60年代之后,"阶级斗争文化思潮"逐步发展为社会的主导文化思潮。文学思潮中的"政治理念"则表现为阶级意识的强化。直接地表现现实生活中阶级之间的"斗争"

---

① 关于中国当代文学"一体化"的论述及其相关概念的运用,可参见洪子诚《中国当代文学史》、《问题与方法——中国当代文学史讲稿》等著作。

② 参阅钱理群:《天地玄黄——1948》,山东教育出版社1998年版。

关系,受到主流意识形态越来越多的推崇与鼓励。1966年《纪要》①的出台,提出了更加"纯化"的"社会主义的革命新文艺"的口号,在对"十七年文学"进行"否定性"处理的同时,有意造成文学发展历史的新"断裂",意在重新定位建构"文学新秩序"的新起点。"文革文学"的存在状态与生产形式就能充分地说明这一点。在"文革"文学时期,文学与政治真正实现了"紧密结合",或者说文学成为时代政治的主要表达形式——甚至在某些时段成为唯一的表达形式。在走向"政治"的过程中,文学有意弃绝了所有的"中介",文学活动的全部功能与价值就在于这一活动本身就是别一形式的"政治活动"。由于有意拒绝所有文学历史在确立"文学新秩序"过程中的参照作用,所以我们看到,作为主流的"文革文学"思潮,在其表面上不仅"单纯"而且"纯粹"。不过需要指出的是,"文革文学"思潮所表现出来的"单纯"与"纯粹",并不完全是"怪异"时代的"怪异"现象,而是与"十七年文学"的审美理念有着密切的关联,毋宁说就是"十七年文学"基本理念的极端发展结果。"文革文学"对按照"三突出"原则②创作出来的"英雄人物"的大力推崇、不惜以大量牺牲文学的复杂性而对"革命文艺"无限制的"纯化"追求、对文学意识形态属性的极端强调、对所有古往今来人类文学遗产的藐视与弃绝等,都充分展示了"文革"时期"激进主义文学思潮"的属性特点与构成面貌。

50—70年代中国文学思潮的内涵结构与变化更移,我们可以从这一历史阶段"文学口号"的演变中真切地看到。在1949年7月召开的第一次"中华全国文学艺术工作者代表大会"上,郭沫若和周扬的两个报告提出了"新的人民的文艺"口号,并对此进行了具体的阐释。在他们看来,"新的人民的文艺"就是"无产阶级领导的人民大众反帝反封建的新民主主义文艺",

---

① 1966年2月2日—2月20日,江青召集一部分军队作家和艺术工作者,举行部队文艺工作问题座谈会,会后起草了《林彪同志委托江青同志召开部队文艺工作座谈会纪要》,简称《纪要》。此文经毛泽东审阅、修改之后,作为党内文件发表。1967年5月29日,《人民日报》第一次公开发表了《纪要》全文。

② 1968年5月23日,于会泳在《文汇报》发表题为《让文艺舞台永远成为宣传毛泽东思想的阵地》一文,提出了文艺创作的"三突出"原则。即"在所有人物中突出正面人物,在正面人物中突出英雄人物,在英雄人物中突出主要英雄人物"。

是"表现和赞扬人民大众的勤劳英勇,创造富有思想内容和道德品质,为人民大众所喜闻乐见的人民文艺,使文学艺术发挥教育民众的伟大效能"。[①]"新的人民的文艺"的描写主体,是作为"人民社会专政的领导力量和基础力量"的"工人阶级、农民阶级和革命知识分子",就是"站在马列主义毛泽东思想的水平上","深刻地反映生活与明确地坚持宣传政策"的"富有思想性的作品"。1953 年,"社会主义现实主义"作为新的文艺口号被正式提出。"社会主义现实主义应当成为指导和鼓舞作家、艺术家前进的力量。""社会主义现实主义首先要求我们的作家去熟悉人民的新的生活、表现人民中的先进人物,表现人民的新的思想和感情。"[②]"社会主义现实主义所要求的,是政治性与艺术性统一的作品,也就是艺术描写的真实性与具体性和以社会主义精神教育改造人民的人物相结合的作品。""而其教育力量的强弱和教育内容的正确与否,则是决定于其艺术形象的真实性程度和作家的政治认识。""社会主义现实主义的文学就是要教育我们的人民成为生气蓬勃,相信自己的力量,能够战胜任何困难和阻碍的人。"[③]"社会主义现实主义文学"这一口号在内涵上进一步强调了作家的"阶级意识"和"政治立场"。要求作家必须写出"历史发展的必然趋势"。进一步突出了塑造"正面人物"、尤其是"英雄人物"的重要性,一再重申"典型是党性在现实主义艺术中的表现的基本范畴"。[④]把早已被苏联艺术界否定的文学艺术是"教育人民工具"的观念,重新确认为"社会主义文艺"的根本目的。"文艺工具"意识的时代倡扬,成为在社会阶级斗争文化语境中文学对意识形态的必然回应。文艺的阶级属性与政治属性进一步被明确化了——社会主义现实主义文学思潮的基本理念得以初步确立。1960 年前后,"革命的现实主义与革命的浪漫主义相结合"的"两结合"口号,取代"社会主义现实主义文学"成为新的文学口号。1958 年 5 月,毛泽东在中共八大二次会议上明确提出"无产阶级文学艺术应采用革命现实主义

---

① 郭沫若:《为建设新中国的人民文艺而奋斗——在中华全国文学艺术工作者代表大会上的总报告》,《中华全国文学艺术工作者代表大会纪念文集》。

② 周扬:《为创造更多的优秀的文学艺术作品而奋斗——1953 年 9 月 4 日在中国文学艺术工作者第二次代表大会上的报告》,《人民文学》1953 年第 11 期。

③ 邵荃麟:《沿着社会主义现实主义的方向前进》,《人民文学》1953 年第 11 期。

④ 冯雪峰:《英雄和群众及其它》,《文艺报》1953 年第 24 期。

与革命浪潮主义相结合的创作方法"。随着 1958 年群众性的"浪漫主义文学运动"的"大跃进",这一口号得到了文艺的积极响应。"革命的理想主义"和"革命的乐观主义"是"革命浪漫主义"内涵的基本特征。对于那些属于被时代政治大力肯定的"正面"现象进行大胆甚至是极度夸张的"畅想",是"两结合"创作方法的题中之义。有意倡导对现实的肯定与歌颂,成为建国后"建立文学新秩序"工程在这一阶段的一个突出体现。对于"新的英雄人物""完美性"的强调,对于"未来"的乐观性想象,成为这一时期文学以"总体风格"状态实践"两结合"创作方法的时代风尚。1966 年 2 月《林彪同志委托江青同志召开的部队文艺工作座谈会纪要》正式发表,提出了"社会主义的革命新文艺"的口号。这一"口号"的提出,显然是与《纪要》对建国以来"文艺战线上存在着尖锐的阶级斗争"的历史判断联系在一起的。并认为"近三年来,社会主义的'文化大革命'已经出现了新的形势,革命现代京剧的兴起就是最突出的代表"。"划出了一个完全崭新的时代。""社会主义的革命新文艺"就是"无产阶级的文艺,是党的文艺。""这是开创人类历史新纪元的、最光辉灿烂的新文艺。"这一文艺,"在创作方法上,要采取革命的现实主义和革命的浪漫主义相结合的方法,不要搞资产阶级的批判现实主义和资产阶级的浪漫主义"。"要满腔热情地、千方百计地去塑造工农兵的英雄形象,要塑造典型。"《纪要》特别突出地强调了"社会主义的革命新文艺"在"社会主义文化革命"中的重要功能与作用。《纪要》通过倡言"要破除对中外古典文学的迷信"、"要破除对所谓三十年代文艺的迷信"、反对"外国修正主义"的文艺等,确立了"社会主义的革命新文艺"阶段与古今中外文艺历史的根本差异,并在引导、规范"文革文学"阶段里的"激进主义文学思潮"过程中,起到了重要作用。

　　1949—1966 年的"十七年"文学,其作为一个"高度组织化"[①] 的文学阶段,在文学思潮形成与发展过程中表现为鲜明的"统一化"和"一元化"状态。它一方面通过对 1942 年以后"解放区文学"传统的全面继承体现了政治与文学关系的一致性,另一方面又必须根据"新的时代"的文化

---

① 　参阅洪子诚:《关于五十至七十年代的中国文学》,《文学评论》1996 年第 2 期。

的、意识形态的要求对于那些在"战争语境"中产生的审美理念,进行不断
的充实、修正、提高与完善。建国以后时代性质的"社会主义"转型,为文学
艺术的发展在根本上确定了方向和要求。在"新的时代"看来,社会历史的
不同性质的交替,不仅意味着人民生活的进步与新生,同时也意味着文化发展
在阶级属性上的某种"中断"和面临的新的起点。为此,文艺思想的全面置
换更新就成为首要的任务。"十七年文学"阶段里,文学思潮发展必须在两个
前提的确立中进行:首先是对已有的各种各样的历史形态的旧有审美观念进
行"清理",其次是尽快确立以《讲话》精神为主体内容的"毛泽东文艺思
想"权威地位。1949 年 5 月,周恩来、郭沫若、周扬、茅盾等在一次文代会上的
报告,都体现出这种努力。"凡是在群众中有基础的旧文艺,都应当重视它的
改造。这种改造,首先和主要的是内容的改造。""这种改造工作无疑地将是
长期的巨大的工作。"① 郭沫若明确地把五四以来的文艺发展概括为"两条路
线之间"的斗争——"一条是代表软弱的自由资产阶级的所谓为艺术而艺术
的路线,一条是代表无产阶级和其他革命人民的为人民而艺术的路线。"斗争
的结果证明,"任何文艺工作者如果不接受无产阶级的领导,他的努力就毫无
结果"。"我们不应该忽视的重要事情,就是各种半殖民地半封建的旧文艺",
"我们要扫除半殖民地半封建的旧文学旧艺术的残余势力,反对新文艺界内部
的帝国主义国家资产阶级文艺和中国封建主义文艺的影响","我们应该以夺
取这种反动文艺的阵地为我们的责任"。② "一切封建艺术,从旧剧到小人书,
都必须改造。"③ 这些"改造"的标准无疑是"新的人民的文艺"的所要求的
"能够完全达到文艺为人民服务的共同目标"(郭沫若语)。茅盾在报告中,
用《讲话》精神对"国统区"文学进行了重新"叙述"。他"检讨了"由于
"作家与大众生活的隔离"而造成的"空疏""无力""主观""感伤""趣味
主义""纯文艺观"等缺陷,认为根本的原因是"未经改造的小资产阶级知识
分子在生活思想各方面和劳动人民是有距离的",并把"争取进步、改造自己"

　　① 　周恩来:《在中华全国文学艺术工作者代表大学上的政治报告》(1949 年 7 月 6 日),《中华全国
文学艺术工作者代表大会纪念文集》。
　　② 　《为建设新中国的人民文艺而奋斗——在中华全国文学艺术工作者代表大会上的总报告》,同上。
　　③ 　周扬:《新的人民的文艺——在中华全国文学艺术工作者代表大会上关于解放区文艺运动的报
告》,同上。

作为"国统区"作家的努力目标。[①] 与此同时,"新的人民的文艺"的理念内涵也逐步明确。"毛主席的《在延安文艺座谈会上的讲话》规定了新中国文艺的方向,解放区文艺工作者自觉地坚决地实践了这个方向,并以自己的全部经验证明了这个方向的完全正确,深信除此之外再没有第二个方向了,如果有,那就一定是错误的方向。"(周扬语)"十七年文学"发展历史上,那些连续不断地、各种各样的、大小不一的关乎文学的"批判",从"清理"和"重建"两个方面展现了"十七年文学""社会主义现实主义文学思潮"的生成过程和发展轨迹。对当代文学社会主义性质的不断强调,文艺的功能由50年代初突出"为人民服务"发展到60年代为"无产阶级革命斗争服务",在"十七年"里,对于文学的基本任务——从一开始强调描写"正面人物"到大力提倡全力塑造"高大完美"的"无产阶级英雄典型",对于古今中外文学遗产,由"有批判地继承"到从"阶级""革命"意义上的不断摒弃等等,"十七年"文学思潮呈现出向单一理念"收束"与"固化"走向,呈现为"革命现实主义"或"社会主义现实主义"创作原则的"至尊化"状况——这一情形,鲜明地体现在"十七年文学"的"理论建构"和"艺术实践形态"两个方面。

"十七年"文学思潮的发展过程,首先体现在一系列的"文艺运动"的交替更移中——"文艺运动"的过程,既是社会主义文艺"理论建构"的实际步骤,也是确立"文学新秩序"工程的重要组成部分。这些均由体制力量发动的"文艺运动",虽然都受到时代政治所强调的"文化服务于政治"原则的制约,但每一次较大规模的"文艺运动"的功利指向却各有所侧重。从50年代对电影《武训传》的批判,到毛泽东"两个批示"[②]发表后对一系列作品的"批判",就是分别从审美分析的阶级论、学术政治化、对"观念异端"摒斥和遏制知识分子"自由言说"、开创"无产阶级革命文艺""新纪元"

---

① 《在反动派压迫下斗争和发展的革命文艺——十年来国统区革命文艺运动报告提纲》,《中华全国文学艺术工作者代表大会纪念文集》。

② 1963年12月12日,毛泽东在中共中央宣传部文艺处编印的关于上海举行故事会活动的材料上做了"批示"。其中谈道:"许多共产党人热心提倡封建主义和资本主义的艺术,却不热心提倡社会主义的艺术,岂非咄咄怪事。"1964年6月27日,毛泽东又在《中央宣传部关于全国文联和所属各协会整风情况报告》的草稿上做了"批示"。"这些协会和他们所掌握的刊物的大多数(据说有少数几个好的),十五年来,基本上(不是一切人)不执行党的政策,做官当老爷,不去接近工农兵,不去反映社会主义的革命和建设。最近几年,竟然跌到了修正主义的边缘。"

等方面进行的"整肃"。文艺领域的风云变幻,直接呈现了建国后在意识形态范畴所进行的"文化革命"的真实景象。

(一)关于电影《武训传》的"讨论"与"批判"

1950年年底,摄制、完成于建国前后的历史传记影片《武训传》开始在全国公映。剧中的武训是清末民初一位"行乞兴学"的历史人物。作者的创作动机是认为武训的行为"反映了旧社会贫苦农民文化翻身的要求",有利于新时代的文化建设和发展教育事业。因而影片肯定甚至歌颂了"武训精神"。从影片公映到1951年4、5月间,不少报刊就影片的主题、人物形象、"武训精神"以及教育意义等展开了褒贬不一的热烈讨论——不过,大多数文章给予作品以积极评价。但随着《人民日报》社论《应当重视电影〈武训传〉的讨论》(毛泽东执笔撰写)的发表(1951年5月20日),使得对《武训传》从"讨论的批判"骤然转变为"批判的讨论"。毛泽东说:

> 《武训传》所提出的问题带有根本的性质。像武训那样的人,处在清朝末年中国人民反对外国侵略者和反对国内的反动的封建统治者的伟大斗争的时代,根本不去触动封建经济基础及其上层建筑的一根毫毛,反而狂热地宣传封建文化,并为取得自己所没有的宣传封建文化的地位,就对反动的封建统治者竭尽奴颜卑膝的能事,这种丑恶的行为,难道是我们所应当歌颂的吗? 向着人民群众歌颂这种丑恶的行为,甚至打出"为人民服务"的革命的旗号来歌颂,甚至用革命的农民斗争的失败作为反衬来歌颂,这难道是我们所能够容忍的吗? 承认或者容忍这种歌颂,就是承认或者容忍污蔑农民革命斗争,诬蔑中国历史,诬蔑中国民族的反动宣传为正当的宣传。
>
> 电影《武训传》的出现,特别是对于武训和电影《武训传》的歌颂竟至如此之多,说明了我国文化界的思想混乱达到了何等的程度!
>
> 在许多作者看来,历史的发展不是以新事物代替旧事物,而是以种种努力去保持旧事物使它得免于死亡;不是以阶级斗争去推翻应当推翻的反动的封建统治者,而是像武训那样否定被压迫人民的阶级斗争,向

反动的封建统治者投降。我们的作者们不去研究过去历史中压迫中国人民的敌人是些什么人,向这些敌人投降并为他们服务的人是否有值得称赞的地方。我们的作者们也不去研究自从一八四零年鸦片战争以来的一百多年中,中国发生了一些什么向着旧的社会经济形态及其上层建筑(政治、文化等等)作斗争的新的社会经济形态,新的阶级力量,新的人物和新的思想,而去决定什么东西是应当称赞或歌颂的,什么东西是不应当称赞或歌颂的,什么东西是应当反对的。

特别值得注意的,是一些号称学得了马克思主义的共产党员,他们学得了社会发展史和历史唯物论,但是一遇到具体的历史事件,具体的历史人物(如像武训),具体的反历史的思想(如像电影《武训传》及其他关于武训的著作),就丧失了批判的能力,有些人竟至向这种反动思想投降。资产阶级的反动思想侵入了战斗的共产党,这难道不是事实吗?一些共产党员自称已经学得的马克思主义,究竟跑到什么地方去了呢?

为了上述种种缘故,应当展开关于电影《武训传》及其他有关武训的著作和论文的讨论,彻底地澄清在这个问题上的混乱思想。

毛泽东从"阶级斗争"角度对这部作品所作出的"诬蔑农民革命斗争,诬蔑中国革命历史,诬蔑中国民族"的判断与定性,无疑是要旗帜鲜明地强调对审美活动实施分析的"革命"意识与阶级方式,明确反对像过去那样只是从空泛的进步性、或仅仅把一部作品作为艺术分析对象的观念。所谓"根本性的问题",就是要求必须以"正确"而鲜明的阶级观念评价历史现象和历史人物。文艺作品所反映的历史事件和历史人物的"真实性",并不是历史本身决定的,而是必须从"阶级革命"的范畴予以重新认定。这里已经关涉到对"历史"如何"叙述"的问题。对电影《武训传》的"批判的讨论",进一步强化了对文学价值进行判断的"政治性"标准,同时也提出了诸如作家的世界观、文艺的阶级性、审美的价值观等方面的问题。从一部作品生发出一种具有普遍性的倾向,然后通过对这一"普遍的倾向性"进行大规模的"批判",以"群体参与"的运动方式确立某种新的理念——这成为中国当代文学思潮生成、泛化的基本方式。对电影《武训传》的批判,属于新的时代意识形态在这方面的开端尝试。

（二）对文学研究中"唯心论"的"批判"

如果说对电影《武训传》的批判，是"新的人民的文艺"意欲确立审美活动价值判断的"阶级论"观念，那么对 1952 年出版的《红楼梦研究》和1954 年发表的《红楼梦简论》（均为俞平伯所著）的批判及其后来扩展到对胡适"唯心主义"思想观念的清算，则显然是要开启引导一种"学术研究政治化"的倾向。这场批判是由学术界对于《红楼梦简论》中所表达的观点的不同意见引起的。持异议者认为，《红楼梦研究》等著作的研究方法属于"反现实主义"的"主观唯心论"，它"否认《红楼梦》是一部伟大的现实主义杰作"，"把《红楼梦》歪曲成为一部自然主义的写生的作品"。[①]这一情况引起了毛泽东的警觉。他在给中共中央政治局《关于红楼梦研究问题的信》中指出：

> 驳俞平伯的两篇文章附上，请一阅。这是三十多年来向所谓红楼梦研究权威作家的错误观点的第一次认真的开火。作者是两个青年团员。他们起初写信给《文艺报》，请问可不可以批评俞平伯，被置之不理。他们不得已写信给他们的母校——山东大学的老师，获得了支持，并在该校刊物《文史哲》上登出了他们的文章驳《红楼梦简论》。问题又回到北京，有人要求将此文在《人民日报》上转载，以引起争论，展开批评，又被某些人以种种理由（主要是"小人物的文章"，"党报不是自由辩论的场所"）给以反对，不能实现。结果成立妥协，被容许在《文艺报》转载此文。事后，《光明日报》的《文学遗产》栏又发表了这两个青年的驳俞平伯《红楼梦研究》一书的文章。看样子，这个反对在古典文学领域毒害青年三十余年的胡适派资产阶级唯心论的斗争，也许可以开展起来了。事情是两个"小人物"做起来的，而"大人物"往往不注意，并往往加以阻拦，他们同资产阶级作家在唯心论方面将统一战线，甘

---

① 李希凡、蓝翎：《关于〈红楼梦简论〉及其他》，《文史哲》1954 年第 9 期；《评〈红楼梦研究〉》，《光明日报》1954 年 10 月 10 日。

心做资产阶级的俘虏,这同影片《清宫秘史》和《武训传》放映时后的情形几乎是相同的。被人称为爱国主义影片而实际是卖国主义影片的《清宫秘史》,在全国反映之后,至今没有被批判。《武训传》虽然批判了,却至今没有引出教训,又出现了容忍俞平伯唯心论和阻拦"小人物"的很有生气的批判文章的奇怪事情,这是值得我们注意的。

俞平伯这一类资产阶级知识分子,当然是应当对他们采取团结态度的,但应当批判他们的毒害青年的错误思想,不应当对他们投降。

把《红楼梦研究》问题与胡适的"资产阶级思想观念体系"联系起来,这就使对学术问题的论争扭变为关于唯物主义与唯心主义"世界观"的思想斗争,为政治介入学术创造了前提。批判者依托被重新界定的"社会主义现实主义"的一些基本理念,集中"批判"了"胡适派""新红学"的三个方面:一是建立在"自然主义"和"唯心论"基础之上的"自传说"。认为把《红楼梦》主题确认为是作者"感叹自己身世"的"情场忏悔"的观点,抹煞了它的表现现实的"反封建"社会意义。第二,"新红学"所强调的《红楼梦》的"色""空"观念,是想掩盖这部作品所透示出的对于封建道统和封建统治者的尖锐批判性质。第三,认为俞平伯对《红楼梦》总体风格"怨而不怒"的概括,否认了作品对中国文学"战斗性"传统相继承的一面,贬低了它的价值。这些"批判"在极力否认《红楼梦》具有的价值多元性的同时,更重要地是在思维方式上呈现出对"阶级意识"和"政治判断"的倚重,也反映了"十七年"阶段里对于历史遗产进行"批判地继承"的选择方式、价值标准和重释"经典"的努力。以唯物主义的"阶级论"观点重新"叙述"中国文学历史,这已表明,时代政治对文化进行改造的对象范畴,已由"当下创作"领域顺利拓展到"学术研究"领域,体现了"十七年"阶段"社会主义现实主义文学思潮"的逐步深入状态。

(三)对"胡风集团"及其文艺思想的"斗争"

建国以后,作为共和国最高政治领袖的毛泽东,始终把"建立文艺新秩序"作为一项严肃的政治斗争。在毛泽东看来,要完成这一任务,既要对敌对阶级及其思想体系进行不间断的打击,而更重要的是要及时发现并清除来自内部的"异己者"的声音。1955 年由他亲自发动的对胡风集团及其文艺思想的斗争,就是他在"文化改造"中实施这一战略的重要步骤。从 20 世纪 30 年左翼文艺运动开始直至建国后,胡风一贯以独立且成熟的文艺理论家姿态活跃于文坛。他的文艺思想丰富而复杂,尤其对现实主义有着自己独到、深刻的认识,并逐步形成了自己的理论体系。常常以对同一问题的"异样言说",引起文坛侧目,并由此屡屡引发他与其他"革命文艺内部"人士之间的剧烈论争。"左翼"时期关于"两个口号"的论争、1948 年前后《大众文艺丛刊》同仁对他的尖锐的批判、1952、1953 两年间"文艺整风"对胡风更加激烈的批判等,都说明了胡风及其同仁在文艺界"孤立"化的边缘状态。为了澄清文艺理论上一些基本问题的是非,胡风向中共中央递交了长达 30 万言的《关于解放以来文艺实践情况的报告》(俗称"30 万言书")①。这个报告全面系统地阐述了自己的文艺观点,逐一回驳了建国以来对于自己并非实事求是的"批判",并对周扬等文艺界领导人的工作作风坦率地提出了批评。胡风的文艺思想主要体现在他一贯坚持应大力倡扬作家的"主观战斗精神";强调主观对客观的"熔铸"与"拥入";提倡对人物"精神奴役的创伤"进行深度表现;认为现实主义的关键是创作方法大于世界观等,这些都与 1942 年以后毛泽东关于文艺问题的基本理念存在着深刻的差异与歧见。分歧在于"我们强调对于进步的社会主义作家,共产主义世界观的重要性,强调文学作品应当表现有迫切政治意义的主题,应当创造人民中先进的正面人物形象,强调民族文学遗产的重要性和文学艺术上的民族形式,这些都是完全正确的,而这些也是胡风先生所历来反对的"②。1955 年 1 月—6 月,《人民日报》连续三次刊登经过重新组合的所谓"关于胡风反革命集团"的"材料"和毛泽东为这些"材料"撰写的"编者按语"和"序言"③,一场大规模的对"胡风反革命集团"的"斗争"在全国展开。这一"斗争的批判",

①　参阅《胡风全集》第六卷,湖北人民出版社 1999 年版。

②　周扬:《我们必须战斗》,《胡风文艺思想批判论文汇集》第三集,作家出版社 1955 年版。

③　《人民日报》在 1955 年 5 月 13 日至 6 月 10 日期间所发表的关于"胡风反革命集团"的三批材料和"社论"一起,被集辑为《关于胡风反革命集团的材料》一书,由人民文学出版社出版。毛泽东为此书写了"编者按"和"序言"。

从一开始就把胡风及其他同好置于阶级的敌对位置,以政治定性代替学术论争,在被批判者"主体"被迫"缺席"的情境中,把学术是非问题扭变为阶级的和政治的利害关系,以政治判处完成对"自由言说"的弹压。"胡风冤案"是 20 世纪 40 年代"延安整风运动"中"王实味冤案"的当代继续。这一当代"文艺运动"过程和结果,表明了政治权力对知识分子文化独立创造权力的肆意剥夺,表明了时代意识形态对文化异动现象的高度敏感与警觉,以及由此所形成的知识分子与政治之间的紧张关系。其所带来的严重后果是,艺术创造领域已十分脆弱的"多元"局面趋向暗淡与消亡,当代文学思潮的"主流化"格局开始形成,并日益走向更加"纯洁"的历史阶段。

(四)"双百"方针与"反右"运动

1956 年,作为新的文化政策"双百"(百花齐放、百家争鸣)方针的提出和 1957 年的所谓"反击右派进攻"运动,是 50 年代中后期中国历史中的两个重要"事件"——这是两起有着深刻内在联系的"有意味"的关乎中国当代知识分子整体命运的历史事件。两个"事件"在表面上的巨大"差异"及其"因果式"内在关联,预示了中国当代知识分子与时代政治文化之间微妙、复杂而又紧张的关系状态。一方面,中国当代知识分子基于对社会主义信念的信仰与恪守,总是在不断地追寻与时代的和谐与一致,力求以真正主人的姿态参与到新时代的文化建设之中,因而对自我的改造就日益朝着自觉的方向发展;但另一方面,建国以后不间断的针对知识分子的"批判"运动,又在刺激着知识分子对于"外在"的怀疑性情绪的增长。随着知识分子文化创造权力优势的不断削弱和其文化尊严感的黯淡化,"改造"的过程就日益表现为对知识分子的"不信任"和知识分子试图摆脱"不信任"状态的双相互逆关系。"改造"所要全力解构的是知识分子以批判现实为核心的存在理性,以独立、自由为中心的人格建构,以文明者自许的文化优越感,以学术为生命的漠视政治的倾向及面对大众所承当的启蒙角色意识和善于在历史、未来视野里看取现实的忧患情怀等。当代知识分子的"文化言说"不得不在"鹦鹉化"与"失语化"之间进行痛苦的选择与徘徊。毛泽东在 1956 年把"双百"方针作为新的发展文化的政策,这在一定程度上缓解了时代政治与知识分子之

间的紧张关系。知识分子所渴求的"文化自由"得到了有限度的满足。从
1956年下半年到1957年上半年的一年多的时间里，"双百"口号和时代政
治对这一口号的具体阐释，使得广大知识分子尤其是文艺界的知识分子获得
某种"轻松"和"解脱"感，文艺界出现某种程度的"松动"与"转机"，尤
其是文学的理论领域和批评领域呈现出某种有限的"探索"状态——《写真
实——社会主义现实主义的生命核心》（刘绍棠）、《现实主义广阔的道路》
（何直）、《关于社会主义现实主义》（陈涌）、《论现实主义及其在社会主义
的发展》（周勃）、《要不要"干预生活"》（晨风）、《话剧演员要求创作民
主》（方焰）、《解除文艺批评的百般顾虑》（黄药眠）、《文艺刊物需要"个
性解放"》（李汗）、《烦琐公式可以指导创作吗？》（唐挚）、《论人情与人性》
（王淑明）、《刺在哪里？》（秋耘）、《"探求者"文学月刊社启事》、《我对当
前文艺界问题的一些浅见》（刘绍棠）、《论"文学是人学"》（钱谷融）、《不
能没有自由讨论》（安旗）、《电影的锣鼓》（钟惦棐）、《论人情》（巴人）等
等一大批文论的出现，表达了对诸如现实主义真实性、典型性、文艺创作中的
人情与人性、对文艺与生活的关系、世界观与创作方法、文艺生产规律与领导
体制、歌颂与暴露以及人物性格的塑造等多方面问题的兴趣与论争。这些与
文学创作领域集中涌现的"干预生活"作品一起，共同显示了文学领域短暂
的"早春天气"。就当时的文学理论和批评而言，上述这些一般都属于文学艺
术常识的"不是问题的问题"，却在当时被相当热烈地争论着。这也使我们可
以从一个侧面了解到"十七年"文学的"禁锢"状态。但"双百"所阐释的
"艺术上不同的形式和风格可以自由发展，科学上不同的学派可以自由争论"
的背后，并非是"无条件"和"无原则"的。它的前提是"政治思想上的一
致"和对"阶级论"观念的恪守。"百花齐放，我看还是要放，有些同志认为，
只能放香草，不能放毒草，这种看法，表明他们对百花齐放、百家争鸣的方针很
不理解。一般说来，反革命的言论当然不能放。但是，它不用反革命的面目出
现，那就只好让它放，这样才有利于对它进行鉴别和斗争。田里长着两种东
西，一种叫粮食，一种叫杂草。杂草年年要除，一年要除几次。""杂草一万年
还会有，所以我们也要准备斗争一万年。"在此毛泽东明确容许"香草""毒
草"一起"放"，即是一个"引蛇出洞"的"阳谋"。知识分子们"很不理

解"自是必然。1957年6—7月间,毛泽东连续发表讲话,号召"组织力量,反击右派分子的猖狂进攻","打退资产阶级右派进攻"。这一场并非仅仅针对文艺领域的"反右"运动,却最终指向包括文艺领域在内的所有知识分子队伍及其具有"知识分子性"的人群。先后有近六十万人被定性为政治上的"右派",成为新时代里无产阶级的"新的敌人",用各种方式对他们进行"专政"。文艺领域的"右派"定性,是与他们在"双百"情势下的"出格"的言论与创作联系在一起的,当然,也与他们的"历史作为"联系在一起——像丁玲、冯雪峰、艾青等。"反右"运动置于文艺领域而言,属于建国后时代政治在确立"文艺新秩序"过程中所开展的一系列"整肃"行为的更大规模的继续,斗争领域的知识分子化和时代政治对于知识分子的日趋严重的"不信任"状态,使得"知识精英"在参与时代文化重建中的作用空间也同时日趋缩小。随着"反右"运动之后知识分子整体边缘化,包括文学创作在内的时代文化创造,进入了一个缺乏活力的"冷寂"时期。

(五)六十年代的"文艺批判"景观

中国当代文学在"十七年"阶段里,"文艺运动"不仅是文学思潮发展的主要载体和形式,而且从"文艺运动"之间的"间歇"中,还可以了解到当代文学思潮的发展节奏和主导趋向。我们从以前的几次"文艺运动"中看到,时代政治在建立"文艺新秩序"方面的努力,主要体现为对"清肃"与"改造"对象领域与范畴的一步步扩大——从创作领域到学术研究领域、从文学领域到文化领域、从特殊领域的知识分子到知识分子的整体存在。"反右"运动之后至1966年5月的七八年间,属于文艺界相对平稳的一个时期。"疾风暴雨式"的"大斗争"境况虽然没有出现,但文艺思潮的"收束"与"一统化"趋势也并未发生变化,毋宁说其指向显得更加"直接"与"具体"。值得我们注意的是,这一时期在继续"破坏"的同时,能够体现"社会主义现实主义""革命文艺"理念的"新创作"不断出现并受到异乎寻常的推崇。从"革命现代京剧汇演"到《欧阳海之歌》,其情形正是这样。文学思潮继续沿着"清算历史"与"开拓未来"两个方向挺进。1958年开初,《文艺报》特辟"再批判"专栏,对"延安整风运动"时期王实味、丁玲、罗峰、萧军、艾青等人以《野百合花》为代表的杂文作品和其他文类作品予以重新刊载与"批判",提出了"修正主义文艺"的概念和"建设共产主义的文艺"的口号。1960 年则集中批判了"人性论"、"人道主义"、"艺术即政治"、"修正主义文艺思想"、反对党的领导的"创作自由"思想、"反社会主义的'写真实'"、"和平主义"、"中间作品"等,更加突出地强调要"更大地发挥社会主义文艺的革命作用"。尽管如此,毛泽东对文艺领域的"阶级斗争"复杂性依然保持着高度警觉。1963 年 12 月何 1964 年 6 月 27 日分别在两份材料上做出批示。第一个"批示"说:"各种艺术形式——戏剧、曲艺、音乐、美术、舞蹈、电影、诗和文学等等,问题不少,人数很多,社会主义改造在许多部门中,至今收效甚微。许多部门至今还是'死人'统治着。不能低估电影、新诗、民歌、美术、小说的成绩,但其中的问题也不少。至于戏剧等部门,问题就更大了。社会经济基础已经改变了,为这个基础服务的上层建筑之一的艺术部门,至今还是大问题。这需要从调查研究入手,认真地抓起来。许多共产党人热心提倡封建主义和资本主义的艺术,却不热心提倡社会主义的艺术,岂非咄咄怪事。"毛泽东在《中央宣传部关于全国文联的所属各协会整风情况报告》上所做的第二个"批示"说:"这些协会和他们所掌握得刊物的大多数(据说有几个好的),十五年来,基本上(不是一切人)不执行党的政策,做官当老爷,不去接近工农兵,不去反映社会主义的革命和建设。最近几年,竟然跌到了修正主义的边缘。如不认真改造,势必在将来的某一天,要变成像匈牙利裴多菲俱乐部那样的团体。"

毛泽东的"两个批示"对建国以来文艺发展的"否定性"评价,使得"文革"前夕两三年里的"批判"高潮再起,1964 年初文艺界 4—7 月再度"整风"。小说作品《苦斗》、《三家巷》(欧阳山著),电影《早春二月》、新编历史剧《谢瑶环》、《海瑞罢官》等多部作品被批判。这一时期对"中间人物论"的批判是引人注目的一个重要的理论事件①——这显然是 60 年代

---

① 参阅《"写中间人物"是资产阶级的文学主张》,《关于"写中间人物"的材料》,《文艺报》1964 年第 8、9 期合刊;陆贵山:《"写中间人物"的理论是"合二而一"论和时代精神"汇合"论在文学理论上的表现》;紫兮:《"写中间人物"的一个标本》,《文艺报》1964 年第 11 期;张羽、李辉凡:《"写中间人物"的资产阶级文学主张必须批判》,《文学评论》1964 年第 5 期;朱寨:《从对梁三老汉的评价看"写中间人物"的实质》,《文学评论》1964 年第 6 期。

日益强化的"阶级斗争文化思潮"在文艺领域的一种"积极"的"回应"。

与此同时,建立"文艺新秩序"的"拓展未来"方面,无疑更加受到重视。在相对"平稳"的1959年,由郭沫若、周扬亲自编辑的《红旗歌谣》出版,这一"新民歌运动"成果,在一定程度上展示了"工农兵文艺"的"创造状态"。"文艺十条"(后改为《文艺八条》)的提出与推行、第三次文代会的召开等也在一定程度上体现出文艺的"繁荣"景象。在此期间,有关文艺的两次会议——"全国文艺座谈会和故事片创作会议"(简称"新侨会议")、"话剧、歌剧、儿童剧创作座谈会"(简称"广州会议")①,成为这一时期文艺发展呈"平稳状态"的重要标志。周恩来、陈毅等领导人对文艺领域的"温和态度"以及对"知识分子"队伍整体在"身份"上的"重新体认",不仅缓解了长期以来体制与知识分子之间的紧张关系,也使知识分子的文化创造欲望在"深受鼓舞"中得以"恢复",并具有了某种"重新高涨"的可能性。但是,人们普遍没有注意到周恩来与毛泽东在对"文艺领域"总体判断上的根本性"差异"。周恩来的"讲话"与"报告",虽然也还是继续在政治范畴阐述了"阶级斗争与统一战线"、"物质生产与精神生产"等方面的关系,但重要的是涉及到"艺术民主"、"文艺规律"、"继承遗产与创造"等属于"纯艺术"方面的敏感话题和"知识分子问题"——"关于知识分子和知识界的定义与地位、关于现代知识分子的发展过程、关于如何团结知识分子的问题、关于知识分子自我问题改造"等,会议甚至提出"应该取消'资产阶级知识分子'的帽子"(陈毅语)。会议还对过去受到"批判"的"有争议"的作品,比如"第四种戏剧"等给予肯定性评价。这些自然容易获得知识分子的认同与"共鸣"。文艺领域的理论层面又一次出现"探索"势头:"关于悲剧问题的讨论"、呼吁"必须破除题材上的清规戒律"、"山水花鸟画有无阶级性的问题和文学上的共鸣问题"、"重视对中间状态的人物和描写"的问题、文学作品的"概念化"问题、戏曲的"推陈出新"的问题、"京剧演现代戏"的问题等。在文艺实践方面,这一时期也出现一批重要成果:《青春之歌》、《苦菜花》(1958年版)、《山乡巨变》(连载于《人民文学》1958

---

① "新侨会议"于1961年6月1日—6月28日在北京新侨饭店举行。"广州会议"于1962年3月2日—26日在广州举行。

年第 1—6 期）、《新结识的伙伴》（《延河》第 11 期）、《上海的早晨》（《收获》1958 年第 2 期）、《百合花》（《延河》1958 年第 3 期）、《林海雪原》（作家出版社 1958 年版）、《"锻炼锻炼"》（《人民文学》1958 年第 9 期）、《三里湾》（人民文学出版社 1958 年版）、《铁道游击队》（同上）、《烈火金刚》（中国青年出版社 1958 年版）、《敌后武工队》（解放军文艺社 1958 年版）、《野火春风斗古城》（《收获》1958 年第 6 期）、《天山牧歌》（人民文学出版社 1958 年版）、《说东道西集》（马铁丁，作家出版社 1958 年版）、《关汉卿》（《剧本》1958 年第 5 期）、《茶馆》（人民文学出版社 1958 年版）、《红旗谱》（人民文学出版社 1959 年版）、《我的第一个上级》（作品集）、《红日》、《三家巷》、《创业史》（第一部）（《延河》1959 年第 8—11 期）、《铁木前传》（百花文艺出版社 1959 年版）、《放声歌唱》（诗集）（人民文学出版社 1959 年版）、《蔡文姬》（历史剧）（文物出版社 1959 年版）、《奇袭白虎团》（剧本）（山东人民社 1959 年版）、《林海雪原》（剧本）（宝文堂书店 1959 年版）、《李双双小传》（《人民文学》1960 年第 3 期）、《花城》（作家出版社 1961 年版）、《东风第一枝》（散文集）（同上）、《燕山夜话》（北京出版社 1961 年版）、《长江三日》《茶花赋》（《人民文学》1961 年第 3 期）、《荔枝蜜》（《人民日报》1961 年 7 月 23 日）、《雪浪花》《红旗》（1961 年第 20 期）、《风云初记》（《新港》1962 年第 7—11 期）、《赖大嫂》（《人民文学》1962 年第 7 期）、《武则天》（历史剧）（中国戏剧出版社 1962 年版）、《杜鹃山》（剧本）（《剧本》1962 年第 10、11 期）、《李自成》（第一卷）（中国青年出版社 1963 年版）、《雷锋之歌》（诗）（《中国青年报》1963 年 4 月 11 日）、《甘蔗林——青纱帐》（诗集）（作家出版社 1963 年版）、《海市》（散文集）（作家出版社 1963 年版）、《艳阳天》（作家出版社 1964 年版）、《欧阳海之歌》（《解放军文艺》1965 年第 6 期）、《沸腾的群山》（人民文学出版社 1965 年版）、《江姐》（歌剧）（中国戏剧出版社 1965 年版）、《艳阳天》（第二卷）（人民文学出版社 1966 年版）《县委书记的好榜样——焦裕禄》（《人民日报》1966 年 2 月 7 日）,毛泽东等"革命家"的诗词作品等。上述这些作品的"轰动效应"和"经典性",应该说,是在与这一时期的"阶级斗争文化语境"的一致与和谐中获得的。1962 年以后,毛泽东再次强调"阶

级斗争"的重要性。他借观看"革命现代戏剧"① 行为所表达的日益鲜明的
"倾向性",使整个社会"阶级斗争文化思潮",又一次形成了对文学领域的全
面"覆盖"状态——从以上情况中,可以看到文学对这一思潮的"感应"力
度及其变化。"反右"运动之后、尤其是 60 年代以降,作品创作的数量与质量
呈明显的"下滑"走势。而直接配合时代意识形态要求甚至于非常直观地再
现"现实形势""政策"、不隐讳"宣传"意图的"粗浅"的作品却显著增多,
并日益受到推崇。"革命历史题材"开始受到相对"冷落","农村题材"的
创作也趋于"淡化",这些都成为文学思潮日益走向"单纯化"的具体表征。

　　在"十七年"文学创作实践领域里,文艺思潮的发展与变化主要体现在
提倡"写什么"、"怎么写"和反对"写什么"、"怎么写"的两个方面及其
两个方面的尖锐斗争。这些在建国以后的一系列针对具体作品和具体理论
问题的争论中可以清楚地看到。1949 年 8 月,上海《文汇报》关于"小资
产阶级的人物可否作为文艺作品的主角问题"的讨论,虽然有"应当少写、
批判地写"和"绝对不可以写"等两种意见,但最后却都在"关键并不在于
什么人是主角,而在于是否能够写的正确"、即"怎么写"的认识上统一起
来。但"怎么写"才更加符合"工农兵文艺"方向,并不像"写什么"那容
易明确——后者属于"题材"问题,而前者则需要作家"世界观"的根本转
变。这一"难度"在 1951 年关于萧也牧的小说创作及其对它们的"批判"
中继续着。"批判者"认为,《我们夫妇之间》"虚伪","李克实际上是一
个很讨厌的知识分子。""最让世人讨厌的地方就是他装出一个高明的样子,
嬉皮笑脸地玩弄他的老婆——一个工农出身的革命干部。"充斥着"庸俗的
小资产阶级的不良倾向"。这些描写说明了他"自己身上所严重存在的非
无产阶级的立场、观点和思想感情"②。作者也不无痛切地检讨说:"我的作品
之所以犯错误,归根结底一句话:是我的小资产阶级立场、观点、思想未得切
实改造的结果","披着无产阶级的外衣,出卖小资产阶级的货色"。③ 在此

---

　　① 从 1964 年 1 月—11 月,毛泽东先后观看了豫剧现代戏《朝阳沟》、京剧现代戏《智取威虎
山》、《芦荡火种》、《奇袭白虎团》、《红嫂》、《红灯记》、话剧《万水千山》等。
　　② 丁玲:《作为一种倾向来看——给萧也牧同志的一封信》,《文艺报》1951 年第 8 期。
　　③ 《我一定要切实改正我的错误》,《文艺报》第 5 卷第 1 期。

期间对于赵树理《邪不压正》中主要人物"消极性"的"批评"、对路翎小说集《朱桂花的故事》的"歪曲现实"的"抨击"等,都重复强调了作者的"思想""立场"在处理"题材"和确立作品正确"倾向性"方面的极端重要作用。1952年所开展的"关于塑造新英雄人物的讨论",其"主要针对目前文艺创作中的落后状况——缺乏新的人物、新的事件、新的感情、新的主体;歪曲劳动人民的形象——而提出来的"①。不同的观点主要集中在"能不能在矛盾冲突中写英雄人物、能不能写英雄人物的缺点、如何处理英雄与群众的关系"等方面。不过最后的主导意见体现为:"在我们的作品中可以而且需要描写落后人物被改造的过程,但不可以把这看作为英雄成长的典型的过程。""许多英雄的不重要的缺点在作品中完全可以忽略或应当忽略的。""我们的作家为了突出地表现英雄人物的光辉品质,有意识地忽略他的一些不重要的缺点,使他成为群众所向往的理想人物,这不但是可以的而且是必要的。我们的现实主义者必须同时是革命的理想主义者。"②英雄人物所"突出的东西,一定是属于最充分最尖锐地足以表现人物的社会本质的东西。他所舍弃的东西,一定是属于非本质的和主题无关的不必要的东西。""英雄之所以成为英雄就是因为他是英勇的斗争者。这个斗争包括对敌人的斗争,对人民中落后现象的斗争,也包括英雄人物的自我的斗争……我们决不能把这种自我斗争描写成资产阶级文学中所描写的两重人格的分裂。"③"如果不把正面的新人物形象的根源紧密地放在普通人民群众的力量和斗争的基础上面,那么,我们就无从创造任何正面的先进英雄人物的形象。"④1956年4月开始的"关于典型问题的讨论",实际上是上一个问题的继续。它的展升是与在当时一些引起"热烈反响"的具体作品评论——比如《组织部新来的青年人》《创业史》(第一部)等密切联系在一起。对于《红旗谱》《红日》《林海雪原》等作品,认为虽然"它们里面的一些重要人物大体上都是些有个性的……但我们的文学应该再向前进。我们还应该

---

① 《文艺报》第9期"编辑部的话"。
② 周扬:《为创造更多的优秀的文学艺术作品而奋斗——1953年9月24日在中国文学艺术工作者第二次代表大会上的报告》,《人民文学》1953年第11期。
③ 邵荃麟:《沿着社会主义现实主义的方向前进》,《人民文学》1953年第11期。
④ 冯雪峰:《英雄和群众及其他》,《文艺报》1953年第24期。

创造出我们这个时代的新的典型人物来"[1]。甚至认为像某些作品的"传奇色彩"与个人气质上的"草莽气息",对于人物"典型性"的生成都是有害的。[2] 茅盾认为,《七根火柴》、《百合花》等作品,"都通过一个简单的故事,刻画出一个英雄人物"[3]。对《青春之歌》、《锻炼锻炼》以及"中间人物"问题和对其代表性作品的"批评"与"反批评"等,都因涉及到作品主要人物或主题的"典型性"问题,成为了一场场关乎作品"生存"的"保卫战"。[4] 对"英雄人物"与"典型人物"的关系问题的探讨,一直持续到60年代——关于《创业史》中的"梁生宝形象在书中是不是最丰满、最出色以及艺术塑造方面是否还有某些问题值得探讨,产生了不同的看法"。有人认为,"梁生宝是异常高大、丰满的典型",也有人"并不把他看作是第一部中艺术描写上最成功的",倒是梁三老汉的"典型性"更高些。[5] 而作者柳青认为,梁生宝的"典型性"根本在于"他是党的忠实 的儿子。我以为这是当代英雄最基本、最有普遍性的性格特征"[6]。在讨论过程中,类型化的人物、有鲜明个性的人物与具有"典型性"的人物等,呈现为概念上"纠缠不清"的状况。[7] 可以看出,"英雄人物"和"典型人物"的"时代性""阶级性""革命性"被日益推重,在发展中并被逐步确立为主导性艺术理念。这种"突出"与后来的"三突出"并不是没有联系的。在此期间,1961 年的关于"悲剧"问题的讨论和1964 年的"关于京剧演现代戏的讨论"等,都涉及到一些敏感而深刻的问题。这一文艺思潮发展的过程性"曲折",也增添了当代"十七年"文艺思潮构成面貌的丰富性的一面。

---

[1] 何其芳:《我看到了我们的文艺水平的提高》,《文学研究》1958 年第 2 期。

[2] 王燎荧:《我的印象和感想》,《文学研究》1958 年第 2 期。

[3] 茅盾:《谈最近的短篇小说》,《人民文学》1958 年第 6 期。

[4] 参阅王西彦:《〈锻炼锻炼〉和反映人民内部矛盾——在一个座谈会上的发言》,《文艺报》1959 年第 10 期。

[5] 严家炎:《梁生宝形象和新英雄人物创造问题》,《文学评论》1964 年第 4 期。

[6] 柳青:《提出几个问题来讨论》,《延河》1963 年第 8 期。

[7] 杨绛:《斐尔丁在小说方面的理论与实践》,《文学研究》1957 年第 2 期。

中国当代文学史叙述变迁与"文革文学"

　　新时期以来,中国当代文学研究中关于"文革文学"的"历史叙述"及其变迁,是一个值得注意的重要课题。表面上,似乎可以用从"全盘否定"走向"有限肯定"这一线索变化来概括它的评价走向。但实际上,在这一由"否定"走向"肯定"的变迁里所蕴涵的问题却大大超越了上述视点的递进范畴,呈现出多重的复杂性。比如,对"文革文学"的评价是如何从"批评"走向"学术"的? 关于文革文学现象的描述姿态是怎样变化的? 在"经典"指认与衡定中,"文革文学"经典性被确认的比较范畴有哪些变化? 其"经典性"是着眼于审美差异性还是注重其在社会文化及其审美"思潮"中的构成性作用? 有关"文革文学"历史叙述的困惑到底是什么? 在获得了怎样的条件下才可能有所解答? 等等。"文革文学"如何展开有效研究,应该说到今天依然是一个困难的课题(因为它的敏感期并未过去)。它所具有的既在整体上隶属于历史而又必须充分重视当下语境作用从而把它从历史的"一体性"中剥离出来的性质,是我们在实际研究中绕不过去的难题。直到今天这种纠缠依然困惑着人们。从某种意义上说,对"文革文学"叙述的变化,隐含了新时期以来文学研究界观念解放和学术研究的全都可能性与曲折过程。新时期以来有关"文革文学"的历史叙述变化,显然已构成了鲜明的阶段性。我们有理由对它进行学术式梳理——这也是有关中国当代文学研究中一个不可忽视的重要方面。在我看来,新时期有关"文革文学"研究史,可以概括为这样几个阶段——①"一笔抹杀"阶段("空白论"、"废墟说");②"替代叙述"阶段;③"等级划分"阶段;④"真正面对"(即"学术化")阶段。本文的考察对象是新时期以来的文学史著述——选取了北京大学出版社的《当代文学概观》(简称"北大本");复旦等22院校编写的《中国当代文学史》,1980年5月第一册初版(简称"二十二院校本");人民文学出版社的《中国当代文学初稿》(简称"初稿本");华中师范大学编写的《中国当代文学》(简称"华中师大本");高等教育出版社的《中国现代文学史(1917—1997)》(简称"世纪课程本")等为主要的个案分析对象。

一、空白论

"北大本"由于考虑到"它的经历是复杂的",所以采用了以"文类"相别的贯穿体例。但无论以"文类"为体例,还是编年史体例,都无法逃避对"文革文学"的评价和必要、鲜明的价值判断。在"前言"里,编著者分别以几个理论命题来结构全篇,但在论述"文学与现实"、"文学与政治"等一些重要的理论命题的发展流变时,依然得面对文学的"文革时期"。在谈到70年代中国文学时说道:"'林彪四人帮'主政文坛,使文学与现实的关系,走到了厄运的尽头。瞒和骗,成了'四人帮'控制下的文艺的特色。"在书中每一章的文体发展总述中,对"文革文学"的叙述都是鲜明的——"'文化大革命'的十年内乱时期,许多诗人受驱逐,诗坛遭到铁蹄的践踏。有的作品则成为林彪、江青反革命集团篡党夺权的工具。人民真正的心声往往被扼杀、被压制。""林彪、四人帮倒行逆施的十年间,散文园地……几乎一片空白。"戏剧创作在"文化大革命期间,林彪四人帮篡党夺权,推行文化专制主义,制造假繁荣,实行真围剿,戏剧艺术遭到空前洗劫,百花凋零,损失惨重"。样板戏被否定,京剧革命及"样板戏"只字不提。小说创作在"文化大革命的十年中,短篇创作同其他样式一样,遭到毁灭性的摧残。"至于长篇小说创作"从六十年代中期到七十年代中期,即'林彪、四人帮'实行法西斯文化专制主义的十年间,十七年长篇小说的创作出版被践踏殆尽,小说创作队伍被无情摧残。'四人帮'一方面绞杀,一方面树立自己的样板,《虹南作战史》就是一部。这是对'四人帮'那一套反动创作理论进行图解的最拙劣的作品。'四人帮'为了篡党夺权的需要,大搞阴谋文艺。有些作品适宜'四人帮'的政治需要,炮制上市(如《西纱儿女》),有些作品深受'四人帮'反动思潮的影响,走向创作歧途(如《金光大道》、《前夕》、飞雪迎春)等)"。

"空白论"思维本质上属于"二元对立"的政治化思维模式。这是一种具有"元话语"性质的先置性理论,其重心可分为两个方面:一是以政治斗争的利害关系替代艺术发展的是非关系,即凡是与某一政治判断相违背的判断都是错误的判断,因而难以获得合法性而立足;二是"历史"与"现在"的对立性(即势不两立性)。这显然与前一个"前提"是相关的。由于政治已经划分了今是昨非,所以"历史"的划分被价值化了。"历史"与"现在"的性质差异被凸现,也是判断的基本前提。"空白论"思维牵引与规约下的"文革文学"的"历史命名"也是深有意味的——在这一时期,对"文革十年文学"的总体历史指认是"一片空白",或"废墟",对文革文学的具体创作,标之为"阴谋文艺","帮派文艺"或"瞒和骗"的文艺等。所有的创作一概被称为:"篡改"、"炮制",或"出笼"等。对"文革文学"的历史叙述实际上呈现为清一色的批判性质的判决,有意或不无有意地避开艺术范畴,悬置了问题的复杂性。新时期初期有关"文革文学"的研究,从研究主体姿态、判断标准与方法、研究的思维与途径等方面分析,实质上和文革时期的有关文学的历史研究状况并无二致。

二、替代叙述

对"文革文学"以"替代"方式进行叙述,在我看来是一种进步。它对于"空白论"的超越,体现为承认了历史之链是无法割断的,文学展开自身的方式在某些特殊时期会生发出别样的形式。文学天然的创新属性在具体的艺术细部呈现方面,都似乎拥有被承认的权利。不过,从思维方式尤其是价值判断的标准方面看,和前一段没有本质的差异。

这些论述已透示出此时有关文革文学叙述的思维方式的细微变化。虽然依然是政治利害的判断占据着主导,但历史总体的认可与分类论述的企图是明显的。在其所划分的几类创作中,已呈现为某种"价值等级"——只不过,这种等级划分依然是以它们的政治性质划分为前提的。第一类"阴谋文艺",其存在价值是历史政治性质的反面被呈现。第二类如《牛田洋》之类,属于"图解所谓基本路线"的"极左文艺路线的产物",否定是基本前提。第三类则属于"基本倾向上还是应该肯定"的一类,肯定的视角是题材的时空属性——要么是"新民主主义",要么是"十七年"。而作为"主流"和"主体"的则是《第二次握手》、《李自成》(第二部)和"天安门诗歌运动"。编著者在其后的个案分析上,就是集中于这三部作品。把"文革十年的创作"的总体论述与个案分析混合起来看,以《第二次握手》、《李自成》第二部和"天安门诗歌运动"来"替代"文革全部文学创作的叙述意图异常鲜明。对这类作品价值的判断,一是它们的身份——"在斗争中诞生",二是"坚持革命现实主义原则",三是"其中显示了革命文艺'团结人民,教育人民,打击敌人,消灭敌人'的强大威力"。值得注意的是,这一时期的文学史关于"文革文学"的叙述都一致性地有意忽视了重要的文学现象——对"革命样板戏"及其同类作品的认识与评价。

这种发生在1984年前后的当代文学史研究的状况,与当时创作领域的多元探索、突飞猛进局面形成了巨大反差,同时也与当时以新时期文学为主要对象的文学批评的"激进姿态"呈现出极大的差距。这似乎反映出80年代初期到中期(具体而言1983—1987年)历史阶段里文学的"现实"与"历史"的巨大活力——其内在的冲突是相当紧张而尖锐的。这个时期可以被看作是"新时期文化转型"的起始时间。(检视一下当时文艺界的重大事件和争鸣状况加以对比,就更有说服力了。)

仅从以下两个方面,我们明显可以看到80年代中国当代文学史研究的缺陷与幼稚:"文革文学叙述"中,对《纪要》的批判,是所有文学史叙述都重点涉及的内容。"二十二院校本"辟为专节,《中国当代文学史初稿》则以之为重点,专列一章。对于《纪要》这个文件,在文学史的称谓显得五花八门。"初稿本"使用的是《林彪委托江青召开的部队文艺工作座谈会纪要》。"二十二院校本"简称为《部队文艺工作座谈会纪要》,直到 1999 年 8 月出版的"面向 21 世纪课程教材"《中国现代文学史》(1917—1997)中依然如此。全国高等教育自学考试教材《中国现代文学史》与此相同,不做任何说明。只有"华中师大本"采用了原名——《林彪同志委托江青同志召开的部队文艺工作座谈会纪要》。在这些对《纪要》的批判中,没有任何一种教材谈到当年毛泽东对《纪要》的三次修改、审定的内容。这一情形只有到了 1999 年 8 月出版的洪子诚《中国当代文学史》中才得以恢复历史的真相。这里隐含了 80 年代政治原则对文学史撰写的无形制约。整体上看,这只是个小问题,但从中透示出的文学史著述主体对历史科学性有意无意的漠视,研究主体"历史"意识的匮乏和长期以来把历史叙述政治化惯性所导致的结果。从中也可以看到 80 年代文学研究中当下意识形态对于"历史叙述"的渗透方式及其呈现方式。历史叙述的狭隘的意识形态属性是极为明显的。这也可以被看作是这一阶段文革文学研究中"替代"表述的一种泛化结果。

"革命样板戏",不仅是"文革文学""主流派"的代表,而且在当时它还能够借助于绝对的权力使自己成为真正的标准化"样板"。"革命样板戏"的创作修改过程,其艺术理念以及传播方式,都隐含或涉及当时有关文艺的许多重大问题——比如戏曲改革的问题,政治与艺术的关系,传统与现代的融合,审美与娱乐的关系,题材处理以及对革命历史中形成的一系列艺术理念的突破、修正等。从"文革"中文艺所扮演的功能角色角度考察,对"文革文学"的历史叙述,是无法避开"革命样板戏"的。但是在很长的一段时间内,"革命样板戏"在文学史著述中处于两种位置:要么只字不提,比如"北大本";要么是以批判的方式且一笔带过,例如"初稿本"和"二十二院校本"、"自考本"等。真正在文学史著述中把"革命样板戏"作为分析对象的是"华中师大本"。这部文学史不但追溯了"样板戏"的来源及流变,并详细梳理了"样板戏"产生过程中的理论风云,并对所谓"八个样板戏"等一类常识作出了精确解释。第一次对"文革"中"样板"类作品进行了分类。

　　现在看来这些分析是粗糙的也并不客观和认真,但它毕竟是文学史著述中对"革命样板戏"的本体性分析,值得重视。"华中师大本"对"样板戏"评价所面临的复杂性状况的分析,是有启发意义的。"时至今日,经历过'文革',人们往往会把样板戏同深重的民族灾难联系在一起,本能地对样板戏产生强烈的反感。""这种情况,就使得全面正确地分析和认识样板戏这一文革现象,成为一件极为复杂的工作。但是无论如何,'样板戏'作为一种文化现象和历史现象,实际上已经成为动乱年代政治生活和社会生活中的一个组成部分,已经成为江青反革命集团的重要斗争工具,这一点恐怕是无法否认的。因此,任何企图为样板戏恢复名誉或使它东山再起的想法,同广大群众的意志和感情都是背道而驰的。"不过需要指出的是,90年代初的"怀旧热"和"毛泽东热"已经证明,人们并未放弃样板戏,也并非因它与政治的直接关系而恶视它。《中国现代文学史》(1917—1997)一书,尽管对它的论述略显笼统,尽管它采用了把"样板戏"植入现代京剧的戏改历史中加以观照的叙述策略,但它毕竟是第一次公开地肯定"革命现代京剧"的成功。它认为,"革命现代京剧"除了"在内容上的突出特点是塑造了一系列具有时代特征的工农兵英雄形象"之外,其成功主要建立在"对传统形式的变革"。应当说这种评价是相当客观的。

三、等级叙述

　　如果说"空白论"和,"替代法"中有关"文革文学"的历史叙述在本质上体现为"二元对立"政治化思维的话,那么"等级"划分视野中的"文革"文学的历史叙述,则开始兼顾作品的"倾向性"与"艺术性"两个方面。其实,在"空白论"思维中,"文革"文学已经被植入等级范畴,即好与坏、是与非、"优秀"与"拙劣"的对立。这种对立的等级性体现为谁为历史主体、谁具有合法地承载历史的身份等方面。所以从本质上看,一旦"文革文学"的历史主体以及它的合法性被确定,那么非"主体"的存在就自然被摒弃、排除。不过,我们看到,20世纪80年代以前"新启蒙"语境下由于向历史告别过程中对政治判断的倚重和现实批判的意识形态视角的普泛化,致使中国当代文学的"史性"研究一直徘徊在"走向历史原在"和"全新结构历史"的两难之中。处于这一话语场域中的"文革文学"研究,对其历史整体性处理的最大可能就是引入是非判断从而收纳"文革"历史中的所有文艺现象。强调"主流"文学主体的政治身份,凸现文学功能的斗争性质,彰显其存在形态与五四至十七年时期文学"常态"的差异,在一种对比与归谬逻辑中,"文革文学"的显性层面(如公开出版,演出等作品)只能进入否定之列——这显然不是对象在学术化过程中的结果。

80年代末期及以后的几年间,社会语境尤其文化语境的构成因素开始逐渐疏离意识形态,尤其是现代文学研究的大规模繁荣和当下文学创作实践的活跃与突破,也渐渐使当代文学研究获得了把"文革文学"加以客观化、学术化的有限可能性。对"文革文学"的等级划分和"等级"叙述,正是对世事变迁和语境变化的有效回应。在这一方面,"华中师大本"应当说做的是比较好的。整体上看,"华中师大本"实际上把"文革文学"在创作方面分为三类——"样板"类,"公开发表"类和"没有公开发表"类。"世纪课程"本也是分为三类:"阴谋文学"和直接受制于政治的"主流文学"——"不愿完全遵从政治之命的文学"——"地下文学"。"地下文学"类,除了郭小川,《第二次握手》等,还包括了后来"朦胧诗人"的部分作品。"二十二院校本"则把文革文学创作分为四类:一是"阴谋文学";二是"左"倾类;三是疏离政治类;四是"反抗"类(地下创作)等。

其实,如果我们仅仅着眼于此,那么这种"类型"的划分只可能是"类型",而非"等级"意义层面的"类型"。著者对它们进行"等级划分"的依据,我认为有二,一是"作品"与当时文革时期权力主体的关系,二是"艺术理念"的是非差异。

对于那些"疏离政治"的作品,普遍认为其创作主体"没有泯灭艺术良知,他们采取种种方式抵制'左'倾思潮,与阴谋文艺顽强抗争,艰难曲折地维护艺术的尊严"(世纪课程本)。以几个教材普遍看好的"革命历史小说"《万山红遍》的评价为例来看,认为作品"成功之处在于:他从现实主义的要求出发,通过一系列较为典型的情节,令人可信地揭示了郭大成如何在实践中锻炼成为一个卓越的红军指挥员的过程"。"基本上真实地反映了当时的阶级关系和革命历史面貌。"（初稿本）"小说在一定程度上突破了'四人帮'的'创作原则'，较为真实地再现了第二次国内战争时期的阶级矛盾和社会面貌，塑造了郭大成的英雄形象。"（华中师大本）其分析相当空泛。《李自成》（第二部）亦是"文革文学"历史叙述视野中经常出现的作品，对它的分析大多着眼于"深广而坚实的思想内容"和"把历史人物塑造成一批生动、感人的艺术形象"（初稿本）。"在如何正确处理历史真实与艺术真实的问题方面，作了有益的探索。"可以看出，编著者是以是否体现了"历史本质"和史实真相的角度对之加以评价的。本质化的叙述是其肯定的，也是被弘扬的。编著者对这些作品肯定的前提依然是其主体与当时主流政治和权力人物关系的亲疏性。

在对"未公开发表类"作品的评价方面，"天安门诗歌"和《第二次握手》被激赏。80年代初的文学史著述给予了不无过誉之嫌的高度评价。"初稿本"单列专章论述，认为"天安门诗歌的矗立在我国无产阶级文艺运动史上的一座丰碑。""谱写了中国当代文学史上最为悲壮的绝唱与战歌，无愧为我国诗歌史上的奇观"（世纪课程本）。"在本时期创作中，最值得大书特书的是天安门诗歌运动。""在中国诗歌史上，这是一个伟大的创举。"（二十二院校本）"以强烈的战斗性和广泛的群众性而独树一帜，成为中国当代文学史上一座不朽的诗的丰碑。"（华中师大本）"天安门诗歌"作为分析对象，编著者首先注意到的是它的政治立场以及由此衍生的主题。综观80年代初到80年代末以来的文学史著述，大多把对它主题的分析阐释置于第一位。普遍认为天安门诗歌的主题有三个方面：一是"对周恩来同志的无限热爱和对'四人帮'的切齿痛恨"；二是"对社会主义民主的要求和对共产主义理想的坚持"；三是"为'实现四个现代化'而斗争"（初稿本）。

对其艺术成就的评价则无疑"丰富"些：有的认为"朴实自然，情真意切"，"注意运用比兴手法"，"丰富、奇特的意象"，"带有沉郁的革命浪漫主义色彩"（二十二院校本）。有的则把它的风格概括为"朴素真挚"，"曲折坚韧"，"机智锋利"。还有的认为它在艺术上"第一是具有如火如荼的革命热情"。"第二，短小精悍，语言朴实，形象生动，易懂、易记、易抄、易传。""第三，大量采用人民群众所喜爱的诗歌形式，具有为人民群众所喜闻乐见的中国作风和中国气派。"（华中师大本）"质朴真纯、生动泼辣，是基本的特色。""有传统的民间色彩，带有群众所喜闻乐见的作风气派。"（北大本）

我们可以看到，这一时期有关中国当代文学史著述对天安门诗歌在章节安排上的一致性（不是专章就是专节），显露出研究界文学史意识的一致性和艺术理念的一致性以及对其意识形态性质的热情而广泛地认同。既带有专制时代语境的遗留，也透示了新时期"新启蒙"的文化心态基础。这是深为值得分析的东西。替代的意图是相当明显的。

对于《第二次握手》的叙述，情形则稍嫌复杂。从某种意义上说，知识分子从《第二次握手》中找到了映照自身或证明自身的对象。它在言说中被对象化的过程，亦可以被看成是知识分子被压抑身份的苏醒。知识分子也在苏冠兰等人所表呈出来的忠诚方面，证实了自己存在的合法性。

值得我们思考的是，对《第二次握手》不无夸张的热情评价，反映了当代文学研究界在新时期初期与整体时代语境之间的紧密关系。此种状况不能不说是于建国后知识分子文学表现的长期被压抑和新时期初期"知识分子"题材创作被合法化从而带来的接收效应的"传奇性"有关。中国当代文学史在历史叙述里对《第二次握手》的关注，其意义今天看来不只是由于它的前后变化所能折射出来的"文学"与"文化语境"关系方面的意义，而是能进一步促人思考有关"文革文学"历史叙述的范畴扩延于文学史研究领域后，文学史研究主体"历史意识"的新变。比如，"地下文学"这一称谓是在 20 世纪 90 年代才出现的 ①。直到 90 年代末才被学术界接受——而接纳的方式，就是把"地下文学"视为"文革文学"一个主要组成部分，并且进一步明确地强调了此类创作的"非主流性"和"叛逆性"。这是值得我们充分关注的。有研究者这样评价："它们与公开的文学世界构成了对比的关系，并为 80 年代出现重要文学潮流做了准备。" ② 当人们把穆旦"最后的诗"、牛汉、蔡其娇、曾卓、绿原、流沙河、郭小川等"未发表"的诗作与"白洋淀诗群"以及《第二次握手》、《公开的情书》、《波动》等创作集合为一

---

① 杨健：《"文化大革命"中的"地下文学"》，朝华出版社 1993 年版，第 28 页。

② 洪子诚：《中国当代文学史》，北京大学出版社 1992 年版，第 211 页。

体时,"地下文学"("隐在的文学"——洪子诚语)就不单只是有了被奉为"群"的存在的可能性,似乎还暗示了"文革时期"中国文坛的另一种"思潮"的存在。这无疑大大"丰富"了文革文学史的叙述。更重要的是为新时期文学发展找到了更多的"历史联系"与合法化途径。一是使人们看到了五四以来文学因子的顽强留存;二是向人们揭示中国文学与世界文学"一体性"的隐性存在方式;三是诱导人们去思考新时期文学与"文革文学"难以割断的内在关联性。这亦可以看作是对以往"文革文学""空白说"更本质的否定。无疑,"文革文学"研究在这样的情势中以渐进方式实现着它的突破。

四、真正面对

进入 90 年代以来,我认为"文革文学"拥有了被置于"真正面对"学术位置的极大可能性。虽然,"等级划分"方式依然是大多数研究者对"文革文学"展开历史叙述的主要策略,但要求把它客观化、学术化的呼声日渐强劲,海外及港台地区此方面研究成果的大陆传播以及大陆知识分子精神心态的变化,"文革文学"几乎被作为中国当代文学研究的突破点受到普遍关注。即使是原有的意识形态视角,人们也还是看到了它的价值所在:"这一时期文学具有很高的社会认识价值毋庸置疑。"其"独特语言和独特形式"更值得关注。[1] "整体性"的历史眼光,也使研究者注意到"文革文学"所涉及的"艺术本体性"方面的一些问题,认为"文革文学"蕴含着一些有关中国现代文学的重要问题与矛盾,这涉及现代文学传统、作家精神结构、现代文学艺术形态以及文类、样式特征等。[2] 这里有着把"文革文学"实施学科化学术化处理的明显指向。我以为,"整体性"思维和"文化研究"思潮是研究界实现对"文革文学""真正面对"的切实步骤,也是 90 年代初中国当代文学界普遍实现的一种转换——它具有着价值与方法的双重意义。与 80 年

---

① 谢冕:《误解的"空白"》,《文艺争鸣》1993 年第 1 期。
② 洪子诚:《目前当代文学研究的几个问题》,《社会科学》1995 年第 2 期。

代相比,出现了一些重要变化:①"历史化"的处理方式;②"一体化"的综合考量;③"诗学批评"与"文化批评"相融合的价值判断;④文学史定位的学科化。

其实,中国当代文学史叙述在20世纪90年代上述这些特性的显现,既是一个渐性的过程,又有着文化语境变化所带来的新的复杂性。比如就"历史化"的处理方式而言,通常意义上说,早在70年代末、80年代初的中国当代文学史编纂热潮中对"文革文学"的评价也不失为一种历史的处理方式。只是我们必须看到,"文学史重新被叙述"和"如何进入文学史叙述"显然并不是一个问题,因为它们对对象的观察方式和侧重点是差异很大的。70年代末、80年代初中国当代文学史中的"文革文学",显然是更多地被作为一种政治的对应物或负面价值而存在的。对其进行"历史化"处理的价值取舍范畴,自觉皈依于政治范畴和现实需求的价值判断,而不是审美的"历史范畴"。"文革文学"所真正具有的历史品格——审美史品格或"记录了特殊历史"的品格被遮蔽了。真正的"历史化处理方式"是要么重审它的真正的属于历史的分量,要么是历史链接过程中呈现为结构性因素的实际状况与可能性。显而易见,这两个维度的"历史价值",在90年代以来的中国当代文学研究中被普遍注意到了。

文学史"重写"与"十七年"散文的评价起伏 ①

　　"经典"指认,不仅是文学史价值建构的重要步骤,也是文学史走向完善的鲜明标志。从世界各国文学史经典选择确立的情形看,它无疑是一个需要被"历史化"或曰在历史语境中才能予以完成的复杂过程。一般认为,有这样几个因素影响着经典的指认与产生过程。首先是作品发表后所引起的接受反响。其次是作品所含纳的写作行为和修辞方式与主流意识形态所倡导的审美理性的关系状态。再次,取决于作家作品被置于历史比较范畴中的创新程度和理论视野里被阐释的可能性。诚然,具体的经典指认过程是不可能

---

　　①　据有关专家和笔者的研究统计,截至 2007 年年底,已有近 70 部中国当代文学史著作出版发行,其中包括把现代文学和当代文学合在一起的"20 世纪中国文学史"等。文中涉及的中国当代文学史著作,笔者有意选取了在 20 世纪 80 年代具有代表性、并且发行量很大的四部文学史著述:张钟、洪子诚等主编的《当代文学概观》,北京大学出版社 1980 年初版。简称"北大本"。由陈荒煤任顾问,郭志刚、董健等人担任"定稿"者的《中国当代文学史初稿》,人民文学出版社 1980 年初版,1988 年修订。简称"初稿本"。由复旦大学、山东大学等 22 院校联合编纂的《中国当代文学史》(共三册,分别于 1980 年、1981 年和 1985 年面世,1986 年年底对 1、2 进行了修订)简称"二十二院校本"。由冯牧任顾问、王庆生任主编、华中师大中文系编纂的《中国当代文学》(共三册),第一册初版于 1983 年,第二册 1884 年第 1 版面世;第三册初版于 1989 年。第一、第二册于 1989 年修订再版。简称"华中师大本"。此外还参考了全国高等教育自学教材《中国现代文学史(1917—1986)》,武汉大学出版社 1991 年版;张炯、邾瑢主编的《中国当代文学稿》,中央广播电视大学出版社 1983 年版。

完全汇融上述诸因素及其它们在被整合过程中所生发的新的整体性。鉴于中国当代文学发展历史的复杂性,其经典指认也充满了别的文学阶段所没有的独特与异样,并且,经典指认总是和研究主体不同的历史叙述有着紧密的关联。

<h1 style="text-align:center">一</h1>

总体上看,在 20 世纪中国当代文学的"史"的研究过程中,其"经典指认"亦可分为三个阶段。第一阶段包括"十七年"和"文革"时期。这一阶段经典指认的特点主要集中在"当下语境"给予它的制约。例如,配合建国 10 周年庆典而大量出版的短篇小说、诗歌、散文、剧本等文类的"选集",并非着眼于历史的选择,而更多是偏重于成就检视和对十年文学过程(1949—1959)的全面总结。其价值取向在数量上的要求是必然的。文本审美质地的衡定标准被有意拘囿于"新生活"或"新气象"范畴,那些直接或间接地与时代政治节奏保持了一致性的创作显然格外受到关注。经典的价值意义并不需要在与历史的比较中觅取,而是以其是否鲜明地体现了新旧两个时代之间的断裂为标准。如此看来,这一与新时代精神建构同步进行的文学经典指认,不但粗疏难免,而且因无法把"经典"置于历史语境遂致使这一工作难以真正得以展开。

20 世纪 70 年代末至 80 年代初,是中国当代文学"经典"指认的第二个阶段——并且,就其功能性而言是一个相当重要的历史时段,此间形成的许多结论,至今仍在文学阅读的诸多领域发挥着不可忽视的影响。不过,今天来看,由于新时期初期文学整体性向"十七年"格局大规模复归的态势,使得这一时期文学史叙述中经典指认不可能出现重大的或崭新的变化。比如,这一时期从一开始就匆忙地为经典指认确立了一些基本前提和规约。普遍认为,"这个时期的文学创作,总的说来是繁荣的,有生气的,在各种形式的文艺作品里,都出现了一批思想上和艺术上比较成熟的作品"[①]。这一时期

---

① 郭志刚、董健等编:《中国当代文学史初稿》上册,人民文学出版社 1980 年版,第 15 页。

在"经典"认识上，由于"中国当代文学史"的编纂普遍是为了填补高校"教材"的空白与急需，所以不能不受到当时教育理念的极大影响。对"教化"、"伦理"功用的趋奉，深刻影响着中国当代文学史撰述主体的经典意识与价值判断。下述观点表征了当时中国当代文学史家的普遍认识：

> 中国当代文学是一门新兴的独立的学科。学习和研究当代文学，恰切地评价当代作家作品，科学地分析社会主义文学的特点和规律，对于发展文学艺术事业，对于促进高等学校文科教学，对于用共产主义教育青年一代，对于建设社会主义精神文明，都具有重要意义。①

这一时期所普遍强调的"历史的美学的观点"，在具体的能指阐释里被具体落实到"政治与艺术"、"内容与形式"、"革命的政治内容与尽可能完美的艺术形式"的"三个统一"。判断作家和作品"经典性"程度的高低，主要标准是"反映生活"、"概括时代精神"是否"真实深刻"，是否"坚持真实性与典型化原则"等，而对以上要害的判断最终归结为"社会作用，艺术价值，社会效果"三个方面。

这种对文学经典指认方面的"二元论"及其内在矛盾性，是当代文学研究中普遍遭遇到的难题。其实这些看上去颇为辩证的"经典"评判原则及其细化标准，不但在具体指认时无法实施，同时还掩盖了种种非审美因素在"经典"指认方面的特权与隐性操控。仅就这一时期作为经典指认重要范畴的"社会作用"而言，在实际的理解与阐释中其众多差异性就被有意忽略了——比如，"社会作用"至少有两个截然不同的价值指向：批判暴露的，歌颂维护的。如果从"作用""效果"考虑，就必然要区分文学作用于不同人群阶层或利益群体之间的不同性；如果仅仅指文学之于当下社会需求的作用与效果，那么"艺术价值"与"社会作用效果"之间的矛盾就不可能解决。如果仅就作用而言，直接描写某一时段政策的作品就容易得到首肯，但它的艺术性必然被质疑，至于那些"探索性"作品，其艺术价值的突破亦会被遮

---

① 华中师范大学《中国当代文学》编写组：《中国当代文学》第1册，上海文艺出版社1983年版，第23页。

蔽在对作品社会作用的强调里面。这种对文学经典指认的"二元论"内在矛盾,是当代文学发展过程中一直未能解决的难题,以此确定的经典遴选标准,必然是尴尬的。

在今天看来,对文学经典的体认一般有两个重要维度:一是主要着眼于艺术作品的创新程度。在与历史的比较中,须仔细判断今日之于往日同类作品所具有的新因素,包括观念层面、形式层面以及对象与呈现方式之间的融合性等等。二是侧重于文学思潮角度。在文学思潮视野中,一切文学历史的存在都会被最大限度地"现象化",即把文学发展历史看作是被现象合力生成的结构过程,重点要分析的是哪些因素(即现象)参与了文学历史的生成,各现象的结构作用如何等,并在此基础上实施"文学经典性"的辨析。文学史作为"历史科学"的基本属性,决定了文学作品经典性指认的郑重与复杂,"历史"、"审美"和"意识形态"的紧张关系,常常致使特定时代的许多"即时性"因素影响着主体对文学经典性的认识。仅就作品而言,题材的新颖性、格调的独异性、表现形式的新奇性、作品受众的广泛性,以及作品与某一重大历史事件的耦合性、作品问世之后的特殊待遇、作品面世之于公众生活的强大影响等等,都将影响文学史对它的价值叙述。而更为重要的是,以上这些因素被纳入不同的意义结构或以不同的理论模式加以阐释时,其经典性的呈现状态亦是大有差异的。因此,对20世纪70年代末80年代初中国当代文学经典性指认的考察,应当紧密结合它的"历史叙述"方式的特性详加辨析。

笔者认为,这一时期的中国当代文学史"经典指认"特性有如下一些方面。

其一,由于强调中国当代文学之于中国现代文学的"发展性",所以"审美进化论"思维支配着文学史叙述,同时设定了"文学经典"价值的逻辑前提,其立论的依据源于"新民主主义革命"和"社会主义革命"两个阶段的界说及其后者比前者"高一级"的形态确认。强调当代文学的"新"或者所呈现的社会主义思想形态是极为重要的,这些必然需要在文学的具体方面得到落实。比如,文学作品所表达的"新生活"、"新人物"、"新风貌"或"新精神"等往往被首先注意到。其次,在功能方面,"社会作用"被提升到决定性层面。这些特性在关于中国当代文学的散文作家和散文作品的经典行确认方面,表现得尤为突出。这一时期(20世纪80年代初期)众多文学史是这样看待建国30年的散文创作的:

> 以反映现实生活的广阔和迅速见长的散文创作,同社会变革的关系是很直接和密切的。建国30年来,散文创作的发展表明,那引起千百万人激动和深思的重大事件、生活变迁,稳定、民主的政治气候,乃是散文创作的重要背景。50年代初期和中期散文创作的欣欣向荣,60年代初期散文创作的空前丰收,以及粉碎"四人帮"后散文创作的新开拓,都是在这一背景下出现的。①

这一时期中国当代文学史中被提及的"经典性"散文作品有《志愿军英雄传》、《志愿军一日》、"革命回忆录"、魏巍《谁是最可爱的人》、巴金《我们会见了彭德怀司令员》、杨朔《香山红叶》、秦牧《社稷坛抒情》、冰心《小橘灯》、何为《第二次考试》、郭凤《叶笛》、碧野《天山景物记》等。20世纪60年代前期,被认为"既是散文创作的丰收期,又是散文作家的黄金期"。"建国以来许多散文作家艺术风格是在这一时期臻于成熟的;那些广为传颂、脍炙人口的散文佳品,大都涌现于这一时期。如刘白羽的《长江三日》、《樱花》,杨朔的《雪浪花》、《荔枝蜜》、《茶花赋》,秦牧的《土地》、《花城》,巴金的《从镰仓带回的照片》,冰心的《樱花赞》、《一只木屐》,吴伯箫的《歌声》、《记一辆纺车》,魏钢焰的《船夫曲》,碧野的《武当山记》,方纪的《挥手之间》"②等。对于散文作家"经典性"的考量,除了其题材选择自是重要指标外散文创作中所体现出来的对于人、事、情、景的"新"的"处理方式",在总体价值判断中得到特别倚重。由此,20世纪80年代初期中国当代文学史对散文作家的"经典性"座次排定找到了合理情由。刘白羽散文的价值体现为"具有非常强烈的时代的、战斗的思想特色","激励人们不忘往昔艰苦斗争,为创造新生活英勇奋进,这是贯穿刘白羽散文作品的

---

① 张钟、洪子诚等主编:《当代文学概观》,北京大学出版社1980年版,第104页。
② 同上书,第106—107页。

一条战斗的红线。"①对他的"美中不足"只是谈到感情"节制不够",议论"有时流于说教","同读者的认识稍有距离"。而这一时期对于杨朔作品的价值判断,则有意无意侧重于"美学范畴":"在我国当代散文发展中,杨朔是有重大开拓与贡献的作家,他自觉地把诗与散文结合起来,大大提高了散文的美学价值,其影响是非常深刻而广泛的。"认为"杨朔的特色在于:他善于在看来极其平凡的事物中提炼动人诗意,在一片奇景中寄寓深邃情思,通过诗的意境,来展现出时代的侧影"②。对于秦牧的评价多着眼于其"思想性、知识性、艺术性"的"完美地结合"。"在秦牧散文中,先进思想的贯穿,首要体现于对事物的精辟分析和独到的见解,它是丰富的知识,不管是平凡的还是奇异的,幽微毕现,旧意翻新。"③

　　其二,"本质主义"写作受到普遍推重,具体表现为"等级的划分":即"现实的真实性"和"历史的真实性"的有无和强弱是决定主体价值判断的关键,并且前者明显高于、优于后者。就散文创作而言,绝大多数中国当代文学史不但在"概述"里把"革命历史题材创作"和"农村现实题材创作"置于前位,而且充分注意到了它们的"新颖性":"杨朔的散文,是新生活新时代的颂歌,也是普通劳动者的赞歌。"他"以革命者的情怀,揭示了中华民族内在的高贵品质,表现了我国人民为社会主义艰难创业的崇高精神美。这是杨朔散文创作的主调"④。在对于秦牧的价值体认上,人们普遍感到的所谓"知识性、趣味性、议论性"特征,在具体的价值阐释中被整合进"爱国主义"范畴中——《古战场春晓》里他"回顾过去的民族灾难,他感到无限悲愤,回想过去人民英勇的斗争,他感到情思激荡"。《社稷坛抒情》抒发了"他热爱祖国灿烂的历史文化","作者炽热的爱国主义感情在谈知识、讲故事中很自然地流露出来"⑤。

　　其三,这一时期的文学史著述,非常重视人物形象的时代特征及其对作

　　①　张钟、洪子诚等主编:《当代文学概观》,北京大学出版社1980年版,第118—119页。

　　②　同上书,第123页。

　　③　同上书,第129页。

　　④　华中师范大学《中国当代文学》编写组:《中国当代文学》第1册,上海文艺出版社1983年版,第342—343页。

　　⑤　复旦大学等22院校编:《中国当代文学史》(2),福建人民出版社1980年版,第243页。

品经典性体认的影响。这一点主要体现在对刘白羽、杨朔相关散文作品的解读方面①。

二

　　第三阶段,是"中国现代文学语境"下对当代文学经典的考察,这一阶段从 80 年代中期一直持续到 20 世纪末。受"五四文学正统论"的普遍影响,研究主体自觉或不自觉地把现代文学经典性作为指认当代文学经典的基本参照和厘定标准。性格复杂性、主题多义性、情调人性化的作品被凸显,与中国当代文学中宏大叙事不同的其他叙事类型被重新阐释,甚至是过度阐释。比如茹志鹃的作品、"重放的鲜花"、路翎创作"异样"的角度、孙犁风格等等。作家的复杂性、矛盾性也同时受到格外关注,如赵树理、郭小川等。80 年代中期中国现实文化语境的急剧变化,不仅导致了这一时期"中国当代文学史"修订的热潮,对于中国当代文学经典性体认也发生了一些引人注目的重要变化。

　　就散文而言,这一时期在作家作品经典性的指认变化中也同时产生了一些新的困惑与问题。我们以《中国当代文学史初稿》(以下简称"初稿本")为例加以讨论。

　　在"初稿本"初版中,作为"第十七章"的"十七年散文"列于"十七年文学"的最后——列于电影文学之后,这也反映了编者对"十七年散文"总体偏低的看法。作家排序上依次是"概述"、"魏巍"、"刘白羽"、"秦牧"、"巴金与冰心"、"吴伯箫与曹靖华"、"碧野"、"袁鹰"、"魏钢焰"、"刘宾雁与徐迟"等。杨朔被单列一章。而到了"初稿本"修订本,散文排序位置被提前,置于"小说"之后的第二文类。删去了原版本中的"碧野、袁鹰、魏钢焰、刘宾雁",增加了秦兆阳。排序明显调整,依次是"刘白羽"、"秦牧"、"巴金与冰心"、"吴伯箫与曹靖华"、"魏巍"、"秦兆阳与徐迟",杨朔依然单列一章。关于"十七年散文"的"概述内容"则完全重写。"初稿本"初版是从"十七年"总体评价视角切入,分论"成就"、"特点"与

---

　　① 参见张炯、邾瑢主编:《中国当代文学讲稿》第二章,中央广播电视大学出版社 1983 年版。

"不足",而在"修订版"里则以"散文"文类的内部特征加以分类,先谈"通讯、史传、回忆录",再论"艺术散文",兼及"杂文",意在勾勒"散文艺术发展"的渐进过程。对其缺憾反倒减少了叙述。特别突出了散文风格的形成和个人特色的意义。"修订本"重点论述了"艺术散文"的两次崛起(1956—1957、1961—1962),详细描述了散文进程中"艺术描写与时代语境变化"之间的关系状态。

"初稿本"初版把"十七年""散文创作中存在的片面性"概括为两个具体的方面:一是"题材和体裁还不够丰富多样"。二是几乎所有的作家"一直在艺术上未能形成自己鲜明的个性特征"。而到了"初稿本"修订版里,其批评则多着眼于艺术方面。"建国后的十七年里,和'新闻'、'历史'相结合的报告、史传等'客观化'散文发展较好;和'政论'相结合的杂文的发展严重受阻。""'散文中的散文'——主观性、内向化的艺术散文两起两落,道路曲折。"我们看到,文学史叙述视角和叙述方式的改变,应当说是源于这一时期散文研究中对"十七年"的评价变化。显然,"修订本"对"十七年"散文所作的评价修改是斟酌再三,透视出谨慎与踯躅。更为值得我们注意的是,它有意识地弱化"五四文学正统论"观念,客观地分析了"十七年"散文的曲折进程和艺术上的独有成分,增加了文学史的说服力。

具体到作家分析,这一叙述视角也贯彻了进去。如对刘白羽的价值评判,不再仅仅着眼于"主题"方面,而强化了对他的"散文性"的体认——不过评价变化不大。值得关注的是"初稿本"初版中那种对刘白羽散文痛切针砭的文字表述在"修订本"中被弱化了,这是令人深思的[①]。请看:

> "初稿本"初版——刘白羽散文的缺点也是较为明显的。作者的热情往往带着一些狂热性和虚夸性,缺乏冷静地实事求是的态度,结果他的文学家的眼光,就往往只能停留在事物的表面,而不能洞察事物的底蕴。当现实中那种打着革命旗号的左倾教条主义思潮袭来时,他就会把

---

① 这一点,在同时期其他文学史当中是相当罕见的。比如"华中师大本"、"二十二院校本"、"北大本"及其他的中国当代文学史,对于刘白羽的"批评"几乎轻微到了可以忽略不计的程度。

"跟时髦"当作"跟时代",写出一些浮夸不实的东西。①

"修订版"——他的散文的缺点也是相当明显的:取材的相近使文章的思想主旨较为单调、重复;激情的奔放使作品显得直露、散长;壮美的文风有时又带来了内容的空泛、虚夸。特别是这一切在当时严重"左"倾的整体氛围影响下,他因未能分清跟形势与跟时代、空洞的豪言壮语与科学的求实精神的区别而变得较为严重了。

与刘白羽的情形相反,在"初稿本"修订版中,对杨朔散文"不足"的叙述有了明显的加强。对其"明显缺点",力求"从更高的美学层次上来认识"。认为,他的散文"同时具有通讯性和小说化倾向"。"表现'自我'的不足(他几乎没有一篇写'主体',写'内宇宙'的作品),这是通讯性所造成的。作品人工气的存在,这是小说化的必然影响;文章雕凿痕迹较重、失之太'做',这又是诗化主张带来的结果。""把散文写成诗(杨朔散文实际上是以"诗"为主导的"多声部"大合唱、交响乐),并不是散文的坦途。那些学步者也走此'途'(这本非'正道'),则'东施效颦',了无成就,这是杨朔不能负责的。至于指斥杨朔'粉饰',更加离谱,既乏'知人',又未'论世'。评价这样一位有才华、有创新而又有勇气、有操守的优秀艺术家,是应该更严谨、科学,实事求是的。"

这种带有"论辩"性的文学史叙述,是这一时期中国当代文学史修史过程中的一个重要且独特的现象。它多体现在当代文学史上的"大家"身上,也鲜明地映现了80年代中后期中国文坛思潮变幻、意识转型的激烈景观,这是值得我们认真研究的。

至于另一"大家"秦牧,对他评价呈现"走低"趋势。"初稿本"修订本说道,"一般论者皆认为秦牧散文具有'思想性、知识性、趣味性'的三个特点,其实,这些特点都还不是艺术散文的本质特性——如果没有浓厚抒情

---

① 刘白羽散文价值评价的情形是一个有意味的现象:在《中国当代文学史新稿》(2005年版)中,刘白羽只在"第一编 1949—1962年间的文学"部分中的散文"概述"提及——"作为这时期对散文重视的一种表现,一个'专业'散文作家群凸现出来,杨朔、刘白羽、秦牧以'散文三大家'驰名海内"。该书在"专节"中具体论述的作家只有"巴金、冰心、杨朔","徐懋庸和'三家村杂文'"等寥寥数位。见《中国当代文学史新稿》,人民文学出版社2005年版,第163页。

性的话,'自我'和'对象,既不能渗透、交融,'知识,和'趣味'也不能造成"情境',那么,它们就还只是'理智,的而不是'感情'的,是'冷'的而不是'热'的,是'短文'而不是'美文'。所以,缺乏抒情性是秦牧散文最大的问题,也是他的创作未能取得更大突破的关键原因"。这与"初稿本"初版所作的"异文互现"、"雷同之感"等分析比较,就显得深入、切实多了。

　　从以上"初稿本""修订本"对"散文三大家"论述看,其修正是有力度的。如果我们把"初稿本"在1988年的"修订"与"二十二院校本"1986年的"修订本"、"华中师大本"1989年4月"修订版"等做一比较,"初稿本"的修改力度确实是最大的。比较中可以清楚地看到:不仅提出了"艺术散文"的概念,而且对作家的美学分析进入到了细部,对他们创作的审美价值分析被置于"现代"与"新时期"之间,使得他们的苍白与不足让人看得更清楚了。当然,80年代有关"杨朔模式"的讨论及其大量有关中国当代散文问题的相关讨论,无疑是一个相当重要的影响因素;相比于"初稿本"这种深层次的"修订","华中师大本"似乎在追求"四平八稳",对"三大家","肯定"过多,缺乏必要的认真的分析;"二十二院校本"对于杨朔散文的"成就"评价,始终围绕"诗意"展开,从他对"诗意的敏感"到对生活诗意的捕捉,再到"创造意境"及至以诗意安排结构、锤炼细节等,但分析空泛、缺乏深度。对刘白羽和秦牧,则是分别扣住"激情性"和"知识性"加以展开,实际上是对"共识"的重复,难见文学史叙述的推敲与斟酌。从80年代后期中国当代文学史"修订"高潮中我们可以看到,散文三大家的地位并未有根本性的动摇,其中关于"杨朔模式"和对刘白羽散文"假、大、空"的批评,主要是来自于80年代中国现代文学史研究的深入,以及出于80年代与"五四"时代的相似而逐步形成的对于"中国现代文学"作为一种资源和价值标准的倚重。"新时期"在80年代中期所呼吁的"向内转"和形式探险的大规模展开,都为审美在自身寻求合法性提供了足够多的理由。

三

　　不过,我们同时也看到了其"修订"中出现的一些有关文学史经典选择与叙述的新的问题和所遭逢到的新的困境,比如:随着"经典"作家在论证分歧中逐步趋向于集中,文学史观的矛盾性也日益凸现出来。"文学本体"论和多重关系中的"文学存在论"之间的裂隙,不仅没有得到有效弥合,反而更加扩大了。纯粹审美视野及其以审美进化论作为文学史现象的观照方式,与从整体的社会文化演进及其形成的历史语境对文学史现象进行价值判断的思维方式之间,体现在"文学经典"的认定上已经产生了不少的差异。

其次是"文学的真实"与"历史的真实"对举。80 年代文艺理论界、文学批评界和文学史研究界,结合着"现实主义"讨论过程中出现的对于"文学真实性"问题的持久关注和是非难辨的论争,对于中国当代文学史各文类"经典"的遴选与斟酌都有着不小的影响。包括"三大家"在内的几乎全部的"十七年"散文作家及其的作品,都在强调"历史真实"的语境中受到普遍质疑。例如对杨朔"部分作品忽视对现实矛盾的揭示,显得不够真实"的诟病①,以"内容的空泛、虚夸"、"没能分清跟形势与跟时代、空洞的豪言壮语与科学的求实精神的区别"等重审刘白羽时所看到的"严重"弊端等②。其实,"文学经典"的困境也正在这里出现:文学史在对某一作家进行具体分析时加在最后的关于作家"不足"的批评,往往和前面的"肯定"是相矛盾的——比如刘白羽,文学史一方面大力肯定其"语言绚烂峭拔,富于鼓动性与感染力",而另一方面,这些特征恰恰是违背"历史真实"的想象性的政治化的"豪言壮语"。杨朔的"诗意"则与作者对人事情景的时代主潮化的处理结果密不可分。由此我们可以领悟到:20 世纪 80 年代文学经典的论证. 既要保留在历史中已经建构起来的意识形态意蕴,又要把表达形式在审美范畴里进行单独指认。这种在今天看来不无荒诞的"割裂"的"双重性",正是 80 年代文学史叙述的常态。

---

① 华中师范大学《中国当代文学》编写组:《中国当代文学》第 1 册,上海文艺出版社 1983 年版,第 346 页。

② 郭志刚、董健等:《中国当代文学史初稿》上册,人民文学出版社 1980 年版,第 402 页。

赵树理与
"山药蛋派"研究

赵树理的"知识分子"意义

　　把赵树理视为一个完整意义的知识分子,或者说把赵树理及其文学世界作为一种现代中国特殊而又有普泛性的知识分子文化——心理视域里的精神——审美结构来加以释读,我以为,这既是我们在过去赵树理研究中所忽略的地方,又是使赵树理在今天的语境中走入"经典化"境界最有力的切口。就我们对往昔赵树理研究史料的一般印象而言,在很多研究者那里,"知识分子"和"作家"并非"同一性"概念,毋宁说在研究者的"潜话语"中还有意无意地在使用中加以区别。"作家"与"文人"的含义更近一些,而"读书人"与"作家"则似乎有着较大的差异。在中国古代,"士"或"士人"更多地是从"知识拥有者"角度体认的概念,"吟诗作文"乃是古之"士人"应当或必须具有的某种特殊的、甚至是标示"身份"的技艺而已,它至多不过是"知识拥有者""文化身份"的外在表征罢了。如果说,在中国古代"知识拥有者"的价值实现只能是"做官为宦"的"体制化"范畴,那么现代的"知识拥有者"——"知识分子"则恰恰是在与"体制"的有意疏离之中获得独立并保有自身价值的。西方近现代文化进程中知识分子所起的作用及形成的"知识分子"、"现代性"概念内涵,在强调它的独立性时,还格外看重其在"体制"异化之中"良知"、"正义"、"国家良心"的代言人身份,"完善文明"成为现代知识分子的存在本质。这便使得知识分子在现实中呈现为两个作用向度——一是"批判现存","创造"体现在对一切业已生成的物化或精神形态的"不满足"与"有意挑剔";二是"思想生产",即不断尝试用前人不曾使用过的"组合",来展示一种"新秩序"。当然两个向度是相辅相成、互为动力的。近现代世界历史和文明实践已经证明,知识分子在拒绝"体制化"过程中,失去的只是无数被奴役的可能,而赢得是一种堪与"体制"威压相抗衡的"文化霸权"。

20 世纪,中国的知识分子经历了从"体制内"到"体制外"再到"体制内"及"体制边缘"的漫长而又艰难的跋涉旅程——直到今天,这一旅程仍未接近终点。可喜的是,在 90 年代以来的"非意识形态化"文化思潮中,知识分子文化毕竟形成了与国家意识形态文化、大众文化相对应的多元中有力的一元。为此我想起了赵树理。在中国现代知识分子"文化身份"漫长的体味确认过程中,他和任何一位操持"作家职业"的知识分子一样,一生充满了角色自塑与意识重构的艰难性、惶惑性和痛苦感。而这些则是长期以来处在功利性文化语境中我们所常常忽略的。人们对他的文化身份的体认,不得不在他一生耕耘不辍的"农村题材"及与农民文化的简单对应之中苦苦觅取,加之他常常不加掩饰的对农民亲昵的自我表白,因此把他书写为一个"现代的农民作家"——这种对赵树理来讲不尴不尬的命名,已无形之中把他排除在知识分子行列之外了。另一种情形是,长期的关于审美的"政治言说"及对文化构成的强制、审美价值的政治化界定,也同样在把赵树理充分"体制化"情形之下,有意无意淡化、稀释了赵树理作为一个具有鲜明"题材定向"的审美创造者的文化主体困惑和创造过程的选择尴尬。几十年来有关赵树理评价的"七上八下",说透了都是"体制语言"忽左忽右的回应表现。如此等等,都是造成赵树理研究境界难以提升的原因所在——上述这些,无非是笔者对历史进行的另一角度的回顾,无意在此厘定是非。把赵树理纳入"知识分子"文化范畴,是我企图使赵树理研究趋进经典化的一种努力。本文将从社会角色、情感角色、权力角色及角色焦虑等方面,对赵树理及文学世界的"知识分子性"做一点探讨。

一

　　赵树理走上历史前台的语境因素,既是一种人所共知的"历史"事实,又是赵树理"知识分子性"得以释读的文化空间。我们首先应当注意的是,当赵树理不自觉地走向某种社会角色和自我对这种社会角色体味确认的过程里,其自身的文化属性与角色自塑、重组也同时隐含其中。在这里,"现代性感觉"的拥有与否和形成过程是一个重要的前提。赵树理无疑是五四现代文化与理念的受惠者——但他与"五四"却有着一个漫长而又极为自我化的体认熔融的过程。我以为,上述这种"体认熔融"的过程,在赵树理这里可分为四个阶段或四种状态:第一阶段是他在长治第四师范学校读书时期。1925 年夏,已结婚成家的赵树理考入"山西长治第四师范学校",我们要问的是在此之前应如何看待赵树理的"文化属性"呢? 其实,生活在贫瘠闭塞家乡的赵树理,虽然多受乡村文化及区域文化(包括他父亲的言传身教、八音会及其他种种)的熏陶,但这些并未完全构成赵树理的文化心态恒稳不变的色调。原因是他此时对文化(不管哪种文化)的接受与释读还是一种"自在"状态,并非有意——这意在说明,此时的他还不具备作为一个"文化主体"的文化选择能力和在"异质参照"冲撞之下面对自我的反省能力,把此时的赵树理称之为"农村文化人"(与其父辈一样)或"识字人"应当是无大错的。他"当时的迷信,不吃肉,敬惜字纸"等宗教意念,完全是宗教信徒盲目受之的结果。从这样的文化属性看,赵树理在入"师范"之前也同样没有"社会角色"意识,其情感还无法在义化范畴中加以分析。他自述:"其后我的思想为班上的同学王春打垮,并给我介绍梁启超《饮冰室文集》,我此时如获至宝……我则每读一书均是王推荐。我们所读之书甚为杂乱,主要的为康、梁、严复、林纾、陈独秀、胡适等人之著作和翻译。""对科学与玄学的东西可以兼收并蓄——而在思想上起主导作用者则为反礼教、反玄学的部分。"[①] 据他的师范同学史纪言回忆:"当时,我们大量阅读创造社、

---

① 　赵树理:《回忆历史,认识自己》,《赵树理文集》第四卷,工人出版社 1985 年版。

文学研究会出版的报刊和'五四'新文艺,也看一些政治、经济方面的书,经常翻阅综合性杂志《东方杂志》等,至于《胡适文丛》、《独秀文丛》、梁启超的《饮冰室文集》、鲁迅的小说和郭沫若的诗等,则更是我们争相传阅的读物。"① 这显然表明了主体的一种文化趋属,并且值得注意的是,他的这种"喜好"是在与王春等人的激烈、长期争论中以屡输的形式建立起来的——这是否说明赵树理的选择不是被动而是主动? 1926 年冬至 1927 年 4 月不到半年时间,赵树理先后加入国共两党。我以为,这既是他"自觉阅读"的自我社会外化,也是其"角色意识"开始成型之时——与"五四"以来的所有知识分子一样,功利化的文学,导致阅读者必然进入实践角色,文学青年或知识青年的"知识分子性",必然表现为对激进文化的青睐和启蒙向度上的民族解放"现代性"的探求。

第二阶段是赵树理滞留太原期间。阎锡山政权"自新院"存在的特殊性及对"在押者"学习阅读上的非限定性,大大方便了赵树理,"任何有关马列主义的书,在这里都可以阅读"②。出"院"之后在太原的滞留,尤其是 1933 年前后在他"卖文为生"的日子里,不仅直接参与了当时文坛热点问题的讨论③,而且在实践中有意进行选择。"卖文"却并不迎合,而是以激进姿态行批判之实,可以认定,赵树理从此开始有意把"作家"身份与革命青年的"社会角色"联为一体,他依然在第一阶段后期已朦胧意会到的文化趋进向度上展示自己——不过更为自觉罢了。显而易见,此阶段中的赵树理,已走入"单纯阅读"状态,即完成了对五四新文化理性的内在吸纳,在"大众化讨论"的语境中,遂产生"乡村艺术情感"与"五四艺术理性"的融合难题。赵树理的"大众化"选择,肇因于对现实的批判而始终不曾离开启蒙理性,其知识分子性体现为对两种文化融合机制的选择与建构。

第三阶段是根据地时期及其"成名"之后。这时他的作家身份被定位,不过在根据地这只是"党的干部"的分工不同。为此,赵树理的"知识分子性"就只能是"作家"技艺与"干部"作用的叠加,走向"问题"创作,是

---

① 赵树理:《回忆历史,认识自己》,《赵树理文集》第四卷,工人出版社 1985 年版。
② 李士德:《赵树理忆念录》,长春出版社 1990 年版。
③ 参见董大中:《赵树理年谱》,北岳文艺出版社 1993 年版。

与这种叠加身份密切联系在一起的——这也是所有投奔到解放区根据地的"作家"类知识分子的自觉而又共同的文化选择。如果说这时候赵树理更多地瞩目于农村的话,那是因为此时的他所面对的只有农村——并且又是他最熟悉的人生世界,新文化理性则成为他探求"问题"背后文化渊源的前提意识。我们看到他这一时期的作品,侧目于历时性文化冲突类型作品远远多于他对"战争情景"的展示。

第四阶段是 1949 年建国以后。"十七年"中,中国作协"东总布胡同"与"西总布胡同"之间那说不清、道不明的"观念之争"①,再一次把赵树理推入"谁为正宗"的竞争漩涡里。"左翼"文艺的强大传统及由此形成的"天然霸权"和"作家官儿们"之间的"身份"之争,使赵树理陷入从未体验过的痛苦与困惑之中。他既未利用自身创作与《讲话》之间的被公认的"血缘"关系而谋取官职,又不可能如当年"太行文化人座谈会"上那样以"非体制化"身份据理力争甚至拍案而起。生活环境、资历渊源、心态情感、"作文"与"为官"之间等种种的不适应,陷入"孤独"的他,第一次有了一种被人排挤的凄凉之感。在建国初"文学话语霸权"以"左翼"引领而逐步生成的过程中,使实际处于体制边缘的赵树理感到,唯一能够挽救这种自我倾倒的方式就是创作。我们看到,在这一段岁月里,他展示了知识分子难能可贵的"固守"姿态——拒绝融入"都市的俗庸"与"文化的酱缸",而执著地、一如既往又更加理性地把自己定位在"农民利益代言人"的角色上。一如当年梁漱溟的"犯颜直谏",他对自我角色的体认,依然是淡漠"作家"、而看重能介入"问题"的身份——不脱知识分子性的"干部"。"文革"前他长期在故乡挂职及其作为,足以说明赵树理对于这种角色的执著。

社会角色之于赵树理生命过程的选择定位意义,不是像今天的商业化时代一样,只能是社会派定的或者受着欲望文化驱动而向"众者"的靠拢。从赵树理对五四新文化理性体认及内在化过程来看,其社会角色之于知识分子,绝大多数都呈现为主动选择的结果。不过选择的过程却始终是知识分子性的,即执著地以知识分子的现代性激进精神姿态和"济邦安民"心态参与

---

① 赵树理:《回忆历史,认识自己》,《赵树理文集》第四卷,工人出版社 1985 年版。

其中。他们普遍表现出的"准革命者"的外在面貌,与其生命化的知识分子性总是处于难以完全相融的疏离状态。"启蒙者"及其实践方式与"革命者"及其实践方式,是我们今天认定现代知识分子社会角色的历史前提。"五四"新文化理性维度的西方指向,虽然是导源于晚清以降至"五四"前夕的民族沦亡的现实需求,但并非是文化主体对此体认及恪守的惟一功利。"启蒙者"甚至成为"五四"以降知识分子现代性身份的生活护照,是他们在科举制度废除之后绝望于仕途而以"文化霸权"对抗外部世界的精神恃凭。当知识分子的这一"独立身份"不断得以张扬时,必然与"体制化"的意识产生矛盾——建国后知识分子一系列的悲剧性遭遇,于此也可以得到说明。赵树理虽不像"五四"先驱们那样具有先进文明传播者和实践者的双重身份。但他的文明价值观始终是指向"五四"与现代,这一点是得到充分论证的。① 社会角色的选择与定位,体现在赵树理这里的复杂性,是与他终生不曾淡化的乡村文化情趣和对农民的亲情分不开的。在战争文化环境与阶级斗争语境中,赵树理自觉扮演着"启蒙者"角色,这在从《小二黑结婚》到《田寡妇看瓜》等十数篇小说作品中被明显表征。他对生活切入的"问题"角度,对阶级冲突方式的宗法化设置,对"中间人物"的分外关注,甚至包括文体上对"可说性"文体的刻意追求,都可以看作是"启蒙者"社会角色的特殊的文学言说。显然,赵树理重视农民及农村的生命存在状况而非"斗争"性,是深有意味的。这就使他身处根据地这一特殊政治区域的"革命者"社会角色,因拥有共同的文化空间(农村)和一样的文化对象(农民)而自然叠合为一。建国以后,这一"共同性"在审美方面虽有所变化,但农民占国民的绝大多数的这一事实并未改变。这种状况为赵树理以一贯的"启蒙者"与"革命者"两重叠加身份继续作用于现实,不仅提供了巨大的可能性空间,而且因和平时期农民存在本质的持续弱化,使其天然就具有的"平民意识"逐渐把"启蒙者"和"革命者"双重身份熔铸为"农民利益代言人"的社会角色。有趣的是,我们从《三里湾》中看到,他似乎有意淡化"启蒙者"与"革命者"社会角色的历史功利性,而逐步凸现"知识分

① 参阅笔者:《面对现代的审察——关于赵树理创作的一个侧视》,《延安文艺研究》1992年第2期。

子性"。从 50 年代末到 60 年代中期,赵树理在兼任山西省阳城县委和晋城县委副书记期间,为了农民的利益,他宁肯放弃创作,更无顾于"仕途"了。他的"知识分子性",因眷恋着农民农村而始终牢居于"平民"层次,又因启蒙理性的惯性驱使,使他的行为做派日趋探进作为社会良知、公正、真实的境界里。如果说他因"谁为正宗"之争而产生过痛苦的话,那么这一痛苦对赵树理来讲是可以忽略不计的——因为他的痛苦感觉最后归结为:他愈来愈意识到,一个"作家"身份的知识分子为民"鼓呼"的无力,良知、真实在"体制化"面前的软弱与渺小。他的困惑也必然成为自我拷问——我究竟能为弱势的农民做点什么? 当他以一生的代价为农民的命运思考探询时,他作为知识分子的外在体认,就自然被微缩于农民或乡村文化范畴里了。无怪乎人们在传统知识分子期待视野之中拒绝他的进入了。

二

"家""国"是中国传统文化的常规概念。

"家""国"一体,在儒家那里既被作为古代"士"阶层文化功能的作用范畴,也同时被作为士人阶层其实现文化抱负、提升自我价值的层次划分。一体化体认的前提是二者秩序的不可颠倒性。由"家"之"国","齐家"之于"平天下",为士人规划出一条伦理化政治宏图的实现途径。但这种知识分子实现自我的传统程序,进入五四后的现代中国被彻底改写了。我们看到,以"反叛家庭"的方式而进入"忧国"之列,已成了许许多多知识分子竞相效仿的行为。如果我们对于知识分子的出身与家庭先不做阶级划分的话,那么"贫""富"差异便在这一行为上呈现为两种方式:前者的"叛逆"表现为"离家出走","去寻找别样的人们";后者的"叛逆"则是以否定的方式完成,即生活方式上与"家"决裂。二者的"叛逆"行为,当遭逢到 30 年代以降阶级话语时代时,主体的文化情感也同样呈现出差异,"叛逆"者们在对阶级意识的全面认同中重塑自我情感,情感的阶级成分成为主体的一种身份证明;而"离家出走"者,却并未在阶级范畴中因"同质体认"而产生自豪,他们容易陷入一种复杂的情感选择与建构之中。这涉及他们对"家""国"内涵的认识。对他们来说,"离家出走"后对"家"的认识,不再只是血缘伦理意义上的生存处所,而是这一"处所"所依托的具有同样生活和文化境遇的群体——但这又绝不是从阶级的同质性上加以区别的。"家"成了大于血缘伦理边界的"文化世界",自我与之有着难以割断的联系。复杂性就在这里,渗透于"启蒙者"和"革命者"叠加身份中的这一复杂色彩,一方面表现为如20年代"乡土派"那样的寓居都市而遥想故园的"乡愁"与"忧虑",另一方面则表现为如赵树理这般对农民利益日益强烈的探询与呼吁。人们所常常谈到的发生在赵树理或"山药蛋派"作家身上的这种"意识",在我看来,并非"小农",而是"大农"或"民间世界"意识。在"家""国"范畴中,这是构成赵树理"情感世界"的基础,也同样决定了赵树理作为一个知识分子的现实情感角色。

现代中国革命之与农民、农村关系的一个基本事实是:当时代政治为了权力利益需求而最大限度地张扬农民的"革命先锋性"时,农民与乡村的文化滞后性被有意而又委婉地加以遮蔽,遮蔽的结果是其文化境界被提升的可能性相对失去了。现代生活中城乡两种方式指向,国家经济体制并非有意的对农民的排斥,其种种在实际效果中"削弱"农民利益的做法,被赵树理这样的知识分子敏锐地捕捉到了——不论是《李有才板话》中章工作员的官僚主义、陈小元的蜕化,还是《三里湾》里"中间人物"群体的"无奈",都折射出上述这种情感力量的支配作用。重要的是,当赵树理不得不以这样的情感角色面对"家"与"国"时,"家""国"之间的利益冲突,就明显地影响到他的现实行为和创作追求。

小说的"问题性",是研究者们对赵树理创作特色的一种概括,也似乎是一个得到大家公认的特征表述。然而,当我们从他的创作中知悉了"问题"的能指之后,我们应该深究的是,赵树理提出这些"问题"的真正动机和隐含的情感趋向是什么。赵树理有一段自述是研究者喜欢引用的——也是上述公认的赵树理小说创作"特征表述"的主要论据:"我在做群众工作的过程中,遇到了非解决不可而又不是轻易能解决了的问题,往往就变成了所要写的主题,这在我所写的几个小册子中,除了《孟祥英翻身》与《庞如林》两个英雄的报道之外,还没有例外。如有些很热情的青年同事,不了解农村中的实际情况,为表面上的工作成绩所迷惑,我便写了《李有才板话》,农村习惯上误以为出租土地也不纯是剥削,我便写了《地板》(指耕地,不是房子里的地板)。……假如也算经验的话,可以说'在工作中找到的主题,容易产生指导现实的意义'。"①我所理解的"问题",是"非解决不可而又不是轻易能解决了的"一层,赵树理这种表述我以为就是指"生存困境",即赵树理捕捉到的均是农村及农民生活中的具有"生存困境"一类的"问题"。看来,这些"问题"就不单单具有政治层面的含义,而是现实生存和选择的文化困惑问题,如《李有才板话》中的官僚主义问题,《地板》、《邪不压正》、《传家宝》等作品里所揭示的农民观念滞后将给自身未来带来严重后果的问题等。显然,这里"问题"选择的"生存困境"意味,并不是创作主体在自我——外在范畴之中有意体验的结果,而是一个清醒的置身其外的"农民利益代言人"或"乡村良知"体现者理性思考发现的归宿。赵树理的这种"感觉"由于与对象之间的特殊作用关系而与30年代何其芳"画梦录"式的"生活困境"感觉大大区别了开来。"情感角色"的外在表现,在赵树理这里不是指向阶级立场,而是"大众立场","为大众打算"。②"大众",在赵树理这里始终是"平民"、"百姓"、"下层"等语义界限内的所指。他在答复《邪不压正》发表后所激起的不同意见时真诚地表白:"我在写那篇东西的时候,把重点放在不正确的干部和流氓上,同时又想说明受了冤枉的中农作何观感,故对小昌、小旦、聚财写得比较突出一点。据我的经验,土改中最不容易防范的是流氓钻空子。因为流氓是穷人,其身份很容易和贫农相混。在土改初期,忠厚的贫农,早在封建压力下折了锐气,不经过相当时期的鼓励不敢出头。中农顾虑多端,往往要抱一个时期的观望态度;只有流氓毫无顾忌,只要眼前有点小利,向着哪一方面都可以。这种人基本上也是穷人,如果愿意站在大众这方面来反对封建势力,领导方面自然也不应拒绝,但在运动中要加以教育,逐渐克服了他的流氓根性,使他老老实实做个新人,而绝不可在未改造之前任为干部,使其有发挥流氓性的机会。可惜那地方在土改中没有认清这一点,致使流氓混入干部和积极分子群中,仍在群众头上抖

---

① 赵树理:《也算经验》,《赵树理文集》第四卷,工人出版社1985年版。
② 《纪念赵树理诞辰90周年暨学术讨论会》论文(打印稿)。

威风。其次是群众未充分发动起来的时候少数当权的干部容易变坏,在运动中提拔起来的村级新干部,要是既没有经常的教育,又没有足够监督他的群众力量,品质稍差一点就容易往不正确的路上去,因为过去所有当权者尽是些坏榜样,少学一点就有利可图。我以为这两件事是土改中最应该注意的两个重点,稍一放松,工作上便要吃亏。"① 这里,赵树理对"流氓"和"容易变坏的干部"的"重要性"的强调,固然是从土改目的出发的,但思考中所倚重的"情感",依然是明显地站在"百姓"层面。因为这些"问题"不解决,伤害的直接对象是广大贫苦农民。赵树理这种"情感角色"意识与定位,在建国以后的创作过程中依然十分自觉而清晰。比如《三里湾》的写作动机,亦是碰到了"不太容易解决的问题"——"第一,在战争时期,群众是从消灭战争威胁和改善自己的生活上与党结合起来的,对社会主义的宣传接受得不够深刻(下级干部因为战时任务繁重,在这方面宣传得也不够),所以一到战争结束了便产生革命已经成功的思想。第二,在农业方面的互助组织,原是从克服战争破坏的困难和克服初分的土地、生产条件不足的困难的情况下组织起来的,而这时候两种困难都已经克服了,有少数人并且取得了向富农方面发展的条件了;同时在好多年中已把'互助'这一初级组织形式中可能增产的优越条件发挥得差不多了,如果不再增加更能提高生产的新内容,大家便对组织起来不感兴趣了。第三,基层干部因为没有见过比互助组织更高的生产组织形式(像农业生产合作社这样的半社会主义性质的组织,在这时候,全国只有数目很少的若干个,而且都离这地方很远),都觉着这一时期的生产比战争时期更难领导。"② 他为解决"问题"而"下乡挂职",参与实践,并长期生活于一个农业社,便是其主体"情感角色"必然的现实行为选择。作为一个解放后被体制化的知识分子,赵树理始终清醒地知道自己"虽出身于农村,但究竟还不是农业生产者而是知识分子"③,当他认同于历史选择时,他的理性批判锋芒会自然转向那"很不容易消灭"的"中间人物"身上,并以善意的"幽默"来承载自己对农民亲近的"情感角

---

① 赵树理:《更正》,《赵树理文集》第四卷,工人出版社 1985 年版。
② 关于《邪不压正》,《赵树理文集》第四卷,工人出版社 1985 年版。
③ 《三里湾写作前后》,《赵树理文集》第四卷,工人出版社 1985 年版。

色",《三里湾》的写作即是如此。而当体制运作过程中呈现出"伤农"倾向时,他的否定锋芒则毫不犹豫地指向体制的代言者——这构成了他一生创作的基本脉线,而且在此时,他便不再遮蔽自己的"情感角色",径直以"平民化"的"知识分子性",高扬自己的理性判断,甚至以"困惑"的"沉默"来卫护自我"情感角色"的完整性。从他的当代创作看,《三里湾》之后近五年的时间,他的小说创作是个空白。1958年的两部小说作品——《灵泉洞》写的是"抗战",《锻炼锻炼》则明显指向社主任王聚海的思想批判。顺此,1959年的《老定额》、1960年的《套不住的手》、1961年的《实干家潘永福》、1962年的《杨老太爷》、《张来兴》、《互作鉴定》等,其创作倾向渗透着共和国在这一时期的特定情形。这些情形以"家""国"冲突的方式,呈现在赵树理"情感角色"的文化归属选择和"角色自塑"的困惑之中。但其"知识分子性"却与大唱颂歌的"杨朔模式"呈鲜明的悖反状态,即"家""国"冲突之中对"良知"的捍卫。值得分析的是赵树理的"情感角色"在建国初期、50年代中期到60年代的"站位"变化。我以为这种变化依然是围绕着"为大众着想"而深入探寻的结果,当他认同于"体制意志"时,他是"启蒙者";而当他在某种趋势中陷入"困惑"时,他是"农民利益代言者",二者都在"情感角色"的统辖下一同呈现为始终如一的"知识分子性"。

三

中国自进入现代时空以来,知识分子就饰演着特殊的"权力角色"。其特殊性是指这种"权力"并非是体制赋予个人某种可以任意支配别人的职能。当自我以"良知"、"公理"来规范自身并以此面向外部世界时,也同样构成一种"权力"——这应当视为现代知识分子对权力认同的一个特点。在中国古代的"士"阶层那里,对权力的体认是以自身的"达"而后行为外化的"济"序列中完成的。"士"自身被"体制化"(更多地表现为主动的追求)是他们体验权力的起点或基础,"退而独善其身",也同样是在失去了"权力"体验空间和"权力"运作可能的情况下出现的。显然,在"士"

阶层这里或者说在中国人传统心理当中,"权力"不仅体现为主体对外在支配的单向性,也体现为非体制化情形下个人权力的空洞状态。当然这与古代"士"的文化目标、自我实现方式一体化体制关系有关。但近代以降,西风东渐,域外"人本主义"、"人道主义"及种种人与社会关系学说的传入,中国知识分子在失去了入仕可能的情况下,迅速成长为一个可与体制抗衡的具有相对独立性的阶层,以其来自于异域的全新的"文化资本"而拥有了"文化霸权",并由此诞生一种新的权力体验方式,即非体制化的、以"公理"、"良知"、"未来代言人"而左右社会的权力体验。当主体意识到这种权力及权力的外化功能后,知识分子也同样拥有了对权力运作的新型方式。权力被重新解释,对观存及一切社会历史现象进行文化学理式的判断,无疑成为知识分子独擅胜场的特殊权力,为此,我们可以对这种新权力观念作这样的简单的解释:它既体现为体制统治的一种方式,也是主体(尤其是文化创造主体)外化自我的一种过程。拥有这种方式并且能自觉地运用这种方式,可看作是现代知识分子性的一个显豁标示,尤其是当这种方式的运用与体制产生矛盾时,知识分子的作用则显得更为重大。

我以为,赵树理一直体现为这样的"权力角色"。赵树理自《小二黑结婚》发表之后赢得大名,正如美国记者贝尔登不无夸张的描述,他"可能是共产党地区中除了毛泽东、朱德之外最出名的人了。其实他是闻名于全中国的"①。其时的情形真是如日中天,然而赵树理并未走入"特殊"、"异常",而是保持了令人难以置信的冷静。对于"作家"及其由此带来的"方向"等等荣誉他并不看重,或者说是无所谓的:"我不想上文坛,不想做文坛文学家。"②这恐怕是他真心的表白,甚至在建国以后他也曾屡屡透露,认为自己最擅长的是到农村基层做点与农民利益有实在关系的工作。陈荒煤曾回忆说:"1947年我在边区文联召开文艺工作座谈会后写了那篇《向赵树理方向迈进》的文章,就请赵树理看过。他曾一度提出意见,希望我不要提'赵树理方向'这个字句……'无论如何不提为好'。"③1949年之前,赵树理甚至

---

① 《三里湾写作前后》,《赵树理文集》第四卷,工人出版社1985年版。
② 《中国震撼世界》,北京出版社1980年版。
③ 《赵树理小说人物论》序,《回忆赵树理》,山西人民出版社1985年版。

没有一篇有关自我创作的"自述文章"。我认为这一切并不是简单的"谦逊",而是反映了赵树理作为一个成熟的文化主体拒绝被体制化的自由心态和卓然不俗的知识分子性格。在这种不事张扬的背后,他有意想与"文坛"(或者还有其他)保持一种距离。赵树理被标为"毛泽东文艺思想"实践者的特殊身份,在这层意义上与周扬的特殊关系,这些"资本"本应成为赵树理据此获取更多更高"权力"的阶梯,然而他竟淡然于这些在别人看来是可遇而不可求的"资源"——第一次文代会上,"方向性"人物赵树理只是众多理事中的一个而已,北京市文联职务对他来讲也是可有可无的,他偏偏看重的是"大众文艺研究会"的角色,而且在《说说唱唱》这本被"正宗"文艺家很是看不起的主编位置上胜任愉快。这是对自我权力的执著,为此他甚至"与一般文艺界的朋友、与知识分子出身的文艺界人士往来不多,关系不很融洽"(陈荒煤语)。当时的中国作协内,像丁玲、艾青等这些"自然领导者"面对赵树理时的"内心情感"是相当复杂的。丁玲曾在日记中写道:赵"这个人是一个容易偏狭的人",原因何在?"这个人刚看见时也许以为他是一个不爱说话的人,但他是一个爱说话的,爱说他的小说,爱发表自己的意见,爱说自己的主张。"① 建国初期中国作协"东总布"与"西总布"两"胡同"之间的摩擦,表明了一些从国统区来到延安的作家们在赵树理"正宗""威压"下一种难以理清的心态。在这种"文艺霸权"或"文艺正宗"的暗自较量中,赵树理除了坚持以作品说话之外,并未动用其他"技巧"。而受到"威压"的人则不同了,严文井回忆说:"50 年代初的老赵,在北京以至全国,早已是大名鼎鼎的人物了。想不到他在'大酱缸'里却算不上个老几。他在'作协'没有官职、级别不高,他不会利用他的艺术成就为自己制造声势,更不会昂着脑袋对人摆架子。他是地地道道的'土特产'。不讲包装的'土特产',可以令人受用,却不受人尊重。这是当年'大酱缸'里的一贯行情。'官儿们'一般都是 30 年代在上海或北京熏陶过可以称之为'洋'的有来历的人物,土头土脑的老赵只不过是一个'乡巴佬',从没有见过大世面;任他的作品在读者中如何吃香,本人在'大酱缸'里还只能算一

---

① 董大中:《通俗研究会到大众文艺创作研究会——兼及东西总布胡同之争》,《赵树理研究通讯》第 8 期。

个'二等公民',没有什么发言权,他绝对当不上'作家官儿'对人发号施令。"① 这说得够明白了,赵树理既然被"排斥",没有多少被体制化的空间,同样,"固守自恃"的他对此也示以漠然,对他来讲,最重要的权力是能以"良知"、"公正"说话,这种权力角色的定位,给了他难得的"自我自由",从而完整地保存了他的"知识分子性"。

赵树理先后两次到山西的晋城和阳城担任县委副书记的职务,我以为这不是简单的"挂职"问题——因为在这里隐藏着一个特殊的身份问题。众多的资料表明,赵树理在农村区域的工作不只是走马观花,而是身体力行,他的笔记本上所记的似乎都不是可以进入创作的素材。他在大连"农村题材短篇小说创作座谈会"上的发言,从今天看几乎没谈到"创作",而是农村及他自己对农村现状各方面的感觉分析。其实我们从中不能仅只看到他"熟悉"的一面,更重要的是"角色"的独立性和"权力"意识、功能、作用的"知识分子化"。在"挂职"这样的特定情景中,他既非完全体制化的"干部",又非真正被权力制约的"农业生产者",这种两重"疏离性"使他获得了以"第三种人"(即知识分子视点)进行生活观照与思考的方便与超脱。他以"实事求是"的心态(其实就是建国后知识分子代表良知、公理、平民利益的言说方式),既抗拒着体制的"左",又能体察到农村农民中许多"必须解决而又一时不太容易解决的问题"。"疏离"的"第三只眼",使他体味出现实冲突的复杂性、尖锐性,他并不回避这些,毋宁说是,"复杂性"、"尖锐性"激逗起他积极"介入"的激情。他始终把"介入"当成自己的一种神圣的权力,惟其如此,权力的功能外化不但成了必然,也是他作为一个知识分子良知承诺的文化理性的驱动结果。

我们还可以进行这样的分析,如果仅仅从赵树理"农民出身"与他热衷于表现农村的对应关系上考察,很容易得出赵树理艺术视野和文化拥有的"非知识分子性"的结论。但从叙事学观念看,赵树理作品中的"隐含作者"的身份,不但是一以贯之,而且与鲁迅、老舍、茅盾、巴金一样,其"知识分子性"已化作浓郁醇厚的人道主义情怀渗透于作品的一切方面。赵树理的这

---

① 董大中:《通俗研究会到大众文艺创作研究会——兼及东西总布胡同之争》,《赵树理研究通讯》第 8 期。

种人道主义,在过去长期庸俗社会学文艺理论的限定性阅读接受中往往被理解为肤浅的对农民的"同情",或者意识形态话语系统中的与"农民共命运"等。同样的情形也表现在过分迷恋赵树理对自我创作的"自述文字",一说"问题",便必然与"农村工作"这样的时代体制化概念连在一起,对赵树理喋喋不休谈论"农村",我们往往只把它当作"乡村现实"而不是"文化表述"。对赵树理与农村关系的过分板滞的理解,是导致对赵树理"文化身份"认同过程中"知识分子性"被遮蔽的重要原因。在创作中对自我体验世界的固守,表现在赵树理身上并不只是"坚持现实主义"一句话可以说透的,这是他把稳知识分子权力角色的一种特殊姿态。为此他不惧于在领导高层公开自己的观点①,不惜与挂职所在的县区其他领导干部频频发生激烈冲突②。他多次说过:"我没有胆量在创作中更多加一点理想,我还是相信自己的眼睛。"所以"《小二黑结婚》没有提到一个党员","农村自己不产生共产主义思想,这是肯定的。农村人物如果落实点,给他加上共产主义思想,总觉得不合适。什么'光荣是党给我的'这种话,我是不写的。这明明是假话"③。很显然,赵树理所恪守的身份并不是"农民性"和"干部性",而恰恰是"知识分子性"。他在复杂现实中的"权力角色"分量是由此而决定的,痛苦与"自由"也同时共孕共生。

---

① 赵树理1959年8月写给当时的《红旗》杂志主编陈伯达的长信。
② 董大中:《赵树理年谱》,北岳文艺出版社1994年版。
③ 同上。

赵树理身份定位与"中间人意识"

　　赵树理与中国传统思想文化之间的关系,迄今为止依然是一个值得深入探讨的重要问题。这一关系的复杂性,不仅隐藏在长期以来人们对于赵树理"乡村民间"身份的认知过程中,而且因为赵树理与"解放区文学"的等同关系和他对"五四"以来功利主义文艺观念的直接地又具超越性的继承与光大,使得人们对赵树理与传统思想文化的关系认识,越来越趋向于淡化。甚至于在中国古代长期占据主流的儒家思想及其观念和行为方式对于赵树理的影响,又因为受到预置在赵树理身上"政治化"和"乡间化"身份的干扰,这一关系似乎不成为什么问题了。笔者认为,这是一种需要质疑并且应当加以改变的错误认识。

一

　　从赵树理人生历程看,他进入省立长治第四师范学校读书时已开始在同学的影响下逐步接触"五四"新文化——长期以来,研究界也充分注意到这一点,并且广泛深入地论述了赵树理与"五四"新文化、新文学之间的影响关系。但是我们同时也必须看到另一个事实:1925 年夏赵树理进入"师范"就读时已经 20 岁。结婚已经两年儿子也已出生。此前,"6 岁就开始跟祖父读《三字经》、《四书》",11 岁"入本村私塾","老师赵遇奇,是位老秀才,整天让孩子们背《四书》,赵树理背得挺熟",12—14岁辍学务农期间,"攻读"《聊斋》、《施公案》、《包公案》、《七侠五义》、《刘公案》、《西厢记》等"闲书"。15岁,"入磕山寺高级小学"。1923年秋,18岁的赵树理不仅"以优异成绩毕业于磕山寺高小,应聘担任本县野鹿村初级小学教员。毕业前买了一部江希张注的《四书白话解说》,认真攻读"。"任教期间,每日捧读《四书白话解说》,并信奉、实行之。假期回家,听妻子诉说'日常生活之苦,以为无关圣贤之道'。此书杂以'独身主义'的佛家思想,自己也清心寡欲起来,对妻子疏远。"进入以"做古文为学生的主要课目"的"师范"读书之后,"仍继续钻研《四书白话解说》,并购得江希张所著另一部书《大千图说》,读后更加迷信"①。这说明,儒家思想体系及其观念,不仅很早就进入到赵树理的意识构成之中,也成为他知识谱系的重要部分。

与此同时,抗战前赵树理生活的"乡村民间",应当说始终是一个被社会主流意识所覆盖的非自主的思想场域,以传统儒家思想信仰为主流的价值观念,并不是主要表现为以经典为核心的知识谱系的普泛化建构,而更多是以主流价值观念的"日常生活化"方式对一般百姓发生影响。作为"读书人"和"乡野俗民"两重身份的赵树理,主流意识(儒家思想观念)的"谱系化"教育和其"日常生活化"影响的两种方式,同时对主体的情知建构发挥着作用。"士"的身份与观念,便在这一与"农村""不即不离"的状态中逐步地孕育成形。同时,也为他参加革命后在新的"庙堂"与"江湖"之间明确自身的"中间人"角色,奠定了意识基础。

从先秦儒家开始,儒家士人就清醒地认识到自己这一群体是独立于"上面"(君)与"下面"(民)之"中间"的社会阶层。士人群体所拥有的"文化资本",不仅是他们区别于其他阶层的精神徽记,也同样构成了这一群体"入世""干世"的武器。关心天下、钟情大事、议论政治、干预社会等,在其对社会生活全方位的深入中所世代承续的"忧君忧民"之精神文化,日渐泛化为士人群体的职责行为。尤其是当处于动荡不安的社会环境时,他们更浓烈地希冀于通过关心天下大事、解决社会问题来寻找安定的社会环境,从

---

① 李士德:《赵树理忆念录》,长春出版社1990年版,第174—177页。

而解决自己的生存问题。他们在整个社会体系中充当了协调者、中间人的角色。就在野的士人群体与政治权力之间的关系看,士人群体是以制约规范这种政治权力为旨归。士人阶层价值话语建构之背后,隐藏着的是强烈而自觉的主体精神与权力意识——即通过对政治权力的制约而使社会秩序和谐化,进而构建他们心目中的理想世界。上可以规范制约君权,下可以引导教化百姓——这种双重施教者的"中间人"身份,在中国古代儒家士人群体身上是普遍存在着的。①

无疑,赵树理深受儒家士人群体这一"身份"传统的影响,甚至从某种意义说决定了赵树理的自我身份定位。"我虽出身农村,但究竟还不是农业生产者而是知识分子。"②赵树理的这一强调,寓示着他对自己小说创作(包括戏曲创作)中"叙述人"身份与预设读者之间的"疏离性"认识,始终保持着清醒和自觉。赵树理谈他的写作对象时有三种不同的言说。第一种是赵树理经常强调的在写作中对"农民读者"的设定:"我每逢写作的时候,总不会忘记我的作品是写给农村读者读的。""我所要求的主要读者对象是农民。"③第二种则明确说明是写给干部(上面)看的。如"有些很热心的青年同事,不了解农村的实际情况,为表面上的工作成绩所迷惑,我便写了《李有才板话》④。"《催粮差》,是挖掘旧日衙门的狗腿子卑劣的品质的。那是一九四六年,我到阳城去,见到好多那一类的人员,到处钻营觅缝找事干,恐我们有些新同志认不清楚,所以挖一下。"⑤关于《福贵》,赵树理说:"那时,我们有些基层干部,尚有些残存的封建观念,……我所担心的一个问题是作农村工作的人怎样对待破产后流入下流社会那一层人的问题。这一层人在有些经过土改的村子还是被歧视的,……我写福贵的时候,就是专为解决这个问题。"⑥第三种,赵树理对自己作品读者的"预设目标"具有双重指

① 参见李春青:《诗与意识形态——西周至两汉诗歌功能的演变及中国古代史学的生成》,北京大学出版社 2005 年版,第 272 页。
② 《〈三里湾〉写作前后》,《赵树理文集》第四卷,工人出版社 1985 年版,第 1486 页。
③ 《随〈下乡集〉寄给农村读者》,《赵树理文集》第四卷,第 1760—1762 页。
④ 《也算经验》,《赵树理文集》第四卷,第 1398 页。
⑤ 《回忆历史,认识自己》,《赵树理文集》第四卷,第 1827、1831 页。
⑥ 《对金锁问题的再检讨》,《赵树理文集》第四卷,第 1423 页。

向——既是写给农民（下面）的，又是写给干部（上面）看的。比如他在谈到《邪不压正》的写作意图时这样说："想写出当时当地土改全部过程中的各种经验教训，使土改中的干部和群众读了知所趋避。""使我预期的主要读者对象（土改中的干部和群众），从读这一恋爱故事中，对那各阶段的土改工作和参加工作的人都给以应有的爱憎。"① 赵树理从这样的预设要求出发，自然认为好作品的标准就是"农民欢迎、领导欢迎"②。故而，他对心目中理想读者（干部与群众）的意见是很重视的。相反，他对"文艺界本行话"却颇不以为然。在《关于邪不压正》、《和青年作者谈创作》、《随下乡集寄给农村读者》等文中他都明确表达了这样的取舍。令人深思的是，赵树理有意忽略的"本行话"，却往往代表着主流政治对他的批评——这种批评，在客观上常常形成对赵树理站位于"中间人"立场、干预"政治"企图的一种压抑与非难。

正是由于对儒家士人群体"忧世"精神和"中间人"角色的认同，赵树理自觉承担起"新政权"与底层民众（尤以乡村农民为最）之间的利益协调者角色。从早期《小二黑结婚》、《李有才板话》到建国后《三里湾》、《锻炼锻炼》、《十里店》等，其作品的深层意蕴无不含纳着对社会弱势群体利益的深沉关切——只不过在不同的时期侧重点有所不同而已。当赵树理在情感上倾斜于"民众"而与自己参与建构的"新政权"实际处于"对立"状态时，他有着常人难以想象的痛苦："在这个问题上，我的思想是矛盾的——在县地两级因任务紧张而发愁的时候，我站在国家方面，可是一见到增了产的地方仍吃不到更多的粮食，我又站在农民方面。"③ 在这里我们须注意的是，赵树理的"矛盾"，并非来自于他的角色犹疑，而是来自于"新政权"对农民利益的漠视所激起的赵树理在特定角色作用下的价值情感的应激反应。

当然，对赵树理的社会身份进行归类，确实比同时代的其他作家更为困难——这一点既与赵树理人生历练的特殊性相关，也与赵树理在不同历史

---

① 《关于〈邪不压正〉》，《赵树理文集》第四卷，工人出版社 1985 年版，第 1437—1438 页。

② 参见《与青年谈文学》、《戏剧为农村服务的几个问题》等，《赵树理文集》第四卷，第 1733—1774 页。

③ 《回忆历史，认识自己》，《赵树理文集》第四卷，第 1827、1831 页。

时期对自己写作姿态的诸多权宜性表白不无关系。赵树理既担任过县委副书记这样的公职,又从形象、气质到感情都充分的"农民化"过,甚至"是一个从俗流的眼光看来的十足的乡巴佬"。若从文化谱系和学养构成看,他的"身份"的复杂性则更为突出:赵树理会写(与一般文人相比甚至是"善写")通俗化的故事,对各种民间艺术形式稔熟而又痴迷;同时他又多次提到自己还是一个"颇懂鲁迅笔法"的与农民"毕竟不同"的现代知识者。这些原本已呈模糊状态的"文化身份",亦在不断激进化的意识形态对赵树理时代价值的重新阐释和他与"五四"文学正统传人之间日渐深化的隔阂中,遂使得赵树理"文化身份"的确认日益变得复杂起来。笔者认为,也许正是这种"暧昧"的复杂,却使我们认识到,赵树理既不是"民",也不是"官",而是深受传统儒家思想影响的知识分子。诚然,这一身份的建构是一个相对长期的过程——既与他青少年时代所受到的乡村文化教育有关,更为重要的是赵树理在 20 世纪 30 年代的境遇独特性,强力推助他无可选择地认同并确立了这一身份。

正如杰克·贝尔登所言,赵树理的身世"也许更能说明乡村知识分子为什么抛弃蒋介石而投向共产党"[1]。身处乱世之中的赵树理早年一直过着"萍草一样的漂泊"生活。他的这段经历可以用"凄凉"、"悲惨"来概括。这段"丰富的"经历也直接影响了他在 30 年代初文学观的形成以及抗战以后人生道路的抉择。实际上,1925 年秋赵树理在进入长治省立第四师范求学后不久就对"五四"新文化表现出极大的热忱,在政治上和艺术上均表现出少见的激进性。但是赵树理很快就因为"乱世"处境的挤压而理智地放弃了这一选择。理性地选择,理性地放弃,这正说明了赵树理思想的成熟。赵树理在四师读书时参与领导学潮一事,对他来讲并非只是正面的影响,毋宁说是收获了太多的人生辛酸与悲苦——从 1928 年初夏开始,赵树理为了逃避当局的搜捕,只好半路辍学逃入阳城等地的山中。被人告密被捕,旋即由于证据不足获释。为了生计他常年流浪于太原、沁水及开封等地。做过游方郎中,当过学徒,也教过几天书,甚至为了糊口不得不替人刻讲义、改作文、

---

① 《回忆历史,认识自己》,《赵树理文集》第四卷,工人出版社 1985 年版,第 1827、1831 页。

糊信封、印信纸,当差役,入青帮。但是无论赵树理如何努力都无法解决基本的生存问题。"最苦恼的是,我维持不了生计。"不能见容于现世的赵树理只好选择自杀。甚至后来土匪在太原想毒死他时,"他那漠然处之的态度使土匪也感到惊奇,他们觉得犯不上把这种绝望的人杀掉,有一天,当他们转移巢穴的时候,就把他放了"①。作为一个深受儒家思想影响、有政治头脑和政治热情的农村知识分子②,赵树理在这种处境下必然会对以前的选择做出反思、从而重新确定新的路向——他当年立下"上文摊"的志愿,坚持大众化、通俗化的探索等等,就是建立在这种为了解决自身困境的反思上面。这是儒家知识分子积极入世精神的"原始动机"。对赵树理而言,无论学生时期对"五四"新文学的热衷,还是混迹于乱世卖文为生时期小说创作的大众化取向,应该是一体两面的事情。它们的意旨是一样的,都是儒家知识分子积极入世、干预现实的精神之体现,都是为了让文学担当知识分子话语建构之责任。

同时,赵树理显然承续了近代以降新型知识者(也是传统知识分子)的"入世""干世"精神③,对这种选择的文学表达,他有意采取了与普遍欧化方式迥异的表达形式——中国形式。这是因为赵树理强烈地感到新文学和群众间的隔阂。赵树理将这种文学称之为"交换文学"。很显然,这种文学在当时是无法起到发动民众的作用的。显然,当赵树理以这种心态从事文学写作时,"通俗化"(大众化)就被赋予知识分子在特定语境中进行话语建构的功能,在新的现实中以新的方式彰显着儒家士人群体以话语建构参与现实政治的强烈愿望和干预现实权力的努力,这也是儒家士人千百年来所惯于操持的基本政治策略和文化策略。赵树理期待着借重于这一"话语工程"的建构,赋予审美文本这样的价值取向:既可以规范制约现实政治,又可以对"下"起到"启蒙"的作用,从而引导、教育农民。即"通过自己持之以恒的话语建构使整个社会都纳入严密有序的价值规范之中,而自己也在现实生活

---

① 　[美]杰克·贝尔登:《中国震撼世界》中译本,北京出版社1980年版,第8、87页。

② 　参见李普:《赵树理印象记》,《长江文艺》第一卷第一期,1949年。

③ 　参见《运用传统形式写现代戏的几点体会》,《赵树理文集》第四卷,工人出版社1985年版,第1775—1784页。赵树理认为自己是在长治第四师范读书时开始接受"五四"新文化观念的。

和个体精神上最终找到安身立命之所"①。20 世纪 40 年代的周扬,曾强调了赵树理 30 年代在思想上的成熟。他认为赵树理是"一位在成名之前已经相当成熟了的作家"。"其成熟的重要标志,不仅在于有丰富的生活积累,纯熟的语言技巧,更重要的,是他有明确而坚定的创作目的。"有人将赵树理描述成一个天生的大众化作家,这显然低估了赵树理。

当然,正如有研究者所言,儒家话语建构过程的权力运作是很复杂的现象。儒家欲使自己的话语建构产生实际的效果,便不得不以满足主流政治稳定政权的需要为交换条件,所以他们也就在很大程度上充当了官方意识形态的建构者角色。这样,他们的言说才能达成真正有效的言说。赵树理的文本显然是政治权力意识形态与知识分子乌托邦话语的复合。这一"复合"显示了赵树理审美文本的两个世界——"显在"的话语世界和"隐在"的话语世界。

二

赵树理审美文本的话语世界所要表达的真实意图,无疑常常受到"中间人意识"及其与之相对应的价值观、人生观和世界观的多重制约。笔者认为,赵树理所表现的已被现代文化氛围浸润的"中间人意识"的核心是:一曰对"下"——对农民进行反封建启蒙教育,表现在作品中就是对改造农村旧风俗旧习惯以及农民"落后"思想的高度重视(例如迷信 报应、好逸恶劳、自私自利、软弱、胆小怕事、保守等)。二曰对"上"——从保护农民利益的角度出发,对解放区中共政治权力进行规约。"老百姓喜欢看,政治上起作用"这一名言——正是赵树理"中间人意识"及其自我角色定位后的通俗表达。他的所谓"老百姓喜欢看"就是对下的教育功能;"政治上起作用"就是对上的规约作用。

首先,从他的中间人立场出发,赵树理在创作全程中重视作品对农民的

---

① 分别参见李春青:《诗与意识形态——西周至两汉诗歌功能的演变及中国古代史学的生成》,北京大学出版社 2005 年版,第 272、273、167 页。

教化作用,即"反封建教育"。他直言要"真正替小伙子想办法",因为他"究竟比小伙子多上过几天学,能够告小伙子说遇到了苦难'怎么办'"。① 赵树理认为通俗化"应该是'文化'和'大众'中间的桥梁,是'文化大众化'的主要道路;从而也可以说是'新启蒙运动'一个组成部分——新启蒙运动,一方面应该首先是拆除文学对大众的障碍;另一方面是改造群众的旧的意识,使他们接受新的世界观。而这些离开了通俗化,就都成了空谈,都成了少数'文化人'在兜圈子,再也接近不了大众"②。赵树理极为重视文学的教育作用,并把这一观点一直坚持到生命的终点。"劝人说"就是他文学功能观的别致表达。"小说是说'人'的书,《三里湾》也是如此。……其中我赞成的人,我就把他们说得好一点;我不赞成的人,我就把他们说得坏一点。""俗话说:'说书唱戏是劝人哩!'这话是对的。我们写小说和说书唱戏一样(说评书就是讲小说),都是劝人的。""凡是写小说的,都想把他们自己认为好的人写得叫人同情,把他认为坏的人写得叫人反对。你说这还不是劝人是干什么?!"③ "《三里湾》中几个反面人物对人民起告诫作用,好人是教人学习,让人同情;坏人要使人恨,或引以为戒。"④ "通过什么形象来感动人,使人受到感动后思想意识上可能发生一点什么变化,是写作者在计划一个具体作品之前应该首先考虑的事,不见得见了什么人什么事都有写成文艺作品的任务。"⑤ 有无教育意义决定了赵树理对题材、主题的选择——甚至他认为,即使事情"动人",但没有教育意义也不要写。⑥ 写《万象楼》这样的反迷信戏是因为它的"主题有广泛的教育意义"⑦。有无教育意义甚至决定了赵树理对旧戏的态度。抗战时期赵树理对有关罗成、张飞等的英雄戏大加赞赏就是因为它们"在广大群众中还是有些鼓舞作用的"⑧。"抗战时期许多农民就是听了罗成等英雄的戏去当八路军的。""八路军三八年在太行山

---

① 《文化与小伙子》,《赵树理文集》续编,工人出版社 1984 年版,第 54 页。
② 《通俗化"引论"》,《赵树理文集》第一卷,工人出版社 1985 年版,第 143 页。
③ 《随〈下乡集〉寄给农村读者》,《赵树理文集》第四卷,第 1760—1762 页。
④ 《戏剧为农村服务的几个问题》,《赵树理文集》第四卷,第 1767 页。
⑤ 《和青年作者谈创作》,《赵树理文集》第四卷,第 1507 页。
⑥ 同上。
⑦ 《运用传统形式写现代戏的几点体会》,《赵树理文集》第四卷,第 1775 页。
⑧ 《若干问题的解答》,《赵树理文集》第四卷,第 1785—1787 页。

动员农民参军,那些受地主、日寇压迫的人参加了革命",就有看戏的影响。①
也许正因为如此,建国后赵树理对旧戏依然秉持宽容、扶持的态度——不过,
唯独对"状元戏"讨伐有加。"这些高中皇榜的公子们都是投降于统治者,
或者说是'入伙'到统治阶级中去。旧社会有的穷家子弟上学读书,大学毕
了业,当了区长,还给阎锡山卖土、收税,结果是入了统治阶级的伙,不入伙,
就当不了官。和他有关系的人也因为'一人成佛、九族升天',爬上了统治
阶级。中状元报仇,就是这类思想。这种思想还有一种副作用,穷小子一旦
得中,有轿有马,呼奴使婢,洞房花烛,这对今天中学毕业后,还乡生产的青年
学生们,会起极大的副作用。"② 究其缘由,只是因为"状元戏""对今天中学
毕业后还乡生产的青年学生们,会起极大的副作用"。赵树理一贯强调创作
主体对作品主题的积极性预设与把握,在他看来这是充分实现审美"美刺"
功能的重要方面。他结合自己的创作多次谈到,作家在写作时"处世哲学
要正确,思想健康,不然的话,你感到要表扬的人,恰恰不是应该表扬的;你
感到要痛恨的人,又恰恰不是应该痛恨的"③。"劝人有劝对了的时候,也有
劝错了的时候。""我们写小说的,想叫自己劝人劝得不出错,就得先端正自
己的认识。……一方面要靠学习马列主义,一方面要锻炼自己的思想感情
使它和劳动人民的思想感情融洽起来,简捷地说来,就叫做政治修养。"④ 值
得我们注意的是,赵树理的"政治立场"并非只是一般意义上与"行政权
力"相勾连的价值站位,而更多地是"中间人"身份所已经含纳的不乏民
主意味的"亲民"、"民本"等方面的价值理性,这也是他对政治常常意欲
把文学扭变为纯粹服务性工具的倾向,能时时保持警惕的深层缘由所在。⑤
不论是建国前还是建国后,赵树理的审美文本都可以看作是特定历史时期知
识分子话语建构与国家权力话语建构的美妙混合——笔者认为,他在建国前
的小说创作,对此表现得更为自然、也更为熔融。比如《地板》就是这样一

---

① 《戏剧为农村服务的几个问题》,《赵树理文集》第四卷,工人出版社 1985 年版,第 1768、1770 页。

② 同上。

③ 《和工人习作者谈写作》,《赵树理文集》第四卷,第 1589 页。

④ 《不要急于写,不要写自己不熟悉的》,《赵树理文集》第四卷,第 1931 页。

⑤ 比如在《北京人写什么》一文中,赵树理就曾反复强调作家转变立场就是要"把大众的利益放在第一位"。

部对"减租减息时候农村中一些人的传统偏见"进行批评、"在减租减息时具有教育群众的意义"的作品。因为"农民"这种"偏见"不利于中共动员农民而直接影响到战争的成败、政权争夺的结果。赵树理很清楚,这种"偏见"是以在"农村习惯上误以为出租土地也不纯是剥削"的传统思路上形成的 ①,赵树理就为了说明"粮食是劳力换的,不是地板换的"而创作了这篇作品。

再比如,针对农民对新政权的不信任情绪,赵树理积极给予教育开导。他对农民中间普遍存在的对新政权不信任情绪,不仅耳熟能详,更是忧心忡忡,每有机会他就注意对身边的群众进行教育。"土改前,农民和地主阶级的斗争很复杂,在根据地地主虽受到民主政府的遏制,但封建的经济基础未变,他们仍然有地、有粮、有钱、有人,所以威风不倒。农民们对他们还是恐惧的。老赵对这些底细了如指掌,与老乡唠不了几句话,就能叼住事物的本质,说出他们心中的秘密,使农民觉得老赵是他们的贴心人,对他可以无话不谈。"② "敌后抗战最艰苦的年月,有些老百姓怕'变天',有一个老伙夫聂同志,也不相信八路军能胜利,老聂当年走过太原,修过同蒲路,他常说:'我就不带听八路军宣传,你们光说有办法,'钻在这山沟子里,拨火棍(意即破枪)每人还发不上一根,凭什么能胜利?!'老赵不给他说什么大道理,他只就老聂赞成过的事情上说起,上下古今的打比方,后来老聂对人说:'我就佩服老赵,能说得入情入理'!"③ 抗战时期,根据地和游击区农民对共产党草草建立起来的基层政权及其有效性多有怀疑甚至不屑,"观望"在一些地方和一些时候成了农民面对新政权的普遍性姿态。"这曾经是当时——必须巩固人民政权基础时期一个最重大的问题。"④ 不解决这一问题,新政权的统治就难以稳定。所以,要求干部深入群众,取得普通民众的普遍信任,就不是一个简单的工作方法问题。正因为如此,解放区时期赵树理的文学创作,显

① 《也算经验》,《赵树理文集》第四卷,工人出版社 1985 年版,第 1398 页。

② 《具有工农本色的作家——杨俊同志忆赵树理》,李士德编《赵树理忆念录》,长春出版社 1990 年版。

③ 杨俊:《我所看到的赵树理》,《中国青年》1949 年第 8 期。

④ 〔日〕鹿地亘:《赵树理与他的作品》,转引自黄修己编《赵树理研究资料》,北岳文艺出版社 1985 年版,第 436 页。

然是别有深意的。赵树理创作中所具有的关乎政治利害性的价值,在这样的特殊语境中得到分外强调。

三

赵树理当年利用文学对农民进行"反封建教育",其中一个重要方面就是戳破迷信的骗局。由于破除"迷信"直接与新政权的生存密切相关,因而得到了中共政权的提倡与帮助。创作戏曲剧本《万象楼》便是赵树理1941年"为了揭露敌人、教育人民"、"反迷信"的"奉命之作"。那一年,太行抗日根据地腹地黎城县发生"离卦道"暴动。该县"离卦道"组织在敌伪唆使下发动叛乱,攻打抗日县政府,杀害抗日干部,并有许多不明真相的农民参加。虽然这次叛乱很快被平息,但却给中共当局敲了警钟,使他们认识到破除封建迷信对巩固政权基础的重要性。"我当时在太行区党委宣传部工作。领导问我能否写反迷信的戏,我就把迷信、反迷信的材料,作了剧本的主要来源。"① 历数赵树理建国前从《小二黑结婚》到《田寡妇看瓜》等十几部小说戏曲作品,"迷信"与"反迷信"冲突,或浓或淡地流贯于所有作品之中。

当年,解放区政治权力主体对"反封建"的重视,还由于封建意识的存在已严重影响到基层政权的良性运作。赵树理作品中多有这样的描写:地主恶霸利用了农民的落后思想,对农民进行分化、收买,导致新政权仍然掌握在旧势力手中。"旧势力"又以"权力"状态分化、弱化农民的减租、土改和建立民主政权的要求。"他们(地主——笔者注)充分地利用了农民的自私落后,和工作干部的没有经验,主观主义,官僚主义。《李有才板话》中《丈地》一章便提供了关于这一方面非常特出的描写。"② "村政权既然这样不民主,那自然要发生贪污,使得减租只是个名目。"③ 正因为这样,周扬才有理由认为赵树理描写了解放区农民"为实行减租减息,为满足民主民生的正当

---

① 《运用传统形式写现代戏的几点体会》,《赵树理文集》第四卷,工人出版社1985年版,第1775页。

② 周扬:《论赵树理的创作》,《解放日报》1946年8月26日。

③ 茅盾:《关于李有才板话》,《解放日报》1946年11月2日。

要求而斗争;这个斗争在抗战期间大大地改善了农民的生活地位,因而组织了中国人民抗敌的雄厚力量"①。新政权对反封建予以支持的根本理由在于:"反封建"能够有力地促进新政权尽快获得"合法性"与"权威性"。《小二黑结婚》的意义便不只是仅仅讴歌了自由恋爱的胜利,而在其"讴歌新社会的胜利(只有在这种社会里,农民才能享受自由恋爱的正当权利)"②。同时也正因为如此,赵树理对解放区政治的批评和规约意图,轻易地获得了容忍与默许。解放区时期和建国初期的赵树理文本中,其"封建"的意蕴是复杂的:它不再是"五四"时期与个性解放、科学民主相冲突的"旧的历史意识",而更多是那些容易直接影响到政权建构及其有效运行的"对立物"。当权力建构需要时,"封建性"生活细节的"现实转化"已在解放区被大大宽容。赵树理作品录下了一系列这样的"历史细节":《小二黑结婚》中"区长的恩典"、《李有才板话》里"老秦的磕头"、《传家宝》主人公李成娘"高兴得面朝西给毛主席磕过好几个头"等,这些"历史细节"的象征意味是耐人寻味的(它似乎给人一种暗示:有助于证明新政权合法性的"封建"可视为"合理的封建")。所以,这就出现了赵树理阐释历史上的矛盾现象:既有人批评赵树理对"封建思想意识的严重程度夸张得有些过分"③,又有人指责他"对我们这个拥有数千年封建专制传统的国家在现实生活中的种种封建主义表现,缺乏足够的揭露和批判","把封建主义的强大障碍这一无产阶级和农民群众最危险的敌人轻轻放过了"④,赵树理"对三仙姑婚姻悲剧缺乏同情,对其装扮服饰的过分指责,就已暴露出他对农民思想中旧道德旧传统的认同"⑤。如果我们回到赵树理文化身份的特殊性范畴来认识这一"矛盾"现象,我们便能够意识到"中间人思想"及其相关身份在特定历史时期展示自身时的尴尬与痛苦。赵树理并非不想"两面讨好",然而赵树理所要兼顾的"政治"与"农民"二者之间的潜在冲突,不但无助于他在身份坚守时获得价值理性的神圣感,而且主体在卫护已有的"中间人"

---

① 周扬:《论赵树理的创作》,《解放日报》1946 年 8 月 26 日。

② 同上。

③ 王中青:《谈赵树理的〈三里湾〉》,上海文艺出版社 1962 年版,第 39 页。

④ 楼肇明、刘再复:《赵树理创作流派的历史贡献和时代局限》,《山西日报》1980 年 8 月 7 日。

⑤ 刘洁:《论赵树理笔下人物形象的文化底蕴》,《甘肃社会科学》1995 年第 2 期。

知识者身份所需要的内心平衡也终将失去。赵树理建国后一系列悲喜"遭遇",正是在这样的身份范畴和对象范畴中,赢得一份极为独特的沉重感。

四

值得我们重视的是,赵树理不但没有使这种面对农民的启蒙教育转变为权力话语的传声筒,而且他还自觉地时时警惕着这种危险。正是在这里,赵树理的"中间人意识"及其身份意识得到了进一步固化。这首先表现在他并非完全按照权力政治的要求对农民进行教育,毋宁说赵树理更多是站在儒家知识分子"民本""亲民"立场上,具体实施着对农民的"体谅"与"呵护"。比如他对《孟祥英翻身》写作主题的修改。本来,他打算写孟祥英是如何领导生产度荒的英雄事迹,但后来却写成了她是怎样从旧势力压迫下解放了出来。在《刘二和与王继圣》中,赵树理也通过小说人物聚宝之口喊出了"启蒙"之难:"唉,照你们这样,一千年也翻不了身!"它渗透着知识分子话语建构的企图。赵树理说自己"颇懂一些鲁迅笔法","鲁迅笔法"实际上就是儒家士人的那种积极人世、干预现实的精神,是"改变他们的精神"的那种圣人情结。可以这样说,赵树理的"教给小伙子们怎么办"和鲁迅"揭出病苦,以引起疗救的注意",都是知识者文化权力在价值引领上的重要表现。

其次,更重要的是,"儒家从甫一诞生,就是以整个社会各个阶级共同的教育者和导师的身份出现的,他们认为为全民确立正确的价值观念是他们的天职。在他们眼里,即使是君主,也是受教育的对象,而且从某种意义上说,教育君主似乎是更重要、更迫切的任务"①。赵树理的问题小说,就是"把工作中的问题提出来以教育干部和群众",而不仅仅只是以教育农民为旨归。这渗透了赵树理对延安政治权力的某种规约企图。"记得当时就有人说过,赵树理在作品中描绘了农村基层党组织的严重不纯,描绘了有些基层干部

---

① 分别参见李春青:《诗与意识形态——西周至两汉诗歌功能的演变及中国古代史学的生成》,北京大学出版社 2005 年版,第 167、272、273 页。

是混入党内的坏分子,是化了装的地主恶霸。这是赵树理同志深入生活的发现,表现了一个作家的卓见和勇敢。而我的文章却没有指出这点,是一个不足之处。"① "为什么在延安时代他看不到赵树理作品中的这一特点呢? 这种揭露根据地农村干部的阴暗面,显然不是延安时代的政治意识形态所需要的。"② 根据赵树理的了解,当时根据地由于绝大多数农民对新的政权还摸不着底子,采取观望的态度。一些流氓分子乘机表现积极,常常为根据地新政权里那些没有工作经验的同志提拔为干部(当时的村长大部分是上面委派,不是本村人)。所以当时的基础政权中像《小二黑结婚》中的金旺、兴旺这样的干部有着相当的数量。赵树理在《小二黑结婚》、《李有才板话》、《邪不压正》等创作中,连续性地追问着解放区基层政权严重不纯的重大问题。这显然是站在农民立场上对新政权的一种提醒,因为政权不纯首当其害的是那些贫弱的底层农民们。这些恶霸式干部必然会利用手中的权力鱼肉乡里、为非作歹。金旺、兴旺是"想捆谁就捆谁",陈小元刚当上干部就逼迫邻居当奴才。赵树理的艺术表现堪称触目惊心。

其实,赵树理对权力者的规约企图,同样延续到解放后的创作中。《登记》写于1950年,本是"宣传婚姻法"的"赶任务"之作③。但是赵树理在实际写作中却寄予了对权力滥用者的某种规约企图。作者通过这篇小说试图说明,在一个"完全新的时代,即消灭了地主阶级的统治和威胁的时代","自由婚姻的破坏者"不仅是赵五婶、燕燕的妈妈这样头脑里装有封建思想意识的老一辈农民,更可怕的是像民事主任、王助理员这样的乡村权力的拥有者。其实,艾艾、小晚、燕燕、小进等青年的婚姻命运就掌握在他们的手中。村干部不给写介绍信,区干部就不给登记,"任你有天大的本事,这个介绍信我不写!" "不服劲你去试试!"——作品惟妙惟肖地刻画出一群"新贵"玩弄权力的丑恶嘴脸。赵树理告诉我们,在农村中贯彻实行婚姻法的最大障碍来自于干部。赵树理在这里提出了这样的一个命题:如果新的政权不对自身进行纯化,那么,即使是在"消灭了旧阶级的新的时代",农民的利益自主

---

① 周扬:《赵树理文集序》,工人出版社1980年版。

② 陈思和:《民间文化形态与政治意识形态之间的关系钩沉》,《上海文学》1994年第1期。

③ 参见马烽:《忆赵树理同志》,《光明日报》1978年10月15日。

也是没有希望的。

　　如上所述,既然赵树理对新政权的规约只是一种"历史的需要",那么当这些"历史的需要"不能见容于日益激进化的现实时,赵树理的"老写法"就是"丑化工农兵"、"污蔑解放区"了。虽然赵树理一再辩称这些人物落后性的根源仍然是"旧社会",但是,依然摆脱不了日益强化的阶级斗争语境中激进者对作者写作动机的指责。种种批判与指责说明,赵树理基于"中间人意识"的价值立场及其言说,蕴含着对主流意识形态价值观念实施否定的可能与企图。从这点上看,建国后赵树理不断被否定和批判的命运,早已由他自觉选择的文化身份所给定,他在当代的悲剧命运,也映现了具有儒家"中间人意识"的知识者的精神光辉,在特定历史时期里饶有意味的黯淡过程。

赵树理与"十七年"现实主义文学之关系

今天,重提赵树理与"十七年"现实主义文学的关系问题,并不是一个轻松的话题。话题沉重感,既来自我国文学自 20 世纪 90 年代以来的实际构成中"现实主义"在创作与批评中的全面退隐,也来自有关当代文学的"史性"研究中对这一概念之于相关对象功能的有意拒斥①,还有当下文学创作中所凸现的"现实主义意味"与"十七年""现实主义文学"之间形成的巨大差异和由于这一差异未被及时澄清而带来的现实主义美学品格的矮化与审美价值的耗散。即使就"真正对赵树理进行全面认真的学术研究"的新时期而言,这一问题的重要性依然没有显现出来。有人这样概括,"研究的视野从生平、思想、创作推及到与赵树理有关的'山药蛋派'、'赵树理方向'、'文艺大众化'等一系列重要的文学研究课题。研究方法从单一走向多样,突破了社会历史学的单一分析法,充分借鉴了国外多种现代研究方法","出现了多角度系统化的研究成果。""随着现代文艺观念的发展,也出现了更充分的学术争鸣。对赵树理评价又一次在大起大落,呈现出稳定深

---

① 20 世纪 90 年代以来的中国当代文学史著述,在谈及赵树理当代创作的意义时普遍采用了这一策略。比如,在陈思和《中国当代文学史教程》中,赵树理创作是被嵌入其预置的"民间"结构中获得意义的。在洪子诚的《中国当代文学史》中,赵树理的存在则被处置为四五十年代文学转换的一个代表性现象。

入发展中的波动性。整个研究形成了以内在价值研究为重、以传统研究为贵、以新方法研究和比较性研究为开拓和以外在影响研究为补充的立体化研究新格局"①。就这一时期学术界对"赵树理文学内在价值"的研究看,除了以"民族性"、"大众性"范畴探讨其"艺术形式"之外,这些研究对其创作的"思想"价值则更多地着眼于"革命现实主义"意义范畴②,并对赵树理小说创作的真实性、时代性、理想化的创作特征给予了揭示。但由于"从典型化的理论出发",依然未能挣破赵树理被当代所规范的模式化阐释,赵树理存在的复杂性未能得到持续有效地挖掘。20 世纪 80 年代中期"文化热"思潮影响下的有关赵树理创作价值的外探,只是发现了"社会历史学"视野里赵树理"现实主义"存在的另一面——与特定时代主流意识形态之间的某些纠葛,同样也并未解决赵树理的现实主义独特性以及赵树理在何种条件下可以被视为现实主义等诸多复杂性问题。至于说新时期赵树理研究中那些具体探讨——比如对"问题小说"属性的辨析、关于赵树理建国后创作矛盾性的分析以及抛向赵树理的诸多"否定性"指责等③,都无助于问题的深入与解答。直到今天,这一问题依然横亘在我们面前——作为一个最容易被人指认为现实主义作家的赵树理,他在"十七年"的文学创作究竟属于何种现实主义? 他以具体成果形式呈现出来的现实主义倾向性与"十七年""主流话语"中不断被"提升""提纯"的"理论的现实主义"④之间究竟有着怎样的差异? 对这种差异如何进行价值判断? 这些必然触及赵树理与"十七年文学"诸多变迁的复杂联系,对这些问题进行深入

---

① 徐瑞岳:《中国现代文学研究史纲》,江苏人民出版社 2001 年版。

② 此类论文主要有:陈娟的《简论赵树理建国后创作的现实主义精神》,《上海师院学报》1980 年第 2 期;董大中的《坚持革命现实主义道路——试论赵树理建国后的创作》,《文学评论丛刊》1980 年第 6 期;胥云的《赵树理作品的社会主义现实主义特色》,《晋阳文艺》1981 年第 2 期;方欲晓的《赵树理创作的现实主义特征》,《辽宁大学学报》1981 年第 4 期;程继田的《论赵树理创作的革命现实主义特色》,《文艺论丛》(上海)1983 年等。

③ 参见戴光中:《关于"赵树理方向"的再认识》,《上海文论》1988 年第 4 期、郑波光:《赵树理艺术迁就的悲剧》,《文学评论》1988 年第 5 期等。

④ "理论的现实主义"是笔者对"十七年文学"中居于主流的现实主义理念及其一系列规范的称谓,主要体现在周扬、茅盾、陆定一等人的诸多相关论述之中。"十七年文学"历史上,虽然关于"现实主义"有过许多论争,但对它的"政治功能"的认识并无大的歧义。参见陈顺馨:《社会主义现实主义理论在中国的接受与转化》,安徽教育出版社 2000 年版。

地考察,也是确认赵树理在"十七年文学"历史中其现实主义独特性的必要
前提。

<h1 style="text-align:center">一</h1>

"十七年文学"历程中的现实主义,相比于"五四"之后的任何一个时
期,它的发展和差异都是最为复杂的。建国前"革命文艺"或"左翼文艺"
的复杂存在,在它们以后被阐释的过程中,不仅日益走向"现实主义",而且
还以本体性的资源身份要求被新的时代文艺理念所整合。"延安传统"所具
有的革命文艺继承者的天然合法性及其在区域政治作用下生成的"新质",
同样是建国后"十七年文学"现实主义塑造自身不可忽视的存在。显然是,
以往对这一阶段现实主义发展的历史梳理,除了对政治不断强化介入这一
点拥有共性认同之外,对作为"艺术精神"、"艺术观念"或"创作手法"
等不同层面的现实主义实际审美实践,至今仍然未形成一致且深入的认识。
如果说"五四"、左翼时期及 1948 年前后等三次展开的有关"现实主义"
的大规模讨论,显示了当时理论批评界对"现实主义"理论空间和关键环
节的特殊注意的话,那么建国后"现实主义"以及附着于它身上的许多问
题,都已变为实践性命题了。可以明显地看到,当代现实主义附着于不断
出现的新作品之身而被推进的情形,愈来愈昭示出"现实主义"被公开本
质化的趋势。我认为,"十七年""现实主义文学"的发展变化路径,可以
表述为从"朴素的"现实主义走向"革命的"现实主义的过程。这是个巨
大的转折。任何自觉认同与不自觉认同的作家在现实主义被"原则化"的
趋势里都必须做出选择。赵树理是否自觉地实现这一转折,是必须首先考
察清楚的问题。早在 20 世纪 30 年代左翼文化思潮风靡之时,现实主义已
被新兴的"阶级叙事"理念所规训——表现现实题材,以凸现直面人生的宗
旨;揭露社会制度的罪恶,从而强化着现实主义的"批判性";指出"反抗"
的出路,已有着明显的社会主义现代主义理念牵导的痕迹了。现实主义文学
启蒙的"阶级"指向,已逐步形成现实主义"本质化"叙事的基本套路。我
们在赵树理建国前的创作中看到了这一套路——但是对赵树理而言,这并非

左翼思潮直接影响的结果,而更应被看做是作家个人独特经历与"革命队伍"教育相融合的产物——因为,1943年连续发表的《小二黑结婚》《李有才板话》、《李家庄的变迁》等一系列作品的叙事风貌其实与早在1933年、1934年就公开出版的短篇《有个人》和长篇《盘龙峪》并无二致。应该说这是一种"朴素的现实主义"!这种"朴素",其明显区别于"光赤式"的"斗争加爱"的模式,也与茅盾在政治意识笼罩中对人生进行社会学剖析的作品差异甚大。同样是"本质化"叙事,赵树理并没有把"环境"与"人物""典型化",他显然更看重生活中的"事象",并能从"事象"中看出"问题",并把"问题"的意义引向对"革命"的帮助和"劝人"的可能性。作为现实主义精髓的"真实性",在赵树理的创作中并没有走向理念范畴,而是始终与生活的"伦常日用"联袂而行。在阎家山里,阎恒元与"李有才"的斗争在土地问题上显示了冲突的激烈性。然而这种"激烈"展示的形式却是地主阶级与农民阶级之间的智慧博弈。在赵树理这里,其创作对旧时代制度罪恶的控诉,并不是通过人物的符号化处理加以完成的,而是以一个个单体(人的个体)的"好人不得好报"、"好人变坏"或"坏人使坏"的生活化行为表现出来。"由于不论在任何事情上,每个农民都遭受着这样那样的困难,每个农民身上都印着被奴役的烙印,面对着切身体验到的统治阶级的权力。"① 说他"朴素",亦可以理解为他执著于所表现的是他"最熟悉的"东西和最熟悉的表现形式。如此,这种"朴素",即是自我经验的"真实性"与民族大众人生愿望"倾向性"的合二为一。王瑶说过,"一个是现实主义,一个是民族风格,这两点是五四以来我们一直追求的东西"。"赵树理同志的作品在这个问题上取得了突破"。"历史给他提供了条件,解决了这个问题",即"无产阶级的文学的思想倾向性与艺术真实性怎样结合"的问题,"写工农大众的必要性和作家

---

① 日本学者秋野脩二认为,《有个人》的发表,应该视为赵树理自觉以"大众化"策略进行文学创作的开端标志。笔者认同这一观点。参见《关于他的笑和爱情——从赵树理的初期作品〈有个人〉说起》,《赵树理研究文集》下卷《外国学者论赵树理》,中国文联出版公司1995年版,第194页。另可参见〔日〕秋野脩二:《谈赵树理作品的札记》,高捷译,《赵树理学术讨论会纪念文集》,1982年。《王瑶同志的发言》,同上。

不了解工农的矛盾的问题"①。在赵树理这里，"朴素性"就是"真实性"，最熟悉的也是最朴素的，更是最真实的存在。这可能也是他并未直接表现"抗日烽火"而乐于大量描写农村"压迫现实"的重要原因。朴素的现实事象与他所熟悉的农民的朴素的愿望，显然内在地制约着他的小说创作的题材选择和处理方式。"岳冬至"悲剧事件，他在《小二黑结婚》中把它处理成一连串的问题景观。封建意识、村政权主体不纯和必要的斗争等，被以轻松的格调编制成一个"大团圆"喜剧。这恰恰是现实主义的本质叙事所需要的，也同样是根据地农民对共产党政权的朴素期待。当赵树理让铁锁成长为一个革命者时，那是他经历了抗战之后共产党给太行地区带来的实在变化。《催粮差》里崔九孩的"坏"、《刘二和与王继圣》中主人公的悲惨，是赵树理携带着自己切实的生活经验而指向制度的腐坏。《催粮差》中对制度"执行者"的出色描写，可谓现代文学史上最精彩的篇章。我们只有在崔九孩与屠维岳的比较中，才能领略朴素的现实主义的巨大能量与魅力。同时我们也注意到，当赵树理被植入以《讲话》为核心的"延安文学"范畴并作为"方向""旗帜"的价值形象加以塑型时，显然是有意忽略和遮蔽了这种建构在"经验"、"熟悉"基础上的朴素的现实主义魅力。赵树理当年对这一"方向"的拒绝，并不能只看作是个人的"谦虚"，而是以"朴素"方式卫护着自己"朴素"的现实主义。

赵树理并未迎合"转折"——而时代已在"转折"中日新月异了。

二

其实在我看来，这种"转折"随着一次文代会的召开就已经迅猛地展开了②，并且随着文艺体制化的形成而得以完成并继续深入。一次文代会上郭、茅、

---

① 日本学者秋野修二认为，《有个人》的发表，应该视为赵树理自觉以"大众化"策略进行文学创作的开端标志。笔者认同这一观点。参见《关于他的笑和爱情——从赵树理的初期作品〈有个人〉说起》，《赵树理研究文集》下卷《外国学者论赵树理》，中国文联出版公司1995年版，第194页。另可参见〔日〕秋野修二：《谈赵树理作品的札记》，高捷译，《赵树理学术讨论会纪念文集》，1982年。《王瑶同志的发言》，同上。

② 有不少学者认为，这一"转折"早在40年代就已经大规模开始了。参见钱理群《天地玄黄——1948》、洪子诚《中国当代文学史》、贺桂梅《转折的年代》等。

周等三个报告,虽然并未明确提出有关现实主义作为"原则"的问题,但他们在对"国统区"、"解放区"文艺发展历程的梳理中已庄严地指出了"在文艺上什么是我们所要提倡的,什么是我们所要反对的"对象,在所提出的一系列"要求"中已实际寓含了对以往"革命文艺"历史中现实主义内涵的诸多修正。比如在如何更好地反映现实的问题上,他们不约而同地强调了"学习"的重要性:"深入现实是一切作家创作家必须努力的。"但"接触现实还不就等于完全认识现实。今天的中国社会正处在伟大的剧烈的变化之中,我们所面对的现实比过去的文学艺术者所面对的现实要复杂得多","因此,学习革命的理论和政策,学习进步的文艺理论,对于我们就十分必要了"。①号召要"使文学艺术发挥教育民众的伟大功能"。茅盾在批判了"左翼文艺"诸如"空疏""无力""主观""趣味主义""抗战加恋爱""纯文艺"以及"主观论"等倾向之外,鲜明地提出"一切问题只在于我们能否学习——向时代学习,向人民学习"。周扬在报告中对"学习"的对象进行了更为具体的明确和解释:"为了创造富有思想性的作品,文艺工作者首先必须学习政治,学习马克思主义毛泽东思想与当前的各种基本政策。不懂得城市政策、农村政策,便无法正确地表现城乡人民的生活和斗争。政策是根据各阶级在一定历史阶段中所处的不同地位,规定对于他们的不同待遇,适应广大人民需要、指导人民行动的东西。每个个人的命运,都被他所属阶级的地位以及对待这一阶级的基本政策所左右的,同时也是被各个具体政策本身或执行的好坏所影响的。""这就是说,他们的行动是被政策所指导的,人民通过根据他们的利益所制定的各种政策来主宰着自己的命运,这就是新的人民时代不同于过去一切旧时代的根本规律。""学习"的必需及其"人民"、"政策"等学习对象的肯定,不仅改变着作家与现实的关系,也改变着作家认识现实、把握现实的方式,甚至成为作家是否可以运用现实主义的合法性前提。现实主义已成为需要在作家"自我改造"、"深入现实"和"学习政策"等全面实践中重新面对和认识的新的重大问题。在这样的要求面前,包括赵树理在内的过去的一切作家都做得太不够了。因为,虽然"我们的作品是有

---

　　① 　郭沫若:《为建新中国的文艺而奋斗》,《在中华全国文学艺术上工作者代表大会上的总结报告》,《文学运动史料选》(第三册),上海教育出版社 1979 年版。

思想内容的","但思想性还不够,必须提高一步。一切前进的文艺工作者必须站在像黑格尔所说的时代思想水平上。今天具体地说,就是站在马列主义毛泽东思想的水平上"。虽然赵树理及其创作在周扬的报告中两次得到高度的评价,但这并不等于"历史"的"解放区""最杰出"的赵树理可以代替在"新的人民文艺"要求下必须"提高"和"前进"的社会主义时代的赵树理。"朴素"的、基于个人经验的、"感性"的现实主义意识受到挑战,新时代的生活,要求新的现实主义。对赵树理的新的塑造也同时开始:"要使这种学习,环绕着创作,更具体更有效起来,就必须有一种工作同时进行,这就是全面地把赵树理的创作提高到理论上来,根据社会主义现实主义的创作原则进行分析研究说明,确定赵树理创作各种特色的应有的意义和前进的道路。"从建国后赵树理的具体创作看,他对这种要求并没有太在意,依然以解放区的朴素面目应对着各种挑战。1950年关于《传家宝》和《邪不压正》的"批评式"讨论,赵树理因猝不及防在当时并未回应,但是却耿耿于怀,6年之后依然有着"不服"之"慨":"我感到创作上常有些套子束缚着作家,如有人对我的《传家宝》提意见,说我并没给李成娘指出一条出路。"发表于1948年10月的《邪不压正》,是一部"写出了现实主义深度、农民生活深度"的出色作品,它在对现实隐秘黑暗的揭示上比《小二黑结婚》、《李有才板话》等作品前进了一大步。作品着重刻画了翻身当了干部的小昌的"新恶霸"行为,显现的冲突是惊心动魄的——然而这个作品在发表之初就遭到了质疑。从1948年12月21日到1949年1月16日,《人民日报》连发6篇文章,争论的焦点集中于作品的"主题及主人翁"两个方面。赵树理显然对这种激进的批评有所不满,随即提出了自己的反驳意见,表明自己的意图"是想写出当时当地土改全部过程中的各种经验教训,使土改中的干部和群众读了知所趋避"。作品突出地描写了"不正确"的干部小昌和流氓小旦、聚财,因为"土改中最不易防范的是流氓钻空子"。显然,主人公的"坏性"及其"坏"的过程被凸显,使作品"光明结局"的能量受到削弱——而这正是文艺转向歌颂的现实主义(革命现实主义)所必然警觉的。赵树理却用自己独特的修辞行为,使得以"历史趋势"为支撑的"本质化"叙事能指被因"坏人"为非作歹而难以制止的悲剧感所指所消解,从而出现"革命的现实主义"的叙事宗旨与这种"朴素的现实主义"的"真实化"的描写之间滋生出日益走向严峻的摩擦、冲突。遗憾的是赵树理并未意识到冲突的严峻性。就这部作品而言,他坚持自己亲眼看到的已属于经验的"当时当地的土改全部过程"——而这种"坚持",在他并不是感到了冲突而对自己的一己之见的固守,而是他从事"革命文艺"实践以来审美理念的积累的结果。他多次谈过这样的认识:"在好多群众作品中,我见到两个共同的特点:第一,不论在内容上或形式上都是多样性的;第二,他们写出来的具体生活,有好多是我们的文艺工作者事先不易体会到的,看了他们的东西,使我感觉到自己接触的社会面太狭窄、肤浅。"这也是他在 1950 年敢于为《金锁》辩护的底气。赵树理把别人指责《金锁》的意见概括为"四点"——人物不真实,侮辱了劳动人民;下三烂话太多;结尾矫揉造作;模仿《阿 Q 正传》。面对这种种指责,他的"辩护"让人感到意味深长:"论者意见中,有一条是说这篇作品中的主角金锁是不真实的,是对劳动人民的侮辱。我以为这是不对的。我所以选登这篇作品,也正因为有关写农村的人,主观上热爱劳动人民,有时候就把一切农民都理想化了。有时与事实不符,所以才选一篇比较现实的作品作为参照。事实上破过产的农民,于扫地出门之后,其谋生之道普通有五种:'赚'、'乞'、'偷'、'抢'、'诈'。金锁不过是开始选了个'乞',然后转到'赚'。'有骨头'这话是多少有点社会地位的人才讲得起的,凡是靠磕头叫大爷吃饭的人都讲不起,但不能说他们都不是劳动人民。他们对付压迫者的方法差不多只有四种:'求饶'、'躲避'、'忍受'、'拼命'。有时选用,有时连用,金锁也不例外。""做农村工作的同志们,如果事先把农民都设想为解放军那样英雄好汉,碰上金锁这类人就无法理解,其实只要使他的生活有着落,又能在社会上出头露面,他并不是没骨头的,解放军中像金锁这一类出身的人也不少,经过教育之后,还不是和其他英雄一样的? 这篇作品中对金锁这个人物的处理,最大的缺陷是没有写出他进步的过程。"然而始料不及的是,这个"一点辩护"却惹来更大麻烦,一个多月之后赵树理不得不"再检讨"。有趣的是,赵树理已感到这不得不做的事情的"无聊",使用了暗寓讥嘲的口吻,表达了"对辩护的检讨":"一,好多人指出这篇小说'是对劳动人民的侮辱',我的辩护说'不是'。大家是对的,我是错误的。把恶霸地主和农民平列起来,一例地挑着眼用俏皮话骂下去,还能说不是侮辱劳动人民吗?""二,说'有些写农村的人……把一切农民都理想化了,所以才选一篇比较现实的作品来做个参照',也是错的。指导我做这样辩护的思想是自己有个熟悉农村的包袱。当时收到的稿件中,《……翻身记》就有好几篇,可惜都好像新闻,看不出农村的生活,看到《金锁》之后,觉着其中写到的事物有不少地方和我自己的观念中已有的事物都相差不多,因此就说它是'比较现实的作品',还要交给别人做个参照。仔细一想,别人真的如果参照了这个讥讽农民的风格来写东西,不是都讽刺起农民来了吗? 因为自己有了熟悉农村的包袱,在感情上总觉着千篇一律的概念化的作品讨厌,没有认识到,只有概念或千篇一律固然不好,但是写的人主观上诚诚恳恳的歌颂劳动人民,自己如果比人家多知道一点什么,应该把自己的意见提出来给人家作个参考,为什么要以为人家的作品'讨厌'呢? "至于"对辩护的保留与保留中的检讨"则依然用自己"熟悉农村"作盾牌:"我所担心的一个问题是作农村工作的人怎样对待破产后流入下层社会那一层人的问题。……我对这一层人的分析还认为没有大错。"以"反讽"方式表达自己,在赵树理一生中是非常少见的。可见他对日益激进化的革命现实主义"本质"叙事并不认同,而在他,不认同的最大支撑亦不外是对于"事实"和"经验"的执著与崇奉。

我们看到,赵树理从一次文代会至1955年的《三里湾》发表的五六年间,就小说创作而言只写过四部作品(三个短篇,一个长篇),但是各类发言、讲话、"序"、"感"等却多达三十余篇。这类文字除个别属于"应景"、"应需"之作以外,绝大部分可以视为赵树理对自我文艺理念的弘扬与辩护——令人惊奇的是,他在这些文字中,反复申述着他在日益体制化的语境中对现实主义内涵变迁的"异见"。从前述周扬关于"学习政策"的表述看,建国后文艺服务于政治的理念,不但更为合法,也已迅速成为作家必须遵循的创作原则。周扬在报告中尽管称赵树理为"解放区文艺的代表",然而这仅是因为在"反映农村斗争"方面,"使他的作品具有了高度的思想价值",这些价值来源于"他对农村的深刻了解,他了解农村的阶级关系,阶级斗争的复杂微妙,以及这些关系和斗争如何反映在干部身上"——这显然与建国后

"新的人民的文艺"的"革命化"即"革命现实主义"要求相比,明显落伍了。如何表现"政治",依然是时代需要解决的重要问题。周扬、陈荒煤等人为赵树理作品价值确立的"阐释模式",赵树理并不认同,上述有关《金锁》的"辩护"只是一例。这种日益强烈的"不认同"意念还频繁呈现于此间大量的"创作谈"等一类文字中。在谈到戏剧改革时他说:"以《逼上梁山》和《野猪林》来讲,我说《野猪林》要好一些,因为《逼上梁山》里边政治的话太多了。政治意义要加到艺术里边去,如果只有些政治口号,那就不妥。"对"文艺作品怎样反映美帝侵略的本质",他坦言"实感不多,不易写出这方面的东西来"。他对老舍剧本《方珍珠》的赞扬,是认为"这剧本给我的第一个印象是其中的任何构成部分都没有和其他的写翻身的作品重复,但又都是翻身过程中必然现象,竟无'出奇制胜'之嫌"。在为《工人文艺创作选集》(第一集)写序时,赞扬这些工人创作,"第一,主题单纯而明朗正确","第二,在形式上有创造性","第三,写到工人生活的细部,往往是别人写不出来的","第四,他们运用语言通俗,生动、准确、深刻,更是值得我们深刻学习的。他们不采用那些标语上学来的'伟大'、'热烈'、'光荣'、'幸福'等字样,可是他们都能用极普通的话把这些字样中的含义很生动地传达出来"。而那些"说教成分过重,不曾通过具体生活的作品,则一律不收。赵树理与《说说唱唱》杂志情缘很深,但也因此收获了许多无奈,两三年间大小的几次检讨,使他深感常常"自己搬石头砸了自己的脚面"。1952 年文艺界整风期间,他已初步认识到自己"糊涂的想法","不懂今日的文艺思想一定该由无产阶级领导"。"不是去宣传无产阶级在国家生活中的领导作用,而是故意把阶级面貌模糊起来,甚而迁就了非无产阶级的观点。""每逢有了重要的政治任务,就临时请人补空子,补不起来的时候,就选一些多少与该问题有点关系的来充数,简直有点和政治任务开玩笑。"

对于"近三年来没有多写东西"原因的寻找,赵树理的解释仍不出"经验范畴"。"我之不写作,客观的理由找一百个也有,可是都不算理由,真正的原因只有一个,就是脱离实际,脱离群众。""同志们对我所写的作品的观感是写旧人旧事较明朗,较细致,写新人新事较模糊较粗糙。"原因盖源自"在农民群众中所吸取到"的"养料"使然。具体而言"就在于我对原来的苦海熟悉而对起着变化的甜海还没有来得及像那样熟悉"。他期望"什么时候看到我的新作品中的新人物比旧人物更生动、具体了,那就是我有了新的进步了"。对杨朔的《三千里江山》,他评价说:"正文写工作是不能太多的,太多就没人看了。""我想杨朔同志在朝鲜只一年多,正面的场面见得也不会太多,大概有些是听来的,从别人那里听来的,就是再生动我也不敢正面描写。"我们看到,创作处于"贫困期"的赵树理,在建国初期固然有一些"困惑"和焦虑,但更多的是面对文化语境变化对自我艺术理念的顽强卫护,这一"卫护"在很多情况下是赵树理借助于"戏改"运动而得以公开宣扬。对这种状况的深入分析有助于我们澄清研究界对赵树理的一个误解,即认为建国后的赵树理仍然在坚持"问题小说"的写作。其实不然,如果说建国前"问题小说"是延安文学所需要的"现实主义",那么建国后,"问题小说"的艺术功能与格局已遭到普遍质疑。"社会主义现实主义"的原则化过程,使现实主义含义向更高的价值范畴提升。周扬在第二文代会的报告中给文学规范了一系列"新"的标准:"社会主义现实主义首先要求我们的作家去熟悉人民的新生活,表现人民中的先进人物,表现人民的新的思想和感情。"重提《讲话》所强调的"我们的文学必须首先写光明,写正面人物","当前文艺创作的最重要最中心的任务:表现新的人物和新的思想,同时反对人民的敌人,反对人民内部的一切落后的现象"。"文艺创作的最崇高的任务,恰恰是要表现完全新型的人物,这种人物必须是和旧社会所遗留的影响水火不相容的,恰恰是不仅只要表现我们人民的今天,而且要展望他们的明天","文艺作品所以需要创造正面的英雄人物,是为了以这种人物去做人民的榜样,以这种积极的、先进的力量和一切阻碍社会前进的反动的和落后的事物作斗争,不应该把表现正面人物和揭露反面现象两者割裂开来,但是必须表现任何落后现象都要为不可战胜的新的力量所克服"。1953年前后提出的如何描写"英雄人物"的问题,周扬也予以回应:"英雄人物的光辉灿烂的人格主要表现在对敌人及一切现象决不妥协,对人民无限忠诚的那种高尚的品质上。""现实主义者必须同时也是革命的理想主义者。"这一切对赵树理而言并非陌生,他在建国前一系列的创作,既生动地表现了这一模式,也是文学史对他的价值定位,但过去的新人物与现在所要求的"社会主义现实主义""革命的理想主义"的英雄人物,还是颇有距离的。"新"与"英雄"本应是两个不能混合的层次,周扬在这里,不仅把创造"英雄人物"作为"最崇高的任务",还就"落后"的"反面"的力量与"英雄之间"的关系也作了明确规定。时代所不断强调的"剧烈的斗争"和"复杂的矛盾"以及有机地把"艺术描写的真实性与具体性和以社会主义精神教育改造人民的任务相结合"等,已鲜明包含着对包括赵树理在内的"旧现实主义"的否定判断和超越意图。这正如研究者所指出的,进入当代之后,"现实主义"在急速的"经典化"过程中,"具有强烈政治功利性和革命倾向性的现实主义进一步从'旧现实主义'等中蝉蜕而出,为革命的政党、团体和社会阶层以及依附于它们的作家、批评家所推崇,在推进'革命'与现实主义的连接的同时,也推进了政治与文学的紧密连接"。在十七年当中,"现实主义经典化过程首先是一个不断选择、排斥的过程","又是一个政治和革命理念不断被放大、被泛化到文学批评理论中去的过程",从而在这一过程里形成"革命现实主义的话语构型",全面建构起在文学的一切内容和形式方面都可以有效发挥作用的规约机制。这种日益"纯粹化"的"革命现实主义"都不是固守着"朴素现实主义"的赵树理可以容易改变并且做到的——不过赵树理的努力早就开始了。纪念《讲话》10周年他自觉地表态之后,1952年早春就到了山西省平顺县川底村,一待就是七个多月。《三里湾》在1955年初的出版,是他在"新时代"最辉煌的一次亮相。平心而论,《三里湾》的结构和主题与周扬的要求是吻合的,但依然招来许多相当尖锐的批评。王中青的观点具有代表性①:一是"政策思想不够完整"。"虽然《三里湾》中已经比较充分地表现了初级社的优越性,由互助组发展到初级社的必然性,但并没有正面表明党对单干户的政策。这不能不说是一个比较大的不足之处。地主富农也是应该描写的……我们要求他写地主富农的活动,党对地主富农的政策与群众对地主富农的态度,是有充分理由的,因为这并不是一般的可有可无的细节,而是在两条道路的斗争中必然要涉及到的一个方面"。二是对"两条道路"这一"你死我活的斗争",《三里湾》的作者"却把它作为

---

① 王时任山西省副省长,是赵树理1925—1928年在长治省立第四师范学校读书时的同学。

一种先进与落后的斗争加以反映，是不妥当的"。把对范登高的"批评与斗争"，"像对待一个一般性质错误的党员，那就是大错特错了"。三是"这部作品对党如何领导群众，通过具体的斗争实践，思想上如何发生变化，发生了哪些变化等等，是写得不够的"。就人物而言，批评者为赵树理进行了一系列的修改设计——对于范登高，"如果作者能把范登高这个人物放在资本主义有形无形，直接间接的联系中展开，那么作者对这个人物的刻画，无疑将会更生动、更现实，范登高这个人物的典型性格将会更鲜明"。"关于'糊涂涂'一家人"，认为"作者对'糊涂涂'、'常有理'、'铁算盘'、'惹不起'这四个人物的塑造，都只集中于表现了他们的保守、封建，自私和落后的一面，而忽视了党的政策的影响"。"如果把马有翼处理成为政治比较进步，意识上却相当落后的典型，是更合理些。"对"王金生"这个作品中的"支部书记"，批评作者笔下的"王金生的政策界限不明确，政治修养不够"，"表现了思想上的右倾"，"缺乏坚定的原则性的斗争精神"。甚至指责赵树理还把王金生的"右倾"作为优点加以颂扬。

这是一种有代表性的批评，更是一种综合式的批评，并且随着1957年反右和1958年"浮夸"，《三里湾》被"冷静"地观察到的"问题"更多，也更严重。当批评者以日益激进的"革命现实主义"要求《三里湾》时，不仅赵树理"熟悉农村"的经验受到质疑，他所"努力赶上"的主观的努力也同时被轻视。《谈赵树理的〈三里湾〉》一文的作者自始至终坦然地以政治视角分析这部作品，并且以俯视的姿态"指点迷津"。的确，批评者对《三里湾》的种种不满与刻责，到《创业史》第一卷出版后确定得到了顺向圆满的回应。回头看看赵树理创作《三里湾》的过程，能鲜明地感到，他深入生活、介入生活的状态及思考问题和结构作品的酝酿角色人物的价值起点等，都没有走出"朴素"的现实主义视野。1955年年底，他相当平静地介绍了《三里湾》的创作过程，对王金生的定位是"高尚的品质，斗争的智慧和耐心细致的作风"，"能实事求是"的"好党员"；王万全、王玉生、王满喜等这些"正面人物"分别属于"创造性大的人"和"疾恶如仇的性格"，范灵芝属于有"科学文化知识"，"有青年人特有的朝气，很少有一般农民传统的缺点"的"新生力量"；而马多寿夫妇、马有余夫妇、范登高、马有翼等人，则是

"思想上都具有倾向发展资本主义"的"离心力"的人物。赵树理认为"目前的农村工作中,几乎没有一件事可以不和那一面(即私有制观念——引者注)作斗争"。"富农在农村中的坏作用,因为自己见到的不具体就根本没有提。"赵树理这种谦逊的表白,与他所钟情的"现实主义""朴素"的"真实"理念紧密相关。半年后他谈道:"有人批评我在《三里湾》里没写地主的捣乱,好像凡是写农村的作品都非写地主捣乱不可。"这里充分显示了他对日益激进的文艺风气的不满。周扬、邵荃麟要求农村小说创作向"阶级斗争"倾斜而必然产生的"剧烈的斗争性"——这些在此后出版的《山乡巨变》和《创业史》《艳阳天》等作品中都充分地实现了。我们在注意到《创业史》(第一部)与《三里湾》的评价差异时,明显感到赵树理从建国一开始就与"十七年"日益激进的"革命现实主义"主潮拉开了距离。如果说20世纪50年代前期他的回应是坦然地坚持已有的创作理念,那么"十七年"后期(1957年以后)他就只能以抗争和有意疏离的方式公开自己与时代的冲突了。

三

　　中国当代50年代后期社会政治文化语境的重大变化,对赵树理的影响是相当有意味的——这与赵树理早年形成的文学的对象范畴和关注方式有关。我们看到,任何社会变化只有在涉及农村或者农民利益的时候,才会引起赵树理的兴趣。不论在任何时候,他关心的并不是具体的"政策文本",而是这些政策在农村实施过程的实现效果。1951—1952年,他曾两次深入农村实际参与了"试办农业社"的改革过程。[①] 此间所写的《表明态度》、《三里湾》和《开渠》等作品,不但肯定了农业合作社的改革实验,也寄托了他"能促进人们改天换地的积极性"的衷心希望,对他自身而言,这无疑是"主动"创作的结果。赵树理对生活的积极介入姿态表现为对"未来现实"的肯定性,即使他在作品中表达了对主流意识形态的高度认同,也是理性自觉

---

① 1951年到晋东南,1952年到晋中平顺县川底村。

选择的结果。但此后的几年间,赵树理的思想便跌入不安、焦躁与波动之中。1956—1957 年,当他在晋东南看到"合作社迅速发挥出来的优越性"时,"对这次飞跃的发展是很兴奋的"。然而,他还是发现了"一个几年前社会已经出现的问题没有解决,那就是征购任务偏高,增产和增购不能按比例进行,结果丰产区多吃不了多少"。他说:"在这个问题上,我的思想是矛盾的——在县地两级因任务紧而发愁的时候,我站在国家方面。可是一见到增了产的地方仍吃不到更多的粮食,我又站在农民方面。"后来"因参观了高平、赵庄的大面积丰产田后","从现场看到了群众的积极性,所以对 1958 年报上登的产量信以为真,我以为口粮问题彻底解决了"。并且"在新事物鼓舞下","访问朝鲜时,看到了《人民日报》登载的阳城炼钢放卫星的消息,向朝鲜作家宣传了一番,并作诗把'千里马'和'大跃进'用文字交织起来歌颂了一番"。但"一接触实际,觉得与想象相差太远[①]"。"曾多次向有关领导提出建议"。他自己曾总结说,"公社化前后","我的思想和农村工作的步调不相适应正产生于此时"。赵树理这种"矛盾"困惑直到"三年自然灾害"结束的 1962 年才得到缓解。思想的困惑与矛盾在他此时的创作上反映得十分明显——对文学创作的兴趣正在日益弱化,在追赶"时代主潮"的跋涉里愈来愈显露出无奈与疲倦。一般不写"应征"之作的赵树理,"响应大跃进号召"创作了应征之作《灵泉洞》上篇(本来计划是上下两篇,而描写"现实农村变化"的下部,他却再也没有兴致写下去了)。"半自动"写的《锻炼锻炼》和《老定额》的预设主题"都是反对不靠政治而只靠过细的定额来刺激生产积极性的"。使赵树理始料不及的是,这种应时的主题却在接受中被滤掉了。"小腿疼"与"吃不饱"两个妇女形象与当代农民应当具备的形象特征之间的关系,引发了相当激烈的论争,以至于王西彦也愤怒地喊出了"要先来充当一名保卫《锻炼锻炼》的战士"的稀世之声! 赵树理自此时开始,面临着一种从未有过的"错位"局面——他的"预设主题"和这一主题呈现的特有方式,总是与作品接受过程的实际评价发生着"原则性"的冲突。赵树理晚年对 1958—1965 年这一阶段"写作行为"进行的"自动"、

---

① 1959 年,赵受省委委派,任阳城县委书记处书记。

"半自动"和"奉命"写作等三种类型的界划,不仅与他在这一时期思想上的频繁波动有关,也与他一直崇奉的"朴素"的现实主义信念紧密相连。对于"朴素的现实主义"的恪守,此时已经不是有关"艺术精神"的问题,而更多地体现了"他作为一个知识分子良知承诺的文化理性"和"为了弱势群体的利益"而"与'体制化'力量"展开的"顽强的对峙与抗争"。1958年发表的《锻炼锻炼》中,作家以"中间人物"的"转变"(实际是"压服")来体现政治功能的方式,不但是《三里湾》本质化叙事的继续,而且以批判"和事佬"暗寓了生产中"政治挂帅"重要性的潜在主题。但"问题"就出现在这种朴素的现实主义"表达方式"方面:他背离了日益激进化的革命现实主义同时对文学主题与这一主题表达方式的双重设定。具体而言就是"应该在解决大是大非的基础上再行解决小是小非"。即"解决社内存在的生产问题与农业的整风"不能"分割开来",这才是"真正反映现实的好文章"。《锻炼锻炼》显然属于"并不现实的所谓现实的作品"。革命现实主义张扬的是"积极的现实"的描写,而非"消极的现实"的展示——如何描写"消极的现实",取决于作家的立场是否"站在保卫社会主义社会的立场上"。支持赵树理的论者认为赵树理是站在这样的立场上的,"把生活里面的消极现象,确实写成消极现象,而且是前进中的新社会显示的消极现象,也就是正在被克服的消极现象,而不是把它写成好事,或不可克服的社会制度的产物"。显然,这种把"消极现象确实写成消极现象"的写法,正是忠于现实的朴素的现实主义的基本做法。其实今天来看,保卫《锻炼锻炼》的人们并没有看到赵树理在这部作品中预置的更为积极"主题"侧面——作者把故事设定在"整风"时期,并借助整风的大字报形式揭开故事,也是依靠"整风"的斗争氛围制服了"小腿疼"、"吃不饱"。无论如何,作者在矛盾的解决与政治强化之间已明确建构了一种因果式的逻辑关系。无论杨小四等人的管理智慧有着怎样"玩笑"性质,但毕竟干部们"智慧"的胜利是借助于强大的政治氛围得以实现的,杨小四等人"智慧"的非政治属性,使他和村长王聚海之间工作方法的比较,未能成为政治范畴的优劣比较,而被理解为"软弱"与"强硬"的差异。《老定额》这部作品也同样是在表达方式上出错,对主人公的教育和其转变并不是来自"加强政治",而是一次偶然的"雨前抢收"。这便是"问题"在"生活化"和"意识形态化"两种不同处理方式中呈现的两种不同结果。朴素的现实主义表现必然与革命现实主义对主题的处理方式相冲突。作品之所以被认为"缺点突出""甚至有""三大罪状",根本原因正如王西彦所说的那样,"赵树理不愧是描写农村生活的能手,他在这篇作品里,一点也不利用叫喊和说教,却运用他一贯的朴素的白描手法通过生活形象的描绘和情节的巧妙安排,揭露在农村前进的生活中所产生的矛盾"。"对于他这一类型的人,我觉得最好的办法是把事实提出来……"也正是赵树理自己所说的"我没有胆量在创作中更多加一点理想,我还是相信自己的眼睛"。《锻炼锻炼》的遭遇,应该说是对赵树理在创作上固有理念的又一次重创。

"描写农村中两条道路的斗争",既20世纪50年代末时代政治所规范的农村小说的叙事本质,也是赵树理早已认同的时代主题,并在他1959年以前的现实题材小说创作中一直体现为作品矛盾冲突和主题范畴的结构理念。[1] 但问题是,赵树理对农村现实中"两条道路"的具体内容却有着自己的理解。他认为,农村走社会主义道路的主要障碍是"中间人物传统的私有观念",而这一观念是与国家在发展中对农村缺乏照顾的做法相关——这里含有着对弱势农民"私有观念"的现实主义同情。比如他说,"关于农村中两条道路斗争的问题,这个问题是不好讲的。集体化、集体经济是基础,农民要依靠这个基础,解决自己的生活前途问题"。可是"集体对农民是能照顾了就照顾,照顾不了自己想办法。因此集体要尽量想办法帮助农民解决困难,不能不管。集体如果不管,就得个人想办法,这对巩固集体是非常不利的"。"每个人的前途、打算,不在集体就在个人,依靠个人,就要发生资本主义"。因此,"写人物,写那种既能照顾国家又能照顾集体、个人的人物,是最值得的"。就"十七年"历史发展看,"革命现实主义"所要求的"农村现实"描写,已鼓励着把"两条道路"和"阶级斗争"融合起来的更为本质的宏大叙事。《创业史》第一部发表之后在意识形态层面上所获得的高度评价就是明证。困惑的、执著于"眼睛中的现实"的赵树理是不可能接受的。他

---

[1]　赵树理在《谈谈花鼓戏〈三里湾〉》、《〈三里湾〉》写作前后等文章里多次提到。参见《赵树理全集》第四卷,北岳文艺出版社1990年版,第565、276页。

的政治迟钝性表现为,在毛泽东强调"千万不要忘记阶级斗争"的时候,他依然"认为农村的阶级矛盾仍以国家与集体的矛盾以及投机与'灭机'的两条道路的斗争为主"①。即使有所认识,也在实际参加"四清"运动中"因所见所闻尽是我不想再要的材料",而又一次陷入困惑。

为了摆脱这一持续多年的困惑,赵树理在1964年后半年"下了写英雄的决心",并于1965年春节之后举家"离京"返晋,大有孤注一掷的味道。回到山西后,几乎全身心投入到了戏剧《十里店》的"自动"创作中,"而且自以为重新体会到政治脉搏,接触到了重要主题"。不过我们仔细分析就发现,《十里店》有关两条道路斗争的"主题",依然是《三里湾》的延续。斗争复杂性的表现却沿用了《锻炼锻炼》的模式——村级领导的方向问题。支书有"和事佬"思想,大队长则奉行"经济挂帅",最后导致"坏人钻了空子",集体利益遭受损失。作品以从1964年到1965年连改五次都未获得各级领导满意的坎坷经历,使得赵树理实实在在地经历了愤怒—固守—妥协—绝望等各种情绪的反复冲击,他的创作热情几近绝灭。

其实,赵树理描写"当代英雄"的尝试,早在50年代末就开始了。不过,他采取了经过深思熟虑、相当"讨巧"的办法——他要写的是他认为值得写的"真正"的"千方百计认真做事"的"英雄"。这些"英雄",赵树理一律设定为老年人——而不再像建国前那样把热情的目光投向那些"新生事物"代表的"小字辈"身上。我认为这是一个绝大的变化!此间浸透着他对"危局"中朴素现实主义的顽强恪守。具体分析《套不住的手》、《实干家潘永福》、《杨老太爷》、《张来兴》、《卖烟叶》等作品的"写作状态"和赵树理在1959年至1966年间的"思想颓唐",是颇有意味的。一贯坚持"我是不写真人真事"主张的赵树理,此间的创作却多以"真人真事"为素材。《实干家潘永福》(1961),严格地说是一篇有关"真人"故事化传记。作者企图把自己对"当代英雄"的理解通过潘永福表达出来。这部"自动写"的作品,预设的主题是"提倡不务虚名,不怕艰苦,千方百计认真做事的精神"。作品侧重描写了潘永福在工作中追求"实利主义"的作风。

---

① 这一认识是在1962年党的八届十中全会—1964年"整风"期间。参见《回顾历史,认识自己》,《赵树理文集》第四卷,工人出版社1980年版,第1832页。

作者借此议论道:"其实经营生产最基本的就是为了实利,最要不得的作风是摆花样让人看而不顾实利,潘永福同志所着手经营过的与生产有关的事,没有一个关节不是从实利出发的。"《套不住的手》集中对陈秉正老人劳动品质的歌颂,也是在真人事迹的基础上稍稍加工而成的"纪实性"创作,坚持"有一点写一点"、绝不夸大的求实原则。赵树理在这一阶段里"修辞行为"的巨大转变则意味着他与时代所倡导的大行其道的审美的"权力修辞"风气在进行着痛苦而顽强的剥离与告别。笔者曾经在一篇论文中做过分析:

从1959年赵树理创作发表《老定额》开始,他在创作过程中的修辞行为发生了巨大变化,这显然与赵树理在1959年的"不寻常"遭遇有关(参见陈徒手《1959年冬天的赵树理》《人有病天知否——1949年后中国文坛纪实》,人民文学出版社2000年版)。时代权力对于"历史"、"现实"、"未来"的意义强化,在原有的基础上日益趋向乌托邦式的极端化。在此语境中,赵树理由原来的认同者逐步转为质疑者。"老"之与"历史"、"少"之与"现实"或"未来"的相互关系的恒定性被自觉打破。其在前期所惯常使用的修辞预设——诸如"历史"或"历史属性"的存在等同于"没落"、"不合时宜","少"(青年)则可在"新"的招牌掩护下为所欲为的观念等日趋淡出,并在作家的自觉反拨中显现出荒谬性。赵树理这种修辞行为的自觉调整,不仅意味着以人物为主体的作品结构的巨大变化,而且显示着赵树理依然与自我创作历史中那些以根深蒂固的"权力化修辞传统"所进行的大胆告别。在《老定额》、《套不住的手》、《实干家潘永福》、《杨老太爷》、《张来兴》、《卖烟叶》、《互作鉴定》等一系列作品组成的赵树理当代后期创作中,"老"与"少"各自在意义与价值的拥有上的位置完全被颠倒。如"已经是76岁的老人"陈秉正、"56岁"的潘永福、"75岁"的张来兴、旧社会就给人当过"长工"的县委王书记、"64岁"的李光华老师等,他们都代表着务实、肯干、认真、负责、乐于牺牲、道德完善并容易与集体相整合,体现出生活中"善"的一面。在作品的叙述中这些人从来就没有想过要改变自己的行为方式和处世原则,总是以"掌握着真理"的"少数人"精英姿态,以默默地"对抗"和胜利的最终获得者而赢得自身的价值。

赵树理在这一时期对"朴素的现实主义"的坚守,修辞上就表现为"陈旧的思想主题"和"真人真事的纪实"。这与后来的被郭沫若称颂为"不仅是解放以来,而且是延安文艺座谈会以来的一部最好的作品,是划时代的作品"——《欧阳海之歌》的"革命现实主义"风格,差距实在是太大了! 他在读完《欧阳海之歌》后,自感已经被新的"划时代"无情地遗弃:"这些新人新书给我的启发是我已经了解不了新人,再没有从事写作的资格了。"

能否写出代表时代特征的英雄人物,在 20 世纪 50 年代的激进岁月里,日益成为判断一个作家的最高标准。如果说 50 年代初《三里湾》中支部书记王金生、积极分子王玉梅等还算有着"英雄气"的人物,那么后来的创作就越来越远离了这个目标。《锻炼锻炼》遭到否定之后,"中间人物"也在他的笔下绝迹了。创作兴致的疲惫,导致了创作上的应付状态,他已有了深深的职业厌倦感。对农村长期观察形成的农村经验以及"自成一个体系"的表达方式,使得赵树理的朴素的现实主义"从未改变过我的原形"。研究界称之为"赵树理模式"的实际所指,我想就是上述朴素的现实主义,这种现实主义显然把"亲历""经验"视为最重要的因素,与"浪漫主义"无缘,也本能地拒斥革命现实主义本质化叙事中具有天然合法性的"虚化"的种种冲突。因此,赵树理进入"当代",他就面临着不断强化的对他的"修正"。早在 1950 年关于《邪不压正》的争论中,新时代就已经把赵树理创作置于"社会主义现实主义"范畴中加以审察。当论者把"创造新人物的英雄形象作为文艺界的主要任务提出来"与赵树理作品的价值可能性加以比较时,这个"社会主义现实主义创作原则的中心问题",对他同样是一个崭新的问题。批评者认为,赵树理的人物创造,"在作者创作思想上还仅仅是一种自在状态"。希望"像赵树理这样的作者,能够把创造新的英雄形象的任务,自觉地担负起来"。而赵树理并没有认真理会。《三里湾》里,他认为"农村不产生生产主义",主人公王金生的性格闪光点被定位于"对人对事都能实事求是加以分析研究,做出非常实际的具体对策"的实干家形象。作品两条道路斗争的主题是借中间人物"离心力"的最后消解得以完成的。《锻炼锻炼》依然描写的是这种"离心力",只不过多了一点"政治意识"而已。直到《十里店》,赵树理对农村现实的表现始终着眼于对这种"离心力"的克服与改造,激进时代对他的修正,表面看是一个赵树理自我超越的问题,而实际上则必然导致作家对自我历史的否定。

从"社会主义现实主义"到"革命的现实主义和革命的浪漫主义相结合",再到 20 世纪 60 年代初所谓对"修正主义文艺"的批判,"十七年文学"的"现实主义"内涵不断发生着变化。主流的强势话语始终没有放弃"政治视角",对现实主义所习惯的意识形态阐释和现实主义的意识形态定位,总体上标划出其内涵不断被纯化、不断走高的态势。现实主义作为艺术精神、创作方法和创作手法等三个层面的理论界划始终没有展开,同样在不断紧张的当代生活中也不可能得到澄清。就中国当代"十七年"文化语境而言,现实主义内涵若指向精神或理念范畴时,它在文学实践中是一个有关作家良知和主体倾向性的问题;而当它的内涵被置于创作方法范畴解释时,它显然指向"本质化叙事"的唯一性;至于作为"创作手法"的内涵指向,则更多地要在"普及和提高"的接受范畴中加以理解。因此如何理解现实主义的观念所指,赵树理与主流始终存在着差异,这些"差异"集中体现于赵树理 20 世纪 50 年代后期至 60 年代前期一系列的"创作谈"中。"现实生活"怎样,如何才能真正"看"到"真的"现实生活——赵树理认为,这与"深入生活"的方式紧密相关。可以说,赵树理在这方面有着许多极为独特的见解。"为了避免下去做客,我每到一个村子里,总要在生产机构中找点事做。""我常把我的做法叫做和群众'共事'。""要和群众在一块做事,自己就变成了群众生活中的一个成员,重要的情况,想不知道也不行。"他把自己的经验概述为"久"——由"久"才能达到"亲"(亲历)、"全"(摸透)、通(变化的原因)、约(深刻化)。"只要真心到生活中去,就能发现每个人都是具体的,千万不要在具体上加上概念","要里里外外去熟悉人,写人;要从人与人的关系中研究人,研究生活"。"必须做生活的主人,对生活真正关心,有感情,以主人公的态度对待生活中的一切。到了村里,娃娃哭了你要管,尿了也要管。这样才有真情实感,写出来的哭是真哭,笑是真笑。""在工作中认识很多人,我很喜欢和他们共事。共事多了就熟悉人了。工作时,不要专门注意如何写这个人,而是和他们认真地工作,共一回事,知一回心,日久天长,人物自然而然地在你的脑子里出现了,那时你想离开他们也离不开了。""不管什么事,都是人做的,摸透了人,也就看透了事。事情的演变有内因外因。人是主要因素,人是在发展的。我们深入生活,碰到落后人落后事,不必大惊小怪,碰到先进入先进事不必一见倾心,一听信以为真。还需多方了解。其实很先进很落后的人,常是少数,居于中游者,倒是多数。……各家有长有短,就是富裕中农家庭,也有辛勤刻苦简朴的好人。就是贫下中农家庭,也会产生好逸恶劳的蛮横子弟",等等。赵树理在这里强调"共事"、"做主人"、"长期性"以及"不要带任何框框"等,是一种相当独特的表达。他相比于那时代的有关文艺的"高头讲章"来,是真正把"现实生活"——"现实主义"具体实在化了。在赵树理这里,任何随时代被修饰的现实主义,都应当是"经验的"即客观性的,而不能是逻辑的主观的。我认为,这是赵树理朴素的现实主义的要害所在。

其实,十七年文学历史中的"革命现实主义",从一开始就警惕着三种现实主义"走向"的可能性——其一是屡遭批判的具有"批判现实主义风韵"的对现实"黑暗面"的描写,其二是以路翎式(也是陀思妥耶夫斯基式)的拷问灵魂主观扩张的景观,第三则是以赵树理代表的倾向于"客观主义"的朴素的现实主义。在这种比较中我们可以发现,赵树理的朴素的现实主义始终采取对生活描写的"底层视角",这一视角"不断创造着有关社会公正、民族寓言和中国历史特殊性的表述"。"民族的艺术形式反映的是社会多姿多彩的个体在民族认同下对自我的发现、表述和寻找"。这也许正是赵树理对农村现实绝不夸大的原因。他与现实主义的权威定义,早已处在不可通融的冲突之中了。

四

作为"十七年"现实主义文学的实践性文本——"干预生活"类创作,与赵树理"朴素"的现实主义文本加以比较,是一个学术界至今未曾涉及的课题。分析比较这两类文本的现实主义差异,显然是我们正确认识"十七年"现实主义文学复杂面貌的重要侧面。有研究者指出:1956年前后出现的"干预生活"的创作,实际上与1953年斯大林去世后苏联的"解冻文学"对我国文学的影响有着重大关系,尤其是在创作方面"对中国内地'干预生活'作品的出现起着重要作用"。从"干预生活"类创作的发展全程看，实际上1956年之前已有此类作品产生，到1956年便形成思潮。"作家更看中的是介入社会和政治生活的敏锐程度"，"社会普遍希望文学担负起批评和监督的作用"。"对政治功能的期待"，使这类创作显得"格外引人注目。""干预生活的小说以比较激进的视点与观念来表现生活"，使"日常生活尖锐化的创作倾向"，是它们共同的特征，显然是，这群年轻作家在激情和赤诚的双重簇拥中走向现实生活时，面对现实生活"庸凡性"的创作主体很容易产生"感伤"与"愤慨"。因为没有"自我创作"的历史羁绊，他们不可能拒绝已逐步确立的文学的本质化叙事，在认同这一本质化宏大叙事同时，认为当代的"革命现实主义"应当具有更高形态的"纯粹化"和"高尚境界"，或者"革命现实主义"激进性还应该展示另一维度的价值可能性——生活应当是或者应当有能力走向"阳光灿烂"。林震对刘世吾、韩常新的反感，与他们并不像自己（林震）一样纯洁、激进有关。作品表达的并不是对于社会的不满，而是把他们对于革命的想象视为理应兑现的"现实"。因为，在林震看来，"激进"应当是革命者永远的本色。

这同样表现在刘宾雁笔下的罗立正（《在桥梁的工地上》）、陈立栋们的"保守主义"与作为激进青年的刘宾雁对生活激情想象的差异方面。这种"差异"，我以为并不表现为"立场"或"世界观"的分歧，更多地表现为对生活期待高度的不同。正是在这里，并非原则差异的状态。却与具体的文学表现形式——"真实性"问题发生了冲突。当青年作家庄严地把文学创作视为自己介入生活的独特行为时，其行为的社会伦理责任便蕴涵其中。刘绍棠讲道："教条主义理论，只简单强调作品的生活性，而抹杀作品的艺术功能，漠视复杂色彩的生活真实，闭着眼睛质问作家'难道我们的生活是这样的吗？'机械地规定正面人物、反面人物以及在正面人物之上更高一层的理想人物；为了教育意义，写英雄人物不应该写缺点等等诸如此类的戒条与律规式的理论。这种教条主义的戒律，迫使作家不去忠实于生活的真实，而去忠实于要求生活和要求人物的概念，迫使作家忘记艺术的特性，而去完成像其他社会科学那样的教育任务。"这种文学理念或功能观的差异，同样会通过"真实"这一种中介返回到原来的出发地，即"忠于生活"的"真实"会必然与"本质真实"悖抗,导致意识形态意图被遮蔽,不可能完成"社会主义现实主义"用共产主义思想教育人民的重大任务。

同时,"干预生活"类创作对于社会生活"阴暗面"的集中描写,以及所形成的"典型环境"和生成于这一"典型环境"中的人物性格的"典型性",也会由于其不符合"典型化"理论的党性原则,而常常不被指认为"典型",这自然就使此类作品的描写失去了合法性。当时对《组织部新来的年轻人》指责说:"由于作者过分的'偏激',竟至漫不经心地以我们现实中某些落后现象,堆积成影响这些人物性格的典型环境,而歪曲了社会现实的本质。""用罗列现象的方法,来表现我们伟大现实生活的落后面,也同样不能取得'真实'的生命,不能为它的人物性格找到和现实环境的真正的有机关系。"姚文元则把它列入"修正主义文艺思潮"之列,认为"干预生活"的作品是"站在敌视社会主义立场上提出问题的"。他认为社会"阴暗面"必须从"阶级斗争"角度来理解。在他看来,社会主义现实生活的"阴暗面",根本上是来源于"一切敌视社会主义的阶级敌人的暗地下的破坏活动"和"资产阶级思想在某些人心中还严重地盘踞着"等方面。指责这是"歪曲",谈不上什么"生活的真实"。姚文元对《本报内部消息》《不是单靠面包》《一个离婚案件》《田野落霞》《在深夜里》《在悬崖上》《红豆》等作品的倾向性判断,反映了当时时代逻辑的"典型"论与忠于生活的"典型"理念之间的严重对峙。事实上,在主流要求以想象取代经验的时代,同样是本质化叙事,却有了反向的阐释结果。

赵树理在"十七年"的小说创作,有些地方虽然也有过上述作品所遭遇过的阐释悲剧,但差异性则是明显的。赵树理在抗战时期自觉强化文学的工具性,应该说是民族被侵略的现实和根据地区域政治双重意识型塑的结果,其创作的本质化倾向性更多地应当在"启蒙"语境中加以指认。作为一个生长于"乡村民间"又与传统文化有深刻关系的人,文学在传统社会中形成的社会伦理是赵树理的文学理念构筑的最初起点。"劝人论"与中国"五四"以来现代文学已矗立起来的强大的启蒙传统,正是他在功能范畴确认现实主义内涵的坚实的基础。他对乡村生活的经验累积以及对这份精神资源的分外宝贵,使他看待现实的眼光中总有着类乎天然的怀疑与探究性,"经验"和"底层视角"是他接纳一切外在的惯常姿态。如果说"干预生活"类的创作主体倾向于对生活实施"完美化"处理的话,那么赵树理则更关注各种想象的现实"实利"和其可能性。建国后,他在作品中对"阶级斗争"叙事功能的逃避,应该是有意为之。就"干预生活"类作品的实际情形而言,其"官僚主义""保守主义"的侵害对象并不具体,这也使此类作品的批判锋芒具有了多种危险的可能性。赵树理只是在农民利益受到过度伤害时才把他自己的知识分子良知挥洒出来,指向具体的有关农民这一弱势群体的衣食住行,这也成为他在作品中规划"中间人物"活动的基本范畴。"能不够"、"常有理"、"吃不饱""小腿疼"的"坏",显然是在公私近乎对立的语境中凸现的,因而,即使像她们苛刻丈夫、计算儿媳的行为,总是与她们在私人生活的历史中所经受过的"不适意"有关,很难激起人们的公共义愤。倒是像刘世吾、罗立正、陈立栋等,很容易以其特殊的"党员干部"身份从而使作品对生活描写的否定性意蕴指向政权的合法性——这是否正是"十七年"现实主义文学最大的"危险性"所在?!

我认为,与赵树理的"朴素"的现实主义景观相比较,"干预生活"类创作无疑是一种以"批判性"作表象的"完美性"的现实主义——内在地蕴涵着在更高层面上认同主流话语的浪漫主义因子。赵树理的"朴素的现实主义"的独特性,应该在本土与异域、现代与传统、阶级与世俗、激进与守成、底层与"庙堂"、"有机"知识分子与传统知识分子等多种范畴比较中,以及对"十七年文学"发展过程的复杂性的深入分析中加以确认。

赵树理小说创作"修辞行为"研究之一

就文学而言,它的"话语"指向总是被文学的"形象性"所规范。这既是文学话语的特殊性标志,又是我们从"修辞行为"角度阐释文学话语功能所必须顾及的关键所在。"话语与现实"的关系,在文学的状态里,并不总是以直接的"说明"或"镜子式"的反映而被确立,毋宁说它拒斥与疏远的恰恰是这种机械的对应方式。当我们有意把"文学话语"与"非文学话语"进行比较时会发现,"文学话语"在修辞上对"非文学话语"的影响,要远远大于后者对前者的影响。当一种话语的预设目标是"说服"或"使人信服"时,毫无疑问,目标从一开始就把话语的"施"与"受"的位置给定位了。值得我们注意的是,在这种定位里明显含有"权力意图"或"权力化"状态。"语言"被纳入"权力"自身运作程序之后的"话语"状态,不但迅速地远离了语言本身的中性立场,也稀释了语言的感染功能——在这种情况下,不论话语主体如何掩饰自己的目的与意图,也无法逃离其话语在展开过程中权力逻辑对它的制约。在新亚里士多德修辞主义者看来,修辞学的"新"、"旧"之别在于,前者强调话语主体的"认同性",无意识的认同亦包括在内;后者则表现为有意设计的 "规劝" 指向。① 照我的理解,造成这种差异的关节点是 "权力" 是否在场。正因为如此,通常过去在比较过程中所厘定出的 "文学话语" 比之于 "非文学话语" 而具有的模糊性、形象性、再生性及感性等特点,在新修辞学看来,都是无法涵盖文学话语特殊性本质的寻常识别结果。

不过,"形象性" 依然是我们对文学话语进行分析的关键所在。在我看来,修辞学视野中的 "形象性" 与一般意义上的现实主义体系里把 "形象性" 作为文学(话语)的目的,还是有很大差别的。我们更多地把它认定为是一种 "策略",也就是说,既然是一种 "策略",那么,一个文学文本的 "话语" 世界,应当有别的目的、或更高的超越性所指。显然,文学是离不开形象的,但正如人离不开吃饭一样,却不能说吃饭就是人存在或追求的目的。文学离不开形象性,我们对此既可以理解为这是文学的一种恒常策略或赖以生存的状态,也可以理解为文学话语在修辞上所擅长的方面。在这里,文学话语之所以远离 "准确性"、"无歧义性"、"单一性",而热衷于 "模糊性"、"歧义性"、"多面性",应当视为对自身领土的捍卫。

我们之所以选择赵树理小说创作的修辞行为来作为阐释对象,原因是简单的。不仅是长期以来人们对赵树理小说创作的意识形态属性已有了共识,可怕的是这种共识已通过文学教育系统的传授与流布而成为一代又一代后来者的常识。我们试图把人们从这种既成的 "规约" 里拉出来,从现代修辞学角度重新体认赵树理小说创作在风格形成过程中的复杂性以及应当大力彰显的在过去由于各种各样的原因而被重重遮蔽的许多独特性。当然了,就理论与对象的谐和性而言,赵树理的文学话语世界也确实能给我们提供许多方便:比如他对自己作品旨意连续而又肯定的自白与其作品实际存在状态动态性之间的反差、文学史命名过程中对他不断的 "更正" 与其作品在这一过程里所显示的巨大的 "再阐释可能性" 之间许多有意味的问题,以及 "权力" 与 "非权力" 对同一话语世界截然相反的价值认定等,这种情形,不仅

---

① 〔美〕肯尼斯·博克等:《当代西方修辞学:演讲与话语批评》,常昌富、顾宝桐译,中国社会科学出版社 1998 年版。

说明了赵树理的确是一位大家,而且从"赵树理接受史"① 中我们还能鲜明地看出,20世纪40年代至今中国文学的理论演化在面向世界时的"纳潮"状态。

一

　　我们拟从"干部"与"群众"这一组形象入手来展开讨论。

　　"干部""群众"作为赵树理小说作品中重要的修辞性角色与功能性因素,其在前后两个时期是很不相同的(在此我把建国作为前后期的分界点)。鉴于篇幅有限,我在这里只能讨论他解放前的小说创作。作为赵树理小说文本"文学话语世界"里主要角色的"干部""群众",其全部的修辞性,不只是仅仅表现在已完成的"文学话语世界"中。如果我们要考察这些角色在文本中的功能时,就必须涉及创作主体对角色在文本中的修辞预设、作用、目的等方面的先期考虑,也还包括赵树理在特定文化语境里是如何把"语境因素"转化为主体的修辞激情与动机的——其实,对于"文学话语世界"修辞状态的分析,并不是我们的真正目的。修辞状态形成的过程即主体全程参与的修辞创造才是研究的焦点与难点。当我们纵观赵树理一生创作时,一个了然的事实是,"干部""群众"及其二者之间的关系,不仅在人物方面是中心,而且已渗透到诸如作品冲突、结构、细节等多方面。为此我们不难认作是作家有意为之的一以贯之的行为。在这一"干群"范畴里,可供我们阐释的切入点是很多的。例如要着眼于主体方面,则有赵树理的立场姿态及其与时代意识形态的关系等;如从纯粹的"外部范畴"观察,时代权力语境在赵树理这里的反应表征状况、文本接受史对他的"话语世界"的影响等,这些都

------

　　①　赵树理及其作品在从20世纪40年代至90年代的"接受过程"中,经历了肯定(40年代)—否定(50年代末)—肯定(60年代早期)—否定("文革"时期)—肯定(80年代前期)—否定(80年代后期)—肯定(90年代)的起伏而又多变的复杂进程。当然,也有几个时期里同时存在着肯定与否定的"喧哗"状态。可参阅黄修己:《不平坦的路——赵树理研究之研究》,天津教育出版社1998年版;洪子诚:《中国当代文学史》,北京大学出版社2000年版;笔者:《20世纪"山药蛋派"研究的几个问题》,《人文杂志》1999年第5期(人大报刊复印资料《中国现当代文学研究》2000年第3期)。

将作为我们试图索取有关赵树理修辞行为独特性的不可或缺的组成部分。我们在阅读过程中所感到的"干群"范畴里"干群"位置的变化,不仅指那些已表呈为一种修辞性结果的状态,还有其变化所指向的"话语与现实关系"的微妙变化,更是强烈地表达了他在日趋紧张的语境中对修辞自主性的持守。

我们在这里所说的"干部",是指在中国共产党领导下的民主根据地区域里各级负责的工作人员。从特征上讲,他们都具有鲜明的体制化身份,并拥有相对大的权力实施空间。就赵树理解放前的小说创作而言,我们所要论述的"干部"人物群体大致包括以下各类人物:小二黑(村青抗委员)、金旺(村政委员)、兴旺(村武委会主任)、乡助理员、区长(《小二黑结婚》),老杨(县农会主席)、章工作员、张得贵(村农会主席)、陈小元(村武委会主任)、张启昌(村财政委员)、马凤鸣夫妇(村调解委员和妇女委员)、阎恒元父子(村民事委员和教育委员)等(《李有才板话》),农会主任小昌、村共产党支部书记元孩、高工作员、工作团组长、区长等(《邪不压正》),满土(村长)、小囤(政治主任)、满囤(农会主任)、小胖(村武委会主任)、小管(农会副主任)(《刘二和与王继圣》),李成(区干部)(《传家宝》)。

以上这些按照当时公选法规和程序走上领导岗位的各级各类"干部"们,从文本所设定的人物一般性格差异上可以分为三类:一类是像老杨、小保(《李有才板话》中经过斗争最后当选为村长)元孩、满土、小囤、小胖、小管、小二黑及乡助理员、工作团组长、区长等,这些人物除"区长"们或乡干部们多是在关键时刻才出现之外,其余的(尤其是村干部们)作者都以相当详尽的笔触描写了他们的"成长过程"和"政治姿态"。赵树理所赋予这些人物的质的规定性,不只是着眼于作为时代"新生力量"这一范畴,或仅仅通过其从"人下人"到"人上人"的转变,呈现当时"旧社会把人变成鬼、新社会把鬼变成人"的流行主题。依我看,作者更多的是瞩目于他们的"人格"力量和精神能动性——这些,从表面上看虽然只是一个人作为干部的必备要素,但实际上却暗寓着大多数群众之于干部的关系状态和这一关系状态在未来向什么方向发展的"可能性"等重要的问题,即是否可能获得群众持久信任的问题。也许正因为如此,赵树理在这些小说文本中并未有意强调或凸现"自我"视点,而是(我以为是有意的)把"话语与现实"的关联性始终置于一般百姓的视野里。文本"叙述"的"中性化"状态,使话语修辞很自然地导向一种与百姓意愿相和合的情景,从而有效地避免了时代或特定区域的意识形态概念化说教可能对文本完整性所带来的伤害危险。同样是"斗争范畴",赵树理作品中上述人物占有时代的胜利结局(往往以政权获取为主要标志)并不是靠什么计谋性的"智慧"赢得的,而是"民心向背"的结果。由此我想起中国古代小说,例如《三国演义》一类,刘备、关羽、张飞、诸葛亮等在文本叙述中所占有的修辞优势,是作者有意把他们当作正统文化或百姓意愿的代表来加以叙述的必然结果。因而,他们才总能够逢凶化吉、遇难呈祥,收获的权力总是与"正义"、"道义"始终相伴。我们的讨论也已看出,深谙中国文学传统精华的赵树理,在其小说创作的修辞处理上,无疑对此是有所继承的。

第二类"干部",是指像陈小元、马凤鸣、小昌、章工作员、高工作员等一类。对这些人物,在过去的阐释中已经有专门针对他们的"蜕化变质分子"和"官僚主义"一类的共识性命名。在一般意义范畴中,他们的性格发展和结局呈现常常被统驭于如下这样一种修辞语境里:出身贫苦但却无法始终坚守对这一身份进行体认的阶级意识,"干部"身份始终与纯个人"私欲"纠缠在一起,使其必然在政治——阶级一体化的时代关头作出非此即彼的选择:要么日益纯洁,要么堕落下去。尤其是像小昌、小元等,最后走入阿Q式"革命"似乎带有很大的普遍性。在文本中,虽然作者并未有意渲染其精神构成与"革命需要"之间的疏离状态和内在冲突性,也许这正是赵树理在修辞上的高明处——此类人物结局的代表性和普适性,不仅表达了赵树理鲜明的知识分子站位与立场 ①,而且并非无意地把他们那精神深处的欲望可能性看作是一种"农民"的自在状态,这就大大强化了赵树理的深刻与犀利。赵树理为他们在未来所设计的出路上——这一点在过去常常招致研究者的疵议——比如,总是让他们接受"批评""教育",并且拥有了政权的大多数群众也从未真正地"抛弃"他们,从而暗示着他们"回头"的多种可能性等。

---

① 可参阅笔者:《试论赵树理的"知识分子"意义》,《郑州大学学报》2001年第5期,人大报刊复印资料《中国现当代文学研究》2001年第12期。

赵树理为何没有真正地把他们彻底地打入"另类"呢？这种种情形也是我在面对赵树理创作时所常常苦思的问题。我们可以作这样的猜测：也许赵树理是出于对农民的天然亲近感，也许出于对特定时代里文学教育功能的有意强调等。不过今天在我看来，将之视为赵树理的一种特殊的修辞也许更容易说明白。正如《李有才板话》在最后对陈小元的错误根源所总结的那样："第一是穿衣吃饭跟人家恒元们学样，人家就用这些小利来拉拢自己，自己上了当还不知道。第二是不生产，不劳动，把劳动当成丢人事，忘了自己的本分。第三是借着一点小势力就来压迫旧日的患难朋友。"在文本中，虽然这些文字是以第三者陈述的方式表达出来的，但其中的"亲切感"是强烈的。既未在政治方面上纲上线，也没有表现出阶级式的情感厌恶，一如老杨最后的表态："一个人做了错，只要能真正改过，以后仍然是好人，我们仍然以好同志看他。从前的事情已经过去了，尽责备他也无益，我看往后不如好好帮助他改过……"在这里，"做了错"、"责备"、"改过"、"帮助"等一类词语，在此呈现出鲜明的修辞色彩。在这样的修辞文本中，赵树理有意无意地把陈小元"堕落"的主要原因归咎于"跟恒元们学样"，并且只限于"穿衣吃饭"的日常化范畴。这种修辞指向是明确的：陈小元的本质并不坏，生活小事可能带来不利于自身的大变化。只有保持劳动者身份或状态，才能不走歪路。显然，赵树理的"出路"之于陈小元，是首先注意到了他的本质属性和意识形态对此类人物的要求以及二者之间结合的可能。

第三类则是指"阎恒元们"。金旺、兴旺、阎恒元父子、张启昌、张得贵等都可归入这一类。其中除张得贵之外，作者把他们指认为阶级性符号的意图是明显的。同属于"恶"类，但"坏"的方面与程度却是差异有别。金旺、兴旺更接近于"恶霸"，在本质上与恶霸地主李如珍、小喜、小毛（《李家庄的变迁》）、小旦（《邪不压正》）等是基本相似的。赵树理在创作谈①里把他们界定为农村社区中的"流氓"，其与鲁迅笔下的"洋场恶少"、"瘪三"、"吃白相饭"等一类的城市"混混"可作比较观。在文本的话语世界里，赵树理

---

① 赵树理在多篇文章中谈到这类问题——《关于〈邪不压正〉》、《〈三里湾〉写作前后》、《停止假贫农团活动，不能打击贫雇》、《发动贫雇要靠民主》、《干部有错要老实》、《穷苦人要学当家》、《在大连"农村题材短篇小说创作座谈会"上的发言》等。

有意将他们"漫画化",意在挥洒情感上的极度厌恶。这一类人物,在本质上呈现为趋利性、贪婪性和无理性状态,只要有便宜可占便会放弃、蔑视一切约束和人伦法度。趋炎附势、欺软怕硬、为虎作伥是他们的基本行为特征,在他们身上集中了旧中国农村恶霸的全部特征。赵树理在处理这些人物时,除了以"漫画"方式强化其"恶"的单一性之外,特别注意把他们的行为实施过程与"在场"的政府工作人员的官僚主义和群众基于传统的畏惧心理并置在一起——这种修辞策略性的选择,显然是为了表明此类"问题"容易被解决的可能性和主观性因素。说白了,在赵树理的话语世界里,他们并不是最主要的敌人,一俟政策到位或群众觉悟,事情的解决就是很轻易的了。在这里,阎恒元可视为一个"异数"。在赵树理笔下他是被作为"智慧"对象来加以处理的。《李有才板话》中许多老谋深算细节的展示、得势与失势时一般人所缺乏的心理详情、走一步看三步的运筹策略以及善于利用局势或个别对象(如陈小元、张得贵、刘广聚等)进行幕后操纵的能力与"技巧"等等,既区别于"漫画式"的金旺,又与张得贵一类的"奴才"作为鲜明地区别了开来。在这里,展示"敌人"的"斗争智慧",其在修辞上的效果是很明显的:这种描写不但切近于生活的原在真实性,也使文本的"生活化冲突"得以厚实与复杂,而且为民主政权及所依靠的基本力量在改造世界中的大智大勇的充分展示,提供了亮相的舞台。我们还发现,赵树理在这样的修辞中还隐含着一个更大的所指企图,即革命过程中的敌我较量、赢或输的结局里含纳着更多的智慧的因素。这一重意指,显然超越了前面所说的中国传统中"得道多助、失道寡助"的一般性阐释,智慧的有无或多寡成为影响结局面貌的至关重要的因素。正义与智慧的叠加,为民主政权必然占有时代与未来展示了前所未有的逻辑感——我以为,这是我们过去所未曾瞭望到的空白。

　　在分析讨论中我们还感到,赵树理对干部群像的刻画,其重点是村政权的实际担当者。村政权构成成分的不纯以及对百姓利益的侵害,是他所焦虑的中心。写"敌方"智慧的丝丝入扣和对官僚主义的提示,使他的作品不仅在当时、即使在现在也依然具有"生活教科书"的作用。但这并不是坏事。文学作品在面向人生时对人生智慧的侧重,是文学发展日趋向未知的人的精神复杂性挺进的需要。他在修辞预设中已安排好的结局,因为有了"智慧"

的较量,便多了一种传世的魅力和被后世不断进行阐释的可能性。

在"干部群像"中,除了具有明显结构性因素作用的如章工作员、老杨等之外,那些"影子式"的或曰"跑龙套"的干部角色(如区长)也同样不可忽视。他们不只是在这一类干部的形象整体性上起着作用,而且有其"角色"的特殊性。看看他们极其相似的"出场"时机、方式和在结局现实中的作用,把他们的"角色"定位于人们在生活选择中的"仲裁者",应当是恰当的。不过,他们所"仲裁"的均是有关价值选择的"利害"与"是非"。"权力"对生活的"介入",并不表现在对个人日常行为的监控与导引,而是对所选择对象其未来可能性的明确判处。我以为,赵树理每每让他们在最后"出场",既不是为了"大团圆结局"的顺理成章,也不是为了显示"权力"对话语整体最后走向的定位,而更多的是一种"认同",即"权力"对"革命过程"的认同。就文本冲突的完整性而言,若没有他们,并不影响主题修辞目标的实现。这些角色在最后的"出场"与对所有人物行为的"指认",表明的是意识形态对"生活"的"认同"——也是对"问题"即发现问题的主体——赵树理独特性的认同。赵树理借此巧妙地稀释了"忠于生活"与具有超前性的意识形态在面对同一对象时所可能产生冲突的紧张性色彩。这是否是赵树理在创作中一直可以坦然自信的一个秘密呢?

"群众",是指那些在作者笔下有单独出场机会、并在人物群落中具有性格比较意义的一般百姓。就赵树理解放前的创作来看,作者在他们人生道路的选择过程中,设置了进步/落后、反抗/忍受等二元对立的修辞语境,以此使其作为对"干部群体"进行人格、代表性等方面进行最终判断的力量,并始终处于被同情的位置。以行为来展示他们内在的精神重负是作者有意为之的修辞策略。此类人物已可分为不同的几类:第一类如小芹(《小二黑结婚》)、小顺、小福、小旦(张得贵之子)、小明、小保、李有才(《李有才板话》)、铁锁、冷元、二妞(《李家庄的变迁》)、孟祥英、三喜(《小经理》)、小宝、软英(《邪不压正》)、二和、聚宝(《刘二和与王继圣》)等。作者在作品文本中设置这些人物,我以为并不可能仅仅从时代政治的功利性需求角度就可以完全得到索解。他们所担当的修辞任务,一方面指涉到民主区域政权建设初期对民众力量的期待和政权属性的未来代表性;另一方面,则通过对他们的精神状态的描写（比如对于历史循环合理性的大胆质疑,并在此基础上所生发的对现实的反抗及对未来美好的坚执与信仰等）,意在表现"敌我斗争"过程中"智慧较量"的戏剧性与不可调和性。至于他们与"老字辈"们在观念上的冲突,只不过是为了更加凸现他们在历史进程中的"另类"性质罢了。为此,这一类"小字辈"在面对"敌人"和"老字辈"时,这两种对象恰恰显示了赵树理为了使他们尽快成熟起来的一种修辞语境和策略。他们面对的"异己"力量越强大,考验就越严峻,所需要的毅力与智慧也就更多。尤其是当他们的行为与时代区域的政治需求相一致并在各个方面都能得到"权力"的支持后,不仅暗示了他们最终胜利的必然性,也同时获得了无可置疑的合法性。作品中,既写到了他们因年轻而带来的性格特点,如冲动、敢于挑战权威及好勇斗狠等,又特别细致地展示了他们根据不同对象所采用的创造性智慧和人格上的完美性。又由于他们的存在及属性价值,使其成为陈小元、小昌等"蜕变"的参照系与监控者,暗示了此类人进入政权后如何继续获取民众支持的行为方式和价值诉求。有一点需要特别指出,以往的赵树理研究历史中,当涉及此类人物性格饱满性判断时,人们常常给予了很多的保留——这一点在建国后的研究文献中表述得更加直接。[1] 如果从修辞范畴与意义来说,这些"保留"意见是大值得商榷的。人的复杂性往往是和"时空状态"联系在一起的,人的复杂性更多是属于历史。青年与历史并不是可以随时连接的两种属性。作者在文本中凸现他们大胆质疑历史的一面,既符合生活的真实,也是此类人物给创作主体提供的唯一可能的"想象性空间"。其实,在研究此类人物时,过多的强调其与意识形态话语的一致性、并在"小"、"老"两个群落之间作比较性判断,如果忽略了"时空状态"的介入,便可能是无意义的。突出他们叛逆的决绝、反抗的坚毅和智慧,应当说是任何时代的文学都难以回避的切入点与刻画方式。不同的只是,赵树理

---

① 一般的文学史描述,在涉及赵树理作品中"新人"与"旧人"的比较时,对各自进行肯定的范畴与价值标准是有意区分的。比如对于"新人"的肯定更多是在"五四"新文学历史的"历时"比较中凸现其"当家做主"的一面,而对"旧人"则以纯艺术的标准来加以肯定。到了20世纪60年代,这种认识就更加普泛化了——比如赵树理的许多同事、朋友在对他"为何要离京返晋"的原因进行解释时,大部都不约而同地采信了是"为了创作出更丰满的新时代英雄人物"这一说法。可参阅笔者:《赵树理为何要"离京""出走"》,《长城》2002年第5期。

这样做更有一种修辞策略的考虑,即使他们在整个文本结构中始终发挥主导作用。

"群众"的另一类,为了论述的方便,我们仍以"老字辈"予以指称(这里也包括与"老字辈"的精神状态相一致的部分青年形象)。二诸葛、三仙姑、老秦、老宋(《李家庄的变迁》中看庙的)、福顺昌杂货铺老板王宗福、陈修福、杨三奎(以上为《李家庄的变迁》中的人物)、孟祥英婆婆、丈夫梅妮、福贵(《福贵》)、杂货铺掌柜王忠(《小经理》)、王聚财夫妇、穷人老拐、安发夫妇(王聚财之连襟)、李成娘(《传家宝》)、刘老汉(《催粮差》)、老驴(李安生)、老刘(大和、二和之父)、老黄与鱼则(父子)、老张与铁则(父子)、李恒盛(小户人家但一心想高攀)、宿根(以上人物为《刘二和与王继圣》)、田寡妇、秋生(《田寡妇看瓜》)等,这一系列人物中,如从人物的鲜明性上说,二诸葛、三仙姑、老秦、老驴、王聚财、孟祥英婆婆、老刘等是佼佼者。除二诸葛、三仙姑两个人物作者是有意采用漫画式来突出其戏剧性色彩之外,其他人物的描写都是相当"生活化"的,即在"平静"状态下呈现他们的精神的内在。我们细读文本发现,与他们相冲突对立面更多的不是"敌方",而是"小字辈",这一点值得我们深思。这是否是赵树理为他们所特意设置的修辞语境呢?比如,面对小二黑被陷害的境况,二诸葛从未把怨恨的矛头指向金旺兄弟,而是自己的儿子。老刘对因反抗而被打的儿子二和,他的举动却是又一次"施暴"。老秦对儿子小福的"过激行为",从来都是斥责的。王聚财明知道地主刘锡元"逼婚"是仗势欺人,对女儿软英的坚决反抗,他的所有言谈都构成了对女儿行为的消解。"穿黑衣保黑主"的老宋、老驴,关键时刻总是以牺牲"天地良心"以求保住自己的奴才位置。这些行为恐怕不是仅仅归咎于历史便可被完满解释的。我感到,这反映了赵树理在对这些人物进行文本修辞化处理时的复杂心理。凸现其"奴才"属性,虽然在赵树理的修辞预设里是相当自觉的,但如何揭示其"奴才"行为外显的复杂性,正是创作主体不能不焦虑的问题。类似于鲁迅、茅盾等人那样,借"外在威权"使受压迫者日趋"奴性化"的方式,固然具有鲜明的社会启蒙效应,是文学在特定时期功利性外化的首选方式。但深谙中国农民习性及生存环境的赵树理,并未仅仅停留在"五四"启蒙文学传统所昭示的这一层面上。我们看到,赵树理在《小二黑结婚》之后的创作中,他所屡屡揭示的是农民对压迫其身的传统、现实毫无"质疑"能力的愚昧方面。他们从未对"现存秩序"的合法性有过任何怀疑,反倒常常怀疑的是自身(包括其力所能及的对象)之于现存秩序的不相谐和的一面。外在压迫的效果总是激起"老""少"的冲突——这种修辞机制里,为我们更深入地理解人物提供了多边可能性:面对压迫的退缩,并不是来自于对对象暂时强大的清醒认识,而是来自于长期以来把压迫关系自然化的认同态势。"家长"的身份,又使他们在行使伦理权力时自然地按照社会现存秩序状态与规范来加以实施。最后,"敌人"往往变成了自我,即自我意识到的那些"不安分"状态。这是相当深刻的悲剧!虽然他们也看到了为虎作伥者的罪恶行径,但又往往把这种"制度性劣根性"归结为某个个人道德的操守问题。如《邪不压正》中王聚财们对小旦、李家庄人面对小毛忏悔求饶时的心理、穷人老宋对铁锁的"昧良心"、老驴的"东家意识"等。赵树理有意把这一群人的"受压"与"施压"分别置于两种对象身上,其行为发生的必然性与行为、精神的整体性,恰恰在这一冲突中被揭示得惊心动魄。如果说赵树理仅仅只是想暴露这一群人的"落后性",他完全可以不这样做就可以轻易地达到目的。事实上,赵树理从一开始就把对象属性"文化化"了!他对其奴性属性的展示,其修辞指涉始终围绕着文化范畴,任何政治式的意识形态的阐释,都只能削弱或遮蔽其价值的多元性与厚重感。

我想着重指出的是,不论"干部"或"群众",赵树理在文本中呈现给我们的"分类"状态,决不是他的政治意念下的产物。当他把对象进行修辞化处理时,更多考虑的是人的复杂性与现实复杂性之间的对应关系,是"干部"、"群众"身份的认证过程。赵树理小说文本话语的生活化状态与他处理对象时的修辞的繁复性是紧密联系在一起的。从现代修辞学角度重读赵树理,我们能够不断发现过去许多"共识性"阐释结论的不足与偏颇之处。

赵树理小说创作"修辞行为"研究之二

　　赵树理称谓自己的小说文本为"问题"小说——这一被研究界认同的自我表述,其实在后来大量有关赵树理的实际研究中却被当作一种无须证伪的"认知范式"来加以使用,并被常常作为研究前提预置在对赵树理文学世界阐释之前。今天看来这是大有问题的——疑点之一是几乎很少有人于研究中涉及在赵树理的话语世界里他是用怎样的"同义概念"来界定"问题"的具体含义的;疑点之二是,它的"问题小说"有无"所指"与"能指"的夹缠情形。因为在我看来,"问题"——在赵树理话语世界里,意味着一种"叙事结构"的原则性,它不仅只是"内容"或主观性意愿的表达,而更可能地是在潜在层次里暗示着一种"形式感"或审美追求的境界——也许,它可能常常呈现为不清晰的模糊状态。这一情形,就使"问题"成为赵树理小说文本生成过程中有意坚持的"修辞恒定性"。它既决定了文本的修辞情景、又必然制约着主体的修辞行为、修辞预期和话语展开方式及话语意义的指涉范围与目标。这显然就需要对赵树理所称谓的"问题"进行具体规束:首先我们看到,"问题"在赵树理这里是"非想象性"的,即"问题"不是"可能性"产物。"我在做群众工作的过程中,遇到了非解决不可而又不是轻易能解决了的问题,往往就变成了所要写的主题。"① 如果用"主题"来诠释"问题",就赵树理所处的话语环境和他对艺术功利性的惯常理解(劝人说)来看,其含义不仅是具体的、明确的,而且其对象所指与时间界划(即时代性)也是非常明晰的——这一点符合赵树理一些小说文本的存在实际。不过,我们要注意的是,被感觉到的生活实际中的"问题"成为小说文本的"主题",其"演变"是必然的。我们要问的是,"问题"(非想象性)的外延内涵是否恰好就与"主题"(想象性)的外延内涵完全一致?比如《李有才板话》中,按赵树理的说法其所要反映的"问题"是"有些很热心的青年同事,不了解农村中的实际情况,为表面上的工作成绩所迷惑",即"阎家山"到底"模范不模范"的"问题"。但在实际文本中,除了这一"问题"之外,还有武委会主任陈小元蜕化变质的"问题"、农村基层政权建构过程与机制的"问题"、"老秦"们的"落后""畏惧"的原因及危害的"问题"以及农民们如何有效地与反动势力进行斗争的"问题"等,仅仅如此,其"问题"就已经大大超越了"主题"的所限之界。"问题"的产生之与作者的感觉,是"非想象性"的,但进入小说文本之后,构成"主题"的"问题"却大大溢出了感觉,即具备了想象性成分。这是值得我们注意的。其二,就"问题"而言,其本质上是属于"可能性"范畴。"问题"是矛盾普遍的、共性的存在状态,作为化为"主题"的"问题",在赵树理这里并非只是提出来即可——如"五四""问题小说"那样,而是要加以"解决",所以,"解决问题"才是赵树理小说主题的真正指向。矛盾的可能性是无确指的,而"解决问题"的可能性只能服从一种"权力叙述"——"问题"的修辞原则性在此就体现出来了,且不说赵树理的小说中"问题"的"解决"总是依靠"权力"的 ②。不过,就赵树理小说文本的"叙述"而言,"问题"作为一种修辞,最后总指向对一种外在于自我的"权力"的膜拜与认同。在此情形下,"问题"的"可能性"就容易被单一化,可能会被"解决"所规约的主题指向所消解。"问题解决"的主题倾向,必然导向对主流意识形态权力意志的倚重。"问题"的修辞性,在其多种

---

① 《赵树理全集》第一卷第 185、186 页、第二卷第 424 页,北岳文艺出版社 1990 年版。

② 参见秦和:《论赵树理作品中关于"问题"解决的描写》,《纪念赵树理诞辰 90 周年暨学术讨论会》论文。

"可能性"被淘汰出局的过程里,以最后的结果呈现为"叙述原则"或"修辞原则"。

"问题"生发的"现实性",虽然在一开始排斥"想象性"与"可能性",但在被"主题"置换和被主体创造的小说文本加以重新"叙述"时,却又显示了"现实性"与"文本性"的差距。在这一差距里,"问题"的"可能性"又有着被复活的机遇——这正是我们进入赵树理小说文本"修辞世界"的入口处。就赵树理的小说文本而言,其更能体现出 20 世纪西方新修辞学理论所指出的"话语即修辞"的境况。在主题鲜明、功利明确的小说文本中,修辞担当着结构因素配置、情节生发转折策划、动机与目的实现对位的设计师角色。即"修辞"不是被策略化,而是限制性的不可排异的存在,因而扮演着"本体性"的角色。

我们以赵树理建国前的小说创作为例,来加以讨论说明。

一

赵树理在《回忆历史、认识自己》一文中,曾就自己解放前的小说及戏剧创作进行了一番冷静、认真的回顾。他是从创作动机角度着眼的,以我看也就是他后来所常说的"问题"或"主题"。"《李有才板话》,是配合减租斗争的。"(关于这篇小说的"问题性",他在《也算经验》中已谈到,并在以后的几篇文章中屡屡涉及,主要是想提倡"老杨式"的工作方法。)"《李家庄的变迁》,是揭露旧社会地主集团对贫下中农种种剥削压迫的,是为了动员人民参加上党战役的。"《催粮差》是挖掘旧日衙门的狗腿子卑劣品质的。那时 1946 年,我到阳城去,见到好多那一类人,到处钻营觅缝找事干。恐我们有些新同志认不清楚,所以挖了一下。"《福贵》,也是在阳城写的,那时,我们有些基层干部,尚有些残存的封建观念,对一些过去极端贫穷、做过一些被地主阶级认为是下等事的人(如送过死孩子、当过吹鼓手、抬过轿等),不但不尊重,而且有点怕玷污了自己的身份,所以写了这一篇,以打通思想。"《地板》,这篇是在涉县写的。时间也可能在这两篇之前。那时我们正在进行反奸、反霸、减租、退租运动,和地主进行说理斗争。在一次讨论会上,某地主说他收的租是拿地板(即土地面积)换的。当时在场的佃户们对劳动产生价值的道理是刚学来的,虽然也说出没有我们的劳力,地板什么东西也不会产生,可是当地主又问出'没有我们的土地,你的劳力能从空中产出粮食吗?'便迟迟回答不出。……散会后,仍有一些群众窃窃私议,以为地主拿出土地来,出租也不能是剥削。为了纠正旧制度给人造成的各种错误观念,我才写了一篇很短的小说。故事是借一个因灾荒饿死佃户而破了产的地主之口,来说明土地不能产生东西的道理。""《孟祥英翻身》,这是一篇劳模传记,写于1943年,在前三篇之前,内容是一个童养媳解放后翻身的故事。""《庞如林》,这篇也是那时候写的,内容是写一个生产、战斗双带头的英雄,文体是鼓词。""《两个世界》,这是一个话剧本。写国民党庞炳勋部队在陵川的血腥统治的。""《刘二和与王继圣》,是连载于《新大众》小报上的一篇写抗战开始前后地主与农民对抗斗争的,只写了抗战前的部分,可以独立存在。""《邪不压正》。写土改后期(平分土地)一个流氓乘机窃取权力后被整顿的故事。在老区土改总过程中(包括反奸、反霸、减租、减息历次复查直至平分土地),不少地方每次运动开始,常有贫下中农尚未动步之前,而流氓无产者捷足先登、抓取便宜的现象。这篇是1948年太行新华书店与晋察冀新华书店合并时在平山写的,就是为了提出这一问题,使结束土改时不上他们的当。"

从1943—1949年,赵树理共创作小说13篇,大约平均每年两篇。除上述作品之外,赵树理未提及的还有《来来往往》(1944)、《小经理》(1947)、《传家宝》、《田寡妇看瓜》(1949)等四篇。还有未提到的剧本《两个世界》、《庞如林》(鼓词)(1942),1949年还写了剧本《双转意》,1945年创作了《好消息》、《秦富贵放牛》,1946年的《巩固和平》。另有曲艺剧本《闹元宵》、《告反动派》、《汉奸阎锡山》、《缴械》、《为啥要组贫农团》、《考神婆》等6部作品。

《回忆历史、认识自己》是赵树理"文革"初期以"检讨"形式写成的"回忆录",提到的作品,作者称是"据记忆所及"。然而,这还是足以引起我们研究的兴趣。其一,为何只提到9篇小说、两个剧本?而且对有的作品的"动机"回忆的相当详细,其他则不提及。其二是赵树理惯常所自谓的"问题"概念为何竟不出现？不但借"故事"一词概括,而且他对作品内容的复述几乎全是每一部小说的"主题"提要。

如何看待以这9篇小说、两个剧本为主体的"这一阶段的特点",赵树理概括说"1.读了毛主席《在延安文艺座谈会上的讲话》,明确了直接为工农兵服务,在普及基础上求提高等;2.内容上增加了针对群众思想进行教育的比重;3.形式、结构、语言文字上仍保持力求群众便于接受的民间风格。缺点是,1.对毛主席讲话接受有片面性,忽略了'歌颂光明'的最重要的一面;2.过分强调了针对一时一地的问题,忽略了塑造正面人物。"赵树理对自我作品的"特点"陈述,有三点值得我们注意:一是他给我们讲清楚了《讲话》是他对自己的创作价值进行反思、取舍、重估的理论基点。二是对"教育"作用的有意突出和"民间风格"的坚持。三是承认了过去的作品里对"历史叙述"的有意侧重（即揭露）。在这里,赵树理"有意提及的"和"有意不提及的"作品,可以明显的被看作为两类:"问题"—"解决问题"—"主题化修辞"为一类,侧重于对"现实世界"矛盾性的提示、解答与分析,是一种依附于某种权利（在作品中以解决问题的方式体现出来）的话语方式,其角色身份为"干部";另一类则是以"现象"—"展示现象矛盾性"—"非主题修辞"为主,侧重于对人物事件"历史性"关联和人性方面的叙述,呈现了赵树理创作的"自我状态",其角色身份的"文化人"与知识分子视角,使其创作的"话语形式"为"启蒙"所统辖,"主题"并非依托"权力"所生成。

《小二黑结婚》、《李有才板话》、《李家庄的变迁》、《地板》、《邪不压正》、《两个世界》、《庞如林》等作品,其"动机",不但为鲜明的"主题"所净化,而且规约了修辞,甚至可以说,动机等于修辞。按照博克的新修辞学理论来说,修辞研究的指涉重点是"话语与现实"的关系。"话语"（修辞）不再是过去亚里士多德时代所界定的那样,只是永远被主体随意驱使并甘愿"服务"于主体的"工具",而是借助于象征、想象性来重构现实,即修辞给我们规定了创造知识、真理、现实或可能的唯一性。在赵树理这里,"动机""目的"统一为"主题",而"主题"又与"现实"的权力作用及关系状态密切相关。"革命者"的身份及主体在特殊时期里对创作"革命化功利"的体认,使得赵树理解放前的创作文本在修辞上体现为修辞与主题的一统化,即"主题化修辞"。这一修辞性,在文本形成之始就被预置为原则,并调度、制约着行动、情景、任务、手段、目的等修辞因素的各个方面,共同完成着一个个"主题事件"。

比如《小二黑结婚》(赵树理《回忆历史、认识自己》一文中首先提到,但未做评论),其对"真实"的"悲剧故事"的"喜剧化"改写,这里就有一个"修辞行为"的定位问题。这篇小说作为赵树理的代表性文本,在一般文学史的论述中都不曾鲜明地提示其"问题性",而更多的只是从"塑造新人"的角度加以阐释。其实赵树理是把《小二黑结婚》当作"问题"之作予以对待的。他肯定的告诉我们:"我在作群众工作的过程中,遇到了非解决不可而又不是轻易能解决了的问题,往往就变成了所要写的主题。这在我写的几个小册子中,除了《孟祥英翻身》《庞如林》两个劳动英勋的报道之外,还没有例外。"①研究界对《小二黑结婚》所公认的主题是:"根据地一对男女青年小二黑和小芹,为了争取婚姻自主而同封建传统、恶霸势力做斗争。"②小说的描写"揭示了旧中国乡村的封建性、原始性和中世纪式的落后性"。"是在反省旧中国农村平民百姓的传统婚姻模式基础上,进而展示了新一代儿女对婚姻家庭幸福的追求。""展示了民主区域新老两代的意识变迁。""透过新一代儿女对爱情和幸福的自觉追求,……剥视了农村中家庭势力、习俗文化势力和政权势力的封建残余的相互错综。"③如果我们简而括之,流行的关于《小二黑结婚》的主题接受,无非就是"反封建"而已。有人甚至认为,赵树理的小说就是"农村政治问题小说"④。种种情况使我们看到,"主题"在接受、阐释过程中的单一化,实际上遮蔽掉了这部小说的"多边""问题性"。就《小二黑结婚》文本的实际情形而论,既有爱情婚姻问题、迷信问题,也有家长制的问题、道德与私欲问题和农村基层政权不纯等问题。这些"问题"虽然从广义上都可以以各种方式与"封建性"并置,

---

①　《赵树理全集》第一卷第 185—186、第二卷第 424 页,北岳文艺出版社 1990 年版。

②　郭志刚等:《中国现代文学史》下册,高等教育出版社 1993 年版,第 251 页。

③　杨义:《中国现代小说史》第三卷,人民文学出版社 1993 年版,第 537—538 页。

④　同上。

但"封建性"却不是造成上述"问题"的唯一根源。比如金旺、兴旺兄弟的"私欲"并不仅仅只是可以借"封建性"解释了的——反而他们恰恰正是通过"反封建"（童养媳）而使自己的"私欲"得以"合法化"。"捉奸"的合法性前提也是以维护"道德"的面目出现的（直至今天，非婚性行为也是不被提倡的）。《小二黑结婚》作为一个"问题文本"与其在接受过程中的"修辞主题化"之间存在着许多有待进一步解释的疑难。《小二黑结婚》最初名为《神仙世界》，作者当初的打算是写反动会道门的罪恶，主题自然应当是揭露批判旧社会民间帮会的反动性。就在此篇小说创作的同时，赵树理还写了三个剧本，其中有一个剧本的名称也叫《神仙世界》（《神仙家族》《神仙之家》）。剧本《神仙世界》用了《小二黑结婚》小说故事的一半。它的戏曲剧本《万象楼》又用去了《神仙世界》的大部分内容。从《神仙世界》到《小二黑结婚》，除去其故事被其他文本使用了之外，还把单一的"反迷信"转换并扩大为"反封建"主题。当然，对赵树理修辞行为产生影响的具体因素是很复杂的。有研究者在分析赵树理何以能在 1943 年写出《小二黑结婚》时指出："一是离不开 1939 年—1942 年这三年的编辑生涯，而这期间1942 年 10 月出现的黎城县离卦道反革命叛乱、次年 1 月举行的太行文化人座谈会、同年秋他被杨献珍调往中共北方局调研室工作以及（边区政府早深入，特别是对狡猾的地主发现不够，章工作员式的多，老杨式的人少，应该提倡老杨式的做法，于是我就写了这篇小说。这篇小说有敌我矛盾，也有人民内部矛盾。"有从主题方面说的："《李有才板话》是配合减租斗争的，阶级阵营尚分明，正面主角尚有。不过在描写中不像被主角所讽刺的那些反面人物具体。"①

　　大致看去，这些种种"表述"，似乎都可以在《李有才板话》文本内容里找到对应点。但上述这几种"表述"的整合，却也并非就是《李有才板话》内容或主题的全部。从根本上说，本小说的创作动机主要来源于作为"干部"的赵树理发现了减租减息运动中存在"问题"——而"问题"到底是"什么"、到底是由何原因所造成，单从作品看，赵树理并没有给我们以明

---

① 《赵树理文集》第四卷，工人出版社 1980 年版，第 1827 页。

确的答案。章工作员的"轻信"、"幼稚"甚至夸张点说他的"官僚主义"工作作风等,只能是造成"问题"的一种原因。从作品的叙述看,"章工作员——老杨"的视角与"板话"的视角,形成了一明一暗的双重视角。不过值得我们注意的是,后者即"板话"视角所观照的还包括前者视角的过程与行为结果。由于有前一视角,"阎恒元们"的行为才能得以完成;因为后一视角的存在,才使"阎恒元们"的活动与"章工作员——老杨"的关系,构成一种互生互克的关系。"板话"视角作为明线,直接起着点示矛盾的作用。仔细深入分析,《李有才板话》中的"问题",可归结为"基层政权建构与存在形态"的问题。"减租减息"动机与目的的展开、完成,与此"事件"的政权归属直接形成依赖关系。章工作员与老杨的差异,只是表现在如何面对"阎家山"的现有政权。前者肯定,后者否定。以"否定"取代"肯定",方才完成了主题。分析至此,我们就可以明白:《李有才板话》的隐含读者是明确指向当时的"工作员们"的,作者的修辞行为由此而确定。

作品有意把对"模范村"的真假评价设定为修辞情景,并把判定"真假"的权力从一开始就交给了农村文化人、阎家山受苦群众的精神领袖李有才及其麾下的"小字辈"(以体现权力的阶级性)。"真假"成为矛盾的焦点,并担当着推动事件演化的结构性作用。"真假"的象征性人物章工作员与老杨的相继出场,形成不同修辞手段的对比。作品中对老杨衣着、做派的特意描写,已暗示出作为"官"的老杨与阎家山"小字辈"在身份、权力拥有上的一致性。老杨的"否定"之举,不但发挥着显示"真假"结局的作用,也成为对章工作员的"官僚主义"进行定性、对"穷""富"对峙矛盾的胜输判别、对老秦等老一代农民转变的可能性及处理蜕化变质的陈小元等"问题",提供了一揽子解决的"修辞空间",最后的"斗争大胜利",就是必然的了。《李有才板话》的修辞策略,体现为对"章工作员"式的人们的"劝"——其作品的思想主题含义在深层次里被拓展为:只有紧紧依靠贫下中农,才能避免工作的失误,才能取得各种斗争的彻底胜利。也许正是如此,《李有才板话》(还有《地板》)才被列为各解放区开展乡村工作的干部们的学习材料。赵树理在这部作品中所预设的修辞行为,在读者与意识形态的双重视野里都得到了充分的回应。

对《李有才板话》的有关"官僚主义"的揭示,很多人认为这表现了赵树理创作的艺术胆识或当时别的作家难以企及的现实主义深度,连周扬在几十年之后的文章中,也为当时(延安时期)未能阐释赵树理小说创作中的这一部分意蕴而感到惭愧①。但是,我以为其更有价值的是体现了赵树理在当时相当自觉的一种修辞策略的选择。主体的"务实"天性(这一点与赵树理经常生活在农民之中大有关系)与当时要求文艺必须服务于现实革命的功利号召,驱使并制约着他在"修辞策略"的选择上必然倾向于真实的、实用的"生活化"状态。在赵树理这里,"想象性"不是体现为对生活经验里"事件全程"的重新编码,而是更多地瞩目于"俗人"欲望的理想化可能,即结局完满性的期待视野。由此看来,"想象性"因素在赵树理文学创作的修辞行为中是次要的。以《李有才板话》而言,"官僚主义"只是在"真假""模范村"显示过程中的一个副产品,因此,并不影响整体修辞预设对"权力"(主流意识形态)的皈依朝向。所以,赵树理的看似危险的"深刻",并没有被政治敏感者读出"偏颇"。无论如何,赵树理的"话语",始终自在地"活"在权力所制约的一种隐形结构里。

《孟祥英翻身》、《催粮差》、《福贵》、《刘二和与王继圣》等属于另一类修辞。以《孟祥英翻身》为例,作者将其文本明确命名为"特写",作品在 1945 年 3 月初版时,标题后还标明是"现实故事"。这似乎说明赵树理在对其进行"文类"归属时的困惑。作者在"小序"里提示,这篇作品应当叫做"生产渡荒英雄孟祥英传",但因为"得到的材料,不是孟祥英怎样生产渡荒,而是孟祥英怎样从旧势力压迫下解放出来",所谓的"翻身"之一,就是"一个人怎样从不英雄变成英雄"。人们长期以来一直把这篇描写真人的"特写"(或曰报告文学)视为"小说",似乎与赵树理在"小序"中的提示有关,更与作者对"孟祥英"的文本化处理有关——显然,在实际操作中,赵树理是有意要把"孟祥英"当作小说人物来处理。"翻身"的过程,应当说是"虚构"大于"写实"。1979 年,孟祥英在接受研究者采访时,详细回忆了三十几年前赵树理采访她时的情景。她说:"大会(指 1944 年 11 月太行

①　高捷编:《回忆赵树理》,山西人民出版社 1985 年版,第 196、156 页。

区杀敌劳动群英会)在黎城县南为泉举行。会上,老赵找我谈过两次话,像唠家常一样。我把自己怎样组织全村妇女和带动邻村妇女进行生产渡荒活动的情况谈的很细,他默默的听着,似乎不太感兴趣。他反复打听的倒是我怎样受婆婆气、挨丈夫打,又怎样不屈服、闹翻身等方面的详情。我像个受屈的女学生遇到了亲人,向他倾吐了全部苦水。"[①] 根据采访者的纪录我们知道,赵树理所写的"孟祥英翻身"的大致情节与人物作为,和孟祥英本人的情况是基本相合的。但明显的是,赵树理对孟祥英感兴趣的不是其成为"英雄"之后的"公共活动"及其"豪言壮语",而是其"私人空间"里的"家庭斗争"。作者有意淡化现实人物"孟祥英"的政治代表性,而有意赋予她类似于"五四"女性的启蒙价值,即作者要重新安排对"孟祥英"的叙述,也就是"修辞"。与作为现实劳动模范的孟祥英相比,小说文本中的孟祥英的价值体现为如何成功地摆脱家庭压迫与束缚。"不英雄怎样变成英雄",不只是作品的主题所在,也是其结构的配置状态。如此一来,《孟祥英翻身》的修辞场景,就被赵树理由一般人了解的"社会"转换到了"家庭",主人公之外的人物,不再是为了陪衬"英雄"的同类,而是伦理关系中的婆婆与丈夫;事件及矛盾不再是人与自然灾害或战争的对抗,而是生活化的冲突。解决矛盾冲突的方式,作者遵循"现实故事"样态,以"斗争"作为手段,目的也不是指向"英雄",而是调整为妇女自身的全部解放。如果说"问题",《孟祥英翻身》只能勉强归入"妇女解放"一类——这显然是与赵树理所自述的"遇到""碰到"一类的"直接性""问题"是有距离的。因而,这篇作品的主题也是相当模糊的。如果我们把之与《传家宝》做一比较,此点就更加清楚。细究作品,"翻身"的艰难性是其主要的表现内容,而艰难性又与婆婆、丈夫的压迫直接相关。如此赵树理在实际叙述中,婆婆、丈夫对孟祥英"翻身"欲望千方百计的遏制就成了内容主体。婆婆、丈夫之于暴露批判的对象化,就使作品人物呈现出与现实的象征关系,拓开了因"真人"限制而难以确立的"修辞空间"。人物走入属于"小说"的空间里,其主体的修辞预设便会借助于"想象性"而顺利完成。

---

① 李士德:《赵树理忆念录》,长春出版社1990年版,第105页。

从以上分析看,赵树理在创作《孟祥英翻身》之初,不仅预设了修辞原则,并且令人惊异地且自觉地要让"修辞指涉"疏离现实权力与公共话语的崇高化范畴,"故事化"策略使孟祥英得以从"公共空间"返回"私人生活"场景,"伦理化"范畴的设定,使严峻的"斗争性"融入到伦常日用的生活之中而增添了审美风度与艺术感染力。

三

在《回忆历史、认识自己》中,赵树理未提及的《来来往往》、《小经理》、《传家宝》、《田寡妇看瓜》等,我把它们看成是另一类修辞行为的小说创作。我以为,赵树理的"忽略"是有意的。其原因有如下几个方面:一是这几篇作品均不属于"问题"创作。《来来往往》写的是抗日战争时期军民互谅互让的"鱼水情"的故事。《小经理》里的主人公三喜,经过刻苦学习,终于掌握了财会知识与技能,在经理的职位上胜任愉快。《传家宝》的主旨是写如何处理新家庭中的婆媳关系,暗示了"互谅"的解决办法。《田寡妇看瓜》显然是借"瓜地"从"看"到"不看"的转变,作者试图写出被解放了的且拥有土地的农民在精神上的巨大变化。二是这几篇作品都属于篇幅短小、矛盾单一的作品。《传家宝》最长也不过万余字,其他均在几千字左右,《田寡妇看瓜》仅 1400 余字。三是这些作品与其所"提及"的作品相比,均未产生多大的社会影响,其艺术性也属一般。

不过,在我看来,当把这一类作品作为一种修辞行为的结果来看时,其价值是值得分析的。它们"无问题"存在状态的背后,分明有着赵树理奉命写作的无奈与轻薄。在这些作品中,读者很难感觉到主体基于真诚与冲动的创作激情,"民间风度"与"民间智慧"也被一种平庸的"歌颂""褒扬"所遮蔽,即使是赵树理最得心应手的"农民言说风趣与韵味",也在许许多多牵制里黯淡了。如果说在《李有才板话》一类创作里,激情包裹中的"修辞预设"给主体提供了一块"智慧"与"想象"自由挥洒的空间,那么,在这几篇"促狭"之笔处处可见的作品中,其"修辞行为"几近于"新闻记者"的状态。作品所张扬的"理念"的单薄性,放逐并驱除了作品所可能具有的全部韵致。矛盾性,要么没有,要么被淡化为无冲突状态,使作品失去了内在震撼力。这些"现象"的生成范畴被局限在一维状态之中,"矛盾性"呈示为非冲突性的"误会"纠葛,"主题"表现在对所有人物的理解与称颂,人物关系呈现为"同类异表"状况。为此,修辞预设从一开始就避开了"评判"与"差异性"体认,修辞的动机与目的并不需要任何"策略"而被直接呈现。正由于这一类作品的修辞原则外在于作家主体,当主体被动的使用时,"叙述"就变成了"无冲突"事件的陈述。作者的智慧,只是为这一外在于主体的修辞原则提供一点生活气息罢了,而且极不自然。

由此看来,"问题"的有无,并非只是标示着赵树理是否进入到了对现实观照的境地,也不是对其现实主义身份进行说明的唯一依据,而重要的是,这直接影响他对自我创作"修辞行为"的定位与自信。

赵树理小说创作"修辞行为"研究之三

人们在审视赵树理小说创作时,很容易偏向对其"审美的意识形态属性"的过分强调——当然,纵观自 20 世纪 40 年代以来"赵树理接受史"的实际情形,无疑是有利于得出并强化这种印象和结论的。我们不否认在"社会历史学"的评价范畴里,任何作品都有多种理由被作为具有意识形态色彩的话语表述来加以分析,尤其是当作者——像赵树理这样以连续性自白方式自我认定之后,这种情形便似乎变得很难改变。我们在此提出这个问题,并不是想随意否认赵树理小说创作的"意识形态"属性,而是恰恰起因于对他的不断"重读"过程中逐步发现了其"意识形态修辞"的"异质性"与基于某种深刻而巨大的困惑在具体的"修辞策略"上的顽强变化。我们知道,在类似于 20 世纪 80 年代之前的文化一统化、言说体制化的非常时期里,绝大多数作家与作品都呈现出主题(文本显性形态)与动机(文本暗示性内容)的相对同一。这种"一致性",一方面说明个人与时代关系的"认同"① 状态,另一方面也表现出创作主体的"修辞行为"向时代靠拢的潜在意向,不能不指向对自己(也许这是一个"大"的自己或集体、阶级)有利的种种方面。这种情形告知我们,被主体充分修辞化的文本,不单单只有被时代阐释后又被当时的大多数人或权力、利益所认可那部分意义,也还包括文本中那些或被有意阉割掉的或被无意遮蔽去的种种"可能性因素",简言之,修辞总是个人与时代双重选择、互文作用下的产物。赵树理创作的存在价值,一方面是那些已有化为常识的文学史叙述会经常提示着我们,同时也需仰赖我们不断地对其早已存在的种种"可能性"进行解读。我们认为,掘发其创作的"修辞性"之于中国现代文学史的创新意义,是一项亟待展开的研究。

当有意把赵树理置于"现代修辞学"理论视野里加以观照时,我们看到,赵树理小说创作的"意识形态性"恰恰是我们进入其审美世界的一个相当方便的入口——当然,如果是从宏观与微观相融汇的角度讲又远远不只是这些。因为,修辞关注的不单单是已成"事实"的状态,而更多瞩目于"为什么会有这样的事实"的问题。值得注意的是,我们在研究中对于"修辞动因"之于"修辞行为"、"修辞结果"之间关系的讨论,不能只是像过去所习惯的那样,只要"原因"可以在主体自身找到证据就算完成了,而是要探索修辞机制的超主体的作用性。我以为,就修辞行为的研究期待来讲,所要揭示的并不是"主体选择了什么",而是"什么选择了主体"。进入一种修辞,实际上是进入了一种主体难以驾驭的"被运作"的状态。这大概应该算是关于文学文本修辞研究的难点所在。修辞并非是关于主体的"才质"或"想象力"的问题。问题的症结也许只是要求我们破解主体的修辞行为到底为怎样的因素所规约。我们意识到,被"群性"所涵育的"机制",所能给

---

① 这里所谓的"认同",是在现代修辞学之意义层面上来加以使用的。美国新修辞学领袖人物肯尼斯·博克(Kennech Burke)认为,人在现实生活中总是审时度势的,总是不断的对他周围的环境进行观察和判断。他会根据对有利和不利因素的观察和判断,权衡它们可能对他的行动带来的影响,选择适当的策略,采取必要的行动。他说:"如果要用一个词来概括旧修辞学与新修辞学之间的区别,我将归纳为:旧修辞学的关键词是'规劝',强调'有意的'设计;新修辞学的关键词是'认同',其中包括部分'无意识的'因素。'认同'就其简单的形式而言也是'有意的',正如一个政客试图与他的听众认同。……但是,认同还可以是目的,正如人们渴望与这个或那个组织认同一样。这种情况下,他们并不一定有外界某个有意的人物作用,而是他们可能完全主动地去为自身而行动。"

与每一个个体的空间弹性并不是相等的,主体的任何自主性只能体现在被限定的"可能性"中。话语修辞的复杂性、丰富性正呈现在这里。

赵树理创作的修辞行为的选择意味,也许就体现于他在创作时一系列"自动"、"半自动"或"应征"、"半应征"的困惑与变化之中。

建国之后,从 1950 年至 1954 年的 4 年间,赵树理虽然只创作了 4 部小说作品,但《登记》与《三里湾》两度持续性轰动,其影响之大,应当说是超过了《小二黑结婚》、《李有才板话》时期。① 在此之后,从 1955 年到 1957 年,小说创作是空白。1958 年一长一短——《灵泉洞》显然属于"历史小说",《锻炼锻炼》又是屡惹风波。1959—1960 年的三年间平均每年只有一个短篇。1962 年所写的三篇中,属于"历史"的三有其二,《互作鉴定》已带出明显的滞涩生硬。发表于 1963 年的《卖烟叶》,连赵树理自己都认为是一个大大的"败笔"②。整整"十七年",赵树理所发表的 13 篇小说作品,平均到每一年里还不足一篇。我们再来看其他方面:戏剧剧本共写了 5 个,其中的《焦裕禄》还是个"半拉子工程"。赵树理平生所喜爱的曲艺,也只有 5 个长短不一的剧本,并且《小经理》类似《焦裕禄》,又是一个"见首不见尾"。就以上所列各文体创作情形比较而言,小说创作依然是他在"十七年"当中的主体文类。显然,包括所有创作在内,鲜明呈现出"一路歉收"的状况。从赵树理的研究历史看,已有不少研究者注意到了这个问题,并从中引申出"十七年"里赵树理创作与时代"左"风日炽之间的相互消长的比例关系,几乎所有的结论都倾向于认为,赵树理创作数量的日渐减少,均是外部原因所致。我们认为,这些研究都是很有意义的,尤其是关于"时代与作家"的关系方面。但我们同时也不得不指出,这些结论之于"修辞"范畴,其作用几乎是可以忽略不计的。这不仅因为"修辞"毕竟是以对作品的细读为

---

① 据有关资料显示,对于《登记》的改编从 1951 年一直持续到 1963 年。改编中所涉及的艺术形式、式样有:连环画、评剧、秦腔、豫剧、越剧、粤剧、眉户戏、歌剧、沪剧、评弹等。其中,评剧有 5 个版本,沪剧有 4 个版本,秦腔有两个版本,连环画有 3 个版本,歌剧两个版本。《三里湾》在改编中也有连环画、评剧、粤剧等形式,除此以外还增加了湖南花鼓戏、电影、话剧等形式。以上资料可参考《赵树理资料索引》,山西人民出版社 1993 年版。

② 赵树理在《回忆历史、认识自己》一文中曾谈道:"《卖烟叶》,半自动写的,写一个投机青年的卑污行为,是我写的作品中最坏的一篇。"

基础,而更重要的是"修辞行为"研究的关注焦点的是分析讨论任何个体变化的"机制"作用。我们感兴趣的是这样一些问题:赵树理在小说创作中的修辞动机、目的、行为、策略及对修辞效果的预期,是否全部被一步步"机制化"了? 其"修辞"的个人性与时代性之间体现一种怎样的权力关系? 或者说我们在讨论赵树理创作时如果有意放弃"权力"与"修辞"的相互指涉性,其修辞空间与策略是否可以在文本的细部因素身上被还原出来等。

我们拟从以下几个方面入手来加以讨论。

第一,"新"与"旧"的关系呈现及其变化。与赵树理在20世纪40年代一样,他在50年代前期的小说创作,其修辞的统一性特征首先可以在人物被作为"符号"设计的意图与效果中体现出来。以《登记》、《表明态度》、《求雨》、《三里湾》、《锻炼锻炼》等作品为例来看,张木匠、小飞蛾、王永富夫妇、马多寿夫妇、袁天成夫妇、范登高夫妇、跪在龙王庙里"求雨"的"八个老头"、"吃不饱"、"小腿疼",甚至包括那些已有明确"体制"身份的民事主任、王助理员、支部成员、党员等乡、村"大人们",一律被那些具有未来代表性身份的青年视为"老脑筋"。这种是"老"便"坏"、是"小"便"好"的情形,在上述赵树理的创作中呈现为鲜明而整齐的对应状态。我们以为,这种看似简单的二元对立价值判断情形,一方面可以肯定是赵树理在小说创作之前自觉预置的修辞语境,但这种结果却并不能全部归咎于赵树理个人的理念作用。类似于鲁迅1927年之前以"社会进化论"来进行历史现实判断的状况,在赵树理身上从来没有出现过。其原因更多的产生在自20世纪40年代"延安艺术理性"统驭了时代的修辞语境之后,一种"集体修辞"的个人化体认与操作结果。当然,这是与时代在"生长期"里有意对"新生事物"分外关注、倚重有着极其密切的关系,这实际上就已经内在地规约了"社会"或一个"政权"在生长期的期待欲望与全部的修辞要求。具体到赵树理的创作实践和文本实际操作中我们看到,显示这种"好坏"分野的修辞环境,总被设计为所有人物对"新事物"的态度、判断及最后的归属。因为作者的倾向性很容易在"叙述"的所有关节与细节中看出,所以这样被预设的"修辞环境",使得置身其中的读者的判断结果,只能是毫无选择的认同。"新"就意味着更合情、更合理、更人道也似乎更符合人性要求,从而使主体的"修辞预置"具有了无可怀疑的"合法性"。上述几篇作品有这样几个细节值得我们分外注意:《登记》的最后,区分委书记在"结婚典礼"上的一番话,实际上是为赵树理的这种"修辞行为"做了最权威的肯定;《表明态度》的结尾是"思想""病"了几天的王永富,在"先进群体"的帮助下,"过了几天,永富能走路了,就去找支部书记谈思想去"。《三里湾》里最顽固的马多寿,其最终"转变"的"可能性"也是在村干部们集体精心编制的"圈套"里呈现为作品所预想的生活现实。《"锻炼锻炼"》中杨小四作为干部解决问题的方法与《三里湾》是类似的。无论是"软"是"硬",赵树理在"解决问题"情节过程中所显示的"修辞行为", 总是指向"新"的存在,并直接依靠"权力"或"体制化"力量最终指认其"合法性"。从中我们看到的事实是,赵树理笔下的"新"的东西的存在状况,总是"政府"或使读者可以轻易感觉到的具有体制外形的"权力"所提倡的,并且往往以依附于"权力"的本质属性方式显现出来,作用于现实。其文本中,人物对"新"的"事物"的看法及其所引起的一切行动,不但规约着他们"好""坏"的路径走向,而且也是作品的"价值"所在。这实际上又透示出另一种类型的人物与"权力"的关系——"新"的"事物"在主体创作之前的"修辞预设"里,所担当的既可以理解为约束主体与时代关系的监控角色,又是修辞目的在读者这里被接受呈现的效果的检测者。从这个意义说,赵树理面对"权力"对自我审美智慧越来越强大的覆盖性,巧妙地借"矛盾设置"(新与旧)和"人物设置"(老与少),从而使他的"权力修辞"既绕过了直接宣传的陷阱,又以充分生活化的情节内容不断强化着修辞过程的老百姓式的趣味。可以说,完全实现了其"政治上起作用,老百姓喜欢看"的修辞目的。主体在"权力修辞"过程中的伦理化情怀及对百姓疾苦的一以贯之的真情关注,又以一种始终与"权力"相抗衡的生命意识、情感力量和人格精神,一路见证了主体与"体制权力"保持"疏离感"的不和谐过程,并以结构性因素促使其"修辞"不时走向非权力化状态。这在赵树理是极其难能可贵的,此点若放在中国 20 世纪文学发展的历史中来考察,可以说是相当罕见。

第二,"现实"与"历史"的关系问题。如果我们从"是非"与"利害"的双重视野分析,"现实"与"历史"之于"权力"的存在状态,它们在很多时候都以一种"可能性"因素呈现自己。一般而言,因时空关系,"现实"在更多的时候不得不隶属于"权力",而"历史"常常容易被排除在"权力"大门之外——除非"权力"在现实语境中受到大规模质疑从而必须借助亏历史重建自身威信的关键时刻。"历史"及其所有具有"历史属性"的存在,不但经常处于"非权力"状态,更为重要的是它对"现实"或"权力"的作用总是以"对立"性的比照物形态而实现的。这便涉及文学文本中人物的时空属性和价值属性。就"现实"的权力属性说,"现实"的权力拥有,不但可以在"现实"与"权力"的利害关系里得到说明,尤为重要的是,"现实"的所指维度在修辞上早已指涉到"未来",即在"权力"的惯常视野与价值判断中,"现实"常常等同于"未来"。无论在怎样的语境里,只要"权力"与"未来"的依附关系不被质疑,主体的"想象性"空间就会被"现实"("未来"的替代物)锁定。当这种时代语境一旦作用于审美创造时,任何大胆与狂放、乐观与喜剧,都会被当作"真实"的生活予以接受。深有意味的是,上述这样的分析还能给我们一些另外的启示:"权力修辞"对创作方法的选择,是通过"历史""现实"与"未来"三者之间、尤其是后两者的"合法化"的逻辑置换巧妙完成的。

"历史"与"现实",我们认为可以被看作是赵树理小说文本中构成其修辞环境的两个重要因素,不过,在他这里更多地体现为以"现实"为主。我们之所以把赵树理文本中的这种设置看成是一种修辞的权力化安排,原因是创作主体早已赋予它们以特殊的意义性和价值性。在赵树理的小说文本中,"历史"与"现实"不单是对立的,而且在情感范畴限定了它们被读者接受的可能性。即人物面对"历史""现实"的非此即彼的选择,不仅意味着"是非",更关涉到"利害"。创作主体对于"历史"与"现实"的先期体认(即对"历史"与"现实"象征性的体认与分类),在其文本操作中便有多种可能被挪移为修辞的"目的"与"动机"。不过值得注意的是,这种修辞的目的与动机并不都是会以"作者自白"的方式表现出来,就赵树理而言,则体现为一种在文本中无处不在的叙事功能与影响全局面貌的结构。

在赵树理的小说文本世界里,"历史"与"现实"之于人物设置的对应性体现为,"老"的属于"历史"或者是具有"历史属性"的存在(当然,其正面的共产党人形象可以另外加以看待——即使是这样,像《表明态度》中的王永富、《三里湾》里的范登高、袁天成、甚至他在1959年创作的《老定额》中的林忠等,也都是在不断的被改造中才有可能继续保持了某种"先进"身份)。由于时代与"新"在内涵上的某种人为地"亲缘关系",其所造成的时代语境又暗示着对"历史"的放逐意味。时代对于"新"的大规模的群体性崇奉,不仅形成了新的权威话语,而且其又能够随时随地的借助于"权力"从而引领着时代的选择判断与价值导向。在这样的语境之中,任何存在的"历史属性",一方面在与"现实"的对立中获得自身的价值,另一方面,则被创作主体作为一种修辞策略运用到对于人物的结构功能调动上。"老"与"历史"的不可分割性,不但预示着此类人物走向"坏"的全部可能性,而且亦为读者的这种价值判断与理性接纳提供了全部的"合法性"。这实际上在另一重意义上暗示着主体,无论如何做都不过分。与之相对的另一极——"少"(青年)则只能以"现实"或"未来"的体现者进入修辞环境。他们可以完全蔑视"历史"及由此形成的传统,他们可以更"人性"的生活(文本中以自由恋爱、自主婚姻来表示),甚至只要他们乐意,他们完全可以把"想象的可能性"作为自己期待的生活目标。不过,值得我们特别注意的是,这一切又都与他们所拥有的独特优势密不可分:与"新"结缘的时代权力每时每刻都在为他们的所有行为提供强有力的支持。同理,与时代权力一样占有着"现实"与"未来"的"少"(青年),其行为的"合法性"则由此得到最充分的认可。由此我们就应当清楚了,以《登记》、《表明态度》、《求雨》、《三里湾》、《锻炼锻炼》等为主的赵树理在1958年以前创作的小说文本中,其修辞行为里面的"权力化因素",就是以"老""少""权力"三者之间巧妙的价值对应被隐藏在作者那不动声色的叙述之中。这其中,所谓的"合法性",也同样来自于"历史"、"现实"与"权力"的关系。实际上在这样的关系之中,"权力"始终操纵着对"历史"和"现实"的价值界划。

　　以上的分析如果从目的上看,无疑体现为赵树理在小说创作过程中的"修辞原则";要是考察他的动机,这些又可以被看成是"修辞策略"。"原则"与"策略"的共同作用牢牢定位着赵树理的全部修辞行为。其实,在这样的修辞行为中,诸如"歌颂"、"批判"、"讽刺"、"调侃"等酿制意蕴、趣味的方方面面,都只不过是一种"技艺"而已,而难以被认作是"风格"的标志性产物。有关"风格"是如何形成的一类话题,可以在"修辞行为"的研究中被彻底破解。

第三,话语与象征的关系。20世纪西方现代修辞学研究的重点是文本中"话语"与"现实"的关系问题。而沟通二者之间联系的最重要的因素,是赋予"象征"以新的含义。在他们看来,"象征"远不是一种只限于"语言技巧"层面的存在,而是"意义"与"价值"之源。在这样的层面与范畴中,"象征"就是"修辞","修辞行为"从预设、展开、完成直至检测,都不仅指向"象征",而且以完成"象征"为目的。在创作主体这里,"象征"往往被用于对已有"思想意图"的掩藏与遮蔽,当然,这样做仅仅只是为了使审美性显示出最大的力度,而不是真正走向消解或退隐。"思想意图"的审美显现,常常是作者所追求的最高目标。而在读者这里,对于"象征"的逐步破解,恰恰是"意义"与"价值"的复显过程。从修辞行为的预设性和恒定性来看,"象征"的意蕴生成不能不被"历史"、"现实"、"未来"在"权力"统摄下的价值指向所规约。赵树理文本世界中的"象征",从其表面上看并不是都鲜明地指向"未来",而是以直接指涉"现实"的方式内在的完成对"历史""未来"的判断,并在这一过程中有意强化其文本的世俗化氛围。比如《表明态度》中的王永富,作为一个老党员与"集体化"的对抗,作者并没有让他的对立性性格在所谓"典型环境"里展开,而是有意让他与不识字、无理想、纯粹生活化的老婆合而为一,把冲突的尖锐性置于家庭成员之间的日益不和谐因素方面,彻底让主人公的选择单一化、极端化,为修辞目的的顺利实现只留下唯一的可能性。其他如《三里湾》呈马多寿的转变,也是在家庭成员众叛亲离的"孤独"状态下实现的。《锻炼锻炼》中杨小四对"落后妇女"的"整治"方式等都是基于同样修辞目的下相似的修辞策略。"权力"效应的充分生活化、世俗化,使得赵树理作品的"意义与价值",既具有了意识形态主流话语的色彩,又成为百姓日常生活在走向未来的必然性归宿。因为我们看到,赵树理作品的"意义与价值",毕竟是在"歌颂"

与"批判"两个层面上生成的,始终没有走出"权力"的覆盖。主体与"权力"两者分别在对文本的意义、价值的认定上,并不具有相同的起点和空间。

不仅仅赵树理的作品是如此,恐怕所有的作家都会遭逢到这样的境况:"话语"与"象征"之间的复杂联系,只能是借主体对于"现实""历史""未来"在"权力"赋予下的不同的意义、价值的体认来完成。回到赵树理小说上来看,如果说"老"与"少"在特定的时代语境中各自具有相对于"历史""现实""未来"的象征性能指,那么,"话语"就可能在"象征"趋于"完型"的状态中走向修辞,即话语的全部修辞化。

总之,在这一时期里,赵树理小说文本的修辞可以看成是一种基于自觉选择、深有意味的"权力修辞",因为其全部的修辞行为始终与时代的权力化价值观保持着一致性。

从 1959 年赵树理创作发表《老定额》开始,他在创作过程中的修辞行为发生了巨大变化。这显然与赵树理在 1959 年的"不寻常"遭遇有关。[①]时代权力对于"历史"、"现实"、"未来"的意义强化,在原有的基础上日益趋于"乌托邦"式的极端化。在此语境中,赵树理由原来的认同者逐步转为质疑者。"老"之于"历史"、"少"之于"现实"或"未来"的相互关系的恒定性被自觉打破。其在前期所惯惯使用的修辞预设——诸如"历史"或"历史属性"的存在等同于"没落"、"不合时宜","少"(青年)则可在"新"的招牌掩护下为所欲为的观念等日趋淡出,并在作家的自觉反拨中显现出荒谬性。赵树理这种修辞行为的自觉调整,不仅意味着以人物为主体的作品结构的巨大变化,而且显示着赵树理毅然与自我创作历史中那些已根深蒂固的"权力化修辞传统"所进行的大胆告别。在《老定额》、《套不住的手》、《实干家潘永福》、《杨老太爷》、《张来兴》、《互作鉴定》、《卖烟叶》等一系列作品组成的赵树理当代后期创作中,"老"与"少"各自在意义与价值的拥有上的位置完全被颠倒,如"已经是 76 岁的老人"的陈秉正、"56 岁的"潘永福、"75 岁"的张来兴、旧社会就给人当过"长工"的县委王书记、"六十四五岁"的李光华老师等,他们都代表着务实、肯干、认真、负

---

① 参见陈徒手:《1959 年冬天的赵树理》,《人有病 天知否——1949 年后中国文坛纪实》,人民文学出版社 2000 年版。

责、乐于牺牲、道德完善并容易与集体相整合,体现出生活中的"善"的一面。在作品的叙述中,这些人从来就没有想过要改变自己的行为方式和处世原则,总是以"掌握着真理"的"少数人"精英姿态,以默默的"对抗"和胜利的最终获得者而赢得自身的价值。

而"少"(青年)则与之相反——表现了对自我的体制化现实社会角色与身份的不认同、不安心。在赵树理的这一类叙事文本中,他们往往被刻画为有文化但无理想或者是纯粹的个人主义理想;其精神心理方面不自觉的又是非常顽强的向外宣泄着苦闷、盲目、好高骛远、讨厌农村、轻视体力劳动及向往"知识分子生活"状态等等弱点——而且这些"弱点"并不是可以忽略不计的。这些特征在《互作鉴定》、《卖烟叶》两部作品中表现得十分突出。刘正、贾鸿年等甚至成了赵树理声色俱厉地加以批判的对象,作品中连一丝幽默也没有了。赵树理有意识地把刘正、贾鸿年描写成不但完整的接受过中学教育、而且是被"知识分子性"毒害至深的一类。这种情况,如果从他在建国以后创作的两个阶段对照来看,似乎呈现为前后"修辞行为"的否定过程。但当我们结合 20 世纪 60 年代中国大陆语境中对于知识分子日益强劲的否定趋向就可以明白,此时赵树理在修辞行为自觉变化之中却又不自觉地于另一方面被时代的"权力话语"所覆盖。我们在此所要认真鉴别的情况是:这是否意味赵树理又一次对于时代意识形态话语权威的自觉认同呢?答案是否定的。当赵树理在此类作品的修辞预设中已经把刘正、贾鸿年等判定为"土地"观念体系的"背叛者"角色时,他们就自然成了赵树理情感厌恶的对象。如此说来,刘正、贾鸿年等人的知识分子身份,只是赵树理为了顺利完成其修辞目的的"策略"而已。几年以后他曾非常冷静地专门谈到"我与青年"的"问题":"和我接触过的(包括通过信的)青年分为两大类:一是要学习文艺写作的,一是农村中升学的初中毕业生。现分述如下:文艺这一行,在某个阶段(特别是革命取得政权之后)说得过火一点,可以叫做'名利行',而且好像没有个深浅。不像数学、物理等学科学会多少,就是多少,没有学过的在事实中冒充不过去。过去,我对一些有名利思想表现的青年非常敏感,具有深恶痛绝之意。文艺界每谈到发动青年写作,以培养接班人,我也感到重要。可是一遇到上述那些青年来信来稿的钻营乞怜之语,我便觉怒不可遏。不过我对他们的态度仍以说服教育为主,所复之信,也不发表。”“收入《三复集》的《答夏可为的信》是《人民文学》编辑部和我商量了发的。我把原信给了他们,并写好了信封,贴了邮票,嘱他们发表时勿提‘夏可为’之名,而以‘×××’代之。发表之后,代我把原信发出。可是后来还是把夏之名登出来了。……好在我于这封信中虽对夏有些批评,却无失礼之处。就在此信发表之后,同情夏的人来信百余封,对我兴师问罪。‘罪’倒判得不够准确,却把他们自己的名利熏心的思想暴露无遗。所以我又写了个极不平静的总,答复——那种态度是错误的,总不如平心静气的讲使人易于接受。”“其次,每逢青年请我讲创作方法、创作经验时,我往往只讲学习政治、学习文艺、深入生活三个要素,而且劝其安心于业余化,听的人往往乘兴而来,败兴而返,对我讲的十分不满意。我接到他们的讽刺信甚多,像‘我顶不了你’、‘你的经验准备带到棺材里去吗’……之类的话就不知有多少了。”“其次是对农村的初中毕业生,他们的家长有一个历史上遗留下来的传统观念,以为中学毕业后的前途就是离开农村到外边找事,以为那才是正经出路,在家种地是大材小用,是没有出息、不会找门路的孩子。我对这些孩子讲话,要讲大道理,他们听不进去,常是我讲我的,他们互相讲,他们的讲完了散会。1957 年(或者 1956 年),《中国青年》约我写一篇批评上述思想的文章,并给了我几封有这种思想代表性的青年来信作为资料,我便先后写过《出路杂谈》、《才和用》两篇文章,在《中国青年》上发表,也引起过一些学生来信谩骂。……总之,我对要求学习文艺的青年常劝其学习政治、学习文艺、体验生活,并决心从业余上打主意;对其他农村知识青年,常劝其安心农业生产,从发展农业生产上消灭三人差别,而不要利用三大差别去找便宜的主意。”① 这里所表现出来的“意识倾向”,只能算是与时代意识形态话语价值趋向的一种“耦合”结果。我们在深入细读他的这些作品时还思考到:刘正、贾鸿年等作为“修辞化”的人物形象,是否暗含了赵树理在面对 50、60 年代国家急于工业化过程中农民利益被日益削弱而产生的十分痛苦的情感反应? 如果这样的分析可以得到证明,那么,赵树理在这一阶

---

① 《回忆历史、认识自己》,《赵树理文集》第四卷,工人出版社 1980 年版,第 1835—1837 页。

段里"修辞行为"的巨大转变,则意味着他与时代所倡导的大行其道的审美的"权力修辞"风气在进行着痛苦而又顽强的剥离与告别。简而言之,在赵树理这种"修辞行为"的前后"翻转"里,从根本上说修辞语境并未改变,但其修辞策略作了有意味的调整。人物的"修辞性"发生了巨大变化。"历史"与"现实"作为直接影响价值判断的重要因素,在文本修辞中的作用发生了明显位移。修辞目的中的批判性指涉不再是瞄向"历史",而是明确指向"现实"的某一方面。

　　此外,赵树理全部小说创作中的"干部"与"群众"在修辞意义上的复杂而有趣的变化,也是值得细说的话题。我们将在另文中予以讨论。

"赵树理研究"的"世界格局"与"域外形象"

国外对于赵树理的研究,发生时间可以上溯到 1949 年。在迄今为止的半个多世纪里,总体上看,虽然研究成果难说很多,尤其是深入研究的长篇著述更属少见。但是,深入探析这些研究成果,我们深切感到,它们与同期中国大陆有关赵树理的研究构成了鲜明对比——不仅在数量上,而更重要的是在研究方法、视角,以及关于赵树理价值独特性等方面呈现出重大差异。一方面,在纵向的时间延展中,全球语境流变的状况是复杂而惊人的。语境流变所形成的全球尤其是西方文艺观念,在对赵树理的研究中留下了鲜明的印痕,渐次形成了以"意识形态"价值理念和"国别"为界线的平行研究板块;而另一方面,各自构成系统的"板块"研究,不仅呈现着不同文化身份与知识谱系的研究主体对赵树理创作价值的"发现",而且这些"发现"又以其超系统的影响性与中国(包括港台)的赵树理研究一起,日益凸显着这位不同寻常的作家在中国现当代文学发展史上的价值和特性,以及在跨文化语境中他的存在对世界各国文学发展所能提供的许多极有启发性的解答方式。

中国大陆学术界对国外赵树理研究状况的关注,始于 20 世纪 50 年代初。不过,当时的关注只限于对作品译介或简略的反响报道。真正把"赵树理研究在国外"作为一个学术对象加以研究,却是从"新时期"的 80 年代开始的。① 80 年代初,有关赵树理的资料类编中增列了"国外部分",同时,总体上对"国外赵树理研究"概况的描述开始出现。在这方面,贾植芳有着开拓之功。他认为"赵树理同志作品的翻译和介绍是全世界性的","赵树理同志是个有国际影响和国际声誉的现代作家"。他比较详细地介绍了日本、苏联和其他东欧国家关于赵树理作品的翻译和介绍以及 60—70 年代美国和西欧一些国家在百科全书、文学史著述中对赵树理的评价。此后,大陆现、当代文学研究界有关此类的成果日渐增多 ②。然而,进入 90 年代以来,这种学术关注却逐渐淡出。研究界除了对日本的赵树理研究状况有所介绍之外,对此领域研究成果的梳理几为空白。正是因为我国不能及时地消化这些信息,导致国内外对话机制难以形成,影响了赵树理研究的整体深入和价值开掘 ③。对国外赵树理研究成果的梳理,仅仅着眼于一般性介绍显然是不够的。如何在国内外研究成果的深入对比中发现国外赵树理研究在思想方式和方法论等层面上的独特性,是一项亟待展开的课题。

---

① 复旦大学中文系编《中国现当代文学研究资料·赵树理专辑》(福建人民出版社 1981 年版)、黄修己编《赵树理研究资料》(北岳文艺出版社 1986 年版)以及山西作协《赵树理学术讨论会纪念文集》(1982 年)等,都有意识地收录了国外赵树理研究的资料。

② 参见《赵树理在国外——贾植芳同志的发言》,载中国作家协会山西分会《赵树理学术讨论会纪念文集》,1982 年。其他有关这方面的著述有:陈嘉冠:《赵树理研究在日本》,《晋阳学刊》1981 年第 3 期;《一本明丽多彩的作家传记——评介日本釜屋修的〈赵树理评传〉》,《山西师范大学学报》1981 年第 9 期;[日]小野忍:《论赵树理》,一鸥译,《外国文学研究》1982 年第 3 期;[日]荻野修二:《谈赵树理作品札记》,高捷译,《山西大学学报》1983 年第 1 期;黄修己:《关于赵树理三篇外文的译文》,《山西文学》1983 年第 9 期;[日]岩崎富久男:《赵树理在日本》,华隆译,吉林文联理论研究室编印《文艺论稿》,1983 年;[日]釜屋修:《日本的赵树理研究》,张谦译,《沁水》1984 年第 1 期;[日]小野忍:《赵树理评传》,黎乔译,《外国问题研究》1984 年译文增刊;[日]林千野:《赵树理作品在日本》,《中国现代文学研究丛刊》1985 年第 1 期;[日]洲之内彻:《赵树理的世界》,石野译,《延安文艺研究》1985 年第 2 期;《赵树理作品在国外》,《文科月刊》1986 年第 8 期;董大中:《赵树理研究在国外》,《山西文艺报》1986 年 9 月 16 日;[日]加藤三由纪:《赵树理文学在日本》,《热流》1986 年第 9 期;[美]马若芬:《赵树理笔下的旧乡村人景——谈谈〈催粮差〉与〈刘二和与王继圣〉》,《批评家》1987 年第 1 期;[日]加藤三由纪:《关于〈三里湾〉的评价》,高捷译,《山西大学学报》1987 年第 2 期;[苏]《赵树理作品的新译本》,《延安文艺研究》1989 年第 4 期;宋绍香:《赵树理文学在日本》,《延安文艺研究》1990 年第 1 期;[日]荻野修二:《"文革"对著名作家赵树理的批判》,林治祖译,《赵树理研究》1991 年第 3 期;董大中:《十五年来赵树理研究的回顾与展望》,《中国现代文学研究丛刊》1995 年第 2 期。

③ 新时期以来,我们看到大量的研究成果,由于研究主体缺乏对国外赵树理研究成果的了解,形成了简单重复的状况。

　　由于赵树理成名的"过程性"（应当说直到《李家庄的变迁》出版后，赵树理创作的独特性才真正确立起来）和太行解放区相当落后的传播条件限制，直到 40 年代末期，他才真正进入国外研究者的视野。从赵树理作品向国外译介的过程看，40 年代末到 50 年代初，是一个高潮期。在此阶段，日本和苏联扮演着重要角色，"日本的赵树理文学介绍始于 40 年代末，到了 50 年代，在当时特定的社会背景下，赵树理研究进入其高潮期"[①]。50—70 年代，日本的赵树理研究便进入到"介绍"与"研究"并行的状态，并且取得了许多至今仍然具有启发性的研究成果。苏联对赵树理的介绍与研究，一开始就把重点放在具体作品的评价和作品的翻译上。到了 1952 年前后，赵树理 1949 年以前的创作基本上都介绍到了苏联。[②] 安德列·谢列兹涅夫讲道："东欧国家中，苏联是最早翻译赵树理小说的国家。我国翻译的赵树理的第一部作品是长篇小说《李家庄的变迁》"，"在苏联评价赵树理作品的文章中，多半是分析这部长篇小说的"。"50 年代在苏联出版的赵树理小说特别多，那时候在苏联农村发生了很大的变化，所以农村题材引起了苏联人的关注。由于苏联读者了解了中国农民面临的问题，赵树理的长篇小说《三里湾》、短篇小说《锻炼锻炼》在苏联引起了很大反响。从 1951 年到 1959 年，在我国出版了不少赵树理的小说，如《登记》、《李有才板话》、《地板》、《孟祥英翻身》等等。赵树理在苏联被誉为'是真正的人民的作家'。"[③] 以《李家庄的变迁》为主，以其他作品为辅的对赵树理的评介方式，显示着苏联对赵树理创作价值的独特判断。相比于日本，苏联恰好是研究在前，介绍在后，具有多向选择的意味。其他东欧国家中，赵树理及其作品在捷克斯洛伐

<hr />

　　① ［日］加藤三由纪：《赵树理研究在日本》，《热流》1986 年第 9 期。

　　② 这一时期的研究成果主要有：P. 基姆：《巨大的变迁》，《文学报》1949 年 10 月 26 日，此文重点评介了《李家庄的变迁》；M. 切恰诺夫斯基：《中国作家的两本书》，《文化与生活》1949 年第 30 期，此文分析了《李家庄的变迁》和丁玲的作品；B. 托克马科夫：《评描写新中国的两本书》，《西伯利亚之火》1950 年第 1 期；西维特洛夫、乌克伦节夫：《关于中国农村的小说》，《新时代》1949 年第 30 期；K. 布可夫斯基：《评〈李家庄的变迁〉》，《星火》1950 年第 3 期；杜勃洛维娜：《新中国小说》，《新时代》1950 年第 40 期，此文评价了赵树理《小二黑结婚》等四篇作品；克里佛佐夫：《〈小二黑结婚〉短篇小说集前言》，《真理报》出版社 1950 年版；B. 克里佛佐夫：《〈李家庄的变迁〉译者序并后记》，《远东》1949 年第 2 期——以上情况可参阅申双鱼等编：《赵树理资料索引》，山西人民出版社 1993 年版。

　　③ 《赵树理研究文集·外国学者论赵树理》，中国文联出版公司 1998 年版，第 262—263 页。

克得到了切实的研究,表现为汉学家雅罗斯拉夫·普实克对赵树理长达三十年的关注和探讨。此外,美国也是较早注意到赵树理的国家。美国新闻记者杰克·贝尔登1949年出版的《中国震撼世界》一书,以抒情的方式描述了赵树理和他的作品,因为作者与赵树理本人有过接触与交流,加上他的职业特点,此书对赵树理的描述不仅具有素描意味,也以张扬的"西方自我"的观点,对赵树理作品提出了看法。到了1955年,在学者西里尔·贝契的专论《共产党中国的小说家——赵树理》一文中,赵树理的价值得以严谨的评述。

　　这既是国外赵树理研究的初期景观,也是赵树理研究在国外的唯一一次高潮。

　　综观国外有关赵树理的初期"评介",有这样几个特点值得我们注意:

　　其一,赵树理被赋予"传奇化"、"神秘化"色彩。中共政权的崛起引起西方世界的极大好奇。对赵树理的关注应看成是对新中国政权关注的一个方面。第一个记述赵树理的外国记者杰克·贝尔登说道:"'其貌不扬'的赵树理,可能是共产党地区除了毛泽东、朱德之外最出名的人了。其实他是闻名于全中国的。"他认为,《李有才板话》"是一个很有意义的宣传,是目的崇高的宣传。赵树理讲述了一个村子如何与压迫民主作斗争的故事,就等于告诉别的村子,它们也能够打垮压迫者而赢得民主。赵树理还向人民指出,他们必须自己动手为平等而斗争。不能把民主当成共产党或八路军的一种恩赐"。杰克·贝尔登还想通过对赵树理作品的解读,澄清在西方很流行的看法:"如果认为八路军或共产党一夜之间就能在封建主义的废墟上建立起欧美那样的民主政府,也是一种主观臆想。"贝尔登在详细介绍赵树理的身世时,试图寻找"乡村知识分子为什么抛弃蒋介石而投向共产党"的原因。他认为,"赵树理投奔八路,却由于他不见容于中国封建旧社会"①。

　　其二,把赵树理的创作指认为可以了解和把握中共"政治"的形象记录。"今天,在我国,赵树理是引人注目的,这似乎与他是由中共提拔起来的这一点大有关系,对共产党的关心,在今天的日本是非常强烈的。人们希望了解中共所做的事情,希望了解中共的文学,这种兴趣就转向了赵树理。而

---

① 参看杰克·贝尔登:《中国震撼世界》,邱应觉译,北京出版社1980年版。

且,仅仅在这一点上,赵树理对这个要求给予了我们最好的回答。因为,赵树理不仅拥有文学爱好者,而且拥有广泛的读者阶层","从论文、统计数字中体会不到的具体知识,从赵树理的小说中开始体会到了"①。对于战败的日本来讲,"赵树理热"更有其"当时特定的社会背景",即"希望从中国新文学里找到自己国家走向光明未来的途径。在这样的气氛中,赵树理文学很受欢迎"②。这种夹杂着好奇的探秘心理与欧美并无二致——只不过,处于战后凋敝的日本,对新中国的想象更多了一层"热切"与"期待"。这种"期待"与战后世界短时间的和平民主思潮泛化有关。作为最早译介赵树理的社会主义国家苏联,在赵树理作品中显然发现了与苏联革命相一致的具体的历史内容,发现了赵树理作品能够粉碎西方敌对势力对新中国种种"伪科学的捏造"的事实性存在。认为他的作品击破了以往西方关于中国的"邪恶"想象——诸如"中国人民自古以来就是保守的"、"对任何一件新事物有着本能的反感"和夸张的"中国的惰性"论等。"他让我们看到了最近十五年(1934—1949)来中国在政治上、经济上、文化上发展的一幅真实图画。他的意义不仅是在暴露了国民党反动统治的本质和中国共产党惊人的建设力量,而且这里面忠实地描写出中国人民的觉醒与政治力量的成长","每一个读者能够从作者这本书中看到和感觉到今日中国的真实情形"③。这种解读,显然侧重于赵树理小说的本质化叙事方面,作者对主体、革命意义以及本质生活等方面的分外侧重,显露着属于"社会主义"意识形态范畴的价值理性。

其三,"各取所需"的特点。欧美、日本、苏联(东欧)三大板块的赵树理译介,与他们不同的意识形态背景中的文化身份密切相关,差异是十分明显的。以杰克·贝尔登的描述来看,他们关心的是赵树理作品中所描写的"民主"属性——有意识地辨别着"民主"在中共领导的区域里到底是"手

---

① [日]洲之内彻:《赵树理文学特色》,王保详译,严绍璗校定,《赵树理研究文集·外国学者论赵树理》,中国文联出版公司1995年版,第60—61页。

② [日]加藤三由纪:《赵树理研究在日本》,《赵树理研究文集·外国学者论赵树理》,第198—199页。

③ 西维特洛夫、乌克伦节夫:《关于中国农村的小说》,金陵译,《赵树理研究文集·外国学者论赵树理》,第227页。

段"还是"目的"的差异性问题,并围绕这一点阐释了赵树理作品不同于一般性新闻报道的独特价值。值得我们注意的是,他们从赵树理作品中看出了"民主"的艰难。比如贝尔登认为,"人民"的"民主",在赵树理的描写中是"自我斗争"的一部分,他的作品还写出了由于执政者操纵"民主"而可能产生的恶果的警示。日本的译介则侧重于挖掘赵树理作品所能提供的中国共产党"干什么"和"怎么干"等方面的内容。日本在最初的译介过程里,赵树理作品的"朴素"表达,更多地被日本学术界或读者作为"客观"的依据,因而更看重它们的"真实性"的价值。这显然与他们想为日本战后寻找"民主"前途的共同焦虑有关。不过,随着对赵树理研究的学术化,其本身的诸多"问题性"反倒使赵树理成了反思日本民族文学的适当的由头。苏联学者对《李家庄的变迁》的格外垂青 [①] 恐怕与这部作品的"史诗"性质有关。作品写出了"新"、"旧"更替的必然性,而这正是苏联当时奉行的"社会主义现实主义"本质化叙事所要求应该达到的境界,符合社会主义新意识形态对于历史建构的要求。

80年代,伴随着中国大陆文化与学术事业的全面复苏,国外赵树理研究进入了学术化的理性时期,提出了一些有价值的见解——比如日本学者秋野脩二对赵树理早期小说《有个人》的分析(《关于他的笑和爱情——从赵树理的初期作品〈有个人〉说起》),釜屋修对伊藤永之介和赵树理——"两个农民作家"的比较(《两个农民作家——伊藤永之介和赵树理》),加藤三由纪关于《三里湾》的重新评价,尤其是美国学者马若芬对赵树理在新中国建立后小说创作中主体与时代主流意识形态紧张关系的探讨等,都不乏精辟之处。

正如有的外国学者所意识到的,一味地从"功利性"角度来关注赵树理,很快就会"失去新鲜性","活力"也很难持续 [②]。随着50年代世界冷战阶段的开始和这一态势的持续强化,包括日本在内的西方国家已不自觉地把赵树理研究向"学术化"推进。他们的研究给我们提供了许多有益的启示,

---

① 据苏联学者安德列·谢列兹涅夫在《赵树理小说在苏联》一文介绍说,1949—1977年期间,苏联评介赵树理的文章中,有关《李家庄的变迁》的研究就达十余篇。此文见《赵树理研究文集·下卷·外国学者论赵树理》,中国文联出版公司1995年版,第262—264页。

② 〔日〕加藤三由纪:《赵树理研究在日本》,《赵树理研究文集·外国学者论赵树理》,第198—199页。

直到今天,依然值得我们充分重视。

第一,赵树理文学的"现代性"问题。

就世界范畴的赵树理研究而言,日本是重要的一个板块——不仅研究的人数众多、译介广泛,而且持续时间最长,思考的问题也最为系统、深刻。如果说对于日本普通民众而言,阅读赵树理是他们了解"社会主义中国"的一个相当重要的途径的话,那么,青年对赵树理及中国文学的热衷却有着这一"群体"的独有特征。竹内好正是从"青年问题"与赵树理文学之间的关系认识到"赵树理文学"的"现代性"价值的(这个问题,我国迄今为止未做过研究)。他说:"我所接触的学生们,由于不满现状,总是想追求某种带根本性的东西","他们是在寻求与中国文学的相同之点,他们感到存在着共同的问题,也感到有了解决问题的线索","这一共同点是:整体中个人的自由问题"。竹内好认为,从第二次世界大战结束到 50 年代,日本青年中普遍存在着"虚无主义和存在主义"的倾向,这使他们已陷入深刻的困境。"在以表面的现代化还未成熟的个体为条件建立起来的日本社会里,想要诚实地生存下去,诚实地思考人生,是不能停留在虚无主义和存在主义之上的","因此,他们想到别的地方去寻找解决问题的方法"。他精辟地指出,"如果仅仅想把文学当成'政治教科书'的话,那么新中国任何一部作品都可以满足你的要求","但是,若要满足内心的要求的话,对象就很有限了。我认为,赵树理恐怕是惟一的一个人了。在这里,赵树理具有一种特殊的地位,它的性质既不同于其他所谓的人民作家,更不同于现代文学的遗产"。而这正是竹内好所提出的重要观点:赵树理文学"新颖性"的两个重要的比较范畴,即赵树理作品解决了"人物和背景的统一问题"。《李家庄的变迁》中,主人公铁锁所抵达的"自我解放的境界",正是处在"虚无主义"和"存在主义"之中,从而把"个人事件"同"社会事件"对立起来的陷入孤独绝望的人们——尤其是日本青年所渴望的。在竹内好看来这也就是最"根本的东西",即"现代性困境"。值得我们分外重视的是,竹内好之所以认为赵树理文学能够解决这一"现代困境",是因为赵树理的创作成功实现了对"现代文学"("五四"文学)和一般的"人民文学"(延安文学)的双重超越。他同时强调自己反对把"人民文学"和"现代文学"二者或"机械地对立"或"机械地结合"的观点。他分析说:"现代文学和人民文学之间有一种媒介关系。"能够成为这一种"媒介"的有两种类型:"一种是茅盾的文学,一种是赵树理的文学。""在赵树理的文学中,既包含了现代文学,同时又超越了现代文学。至少是有这两种可能性。"竹内好所理解的"茅盾的文学"似乎指的是那种把人物处理为社会政治符号的作品——不论是"革命"的,还是"反革命"的。结合对《李家庄的变迁》的具体分析,竹内好说:"作品中的人物在完成其典型性的同时也与背景溶为一体了","现代文学"恰恰不是这样,而是"通常典型是从环境中选择出来的,加以充实,使其成为典型的"。也就是:首先典型的选择是有条件的——即它的代表性。其次"充实"的过程即典型化过程,是"主观"塑造和想象的结果。再次"典型"的完成是一种主观意识附加后的替代。所以这样的"创造","就是从整体中将个体选择出来,按照作者的意图加以塑造的这样一种具有单方面倾向的行为"。因而"现代文学本身绝不可能具有'还原'的可能性"。我以为,竹内好这里的"还原"是指那些"具有单方面倾向的行为"无法在真实的生活中找到经验性的对应存在。无疑,这种"典型"是超越于现实的"理想"人物。"赵树理文学与现代文学性质的不同之处"在于前者可以"还原",即有这种"还原"的极大可能性。

竹内好在分析"赵树理文学"与"人民文学"之间的差异性时,依然着眼于"典型"的"整体中的个人自由问题"。他说:"如果要概括人民文学的特征,那就是个性寓于共性之中。"这种方法创造出来的典型"不是完成的个体,而最多只不过是一种类型",是一种"不重视人的文学"。如果"现代文学"的"典型"是主观地追求"个体"超越于"整体",那么"人民文学"的"典型"则是把"个体选择出来服务于整体"。赵树理文学的不同之处是,"在创造典型的同时,还原于全体的意志。这并非从一般的事物中找出个别的事物,而是让个别的事物原封不动地以其本来面目溶化在一般的规律性的事物之中。这样,个体与整体既不对立,也不是整体中的一个部分,而是以个体就是整体这一形式出现。采取的是先选出来,再使其还原的这样一种两重性的手法"。虽然,作者对这一论点的申述并没有紧密结合《李家庄的变迁》文本的具体分析而展开,但我们可以意识到,竹内好对《李家庄的变迁》主人公铁锁与革命关系实施分析的逻辑架构——铁锁的苦难是与阎锡山的邪恶统治连在一起的,他的反抗并不是"革命者"小常直接引导的结果,而正像贝尔登所指出的那样,赵树理笔下的铁锁之所以抛弃阎锡山政权而投奔八路军,是因为"自己不见容于这个社会"(一般认为,铁锁的经历有赵树理自己的影子),即反抗成为保存生命的唯一方式。民众走向革命的"规律性"与铁锁的别无选择是自然相遇的结果,"共性"与环境的"革命性"体现为"同一"的必然——这是相当深刻的分析。实际上,竹内好在这里提出了对20世纪中国文学史发展过程中如何看待"现代文学"的"正统性"的问题①。

竹内好批评了"现代文学"尤其是小说创作中对"固定坐标"的预设。这里所谓的"固定坐标"也就是左翼文学一再强调的作家"世界观"问题。"现代文学"的启蒙指向,造成了作者与读者的不平等状况,二者的"隔离"使"现代文学"陷入自造的"不自由的桎梏"里。而且,"现代文学"并没有意识到自己的"局限性"。正是在这样的基础上,竹内好分析了赵树理能够达到"新颖性"的条件。他说,"赵树理周围的环境中,不存在作者与读者隔离的条件,因此,使他能够不断地加深对现代文学的怀疑。他有意识地试图从现代文学中超脱出来"。他进一步分析说,赵树理的"超脱"成功,"就是以回到中世纪文学作为媒介"②。读者与作者,在"中世纪文学"中是"处于未分化的状态"。他显然认为,解放区文学所具有的"作者与读者"的"这种未分化的状态是有意识地造成的","所以,他(赵树理)就能以此为媒介,成功地超越了现代文学"。竹内好接着分析,正是由于人们忽视了赵树理文学对"中世纪文学未分化"状态作为媒介的使用状况,因而才会出现对《李家庄的变迁》"传统"与"现代"属性上的认知差异——有人甚至怀疑"这是不是现代文学之前的作品",或者相比于有着"固定坐标"的"现代小说",断言"作品是不成熟的"等等。竹内好认为"这些看法就是这种错误认识造成的结果","从不怀疑现代文学的束缚的人的观点上看,赵树理的文学的确是陈旧的、杂乱无章的和混沌不清的东西,因为它没有固定的框子"。

在赵树理对"现代文学"成功地实现了超越这一现象里,竹内好的评价甚至不无溢美之嫌:

---

① 这一问题,直到20世纪90年代才得到中国现代文学界有限的关注。
② 中世纪,论者指中国的魏晋至明代这一历史时期。主要是指《水浒传》产生的前后时代。

　　　　粗略地翻阅一下赵树理的作品,似乎觉得有些粗糙。然而如果仔细咀嚼,就会感到的确是作家艺术成功之所在,稍加夸张的话,可以说其结构的严谨甚至到了增一字嫌多、删一字嫌少的程度!赵树理以中世纪文学为媒介,但并未返回到现代之前,只是利用了中世纪从西欧的现代中超脱出来的这一点,赵树理文学之新颖,并非是异教的标新立异,而在于他的文学观本身是新颖的。可以举出大量的证据来说明他是自觉地从现代文学中摆脱出来的。仅就《李家庄的变迁》的结构来看,也可以一目了然了。这部作品无论从手法还是文体来看,尽管在很大程度上承袭了中世纪小说的形式(如《水浒传》),但二者之间却存在着根本性的差别,这差别只能看作是作者有意识努力的结果。因为《李家庄的变迁》在结构上一次也没有出现过重复的现象。无论是《水浒传》还是其他小说,都是以结构的重复来展开故事情节的……在所谓的人民文学的作品中,这种小说体的作品很多。但是,只有《李家庄的变迁》没有结构上的重复。①

　　无疑,竹内好在他的研究中,提出了一系列相当重要的问题。

　　这一研究成果的深刻性在于,竹内好对赵树理文学"新颖性"的确认,是在与欧美文学的"虚无主义"、"存在主义"、"现代文学"的启蒙主义和"人民文学"的"类型化"以及中国"中世纪文学"的"平面重复"等多个范畴的比较中获得的,鲜明地提出了赵树理文学的"超现代性"和对"现代文学"、"人民文学"的双重超越——这些"问题"至今在我国的文学研究界尚未得到解答。

　　第二,"现实主义"问题。

　　有关赵树理作品的"现实主义"或者赵树理与延安文学以来的现实主义文学的关系问题,似乎已在过去人们那种把赵树理与《在延安文艺座谈会上的讲话》联系在一起时就已经解决了——至少相当长一段时间内在中国大陆是这样认识的。其实问题并不是这样简单。日本的中国现代文学研究界在关注赵树理文学的"现实主义"问题时,并没有简单地把它置于"新民

――――――――――――

　　①　以上竹内好相关资料均见其文:《新颖的赵树理文学》,晓浩译、严绍璗校定,《赵树理研究文集·下卷·外国学者论赵树理》,中国文联出版公司1995年版,第68—79页。

主主义文化"范畴或"新民主主义意识形态"范畴予以比附,而是把它置于与"现代文学"、"人民文学"(革命文学)的对等位置上,看到了赵树理对二者的超越。这为鉴别赵树理文学的"现实主义性质"提供了一种新的范畴,是值得我们充分注意的。

日本学者竹内实讲道:如果鲁迅的作品可以叫做"主观现实主义的话",那么"赵树理的作品不就是客观现实主义了吗"。他在联系中国传统艺术手法分析赵树理文学这一特征时说:"客观现实主义描写人物时,不直接触及人物的内心世界,而是根据描绘人物身体的行动来理解人物的内心世界。不只是行动,对话也起着重要的作用","我想这个客观现实主义可以说是中国传统的艺术手法"。"那些人物的描绘方法即是客观现实主义的,凭借行动和对话展开情节","为了追求情节展开的有趣,为了追求多姿多彩、千变万化的人物的命运的有趣程度,首先必须十分用心地设计好开始的场面","如果不是先说明戏剧的背景、布景,就不能明显地衬托出人物的心理和性格。赵树理的说唱故事就使用了这种客观现实主义"。对赵树理小说作品往往一开头先介绍人物性格、职业、家庭关系等做法,竹内实认为这恰恰体现了赵树理文学"客观现实主义"自夸特征:即"开场的说明",看似完全规定了人物的行动,而实际上在情节发展中并没有导致"性格固定化"。"某个固定的性格、人品不过是为了展开对话和行动。在这里产生出来的意外性,就是情节的意外性,而不是人性的意外性。"作者在分析了赵树理文学与中国传统说唱艺术的关系后指出,不仅可以"从这些作品中得到理解属于同系列的人民文学的其他作品的一把钥匙",而且它就是"人民文学的一个原型"。赵树理的创造体现为"使用了相当的现代小说手法,设置适当的伏线,充分推敲了构思"等。《李家庄的变迁》"可以说,正是一个现代小说手法与民族形式的手法相结合的顶点"①。小野忍也提出了同样的看法,他是围绕"朴素"这一审美范畴来看取赵树理文学的"现实主义"美学品性的。"在作品的形式方面,赵树理至今仍是一个无与伦比的、独特的存在。用一句话来概括,它让我们看到的好像是托尔斯泰在《艺术论》中'明细、单纯、简洁'主张的

---

① ［日］竹内实:《关于赵树理型的小说》,董静茹译,《赵树理研究文集·下卷·外国学者论赵树理》,中国文联出版公司 1995 年版,第 91—96 页。

样本式的作品形式。某些短篇具有和托尔斯泰的民间故事相近似的风趣。""由于简洁,没有多余的笔墨。语法极为正确,这是一字一句雕琢而成的作品,是与鲁迅、毛泽东的文章一起,多次被引用为语法书例文的范文。"他还深刻地指出,在把"朴素"用作贬义时,并不能真正理解赵树理文学,"这样的看法是把过去的文学,特别是西欧近代文学绝对重视的文学观,作为惟一的尺度来衡量文学作品而来的"——在这里,小野忍和前述的竹内好体现了同样的深刻性:在以西欧文学及其西欧文学的中国翻版——"五四"文学为正统的价值视野里,学术界对赵树理文学独特性造成了长期的遮蔽! 这就是中国大陆多年来在评价赵树理以及解放区文学,乃至"十七年文学"和"文革文学"时一直奉行的"五四文学正统论"。他认为,即使把赵树理置于"喜闻乐见"这个层面上来说明他的"通俗性",也同样无法否认赵树理文学的"划时代意义"。论者借用鲁迅当年批判苏汶的话申述道,"通俗文学"与"文学的伟大"并不矛盾,"而且我相信,从唱本说书里是可以产生托尔斯泰、弗罗培尔(福楼拜)的"。小野忍认为,赵树理文学的历史意义就在于"展示了摆脱西欧近代文学的方向"。赵树理是"第一个"在"鲁迅的预言完全实现"的征途上"树立起路标的人"。因此,"赵树理在文学上的功绩很像鲁迅的文学功绩","可以说都具有完成了文学变革的意义"①。小野忍的这种观点,在年轻的一代赵树理研究者加藤三由纪对《三里湾》价值分析中得到了更加清晰地阐明,她干脆把赵树理文学称之为"朴素的现实主义"。不过,我们从她的论述中可以体会到,这一"朴素"既是"底层视角"的产物,又是赵树理作为一个知识分子的良知呈现。她不同意过去《三里湾》讨论中对赵树理没有表现农村阶级斗争"激烈性"的指责。认为他"根据朴素的现实主义,而直觉地在作品中没作反映"。"他采取了更好地关怀帮助单干户从而扩大了合作社的正确态度。"赵树理"尽管对农民的进步一直抱有热切地希望,但并不故意去捏造易于说服或对什么事都似乎理解正确的农民形象。赵树理毕竟让我们感到,他和那些'局外人'的文学家,或取材肤浅的文学不可同日而语"。这种"朴素的现实主义",在具体描写上就体现为"他精心深

---

① 〔日〕小野忍:《赵树理——20世纪作家评传之一》,董静茹译,《赵树理研究文集·下卷·外国学者论赵树理》,中国文联出版公司1995年版,第80—90页。

入描绘了猛一看似乎与主线无关"的,"被认为是无用的东西",即大量生活细节及其细节关系的描写。而这些描写中恰恰蕴含着足以让范登高、马多寿转变的巨大力量。因而在结构上,《三里湾》有意把"新旧掺和在一起",从而写出"合作化运动"中的"新旧结合的统一体"①。在分析这种"朴素的现实主义"艺术魅力时,日本学者深刻地指出:"作家的真情实感是感动广大群众的看不见的因素,理解不了这一点,就不能说真正看懂他的作品。"②赵树理文学与时代主流意识形态的紧张关系,是国外学者普遍意识到的——比如英国学者约翰·伯耶指出:"从1958年7月发表《锻炼锻炼》到1964年1月发表的《卖烟叶》,赵树理始终如一地反对超乐观主义的观点,即农民们渴望戏剧性的社会变化特别是大跃进的观点。""任凭政治气候风云变幻,赵树理的确始终保持了一个公正的立场,这是根据他的作品和演讲来断定的。他的创作总有一个政治目的,他认为写好的途径,在于从个人经历出发,而不是理论。"③

无论是"客观现实主义"还是"朴素现实主义",他们对赵树理文学的"现实主义"特性的体认边界是鲜明的。显然,他们注意到赵树理文学的这种自觉追求与其"预设"读者的关系,注意到赵树理文学的"真实性"与时代意识形态所要求的本质化叙事之间的关系以及它与民族艺术传统的多方面勾连等。我们也遗憾地看到,他们并未深入探究这一追求与作家本人自觉的艺术理性之间的种种深在的互相指涉性,即未能从一个知识分子的角度看到赵树理从"底层视角"出发而可能引发的悲剧以及甘愿承担悲剧后果的悲壮情怀。但他们毕竟看到了赵树理文学的"现实主义"特性与"现代文学"和"人民文学"模式的巨大差异——这是我们应当继续探索的课题。

同样是关注赵树理文学"现实主义"特性的美国学者马若芬,则是从我们所习惯"意识形态"批评视角,看到了赵树理作品一些长期被忽略的或者在中国当代语境中难以发现的问题。比如她对《催粮差》、《刘二和与王继圣》两部作品的解析就显得相当深刻。她认为"这两篇小说被忽视的一个

---

① ［日］加藤三由纪:《关于〈三里湾〉的评价》,高捷译,《山西大学学报》1987年第2期。

② 驹田信二:《怎样看赵树理文学》,《赵树理研究文集·下卷·外国学者论赵树理》,中国文联出版公司1995年版,第211页。

③ ［英］约翰·伯耶:《〈三里湾〉与〈花好月圆〉之比较》,宋安启译校,《批评家》1986年第1期。

原因是",作品并没有"把社会主义思想明白地显现出来","没有描写社会改变的波折,只是给乡村生活动态摄了一个'快照'。这两个故事跟赵树理其他作品的另一个明显的区别是,其中的人、事、活动,都是在短短24小时之内,这两个故事的主要人物的表现场合没有受到战争、革命和反传统观念的影响,这两个场面是报道过去人生插曲的自身完整的场面"。"这两篇作品既然不拥有艺术本体之外的目的——我认为它们代表了赵树理本人对旧农村社会的透彻看法。""我从社会学分析出发的一个结论是,《催粮差》的主题是贪污满天下。《刘二和与王继圣》的主题是天真的夭折。这两者间的共同主题是,有权者滥用职权的行为和社会对这种滥用职权的默许。"《催粮差》主要描写司法警察崔九孩本该自己去"催粮",可是他嫌"油水太少"不愿去,便临时雇了个煎饼店的伙计去替他催粮。这位"伙计"不了解催粮"内幕",得罪了有钱人,末了还得崔亲自来赔不是。崔知道如何区别地对待富人与穷人。他到穷人家里,捆人就要带走。懂"行情"的邻居们,最后凑了五块大洋行贿了事。作者指出,正是"在这种社会默许的风气中,使崔九孩在滥用权力时仍同时有正直、无罪和不亏心的感觉。贪污腐化使个人在道德上毫无责任。个人不认为自己的非法行为是不道德的。这是因为人人如此的缘故"。《刘二和与王继圣》中的刘二和则是"通过发现社会中并无正义,而失掉了他的天真单纯的观念"。两部作品里,滥用职权均受到了被侵害人的默许,他们已把这种行为视作惯例,"他们实际上是帮助催粮者延长贪污制度"。马若芬认为在这类作品中,赵树理表现了他惊人的现实主义"深度"——他揭示了"一个促使人民坚信滥权会绵延下去的气氛"。对1949年后赵树理作品的"现实主义追求",马若芬谈道:"赵树理遭遇有别于他的理想,他终于了解主动指出问题,就等于自讨苦吃。""农民受苦,那是他忍受不了的事。为此,他继续在写作上保持现实观点。""他坚强的现实主义明显地反映着他对文艺功用性的基本概念:他把文艺视为政府的同伴,两者合作为社会服务,不把文艺处于从属地位",而是听命于"内在听众"(即被传达的利益主体)的要求,因而,"赵树理的现实主义不仅是一个表达政治观点的工具,而也是他艺术创作上不可缺少的组成部分"。这一"现实主义"特性表现便是,"他塑造的众多人物形象的一个共同特征,是从故事的开头到结尾,其性格是一致的"。她分析说,即使像赵树理经常采用的"大团圆"的"喜剧样式",也"没有影响他的艺术构造的健全性"。那么,赵树理如何平衡"现实主义"的严峻性与"喜剧样式无冲突"之间的"悖论"式倾斜? 她分析道,赵树理在人物的转变描写上,"从来不超出人性的现实境遇"。"从《小二黑结婚》到《卖烟叶》中那些角色的最主要和最显著的共同点是:他们处在人物性格一致的这个原则的范围之内。在行为与思想转变的表现上,这些为数众多的人物都受最古老也最原始的动机支配:即个体的切身利益。"为此,三仙姑的转变,缘于她已认识到自己的年老色衰;"能不够"的转变,则是想透了离婚对于一个女人来讲,意味着生命的艰难与羞辱。"常有理"则是为了避免损失而缴械。上述三位中年女性,"她们的生存作风的转变,从政治意识形态,思想立场的角度来测验,无疑是中立的。这种意识形态中立化的变化,在赵树理的虚构境界中,是经常重演的现象"。"她们变化的过程与下场是另有来龙去脉的。即每个人物的觉悟都是性格的启发,起点和催化反映一系列社会与心理因素的影响。"

"切身利益"在这里显然被马若芬当作表达现实主义深度的核心概念。"转变人物"或"中间人物"的"觉悟动机",在当代同类型的很多作品中是与作品人物亲身体会到"社会主义优越性"而形成因果关系,由此表达中间人物对政治意识形态的认同,从而使文学的本质叙事合法化、真理化。但赵树理没有这样做。他总是把人物的"觉悟动机"与"追求切身利益"结合在一起,在利益权衡中让人物作出自己的选择。"被迫"和"自愿"都应当看作是"利益动机"的直接后果,——这正是赵树理、"现实主义"的巨大"真实性"和"客观性"。①

马若芬还看到了"切身利益"在正面人物描写上的广泛运用。她以《三里湾》的范灵芝为例说:"只在她家庭生活气氛和平,或她的婚姻可能性

---

① 以上均参见马若芬:《赵树理笔下的旧乡村人景——谈谈〈催粮差〉与〈刘二和与王继圣〉》,《赵树理研究文集·下卷·外国学者论赵树理》,中国文联出版公司1995年版,第26—32页。不过,这里需要指出的是,马若芬显然有意地忽略了《刘二和与王继圣》这部作品的后半部分内容。作品的后半部分,既描写了刘二和等小字辈的扬眉吐气,也同时有意地揭示包括他们在内的农民阶级在"继续斗争"面前的短视与内在恐惧。笔者以为,这部小说分别在1947年和1957年两次发表,在赵树理是别有寄托的。

不受政治理想破坏的前提下,她才尽力争取政治目标的落实。"论者认为,在这一点上,她与马有翼在"革命性"方面"差到底了"。《表明态度》里王永福的"转变",则是他"认清追求个人主义的打算是极其得不偿失的"。论者认为,"喜剧样式"的"转变",意味着赵树理的表达隐藏着"批判性"。在《锻炼锻炼》这部作品中,赵树理对"小腿疼"的故事叙述,"是一种意味深长,充满许多含蓄意义的手法"。论者把它命名为"结构批评"的写作手段。所谓"结构批评",我们从论者的分析中可以理解为,虽然作品带有喜剧调子,但干部与"小腿疼"的紧张一出现,喜剧性就不存在了。而当作者把"小腿疼"、"吃不饱"列入"讽刺"对象后,也使她们的"罪行显得轻微,同时使社会的罪过显得重大"。论者认为,赵树理以这样的喜剧的"样式转变",促成了"极其尖锐写作方法"的形成,"是个批评现实社会内恶现象的生动妙笔"。即从"小腿疼"视角看来,"时代的现实社会并非无辜"。"赵树理所看到的社会罪恶是对妇女武断的看待和压抑的态度。""赵树理这样操纵故事的结局显然的原因是,他不但对政府的一些政策有意见,也知道直接提出自己的看法是不智之举,因此只好采用巧妙的、间接地表达笔法。即用微妙的样式转变,来引起读者内心的波动,让读者自己动动脑筋来领会到内涵的批评。"因此。赵树理并没有在作品中展示她们的转变。"《锻炼锻炼》的结构本质包含的意义是,给我们提供足够的理由来做个断定:赵树理虽然渴望社会主义的圆满建设成功,可是极不同意强迫平民这一举动,非得他们志愿走上社会主义道路,才能达到真正的社会主义社会。"① 从这些论述中我们可以看到,论者有意的把社会学批评、结构主义批评以及叙事学批评结合了起来,相当深刻地揭示了赵树理"十七年"小说创作的极为独特的修辞行为。

正像鲁迅的伟大恰恰在于一代代人对他的不断阐释一样,赵树理在外国学者那里的"价值形象"不能不引起我们深刻地反思。虽然我们还不能完全说这一"价值形象"是被我们完全遮蔽了,但至少可以说明,对赵树理研究的价值指认有着多种可能性。那种要么肯定与否定,或者依照"五四文学正统论"的一元价值论来压抑赵树理文学的做法早该结束了。

---

① [美]马若芬:《意在故事构成之中,赵树理的明描暗示》,《赵树理研究文集·下卷·外国学者论赵树理》,中国文联出版公司 1995 年版,第 33—48 页。

"山药蛋审美"在解放区及中国当代文学中的价值意义

"山药蛋审美"这一概念,是我们在对"山药蛋派"审美特质进行抽绎之后的一种表述。它尽管被"山药蛋派"作家和作品的整体存在所根植,但却不仅仅囿限于"流派"的特定范畴之中。质言之,它毋宁就是"农村题材创作"或"乡土文学"之于延安解放区(含其他解放区)的一种特殊表述。这是因为,作为流派,"山药蛋派"是在中华人民共和国成立以后才被认定的。但从它被认定的那一天起,并不意味着它的审美使命的终结,而恰恰在其高潮中获得了它自身大发展的崭新起点。这一特点就制约着我们,不仅要从当代文学的构成中来看取它,更重要的是须到它生成过程的动态历史中去搜求——很显然,以赵树理为旗手,以马烽、西戎、胡正、孙谦、李束为等人为基础的"山药蛋派",是一个从现代走向当代的跨代审美现象。又因为,当"山药蛋审美"以成熟姿态辞别现代进入当代之后,时代的文化选择为它的完型化提供了良机。可以说,它自身机制的完善过程就是中国当代文学审美格局成型的过程。纵览中国当代文学审美历程,"山药蛋审美"的影响决不像 20 年代诗歌领域中的"新格律诗运动"或 30 年代散文领域中的"何其芳观象"之于主潮那样的淡漠状态,而是以弄潮儿的身份,始终领骚于船头。这一流派之于中国当代文学全部历史的价值定位作用,就清楚地说明从

20 世纪 40 年代到 60 年代构成运动的同一性。当我们把社会变革的代际观念引入文学史之后,我们便会惊奇地发现,在近半个世纪政治对历史、政治对文化的苛刻选择中,只有"山药蛋审美"以其不变的固有姿态,坦然迈入当代,也只有"山药蛋审美"成为联结现代与当代两个时空审美历史的唯一中介。

这一情形将给我们许多饶有兴趣的启迪:在建国前这一段以战争为主要手段的新民主主义的文化整合过程中,"山药蛋审美"到底扮演了怎样的角色? 做为审美现象,它的特质都表现在哪些方面? "山药蛋审美"同时被两个时代所宠爱,这是否可以说明解放区与新中国的文化构成过程富有内在的统一性? 同时,作为一个相当单纯的审美现象,它是如何在文明与愚昧、传统与西方、都市与乡村、"五四"艺术理性与延安艺术理性、浪漫追求与务实精神等诸种交错复杂的矛盾运动中保有自身并发扬光大的? 在当代,它以怎样的审美魅力影响于审美格局建构过程的呢?

……

诚然,解答这些问题是不容易的,但仅仅是现象流程的描述本身就很有意义。

一

当一种审美现象,尤其是产生在特殊境遇中的审美观象,在其后不断变幻的未来历史中一而再、再而三地围绕价值进行厘定的时候,具有恒定性质的文化范畴被人想起,这便是自然而然的事情——"山药蛋审美"的研究现在正处于这样的临界点上。如果把 1943 年赵树理发表的《小二黑结婚》之后所引起的最初评价文章算作对这一审美现象研究的起点,那么,到今天已有半个世纪了。整体看来,人们大约只是在下列两个方面来阐述"山药蛋审美"的功能新质和审美创新意义的。功能是靠对它参与时代政治指数的大小来加以确定,譬如文学史教本中对赵树理的文学史贡献有两点是绝对首先肯定的——反映了解放区的新生活,塑造了翻身农民的形象。创新意义是以其作品实体向大众普及程度的高低来加以评判的。除此以外有关审美本体范畴的观照视角、叙述方式、语言功能等实质性存在,却无法从量化角度被用来对创新意义加以说明。这种纯粹依托外在参数而把握作品的阐释方法,因其解释范畴的无法超越,终导致作品价值探讨的徘徊不前。多年来,人们只习惯于或善于寻找"山药蛋审美"与时代政治的对应关系,而不善于把审美的价值界定置于文化历史中来进行。这就使在以社会改变为质点的环境中生成的审美现象的内在蕴含,被人为地大大简化了。而解放区尤其是延安解放区却从它一建立的那一天起就构成了一个崭新的文化实体。"山药蛋审美"的时代受宠,则是这一文化整合过程中所诞生的"延安艺术理性"的实态表征。以冲突式选择为特征的解放区文化整合历程,集中体现在"山药蛋审美"的生成过程之中。

"山药蛋审美"所面临的文化整合背景是一个多元情状。从解放区文化存在的整体上看,大致可分为政治的文化观念、知识分子文化观念和农民文化观念。这三种文化观念各以其功利性、超前性和传统性来表现其质点。政治的文化观念是指中国共产党核心领导层的文化观念。他们更多地着眼于社会政权变革和体制刷新角度来提出文化构想的。"五四"新文化运动对中国近代历史所提出的启蒙与救亡的两大主题,在外敌入侵而导致的存亡危机不断加深的情况下,两大主题并重的情形不断向"救亡"一侧倾斜。救亡的现实迫切性在压倒了一切的前提下成为国民精神的主导性指令。同时,救亡与启蒙的目的的内在同一性,又决定了完成两大主题的方式不再是"五四"时期的理论探讨,而一变成为现实的切切实实的实践。中国共产党的核心领导层正是从这个角度理解并接受了"五四"新文化运动的精神财富,并致力于从中国国情的实际出发,把救亡作为自己战斗的旗帜。当他们沿着"救亡"这一轨道深化革命实践的时候,文化建设便被自然收缩在社会变革、夺取政权的制度文化层面上。所以,政权意识、军事斗争意识和阶级意识的强化,也就成为自然而然的事情。打碎现存的国家机器,更换制度——即推翻人剥削人、人压迫人的制度,就成为中国共产党核心领导层文化观念的质点所在。与"五四"新文化运动的启蒙先驱们有所不同,中国共产党从一开始就把文化建设的重点定在民族内部环境的完全改观上。新文化运动中五花八门的理论争辩,不仅使他们迅速得以成熟,而且为他们的提前超越提供了契机。他们从启端就认识到"文化启蒙"是革命、而"革命不是请客吃饭"。正因为如此,诸如以理性制约为基础的卢梭的"民约论",以居高临下的怜悯为特征的"人道主义"、乌托邦式的"日本新村"以及天才的"摩罗"式救国道路等,很早就被务实的中国共产党人搁置一旁。当许多"五四"先驱还在殚思竭虑把信息传播作为文化启蒙手段时,中国共产党则渐渐已把"斗争"作为文化启蒙的主导方式。"五四"以来文化上的中西优劣之争,在他们这里则表现为压迫与被压迫、剥削与被剥削的阶级之争。文化上的区域差别、精神差别,则表现为超越地域、超越时空的阶级差别——即本质的制度差别。如果我们认真翻检一下中国现代历史的全部就能发现,中国共产党人在建国前的历次文化论争之中,都不曾有过纯理论的声音。显然是,中西文化的优劣比较,说到底还是以精神文化为主的小文化范畴。而共产党的领导则一开始就自觉而不自觉地在物质与精神全部总和的"大文化"观念里来思考当时中国的现实。总而言之,中国共产党从现代历史的入口处接过了"救亡"的大旗,并同时把文化启蒙思辨融入到现实救亡的实践之中,以"斗争"的务实替换了"理论"的务虚。在精神与物质总和基础上瞄准文化的制度层面,把中西文化优劣的特性比较,导入具有世界普遍性、以利益占有为质点的阶级差别分析之中。夺取政权成为文化建设的吸附中心,救亡与启蒙的两大主题,在文化的政治功利要求上合二为一。

同时我们还能看到,中国共产党在没有建立独立区域(解放区)之前,我们还不曾了解他们对传统文化与西方文化的明确态度,即他们还没有从往昔文化存在的整体上有深度地阐示"打倒封建主义"的范畴与意义,马克思主义的结论产生与西方近代文化之间的关系尚无暇顾及。"五四"提出的文化理论命题实际上已漫化到具体的实践过程里。

——这有意无意为拥有独立区域后的文化建设留下了可以随意斡旋的余地。

解放区的建立与政权的区域性确立,这才标志着中国共产党文化建设的正式开始。文化的理论与实践呈共生状态,二者互动构成了解放区新型文化整合的动力与特点。以延安解放区最为典型。在这个区域里,政治作用体现为主要作用。政治对文化的导引已不再是舆论的牵导而是耳提面命式的主动。政治意向体现为文化意向。独立区域的特殊存在和民族面临的抗日救亡现实,驱迫着一切包括文化对政治进行最大限度的认同。现实的功利取代了一切遥远而虚泛的文化梦想。文化建设的附属性就在这迫切的需求之中产生并定位。功利性——在现实的绝对需求中进而衍化为一种照观视点、结构原则、价值标尺和目标模型。政治的文化观念以极强的实践性完成了它的诞生。以此为准则,包括文艺在内的文化整合,拥有了崭新而开放的范畴——不论传统还是西方,一切有用的我们尽要拿来。文化的精英启蒙让位给大众参与的生活实践。民主体现在合理分享权益,科学体观为实事求是,自由体现为个人与集团的同一。时代政治的功利文化观念,不仅制约着解放区文化重构的正反合过程,而且以一种监测姿态,牵导着个人文化行为的选择与定位。

知识分子文化观念的超前性特点,来自于中国历史自近代以来所开启的价值转型的特殊性上。从洋务运动到五四运动,中国的文化改革经历了器物—制度—观念的三个阶段。洋务运动的失败与戊戌变法的流产,使当时继续寻求济国兴邦之途的知识分子普遍认识到,一切改革的失败原因均来自于根植在传统文化的惰性观念。国民精神劣性在每一次社会变革努力中所表观出来的强大的韧性,顺势构成了"五四"前后知识分子进行文化启蒙的现实触媒。以价值观念和伦理秩序为核心的国民生存方式,便成为现代知识分子对封建文化进行抨击式批判的首要对象。从背景上看,这种小文化范畴的精神启蒙,不仅与未来的救亡大目标相一致,而且成为彻底实现这一目标必不可少的基础。一大批现代知识分子就是带着对西方近代文化认同的心态来开始中西文化优劣比较的。他们不是从经济的角度而是从进化的角度发现了中西文化优劣的实质——即现代与传统的尖锐冲突,工业化与封建制不可调和的矛盾。往昔与今日阶级压迫的现实被他们在进化式比较中略去了。略去同一性的时空比较,便造就了现代知识分子文化观念的超前性。当他们认为一切人文景观都来自于文化制约时,对西方的认同也就成为必然。对封建性传统文化的酷烈批判也同时成为他们的共同理性。在中西文化比较中,努力发现两种文化的观念差别、时空落差和价值悖性,以西方近代文化为基础参照来确认国人精神上的顽症,警醒世人并开具药方,并在批判与否定的过程中重构民族文化的现代体系,这便是现代知识分子甘愿而共同肩负的使命。中国传统文化中所培育的"务使风俗淳"式的士大夫忧患意识,由于现实危机的日益加深和西方文化的引入,一变而为对整个封建历史存在进行极端否定与批判的现代忧患。民主、科学、自由,不仅是口号和旗帜,而且成为现代知识分子文化心态中核心观念。现代知识分子逐渐形成了以否定、批判为外在行为,以民主、科学、自由为价值目标,以忧患为基本情调的心态机制。为此,他们常常以"清道夫"自居,把批判的锋芒指向一切既存。在面对中国现实时,怀有同样忧患的中国现代政治先驱们与文化先驱们的差异也随之产生。"掀掉这吃人的筵席"并不等同于鲜明的政权意识,口诛笔伐与军事斗争毕竟不是一回事。当政治先驱们在阶级分析中确认农民为中国革命主力时,而文化先驱们则把农民作为封建文化的寄植体加以批判。政治先驱们以直接的现实功利观念来自觉地规范自我行为的同时,文化先驱们则把"立人"的新型标准限定在民主,自由与科学的范畴里。民族精神不再是"留取丹心照汗青"的历史人物的固有,忠君报国被无情地抛弃。政治家们早就看到了人道主义观念的空泛性,而不像文化先驱们那样把它自觉体现为一种人格。中西文化理论比较中政治家们的缄默、冷漠与文化先驱们的激动亢奋,是中国现代文化历程中特别有趣的现象。以打碎传统、选择重构为理性支点的现代知识分子,不自觉地把观念改革的文化启蒙置于涵纳一切、包治百病、至高无上的位置。他们对达到目标前的一切历史过程的所有缺陷都不能容忍。博大而持久地忧患感,使知识分子面对现实总保有一种洞悉人世的哲人风度——这一切,在社会剧烈变革的时候则显得正气凛然,引人仰视。他们这种只执著于理想而相对忽视具体变革历程的文化战斗,到了独立的重建文化的解放区则立即呈现出陌生色彩。他们那以漠视历史为起点的现代理性,那对现实和历史持久怀疑并大胆否定的情感格调,那种把人类文明的最新成果作为民族文明再创的高境界追求,那种把平等的观念漫化于生活的具体流程中来加以确认的顽韧与固执,那种善于挑剔,甚至吹毛求疵的浮躁以及善于把一切外在内化到自我感觉里而后加以评判的感觉方式等,这一切,便构成了知识分子文化观念的整体。如果说在都市社区里,这一意识还具有普泛性特征,那么到了以工农为主体的解放区,它的特殊性便被凸现,成为解放区文化整合所面临的一个重要文化背景。

　　农民的文化观念,作为普泛的概念似乎比较容易理解。但置于解放区这个特定区域,也同样有它的复杂性。按照文化生成的严格系统分析,中国农民在历史上并没有形成与地主阶级或士大夫阶层相对应的完整的文化形态。他们作为社会文化的实际游离者,永远等待着被别的文化所塑造。他们对土地的理解——即重要的土地观念,与地主阶级的理解并无二致,他们的价值观念和伦理情怀更多地来自于统治阶级的规范和士大夫阶层的行为影响。一方面他们受着压迫,另一方面却在文化拥有上又不断地向压迫者靠拢。乡俗民风作为农村文化的重要侧面,在被大一统理性规范的同时,农民作为这一文化的主体所能渗透进去的只是一些原始初民的粗豪与侠气。所以,现代知识分子把农民作为封建文化的寄植体是有其深刻性的。但农耕文明悠长历史中所孕育的农民那些崇祖、尚老、随群、趋同、惧官、唯实、忍让、卑己、恐变、偏安、自私、保守、贪小、淡大、敬鬼畏神等观念,只有在主体是一个典型的农民时才可以看得完全而鲜明。农民精神内部的反抗因素,只有到了生命受到严重威胁的时刻才能表现出来。他们某些铤而走险的举动,多半是私仇而致。作为文化实体,他们只有生存意识而没有政治意识。对一切高谈阔论他们都保持着可怕的默然。只有当他们看到自己的利益——以土地为最得以保持时,所有激情才可挥洒出来。延安解放区农民文化的保守性也正是这一历史所赋予的。这决定了中国农民在得到实利之后的很长一段时间内都不可能把目光投向自我以外更广阔的空间,趋同观念可以使他们在一种外在力量的召唤下团结起来,同时,他们作为文化存在的游离性,也就使其具有了某种可塑性。"卑己"的心态被时代大大张扬的先锋性质所代替,突然拥有的主人身份因悖于历史常规而多少有些恐慌不安(比如他们希望发财而进入阔人行列、希望儿女的苦读入仕来改换门庭)。当一个区域的农民成为人口主导时,他们那种不是文化的文化——历史沿袭下来的观念、行为等却能形成强大的准文化氛围。这不但是一个巨大的存在,而且还是一个可怕的存在。我们对解放区农民文化观念的认识就是从这一角度得来的。

　　上述这三种文化观念,从解放区诞生的那一天起,就以既独立、又混而未分的形式,成为文化整合的复杂背景。一切包括审美在内的文化选择与重构都受到这一背景的强大制约。有趣的是,这三种文化都被置于战争环境之中,战争既是它们走到一起的肇因,又是重新塑造他们的机会,同时也是新文化整合过程的有力杠杆。以现实功利为最高准则的战争文化生成环境,使得上述三种文化或多或少总要在过程中丢弃一些质素与色彩,在觅取最大共振面的同时,以罕见的宽容和自我牺牲,重新获取活力,成就新的文化整合。

二

我们在上面所列三种文化观念,既是新型文化整合的背景,又是解放区审美创造的背景,而且从历史的实际情形来看,审美创造从一开始就成为这一辉煌的文化整合历史的开路先锋与主力。对于建立了民主政权的解放区来说,人与人之间的同志式新型关系,朝气蓬勃的精神状态以及由新的约束而渐渐成型的道德关系和以工农为主体的庞大的低层次接受群众,使得这一文化整合从伊始就被规范了突破口,即必须推陈出新,从传统中煅冶创造的新质。它的展开是从群众娱乐活动和通俗文学两个方面进行的。用革命的思想鼓舞群众、教育群众——时代政治对文化所提出的这一口号本身,既规范了内容,也限定了形式。"革命思想"是对文化内容的简炼概括,"教育群众"则无形规范了传播内容的形式——必须为广大群众熟悉且喜闻乐见的形式。"五四"新文化、新文艺发展成长的两个向度——外来吸收与传统创化,因此也只留下传统创化一途。"五四"新文艺伊始就提出的文艺大众化问题,在此便轻而易举地获得了解决的可能。但诸种复杂因素又决定着探索这种可能的步履是小心翼翼的。担负着文化整合重任的知识分子分明感到:面对历史,政治与审美却有着截然不同的态度。当共产党人始终不渝地把封建主义列为打倒对象的时候,就暗示出政治对历史绝然的否定态度。这种态度与审美在传播革命内容时对"旧形式"的依恋,形成了隐约可感的矛盾。这造成了文化创造与审美创造的共同尴尬。其实两个领域的误差是抽象的,而现世的功利需求才是实在的。两种对于历史的态度一旦归结到功利性上,一切也就迎刃而解。解放区时代对这一矛盾的巧妙调和,其意味令人深长思之——反历史的态度被置于功利之外,对历史的依恋却因功利需要而变得合理。悖论解答的唯一范畴是功能。这就为"山药蛋审美"在认同政治的前提下对传统进行创化,提供了可以自由斡旋的余地。当历史被切割为"实体"与"形式"两种状态之后,历史便在功利的酵化下获得新生,某些历史以合理的身份,坦然走进现实。

"山药蛋审美"从解放区文化创造的起点上看,其实应该被视为是一种宽泛的概念。其最初的形式应当说是群众娱乐形式的重新使用。比如闹红火,秧歌剧等。不过,这些还不能算是审美,因为它还不曾进入到审美创造者艺术意识的视野之内,人们还未从研究的角度对这些存在进行分析。一句话,它还不曾以理性方式作用于主体继而作用于审美实践。人们只是看到了这些旧形式对时代政治需求的呼应。从某种意义上说,这只不过是乡村审美在战争文化环境中的有限表现而已。只有到赵树理及其同类作品大量出现并产生了前所未有的接受效应之后,"山药蛋审美"才真正以艺术存在的方式进入人们的视野,继而引起了人们的重视。也就从这个时刻开始,"山药蛋审美"才以有价值的身份参与到新文化的建设之中。在延安以及其他解放区,历史的一切都不能为这一新型的文化提供什么可资借鉴的东西,而新文化的建设又面临着许多难题:既要把时代政治的观念变为知识者完全接受的理性,又要在大众欣赏习惯与功利性结合的基础上发挥知识者的聪明和才智,同时还要达到对大众普泛水平和传统的超越;既要在政治取向上接纳"五四"理性,又要在乡村情感中渗进现代意识;就文学而言,既要在某一点上达到对"五四"以来文学全部成果的超越,同时这一超越又不能以牺牲工农欣赏习惯为代价。政治文化观念的功利性、知识分子文化观念的超越性和农民文化观念的传统性,要一并在新的机制里留下自己富有活力的因素。这一切,都是肩负文化整合重任的解放区审美必须正视、必须解答的问题。

那么,"山药蛋审美"是如何解决这一难题的呢? 实际上,这一审美类型的生成过程就是上述这些问题的解决过程。

在解放区,以工农大众为主体的社会构成,他们对历史与现实的巨大贡献,不仅使工农的革命先锋性得到了时代实践的认可,而且他们从真正意义上成为生活的主人。因而,他们成为艺术创造者关注的重心也是必然。描写刻画他们,反映他们的生活的全部,尤其是在历史与现在的比较中生动地展示出他们精神裂变的曲折历程,日益成为解放区文学的高境界追求。当都市知识者对农民的居高临下的描写遭到讥讽之后,在广大艺术创造者还不能弄清"在提高指导下普及,在普及基础上提高"的辩证关系的时候,尤其是当进入解放区的知识者在艺术实践中感到自身意识拥有与所表现的对象之间的距离而陷入困惑的时候,身兼农民与知识者双重身份的农村识字人,却被诱发出前所未有的创作冲动。解放区内所出现的新问题,又时时拨弄着他们敏感的神经。以赵树理为代表的一批人正是迎着时代的某种焦渴走上文坛的。他们那在毫无功利观念下对以自由自在形式发展自身的民间艺术的感受与兴趣,他们对农村人、事、情、景的稔熟,使他们一开始就毫不费力地占有了艺术的表层真实。尤其像赵树理那样,把农村新人有意置于民主与封建的冲突范畴中加以精心描写时,便在无形之中托出了解放区文化整合的示范典型:功利性因"问题"的切实与解答而得以最大限度的外化,民主与封建的冲突范畴本身就顺接了"五四"以来现代知识分子的忧患意识,地道的乡村风格又使作品在与工农情感类型全方位对应中获得空前的轰动效应。

面对传统,他们的姿态堪称独特。他们不是以一个现代艺术创造者的君临姿态来对传统加以有距离的审视,而是在对时代的政治理念进行了自觉认同之后,以自由的神态对自我那根植于乡村文化情趣中的艺术意识进行剥离。在这一剥离过程中,他们不是只把民间文学形式作为无生命的硬壳保留下来,而是把其中最富有创造活力的"智慧"变进新的延安艺术理性之中。在这方面,赵树理就最为典型。他没有过像李季写作《王贵与李香香》那样刻意搜求的过程,也不会像艾青那样在运用旧形式时只会收获"东施效颦"的悲哀。他对农村文化的通体透悟,使他的扬弃成为创造。"赵树理最初的艺术趣味毕竟是在民间文学的氛围中培植而成的。民间文学在其发展的过程中并不十分看重其功利性。它在自在状态中把自己的价值寄植在娱乐的审美层次上,不仅形成了自由自在的发展过程,而且本身就是自由创造的结果。这显然要求创造者必须以自由的心灵,并以智慧的自由组合而获得。民间文学作为农民文化的一个显型层面,其存在方式的自由性无疑成为农民文化中最为活泼、对人的精神最能产生影响的因素。民间文学的自由存在形式和自为发展的状态以及由此对创造者提供的审美自由空间和对创造者自由意念的诱发,对于赵树理来讲太重要了。他正是在这一'自由''自为'的审美氛围中,在不知不觉中培植了自己的审美情趣并激起审美创造能力的。怡人性情的地方戏曲,游走四方的说书艺人,流行于田间炕头的板书及出现在人们调侃之间的'顺口溜'式的诗的创作,给予赵树理的是一种极为自然的陶冶,是对他在趣味牵导下审美创造冲动的自然诱发。审美创造和接受的自由氛围,创造者与接受者的非功利性的对应契合以及在此基础上对每一个有志于审美的后来者自由的诱惑,形成了赵树理既不同于'五四''理性自由'又不同于延安时代'共性自由'的审美创造的自由意念。"赵树理的艺术趣味是在多重自由的民间文学土地上生长起来的,由于这种兴趣的建立过程是一个纯自然的过程,也就决定了他不仅接受了它的价值观念和创造方式,而且接纳了其自由意念并构成了赵树理自己在审美创造中的艺术理性和智慧。他在生命的自然需求中对审美产生了兴趣,又在兴趣的自在发展中获得了智慧,理性的基础和归宿都是生命的自由追求。这种审美心态在经过"五四"理性的淬火之后,把乡村审美的自由天性导向救亡的功利上面,价值归宿指向'现代'启蒙方面。"①

　　——这一方面说明,"山药蛋审美"参予解放区文化整合过程是自由意志的创造,另一方面说明,这一创造的范畴和获得广泛认同的可能正是以三种文化观念共性切面为基础的。从上述情形看,不论是时代的宠爱,还是内在上对"五四"文学的超越,抑或是艺术价值的重构意义,都成为"山药蛋审美"发展的必然结果。

三

　　上面,我们考察了"山药蛋审美"之于延安解放区文化整合背景下出现的历史必然性,以及这两个独立体共生共荣的内在机制。但产生机缘的依附性并不能说明价值归属的必然依附性。"山药蛋审美"之所以能在解放区文化建设中起到先锋和价值定位作用,与其本身形成的特质分不开的。它并

---

　　①　参阅笔者:《面对现代的审察——赵树理创作的一个侧视》,《延安文艺研究》1991 年第 2 期。

不像对秧歌剧的使用一样,只是把"夫妻识字"或"兄妹开荒"的现代内容装进旧有的形式,也不像街头诗、诗传单那样,把形式降低到最原始的层次,它是创造主体艺术意识自觉之后能动创造的结果。他们在把"山药蛋审美"作为创作方向之前,都经历过相当艰难、漫长而又沉重的选择过程。这种选择,既有认同,又有扬异,还有新的组合。选择的范畴不是同质类别,而是异质鉴别。赵树理、马烽、西戎、孙谦、李束为、胡正等都是如此。他们相比之下,赵树理的艺术选择过程则更为复杂些。20年代他在长治师范读书时,社会变革所产生的"五四"新文艺,不仅以其现代内容激动着他,同时也把他那处在自然状态的艺术意识开始推向理性化轨道上。"五四"文学作品所包蕴的现代知识分子面对民族危亡的忧愤意识,文明与愚昧、民主理想与封建惰性的冲突中所呈现出来的巨大的悲剧感,以及先驱们在作品中所鲜明昭示的对自由的渴望与焦灼,都无形之中催迫着他从乡村情感中走出,加入到现代知识者的行列中来。"五四"文学的理想以及托出这一理想的形式,一同唤醒了赵树理年轻的灵魂。以此为开端,他由一个农村的老实后生渐变为环境、祖例的叛逆者,成为领骚时代的激进青年。这一阶段,尽管赵树理并未进行文学创作,但他那生成了民间艺术趣味之中的艺术感觉却得到了被自我选择的机会。发轫于外来思潮激励的"五四"文学,使赵树理对早已熟悉的民间文学的反思提供了一种异质参照,因而也使民间文学在强烈对比之中第一次在主体面前显出了陌生。他对"五四"文学的醉心,一方面说明赵树理的艺术感觉中已有了两种不同的审美因素,另方面又说明自己艺术意识重心的转移。30年代早期他被迫流浪太原,创作成了他唯一或主要的谋生手段——尽管如此,他并没有去写"地摊文学"以赚得丰厚的收入,而是以地道的欧化式现代语体表达着一位潦倒、贫困的热血青年对世道人心的良知与思考。拳拳之心,感人至深。青少年时代对民间文学的情感稔熟和30年代欧化语体文的实践,使进入解放区的赵树理已成为一个相当成熟的艺术创造者了。解放区文化整合对他来讲,选择过程已不重要,而重要的是价值的确认。他在解放区实际工作中所遇到的形形色色的问题,在此已成为他对时代政治进行价值确认的可贵媒介。发现问题、思考问题、解决问题,并把自我思考过程与企望用农民的口吻道出,这一切,在赵树理那里都做得自然、坦然、悠然。

长期选择的结果在此已显出明显的成果,"五四"文学赋予他艺术理性的现代色彩,使他得以从现实问题背后看到现代与传统、民主与专制、科学与愚昧等大文化范畴的严重冲突,使自己作品的内在价值与"五四"以来新文学形成同构;对民间文学和农民心态的分外熟悉,又使他能在语言叙述这一文本层次上达到对新文学所有成果的超越。二者相和而产生的效应,奠定了时代与个人选择的趋同性,最终使个人选择成为时代选择的标本。严格地讲,赵树理的艺术选择及其实践,是在充分自觉的艺术理性牵导下进行的。解放区文化整合背景的三种色彩,在他这里得到了最完美的结合与调制。

马烽、西戎、李束为、孙谦、胡正等人,他们差不多是同时到达延安的。在此之前,他们分别都是各个地区文艺活动的骨干。由于年龄的关系,他们从事文艺的动机更多地来自于革命斗争的需要。民间文艺的耳濡目染,沉浸在他们心中的不过是"娱乐方式"而已。他们从说书人、传统戏曲和流行于民间的通俗性古典小说中,得到的也只是编故事的能力而已。直到进入延安,他们还不曾对上述自己那些自在自为的艺术实践活动进行过认真的思考与分析。诱导他们走上艺术之路,不是别的,而是文艺之于革命斗争的必需性。这几位都是很小就参加了实际的革命工作。斗争的环境成为他们人生观点的唯一环境,换一句话说,他们的理性生成是与对革命无保留的认同一道开始的。这就决定了他们偏嗜于从直接功利性上认识文艺作用的先天特点。艺术的意义,不是在于它的独特性,不是在于它所有的而别的什么无法替代的特质,而是在于艺术之于实际斗争的功用性。一句话,是因为艺术在革命那里获得意义他们才觉得有意义的。艺术在这时他们心中,毋宁说就是准革命的概念。对革命的认同包含了对艺术的认同,同时也代替了对艺术的个别的认识。其艺术的其他因素与特质一同被消融在"意义"和"功能"之中,可以说,他们这时对艺术的认识不但肤浅,而且欠缺,处于相当混浊的模糊状态。

刚到延安,他们随之进入鲁迅艺术学院学习——对于他们,这是一个崭新而陌生的环境。尽管他们的艺术意识还不健全,但人类历史上所有渗透着不同艺术观念的成果却不断地向他们灌输着。由陌生、新奇到熟悉、爱好,这一群出生农村的青年识字者,在艺术的精华世界里开始了对艺术的理解,开始了自我审美意识的建构过程。如果我们把这个开端与他们后来成为"山药蛋审美"中坚作家的审美终点结合起来看,真是太有戏剧性了!"鲁艺"期间,外国文学名家和"五四"以来的名家成为他们认识艺术、感知审美的唯一对象。令人惊奇的是他们并不因为出生农村而影响到对异质审美的接受,恰恰相反,面对这些异彩纷呈的世界,他们很快就进入到痴迷状态,直到今天,他们说来依然稔熟得很![1] 这一阶段,也是他们对审美特质真正认识的阶段,如文学史观念、技巧观念、形式观念、语言结构观念等。储存在他们情感记忆中的乡村审美的一切,开始在系统艺术理性的构建过程中与世界文学及"五四"以来中国新文学进行着直观的比较。这是一个重要的比较选择阶段。但斗争的需要,使他们很快便投身到实际生活之中,带着对"鲁艺"环境的留恋踏上了乡村土地。乡村审美的情绪记忆与"鲁艺"环境中所孕育但还幼稚的现代审美意识,因为没有机会充分融合而各自分割式存在着。斗争的严酷和形势的紧迫感进一步刺激了时代政治对艺术的直接功利要求,延安文艺整风以后新的艺术原则,很快成为广大艺术工作者所认同的"延安艺术理性",赵树理作品的连续出现和轰动效应,与他们的乡村审美情绪记忆达到了完全的契合。混沌状态的审美感觉被提升出来在时代尚好中很快走向理性化。对革命的认同激情立即变为对"延安艺术理性"的认同激情,选择的定位,使他们很快走上致力于"山药蛋审美"创造的艺术道路。同时,真实地反映农村生活的艺术要求却无形之中培育了他们对现实主义的执著——这既是他们能在建国以后的五六十年代领骚文坛的历史原因,又是他们遭人误解的起因。尽管上述选择过程的中断影响了他们完型成熟,但外国文学、"五四"新文学和农村审美对他们的感情熏陶,为他们以后的选择及重新对自我的审美意识作出价值定位打下了坚实的基础。

其次,从他们的艺术成果和审美实践过程看,他们那在不自觉状态中对外来、传统和时代政治三者艺术趣味的糅合、取舍却带有明显的独创性。在鲁艺,他们接触更多的是 19 世纪西方现实主义作品。而他们在艺术实践中有意无意舍弃了 19 世纪批判现实主义作家对现存社会冷酷批判的锋芒,把

---

①　1987 年笔者采访西戎等作家时,他们不仅记得当时所学的外国文学中作家的名字,连作品内容也能复述。

批判转换成对以落后、保守为特征的农民心态和行为的善意嘲讽与调侃。更为可贵的是他们从外国作家对现实批判的背后看到了对未来光明、公平、自由的焦灼追求，并在实践中加以变形，形成"山药蛋审美"所特有的浪漫韵致——《小二黑结婚》《李有才板话》《李家庄变迁》《孟祥英翻身》《邪不压正》《福贵》《喜事》（西戎）《村东十亩地》（孙谦）《红契》（李束为）《金宝娘》（马烽）等作品，这些作品最后的光明结局，说明了这些作家那建立在对生活深刻理解基础之上的浪漫韵致的历史意义。尽管上述作品中人物的浪漫结局与时代有关，现实的确为人生出现这种光明结局提供了可能，但这作为艺术人物的归宿，就不只具有与现实相呼应的价值，它托出了解放区文艺的一种审美风度！面对传统，他们的潇洒无与伦比。因为传统对于他们并不是刻意搜求的东西，与他们并没有距离。渗透着乡村文化的民间审美对他们永远有一种温馨感。他们从中吸收到的是一份情趣、一种智慧和一汪深情，对民间审美无序状态的情感储存，不但构成了他们实践里一份难得的滋补与涵养，而且也使他们艺术的选择过程被永远置于感性支配之下，最终葆有其鲜活的生命力。对农民口语的叙述化审美使用，既不是时代政治功利牵导下的机械动作，也不是采风式猎奇。语言与情感的完全对应，使他们的创造，什么时候都处在自然无饰的状态之中。

其次，他们很早就无意识地为"山药蛋审美"的价值升华找到了恒久的文化范畴。通过人、事 情、景的描绘，展示农村文化范围和农民心态原在，使他们的作品在歌颂的背后又有某种冷峻。比如他们在作品中对土地观念、宗法观念等乡村文化核心部分的生活展示。"对于汉民族文明历史来讲，'土地观念'是农民这一阶层特有的，并且一直处于对其他一切观念进行支配的地位，在某种程度上它构成了中国封建经济及其生产关系，生产力的中心概念。民族经济长期停滞不前，商品意识的极端淡漠，对一切社会变革的漠视和麻木，自我意识的完全丧失，个人理性的社会化统一色彩，甚至谨小慎微、胆小怕事、愚昧而顽固、泛神与天命观念，都可以在这一观念中找到源头。""'土地观念'所赖以生存的土壤与封建正统文化——儒家文化（尤其是宋儒文化）在本质上有很多相同之处——比如一样的'尊古''法古'，无条件地相信'通例''老例'，以泯灭个性为基础的'温柔敦厚'，妄自尊大的自我封闭,'唯上''唯圣'的专制理性等,使得土地观念得到历代封建统治者的宽容和强化。在被专制理性渗透了的'土地观念'熏陶下的农民,他们的愚昧、麻木、顽固,就成为一种理性的存在。这一切,对于以民主和科学为最后归宿的现代革命或曰现代文化来讲,无疑是巨大的障碍与惰力。对于这一存在的批判与改造,构成了中国现代革命一个极其重要的任务。土地观念中渗透的现代文化与固有文明的冲突,成为中国自近代以来文化选择过程的基本冲突。"① 我们以赵树理《刘二和与王继圣》、马烽《金宝娘》、孙谦《村东十亩地》,束为《红契》为例,老刘、大和、二和、铁则、鱼则等人在大是大非面前的"各怀鬼胎"(《刘二和与王继圣》),金宝娘为了土地的忍辱含垢,《村东十亩地》中"我"在地主活财神退地许诺之余的下意识惊喜、怀疑,《红契》里苗海其的软弱、愚昧、糊涂,归根到底不外乎土地观念对他们心态的无形制约。失去土地,他们感到了痛苦。来自于土地的任何诱惑,包括欺骗,都能使他们产生激动。在作品中,作家们以"土地观念"为基础而设置了作品的中心线索,赋予人物以特有言谈举止和心态,勾勒出人物在"土地观念"束缚下曲折、复杂、艰难、痛苦的思想历程。

　　如果说土地观念是农民生存基础的话,那么宗法观念则可谓是"山药蛋审美"中农民文化的逻辑构架。宗法的观念核心是血缘联系及在此基础上的伦理规范。这一点,在他们这里则几乎被集中在"家庭"这一范畴里。宗法观念具体体现为家长制的家庭体制。严酷的家长制及其宗法观念,对于处在贫困线以下的农民来讲,所滋生的只有奴性意识。民主文化与这一奴性意识的冲突是他们创作中比较常见的冲突式样。如我们在前面已经提到的《村东十亩地》里"我"在"翻身"之际忐忑不安的心绪波动,《红契》里苗海其甘愿忍受地主的愚弄而继续为奴,都是明证。宗法观念在农村生活中和农民文化中的泛化,与土地观念一样,造成了农民文化的极端封闭性。其鲜明的表现就是,农民总是善于或下意识地在一切选择关头回头看,总是不由自主地翻老例,以历史的既定来看取自身选择的价值,把自我意识完全交付给由古人或历史所造成的通例中。一旦他们自身的选择无法在历史存在

---

① 参阅笔者:《山蛋派文化特征初论》,《山西师范大学学报》1988 年第 4 期。

中找到"渊源"，那么，即使这一选择在未来方向上具有如何伟大的前途，他们都可以最终弃之不顾，而恪守成规。封闭的环境和文化，使中国农民在没有任何横向比较下所进行的选择（除了个别社会强制之外），几乎都是向传统的无意识认同。基于生存欲望而产生的物质需求，被宗法观念加以规范，向隅自守发展为极端自私，自给自足发展为不思进取和盲目排外，安贫乐道发展为麻木不仁和义利两忘，内倾保身发展为胆小怕事和胸无大志，质朴谦卑发展为愚昧固执和奴性十足。基于"土地"的农民文化及其心态，在浸透着封建正统文化的侵蚀之下，完全扭曲变形，在某种意义上成为中国社会中常常被人忽视的"准封建性"文化心态。①"山药蛋审美"的冷峻，正是来自于对农民文化的这般深入。

以上三点的分析我们试图说明，"山药蛋审美"富有创造性的审美实践，不仅为解放区的文化整合提供了范例，而且深化了艺术自身。能把各种不同的审美因素和要求，以独特方式在文化三原色中完善地调制起来，这正显示了"山药蛋审美"的艺术风采。

四

"山药蛋审美"是一种以乡村审美为主格的现代审美形态。它的雅俗共赏的特点，决定了它和以普通大众为基础的新民主主义文化建设内在的一致性。它在面对时代政治的严格制约、各种审美因素的互相冲撞所表现出来的艺术弹性，很快就成为解放区具有效法价值的审美时尚。从这个时候起，"山药蛋审美"的创作主体群，就由赵树理、马烽、西戎、孙谦、胡正等少数山西籍作家，一变而为解放区所有作家的参与。各种艺术意识和审美情趣开始从各个角度各个侧面谨慎地渗出来，"山药蛋审美"的机制弹性进一步增强，理论探讨也由此兴起，审美实践的高峰形态旋即来临——李季、阮章竞、张志民等对民间诗歌的刻意研究与创造，孙犁对小说情趣的进一步拓展，包括艾青、丁玲、周立波、何其芳等都市艺术家向民间审美的自觉倾斜，以及出

---

① 参阅笔者：《山蛋派文化特征初论》，《山西师范大学学报》1988 年第 4 期。

现在康濯、邵子南、秦兆阳、孔厥、袁静、萧也牧、陈肇、柳杞、俞林、王楠、丁克辛等人笔下的新的作品,标志着以"山药蛋审美"为实践形态的延安艺术理性,不仅开始走向成熟,而且以众望所归的群体仰慕方式完成着它全方位的泛化——这一情形一直持续到建国以后的 60 年代中期。"山药蛋审美"不仅成为解放区审美的旗帜,而且以此为基点形成了"文革"以前中国当代文学的艺术格局。尽管在几十年的实践中,它的存在形态有很多变化,但流贯于这一时期的艺术理性本质和美学风神,却不曾有过根本性的改变。

那么,"山药蛋审美"的艺术理性和美学精神到底是什么呢?它是如何影响中国文学的当代格局的?

首先是满怀激情对现实的持久关注。从赵树理开始,"问题"就始终是"山药蛋审美"的一个重要意象。这种意象与我们通常的理解有很多不同。"问题"在作品中,与其他那些被艺术家当作意象的事物一样,具有实在的客观属性。但它却不是以静止的状态被人发现,意象的意义也不是靠创作主体主观情感的特殊酝酿而获得,而是"问题"本身就含有历史,就充满着矛盾与冲突,其动态性不只体现在生成过程,而是体现在难以把握向度的未来发展之中。主体对"问题"的思考过程,就不得不置于一个相当宏大的背景之中。人与问题的纠缠过程,就是艺术展开的过程,也是作品以生活细节为基础获取文化超越意义的过程。"问题"联着历史、现在和未来。赵树理从小二黑小芹的恋爱受阻问题中看到了民主与封建的冲突,而这一冲突的艺术展开,就切进了文明与愚昧冲突的文化范畴。《李有才板话》中,小字辈、老秦、陈小元、老杨等人物,每个人物都是一个问题,而每个问题的深入都有各自不同的意义。陈小元的变质预示了农民意识对新型的政权的极大危害;老秦的保守与势利,说明着传统存在的巨大韧性;小字辈的焦灼,表达了新文化初建时期青春的忧患式活力。赵满囤(《三年早知道》)、赖大嫂(《赖大嫂》)等人物的典型性,均来自了其承载"问题"的典型性。由"问题"来强化艺术感觉,捕捉创作灵感,酝酿结构秩序,被许多作家所使用。以反映现实的题材创作为最,《创业史》堪称代表。

其次是以理解和激励为基础的情感态度。在"山药蛋审美"的经典作家这里,这种情感态度的确立不但很早而且很自然。他的作为"人"的主体的情感,一开始就和土地、乡村紧紧相连。与农民、农村血缘般的亲昵,使他们在面对这一对象时总有一种亲切感。革命过程对农民、农村的绝对依赖以及农民对现代社会变革的巨大贡献,时代政治对农民身上革命先锋性的空前张扬,使他们的乡村情感很快走向价值化和理性化。他们对农民、农村的理解,满含着宽容与善意,浸透着同情与体恤。当他们由"问题"切入而深加思考时,对象身上的落后性已不再有批判价值,而只能以善意的调侃对待之。时代的需求,对象在特定的环境中的特殊性和他们与对象之间的血亲关系,自然托出了他们的"颂扬"为基调的审美态度。写农民保守、自私、狭隘与惰性,总是跟着贫苦的生存背景。写他们的心计,狡猾,总是以不伤大雅的"善"为归宿点。因此我们便很少能在他们的作品中看到如叶紫《星》中所表现的那种劣性心态而带来的惊心动魄的悲剧。冲突方式的平淡化,对峙状态的生活世俗化,人物行为的喜剧化和形象性格转化因素的政治化,就是上述情感渗进审美实践过程后的必然结果。当代文学中朱老忠、梁三老汉、许茂等形象的复杂性,就是这种情感与对象本身的传统根性相调和的既定产物。

再次是直面现实的浪漫姿态。作为现实主义风格的"山药蛋审美",其艺术品质的浪漫性不只是体现在人物的最后归宿恰恰吻合于历史发展的必然性,这仅仅是一个表面现象。过去任何时代的浪漫主义都是以对现实的否定为肇因或是走向过去、或是走向未来,带来的是人生美学境界的虚泛性。而他们却乐观地面对生活,在热爱之中发现那些可以走向未来的新鲜因素。从某种意义说,它的实在情形与后来的革命浪漫主义理论相吻合。直面现实的一贯追求,规范着他们总是从生活的实际出发,善于从生存方式的些微变化中窥测生活主体的观念变化,因而就可以避免对人生景观展望的主观虚妄性。其浪漫姿态又使创作主体的审美激情得以持久不衰,有利于把现象人生的种种冲突顺势导入民族文明的建构历史过程从而获得作品的博大与厚实。"山药蛋派"中作家那善于把过程的沉重消融在最后喜剧性结局的审美操作方式,那种善于以农民的善意幽默来缓冲生活悲剧力度的能力,那种精于在中间人物身上含纳时代变革效应的独特视点,不仅是他们对新文学富有独创性的贡献,而且也使"山药蛋审美"从时代需要的40年代崛起之后,能以自已越来越健全的品质不断占有着时代,审美品质也随着这些创造成果的不断积累日趋摆脱依附而走向独立。50年代末、60年代初一大批反映革命历史题材的作品,从各个方面都能对上述这一特征予以说明。因为这一特点已超出了"农村生活"这一题材的限制而化为一种艺术理性和美学精神,进入了美学的抽象理论领域,成为影响当代艺术创造的意识力量。

显然是,仅仅只从题材或体裁角度看取"山药蛋审美"的意义,仅仅只从"山药蛋审美"与毛泽东《在延安文艺座谈会上的讲话》的对应性上界定它的价值,就势必抹杀它的独立品格。任何对"山药蛋审美"以依附性范畴进行的研究,都难以获得有价值的深入。

综上所述,面对战争的文化环境,以政治的文化观念、知识分子文化观念和农民文化观念为三原色的文化整合,既是"山药蛋审美"生成的背景,又是它在发展中能够获取独立品格的价值起点。它对文化整合过程的全程参与,决定了它的价值归宿应该是民族现代文化选择与重构范畴而不是时代政治范畴。"山药蛋审美"在外化过程中的功利效应,并不能说明它占有历史和时代的资格只来源于功利诱惑。它以富有弹性的艺术成果及其审美机制,使延安艺术理性得以迅速物态化、生动化、形象化和普泛化。从40年代到60年代的中国当代文学艺术格局中的"山药蛋审美"气象,正得之于广大艺术创造者对"山药蛋审美"生命活力的广泛认同。

为此,我们有理由说,"山药蛋审美"的研究,才刚刚开始。

二十世纪"山药蛋派"研究的几个问题

在 20 世纪中国文学进程中曾一度引发过广泛且持久关注的"山药蛋派",的确是中国现当代小说创作领域中不可忽视的重要审美现象。从今天来看,它实际上经历了从生成、发展、繁荣、衰落直至终结的全过程。作为历史的"山药蛋派",已经获得了进入"经典式"研究的可能。不论是从"史"的角度进行价值定位,还是在"领域范畴"进行现象描述,都为研究者的结论趋向"科学化"提供了良好的契机。对历史的价值定位,总是从对历史的客观性清理中开始的。本文就试图完成这个基础性工作。

一、命名的"夹缠"

在各种研究文章中,把以赵树理为首,以马烽、西戎、李束为、孙谦、胡正为主将的创作称之为"山药蛋派",已是无争的事实。人们在使用它时,已是广泛认同基础上的无可怀疑的确认。无论是在研究赵树理的文章中,还是在研究其他几位作家的文章中,凡是从群体意识角度来论述"山药蛋派"创作时,都有了以下的共识:首先都认为这一流派产生于 50 年代,并可以上溯到 40 年代中期,繁荣期是 50 年代末到 60 年代初。其次认为这一流派的旗手是赵树理,主将有马烽、西戎、束为、孙谦、胡正;再次认为,这一流派有其传人,这主要是指在 50 年代走上文坛的山西乡土作家群包括李逸民、杨茂林、韩文洲、谢俊杰、义夫等人,并且这一流派在新时期初期还有影响,如在韩石山,张石山等人的早期作品中可以看出。至于这一流派的特色,风格的认识则有着更多的共性:清一色的农村题材,并且以山西乡村生活为主;紧扣时代发展,在反映"新人"面貌的同时,擅长于"中间人物"的性格刻画;追求通俗性,自觉以农民作为读者对象,风格质朴,常带"土"气等。这些都说明,这一创作群体,就群体成员之间的关系看,确有其鲜明的特性。正因为如此,人们在探讨这一流派的生成过程中都普遍认识到,这一流派在形式上并没有共同宣言,也无创作上共同遵循的纲领,更没有所谓成立时间,"派"性是在长期创作中逐渐形成的——"流派"意识并不是产生在创作主体那里,而是接受者感受的结果。由这一特性,研究者又引申出这一流派构成因素的许多结论。人们普遍认识到,这些作家的特殊身份(农村识字人),他们对文学价值认识的特殊环境(战争环境),毛泽东"讲话"精神对解放区艺术发展的定位和特殊时代里人民大众对文学的特殊要求等,是这一流派形成的主导性因素。

以上情况说明,"山药蛋派"的生命是寄植在上述这些普泛性的共识上面的,并成为现代、当代文学研究中的一个特有概念。

然而,对这一群体的"流派"命名,却颇多曲折。甚至到今天,人们依然难以溯寻"山药蛋派"这一命名的起始,几乎所有的著述都语焉不详。所以常常出现对这命名的"质疑"或试图以别的称谓来概括的情形。① 这一点也表现在以吸纳研究成果见长的诸多现代、当代文学教科书中。唐弢主编的《中国现代文学史》(3 卷本)在论述赵树理创作的最后这样提到一笔:"他的这种具有鲜明民族化群众化的艺术风格,对于后来的小说创作发生了深远的影响。在五十年代形成了被人们亲切地称为'山西派''火花派''山药蛋派'的艺术流派。"黄修己在 1979 年出版的《中国现代文学简史》中,也在同样的位置简要地指出:"在解放区小说创作中,赵树理的艺术风格影响最大。有一些作家读了他的作品,受到感染、启发,使自己风格向赵树理靠拢。也有的并不

---

① 刘再复、楼肇明:《论赵树理创作流派的升沉》,《新文学论丛》1979 年第 2 期;戴光宗:《山药蛋派质疑》,《山西文学》1982 年第 8 期。

熟悉赵树理,但因共同的文艺观而形成与赵树理相近的风格。到了五十年代,在山西作家群中形成了以赵树理为代表的,俗称'山药蛋派'的小说艺术流派。"杨义的《中国现代小说史》并没有采用这种说法。对赵树理之于这一群体的影响他不曾提及。说到马烽创作时不仅论述了解放前的创作,也还延伸到80年代。他说:"同是扎根山西,简直可以说同是'山西派'新农民作家或'新乡土作家',渐趋成熟的马烽却开始寻找略异于赵树理的艺术个性。"显然,杨义是用"山西派"来称谓这一创作群体的。这种情况在当代文学史教材中更加明显,有的根本就不涉及。① 我认为,这些至少说明对这一流派的认可存在分歧。原因也许是五六十年代对这一创作群体进行研究的人们,还没有具体的、自觉的"流派意识"或理论性"群体"辨析认识。这就无怪乎到了新时期的80年代,对"山药蛋派"还有"介绍"、"且说"、"再说"、"再思考"、"也说"、"质疑"、"质疑的质疑"等等热闹的讨论了。②

　　山西作家群小说创作的"山药蛋派"命名及对这一命名的认可,显然经历了一个很长的不乏曲折的过程。对山西作家赵树理、马烽、西戎、束为、孙谦、胡正等作为一个群体加以关注是从50年代开始的。《文艺报》在1958年底推出了《山西文艺特辑》,对这一群体的近作进行了评价。表面上看是对每个作家的单个评价,但"特辑"本身就表明了《文艺报》的一种意识,即从"群体"、"整体"上对他们进行分析,并试图引导一种研究趋向。这个时期人们普遍地把它称之为"山西派"或"火花派"。这两种称谓,前者是从地域上着眼的,后者是从他们的大部分作品所揭载的刊物着眼的。("文革"以前,山西文联的机关刊物为《火花》月刊。)这种称谓是一种极简单的区别方式,似带有很大的随意性。提出这种称谓,无疑是意在引起读者和研究者的注意而已——犹如新时期的"晋军"、"陕军"、"湘军"称谓一样。显然,这是一种笼统的、即兴式的、简单的称谓。

　　"山药蛋派"这一提法始于何时,多年来人们似乎一直是语焉不详。

---

　　① 见吴宏聪等主编的《中国现代文学史》,武汉大学出版社1991年版。

　　② 这些文章包括:宋化木:《介绍山药蛋派》,《语文教学通讯》1980年第2期;李国涛:《且说山药蛋派》,《光明日报》1979年11月28日;《再说山药蛋派》,《山西文学》1982年第12期;艾斐:《对〈山药蛋派质疑〉的质疑》,《山西文学》1982年第10期;锦园:《也说山药蛋派与艾斐商榷》,《文学报》1983年10月6日;戴光宗:《关于山药蛋派再思考》,《宁波师范专科学校学报》1983年第3期。

　　下面这样的介绍很具有代表性:"山药蛋派,是以我国山西地区作家为主体的一个松散的作家群体。建国后,特别是五十年代中期以后,以山西作家赵树理为中心,逐步形成风格相近的创作流派,亦称'山西派','火花派'。比较有影响的作家有马烽、西戎、束为、孙谦、胡正等。他们的作品,有较深厚的山西农村气息,采用现实主义手法,热情表现新生活、新人物,民族风格突出,语言通俗易懂,以故事叙述为主,结构层次分明,线索一般较单纯,尽可能通过语言、行动刻画人物性格,避免长篇心理描写,努力运用富于表现力的地方口语等。这些风格的形成,使之自成一派,为我国当代文坛所注目。"① 在一本专论流派的著作中,论者是这样解释的:"从四十年代开始,在山西文坛上活跃着一群年龄、经历、艺术教养、创作道路、作品题材内容和艺术风格大体相仿的作家,他们都是山西土生土长或长期在山西生活的作家,所以被称为'山西派',又因他们发表作品的主要阵地是山西文联的机关刊物《火花》,还被称之为'火花派'。这些作家的作品都带有鲜明的地方色彩和浓郁的泥土气息,也有人便以山西农村最常见的土特产'山药蛋'(土豆)来为其命名。'山药蛋'之名虽然不那么全面,高雅,却抓住了这一流派与众不同的主要特点,生动、形象、通俗、幽默,便逐渐取代了其他两个名称而流传下来。"

　　从以上的征引中我们看到,研究者分析了何以用"山药蛋派"来对这一创作群体进行命名的原因所在。1979 年,刘再复等人发表了《赵树理创作流派的升沉》,李国涛发表了《且说山药蛋派》,引发一场全国范围的持续几年的探讨与争论,出现了一批较有影响的研究成果。从此,山药蛋派连同它的名称,得到文艺界以及广大读者的普遍认识。② 对这一问题的研究,比较有说服力的是朱晓进在其专著《"山药蛋派"与三晋文化》中所表述的:

　　　"山药蛋派"起源于四十年代中期。1942 年以后,赵树理首先发表了一批具有浓厚乡土气息和山西地方色彩的作品,当时同在山西的马烽、西戎、胡正、孙谦、束为等在赵树理影响下,也写了具有大致相同的特色的作品。这批作家在建国初曾一度分散,但五十年代中期又都不约而

---

① 《文学知识大观》,时代文艺出版社 1989 年版。
② 《中国现代文学流派概观》,成都出版社 1990 年版。

同地先后回到山西工作,并且不断创作出有影响的作品,从而在五六十年代形成了一个相当有影响的文学流派。将这个流派命名为"山药蛋派",正是抓住了这个流派的地域色彩和乡土气息浓郁这一共同的特色。山西盛产山药蛋,五十年代末,《山西日报》曾登载文章宣传山药蛋的种植、特性以及它在山西人民生活中的地位和食用方法等等。几乎是同时,《文艺报》在1958年第11期推出了《山西文艺特辑》,将赵树理、马烽、西戎、胡正、孙谦、束为等作为一个群体作了总的评述介绍。也许是巧合,后来就有人将"山药蛋派"作了这一文学群体的名号。①

"山药蛋派"这一名称之所以很久以后被大多数人所接受,关键是一开始提出这一命名的时期,是含有对这一群体作家的贬义的,即在其始它竟是一个贬称。因此而带来是这一批作家对这一称呼的"沉默",又反过来使许多研究者不便于循其"命名"。②从各种资料分析来看,以"山药蛋"为这个创作群体命名的始作俑者,显然是觉得这一类创作"土里土气,不登大雅之堂"③,含有明显的戏谑意味。这表明了中国当代审美观念上的严重对立性。其实,早在赵树理创作之初(40年代初),对这类风格作品的褒贬争论就产生了。

1942年1月,一二九师政治部与太行区党委召开太行文化人座谈会,会上的争论就"殊多分歧",甚至于"会场空气异常紧张"。几经周折才得以发表出版的《小二黑结婚》,"受到太行区的广大群众的热烈欢迎。仅在太行区就销行达三、五万册","但当时在太行山区,仍然有些知识分子对《小二黑结婚》摇头,冷嘲热讽,认为那只不过是'低级的通俗故事'而已。甚至当时太行山区的一位知识分子出身的干部,看过小说后也摇头号说:'这是海派'"。④由于上述历史的纠葛,当代文学中对这一命名是否确当曾有过长期的争论。直到80年代初,这种争论还在继续着——这成为"山药蛋派"研究发展过程中一个十分有趣的景观。属于这个流派的主将西戎曾说过:"六十年代山西作

---

① 本书1995年8月由湖南教育出版社出版。
② 西戎:《人民需要为人民的作家》,《五老作家创作五十周年研讨会纪念文集》。
③ 《五老作家创作五十周年研讨会纪念文集》。
④ 杨献珍:《从太行文化人座谈会到赵树理的〈小二黑结婚〉的出版》,《新文学史料》1982年第3期。

家群,形成了以赵树理为代表的一个文学流派,名叫'山药蛋派'。最初是一种贬义,认为这一类作品土里土气,不登大雅之堂。后来由于这些作品在读者中产生了影响,引起文学界的关注,有人著文评论这个流派的价值特色,才有了褒扬的意思。"①1979 年,李国涛在《且说"山药蛋派"》一文中分析道:"为什么称'山药蛋派'? 这里结合着山西在生产上和生活上的特点,又针对这批作家深深扎根于农村生活,作品浓厚的生活气息和地方色彩这些特点而命名的。"1984 年,高捷在《山药蛋派作品选·序》中也对这一命名进行了认真的确认:"把山西作家群成为'山药蛋派',不管出自爱昵的谐谑或微含轻蔑的调侃都无关紧要,它的确较为确当、形象、风趣地概括出这个流派的特色。"

　　"山药蛋派"的命名与"山西派"、"火花派"、"赵树理创作流派"等命名相比较,的确突出了它的特点——不是地域特点或刊物特点的简单划分(前者如江西诗派、公安派、桐城派,后者如"七月诗派"、"现代派"等)——鲜明的地方色彩和浓郁的乡土气息。"山药蛋派"的命名过程及其曲折的经历,恐怕是现当代文学史上任何一个流派都不曾具有的。这也许可以从一个侧面说明,一方面这个创作群体在 20 世纪 40—80 年代文学历史中具有的重要的历史地位,成为人们绕不开的话题;另一方面,这种命名的曲折过程也含纳着丰富的当代社会、政治、文化的风云变幻和审美观念上的深刻歧见。

　　"山药蛋派"这一命名始于何时? 要回答这个问题,需要从以下几个方面加以考察。

　　一是取决于赵树理、马烽、西戎、束为、孙谦、胡正等一批作家的创作以"群体"的势头与面貌出现在读者面前。从创作历史来看,他们都是在 1942—1943 年一年间开始创作并发表第一篇小说的(赵树理是个例外)。客观地说,全国解放以前,除赵树理的创作和马烽、西戎合著的《吕梁英雄传》在读者中产生了较大影响之外,其余作家和作品都尚处在"一般"的状态之中。赵树理之外,马、西、李、孙、胡等人除了满腔的创作冲动之外,尚未具备自己的艺术意识和鲜明的审美创作追求。他们在创作上并未与赵树理的创作一起在读者心理上产生"呼应式"效应。"晋绥时期"的战争繁忙和时代特殊需求使他

---

① 《五老作家创作五十周年研讨会纪念文集》。

们只是忙于以文学的形式完成任务。1949 年至 1957 年,他们又分别调到北京、成都、重庆等地,直至 1957 年夏,马烽、西戎、束为、胡正、孙谦才聚首太原,并开始以专业作家的身份从事创作。我以为,这一身份的变化,是他们的艺术意识走向自觉、独立的开始,并且在创作中逐步确立了方向一致的审美追求。从 1956 年至 1958 年期间,马烽发表了《一篇特写》、《四访孙玉厚》、《扑不灭的火焰》(与西戎合作)、《三年早知道》、《老寡妇》、《停止办公》、《我们村里的年轻人》、《重要更正》等;西戎创作了《宋老大进城》、《一个年青人》、《盖马棚》、《行医事件》、《姑娘的秘密》、《王仁厚和他的亲家》等;束为创作的有《过时的爱情》、《难忘的印象》、《好人田木瓜》、《老长工》、《唉,这伙年青人》、《崞县新八景》、《临时任务》等;孙谦的作品有:《奇异的离婚故事》、《未完的旅程》、《有这样一个女人》、《爷爷、儿子、孙子》、《万水千山》、《伤疤的故事》、《新麦》、《湛港盛世》、《半夜敲门》、《水库之谜》、《腊月二十九》、《大门开了》、《一封感谢信》、《大红旗与小黑旗的故事》、《春山春雨》、《一天一夜》等;胡正的作品有:《七月古庙会》、《两个巧媳妇》、《盲女乔玉梅》、《拉驴记》等。

　　从以上罗列可以看出,他们的创作进入了自 40 年代以来的稳定的高产期,由个人特色构成的群体特色日趋鲜明,而这些又与赵树理建国以后由《登记》、《三里湾》、《"锻炼锻炼"》所引起的文坛冲击波一起,以整齐、强大的创作阵容,显示了其群体存在的状态和势头。可以肯定地说,评论界以"群体"的眼光看待他们,是从这个时刻开始的。

　　二是取决于评论界和读者对"创作群体"的认可。这一点鲜明地体现于《文艺报》1958 年 11 月《山西文艺特辑》。在这个特辑中,马烽的名篇《三年早知道》、西戎的《姑娘的秘密》、束为的《老长工》、孙谦的《伤疤的故事》和胡正的作品被集中地评价。虽然评论者对这些作品是分别加以评价的,并没有把他们当作群体在评论中体现出来,但这种"特辑"的集中展示却可以说明许多问题。它预示着评论界已经注意到这一创作群体,并有意倡导一种"群体研究"。

　　三是取决于作品风格的相似性——包括立意、题材、冲突方式、结构和审美情趣与语言操作等。从"特辑"所评价的几篇作品看,《三年早知道》是马烽一生的代表作之一,"赵满屯"成了"中间人物"的代名词。《伤疤的故事》中"我"大哥大嫂也属于同样的人物,作品表现出对农村变革及农民在变革中的精神震荡的十分关注和深入探索的意向。"事件"构成情节重心,在情节的发展中塑造人物也是这些作品的基本方式。贴近生活,反映问题现实,故事的单线叙述和小说语言的山西乡土色彩等,这些都不约而同地进入读者的视野,形成由"相似性"联结而成的"群体印象"。

太多的相似性,使人们自然而然地称之为"山西派"。

何时才有"山药蛋派"一说,我认为李国涛的论述是可信的。他认为:"过去,人们在口头上曾把山西的这个流派称为'山药蛋派'。"① 我认为,正式把"山药蛋派"从口头上移入文章,并以概念的形式正式提出来,正是李国涛。也许在此之前,"山药蛋派"已在人们的口头上流传了十多年。

文学研究界对"山药蛋派"的形成期已有了共识,即认为 50 年代末到 60 年代初。这一时间确定的意义在于:不是说在五六十年代才有了"山药蛋派",而实际是指这一群作家在创作中的共性被理论性认可,以群体被关注——这与先前是大不一样的。如此说来,那么"山药蛋派"的研究历史是从何时开始的呢? 在确定这个时间,需要考虑以下几方面前提:

一是根据流派产生的初始时间来确定。流派的产生有一个过程,在这个过程中,流派的面貌是逐渐鲜明化、凸现化的,最后走向作家群以"流派"的方式被认识。但是,"过程"中的内容也应当被视为结果的基础。因而,对结果产生的过程中的"基础性"研究也应包括在流派研究的历史内容之中。

二是注意"流派"的特点。"流派"不同于单个作家,它首先或者本质上是一个"群"的概念,是由若干个作家所构成。每个作家和每部作品都构成了这一"流派"的必然性内容。一般地看,对"流派"这一现象的研究都可分为"流派前研究"——这种情形更多地表现对单个作家、单个作家的研究;"流派后研究"——这显然是指研究者从流派角度着眼群体的研究。当然,两个阶段也有交叉。这样就应当肯定,对"流派"作家的单个研究也是它的重要内容。

三是研究意识的辨析。有过很多这样的例子:流派研究中的"单个"研

---

① 《且说山药蛋派》,《光明日报》1979 年 11 月 28 日。

究与"群体"研究的差异是很大的。差异在于前者也许没有流派意识,而后者"流派意识"体现在各个方面。其结果是前者可能带来流派中某个因素的深化认识,后者则是"流派"研究的整体性推进。但我们说,文学的现象研究,总是在微观与宏观的结合上获得突破的。"流派史"的内容应当宽容地把一切相关的内容包括进来。

根据以上的思考,我们可以把《小二黑结婚》发表以后引起的反响作为"山药蛋派"研究历史的起始,从 40 年代到今天,关于"山药蛋派"的研究,可以分为前、中、后三个时期。1943—1957 年为前期;1958—1966 年为中期;新时期以来为后期。

为了研究的方便,我们论述的内容主要是马烽、西戎、李束为、孙谦、胡正等作家的创作。对赵树理,因为他可以是单独列出的"大家",其本身的研究成果已是蔚为大观,我们在此只是着眼于他的"流派"位置,所以采用必要时提及的方式。

二、研究的回顾

(一)前期(1943—1957)

这一时期是"山药蛋派"的萌芽草创时期,也是研究的起步阶段。在这一阶段里,除了对赵树理的创作进行了大规模的"方向性"研究之外,对其他作家的研究表现为以下一些特点:

一是侧重于对单个作品的评价。马烽在这个时期里共创作了 24 部小说作品(包括长篇《吕梁英雄传》)。代表性作品和反响较大的作品,除了《吕梁英雄传》以外,《村仇》《一架弹花机》《韩梅梅》《四访孙玉厚》等评价得较多。《吕梁英雄传》在这一时期前后共有九篇评论,其余的都有评价,其中以对《韩梅梅》为最。西戎在这个时期,除《吕梁英雄传》以外,包括剧作在内共 17 部作品。其代表作品是《宋老大进城》《喜事》等。前者连获好评。束为这一时期发表作品 17 部。他的作品反响比较小,仅有于 1946 年的《老婆嘴退租》获评介。孙谦在这一时期共发表小说 11 部,秧歌剧、话剧和电影剧本16 部。代表作可推《伤疤的故事》(小说)和《万水千山》(剧本)。从评介文章看,绝大部分集中在他的电影作品中。胡正在这一时期作品数量是较多的,但26篇作品中属于小说的只有10篇。代表作是1955年发表的中篇《鸣鸡山》和1956年年底发表的《七月古庙会》,对他的评论文章也限于这两篇。

从以上情况来看,对作家的评论是以单篇作品来进行的,且大多是即兴式的。从这些"评介式"研究中我们可以获得:一是这些作家的哪些作品获得了反响,二是这些反响表现了时代的哪些趋向和时尚,以此可以了解到这一时期中国社会包括审美选择在内的文化内容和构成式样。

二是这一时期对"山药蛋派"作品在评论时所采用的方法都是社会历史学的批评方法,主要是从内容与时代的契合程度上衡量作品的价值。从历史上看,这一时期正是中国社会新旧交替的重要时刻,抗日战争、解放战争、减租减息、土地改革、抗美援朝、农业合作化等,这些历史大动荡必然会表现在他们的作品之中,所以说,研究从时代的角度来加以展开,也算是一种历史的必然。这种评价的最高成果体现在周扬《论赵树理的创作》中。周扬在这篇文章中对赵树理创作特征的阐述和结论,都可以移到对"山药蛋派"整体创作的评价上。"山药蛋派"作品在"精神"与"思想"上对农民主人公地位的确立,作品因素(包括人物叙述)的农民化,基于对农村现实切实体会的作品的朴实情调,对叙述语言进行农民口语化处理的卓越能力等,这些都可以视为对"山药蛋派"艺术追求和成果魅力的准确概括。这是一种整体的存在,虽然还处在萌芽状态。这一时期研究这一流派的重要文章可在研究赵树理的文章中看出——如周扬《论赵树理的创作》、郭沫若《读了〈李家庄的变迁〉》等。

第三,这一时期如果从流派角度看,有一篇文章特别值得重视,就是言午《〈吕梁英雄传〉与〈小二黑结婚〉读后感》。这篇文章虽然是从解放区文学创作的范畴来展开论述的,许多分析也缺乏有机性,但这是第一篇把这一流派的两个作家、作品合在一起加以分析的文章,表现出初步的"群体认识"的研究意向,值得重视。

(二)中期(1958—1966)

这一时期是"山药蛋派"发展的鼎盛时期,也是他们以富有鲜明特色的强大作品阵容征服读者、震撼文坛、在文坛上获取"群体优势"(流派优势)

的时期。随着创作丰收期的到来,他们的作品主要表现在质量的提高上代表作大量涌现。其中很多构成了他们一生的代表作品。比如马烽的《三年早知道》,电影《我们村里的年轻人》《我的第一个上级》《太阳刚刚出山》等;西戎的《灯芯绒》《赖大嫂》、束为《好人田木瓜》《于得水的饭碗》;孙谦《南山的灯》《大寨英雄谱》、胡正《汾水长流》等。这些作品与赵树理的《三里湾》《锻炼锻炼》等作品一起,以其赫然的辉煌显示着他们的强大存在,的确给当时的文坛以不小的震撼。一时间,"山西派""火花派"称誉四起。正如1943—1945年赵树理发表《小二黑结婚》《李有才板话》《李家庄的变迁》等作品在整个解放区引起的震动并影响了当时的审美格局一样,"山药蛋派"马烽、西戎、孙谦、束为、胡正等人这个时期"集束式"作品与赵树理新作一起,又一次强劲地影响了中国当代文学,尤其是五六十年代的中国当代文学的格局(此点笔者将以另文评述,此外不再赘述)。

这一时期的"山药蛋派"的研究较之早期有了新的特点。

其一,掀起了以评论作品为主的研究热潮。他们几乎每一篇作品的问世,都有以评论为表现形式的社会反响。马烽的《三年早知道》《我的第一个上级》《太阳刚刚出山》《我们村里的年轻人》等都有三篇以上的评论文章。西戎的《赖大嫂》各种观点的评论文章多达七八篇,束为的报告文学《南柳春光》、孙谦的《奇异的离婚故事》、胡正的长篇《汾水长流》从小说到电影,竟有十几篇文章对之进行不同角度、不同侧重点的艺术分析,真可谓是众说纷纭、异彩竞呈。这种现象在《文艺报》1958年所编辑的《山西文艺特辑》的引导下,越来越具有一种"研究群体"的趋向。"派"的说法与概念——不论"山西派""火花派",还是微含贬义的"山药蛋派",已开始流行开来,可以说,这些都是对"山药蛋派"认可的开始,不过,同时也酝酿着分歧。

其二,"作家论"式的研究也亦成为常见现象。虽然早在40年代对赵树理的评介中就已经有了这种形式,但在"山药蛋派"其他作家那里,以"作家论"这种形式对流派中的某个作家进行深入研究的,最早始于1959年宋爽的文章《读马烽短篇小说集〈三年早知道〉随感》,随后思恭的《读马烽同志的短篇小说》《春到人间花自开——马烽同志的作品研究》,朱经权《谈马烽近两年短篇小说的创作特色》(《文学论评》1965年第3期),宋爽《努力描绘社会主义的人物——试谈马烽同志十年来的短篇小说》(《文学报》1960年第2期),俞元桂的《谈马烽和李准短篇小说的风格》(《文汇报》1962年2月25日),王若麟《漫谈马烽短篇小说的结尾》《从〈人性论〉到"写真实"——评孙谦的三篇小说》,等等。这些文章都从整体的角度就作家同一类创作、某个时期的创作或是创作过程中的主要代表性作品进行了细致的论述。采用"作家论"形式的研究者们试图用这种比较"大"的方式,勾勒出作家创作的发展轨迹、审美倾向的面貌和变化、艺术上进步的阶段性和各自的独特性。值得注意的是,虽然"作家论"这种形式更多地运用在赵树理、马烽身上,但透过这些可以看出,论述总是或多或少、有意无意地试图通过"这一个"来说明整个"流派",可以体味出研究者们那"单个研究"背后的"流派"背景和"群体统揽"的意识。这较之以前,是一个很明显的进展。

其三,以赵树理研究为代表,对"山药蛋派"研究开始进入深入化、细致化。开始关注风格、语言、人物、民族特色、地域风情、"问题小说"类型、甚至于"作品中的生活细节"等。这些也可以说是"本体研究"。虽然大量的文章还习惯于"外部研究"如与时代、与农村、与政策的关系等,但其中"本体研究"的开始,说明着当代审美研究界早已开始在接纳他们,并试图给他们的创作以科学的价值定位。

这一时期值得注意的成果有:刘泮溪《赵树理的创作在文学史上的意义》(《山东大学学报》1963年第1期),马良春《试论赵树理创作的民族风格》(《火花》1963年第1期)、《试论赵树理的语言风格》(《北京大学学报》1962年第1期),徐琪《民主革命时期赵树理作品的艺术特色》(《北京大学学报》1962年第1期),高捷《金刚石般的语言——赵树理作品学习记》(《火花》1963年第3期),姚光义等《赵树理笔下的农民群像》(《火花》1963年第9期),蒋成《组织故事的艺术》(《火花》1964年第8期),沈沂《马烽近作小说中两个动人的人物——赵大叔和韩梅梅》(《新民报晚刊》1954年7月12日)等。

其四,这一时期,是共和国历史在风风雨雨中曲折发展的一个时期。文艺界也同时进入各种政治斗争、文艺斗争、观念论争的"夹缠"之中。1957年反右以后,1958年"大跃进"、共产浮夸风、三年困难时期、1959年庐山会议、中苏笔战等,这一切都以极其微妙的方式影响到文学。在"山药蛋派"的研究中明显地感应着这种变化。随着这一流派作品影响的日益扩大和强劲,一时间"山药蛋派"的创作方向也成为文艺界争论的焦点。1962年"大连会议"前后,围绕所谓"中间人物"展开了讨论。肯定与否定各呈其辞,"山药蛋派"作品成了评论者的首先或必选对象:《〈赖大嫂〉的问题在哪里?》(园丁《山西日报》1964年11月13日),《写"中间人物的"一个标本——短篇小说〈赖大嫂〉的一个剖析》(紫兮《文艺报》1964年第11、12期合刊),《评论文章应当鼓吹什么?》(康濯《火花》12月号)等。除此之外,早在50年代中期就不断遭受批评的孙谦的作品《夏天的故事》《伤疤的故事》《奇异的离婚故事》《一天一夜》等,也在这里重新被"提起"。在当时,这一流派的作家们也不时陷入迷惘(见马烽、西戎所写的《危险的道路——评孙谦小说的思想倾向》)。诚然,这些观念在今天早已荡然无存了,不过,我们可以从里面看出"山药蛋派"在当时的影响。

这一时期存在的最大问题是,研究界尚未从整体上对"山药蛋派"进行鲜明的有开拓力度的考察。

(三)第三个时期(新时期)

新时期以来,以赵树理研究"拨乱反正"重新崛起为契机,"山药蛋派"的研究进入了一个崭新的时期,开始了这一流派有意识的、整体的、独立的和步步深入的研究。这一时期发表了许多有分量的文章。赵树理被许多研究者当作这一流派的重要构成部分,在整体中予以观照。其他作家也开始被不受干扰地、认真地研究。在新时期,对"山药蛋派"的研究还出现了两次高潮:一是1982年前后围绕"山药蛋派"的讨论而展开;二是1992年以纪念五老作家(马、西、李、孙、胡)创作50周年为契机,集中探讨了他们的创作价值和其在文学史上的地位。比之过去,具有了鲜明的"史"的意识和审美化认识的共性,"山药蛋派"的审美价值认识开始实现。

这一时期的研究有以下几个特点值得注意:

第一,对"山药蛋派"的再认识。这里指的是研究界某些人对"山药蛋派"是否存在而产生的怀疑,并由这一怀疑而引发的大规模讨论。这种观点主要集中在戴光宗和楼肇明等人的文章中。① 楼文的主要观点集中在：用"山药蛋派"来命名一个流派，并非是一种"科学概括"，"往往可能沦为一种以偏概全的艺术手段"。他赞成使用"赵树理创作流派"这一称呼。其理由是："这主要是因为杰出的革命作家赵树理及其创作劳绩，这个流派的诞生及其成长很可能不同于我们今天看到的这个面貌。以赵树理的艺术建树为核心，该流派的其他作家以各自的艺术光彩犹如众星拱月似的汇集成这个流派的光华；作为一个创作流派所必须具备的共同的创作方法，总的艺术倾向和艺术风格，造成了有特定血缘联系的庞大的形象体系，其间一定有一个网络中心，有一个榜样的开拓者，这是非老赵及其优秀作品莫属的。"显然，这只是不同意采用"山药蛋派"这一命名，但对流派的存在还是承认的。戴文则否认这个流派的实际存在。该文认为这个流派缺乏共同的创作主张，在比如对待"问题小说"这一点上，赵树理与其他作家歧异颇大，并且对待民间艺术传统方面，他们与赵树理在实践上也殊多差别。戴文的发表，引起了对这个问题的讨论，《山西文学》先后发表了李国涛等人的多篇文章，予以辩驳。这些文章大都根据戴文提出的几点意见进一步引申，就一个文学创作流派所形成的条件、风格及特殊性进行了深入探讨。这些文章的共识是："山药蛋派"不但存在，而且从 40 年代至目下一直在发展着，并且后继有人。这场"正名"性质的讨论，一方面折射出 80 年代初文学领域中的"反思"热潮；另一方面，其结果是使"山药蛋派"得到了确认，使其获得了在新条件下进一步深入研究的机会，并且在讨论中也都涉及到这个流派的共同的理论拥有、相似的审美追求和艺术成果的价值形态的一致性。这无疑是前一时期研究的深入，体现了相当自觉的、鲜明的"群体认知"的研究新面貌。仅就这层意义上说，这场讨论可算作是"山药蛋派"研究的真正开始。

　　其次，渗透着普遍的、强烈的"史"的意识，相比于 1958 年以前的作品评介和"文革"前的现象描述，这一时期的研究文章大都进入了一种在历史中寻找价值位置的状态。这是一种非常可喜的现象。楼肇明、刘再复认为："五四以来的新文学尽管出现了不少以农民为主体的作品，革命作家们非常

----

① 刘再复、楼肇明：《论赵树理创作流派的升沉》，《新文学论丛》1979 年第 2 期；戴光宗：《山药蛋派质疑》，《山西文学》1982 年第 8 期。

重视大众化讨论,但由于种种社会原因和艺术形式的问题,新文学并没有在描写中国农民觉醒之后的斗争上取得突破和成果,新文学和不识字的农民的结合仍然处于一种相当隔膜的状态。正是赵树理同志第一次在新文学的历史上完成了这一长期以来没有解决的课题。他不仅第一个成功地描写了新民主主义的主力军——农民的觉悟和斗争,塑造出众多个性鲜明的农民群众的新人形象,而且以中国农民群众喜闻乐见的中国作风和中国气魄写他们的觉醒和斗争,从而使新文学完完全全地大踏步走进茅屋村舍,这是赵树理及其创作流派在新民主主义革命时期的一个巨大的历史贡献。"[①] 李国涛先生也从"五四"以后占主流的革命现实主义发展的历史角度论述道:赵树理把鲁迅开拓的文学传统——"必须是'为人生',而且要改良这个人生"的文学,"发展到'为农民写作'这条道路上来",这也正是"山药蛋派""引人注目"的共性的最为显著的特色。

1992 年 5 月,中国作协作山西作协共同举办了"马烽、西戎、束为、孙谦、胡正"五作家创作五十周年学术研讨会。这次会议收到一大批论文,大大深化了新时期以来乃至半个世纪以来的"山药蛋派"的研究,形成了高峰。

第三,整体认识的深化。所谓整体认识,不仅指研究者有意识地把他们当作一个创作整体加以研究,而且指对马烽、西戎、束为、孙谦、胡正等单个作家的"整体创作"研究也比以前有了发展。一是时代的变化为研究者提供了从容的研究余地;二是这些作家大都在进入 90 年代以后基本停止了创作。90 年代以来山西文学阵容中的"晋军"主力如李锐、成一等作家的创作,基本上与过去的"山药蛋派"划开了界限。这些原因都导致一个结果,即"山药蛋派"已进入了历史范畴——这为研究者对他们进行全面、客观的研究提供了前所未有的便利。完整规范意义上的"作家论"开始大量出现。比如李国涛的《马烽论》,林友光、屈毓秀的《西戎论》,李文儒的《束为论》,苏春生的《孙谦论》,王君、杨品的《胡正论》等,以上这些加大众多的"专"文章,为确立"山药蛋派"及单个作家的历史地位和审美创造的独特性,都进行了有益的探索。在这一时期的此类研究中,研究者不仅着眼于他们的

---

① 刘再复、楼肇明:《论赵树理创作流派的升沉》,《新文学论丛》1979 年第 2 期。

共性,而且注意到了他们的差异,通过这些差异的研究,试图描述出他们各自在发展壮大"山药蛋派"方面所进地的独特创造——这是在过去的研究中所不曾有过的。如董大中的《五作家创作论》,李旦初的《在讲话的旗帜下——"五战友"与"山药蛋派"》,陈树义、李仁和的《晋绥五作家综论》,傅书华的《论"山药蛋派"作家的典型成型方式》,杜学文《论马烽等五作家小说创作的理想倾向》,杨品《乡土作家的恋家情结》等。

第四,这一时期"山药蛋派"研究的一个新气象就是研究格局开始突破了"社会历史学"批评一统天下的局面,出现了多角度、多观点和批评方法方法的多样化——这是新时期 1985 年以后文学审美观念发生大规模变化之于"山药蛋派"研究的影响。早在 80 年代后期,黄修己在《赵树理研究》这部著作中就率先使用多种新方法对赵树理进行新的评价,这对"山药蛋派"研究的新开拓无疑产生了积极影响。笔者在《"山药蛋派"创作文化特征初论》一文中,试图在文化范畴中寻找现代中国文明构成历史中"山药蛋派"的独特贡献。特别值得提出的是朱晓进的专著《"山药蛋派"与三晋文化》,这是我国第一部从地域文化与审美创作关系角度系统研究"山药蛋派"的开拓性著作。作者以三晋文化的历史梳理为经,以"山药蛋派"创作为纬,详尽分析了这二者之间的关系及前者对后者风格形成的决定性影响,是"山药蛋派"研究的重要创获。① 如果说朱晓进主要是想寻找"山药蛋派"风格的形成过程中"三晋文化"的影响力,那么,笔者的《"山药蛋派"创作文化特征初论》、《"山药蛋派"艺术选择是非论》、《文化整合中的传统创化——试论"山药蛋审美"在解放区及当代文学史上的价值意义》及有关赵树理创作的多篇论文 ②,则力图说明"山药蛋派"创作对 40 年代以来中国新型文化构成的独特性贡献。本文首次提出了"山药蛋审美"这一概念。文章说:"面对战争

---

① 本书 1995 年 8 月由湖南教育出版社出版。

② 笔者上述文章载《山西师范大学学报》1988 年第 3 期,《延安文艺研究》1992 年第 2 期;包括笔者的其他论文,《农民文化的时代选择——赵树理创作价值新论》,《中国现代文学研究丛刊》1987 年第 2 期;《面对时代的审察——赵树理创作的一个侧视》,《延安文艺研究》1991 年第 2 期;《"山药蛋派"艺术选择是非论》,《上海文论》1989 年第 2 期;《漫长而艰难的抉择与蝉蜕》,《黄河》1993 年第 4 期;《"文化""文学"双重意识的直面渗透》,《中国现代文学研究丛刊》1996 年第 3 期等。

的文化环境,以政治的文化观念,知识分子文化观念和农民文化观念为三原色的文化整合,既是'山药蛋审美'生成的背景,又是它在发展中能够获取独立品格的价值起点。它对文化整合过程的全程参与,决定了它的价值归宿应该是民族现代文化选择与重构范畴,而不是时代的政治范畴。'山药蛋审美'在外化过程中的功利效应,并不能说明它占有历史和时代的资格只来源于功利诱惑。它以富于弹性的艺术成果及其审美机制,使延安艺术理性得以迅速物态化、生动化、形象化和普泛化。从四十年代到六十年代的中国当代文学艺术格局中的'山药蛋审美'气象,正得之于广大艺术创造者对'山药蛋审美'生命活力的广泛认同。"在论述这一流派的"艺术理性"和"美学精神"时,笔者概括为三点:首先是"满怀激情对现实的持久关注";其次是"以理解和激励为基础的现实态度";再次是"直面现实的浪漫姿态"。笔者在论述到"山药蛋派"对新文学的贡献时说:"'山药蛋派'作家那种善于把过程的沉重消融在最后喜剧性结局的审美操作方式,那种善于以农民的善意幽默来缓冲生活悲剧力度的能力,那种精于在中间人物身上含纳时代变革效应的独特视角"等,这些都对当代文学产生了很大影响。杨矗从"接受美学"的角度评价了"山药蛋派"的创作价值。李有亮虽然也是着眼于"山药蛋派"与"地域文化"的关系,但侧重于在二者关系得以联结的"深层感情"层面上予以分析,值得注意。

　　第五,除上述以外,本时期的一些文章还本着科学精神对"山药蛋派"的"局限"进行了探讨。一些论者认为"这个流派笔下的社会生活的画图虽然不失自成体系的完整的艺术世界,但仍不免显得局促和不够广阔"。在创作方法上"恪守以人物行动刻画人物心理和人物性格的办法"[①]。对"山药蛋派"的"局限性",描述文章多集中在对赵树理创作的评价中,最为典型的是郑波光的《接受美学与"赵树理方向"——赵树理艺术迁就的悲剧》[②]。其实,这些"反面"观念也同样起到了对"山药蛋派"研究的推动作用。

　　最后要说的是对"山药蛋派"的研究,没有只局限在赵树理及"西、李、马、胡、孙"身上,还涉及50年代走上文坛的"山药蛋派"的第二代作家如

---

　　① 刘再复、楼肇明:《论赵树理创作流派的升沉》,《新文学论丛》1979年第2期;戴光宗:《山药蛋派质疑》,《山西文学》1982年第8期。

　　② 《文学评论》1988年第6期。

李逸民、义夫、杨茂林、谢俊杰、马骏、韩文洲等人。当然,这方面的研究还有待于开拓和深化。

历史的回顾是为了今后的研究。经过半个多世纪的历程,"山药蛋派"的研究已走过了它的初期,也将随新世纪的来临迎来新的气象。笔者认为,今后的"山药蛋派"研究可以在以下几个方面进一步深化和拓展:

首先是进一步强化整体意识,把第一代、第二代乃至第三代合起来加以整体观照,在理顺承续关系的基础上,准确把握流派的全部复杂情况,加深对当代文学史的认识。

其次是"山药蛋派"的美学思想和审美观念的系统研究。这是半个世纪以来研究的弱项,大有可为。

再次就是"关系"研究。如"山药蛋派"与时代政治、文艺思潮、民间文艺、传统文化、"五四"文学传统及同时代不同风格的关系研究。

末次是从新的角度对"山药蛋派"进行整体研究,如叙事学、阐释学、创作心理、文化学及结构主义诸方面的研究。对"群体"性的人物形象系列、主题模式、话语机制、艺术意识的深层构成等而言,亦有拓展的充分余地。就研究的基础性工作如资料的收集、整理等,也有待于进一步完善化、完备化。

文学思潮"理论"与"关系"研究

文学思潮的“问题”与“意义”

当我们把“文学思潮”作为“问题”置于学理层面加以省察时，它的范畴指涉和存在样态的复杂性是不容忽视的。长期以来，它始终被两类基本的研究主体所关注——一类是文艺学学者，另一类为文学史家（包括文学现象的即时评论者）。诚然，这两类学者在他们的研究实践里对“文学思潮”的关注，因为学科的某些稳定的规定性使得“文学思潮”作为问题的独立性并不突出，甚至于常常被熔融于一些具体对象中而难以察觉，但它始终是“在场”的，而且又常常并不仅仅隶属于某一具体问题或现象。它的“存在性”，与其说是“问题”范畴，不如看成“方法”领域更为合适。“文学思潮”作为一种指称，与众多的有关文艺的指称概念一样，其内核和边界的清晰性几乎是不存在的。任何指称在不同的逻辑范畴和言说语境中，都可能或必然地使人对之产生不同的意会。这样说，既是一种逻辑常识，又是我们研究“文学思潮”时经常遇到的情形。比如，我们单凭简单的判断就可以认同这样一个结论：“文学思潮”在文艺学里与在文学史中并不是一回事。我以为这不是一个看似简单的问题，而是个大问题。因为，“文学思潮”的“问题性”就隐藏在这一“简单”之中。

一、"文学思潮"是"文艺学"的对象？
还是"文学史"的现象？

"文艺学"和"文学史"两个学科的明显差异,应当说是众多研究者容易感知的。然而这种容易被感知的"差异"常识,在具体的研究实践中运用时却常常变得"陌生化"了。就以往大量的有关"文学思潮"的研究成果来看,它的"特性"与"文艺学"学科并无多大关系。"文艺学"在自己的学科体系里,长期以来不仅漠视它,而且一直坚执地拒绝着对"文学思潮"进行任何形式的深入阐释。比如,据笔者粗浅的浏览与查阅,"文学思潮"作为概念及其解释,基本上只是"辞海"或"文学词典"一类工具书的职责,众多或新或旧的"文学理论"教科书,都统一性地放弃对"文学思潮"实施概念界说和学理推导。[①]

这些无疑地表明,"文学思潮"应当属于"文学史"学科。事实似乎"确乎"如此。仅就"文学思潮"的"概念界说"而言,这一"重任"大多被文学史家（更多的是从事中国现当代文学学科研究）所承当。自 20 世纪 70 年代末至今,冠以"思潮"之名的"史论"和"现象论"的中国文学研究著作有数十部之巨。此类著述的大多数,一般会在"绪论"或"导言"部分对"文学思潮"的概念进行定义——不过,种种"定义"并不存在根本性的差异[②]。同时我们也看到,实施"定义"的主体似乎并不借重于任何理论

---

① 例如发行量很大的《文学理论教程》（童庆炳主编,高等教育出版社出版）和《当代西方文艺理论》（朱立元主编,华东师范大学出版社出版）两套教材,均无关于"文学思潮"及其相关问题的讨论。即使个别的此类著述涉及这一问题,也多是在对其他问题的历史性考察中顺便提及,因为无法进一步展开,反倒使"文学思潮"的理论性方面更加复杂。例如苏联学者波斯彼洛夫所著《文学原理》（王忠琪、徐京安、张秉真译,生活读书新知三联书店 1985 年版）。诚然,这里要特别提请注意美国著名文艺学学者沃伦和韦勒克。他们在名著《文学理论》中也未正面涉及"文学思潮",也许他认为这一"问题"的重大性和重要性,所以专门在《文学思潮和文学运动的概念》一书中进行了细致论述。

② 参见笔者《"文学思潮":作为状态、现象、风格与时期的不同形态》,《文艺理论研究》2004 年第 4 期;《文学思潮:关于概念、现象及方法》,《东南学术》2004 年第 4 期;《"定义"歧义与"认知"溯源——关于"文学思潮"概念杰说的几个问题》,《盐城师范学院学报》2005 年第 1 期。

资源,毋宁说是凭着感觉——而这一感觉又是与其所要考察的对象及其对对象特性的"预设"紧密关联着。文学史家所面对文学研究对象的实践性特征和现象性特征,总使得其在对"文学思潮"概念进行定义时不能不频频回首于文学现象的"历史样态",他在顾及"历史逻辑"的同时就不能不淡化"学理逻辑"所带来的制约与限定。这显然是悖论!更重要的是,这一"悖论"在文学史家对"文学思潮"的粗浅的理论思考中被轻轻放过了。来自于"历史逻辑"的"自圆其说"的"定义",又以其"自圆其说"性能作用于对文学历史和现象的具体论述,因为"定义"被质疑的可能性的缺位,必然导致文学思潮研究的"无当"与"泛化"。

其实,文艺学并非不屑于把"文学思潮"作为自己的研究对象,而是也同样有着上述"悖论"所带来的困惑。比如当我们预设"文学思潮"的研究重心应当是"观念"的运动过程——这一命题显然更多具有着"文艺学"学科属性。其实,这样的研究至今仍然是许多著述中有关文学思潮研究的常见形态。近年来,有许多文学史著作,有意把以往的"文学运动"或"文学过程"内容,更名为"文学思潮"。论述所囊括的具体内容多属于"观念"性的东西——着力关注的是"理论争鸣"事件和理论性文献,具体的大量的文学创作,常常是理论或观念演变梳理过程及其必然性、合理性的证明材料。其实,这里面深藏着不少不可轻视的谬误。文学史视野中的理论(观念)文献,一般并不包括同一时期那些与实际的文学创作无太大关联的"纯粹"的理论探索。与创作实践有关的理论样态,不仅仅"批评"类型居多,而且任何理论只有转化为批评才可能有效地进入文学史视野。在具有自恰性的理论看来,"批评"的展开,随时都可能发生因对象(创作)的特定性而导致的"变形""误读"或"曲解",这种情形自然无法满足理论的期待。"文艺学"把"文学思潮"排除在外,亦属当然。坚守理论自身的"自恰"必然遮蔽大量的"批评"所隐含的某一理论(观念)的运动信息。其结果是,"理论"与"批评"实际也就是"文艺学"与"文学史",彼此成为"他者"。

由此看来,"文学思潮"应当是一种结合着"文艺学"和"文学史"才能有效展开的研究。

二、"文学思潮"是"宏观把握"? 还是"微观透视"?

就一般而言"文艺学"和"文学史"本质上无疑是宏观的。结合着两者才能有效展开自身研究的"文学思潮",应当说更倾向于宏观。"文学思潮"研究的"宏观性",既受制于它的对象世界——文学的任何个别领域如创作、批评、理论、传播与接受等,都不足以承当文学思潮的对象性。文学思潮的对象是一个相对独立时期的文学的整体存在,是历史存在的全部。它所呈现的是"文学"的思潮,而不是被类型化、领域化或进行了条块分割后的文学的各个侧面。正是在这一点上它与文学史有着高度的相似性。"文学思潮"的"宏观性"也来源于它的关照方式——这自然是与它的"整体性"范畴特性联系在一起的。对于不同的文学领域(创作、批评、接受),文学思潮在考察时是在对他们进行"现象化"处理的基础上,要捕捉的是大量现象背后的"倾向性"即"同一观念"及其这一观念的流程。"现象"的纷繁性与"观念"的单一性的结构机制,正是文学思潮所要解决的问题。有学者明确指出:"文学思潮是时代文学思想中十分活跃因而引人注目的部分,集中代表着一个时代文学的某些突出方面。在文学的世纪发展中,思潮也许可算是个纲。将文学思潮真正研究清楚,会使文学史上许多问题迎刃而解。"① 正是在这个意义上,整体的"文学思潮"研究不仅可以弥补文学史研究的某些不足,而且同时能够满足人们对与文学史的深层期待。比如,当它有意从"观念运动"角度来梳理文学历史时,文学的"思想史"状态就可能被更清晰地展示出来。也因此,文学的研究便会获得走出文学的机遇,不仅能使特定时代文学的思想及其演变成为这一时代思想的有效构成部分,而更为重要的是,文学与其他社会领域的复杂关系可能得以在特定"思想"的整合中显现其独有的文化意义。

诚然,"文学思潮"研究的"宏观性"有着不同的甚至是多样的具体呈

---

① 严家炎:《文学思潮研究的二三断想》,《河南大学学报》1992年第5期。

现方式。《中国现代文学主潮》①《中国当代文学思潮史》② 等著述只是一种常见的文学思潮书写方式。而大量的却如同《存在主义与中国现代文学》③《政治文化与中国 20 世纪三十年代文学》④ 等著述一样,显然属于文学思潮"宏观性"研究的别样书写。《存在主义与中国现代文学》并不是主要考察"存在主义"与"中国现代文学"之间的关系,其讨论的重心实际坐实于作为一种观念的"存在主义"是如何在中国现代的文学领域中播延与接受表达的。《政治文化与中国 20 世纪三十年代文学》,显然是把 20 世纪 30 年代的"文学政治化"作为一种思潮,阐释的充分性体现为对"政治文化"之于30 年代文学样态、文学政治化的审美体现等复杂性的揭示。这些著述的研究共性表现为,首先是对某一特定历史时期某一"观念"及其作用的认可。其二是在一个特定的时期内还原它的历史流程——主要是某一观念被审美化表达的式样和"观念"影响下的创作主体姿态、精神、写作行为的种种变化。其三是文学的历史在某一种"观念"吸附中被加以重新组织,呈现出新的文学史的历史叙述。我们知道,导致文学史叙述变化的可能性有两个方面:一是"历史观"的变化,即"如何看待历史"的观念变化;二是对"决定历史面貌"的不同"因素"及其作用的强化与凸显。而"文学思潮""宏观性"研究中的文学史的别样表达,应该是或者更接近于上述第二种情形。

　　"文学思潮"的"宏观性"并不是一种限制,在文学研究的实际展开过程中,"文学思潮"的"宏观"与"微观"之间的关系状态有其特殊性。无论如何,"文学思潮"不会也不可能拒绝和彻底排除"微观"的介入,只不过它对于微观的接纳有着自己的方式而已。比如设定从"观念运动"角度考察某一时期的文学,研究主体对"主流观念"的体认和在"主流观念"统辖下对文学史现象的取舍,相对于文学整体而言显然是一种"微观"——在

---

　　① 许志英、邹恬主编:《中国现代文学主潮》(上、下),福建教育出版社 2001 年版。
　　② 朱寨等主编:《中国当代文学思潮史》,人民文学出版社 1987 年版。
　　③ 解志熙:《存在主义与中国现代文学》,台湾燕智出版社 1990 年版。
　　④ 朱晓进:《政治文化与中国 20 世纪三十年代文学》,人民出版社 2006 年版。类似的著述甚多,如,方维保:《红色意义的生成——20 世纪中国左翼文学研究》,安徽教育出版社 2004 年版;陈顺馨:《社会主义现实主义在中国的接收与转化》,安徽教育出版社 2000 年版;陈改玲:《重建新文学史秩序》,人民文学出版社 2006 年版;李怡:《现代性:批判的批判——中国现代文学研究的核心问题》,人民文学出版社 2006 年版,等等。

这里又进一步显现了"文学思潮"研究和"文学史"研究的区别。"文学思潮"的"微观性"也还大量体现在具体的分析中。比如对20世纪30年代"革命文学思潮"的讨论,不仅需要对"革命文学论争"的"微观事件"进行深入辨析,同时必须对"革命文学创作"和"准革命文学创作"实施细密的文本解读。"思潮"的宏观与"现象"的微观就这样被相当紧密地结合在一起。不过,这种"微观",毕竟是"宏观"临照下的对象,它也不可能走向那种为呈现历史全貌而进行的现象还原式研究。

三、"文学思潮"研究是一种结构程式？
还是一种方法？

这是以往"文学思潮"研究中从未引起注意的问题——而它却是"文学思潮"范畴一个极重要的问题。说"文学思潮"是一种结构程式,意指作为"观念史"研究,文学思潮不能不对文学历史或当下文学发展过程中的"观念"形态(抽象的思想形态)的各种直接间接的表征予以分外关注。它的研究预设总是在观念运动的空间里确立自己的视野。视野的特定性不仅规限了叙述方式,也同时给定了具体内容的取舍标准。同一现象,在文学史视野和其在文学思潮视野中的影像、功能、作用有着很多的不同。这显然取决于"文学思潮"和"文学史"那些各自不同的具有恒定性的结构状态。比如"五四"文学,不论是对其生发缘由的"外倾性"肯定,还是强调当时时代知识分子先锋群体的自觉性,都是"五四"时期文学发展的整体性作为考察对象的,即文学史价值结论的最终确立来源于历史属性。文学史表述中过分的对历史的观念化处理,必然会降低它的信度,因为,文学史毕竟属于"历史学科"。而作为"思想史"属性的"文学思潮"研究,"信"与"非信"的差异并不是要害。它首要的是要求研究主体必须确认各种观念共生夹缠中的主导观念,即呈现为文学整体性的"思潮"(而绝不是文学的某一领域的主导观念)。然而,我们所看到的不少有关"五四文学思潮"著述却有着不少的差异。那么这种差异是怎样形成的？问题的复杂性就在这里。"文学思潮"对于特定历史时期文学状态的观照是侧重于"思想史"方

面的。比如从社会文化走向与文学发展的关系角度看,"五四文学"整体性
地凸现着"启蒙"性——启蒙,既表现为统一性的文学功能,又表现为创作
主体的文化姿态,还大量渗透于文学的诸多形式方面。为此,以"启蒙主义"
来命名"五四文学思潮",应当说是恰当的;如果我们关注到"五四"文学基
本观念等本体方面对西方近代以来进步思想的广泛吸纳,并且在对中国传统
批判中所建构起来的"元话语"状态,我们把"五四文学思潮"称之为"现
代性(西方化)思潮"也未必不可。当有人用"现实主义""浪漫主义"等
创作观念来定位"五四文学思潮"的属性时,自然也有它合理性的一面。这
里依然有一个值得注意的问题:我们所说的文学思潮的"观念"与"思想",
其实不能仅仅理解为"有关文学"的思想,而是"如何看待文学"的思想,
即有关文学与社会关系的价值观念。这决定了文学的整体性变迁。说白了,
"文学思潮"对于文学历史进行的"思想叙述",不是还原,而是阐释,它可
以为文学的价值更新提供多种的可能性。

　　这无疑就探进到"文学思潮"作为"方法论"的层面。

　　作为"方法"的"文学思潮"研究,应当是指它的观察问题的独特视
角和作为一种视野的基本原则及其策略选择。它主要关注的问题有:语境研
究,语境与修辞的关系研究,作家独创性的问题和审美风格变迁研究。

　　当我们通过深入了解感觉到某一历史时期确有一种整体性的"文学思
潮"的时候,它便成为我们重新进入此一阶段文学的一种新的视野。原来林
林总总似乎没有头绪、彼此夹缠的现象,被发现其实是由某种很强大的具有
结构性的"框架"所整合,自有其"有机性"和存在秩序。我们进而还能够
发现,作为构成整体的因素的仜何"单体"(包括人和事件等),在这一"框
架"里并没有足以和整体相抗衡的"主体性","思潮"必然对它发生影
响——不论是正面的认同或是反向的调整。比如就一个作家的历史前后看,
任何人都是会有变化的。这种变化如封闭起来看,我们的体认更多地会倾向
于对作家个人创新能力方面的肯定。然而,如果将其置于"思潮"视野,我
们发现这些变化其实正是个人在"思潮"的整合过程中审美修辞的调整。
风格变迁的主因原来在这里。再比如文学史的写作——在我看来,就"中国
现当代文学史"的编纂而言,从大的方法论角度说不过两种形态:一是"纯

审美"的文学史;一是"思潮"的文学史。"纯审美"的文学史关注的是每个时代的"审美进步",并以这一进步作为对作家作品进行选择的基本标准。"思潮"的文学史,更多关心的是"有影响"的文学因素。有些作家或作品,就审美进步性看其实是没有资格进入文学史的,但是因为它体现了一种不能淡化或漠视的大的倾向性,所以在"思潮"的文学史中却是重要的存在。实际的例子是很多的——"文革文学"在许多文学史中之所以被忽略,就是因为在有些研究者看来它不但不具备与"十七年文学"相比较的"审美进步性",简直就是"审美的倒退"。然而在"思潮"的文学史里比如洪子诚的《中国当代文学史》里,它却是需要认真分析的对象。20世纪文学史上属于这样的现象或作家作品为数不少——比如像胡适与《尝试集》、"革命加恋爱"创作、"红色鼓动诗"、30年代的通俗文学、解放区的"秧歌剧"、"十七年"的"工农兵"文学、"歌颂类"创作、小剧本创作、"文革"时期的"革命样板戏"、激进的"文艺评论"、80年代的《伤痕》《班主任》、"将军诗"、大量的各种各样的论争等等。被"纯审美"文学史认为没有意义的可以忽略不计的大量的文学现象,在"思潮"视野里却可以赢取价值,有些甚至是很重要的价值,这无疑是一种具有独特性的"叙述"才能达到的效果。显然,与作为一种"状态"的"文学思潮"相比,这种具有"方法论"意义的"文学思潮"的意义,更值得我们把握与研究。

文学思潮的"概念历史"与"方法性"

一

当我们把"文学思潮"作为"理论的对象"时,首先遭遇到的问题是:什么叫"思潮"或"文学思潮"？从文学思潮研究的历史和现状来看,这个问题与"美到底是什么""文学到底是什么"或者"人到底是什么"一样,是难以真正索解的。当维特根斯坦把"美"和"美的"有意加以区分时,不仅仅只是强调了"语言"对"对象"的型塑作用,而且突出了思维方式的转换对研究所带来的非同寻常的意义。对于"思潮"或"文学思潮"而言,我们更应当关注的不是"概念"本身,而是人们对"思潮"或"文学思潮"的概念在进行界定时可能有的几种方式、几种角度或根本上说属于思维类型方面的问题。在此基础上从而探知众多概念定义的"合理性"和"不合理性"——任何概念的定义,应当说都含有这两种因素。

比如有人这样解释着:"思潮"是一个源自日语的外来词。而日语的"思潮"则是英语"the trend of thought"或"ideological trend"的意译。有人指出英语中"trend of thought"或"ideological trend"说的是"思想、观点的转变、变化、更改"。思潮之"潮"本来是一个形象的比喻。认为接二连三的思想活动更接近于"思潮"本身所强调的思想、观点的动态变化的特质。总之,"思潮"之"思",是精神性的东西,"潮"这一知觉意象所暗含的内涵是指"思"在较大范畴内的动态性和现象性的特征。认为可以这样界定文学思潮的本质:"文学思潮是特定历史时期文学活动系统中受某种文学规范体系所支配的现象的整体性的思想趋向。"① 这种概念性的界定,虽然是想通过字面定义的溯源从而定位"思潮"的对象本质,但这种"前叙述"却与后来的定义本身并无本质性的联系——即所强调的"某种文学规范体系""群体性的思想趋向"并无太大的关系。在这里,它特别注意到"群体性"这一特征,也强调了造成"群体性"的制约因素——"某种文学规范体系"的先在与预置。从他的具体论述中我们体会到,作者试图通过对"文学规范体系"制约作用的强调,意在突破"文学思潮"的"外来论"或"感应论"的观点,有意要强化文学思潮的"文学性"。这里面所渗透的思维方式显然在很大程度上属于"文学本体论"的范畴,即认为文学是自足的,并且可以自足,文学思潮的生成、发展的渊源来自于内部和自身,即使是外部的"侵入"也会被"同化"而成为文学属性的存在。

另一种观点是这样认为:文学思潮是这样一种现象,在历史发展的某一特定历史时期,由于时代生活的推动,社会思潮的影响,哲学思想的渗透,一些世界观、艺术情趣相近的文学艺术家,在共同的相近的文艺思想的指导下,以共同的或相近的题材、表现手法,创作出一大批艺术风格相近的文艺作品。这些作品不仅具有鲜明的时代和个人特色,而且在社会上产生广泛影响,形成了某种思想倾向和潮流(有时是运动),于是我们便称它为"文艺思潮"②。

这是一种相对"板滞"的概念界说。他的思维状态及其逻辑推理程式是这样的:首先他强调了"社会性"外在因素的先决作用。其次,正是这先决作用才可能导致"群体性"的出现,即在"世界观"、"艺术情趣"、"文艺思想"甚至"题材"、"表现手法"、"艺术风格"等"共性"的基础上所产生的"思想倾向"。"外在"是文学活动主体"共同性"被整合的前提,并且也提供了可能性。"文艺作品"则是"文学思潮"的重要载体或体现者等

---

① 陆贵山主编:《中国当代文学思潮》,中国人民大学出版社 2002 年版,第 14—20 页。
② 陈剑辉:《文艺思潮:关于概念和范畴的界说——新时期文艺思潮综论之一》,《批评家》1986 年第 6 期。

等——它的不足与偏颇是明显的。概而言之就是"创作本体论""外在发生论"和"趣味趋同论"的杂糅。

第三种解释与上述有很大的相似性。"文学思潮是在特定历史时期,文学理论家或作家们于相同或相近的世界观、人生观、价值观、美学观指导下所形成的文学潮流。""它灌注并体现于文学运动形态、文学理论形态和文学创作形态。"① 这里依然强调"相同主体"的前提性,尤其突出了文学活动主体的"非文学"因素——即世界观、人生观、价值观的作用,我们可以把它称之为"相同主体决定论"。值得注意的是,虽然它并不凸现"作品本体性",并关注到了"文学潮流"的多向维度——文学运动、文学理论、文学创作等,但可以导致这样的误解:"文学潮流"是不必与"文学运动""文学理论""文学创作"自身的"领域潮流"加以区别的(其实,这些"区别"不仅存在,而且有意对这些"区别"加以区别,亦是文学思潮研究的重要方面)。从文学与外在应感思维出发,强调文学思潮生成的外在制约并以"作品"载体作为主体对象的思潮观,在我国过去相当长一段时间内相当普遍。例如在《中国现代文学思潮研究》一书中,作者对"文学思潮"的定义亦是从这一方式切入的:

> 文艺家(个体或群体)从某种观点(哲学的、美学的、社会学的、心理学的、语言学的、政治学的等等)出发,对文学的本质、功能和价值等根本问题作出回答,并形成一种理论体系和审美原则,在一定时期产生较广泛影响。同时体现在他本人或其他一些作家的创作中。这些创作在题材、思想倾向、创作方法和艺术风格等各方面都有很大的一致性,在一定时期产生较广泛的影响,这就形成为一种文学思潮。②

从这一"定义"里我们注意到,它认为文学缘于文艺家的理性的高度自觉(包括社会理性和艺术理性),文艺家的创作不仅以此为动力,而且还是他们的价值归宿(所谓"作出回答")。"作出回答"的最高境界是"形

---

① 朱德发:《中国百年文学思潮研究的反观与拓展》,《烟台大学学报》1999 年第 1 期。

② 邵伯周:《中国现代文学思潮研究》,上海学林出版社 1993 年版。

成一种理论体系和审美原则",同时又须得作用于广泛性的群体。二是无形凸现了"理论和原则的先置性与原则性"。其三,依然是"创作本位式"的"主体决定论",明显地忽视了文学思潮所具有的客观性、超越性等特点。

苏联著名的文艺学家波斯彼洛夫,对此是这样下判断的:"文学思潮是在某一个国家和时代的作家集团在某种创作纲领的基础上联合起来,并以它的原则为创作自己作品的指导方针时产生的,这促进了创作的巨大组织性和他们作品的完善性。……是创作的艺术和思想的共性把作家联合在一起,并促使他们意识到和宣告了相应的纲领原则。"① 波氏讨论"文学思潮"的发生,强调了"创作纲领"和作家集团的"联合",认为只有"联合"并以此为"创作方针"时,文学思潮才得以产生。其次从"功能"上认为文学思潮肯定会也必须使创作具有"巨大组织性"和"完善"作品的作用。

钱中文在《随目迷五色的文艺思潮潜入当下历史》一文中也谈到这一概念:"所谓文艺思潮,只能是一种具有新的特征的文学创作原则、范式、方法、价值类型所组成的一时流行的文学创作倾向、文学理论批评思想。在20世纪80年代之前,我国流行的主要是现实主义文学思潮,并且在50—70年代的30年间,在政教论文化思想的统制下,走向了极端。"对于文学思潮的研究,他提出:"文学思潮的研究有时也会产生一些问题。文学思潮有时不一定表现一个时代的文学、理论的全貌和本质性的东西,其中常有泡沫性的东西存在。由于有的思潮常常是一种流行的、时尚的报刊传媒的喧哗,在表现自身价值或是出现泡沫现象的同时,它们往往掩盖了创作、理论上那种不事声张的却是有价值的东西的存在。"② 钱中文的这一定义及其相关论述,自然从根本上说亦是基于对"创作"在文学思潮构成上的"本位性"体认,似乎更强调"文学"自身。这同样有可能把"文学思潮"进行"依附化"处理的危险,无形之中淡化了它的独立性。

---

① 《文学原理》,《现代外国文艺理论译丛》,生活·读书·新知三联书店1985年版。
② 《中华读书报》2003年11月5日第15版。

二

以上的定义罗列,使我们看到了对文学思潮"定义"问题进行思考的一些"共性":比如都有意无意地彰显了"创作本位"意识(如此人们必会质疑:文学思潮与创作思潮有无区别?),也相当一致地认为文学活动主体的多方面"共同性"才是思潮性得以形成的必要条件(因此,"流派"与"思潮"是否就可以相互替代了?),同时,强调了社会存在之于文学的"语境"作用(难道外在于文学的"社会存在"是文学思潮生命存在的唯一合法性理由?)等等。

我们所质疑的并非是已有的研究成果,而是我们自己。我们不禁会躬身自问:世界万物及人类复杂的精神现象历史,是否有些存在是不可以"定义"的? 是否意味着即使"定义"也可能只能采用一种特殊方式——比如从"是什么"变为"不是什么",或者"什么是"变为"什么不是"等。

至少在目前,对"文学思潮"进行定义,是极其困难的。

假如我们把"文学思潮"作为一种"状态"来研究,即关注这一对象的"状态性",也许是帮助人们接近思潮的有效方式。

我认为,作为一种"复合"的状态,"文学思潮"呈现着这样一些不可忽视的侧面:一是"思想的状态",文学思潮的确以它的特殊形态和方式含纳着世界观、价值观以及社会性存在的理性成分。应当说,文学思潮的"思想",并不只是与审美相关,它可能被抽象为哲学意念或下化为生活式样被接受传播——文学的力量恰在于此。二是"运动的状态",这是就文学思潮的发生而言。它总有一个萌发、生成、泛化、兴盛到消歇的过程。"时间性"关节点的状态与"空间性"因素作用于过程的时机、力度及介入方式等,都与"文学思潮"的生成、变异大有关系。三是"物化的状态",这是指任何文学思潮必然作用于人生、生活、审美或其他精神领域。功能构成及其展示与文学思潮自身的物化形式、物化途径等方面联系密切。四是"可接受状态"。无论何种"思想",只有在被广泛接受或影响中才可能成为"潮流",即它的社会性、群体性、公共性等方面。

　　自然,我们也可以从其构成方面作出一些假设。比如,它(文学思潮)首先应当是一个"群"的存在,包括有相同的、不同的等大量、丰富具体的现象。比如就它的存在范畴说,以文学为例,理应包括创作层面、批评与理论层面,读者及社会反响层面,并在一定时期内表现为"主导性"或"权力"的状态。再比如,它的存在或其"现象性",可以被抽象出丰富的观念性的东西——而这观念又不是仅仅附着于具体文学活动式样的一般性方面,而是具有"新意味"的审美观念(内含着已审美化的哲学、心理学、政治学等质素),并一定和时代社会文化的存在,或其观念性呈现有着呼应性。再者还可以分析,它应当体现为一个完整的过程,体现为一种"历史的"叙事状态。从其影响方面说,它除了其"共时性"影响之外,还具有着对历史的建构作用,或者说它应当是所有不存偏见的"历史叙述"中不可忽视的因素,等等。

　　在文学思潮研究中,对于"文学思潮到底是如何形成的"这一问题,属于"前提性"思考范畴。虽然当我们在进入具体的思潮历史梳理或具体思潮状态描述时一定会涉及到这个问题,但它却不仅仅是一个"实践性"的问题。也就是说,这个问题不只是在进入"思潮"叙述时才会出现,而是以一种"框架意识"必须为思潮研究主体所具备。比如我们必须考虑:无论怎样的文学思潮,作为一个完整的结构体,它到底可能是由哪些方面因素所构成? 这必然涉及文学思潮发生、流变、兴盛、消歇等阶段性呈现的因素范畴。通过以往大量的有关文学思潮研究成果分析我们知道,研究主体在介入思潮研究之前,至少已对形成文学思潮结构的因素范畴有了比较明晰的认识,并且以此为依托,对文学思潮的纷繁材料进行梳理、分析和选择取舍。就一般情形而言,文学思潮的结构性因素包含以下几个方面:一是整个时代的哲学——文化背景,主要是世界观、人生观和价值观等几个方面。"哲学——文化背景"也是"语境性"因素,它从根本上决定着一个时代的文学的想象方式和想象呈现(语言)的可能性,决定着言说空间和言说方式以及言说合理性与合法性等。二是民族在特定时代里所面临的与大多数人生存相关的特殊现实及其由这一现实所诱发的群体性的人生功利性趋向——这主要是指民族人生的时代困境及其为生存、发展而产生的利益追求等。三是某种文学思潮所产生的历史时段内对审美历史的态度、阐释方式及其对它的接受偏好与程度。与此相呼应的还有异质审美因素的影响,并且还需考察这种影响如何发生、通过什么方式展开以及主要渗透于哪些方面等。四是文学内部那些具有"发展"潜力的因素的影响,比如批评价值的统摄状态(含批评家和作家)、"范式"形成及其效应、某类文学产生的强大社会影响而形成的创作效仿、作家尤其权威作家的"亚理论"(创作谈之类)所产生的引导作用等。五是读者世界(包括文化市场、精神市场)对审美的反馈等。

以上五个因素,既是思潮研究中必须解决的问题,也是超越于具体思潮而可以独立进行开掘的"理论命题"。甚至我们可以这样下结论:任何关于具体文学思潮的状态描述和文学思潮史的研究,都不能不是对上述因素及其相互关系的分析。

就文学研究而言,如从较大范畴来看,不外乎作品研究、作家研究、现象研究和史的研究——这些研究亦可分为理论的或非理论的等。不过需要指出的是这种分门别类并不是必须或具有天然的合法性,而更像是一种权宜,为着一种方便。不是终极目的,而是为了综合。综合的功能是指向那种以显示某类学科有机性或无机性、独特性或平庸性等判别目的,指向学科是否起着对文化进程的推动或思潮可能性的价值厘定。相比于文学思潮研究,以上所列的有关文学作品、作家和文学现象的研究,都可以视为"个别"的研究。我认为,文学思潮的研究是指一种思想、观念形态的形成、传播、运动、作用方式与范畴,以及接受影响等方面。不过,这里需要特别指出的是,所谓的"思想""观念形态"应当是指某一时代各种思想、观念形态存在的文学化行为和状态,而非别的什么。从这个意义上说,文学思潮研究是一种"另类"的文学史研究,强调的是文学范畴的全景性和对所有因素的整合研究——只不过比通常所理解的文学史多了一重"思潮"视角限制。我们是否可以这样认为,正是这一"思潮视角"限制才成就了文学思潮研究的独特性?

只要我们简单地比较一下"文学史"和"文学思潮史"就可分辨出,思潮史研究显然属于"亚类型",即它与文学史之间存在一种"种""属"关系。文学史不仅关注思潮,它同样关注所有现象,尤其是作家作品。它的"历史属性"制约着文学史研究的目的只能是清晰地完整地指示文学在历史上都发生了些什么以及这些"事实"的价值。也可以说,它的本体性是体现在作家作品与外部各方面因素互动关系的考察上面。因而它对研究方法的要求也同时呈现出"综合性"的特点。比如,既要求对文本进行细密解读(这需有形式主义的眼光),又要考察文学与外部世界的关系(这里最有用的是社会——历史学批评或文化批评)。同时还要求严格选择——版本流变考证、作者生平梳理、作品生成过程勘查等(这里又有着"朴学"的影子)。从总体上看,文学史要求根据不同对象寻找适合于对象的方法从而有效地揭示文学世界的真实图景。而思潮或思潮史,则要侧重于思想或理论形态的存在,或侧重于对作品进行"理论"式地整形与开发,所以作家作品是否具有"思潮"范畴之中的"思想性"是其被选择的基本标准。因而,思潮或思潮史的研究,不可能也没有必要涉及所有在历史上存在过的作家作品。从这个意义上说,它更接近于"思想史"研究。它对于创作文本的分析,立足于该文本是否最为典型地折射了或融合了某种思潮,即重点分析创作文本是在多大程度上可以满足对思潮阐释的需要。从"思想史"角度看,它甚至可以有理由忽视作家、批评家的生平,对其创作的整体性也无须作细致地论述。这也反衬出另一向度的重要性,即对审美的文化语境考察的重要性。因为只有对这些因素深入地考察,才能既解决某一种思潮生成、发展、消歇的原因揭示,又可以从中了解把握到不同思潮之间相互影响、嬗变替代的本真面目。从一定意义上说,思潮一旦出现,便是一种独立于任何个体的存在物。在这一情形下,任何个人行为(尤其是文学行为)相对于思潮而言,也许只能属于一种应激反应。

就文学思潮的研究内容说,在感性层面上看似乎是很多的——比如"思潮观念论"、"思潮构成论"、"思潮功能与影响"、"思潮关系论"、"思潮价值论"、"思潮过程论"、"思潮研究方法论"以及"思潮史"等。不过,一般而言,可分为"思潮理论"和"思潮具体形态研究"两大类。这里先不说"思潮的理论研究",仅就"思潮的具体形态研究"做一点初步的探讨。

第一,关于思潮的渊源研究,这主要是从发生学角度探讨某种文学思潮从何而来,重点是寻找某种文学思潮得以生成的"观念性"资源。显而易见,这种研究只能针对已经凝定的思潮,因而它是"历史"的。因此,我们的研究也就被规束为一种回溯——从结果到原因的回溯。这种"果—因"

式探讨,既要涉及"思潮发生"时的"过去"的东西,即"历时性内容",也包括"思潮发生"时的"当下"的存在,即"共时性"的东西。这种渊源探讨,从研究主体的思维秩序上看,应当是先从思潮完成态切入,然后进入对其"观念性"资源的找寻,重要的是对思潮构成因素的剔析。

第二,关于思潮的状态研究。在我看来,这是思潮研究中最常见的类型,它要解决的问题是"思潮"在人们已经普遍感知时是个什么样子。状态研究所涉及的内容属性也应当说是"历史性"的,因而它可以进行"静态的""封闭式"的研究。瞄准"观念"的存在形态,解决如下一些问题:具有思潮可能性的各因素在什么位置? 其结构性如何? 也可以从创作、理论、批评、接受等不同层面加以观照;还可以从"次序""架构"意义上的中心/边缘、核心/外围、先/后、主体性/依附性等方面切入。我们的任务是"把思潮描述成思潮",重点要回答:什么是决定思潮得以成立的条件和前提、"命名"的适用性以及其他问题。

在思潮的"状态研究"中究竟哪些因素应当作为思潮研究的重点对象呢? 这亦是一个相当重要的问题。或者说在确认了哪些因素可以进入研究后它们在我们的叙述中有没有一个先后顺序呢? 我以为,从以下顺序进入对思潮的研究不失为一种颇为可行的方式——即"事件""现象""观念""思潮"。

先看"事件"——"文学思潮"的"事件"是指与思潮相关或与某一时段文学发展相联系的具有独立性且影响较大的事件,它是非常具体的存在。包括作家事件、作品事件、批评事件、论争事件等。对这些"事件"的关注在研究者这里则首先要确立"事件"之于"思潮"的功能指涉。这无形中也就形成了对思潮叙述中的"事件"的限制,即并不是所有事件都是思潮的关注对象。选择的标准与过程,应当在思潮已有状态的范畴中加以选择,以事件之于思潮的功能指涉为标准。

"现象"——"现象"相比于"事件","现象"应当是一个"复数状态",即多个事件的"共同性"才可构成"现象"。"现象"与"观念"是近邻,从某种意义上说,"现象"就是某种"观念形态"呈现为表象的不同形式。"事件"与"现象"在之于人们的关注时境况是不同的。"事件"的意味是"单个性的",而"现象"的意味不仅表现为整合性——复数,而且更接近于观念的状态,宜于从理论层面上对之进行探讨与思考。

"观念"——我以为,这应当是"现象"分析的结果呈现。"观念"的集合、整合在具有了范畴性之后,就是"思想"。而"思想"的生成,可以说就标志着"思潮"的来临。

"思潮"——"思潮"的研究之于上述"事件"、"现象"、"观念"而言,显然要关注的是"思想"的领域效应和扩张效应,显著的思想效应呈现就是思潮。因为具有了显著效应的思想,本身就是群体范畴。因而它在此时就可能进入某种"统一性"状态,或者"权力"支配状态。也许可以这样定义,思潮即是某种"思想"在拥戴中自然形成的权力与支配状态,也可以表述为"思想的权力及其转换"状态。

第三,文学思潮的类型研究。其实,"状态"研究必然涉及"类型"的东西。就"类型"本身的内容来说,我以为它应当包括以下几个问题:①思潮的命名。包括"命名"的原因和条件,这一思考所要解答的是"名"与"实"的问题。"命名"得以成立的条件,即"命名"的合法性是关键所在。"命名"过程是一个理性的过程,主体对"命名"对象的感性活动亦与之相伴始终。我们常常看到这样的情形:虽然研究主体所面对的对象是同一的,但因为主体对对象进行抽象时所依托的现象范畴有差异,所以,"命名"的结果常常是大不一样的。比如审美范畴或文化范畴或社会范畴等。②"命名"完成之后,研究主体所要切入的层次,应当是"思潮"之于"命名"相对应的结构状态——层差、主次、作用机制等。"命名"一旦确立,那么对对象选择的标准、原则、目的与阐释的方式也就同时诞生并完成。我们还可以意识到,"命名"的诞生,即意味着一种理论视野、观念范畴和对对象进行叙述的"权力"的诞生,思潮作为被阐释对象的可能性也就同时被限定了。

第四,文学思潮的影响研究。文学思潮的影响应当是指其在文学历史发展过程中的"功能性"而言的。在这一研究中,我以为有几个问题是必然会出现的:①必然面对的是思潮的"复数状态",类比、对比、比照等是常用方法,也是必需的方法。②影响研究也是"历史性"研究,即我们必须把其置于历史进程中看其功能或价值以及其他方面。③影响的过程性描述或效果性描述等。

从以上我们对有关"文学思潮"研究诸方面分析看,关于文学思潮的定义可以做这样一些条件性或属性上的界定:首先它是"群"的存在,包容着相同的、不同的等大量丰富、具体的现象。其次就它的存在范畴而言,文学思潮应当包括创作、批评、理论和读者、社会反响等,并在一定时期内表现为"主导性"或"权力"状态。再次,文学思潮的存在或现象性,可以被抽象出丰富的观念性的东西。这些观念不仅隐身于文学形式的一般性层次,而且是具有"新意味"的审美观念,哲学观念,并一定和时代文化存在、生活表现和观念价值等紧密关联着,两者之间具有鲜明的呼应性。其四,文学思潮应当体现为一个完整的过程,具有生成、泛化、权力化、式微等因素,体现为一种"历史"的叙事状态。其五,它的影响功能除了"共时性"之外,还有对审美历史的建构作用,即它应当是所有不存偏见的"历史叙述"中不可忽视的因素。

以上这些界定,或者说文学思潮的属性描述,都直接或间接地影响到思潮的构成机制问题——文学思潮从发生学角度讲,一定是一个由个体萌芽到群体壮大的过程。研究者的难题是:谁或何物促使了一种"思想"的转化并扩张、膨胀起来而成为"思潮"?我以为,这里面有一个"观念"转换、话语转移、思想增殖以及个人性向公共性过度的中介或机制问题。这可能与民族在某一历史时刻的生存、精神焦虑有关,即某种思潮可能是与某种社会的文化功利性需求相迎合而产生的。

思想转移到一定程度就会出现"时尚"性,在接受者一方则表现为越来越强烈的盲目性。此时,可能呈现"思潮"生成的非理性状态。所谓的价值转移,用修辞学理论解释,即"修辞幻象"产生并被广泛认同。

思潮的产生免不了还会有其他因素的介入。比如居于主流的权力化的意识形态、媒体的有意干预和炒作或商业行为等,这必然会使原来处于"自在"状态的思潮,进入被某种"目的"或"力量"越来越强烈的控制状态。被"运作"的思潮,其操纵者是理性的、目的化的,而被操纵者则如本雅明在批判文化工业时所指出的那样,所有的主体都被复制,因而主体性消亡了。

"思潮"进入公共领域,成为新的意识形态,在公共主体中形成"思想权力"或"意识理性霸权"。一旦思潮的专制特性萌芽,那么,另一种颠覆性思想也就开始了它的生命旅行。因而,从某种意义上说,并不是所有思潮都是"理性"的。

文学思潮的形态分析

在探寻"文学思潮"或关于"文学的思潮研究"之中,人们是不大注意诸如"文学思潮到底意味着什么"等这样一些问题的。其实,当人们把某一时段、某种文学、某种文类的创作状态或者把某种现象、风格群乃至一个完整时期的文学发展情态等命名为思潮或以思潮方式加以研究时,它便潜含着这样一些问题:比如你是在什么方式下把什么视为"思潮"的?如果以"思潮"待之,它们的合理性有多少?其合法性的条件是什么且有没有得到完全地满足?它是一种"情态"(包括状态,现象,风格)的叙述呢?还是具有"断代"意味的"史性"把握(比如作为"时期")?

其实,我们如果只是把文学存在作为一种静态的表象分析,那么"思潮"可能意味着只是一个有关"样态""式样"或类似于"色调""态势"一类概念的所指;但如果我们从表象出发,从具象深入到更深层次,我们就可能窥破表象背后的机制、机制形成的观念以及观念系统的核心理念,即思想性成分。那么,这种"立体化"的以"表象、机制与观念"三者有机结合的情态,便是"思想史"了。以"思潮"概之,不仅标示着文学在"一个时期"的"思想边界",而且它更接近于"文学思想史"的运动状态。这样,"思潮"研究,实际就是借助于表象、机制而进行的"观念运动史"的研究。

在这里,我们要做的工作是,上述的问题是否存在和如何解决这些问题。回顾有关文学的具体批评实践,我们必须承认这些问题是普遍存在的。

一

在文学研究和批评实践中,把"思潮"作"状态化"或"现象化"处理的研究实例是很多的,甚至成为"文学思潮"理论自觉之前的常见现象。①在这些文献中,虽然也关注到了"思想史"或"文学审美观念史"侧面的内容,但大多还只是把关注目光与分析重心置于"表象"之身,有关"现象性"背后的深层思想机制和观念系统的分析与讨论,几乎没有展开。我们可以把这种研究称之为"文学思潮"的"状态与现象"方式。例如,署名志希、发表于《新潮》第一卷第一期题为《今日中国之小说界》一文,对我国近代小说发展进行了一番"现象式"的扫描。

"中国近年来小说界,似乎异常发达。报纸上的广告,墙壁上的招贴,无处不是新出小说的名称。我以为现在社会上作小说的如此之多,看小说的如此之盛,那一定有很多好小说出现了。哪知道我留心许久,真是失望得很呢!现在我以分析的法子,把现在中国新出的小说分作三派,待我说来。""第一派是罪恶最深的黑幕派。这一种风气,在前清末已经有一点萌蘖。待民国四年《上海时事新报》征求'中国黑幕'之后,此风得以大开。现在变本加厉,几乎弥漫全国小说界的统治区域了。……诸位一看报纸就知道新出的《中国黑幕大观》、《上海黑幕》、《中国妇女孽镜台》等不下百数十种。《官场显形记》、《留东外史》也是这一类的。里面所载的,都是'某之风流案','某小姐某姨太之秘密史','某女拆白党之艳史','某处之私娼'、'某处盗案之巧'等等不胜枚举。""第二类的小说就是滥调四六派。这一派的人只会套来套去,做几句滥调的四六香艳的诗词。他们的祖传秘本,只有《燕山外史》、《疑雨

---

① 20世纪90年代中期以前,我国文学研究界有意把"文学思潮"作为理论命题加以研究的论著是很少的,只有寥寥数篇而已。包括陈剑晖:《文艺思潮:关于概念和范畴的界说》,《批评家》1986年第1期;周晓风:《论文学思潮的创作方法特征》,《重庆师院学报》1992年第4期等。其余的多只是在对某一阶段"文学思潮"现象展开的研究之前,稍稍对概念进行一些粗浅的界定,如邵伯周主编的《中国现代文学思潮研究》、周晓风的《新时期文学思潮》等。

集》等两三本书。论起他们的辞藻来,不过把几十条旧而又旧的典故,颠上倒下。一篇之中'翩若惊鸿、宛若游龙''芙蓉其面,杨柳其眉'的句子,不知重复到多少次。我们真替他们惭愧死了。论起他们的结构来也是千篇一律的,大约开首总是某生如何漂亮,遇着某女子也如何漂亮。一见之后,遂恋恋不舍,暗订婚约。爱力最高的时候,忽然两个又分开了。若是作者要做艳情小说呢,就把他们勉强凑合拢来。若是作者要作哀情小说呢?就把他们永久分开。一个死在一处地方,中间夹几句香艳诗,几封言情信,就自命为风流才子。……诸位一看徐枕亚的《玉梨魂》《余之妻》,李定夷的《美人福》《定类》五种便知道了。""第三派的小说,比之上两种好一点的,就是笔记派。这派的源流很古,但是到清初而大盛,近几年此风仍是不息。这派的祖传是《聊斋志异》《阅微草堂笔记》《池北偶谈》等书。近来这派小说的内容大约可以分为四支。一支是言情的。他这种言情的方法,与我方才说的徐枕亚、李定夷一班人差不多。不过一个扯得太长,一个缩得短罢了。这种印版似调子,对于人生有何关系呢? 一支是神怪的,这支之中还可分为两小支。一小支是求仙式……另一支是狐鬼式……一支是技击的……最后一支是轶事的,现在最为流行了。市上的《袁世凯轶事》《黎黄陂轶事》《左宗棠轶事》等,指不胜屈。这支也无甚害处,或者还可以灌输人民一点'掌故知识'。但是做的人,大半都无学问而且迷信'人治',附会大多,与法制的精神在无形之中颇有一点妨害……总之此派的小说,第一大毛病是无思想。"[①]

以上引文中,作者对近代小说创作所做的"派"的划分,就是小说创作中的三种现象或三种状态,带有明显地"创作思潮"思路。虽未对创作背后的理念作进一步挖掘,但借对各"派"小说 特征的描述,也已显示出观念的某些方面。作者随后以不少篇幅阐明了创作家(主要指小说家)所必须遵循的几大原则:首先是"不要以'闻之者足戒'的藉口,把人类的罪恶,写得淋漓尽致"。"过多的刺激,是没有用的。而且所生的后果,只有坏,没有好。"

---

① 《中国新文学大系·文学论争集》(影印本),上海良友图书印刷公司 1935 年版,第 349—353 页。

要"把读者引上善路去"——这里涉及"艺术真实与生活真实及生活事实"之间的关系,强调了作者对生活的选择。其次,"所做的小说,不可过于荒诞无稽,一片胡思乱想,既不近情,又不合理"。"小说的第一个责任,就是要改良社会,而且要写出'人类的天性'来。"应推崇"写真主义"和"自然主义",用今天的话说,就是要真实的反映生活,与生活沟通。其三,小说"要改良社会","必须先研究社会学,再研究心理学","以八面向心的眼光,观察各种境遇",方才能进入写作。这里突出了对生活介入的科学态度。最后作者强调要向"西洋"学习,在借鉴中提高自己。

所谓"原则",在这里不但借对小说"派"的批评得以感性表达,也以观念方式予以重复,后者是为前者服务的。

"倾向性"的研究,亦是"文学思潮""现象化"的一种。指出一种带有"普遍性"的问题或状 态加以分析,作出取舍的判断。这在本质上暗寓着从"思想"角度梳理的意味。当然,有的研究者对于"倾向性"的概括,可能更接近于有关"风格"的言说——这是我们需要加以注意的。

"现在的创作家,人生观在水平线以上的,撰著的作品可以说有一个一致的普遍的倾向,就是对于黑暗势力的反抗,最多见是写出家庭的惨状,社会的悲剧和兵乱的灾难,而表示反抗的意思。这确是现时非常急需和重要的,创作家将这副重担子挑上自己的肩,至少是将来的乐观的一丝萌芽,但是有些情形觉得不很餍足我的期望。""有很多作品,所描写的诚属一种黑暗的情形,但是(一)采取的材料非常随便,没有抉择取舍的意思存乎其间;(二)或者专描写事情的外相,而不能表现出内在的真际;(三)或者意思虽能表达,而质和形却是非常单调。凡属这种情形的,就要减损作品自身的深切动人的效力。"[1] 作者在此所批评的这种"普遍的倾向",实际就是"理念化创作"或"思想大于形象"的情形。这里我们可以看到"五四"文学时期创作界普遍倾心于"启蒙主义"的审美观念,透示出特定时代文学(小说)被普遍"工具化"的态势,映射出当时 审美观念的主流情态。虽以"小说"启言,其"问题性"却对所有"五四"各文类创作都是适用的。 所以,我们

---

① 叶圣陶:《创作的要素》,《小说月报》第二卷第七号,1921 年。

说,这种对普遍性现象(倾向、"派"、特点)的研究本质上指向"文学思潮"——只不过把"创作思潮"作为"中介"罢了。

　　文学研究和批评实践中我们看到大量类似的事实:许许多多把"状态"加以"现象化"的研究,无疑是相当常见的有关思潮研究的思路,并且尤以文类性"状态"分析为多。以上所引之例,显然属于此类。不过,有两种情形需要加以区分:一是对"现象"进行"横"的研究,研究者在指出某种"现象"在同一平面(时空)的存在的状态时可能涉及不同文类。我以为这更接近于"状态"型的"文学思潮"研究;另一种则表现为,不仅展示"现象",还对"现象"作深度开掘,涉及原因和走向层面,甚至关涉文学以外的因素分析——区别于"思潮的源流研究"——只就"现象"即时印象加以阐释。这种研究过程便内在地隐含着某"现象"由"晦"至"显"的大致过程。我以为,把之归类为"现象式"的文学思潮研究更合适些。前一种情形常常表现为从某部作品或某个作家的创作出发,"宕开一笔",点出众多由此而聚起的"类型",并且予以"有意味"的比较——这可视为一种有趣的异例。比如胡适1922年《〈蕙的风〉序》即是如此。"静之的诗,也有一些是我不爱读的,但这本集子里确然有很多好诗。我很盼望国内读诗的人不要让脑中的成见埋没了这本小册子。成见是人人都不能免的,也许有人觉得静之的情诗有不道德的嫌疑,也许有人觉得一个青年人不应该做这种呻吟婉转的情诗,也许有人嫌他的哀诗太繁了,也许有人嫌他的小诗太短了,也许有人不承认这些诗是诗。但是,我们应该承认我们的成见是最容易错误的。……况且我们受旧诗词影响深一点的人,带上旧眼镜来看新诗,更容易陷入成见的错误。我自己常常承认是一个缠过脚的妇人,虽然努力放脚,恐怕终究不能恢复那'天足'的原形了……四五年前,我们初作新诗的时候,我们对社会只要求一个自由尝试的权力。现在这些少年的诗人对社会的要求也只是一个自由尝试的权力。为社会的多方面的发达起见,我们对于一切文学的尝试者,美术的尝试者,生活的尝试者,都应当承认他们的尝试的自由。"① 作者有意离开诗而谈"自由",这也许正是胡适对文学现代化基本前提的一种理解。

---

① 《胡适散文选集》,百花文艺出版社1990年版。

文中在"我"与"静之"两代诗人之间所做的不经意的对比,确也托出了"五四"时期新文学发展的某种必然的"潮流"状态——胡适是从新诗创作所展开的指向新文学整体的"思潮性"的思考,还是可以摸得着的。

朱自清在《爱国诗》一文中,就诗中的"爱国主义情态"进行了分析,而切入点则是郭沫若与闻一多的比较。"辛亥革命传播了近代的国家意念,五四运动加强了这意念。可是我们跑得太快了,超越了国家,跨上了世界主义的路。这是发现个人、发现自我的时代。自我力求扩大,一面向着大自然,一面向着全人类,国家是太狭隘了,对于一个是他自己的人。于是乎新诗诉诸人道主义,诉诸泛神论,诉诸爱与死,诉诸颓废和敏锐的感受——只除了国家。……但是也有例外,如康白情先生《别少年中国》,郭沫若先生《炉中煤——眷恋祖国的情绪》等诗便是的。我愿意特别举出闻一多先生。抗战以前,他差不多是唯一有意大声歌咏爱国的诗人。他歌咏爱国的诗有十首左右。且先看他的《一个观念》(略)这里国家的观念或意念是近代的,他爱的是一个理想的完整的中国,也是一个理想的完美的中国。"① 这些论述与他对抗战后"爱国诗"主潮的分析一起,实际展示了诗的"爱国主义"观念变化及其内涵系统。"闻一多""爱国诗"都是作为"现象化"的存在而被论及。作者从"古"至"今"的梳理,内在地呈现了"爱国"思潮的历史 变迁——属于大题小做。

一个时期"文类"状态的变化,研究者对其实施"现象化"方式的处理,这样做亦是切近于"文学思潮"研究格局的。郁达夫在《〈中国新文学大系·散文集〉导言》里正是这样做的。"现代的散文之最大特征,是每一个作家的每一篇散文所表现的个性,比从前的任何散文都来得强。……但现代的散文,却更是带有自叙传色彩了,我们只消把现代作家的散文集一翻,则这作家的世系、性格、嗜好、思想、信仰以及生活习惯等,无不活泼泼地显现在我们的面前。""现代散文的第二个特征,是人性、社会性与大自然的调和。从前的散文,写自然就写自然,写个人便专写个人……散文是很少人性及社会性与自然性融合在一处的,最多也不过加上一句痛哭流涕长太息,以示作者的感情而已。现代散文就大不同了,作者处处不忘自我,也处处不忘自然

---

① 《新诗杂谈》,三联书店 1984 年版。

与社会。就是最纯粹的诗人的抒情散文里,写到了风花雪月,也总要点出人与人的关系,或人与社会的关系来,以抒怀抱。一粒沙里见世界,半瓣花上说人情,就是现代的散文的特征之一。从哲理的说来这原是智与情的合致,但时代的潮流与社会的影响,却是使现代散文不得不趋向到此的两重客观的条件。这一种倾向,尤其是在五卅事件之后的中国散文上,表现得最为显著。"最后要说到近年来才浓厚起来的那种散文上的幽默味了,这显然也是现代散文的特征之一,而且又是极重要的一点。"①郁达夫所概括的"四个特征"显然是从对新文学散文发展史的整体观照中来的。因此,这种对文类历史特征流变的考察,应当说是一种规范的"散文创作思潮"的研究,对"特征"的平面阐释与渊源觅取,二者的结合显示了散文"思潮性"变化和观念之果。

从以上几个援例我们可以看到,"文学思潮"的"现象式"或"状态式"研究,都是以特定的时段或一个相对长时期里文学在创作或其他方面带有群性、普遍性、共性的"倾向""特征""状态""现象"作为具体对象。它虽然在叙述或具体论述时所涉及的对象,只是一部作品、一个作家或一个具体的表象,但它的"深度表达"并不仅限于此,毋宁说从一开始就已经做了超越的准备。这里体现了"所指"与"能指"的高度整合。而重要的是,这些正是"文学思潮史"不可忽视的重要对象。

二

对"文学思潮"进行研究时所采用的从"风格"切入的方式,有其操作上的具体复杂性。一则因为无论有关怎样的对对象的风格认定,人们总会不自觉把自己"囚"于文本之身,对叙述、文调、言说方式等因素的分析,无疑是前提或重点。研究者一般只有在探寻风格来源时才会顾及所有非文本因素。二是一旦风格认定完成,也同时暗示出风格所依托的理念系统,导致把现成的理论套在对象头上。故而,这种"风格"认定并不是在思潮语境中完成的,而是从风格推导思潮,很容易偏离我们所说的在风格与思潮的对应

---

① 《中国新文学大系·散文二集·导言》,上海良友图书印刷公司1935年版。

中加以整体探掘的路子。再则,风格确与具体的文学话语主体相关。所以,风格形成的"内在性"与思潮显现的外在性之间,关系是复杂的。但我们所要重点指出的是:"文学思潮"有时会以"风格"形态显现,或"风格"概念有时会是文学思潮的概念。尤为值得注意的是,风格的文学思潮属性,与它被作为"现象"或"状态"加以对待大有关系。沃尔夫因·凯塞尔对"在艺术科学影响下的风格研究"做过一番别致的论述。他认为风格"它永远是内在的东西,统一的内在的东西,它在统一的形式特征之中表现自己"。"作为自我表现的内在的东西,作为'基础',作为风格负着时代精神的观念可能进一步获得它的应用。"他特别强调"风格概念中所包含的统一性的概念"。他举例说:"哥特式的、巴罗克式的,这些名词首先的意义相等于没有形成的、野蛮的,只有在我们认清这种形式特征的统一性并肯定这种表现倾向时,它们才成为风格的概念。"所谓"统一性",作者认为应当是隐含对"情况标志"、"态度"的整合。"情况标志"是指人们把判断的目光"针对作者或他的世代,或者一个年龄阶段,或者一个时代等"。"它把风格的标志作为某种根本上分开的、独立职务的情况标志。它必须经常把一个作品中发现的东西同其他的东西放在一个阶段上面,不管这个东西是这个作家、这个世代、这个年龄阶段,这个时代等等的作品。"而"态度的概念的是指在内容方面在最广泛意义下心理上的见解,从这种见解表现的语言;态度的概念是指在形式方面这种见解的统一性……是指包含在见解中的'人工性'"。他的基本结论是,"因此我们可以概括地说,风格从外面看来是形态的统一性和个性,从内部看来是认识的统一性和个性,那就是一个特定的态度"①。

在这里,凯塞尔所谓的"认识的统一性"和"特定的态度",正是我们要寻找的"风格"作为"文学思潮"概念的一个有力的表述。即是某种"规范观念系统"先置性对文学活动的制约。我们说,"单独的"风格指认,如果仅仅指向具体作品或作家分析,也许只要涉及"形态的统一性和个性"就可以了,但"思潮"语境下的"风格"研究,应该要涉及"认识的统一性和个性",并探析二者在"语言"中是如何被整合在一起的。

① 《语言的艺术作品》,上海译文出版社 1984 年版,第 364—382 页。

吴宓1922年发表《论写实小说之流弊》一文,有意把具有“写实”风格的写作泛滥作为一种倾向加以抨击。“吾国今日所最盛行者,写实小说也。细分之可得三派:(一)则翻译俄国之短篇小说,专写劳工贫民之苦况。愁惨黑暗,抑郁激愤,若将推翻社会中一切制度为快者。(二)则如上海风行之各种黑幕大观及《广陵潮》、《留东外史》之类,描写吾国社会人生,穷形尽相,绘影传声,刻薄尖毒,严酷冷峭。读之但觉一片魑魅鬼喊世界,机械变诈,虚伪油滑,无一好人,无一善行。吾惟将逃世,或死耳。(三)则为少年人最爱读之各种小杂志,如礼拜六、快活、星期、半月、紫罗兰、红杂志之类,惟叙男女恋爱之事。然所写皆淫荡猥亵之意,游冶欢宴之乐,饮食征逐之豪,装饰衣裳之美。可谓之好色而无情,纵欲而忘德。”“凡此皆吾国今日之写实小说也。”“写实小说之劣下者,其弊在于刻画过度,描摹失真,诲淫失德、戕性堕志。”文中把近代“政治小说”“黑暗小说”和“鸳蝴派”小说皆称之为“写实小说”,就是一种从“风格”切入的“思潮”研究。① 再如《谈侦探小说》一文。文章围绕“侦探小说”的价值展开,对其作为一种“完全合乎于文学的条件”的、并且具有自身“风格”的小说的价值不被认可的原因做了探讨,批评“这班新文学家意气用事,故意另眼相看”。“譬如他们看惯了偏重于情感或专写肉感的小说,偶然翻开了侦探小说吧,所感受的印象却是另一种风味,和他平日所感受的截然不同。”② 文章的意旨并不仅仅停留于只对“侦探小说”作孤立的、自足的评述,而是置于新文学已大获全胜的语境里,借“侦探小说”的“冷”遭遇,对新文学群体一味从现世功利出发,对一切非“为人生艺术”的创作概取不屑的审美风潮提出了质疑,从中我们可以看到“新文学”发展过程中“矫枉过正”的一面。

“风格学”意义上的文学思潮研究,除了把“风格”作为“倾向性”或“现象化”方式之外,常常还借助于对参与风格指认的“语境”因素的有意放大,并由此“以点带面”,借“点”说“面”。所以,这类研究其价值体现为对“面”的剖析的深度——观念的、理论的等等。

---

① 北京《中华新报》1922年10月22日,《二十世纪中国小说理论资料(1917—1927)》第二卷,北京大学出版社1997年版。

② 《红玫瑰》第六卷第十一、十二期,1929年。转引自《二十世纪中国小说理论资料》第三卷。

　　类似的有《普罗列塔利亚小说论》、《大众小说论》、《现代的小说》、《现代小说》、《弹词小说论》、《通俗小说和民话》、《身边小说》、《关于新心理写实小说》、《滑稽小说》等。① 诸如"伤痕小说"、"反思文学"、"改革文学"、"寻根文学"、"朦胧诗"、"女性写作"、"文化散文"、"小女人散文"等，所涉及的内容多少都有着风格学意义上的文学思潮性质。上述所列类型，既可以视为创作思潮，也可以视为风格的界划。当不论"共时性"的状态描述、还是"历时性"的现象生成研究都具有指向思潮的暗示或倾向时，它就是思潮研究的具体存在。

　　把"文学思潮"作为"时期"概念，是我们所熟悉的。比如"古典主义"、"浪漫主义"、"现实主义"、"现代主义"、"后现代主义"等。这是就大的方面而言，或者说上述这些"主义"性思潮概念只不过仅仅适合了西方文学发展的大致情形而已，是某个历史时期西方文学中某种普遍性精神总和的表现，它所包含的内容实际是极其广泛的。

　　但就 20 世纪中国文学发展历史来看，所谓"时期"的"思潮"状态则要复杂得多。以新文学第一个十年为例，很难说是现实主义或者什么别的主义统摄了这一时期。在"十七年文学"中，我们也试着以"社会主义现实主义"文学思潮来概括它——但，由于文艺政策的制约和各种外在因素的多重变化，"社会主义现实主义"不仅在核心理念上多有增删和变化，其表现形式亦是各式各样，并未以一个"规范的方式"发展到底。如从细部分析，像"十七年"这一时期文学思潮的形态又是可以划为多个时段的。"文学思潮"作为"文学史"的一种叙述方式，作为"文学史"历史阶段划分的基础或标示，则更多地体现在那些具有历史跨度、并从根本上对文学历史发展过程中的异动性加以研究的成果之中。它自然地包括文类史、作品史、作家史和运动史等方面。"文学史"状态，比之于"文学思潮"的现象状态、风格状态等，它无疑更具有整体性或"总体性"。这一"总体观"显然是建立在对于相对长的历史时段内作品风尚、作家倾向和理论追鹜的普遍性的抽象基础之上，是基于对它的理念核心——主题模式、关系模式、思想模式和审美形式模

---

① 　以上均见《二十世纪中国小说理论资料》第三卷，北京大学出版社 1997 年版。

式的高度提炼、概括而成。值得注意的是,这种概括往往与"文学思潮"发生紧密联系,其"话语"的思潮性质是相当明显的。

茅盾在《八年来文艺工作的成果及倾向》一文是这样论述抗战时期文艺的倾向性的:"八年的抗战是为了什么呢?我以为可用两句话来说明:对外挣脱一切帝国主义——特别是日本帝国主义加于我民族之政治的经济的军事的侵略,对内解除封建势力与买办阶级对我人民的压迫而争取民主政治。既然抗战的大目标是这两项,那么,服务于抗战的过去八年的文艺活动自然也应当以这两大目标作为努力的方针。事实上我们也是这样做了。现在抗战虽已结束,而这两大目标尚未完全达到。那么今后我们的文艺活动当然要以这两大目标继续作为总的方针了。"[①] 文章的内容重心是抗战时期文艺的主题和语境,实际上从文章的整体看,茅盾更多的是从抗战文艺的"阶级意味"淡薄来检讨的,暗示了在多种因素干预下"抗战文艺"的"右倾"倾向。

再来看《春节宣传看文艺的新方向》一文。这是1943年4月25日《解放日报》的一篇社论。

"去年五月党中央召集了文艺座谈会之后,文艺界开始向着新的方向转变,毛泽东同志的结论,为这运动提示了明确的方向。七个月来,经过了一些反省、讨论和实践尝试的过程,文艺界在思想和行动上的步调渐渐归于一致。许多脱离实践,脱离群众的小资产阶级自由主义的倾向逐渐受到清算,而毛泽东同志所指出的为工农大众服务的方向,成为众所归趋的道路……证明我们的文艺界已经获得了第一步的成功。在文学、音乐、美术、戏剧、舞蹈等各部门,都以新的面目,鼓舞了群众的斗争热情,收到了很大的教育的效果。单就延安来说,'鲁艺'、'西北文工团'、'青年剧社'以及各学校的秧歌舞及街头歌舞短剧,古元的木刻和许多美术工作者的街头画,孔厥的小说《一个女人翻身的故事》、艾青的《吴满有》都是特别值得提出的一些收获。延安之外,如晋西北的'战斗剧社'和警备区的'群众剧社'的许多新的活动,也有很多成绩。"社论对"春节文艺活动前后所表现出来的新方向"的特点总结为三:"第一是文艺与政治的密切结合"——表现为"我们的文艺

---

① 《文联》第一卷第一期,1946年。

工作者开始抛弃了那些小资产阶级艺术趣味,努力使自己的工作表现出革命的战斗的内容,把抗战、生产、教育的问题作为创作的主题了"。"其次是文艺工作者的面向群众"——表现为"文艺工作开始从知识分子的小圈子走向工农群众,街头上和群众中的文艺活动成为这时期的重要的工作方式,在内容上力求反映群众的生活和要求,而在形式上力求能为群众所接受。许多文艺工作者开始下乡参加工作,访问和开会欢迎劳动英雄。文艺工作者已经在实际行动上开始表现他们的群众观点,他们认识到文艺工作的正确道路是要为群众服务并向群众学习"。"再次,文艺的普及和提高的问题,在春节前后的创作表现里,也看出了解决的方向。""就提高方面论,春节文艺活动在艺术上获得了许多可以满意的成绩,产生了许多新鲜活泼、有生命力、有感召力的作品,不但不是什么关门提高的结果,而且正是开始与群众结合的结果。""春节的文艺活动证明,离开了群众生活的内容与形式,任何高级艺术品的产生都是不可能的,套用非群众的旧时代的与外国的内容与形式,嵌入群众的口号,现代的人物与中国的姓名,不但在群众中要失败,在艺术上也是失败的、恶俗的、低级的。春节的文艺活动又证明,适当地采取群众的艺术习惯,并不会因此降低了艺术品的身份,相反的,真正伟大的作家,一样可以从秧歌剧产生伟大的作品(古希腊的'拟曲'和'牧歌',就是一个最相近的榜样)。……在这个方向的诱导下,我们不但看到了'在提高指导下的普及'的可能前途,也开始看到了群众自己中间的实际尝试。"

在这里,社论有意把"春节前后的文艺活动"作为值得肯定、倡扬的"倾向性""思潮"加以对待。对这一"倾向"的每一个肯定的立论前提都有着对"过去"存在的否定作为支持。如上述第一个特点就是建立在对过去文艺脱离政治倾向的严肃批判上面:"但由于文艺工作者中很多是小资产阶级知识分子出身,他们的自由主义思想,他们对于外国的和旧时代的文艺作品的偏爱,他们的强调文艺特殊性的成见,他们的片面地提高技术的错误主张",使得许多文艺工作者"发生了脱离实际政治斗争的倾向",致使"很多的文艺作品是用来表现小资产阶级个人主义的思想和情调"。"对于政治的这种麻木态度甚至为托派王实味以及其他反共特务分子所利用,使人们能够戴着文艺工作者的假面具在我们中间散布危害革命的思想毒素。"自觉地运用这对立思维方式的目的,其实很简单就是判别"思潮"异动从而确立"时期"。"思潮"与"时期"在这种对立叙述中,不但呈现为统一,并且也使理念在史性范畴内实现了"断裂"。这样的表述,在延安时期、"十七年"、"文革时期"都大量存在——甚至成了对文学进行史性叙述的一种惯常方式。如《抗战以来中华民族的新文化运动与今后任务》(汪甫)、《论新文化运动中的两条路线》(杨松)、《十年来新文化运动之检讨》(李初犁)、《从民族解放运动中看新文学的发展》(茅盾)等等。①

20世纪中国文学历史上的"思潮"研究,在把"思潮"作为"时期"的运用上,除了上述"回顾式"之外还有一种"前瞻性"——它借对当前现象的"有倾向"的组合与叙述,在为某种"思潮"搭建平台的前提下,有意把某种带有"利益化"或"利害关系"的理念进行"历史归趋"的必然化处理,从而使"思潮"先于实践而形成具有鲜明理念核心的"思潮"模式,并以此来指导、评判、规范未来的文艺实践。如《关于人民文艺的几个问题》、《新形势下文艺运动上的几个问题》等,可作如是观。《新形势下文艺运动的几个问题》一文,鲜明直观地提出了建国后文艺发展的方向及其模式构想。文章首先对这一模式构想提出的合法性与必要性进行了论证。"这是旧中国的结束和新中国的诞生底一个历史大转变时期。""由于政治、经济局势的改观,由于文艺对象的改变与扩大,由于一切束缚限制的消灭,由于广大人民群众对文艺迫切的要求,新文艺运动的具体任务是大大增加了,工作的范围是大大的扩展了,文艺统一战线是更加扩大了,文艺和政治经济的配合关系更加密切了,文艺工作的方式是要求有所改变了,创作的方向是要求明确和一致了,思想上的领导是要求更加强了。"如此,就有了一个"文艺工作将怎样来把握这些问题和实践这些新的任务"的时代命题。为进一步确立这一时代命题,文章先从以下几个方面提出了要求:其一,"一切为了人民的利益——应是我们一个共同的基本信念"。确立这一信念的前提是从"解决千千万万人的精神饥渴与实际工作上的需要"出发,而决不是为了"满足于我们知识分子自己的精神解放",是要"解决创作上一个基本问题——即是

---

① 以上文章均见《延安文艺丛书·文艺理论卷》第一卷,湖南人民出版社1985年版。

个人与群众的关系问题"。而且是,"在新形势下,要做到文艺与人民相结合,作家与群众的关系,仍然是一个首先要解决的问题"。其二,"确立文艺为人民大众服务的基本方向","这是'怎样写'的根本问题",同时必须解决"写什么"的问题——"即是创作的主题方向问题"。"在今天,表现新中国的光明面,表现劳动大众的积极性和优美品质,这些主题便必然是要提高到更重要的地位了。"塑造"人民英雄"形象,不但是"现实所要求的",而且也是"明天社会主义"的"可能发展"。"今后要作的主题方向,必然是和政治经济的斗争与建设,更有机更紧密地配合。""政治或经济建设的某一号召下,文艺家就应该去奔赴这号召而写出作品来。""例如在华东,有一时候以土改为主,要求作家产生大量描写土改的作品;有一时候又以支援前线为主,又要求产生大量描写支前的作品;有一时候又以生产为主,要求产生大量描写生产的作品。"这就必然带来作品"时间性"与"永久性"的矛盾,必然要在"宣传的手段"与"艺术的创造"之间,"政治的婢仆"与"独立尊严性"之间作出明确的选择:即使"就算是'宣传的手段'有什么不好呢? 就算作'政治的婢仆',只要是人民的政治,又有什么不好呢?"对于文艺,我们不要忘记"它是整个革命的一个环节,它的运动必须从属于整个政治的运动"。其三,"文艺运动的组织形式","是一个重要的实际问题"。要迅速建立"工农群众的文艺组织",城市要成立"工人文艺团体","在农村中间,……凡是爱好文学艺术的工人农民都可以参加……""这些组织的领导者应该以工农干部为主,而不应由作家或知识分子去越俎代庖。"至于"作家自己的组织","它是在新民主主义政治领导下的文艺界统一战线的组织","成为文艺运动与文艺思想里一个研究和领导的有力的组织",它的任务主要是"领导文艺思想","负责帮助工农文艺运动","培养大批文艺干部",而决不能是"联谊"性质的"自由主义者的组合"的"笔会"。今后的"文艺运动的表现,固然主要在于作品,但是这是一个广泛群众性的文艺运动,而且是前所未有的广泛群众性运动,所以对于它的组织意义底重视,乃是十分必要的事情。"①

　　显然,"人民"和"政治"两个概念,取得了在新形势下可以互换表述

---

　　① 原载 1949 年 3 月《大众文艺丛刊》第二辑《论电影》,转引自《文学运动资料选》第五册,上海教育出版社 1979 年版,第 343—346 页。

的合法性,进一步强调了文艺从属于政治、强调文艺的组织化。延安时期的"革命现实主义",经过一系列的内涵扩展和替换,已经化成了"政治现实主义"——而这正是这一"模式构型"的理念核心。从这里我们可以看出,作为"时期"的"文学思潮",不只是可以生成于对历史既成存在的重新叙述里,还可以以"模式构型"预置于其后文艺发展过程之前。这一情形也证明,那种认为"文艺思潮"是客观的或自在形态的结论,显然应受到质疑。"文艺思潮"在特定时期是完全可以被人为地制造出来——这是我们过去在思潮研究中未能深入的薄弱地方。

文学思潮与文学流派

　　"思潮与流派"——这一提法本身就隐含着"思潮与流派"之间多种可能性的"共生"关系,同时也说明在人们的一般性印象中,两者之间的"共性"是大于其"差异性"的。如果我们只是从"文学思潮"与"文学流派"一般性的表面关系看来,似乎确是如此——比如"思潮"与"流派"都具有"群体性"、"互动性"及"系统性"等方面的特征。他们之间种种极为鲜明的"同一"性特征,不仅为人们在实际研究过程中对二者进行自由置换提供了依据,而且形成了长期以来从"思潮"提出"流派"、或以"流派"来体认"思潮"的思维惯性。比如以下这样的分析:在中国文学发展过程中,从大的方面概括,有三种文学思潮影响着文学创作。其一是现实主义,其二是浪漫主义,其三是现代主义。在这三种思潮影响下,现代文学史存在着相应的三大文学流派,即"现实主义文学流派"、"浪漫主义文学流派"和"现代主义文学流派"。[①] 这显然是说,"文学思潮"不仅大于"文学流派",并且是先于"文学流派"而存在的。同时我们从其对"思潮"与"流派"的"同一"命名方式里也感受到,二者之间无疑是可以相互置换的。再如中国现代文学史上一些已得到大家公认的从思潮角度命名的"文学流派",如小说领域的"问题小说派"、"普罗小说派"、"社会剖析派",诗歌领域中的

---

　　① 马良春:《中国现代文学思潮流派漫谈》,转引自魏洪丘等《中国现代文学流派概观·序》,成都出版社 1990 年版。

"人生写实派"、"浪漫自我表现派"、"象征派"、"现代派"、"大众诗派",戏剧创作方面的"新浪漫派"、"社会写实派"等。[①] 以上这些对于流派的命名,大多是从"思潮"角度着眼的,昭示着文学创作在内容上的思潮皈依,对其身份确认的重要影响。

这种种情形表明,以往人们在面对"思潮"与"流派"时,更容易倾向于对二者"共性"的体认,似乎他们之间的"差异"性是微不足道或可以忽略不计。这无疑是一种相当片面的认识。我们有必要对文学思潮与文学流派之间的"差异性"进行深入的研究与辨析。

对这一问题的讨论,可以围绕以下几个方面进行。

一、文学思潮与文学流派的"时间"关系

如果当我们在研究"流派"时发现它实际是以某种内在的"共性思想"连结在一起的时候,我们就必须注意"文学思潮"与"文学流派"两者相互之间在发生学层面上的"影响"性问题——在国外一些学者看来,他们认为"流派"是先于"思潮"而存在的。"在古典主义以前的各流派文学中,如果还没有已明确形成的思潮的话,那么各种不同流派始终是存在的。"他举例说,在希腊文学发展的古典时期,就存在各种流派——比如"有反对贵族统治的思想倾向"的"戏剧流派",还有"抒情诗派"等。论者还把罗马文学的两种文学——"具有某种官方性质"的"长诗体裁"和那些具有"自发的人文主义的热望"的诗作,都称为流派。除此之外,还有所谓"盲从权威"的文学流派和与之相对立的"世俗文学流派"(《罗兰之歌》)等,还有以薄伽丘《十日谈》为代表的"对现实的生活欲望和对当时社会各阶层人们的个人命运有强烈兴趣"的流派、"骑士讽刺诗"派,甚至认为法国16世纪作家拉伯雷(主要以《巨人传》为代表)一人就构成了一个流派[②]。自然他的根据是这些流派都产生在古典主义文学思潮出现之前的"人文主义统治阶

---

① 分别见魏洪丘等:《中国现代文学流派概观》,成都出版社1990年版,第3、1页。
② [苏联]波斯彼洛夫:《文学原理》,王忠琪、徐京安、张秉真译,三联书店1985年版,第180—183页。

段",是在没有任何思潮引领下产生的。在这里,我们可以分析出两种内涵:一是明确说明"流派"可以先于思潮而产生;二是"流派"也可以独立于"思潮"而存在,它并不是时时都要受着受思潮影响与制约。

我以为,论者更多是从"创作形态"来体认文学流派的,或多或少地淡化了"文学流派"赖以立足、发展的"思想及其存在状态"。

但在一般性的有关"文学流派"的定义描述中却常常出现相反的内容:"流派是指一定的历史时期中,文学见解相近、创作倾向和艺术风格相似的作家自觉或不自觉的结合。"① "一般说,文学流派往往产生于思想比较活跃的时期,作家的创作个性得到较充分的发挥,一些思想倾向、艺术倾向相同的作家形成不同文学流派,以具有相同或相似特色的作品以及共同的文学主张、文学见解,展开流派之间的相互讨论,相互竞赛,相互促进。"② 我们看到,在这些"定义"逻辑前提中,作家的"群体性"的"共同性"是研究者厘定"流派"时所格外强调的"身份性"因素。 同时,在阐释"共同性"之于"流派"生存的决定性意义时,更多关注的是构成"流派"的各个体之间在"见解"、"思想倾向"、"艺术倾向"等方面的一致性。显然,这暗示着文学流派生存的基础是"思想"的同一性。

当我们无论从任何一种角度切入"流派"研究时,都不能不探究这些以个体方式存在的同一性"思想"与"倾向"的"来源"问题。在以往种种有关"文学流派"的"理论"研究中人们也注意到了这个问题:"当一个流派比较突出地反映了某一时代的社会思潮和审美理想,并在表现方法上有所创新时,它就可能成为该时期占统治地位的流派。对各种艺术种类都产生重大影响,或者说,它可以囊括各门艺术。这样的流派往往被概括为某种主义,例如西方17世纪以来的古典主义、浪漫主义、现实主义、自然主义等等。"③ 这里,表面上看似乎更强调"主义"(思想)乏于"流派"生存的基础性或先在性,但无形又凸现了它(流派)对于"外在思潮"的反映。在论者的语序里我们看到,似乎流派先于个体的"同一性"是来自于对"外

① 分别见魏洪丘等:《中国现代文学流派概观》,成都出版社1990年版,第3、1页。
② 《辞海·文学分册》,上海辞书出版社1981年版,第19页。
③ 王朝闻:《美学概论》,上海文艺出版社1987年版,第291页。

在"（非审美领域）"思潮"的感应或应和,而后以"文学形式"消化并再现
这思潮,最终呈现为"文学的社会思潮状态"。这样的结论,显然源自"文
学"与"社会"之间反映性的认识论。既要概括社会视野中的"文学思潮"
的"非自足性",不得不正视"在同一文艺思潮影响下,又有各种文艺倾向
和流派"的实际状态,这使得"思潮"与"流派"的"时间"关系显得复杂
化起来。

　　其实,这里涉及"文学思潮"与"文学流派"各自不同的生成过程和构
成因素的差异性问题。有人曾经强调过"文学思潮"的"文学性"问题。[①]
我想在这里强调的是,当我们一旦孤立地强调"文学思潮"的"文学性"而
不是把它牢牢置于文学语境中加以"强调"时,就可能出现"思潮"生成原
因的模糊化。因为,文学无论"再现"或"表现",都和文学与外在的关联
方式有关——即"和声式"的关系。我们必须追问:主体是否可能独立于生
活之外——当他的生命需求（包括物质和精神的）难以离开生活时,实际也
就暗示着任何形式的思潮存在都不可能是凭空产生的。无论是学理层面还
是生活层面,文学思潮的产生都与一定时代的总的文化形势脱不开关系。过
分强调"思潮"的文学性质,诚然一方面可以从独立性方面凸现文学思潮的
自足性,但另一方面也必然导致文学思潮研究的封闭化,以至于搞不清它到
底是从何而来的。

　　如果说,"文学思潮"的发生必须到社会思潮发展总体中加以参考的
话,那么文学流派的产生与社会的直接关系就显得淡然多了。从过去人们对
文学流派的理论研究以及对它的"同一性"的强调看,"文学思潮"都是它
必不可少的背景或参考——要么是它反映了某种思潮,要么是在某种思潮影
响下产生。自从有了"文学思潮"视角的文学史研究（包括文学流派研究
在内）之后,对流派的价值、意义的生成与分析,大多都会最终归结到"思
潮"上来——因为,无论创作、批评、理论或其他当代的文学活动,它的审美
贡献最后总要被提升或概括为一种思想的贡献,即"文学思想史"的意义。
从这个意义上来说,文学思潮与文学流派的"时间关系"应当理解为:风格

---

　　① 陆贵山主编:《中国当代文艺思潮》,中国人民大学出版社 2001 年版,第 9 页。

的群体性呈现流派的存在,而群体性风格的思想倾向则表现为思潮或在思潮影响下产生。文学思潮的"文学性",被"风格群体"所泛化,"观念"以"理论"和"创作"两种形态存在。整体上,文学思潮在发生学意义上是先于文学流派,而文学流派又以"风格群体"的生成过程再现了一种文学思潮发生的全部过程,也可以说是具体地、形象地又是实践性地呈示了文学思潮的构成过程,并以"自我理解"印证着它。

二、文学思潮与文学流派的"空间"关系

这里将要涉及彼此之间的区位性、隶属性等方面。有论者说道:"从另一个角度来看,风格显现也就是艺术流派。一般说来,艺术流派是由一批风格相近的艺术家所形成的,他们或者由于其思想感情、创作主张(虽然也要体现于创作实践)上的共同点,或者由于其品质上的接近,或者由于取材范围的一致,或者由于表现方法、艺术技巧方面的类似,而与另一批风格相近的艺术家相区别。一个艺术流派可以包括从事不同艺术种类和体裁的艺术创作的艺术家,也可以只是一个艺术种类或一种体裁内部的某些艺术家。它可以只存在于一个时代,活跃于一个时期,也可以有相当长远的继承性和连续性。"[1] 我是赞成这里的一些基本定义的。因为这样的定义含纳并兼顾了思潮与流派各自不同的特性。如果我们在以下一些共同性范畴当中来对二者加以对照,也许有助于我们对"文学思潮"与"文学流派"之间"空间"关系的理解。比如"社会文化思想范畴"。在关于"文学思潮"与"文学流派"的时间关系叙述中我们已涉及,"文学思潮"之于"社会文化思潮"的关系,既表现为"整体"与"部分"、"点"与"面"、"个体"与"一统"等结构方面的样态,又表现为后者对前者的施—受、影响—反应、"共性理念"—"个性形式"等功能方面的式样。我们不仅在梳理文学思潮的发生方面需要"社会文化思潮"的帮助,即使在论证"文学思潮"的"合法性"方面也离不开它。这样的推论说明,"文学思潮"与"社会文化思潮"的关

---

[1]　王朝闻:《美学概论》,人民出版社 1981 年版,第 291 页。

系可以是直接的。而"文学流派"与"社会文化思潮"的关系就呈现为另外的异样性特点。文学流派的自足性显然要大于文学思潮的自足性——这是因为,这种"自主性"是由特定的形式方面的先在限定而形成的。文学流派的特性离不开创作范畴,在流派这里,"创作"是整合因创作而衍生的同类性批评、理论的原体,具有本体性。一般而言,没有创作便没有流派——但,一个流派的"批评"与"理论"的多寡,对于流派的存在却没有本质的影响。就文学流派的"创作性"这一本体与"社会文化思潮"关系而言,显然既不是直接的,并且也不能是直接的(直接势必导致图解,其形式的功能则会趋近于零)。从事创作的个体成为"社会文化思潮"与"作品"之间的"中介物",创作主体对"社会文化思潮"的个性化回应,必然带来"客观性"社会存在的"主观化"——无论理解还是呈现都是一样的。个体的精神复杂性及其被制约的情感态度、人生观、价值观等,都会增加"创作文本"在回应"社会文化思潮"时的别致性、复杂性。看来,二者之间的非直接"回应"关系必会导致"文学"的越来越多、越来越强的"自足性"。甚至也有这样的情形:"社会文化思潮"从反向上成为流派的启迪。例如在以"革命"为主流话语思潮的"30年代"和"文革"时期,那些"边缘性"流派的产生——"新月派"、"论语派"、"京派"、"海派"、"地下创作"、"知青诗歌"等,都是在有意无意地与"主流"对抗中发展过来的。这种"对抗"便成为某个文学流派自觉对自我边界进行把握的共同意识或主要手段。再比如"接受范畴"。"文学思潮"的接受是无法以其自身完成的。"文学思潮"的存在本质应该是观念性的——这种"观念性"只可能被极有限的一部分人以"原形态"接受:批评、研究者或处在困境中的作家等。普通读者对"观念"是不感兴趣的。所以,"文学思潮"的接受之于普通读者,就必须借助于文学的其他"非观念"形式,即具体的文学体裁及其叙述修辞。即便如此,普通读者对文学思潮的感知也是极其有限的,他所感知的只是具有某种"文学思潮"观念或在某种"文学思潮"观念性影响下的具体创作,并且是到此为止,并不深究。这无疑说明,文学思潮自身在面对普通接受时几乎是无所作为的,必须借助于创作。不过,"流派"的创作之于接受,实际上也不是以"流派群体性"引起注意,而是以鲜明的风格引起关注。创作的"流派性"同样极有可能被普通读者所忽略。这里我们看到,"流派"是"风格"观念化的产物。当我们从"观念性"这一角度看取"文学思潮"与"文学流派"二者接受状态时就会发现,它们的功能几乎是可以忽略不计的——好在,流派是以风格而不是必须以提升到观念性才能得以存在的。

这就带来了复杂性,"接受范畴"与"理论范畴"之于二者的关系难以同一,便增加了我们认识二者之间空间关系的难度。

不过应当明确的是,在"空间"关系上文学思潮可以大于"文学流派",亦可以等于,但决不会小于文学流派。倘若对"文学思潮"与"文学流派"进行梯度分析,结论应当是,最终以"观念形态"确立自身的"文学思潮",应当属于最高一级形态。而"文学流派"则属于次一等级状态,即后者隶属于前者,前者包容后者。即如有论者所说的"纲"。"在文学的实际发展中,思潮也许可算是个纲,将文学思潮真正研究清楚,会使文学史上很多问题迎刃而解。理论、评论文章中体现的文学思潮,是直接的,容易见到的,也是比较表面的。大量的文学思潮,都生动而丰富地体现在文学创作、文学流派以及文学论争等文学现象之中。"[①]

这种"梯度"表达,在波斯彼洛夫的研究中也体现着。他在分析英国和德国 18 世纪"浪漫主义思潮"时,就认为它们一样地为"两个文学"流派所支持与表征。他认为同样是"浪漫主义思潮"代表的"耶拿派",是"在民族的以往的历史中寻找自己的理想",即我们通常所说的"消极浪漫主义";另一流派"海德堡派",则是"瞻望未来"的,如格林兄弟等 [②]。在我看来,波氏的"流派"划分是介乎于"大""小"之间的。在过去的研究中我们发现,"流派"概念的"大""小"不一是长期以来存在的偏颇。若以"创作方法"为划分原则,"流派"的概念就趋向大,若以风格、创作倾向或题材相互性、学养同一性,或心态趋同性等方面划分,则必然趋向于小。这涉

---

① 严家炎:《文学思潮的二三感想》,《河南大学学报》1992 年第 5 期。

② ［苏联］波斯彼洛夫:《文学原理》,王忠琪、徐京安、张秉真译,三联书店 1985 年版,第 191—194 页。

及“流派”命名——即“文学命名”研究的诸多问题①。比如关于20世纪中国文学流派的研究与划分,有以“区域”命名的——“京派”、“海派”、“东北作家群”、“湖畔诗派”等;有的则以作品的“题材”内容属性命名——“乡土小说派”、“社会剖析派”、“政治抒情派”、“战地报告派”等;还有以“刊物”命名的——“新月派”、“现代派”、“七月派”、“语丝派”、“论语派”、“鲁迅风派”等;以创作“风格”命名的也不在少数——“鸳鸯蝴蝶派”、“山药蛋派”、“荷花淀派”、“民歌诗派”、“大众诗派”(亦称“中国诗歌会”诗派)、“社会写实派”、“新浪漫派”、“浪漫感伤派”、“幽默讽刺派”、“象征派”、“新歌剧派”、“新感觉心理分析派”等;也有从“主题”命名的——“问题小说派”。其他如“小诗派”等则无疑更侧重于“形式”的外在特征,还有无以名之的命名——“九叶诗派”等,所以说,人们对于“流派”的认识与对思潮的认识有着相当多的相似性,即对于“文学思潮”和“文学流派”来讲,“命名”的歧异与多样便暗示着它们被接受的多种可能性。在上述众多“流派”当中,能够让我们明显意识到某种思潮状态的,显然是不多的。作为具有强大覆盖能力的“文学思潮”,它的内在精神指向无形会在接受过程中对主体产生各种各样的启迪,尤其是在有关文学的“内容”与“形式”等方面透示出对某类“内容”与“形式”的格外青睐。这些必然为“流派”的产生、壮大提供了种种的便利。同样地,在这样情势下产生的流派,对“文学思潮”的回应力度也无疑会更大些。具体的文学行为对于文学思潮的种种不同方式的回应,便是一种“文学思潮”流播过程中会有多种流派产生的重要原因。若从“思潮”角度看取以上的众多的流派,应当说只可能剔析出几种思潮来,那一种思潮下存在有多个流派,并被不同的“风格”取向与“意识功能”取向的流派所呈现。重要的是,“思潮”的呈现亦可以在历时性的流派中得以实现。

这就证明,“文学思潮”与“文学流派”的“空间”关系,既有“共时

---

① 有关“文学命名”问题的研究,可参阅笔者下列论文:《文学思维活动的修辞化探寻:文学命名初论》,《山西大学学报》2002年第1期;《遭遇“命名”——关于“文学命名”问题的初步思考》,《淮北煤师院学报》2002年第3期;《“文学命名”论——文学批评的“史性”修辞》,《淮阴师范学院学报》2002年第5期等。

性"的平面性整体与个体的区位样态,又可以呈现为"历时性"的各主体间相呼应的"家族相似"的代际性。

三、文学思潮与文学流派的生成方式与功能

为了进一步辨析"文学思潮"与"文学流派"之间的关系状态,我们还应当对文学思潮与文学流派各自的生成方式与功能作用予以比较。

文学思潮的生成有无规律,这个问题若从理论上分析似乎应当是可以说清楚的,但如果涉及每一个具体的文学思潮,便会因各个文学思潮彼此之间的差异性,从而导致其"规律性"呈现为某种相当模糊的状态。从文学思潮的生成方式看,大致可分为以下一些类型:有的是以理论性批评为先导,继而影响到创作领域和接受领域,形成理论—创作—接受这样的秩序与过程,如20世纪30年代的"革命文学思潮"、1942年之后延安文坛的"政治—乡村化文学思潮"、20世纪80年代的"寻根文学思潮"等;有的则是以创作为主体,然后再辐射到理论批评领域和接受领域。在这种以"创作"为主体的文学思潮构成里,理论不是像前一种情形那样是以先置性存在于创作之前,并从一开始就担负着对创作及其他形态的引导、规范作用,而是表现为对"创作"过程及其成果的"理念"总结。比如"新写实文学思潮"、"先锋文学思潮"、"五四"时期的现实主义文学思潮、30年代的自由主义文学思潮和现代主义文学思潮等。这样的文学思潮呈现为创作—接受—理论的引进路线或建构秩序。在这样的文学思潮的诞生过程中,"创作"的主体性不仅表现得十分鲜明,而且创作的存在状况还决定着思潮的存在方式与面貌。换句话说,离开了创作,其他如理论、接受等"衍生物"的主体性则无所附丽。

当然,还有一种类型是由接受—创作—理论这一路径生成的。比如20世纪中国大陆90年代的"非意识形态化文学思潮"即是如此。90年代文学的一系列变化,根本上取决于大众趣味对文学过程与环节的影响。他们阅读什么、怎么阅读、意欲从文学中获取哪些东西等,都不是像以前政治社会时代那样可以视而不见,或不屑拒绝,因为"大众"已不愿充当被启蒙的对象,

文学价值的体现与读者的自由选择密切相关。读者与文学的关系,也已从政治社会的"有义务阅读"转变为"自主性的兴趣阅读",这一转变,又是通过读者阅读和文学价值的同步"货币化"而完成的。有关"货币"对现代社会的全方位改造,德国哲学家齐奥尔格·西美尔(Georg Simmel)有这精彩的论述。他的惊人判断是:"金钱成了现代社会的语法形式。"他说:"货币通过其广泛的影响,通过把万事万物化约为一种相同的价值标准,它拉平了无数的上下变动,取消了远近亲疏。"① "相对于事务的广泛的多样性,货币上升到了一种抽象的高度,它成为一个中心,那些最为对立者、最为相异者和最为疏远者都在货币这里找到了它们的公约数,因此,货币事实上提供了一种凌驾于特殊性高高在上的地位,以及对其无所不能的信心。"② 读者和文学在"金钱"这一"公约数"里共同意识到了"文学"的"新"价值,它既限制了作者,又解放了读者,文学的生产被悄悄地挪进另一套规则加以运行。若从传播层面上看,没有大众的参与,就很难说明文学的价值。自然了,文学思潮生成过程中的特例也有不少,如理论、创作齐头并进的状态,再如接受创作共生情形,也还有在文学运动的这种显在形式带动下,各因素混杂缠绕、作用难分轩轾的状态等等,不过,这只是说明文学思潮在生成方式上的多样性、复杂性罢了。

根据文学思潮存在形态的广延性特点,对文学思潮生成方式我们可以进行一些更多抽象的分析——即在与文学流派的比照中体认其生成的共性特征。我们认为,无论是理论—创作—接受程式,还是创作—理论—接受或创作—接受—理论模式,无论是接受—创作—理论的生成过程,还是其他如各种"共生"状态的建构方式等,作为文学思潮是如何发生或最先以何种形态出现等问题都并不重要,而重要的是,任何一种生成方式及其终极存在状态,都涉及文学的所有基本领域——理论、批评、创作、接受、研究等方面。这应作为文学思潮在生成方式上的一个显著特点,这一特点决定着文学思潮的功能、作用等。不论单项领域的"思潮"特性是多么鲜明、强烈,如果没有辐射到其他相关领域,那么这一思潮的"文学性"是残缺的,就不可能被纳入

---

① ［德］C. 西美尔:《货币哲学》,陈戎女译,华夏出版社 2002 年版,第 166、404 页。

② 同上。

文学史构成因素的视野之中——其实这种情况也只能是一种理论假设。实际上,任何"思潮"的过程性都充满了力度不一的辐射性与外扩性——所不同的只是,各种思潮在辐射中面对同一对象所显示的力度不同罢了。这样一来,文学思潮的功能作用方式的特性就显示了出来,即文学思潮不可能也不会只把自我功能拘囿于任何单一方面,它的影响方式也绝不是单一的或在当时具有主导性意义的因素等等——如创作等等,而是集创作、理论、批评为一体,最终以理论的方式为自我奠基,形成覆盖性的强势话语和对审美价值判断的权力。

与文学思潮生成方式复杂性相比较,文学流派生成方式的特异性无疑是更鲜明的。一个显然的事实是,文学思潮在其生成过程里,其作为承载或表征社会精神文化具体走向的一个因素,它总是或多或少与生发之时的时代的政治、经济及人们日常生活方式的变化存在着联系。这便为我们寻找文学思潮生成原因提供了更多的可能性,同时也成为我们使之明确化的一个重要的前提性基础。具体来讲,即是指文学思潮复杂性中的"随机性"不但有迹可循,而且"他律性"亦是显而易见的。在这样的视野里研究文学流派,它的"特异性"与"随机性"的联系或关系,应该是我们分析的重点。

在决定文学流派生成方式或生成过程的诸多因素中,有一些则是在文学思潮中找不到的。这些为"文学流派"所独有的因素,既是"文学流派"形成特性的构成因子,也是把"文学流派"与"文学思潮"加以区分的重要标记。我们知道,就文学流派而言,"派"的特性可能来自于以下诸多方面:一是学养基础。这是指流派成员在知识谱系方面的共同性。这一共同性关联着师承关系、对审美的基本理解包括艺术定义、功能、观念体系、形式意识及美学信仰等诸多环节。一个文学流派关注某种题材或侧重于某种文类形式、对审美对象的处理方式或惯性、形式与内容的组合方式、所要表达的审美理想及暗寓在具体文本中的文化功能指向性等,都并非完全自我化的选择,必受制于已先置的某种"理念"——这正是学养共同性所涵育的结果。因此才有了"文学流派"作为"群"的外在的同一性。远的如明代"公安派"、"竟陵派"、"江西诗派",近的如"现代评论派"、"人生派"、"创造社派"、"论语派"、"九叶诗派"、"山药蛋派"等。在具体的文学思潮研究中我们常遇到"流派"内部各个体之间和相近的"流派"的之间在"理念"上的有意呼应与"认同"的情形,但在具体的流派细致研究过程里,这一情形就会显得更个性化或复杂。文学流派的标示更多仰赖于创作,而创作的影响须借助于"感知方式"这一中介,"情感"的类化才有可能接受通过形象文本所形成的影响势能。同流派成员之间在创作上的相似性,并非是彼此刻意模仿的结果,以我看更多体现为彼此之间在文化情感与态度上的遇合——精神上无须借助言说的意会、一种水到渠成、浑然不觉的通融。这里面,起着内在性作用的显然只能是学养基础与精神共性。二是区域的认同。文学史上有许多流派的形成及其维系其持续发展的力量,是来自于对同属区域的先在认同。显然,流派视野中的区域不是纯粹地理学的概念,也并非人文地理学体系所能诠释的,而是文化学意义上的概念。对于那些以区域昭示特色的文学流派而言,创作个体之间对区域的认同,既含有同一性的认同结果(对区域文化价值的判断),也寓示着区域文化中精神未来指向性的首肯,还包括对区域文化历史状态和现实境遇的共同的认识。在此,他们实际上已自觉承担了对区域文化及其精神在认同中予以弘扬、在捍卫中予以提升、借审美予以传播 的功能角色。各区域文化的存在特性有一点是相同的,即它们都是以某种具有历史超越性的"乡俗社风"形式固化自我——这就是为什么我们常常看到"区域性"文学流派总基不厌其烦地呈现乡俗的原因所在。算得上真正能以区域文化标示自身的新文学流派怕只有"山药蛋派"了,它与"三晋文化"的密切关系,已得到了研究者的有力阐释[①]。三是主体间"个性"的同一性。自然,以相同"个性"基础生成的文学流派,这在具体的"文学流派"研究成果中还不是很多。不过,仅就 20 世纪中国文学史上的诸多流派来看,我们已注意到,某些文学流派成员间的个性确实具有着某种程度的统一性,比如"京派"。大体说来,他们的个性中都有着自觉远离喧嚣,在沉湎往昔中保持灵魂的纯洁及以心为文、文心互证的个性特点。我们这样说,自然是指某个流派成员间可能会有的比别的流派更多的个性同一性,而不是无视他们作为生活个体所呈现的必然差异性。"个性同一性"是具有认同效

---

① 参见朱晓进:《"三晋文化"与"山药蛋派"》,安徽教育出版社 1998 年版。

应的,这种"效应"则会更多地体现在创作中——以诸如彼此默然的守望、相互间无形的支持、并不诉诸于文字的宽容的信任等方式体现着。这些,显然是在文学思潮生成过程中所看不到的。

也许正因为上述种种"特异性",才使得文学流派的影响、传播方式与文学思潮区别开来,也制约着它不可能像文学思潮那样具有广延性或必然以文学基本因素的全部呈现为归结,它的影响是有限的。不过,与文学思潮相比,如果说文学思潮的影响更多表现为"共时性",那么文学流派其影响的超越性更值得关注,即它常常产生"隔代"作用。

文学思潮与创作思潮

　　在文艺学的理论体系里,作为概念的"文学思潮"、"创作思潮"和"创作风格"等的内涵是比较容易弄清楚的。但在"文学思潮"的视野中,它们之间的关系却常常呈现为复杂的、模糊的、暧昧不明的状态,甚至在有关文学实践的实际研究过程中多被自由地相互置换。此种情形已经成为文学研究界的一大顽疾。这不仅是多年来"文学思潮"研究平庸化、"感觉化"的重要原因,而且也导致了包括上述三者在内的大量文学"常识"基本意义的离散与歧义化。为此,在确立"文学思潮"理论属性和关系范畴的前提下,深入辨析"文学思潮"与"创作思潮"、"创作风格"等相互之间的复杂关系,就显得迫切而重要。

　　以上三个概念各自所包含的内容,无疑都涉及文学的重要方面。仅就其各自所具有的内涵和范畴而言,亦都包容着各自不同的、相当重要且庞大的文学现象。因为在文学的实际存在状态里,作为建构它们各自世界的具体"现象"难免交叉与重叠,故而,上述三者实践形态的"差异复杂性"就成为一个必须解答、但又很难真正做到完满解答的难题。尤为值得注意的是,这四者之间实际存在着的"互文性"的夹缠关系,并由此给我们提出一系列有关理论的和文学实践的"有意义"的问题。

　　以"文学思潮"为主体来看取其与"创作思潮"、"创作风格"等"概念"的关系,笔者认为所产生的"问题"可以分为两个方面:

　　第一方面属于"隶属关系"的问题,即二者之间的"种""属"性质。"文学思潮"与"创作思潮"之间的关系状态即属于此类。这一问题,应当说只产生于我们没有了解廓清二者的特性与存在方式之前。严格地说,在理论层面上这一问题是不成问题的。"文学思潮"和"创作思潮"关系的"问题性",表现为人们在对文学思潮研究的具体实践中,常常有意无意地把"创作思潮"作为"文学思潮"加以体认,进而把二者等同起来。其研究过程的"现象性"、"具体性"与理论归纳的"抽象性"、"普遍性"之间的内在错位被轻易抹平,导致对象范畴边界的模糊。比如大量出现在各类研究著述和文学史著述之中的"寻根文学思潮"、"伤痕文学思潮"、"反思文学思潮"、"改革文学思潮"等等。有意思的是,这种"混同"现象多出现在20世纪80年代,亦是值得研究的问题——至少反映了文学理论与文学批评界面对20世纪八九十年代文学前所未有之变局所产生的描述尴尬和理论困窘。第二个方面,我们把它概括为"现象"的结构功能与结构形态方面的问题。具体地讲,就是文学的具体"现象"在"文学思潮"、"创作思潮"、"创作风格"等范畴所固有的理论逻辑与结构形态里被"功能化"的角色差异性和存在样态的差异性。比如,要对"文学思潮"与"创作风格"之间的关系进行有效的辨析,就必须把文学的相关"现象"作为它们共同的"中介物"。

一

　　我们先来讨论第一方面的问题,即"隶属关系"问题。

　　"文学思潮"与"创作思潮"之间广义的"复杂差异性"至少可以在以下几个方面看出:范畴差异。在对"文学思潮"之"对象"与"方法"的研究讨论中,我们已初步涉及这个问题。其基本认识是,"文学思潮"表现领域并不仅仅局限于创作领域——哪怕是创作在思潮整体构成中的作用处于第一要素位置亦是如此。"文学思潮"在其生成或运动过程中,必然是在文学的所有领域中展开,才能认定其作为"文学思潮"的存在方式。既然是"文学性"思潮,这不仅指有关文学的各个主要方面都要受到"某种共同性""思想"的影响,而且这种影响一定会表现出来,并且催生具有"新质"

的表现形式和理论走向。若从一般情形看,文学思潮除了关注容易带动文学发生变化的创作与批评(指"跟踪式批评")之外,也不能忽视那些可能大量的攀援于主导现象之身而"衍生"或"孪生"的"现象",还应包括"理论"和"接受"领域的变化。我们且不说一种"文学思潮"构成次序如何(即是先理论、还是先创作等),但,文学的变化最终是应以"思想形式"予以凝结,或者说最终应在理论上形成新的格局——这种新格局,其中必然渗透着世界观、价值观的变化,透示出观察与把握世界方式的变化,甚至对对象进入方式的变化等等,这些无疑都是文学史描述的重点。这里需要提及的是,所谓文学思潮的"思想形式"或"理论凝定",并不是仅仅指一种文学思潮的理论状态。如果只是单单把文学思潮的理论表现认定为"思想形式",就容易把思潮产生过程中某一主体的创作主张及其相应的理论表达看作是其最后的"思想形式"。比如,"寻根文学"的始作俑者是以理论言说张目的,但这说明不了"寻根文学创作思潮"之于 20 世纪 80 年代整体文学思潮的意义。我认为,只有当"寻根文学现象"进入理论视野,并在相关范畴(整体的文学领域)或时代文化语境中的理论层面被关注并给予充分地"讨论"之后,方才能显示其"思想性"和"形式感"。因为只有进入这样的状态,在此影响下的原有的理论模式才可能发生变化。这种"现象"的"理论运动",不仅改变着理论的结构,更为重要的是将影响到理论判断标准等目标朝向的改变。"寻根文学思潮",当其被植入 20 世纪 80 年代以来的"现代化"范畴加以分析时,它给理论提出的问题是:不是当时的中国该不该"现代化"的问题或如何学习西方实现现代化的问题,而是对民族现代化的精神渊源提出质疑,并鲜明地蠹起了现代性中的民族之魂。这样一来,它就在认识论上突破了"一元论"——即"现代性"等于"西方化"的局限;在价值论上突破了"进化论"的框框——并不是"愈新"就"愈好"。从而在其现代化的未来指向上,提供了多元的非线性进化的价值认知方式。也只有到了这个时候,文学思潮才得以具有了"思想形式","寻根文学"才可能被整合到"文学思潮"当中——即构成"新时期现代化文学思潮"的一个层面。

与此相比较,"创作思潮"的范畴早已被限定。"创作思潮"应当是指起源、运作并被呈现在"创作领域"中的一种"思想"活动。它最重要的特点是,由一批在审美上具有共性的作品来支撑,人们通过作品阅读能较轻易地感知这种"共性",并返回头来成为人们指认类型的标识。批评(专业读者)以积极的姿态参与了这一"共性"的体认,并且必然溢出纯粹的被动式接受(指一般阅读者)范畴,以上述的"共性"影响作家,形成更大的创作"同类性"。显然,"同类性"状态,形成了"思潮形式"——而且也仅仅是创作的"思潮形式"。在它没有进入纯粹的理论世界之前,我们不应当把它视为整体的"文学思潮"。从以往的"文学思潮"和"创作思潮"的研究来看,歧异是比较多的。比如有人把"创作思潮"的研究称之为所谓"文学类型学"研究,类型学的研究是以某种标准和特征体系对文学加以分类而进行的研究。它在对对象的观照过程中,对处于"同一类型"中的多个个体之间,被赋予一定的关系或"同一性",从而使散状的存在变为整体性存在。所以"类型学"的本质是一种"普遍性"的、"整体的"或便于"抽象"的研究,目的是找出个别之间的"共性"(即普遍性)。就文学而言,类型的划分有多种多样。有以题材作划分的,如"革命历史叙事"、"农村叙事","军事文学"、"留学生文学","反腐倡廉创作"或"改革小说"等;有以主题划分的——如"革命加恋爱"小说、"社会剖析派创作"、"讽刺与暴露"创作、"启蒙主义文学创作"或"问题小说"等。还有从功能、地域、体裁种类甚至人物类型等方面加以"类型化"划分的。在这里我们发现,"流派"和"区域"的概念,就是一种相当普遍的"类型学"的研究。有研究者这样概括说:"文学类型学或艺术类型学研究的对象主要是文学作品,即文学(艺术)作品的体裁、种类、作品所表现出来的典型人物(意境)、作品所体现出来的艺术风格,由于某种现实的需要,还可以扩大到作品反映的社会历史内涵,思想倾向等等。在研究作品的同时顺带涉及到作家(艺术家)。共研究领域局限于创作,所以不妨称之为创作类型学。"① 不过,这里需要指出的是,所谓"局限"是指研究者是紧紧围绕创作来看取所有的现象的——理论、批评、接受等等。同时,"创作研究"不能不涉及作家,而且也是必须的,并不能"顺带涉及"。只不过"创作类型学"的"作家研究"有着对作家处理的

---

① 卢铁澎:《文学思潮分类的原则》,《中国人民大学学报》2005 年第 5 期。

"类型现象性",并不能像"作家论"那样,论述的"自足性"是可以自由框定。在这样的前提下,关于"创作思潮"的属性就可以这样表述:"创作思潮"可以看作是"创作类型学"的研究,而"文学思潮"则无疑更应当接近于"思想类型学"的研究。"思潮"的存在方式遍及"文学"的整个世界,所以"思想类型学"的研究,其侧重点是"文学"中的有关文学的思想和"文学"的"思想"的表达形式。

二

从属性上看。由于上述二者的范畴和对象的差异,决定了它们各自不同的属性。文学思潮的研究,以包括所有现象的方式显示其"史性"状态,即它属于一种特殊的"文学史"研究。"在文学的实际发展中,思潮也许可算是个纲。将文学思潮真正研究清楚,会使文学史上很多问题迎刃而解。""文学思潮这个纲并不容易把握,它隐蔽在许多文学现象的背后,渗透到许多方面。"[①] 笔者坚持认为,文学思潮研究的重点和难点是分析文学思潮的运动过程,即一种文学性的思想是如何从萌芽、兴发到式微的,当然也包括"思想"产生的语境的特殊性、传播程序与过程、流变的状态以及最后凝定的"思想形式"等。所以从这个意义上说,在"思想"这一对象属性的凝聚点之外,其他存在在它看来都是"现象性"的,它对现象的取舍标准与分寸也同时被规定,即"现象"是否具有"思想价值"或"思想表达"的形式价值。在这样的定位中,我们看到过去有两种情形是存有偏颇的:一是因为注重"文学思潮"的"思想"性,所以只对理论或具有理论意义的批评论述发生兴趣,而忽略了其他具有"思想性"的现象,比如创作或"亚理论"[②]一类的东西。其二,也许是为了纠偏,有论者则在大大强化创作"现象"的同时,又有意地淡化理论的存在。[③] 我认为,偏颇并不在于着眼于"创作",而是对创作的研

---

①　严家炎:《文学思潮研究的二三感想》,《五四的误谈——严家炎学术随笔自选集》,福建教育出版社 2000 年版。

②　"亚理论"在这里是指作家的"创作谈"一类的言说。

③　参见许志英主编:《中国现代文学主潮》,海峡文艺出版社 2001 年版。

究必然受制于这一"类型"研究历史规范的影响,必然导致从文学思潮角度的整合性的缺失。文学思潮视野中的"创作"亦是"现象",对"现象"的认定,既要看到"现象"在思潮趋势中的"思想"性,又要注意某种"现象"中的"思想"在整体文学思潮中处在怎样的位置。说白了,就是确定"现象"之于"思潮"运动的意义。

同时,我们还看到,文学思潮与现象之间的层次关系与结构关系,并非是一个平面的点的集合,而是垂直的或包容的。对于文学思潮来说,现象处在下属的"等级"位置上,在"现象"进入文学思潮的整合过程中,它的一些属性方面就要被改变——或是取舍式的改变,或是意义上的置换。文学思潮作为已具有"思想"核心的结构体,与现象本身的存在结构之间,总在不断寻找彼此之间的适应性。我们知道,任何一种文学现象都是先有其"领域"性质以及由此带来的结构形式。比如"文类"的区别——有的现象属诗歌领域,有的属于小说或散文,戏剧、运动、批评等领域,文类的历史规范必然制约着"现象"存在方式独特性的生成与变异。例如"朦胧诗"现象,在对其如何被整合进文学思潮的选择上,它的"领域"性及存在方式必然限定着我们的思考。首先是诗的"领域性",它的意义不能不在中国当代诗歌发展前后的历史语境中被看取。"朦胧诗"与文学内外关系是通过"诗"的阅读形式展开并完成。"朦胧诗"的"文学思想"的表达方式既与历史形成了比照,又在共时性上与其他文学现象如"伤痕"文学、"反思"文学等拉开距离。它的"文学思想"是与其自身的"表达形式"密切联系在一起的。所谓的"朦胧",既是说诗的"内容指向"不明,也指"表达"的隐晦。"朦胧诗"之于阅读者的"朦胧"感觉,显然与中国的诗的形式历史所形成的阅读习惯、尤其是"十七年"诗歌形式所形成的阅读期待大有关系。所以说,"朦胧诗"现象的全部意义在之于文学思潮时,既是历史的问题,也是"现实"的问题——实际上体现了中国文学在80年代大规模输入西方理论语境中的断裂效应。这是我们从文学思潮角度对"朦胧诗"进行意义选择和结构改造的前提。从"文学思想"属性和"文学思想"表达方式两方面看,它只能归于"新时期现代化文学思潮",而不能归于"人道主义"文学思潮或其他。

　　文学思潮与"现象"需要一个相当谨慎的整合过程,而创作思潮的"单一性"或"单纯性"是明显的。其"单一性"或"单纯性"不仅指创作思潮所面对的对象的"同一性"——比如"创作"边界性、文类的限制以及其他方面的"同一性"等等,还指其所寓含的"文学思想"的"表达方式"具有很大的趋同性。且不说"形象性"的表层特点,就文类而言,同样的"文学思想"在呈现效果上的差异,总是与"文类"的先在规定性连在一起。在一般的创作思潮研究中,首先是对创作思潮的状态进行描述,其次是对思潮的边界实施划定(如包括哪些作家、涉及哪些作品等),再次就是对作品群体的分析,并从一般审美要素的几个重要方面加以概括,当然,内容也将涉及"创作谈"、批评的初始资料等。我们要分析的重点是,创作思潮所研究的"现象"究竟有哪些特性? "创作思潮"视野中的"现象"性如何。

　　相比于"文学思潮"所涵盖的广阔性,"创作思潮"内容具有鲜明的"领域性"。因为任何创作思潮的萌动,必然首先以特定文类而体现,而这很可能就是创作思潮研究的重心。创作的影响,无论横向还是纵向,都可能首先在同一文类中展开,只有少数创作思潮在其萌动初期可能越出"领域性"限制影响到其他文类。问题的重要性还在于,就"创作"而言,"创作思潮"这一概念本身总是指向具体的文类,或只有在特定文类之中才能说明它的"修辞性"。比如"五四"时期的"为人生而艺术"创作思潮,就很难与"问题小说"分开来。我们看到的文学史著述在涉及这一"创作思潮"时大致是一样的。作为"文学研究会"这一群体的主要理论旗帜,其实并不是在所有"全员"创作中都得到体现(且不说程度的差异),而往往只是在小说,或者准确说是在"问题小说"身上被集中表达——冰心、庐隐、王统照、叶圣陶、许地山等不过几个作家而已。如就上述作家作进一步分析,其各个作家"为人生"所侧重的方式(提出"问题"的方式)也是差异明显。冰心的小说多涉及纯粹的社会层面,如男女平等、父子代沟等;庐隐则是内倾的,女性世界的隐秘痛苦虽然暗示出社会根源,但毕竟是以"自我哀怜"的方式表达的,批判性是弱性化的;叶圣陶的"问题",不但与笔下人物的"职业性"有关,还更多指向作品主人公精神复杂性方面,其实这离直接"为人生"已是远了些;至于许地山、王统照为了"开药方"对社会苦痛的揭示,亦不免"小家子气"。因为这些差异背后总有着大于"差异性"的"共同性"或"趋同性",所以,"创作思潮"范畴中的个体差异性在具体研究中是可以忽略的(但在流派或群体研究中却不能这样做)。

由此我们就可以推出这样的认识结论:"创作思潮"与"文学思潮"一样有其"视野"的规定性,这一规定性使两者的研究在对对象的体认上,同样要进行选择和结构重组。只不过创作思潮的边界与内容面临"创作"和"文类"双重性制约,它一样地要抽象出创作群体现象中的"共性""普遍性",一样地要进行取舍、再造。"文学思想"作为"创作思潮"的一般抽象物,从表面上看是被置于创作思潮研究之前的,但在实际研究过程中,某种被研究主体已认定的"文学思想"观念早已居于"大胆设想"的方位,其过程充满了对"文学思想"进行充分论证的欲望与思辨逻辑。这也就是说,"创作思潮"研究也是一种概括,只不过主体有意把视野设定在一定幅度之内罢了。

因为"创作思潮"没有像"文学思潮"那样在整合中时常会遭遇到"文类"之间的"冲突",所以,"创作"的"文类"同一性又为它最大限度地收纳一切现象提供了方便。其实,这里也涉及"创作类型学"问题。在"创作思潮"研究实践中我们常常看到,在对"创作思潮"确认和命名方面,"类型"的提炼是很重要的。我们需要注意的是,"创作思潮"的"类型"归纳与一般性"创作类型"研究还是有区别的。后者可以更多地从创作的原在状态进行灵活的类型命名——或主题,或人物,或风格等。以"十七年"的"战争小说"为例,过去称之为"革命历史题材创作",强调的是"题材"意义;90年代更替为"革命历史叙事",无疑则是想凸显它们在意识形态制约下对历史的"叙述"与"修辞",更强调"主体"的能动性和"历史"的主观性。相比之下,"革命历史题材"的命名是把"历史"看成是不可改变的"真实性"的存在,创作主体的任务是"复现",这就无形遮蔽了居于权力地位的意识形态基于自身的利益利害考虑而通过"叙述"对历史构造的实际参与,从而把"主观历史"当成"历史真相"。但"创作思潮"研究,既要关注上述方面,更重要的是发掘出其体现的"文学思想"及其修辞策略。所以,在"创作思潮"看来,内容的同一性并不重要,重要的是不同内容的同一性结构——表达方式的同一性。因为,这种结构统一性实际上是被同一的文学思想所支配——正是这样,任何"题材"的差异,都不构成对"文学思想"的权威的抵牾。因而,在这样的意义上把此类创作命名为"革命现实主义创作思潮"是合适的——它与"社会主义现实主义"文学思潮的整体性有很多相似性。

三

体认上的差异。我们在实际研究中看到,经常出现把"创作思潮"等同于"文学思潮"的情况。那么造成这种"混同"的原因到底是什么呢?是否就大量存在着可以"混同"的理由?或者说,对于某些"文学思潮"和"创作思潮"而言,这样的"混同"是应当的或并不存在可能被质疑的"问题"?这的确是一个值得认真分析并加以解答的重要问题——近年来,这一问题已经引起了学术界的普遍性关注。有学者在区分"文学思潮"与"创作思潮"的差异时是根据这样的前提:"我们主张文学思潮涉及的不只是创作活动,还表现于理论、批评、鉴赏(接受)的活动过程,并制约与支配这些方面的实践活动。也就是说,一个特定的文学思潮作为观念系统,它存在于整个群体性文学活动各领域。""文学思潮在文学实践领域中,不能等同于实践行为和行为结果(作品),它仍是支配创作行为、鉴赏作为的文学观念。而且,作为群体性精神结构的文学思潮必须与创作结果即作品,以及固定于作品中的'被客观化的文学观念相区别'。""文学思潮不能等同于创作潮流或仅是创作领域的文学思潮,特定的文学思潮在理论(文学理论、文学批评)与实践(文学创作、文学鉴赏)两个领域中构成系统,两个领域的文学思潮既有统一的一面,又有相异的一面。"① 上述前提的理论逻辑无疑具有鲜明的自足性与辩证性,但这样的论证并不能解答人们为什么常常在无意识层面上对二者的"混同"问题。我以为,这恐怕与"文学思潮"和"创作思潮"在辨析识别方面的"难易"程度有关。文学思潮的辩认识别是难度很大的——这里的难度不仅仅是指人们是这样或那样称谓它,也不表现在"命

---

① 卢铁澎:《文学思潮的系统构成》,《人文杂志》1999 年第 3 期。

名"方面是否可以取得共识,而在于对它的过程的体认方面和边界时限的确
认方面。常常有这样的情形:某种"文学思潮"确乎被一部分人所认知,经
过他们的初步描述与命名,也获得了相当广泛的认可。但一俟进入精确的
"理论阐释"或对其过程需要"充分历史化"的描述时,视界便模糊了。对
其"理论质点"的认知和对其"过程"的阐述,在研究实践中就表现为要
么是就一个文类而言,要么是从一个现象展开,结果是个别性的"文类"和
"现象"倒成了"文学思潮"的"微缩"存在。比如我们谈到"伤痕文学"
(这种称谓无疑是思潮性的)时,总会不由自主想起"伤痕文学"所含纳的
那些被"命名者"初始所认可的作品——《班主任》《伤痕》《神圣的使
命》《大墙下的红玉兰》《在小河的那一边》《枫》等,论述过程中的重
心也始终难以越出"小说"这个文类的边界——这是大可分析的问题:假若
一种思潮命名或以一种命名暗示出了某种整体性的"思潮"指向,那么按照
严格的"文学思潮"构成定义,它所指涉的范畴应当是超文类的。但实际情
况恰恰不是这样。其实,"伤痕文学"等诸如此类的命名,从这一命名所依
附的对象的存在范畴来看并不属于"文学思潮"性质的命名,而是"创作思
潮"或"小说创作思潮"的命名——因为它无法在小说以外的领域如散文、
诗歌、戏剧理论、批评等领域,可以找到像小说文类那样直接、大量的同类性。
我们这样的分析实际上触及到了过去相当长一段时期内"文学思潮"研究
的"短处"。概而言之,就是把"创作思潮"或更小的"文类创作思潮"等
同于整体性的"文学思潮"。要解决这个问题,就必须对有关"文学思潮"
的理论命题进行深入的研究。

　　从文学思潮本质属性上看,确定"文学思潮"的基础至少要包括创作与
理论两大方面,无疑需要广泛涉及创作、理论、批评、接受、研究等文学的主要
领域。只有当某种"文学思想"在这些领域得以全方位展开并有效回应时,
"文学思潮"才是具象的、实在的,才有了对象与边界,才可能被确认。反过
来说,"文学思潮"是以"文学领域"的主要因素作为现象来呈示自己的,
它在没有找到具体的并同时又必须是多个不同属性(文类差异)的"承载
物"之前,"文学思潮"只能是抽象的概念。至此,我们可以这样认为,"文
学思潮"的整体性存在属性,决定着它首先是作为"概念"形式而被现象化

的,但"文学思潮"研究又决不能只仅仅满足于或止步于对这种"存在形式"的体认,它应当以"现象还原"方式使自己具体化。构成"文学思潮"具体性的"现象",受文学思潮整体性制约而必然是群体性的。我们既可以通过对文学思潮作为"概念"的抽象存在形式还原"文学思潮"的"现象性",也可以借"现象"的被抽象后的"同一性"来体认"文学思潮"。显然,这是一种相当复杂的个体与整体的关系状态。我们可以说某种"创作思潮"具有"文学思潮"意味,但却不能把它反向地阐释为文学思潮具有"创作思潮"的特性。

这就有必要从"类型学"的角度对创作思潮进行较细致的辨析。我们认为,"创作思潮"可分为这样几类:首先是一般性的"创作思潮"。这是指一种"创作风尚"在不同文类的创作实践中表现着,如"写实风尚",它在20世纪80年代后期,先被感知到的文类是小说(即所谓"新写实创作"),但它同时代有先有后地也表现在"后朦胧诗"、"新写实戏剧"及影视制作的各类创作中。这里要说明的是,"创作风尚"即是指只有在创作才可以看出或者只有创作才是分析的对象。"创作风尚"常常被认为是一种"风格",即作品艺术的趋同性——这需要严格区别与谨慎对待。"风尚",应是风格未确定之前的模糊存在或"镜像"式的存在,具有普遍性、变化性、飘移性、未定性等。也许说它是一种由作品群体形成的"氛围"更合适些。总之,其间"文学思想"是未明的、隐晦的。其次是文类"创作思潮"。即指某一文类的很多作家不约而同地呈现出某种"风气"——这与流派不同。作家之间并没有彼此的呼应与承诺,只是以无意识的却具有共性的创作呈现为某种"同一性"的客观的状态。这种创作思潮存在的前提是:一是有文类的严格限定;二是共时存在特征。我们可以把那种超越了"文类边界"的创作风格泛化称之为一般性创作思潮,但需要注意的是,每一个个别的"文类""创作",并不都具有"文类的创作思潮"性质。

对"创作思潮"进行这样的划分,我认为对我们理解"文学思潮"与"创作思潮"的关系是有意义的。事实上"文类创作思潮"、"超文类的一般性创作思潮"和"文学思潮"之间,可以看作是一个有梯度性、等级性的思潮存在状态,由小到大的排列,还呈现出"大"对"小"生成依附性。——

当然,这并不是说"文学思潮"只是由"创作思潮"所构成。而是说在辨析识别与"现象还原"上,"小"的辨识将构成对"大"的确认的基础;而"大"则是判断"小"的其创作是否具有"思潮性"的价值趋向与范畴。若从"文学思潮"与"创作思潮"的理论关系看,能够成为"潮流"的"思想",不会仅仅局限在一个"文类"身上,必然会以波及方式影响到文学的其他领域。如果不是这样,那么若要直接从创作思潮来确认"文学思潮",将是不可靠的。可以说,"创作思潮"可以看作是"文学思潮"的表象,但前提是"创作"的"文学思想性"已得到传播,并可以在其他领域或审美流向上找到它的痕迹。

文学思潮与文学运动

　　文学思潮与文学运动,应当说是两个非常近似的概念。不过,"近似"总是与"差异"相对而言的,从某种意义上说,有关"近似"的"差异"性研究或"差异"的"近似"性研究则显得更为重要——文学思潮和文学运动正是需要进行这样研究的对象。但长期以来,不仅人们尚未对其进行过认真深入的理论性思考,而且还因为研究者常常在使用时的混用,以至于造成了文学思潮和文学运动这两个概念可以相互替代的一般印象。其实,问题的复杂性远不只如此——因为,文学思潮和文学运动的对象实体的实践属性,以及两者在实践过程中于现象范畴的诸多交叉性和重叠性,所以,又使得这样的情形似乎在实践中拥有着很多在操作层面上的合理性。比如当某种文学思潮居于"主潮"或处在一个时期审美理念、风尚的"主导"位置时,它必然会以"运动"的方式作为自身外扩播衍的主要形式。显然当我们遭逢此情此景而把文学思潮和文学运动看成是一回事,就未必不是不可以的——换句话说,在面对某一时期占主导地位的审美状态时,无论是出于"命名"的需要,还是为了确定对象的特征和研究方式,而把某个特定对象称之为文学思潮或文学运动,应当说都是可行的。这样的例子可以举出很多。从20世纪中国文学发展历史看,像"启蒙主义"、"革命文学"、"社会主义现实主义"、"文化大革命"中"激进主义"或80年代的"人道主义"等,均可作如是观。

　　不过问题的另一面是,我们在文学史或思潮史研究实践过程中也常常遭遇到很多与上述状况相反的存在。比如我们熟悉的 20 世纪 30 年代的"自由主义"、"现代主义",或者是"存在主义"、"唯美主义"、"现实主义"、"浪漫主义"等等,这些确实在 20 世纪中国文学历史上存在过的"思潮"性状态或"思潮"现象,却很难说它们有过"运动"形态。

　　这些不容漠视的差异足以说明:一是在文学历史的实际发展和生成过程中,文学思潮与文学运动既有相同性,又有不同性。它们之间有时可以构成"互文"关系,有时却难以以对方作为表述的替代物。二是文学思潮与文学运动的同异,既表现在范畴、过程、呈现形式和目的、趋向、功能、影响等方面,也渗透在对象性、对象化方式、选择过程和研究方式与方法等方面。也许,正是这些相互夹缠的种种因素,决定并制约着对文学思潮与文学运动差异性进行阐释的复杂性和有效性。

一

　　对于文学思潮和文学运动关系的研究,拟从两个主要方面展开:一是它们之间的相同性。讨论的重点是二者相同性是在怎样的条件下构成的,这不仅需要大量文学事实来证明,同时要求我们从理论上对二者的相同性进行说明。二是不同性。这将涉及对文学思潮和文学运动二者不同特性、不同生成和发展过程以及不同的功能、影响等方面的研究。我们除了要说明什么情形下二者可能的必然的不同之外,还应当着重分析二者的实际存在状态与理论描述的差异,即还原"思潮"与"运动"。

　　对事物相似性进行辨析,一般所比较的是两个或多个存在着大量相似性的事物。就可见性事物而言,一般是指事物之间在质地、特性、结构、对生存环境的需求、在怎样条件下的相同变化以及功能、作用等方面所存在着的多方面的相似性。这些相似性,既在表象上容易被人认同,又可以轻易地诱导人们从事物的基本性质、基本价值方面作出较为一致的判断。只有在这种情形下,我们才可以说两种或多个事物是相同的,如篮球和足球那样。即使是像篮球与足球这两种事物,也不能随便说此就是彼、彼就是此,我们只能说它们在制作工艺、质地、用途、功能等方面有极大的相似性而已——也只有在体育运动方面认定它们的相似性。而像文学思潮、文学运动这样的不可见事物,因对其难以进行直观性(物性)比较,所以它们之间的相似性的体认,就可能带有更多主观的东西,并且与研究者此时此刻所面对的整体状况密切相关——因而我们说,这种比较,也只是相对而言。把文学思潮与文学运动二者予以比较,若着眼于它们之间的"相同性",首先要顾及到它们作为研究对象的特性。文学思潮和文学运动就其特性基本方面来看,首先有着与"历史"的紧密相连性,即它们作为对象的历史属性。虽然今天我们已有多种理由可以把文学思潮和文学运动作为重要而充分的理论命题加以研究,但我们对二者特性的一般抽象是无法离开具体的"思潮现象"和"运动现象"的,是无法在"思潮"和"运动"未进入完整阶段而对之进行理论阐释的。也就是说,对文学思潮、文学运动的理论观照,必须有一个明确的历史态度,必须把它们作为"历史过程"现象加以处理。这样一来,它们之间的比较也只能是一种"历史的比较",理论升华也只能是在还原历史真实的基础上完成。它不可能在纯思辨的框架内建构自足的理论体系。文学思潮与文学运动基本属性的第二个方面是它们的"实践品格"。这是与上述它们所共有的"历史品格"方面相联系的。如果说上述"历史"属性是对文学思潮、文学运动所进行的"时空"定位,而"实践品格"则要表述的是它们的生命形态。我们知道,任何一种文学思潮或文学运动在萌生初发时,只能把它们作为一般性的现象来认识,这种"一般性的现象"是否会发展成为"思潮"或"运动",需要有"过程"、"作用"和"价值"及呈现方式等方面因素的支撑,而这些只有在文学思潮或文学运动的全部实践过程中才可以确认。从更细部考察,我们不难发现,文学思潮与文学运动并不存在属于自己的表现形式——它们必须附着于文学体制、政策、作家与批评家的活动、作品、理论等具体的文学存在形式。而这些形式之于文学思潮、文学运动之间的关系,只能是一种实践的关系——前者个个以"具象"支撑后者,而后者则以"抽象"的普遍性提升前者。可以说,文学活动的全部实践支撑着文学思潮与文学运动,没有具体的文学活动或者离开对具体文学活动的观察与分析,文学思潮和文学运动是不可言说的。

　　我们拟从范畴、构成和功能等三方面来分析比较它们的相同性。

　　所谓从范畴着眼，是指文学思潮与文学运动的内容方面。既包括它们赖以生成的现象世界，也包括支撑它们的形式载体。关于这一点，前人在文学思潮与文学运动的概念表述中就已充分意识到了。文学思潮的概念界定尽管五花八门，但对什么是文学思潮的理论表述、认识还是基本一致的。一般认为，所谓文学思潮，是指特定历史时期在文学领域内所形成的具有主导性、普遍性、群体性的精神潮流。它涵盖了创作、批评、接受、理论等文学活动的各个方面。它以具体的文学方式呈现自身，又以一种普遍性引领各个个体。① 对于文学运动，人们在对其进行概念表述上的研究并不多，而专门就文学运动这一名词进行解释的探讨更是鲜见。② 我们可以给文学运动这样下定义：所谓文学运动，是指在某一历史时期内所发生的旨在自觉改变文学现状的较大规模的历史事件。群体性、组织性、目的性和超越性应当是它的基本特性，文学运动涉及文学活动的所有领域。在现有的各种文学史著作中，我们看到从这一定义出发对"文学事件"的大量"命名"，比如中国古代的"唐宋古文运动"、"明代文学复古运动"、"近代改良主义文学运动"，现当代的"新文学运动"、"白话文运动"、"左翼文艺运动"、"朗诵诗运动"、"延安文艺整风运动"、"新民歌运动"等。国外的如"文艺复兴运动"、"日本无产阶级文学运动"等。

　　值得我们关注的是，在上述文学运动之中总有某种作为理念旗帜的"思潮"与之结伴而行。它们或直接以某种简洁明了的口号相号召，或者有意识在群体创作中贯彻、渗透某种思想。其"运动"的动机不仅自觉，而且明确指向对已有理念格局或状态的决然反叛。"运动"主体总是以觉察到旧的存在的陈腐性、不合理性为前提的。作为"合法"与"真理"的化身，这一身份使得"运动"主体总是以对历史与现实的叛逆与超越、对未来理想的坚执

----

　　① 　陆贵山：《中国当代文艺思潮论》，中国人民大学出版社 2002 年版。

　　② 　文学运动与文学思潮一样，从词性来看都是复合名词。后面是对前面作为本体状态的一种说明。"运动"一词，最初缘于"哲学"，指物质存在的方式。在哲学看来，运动是物质存在的恒定方式。无论是空间位移，还是时间引起的差异，都是在运动的涵义之内。我认为，在我们把"运动"引入到对"社会"某种现象进行描述时，应当有两层含义：一是指变化，二是指变化的过程——并且是集中性、较大规模地、有意识有目的实施某种为了变化的行为。

与痴迷,不断充实着自我的激情与力量。从历史上看,文学运动每每总是以对现实状况某些改变而宣告结束。

文学历史范畴,是我们剖析文学思潮与文学运动二者相同之处的基本范畴。从以往对文学历史的研究实践看,文学思潮与文学运动都是文学史必然涉猎的重要内容——甚至在某些特殊时期,当文学运动或文学思潮状态成为主要景观时,文学史的描述结果必然受到影响。比如在关于20世纪30年代文学的评价、对40年代的解放区文学和国统区文学的研究,五六十年代的"十七年文学"的研究等都不同程度地体现了这一点。任何试图回避或跨越的做法,都会带来对文学史"可信度"的伤害(比如20世纪80年代对"左翼文学"历史价值的"重新评价",最终又导致了人们在20世纪末对于"左翼文学"的纠偏)。

文学思潮和文学运动就其本体内容而言,所包括的范围大多是重叠的。首先是在文学思潮和文学运动发生影响的历史时空里,它们影响的范围应当是在不断地发生着变化。也许"思潮"或"运动"是从某一点、某一领域开始,但在它施及影响的全部过程中必然会逐步波及相邻单元,以较大范围内和较长时间的群体性、普遍性、扩张性等特点昭示自己。其次,文学史视域中的文学思潮和文学运动,作为对象性的存在,一般都是作为完整的、具有时段意义的"历史形象"被对待的。这样一来,二者的时空边界,就应当被看做是文学史的"时期"概念或者是作为负载文学史变化的标志。对文学思潮和文学运动的源起、生成、发展、消殒的历史进程考察,不仅关乎到对事件真相的认识,而且主要将涉及对一个时期文学面貌何以如此的"合理性"的探寻。由此看来,不仅文学思潮与文学运动所指涉的大量现象是同体的,同时,文学思潮和文学运动对现象整合的方式也极具相似性,有时还常常表现为"连体性"——比如"唐宋古文运动"与"明代复古运动"中的"复古主义思潮","近代改良主义文学运动"、"五四新文学运动"、"白话文运动"中的"启蒙主义思潮","左翼文艺运动"、"文艺大众化运动"中的"革命思潮",40年代"解放区文学运动"、"新民歌运动"中的"社会主义现实主义思潮",40年代"国统区民主文学运动"中"民主思潮"等。从这些文学思潮与文学运动的大量重叠里我们不难看出它们的共同性。再次是文学思潮和文学运动构成的相同性。文学思潮与文学运动的相同性或相似性虽然在很多方面被表现着，然而就它们各自历史形态考察，其"相同"或"相似"的方面并不集中在本质方面，而更多地呈现为存在形式和表现形态——而这一点正是我们辨析它们之间"差异性"的入口处。文学思潮是以"思想史"的方式走向最终的沉淀，而文学运动则更多的是以审美个体与群体的结构形态进入文学史的。在文学史的叙述里，显然它们是以不同的身份、功能与美学本质进入文学史的。

大致看来，文学思潮与文学运动的相同性主要体现为以下几个方面：

（一）范畴的广延性

从大量的文学思潮史和文学运动史的研究实践看来，它们各自所涉及的内容应当被看做是一个历史时期文学活动的全部而不是局部或个体，二者都无法只在某一个文学的局部领域完整地呈现自己。常常有这样的情形：文学思潮或文学运动一开始只是在个别门类以局部的面目展开，但作为完整形态的"思潮"和"运动"——也就是说，当它们被从"史性"角度认定为文学思潮与文学运动时，它们的身影就已经覆盖了全部领域。这样的情形是由文学思潮和文学运动自身特性所决定的。比如对 20 世纪 20 年代末至 30 年代初的"左翼文艺运动"，若从"文艺运动"视阈进行"历史叙述"，必然包括这样一些内容——"无产阶级文学"的倡导和论争——鲁迅转变为伟大的共产主义者——"幻灭小说"和"愤激小说"——中国左翼作家联盟的成立——粉碎反革命的"文化围剿"——批判"新月派"和"自由人"、"第三种人"——瞿秋白等对文艺理论建设的贡献——文艺大众化讨论——苏区文艺运动——文艺界抗日救亡运动和两个口号的论争，等等。[1] 很显然，左翼文艺运动里，既包括了理论的建树与推进（包括论争），也包括了占主流地位的创作以及运动对作家选择的影响（如鲁迅在 30 年代创作和人生的变化等），以及此时文艺格局及其总体创作风尚等。在王哲甫所著《中国新文学运动史》中，作者从"运动史"角度做了这样的概括："从 1928 年起

---

[1]　黄修己：《中国现代文学简史》，中国青年出版社 1984 年版。

至 1937 年止,可称为上海的狂飙时期。就书局的增加、出版的繁盛,为前所未有。"① 著者不仅详尽地记录了此间文学领域里所发生的重大事件,还把出版、印刷等因素也囊括进来。比之黄著,范围就更为广阔了。我们从大量的文学史著作对文学运动的叙述中看到,重大事件是"文学运动史"的重心,文学事件对文学的整体影响是文学运动史进行价值研究的基本方面。其实,在文学思潮的研究中这些内容也同样被收罗进来了——所不同的是,文学思潮更加看重"运动"背后的思想性质和观念演变的走向。比如在《中国现代文学主潮》一书中,作者在论及 20 世纪 30 年代的文学思潮时就以"文学与革命"加以统摄:"20 年代中期,随着个性解放主题的逐渐淡化,自我表现向客观再现的不断横移,文学题材领域由个人情感天地进入更为广阔的社会生活空间,中国现代文学主流出现了历史性的变革。革命文学经由最初的萌芽酝酿,到 1928 年的自觉的理论倡导和创作实践,再到 1930 年'左联'的成立,已构成声势浩大的左翼文学思潮与运动。从 1928 年到 1937 年的十年里,左翼作家以其自觉服务于阶级解放与民族独立的文学活动,以及充满强烈政治参与意识的文学创作,在同其他文学流派和作家群体的创作一起,写下了中国文学现代化进程的新篇章。"② 虽然,此著的作者更注重于"创作思潮",试图"从六十年间的大量文学创作现象入手进行综合梳理,主要就题材与主题的流变探讨文学与社会文化、政治潮流、人文环境、文学承续联系等方面"切入并总结出规律,但也充分注意到了此时期"文学与革命"关系格局对文学全局的影响,因此分别对"革命文学论争"、"左翼文学方向的确立及其斗争"、"左翼文学的历史承续及其局限"等方面进行了类似思想史和思维模式变迁向度的论述,与以创作思潮为主体的内容一起,显示了文艺思潮在这一时期的流变状态。

上述援例就已经含有了比较。我们看到,不论文学运动还是文学思潮,其视野都是文学史式的,对影响文学全局的重大事件及其影响的研究,在它们这里有着极大的相似性。

---

① 王哲甫:《中国新文学运动史》,杰成印书局 1933 年版。
② 同上。

（二）其群体性、普遍性的相似性

"一种特定的文学思潮作为观念系统,贯穿于整个群体性文学活动的各个领域。"① 文学思潮的群体性和普遍性可以从以下几个方面来理解:其一,群体性、普遍性首先是指文学思潮必然在创作、理论与批评、接受与研究中共同得到反映。其二,作为一种观念,并不是只为少数个别作家或流派所接受呈现,而是以多数的接受并自觉在创作实践中加以体现。其三,表现为对某一文学思潮核心观念的集体认同与传播欲望。特别要强调的是,对某种文学核心理念的认同与传播,都是主体在自愿状态下进行的。文学运动的群体性和普遍性,除了其组织化特征之外,仍然以观念张扬为其目标归宿。"运动"的初始总要提出鲜明主张或以核心理念作为旗号。运动倡导者总要反复阐释强调某一理念的合理性以及以此取代旧理念的历史必然性。显然是,只有当其理念合理性与取代行为的历史必然性被广泛接受,"运动"状态才算真正诞生,并真正开始属于自身的历史进程。在世界文学和中国文学的历史上,我们常常看到,文学运动总是以规模化方式展开自身,初始、展开、高潮、消歇等阶段性因素在文学运动中被体现得鲜明而强烈。如果说,文学思潮的群体性、普遍性更多是以某种理念被多数人平和地接受而形成的话,那么,文学运动的群体性、普遍性则更多了一层预制性组织化力量所赋予的推动力,最终均是以群体认同状态完成自身。当然,我们也还注意到,文学思潮与文学运动的群体性、普遍性等特性,其存在的生命性是有差异的。文学思潮的思想、理念穿透力,既可以借助于理论建构形成史性跨越,也可以借助于众多创作成果、尤其是有影响力的作家作品形成文学惯例或典范而作用于时代或后世,其影响要比运动更为广大。文学运动由于先在组织化所制约,不仅有着明确的目标指向,而且夹杂着许多非审美的功利性动机,不能不影响到其理念合法性和多数人对此接受的自觉程度。因此,从这个意义上说,文学运动之于文学史的价值意义和叙述功能,更多地体现为"事件"性——这是应当引起我们时刻注意的。

---

① 　陆贵山:《中国当代文艺思潮论》,中国人民大学出版社 2002 年版。

（三）过程的相似性

从过程角度分析文学思潮与文学运动的相似性,其中心是要把握过程之于二者生命存在的意义。首先,文学思潮和文学运动作为生命活动的本质决定了其行为必然需要一个完整的过程来展现自身。它们不可能仅仅是由一个个单独的事件、思想碎片、几部创作或微小的局部变异等被负载,而必须是整体性显示。整体性不但指文学活动的各个领域——如创作、理论、批评等,这些都还是我们对之可进行静态处理后的产物。重要的是各领域各因素之间的结构功能。"各部分之和不等于整体"的系统论观念是适合它们这种过程状态描述的。各个领域、各个因素在发展、运动之中所产生的关系性,其功能必然作用于文学思潮和文学运动的本质生成与价值体现。如果我们以此来观照革命文学思潮和左翼文艺运动,其结论就可能更加辩证而合理。假若我们单单只是看到左翼文艺在壮大过程中经历了对新月派、论语派、自由人、第三种人及其民族主义文学的斗争式批判,而看不到这些被左翼批判的对象之于左翼的"反作用",就很难理解左翼内部调整的动力之源和 30 年代文学多元局面的形成机制。左翼文艺与其他非左翼文艺之间在斗争中的不断妥协、排斥中的暗中吸纳,表现了 30 年代中国文坛思潮和运动的生命力生成与张扬的另一面。自然,他们所共有的过程性的特征,还在文学思潮、文学运动之于文学史的断代意义和文学审美意识流变方面起到明显的整合或界标作用。正是在这个意义上,文学史离不开对文学思潮和文学运动内容的充分叙述。

显而易见,我们要强调的是文学史视野中的文学思潮和文学运动的相似性。这种相似性,体现为文学史对文学思潮的具体处理——即它没有也不能把文学思潮视为一种类型,而是应当把文学思潮看做是时期的概念。也只有在这样的前提下,文学思潮和文学运动的相似性才能充分表现出来。例如欧洲文学史上的古典主义和浪漫主义、现实主义、现代主义等,大都是把它们作为文学断代的时期概念加以使用的。诚然,关于这一点,有一些历史的复杂状况——因为我们也看到,比如古典主义——在 14—16 世纪的欧洲,古典主义思潮、古典主义运动、古典主义时期等说法不但可以相通,甚至可以相互替代。这是因为三个概念所指称的各个具体的文学内容,其基本价值与内在指向,都隐含着文学断代的时期意义。还有一种情况值得我们注意:即许多类似古典主义等概念,实际都经历了"评价概念"到"风格概念"再到"时期概念"的泛化和变革过程。美国学者韦勒克就详尽考察过古典主义、浪漫主义、现实主义等概念内涵是如何从创作类型到文学运动、文学流派、文学思潮的扩张变化轨迹。古典主义源于 class 一词,原是罗马语,有高级的、第一流的意思。古典主义即是指古希腊文学,也指中世纪以至文艺复兴以后的罗马文学,"而十七、十八世纪法国古典主义也称为新古典主义"①。有研究者在考察法国古典主义文学思潮时指出:"法国古典主义是以纲领使不同流派作家联合起来的一种思潮。"并以马莱伯的诗作、高乃依与拉辛戏剧和莫里哀的小说为主体进行了分析,着重考察了一批作家从有意实践古典主义这一口号起步,又逐步发展为一种流派,最后形成了一个具有明确边界的文学思潮的泛化过程。他接着指出,而到了必须以古典主义思潮对文学时期加以命名时,所有的流派都只能是思潮覆盖下的,而不是作为风格类型的古典主义创作了。② 我认为,这里实际上涉及古典主义思潮与运动的共生性的问题,即潜含着这样的命题——如果文学的思潮与运动是以混而未分的状态联袂向前推进时,它们就可以被看做是一个具有新质的完整的文学时期。

（四）文学思潮与文学运动的功能相似性

我们在谈及文学的功能时,一般着重考察的是文学作为具有独立特性存在对于人和社会的作用及其可能性,即文学功能的认识范畴就是文学与人类社会的关系范畴。不过,我们在此是把文学思潮和文学运动作为文学的一个因素加以讨论的,对于它们的功能及其范畴的指认,也就规范在文学内部。它们的共同功能之一表现为对整个文学活动的整合功能。一般而言,文学史的变化呈现为无序与有序的互动与互换过程。文学的秩序应当说是文学史观照下的描述产物,并不说明文学有序与无序各自的优劣。在文学史上我们

① ［美］韦勒克:《文学思潮与文学运动的概念》,中国社会科学出版社 1989 年版。

② ［苏］波斯彼洛夫:《文学原理》,王忠琪、徐京安、张秉真译,生活·读书·新知三联书店 1987 年版。

看到,文学的"无序"并不等于多元化。多元化指文学在多种秩序规则作用下的生存状态。这里的"无序"应当更多地指向文学时期转换或文学转型——在转型完成之前,文学的存在状态可以称之为"无序状态"。它具体是指旧有秩序正在失去规范威慑力,已有惯例逐渐进入传统状态而日益显现出与生活鲜活性相比较时的过时感、陈旧性与无力性。也包括理论在内的评判功能与文学实际产生的错位或落差、作用力度减弱,并且日益被人们所怀疑。文学在面对历史文化时,有超越的欲望但暂时还不具有能力或找不到适合的途径,对自身的未来一片茫然。此时此刻,常常会出现"文学向何处去"的时代性哀叹。实际上也正是这种哀叹里透视出文学的焦虑与期待。文学思潮与文学运动恰恰在此时此刻应运而生,它们以一种新的观念(包括理论性有意倡导或创作的异动性)相号召或示范,以消解焦虑与满足期待的态势牵动人们的视听,从而又以越来越多的创作个体的自觉认同与依附,完成对无序的文学整合。比如五四落潮后的 20 年代末 30 年代初,启蒙文学的内在调整导致了"文学向何处去"的巨大疑问。现实文化语境中阶级性因素的骤然出现与强化,迫使包括文学界在内的知识分子面临二次选择。"革命文学论争"开启的 30 年代革命文学思潮,便成为时代审美选择的某种必然。"革命文学"的组织化及阶级斗争意识的加入,使得左翼文艺运动得以蓬勃展开。其后,以"革命文学"创作为主潮的创作,不仅以一种新的文学形态完成了与"五四"文学的告别,也影响了一大批并非有着自觉阶级意识或革命意志的中间作家的创作,所谓的准革命文学创作即是一例。这一思潮以理论发动到创作蓄势再到对文学新格局的再造,迅速完成了一个文学新时代的创建。"延安文艺运动"以及 20 世纪 70 年代末的文学思潮对文学活动整体的整合作用,都是显而易见的。至于文学思潮和文学运动对文学发展的推动功能、对文学整体审美格局的影响功能等等,都是中外文学史上显而易见的事实,在此也就不再赘述。这里仅就作为中介的文学流派的生成与发展,来讨论文学思潮、文学运动之于一个时期的整体性文学的影响功能。

　　文学流派的产生是一个时期文学繁荣的重要标志,也是文学发展进入有序化的辨识依据。文学思潮或文学运动是文学内部矛盾运动的产物。一个时代的文学审美格局状态,并不是一成不变的,但变化的动力源之一就是文学思潮或文学运动的直接影响。波斯波洛夫分析过思潮与流派的互动关系。他说:"只有为表示某个国家和时代的那些以承认统一的文学纲领而联合起来的作家团体的创作,保留'文学思潮'的术语,而称那些仅仅具有思想和艺术的共性的作家集团的创作为文学流派,才是相宜的。"但波氏并不把有无纲领作为区分思潮与流派的标帜。"司空见惯的是,建立并宣布了同一创作纲领的某个国家和时代的某个作家集团的创作,却只有相对的和偏向一方面的创作共性,这些作家事实上属于不是一个而是两个(有时甚至是更多的)文学流派。因此,他们虽然承认一个创作纲领,可是对它的一些原则有各自不同的理解,并且在自己作品中对它们的运用更是五花八门。换言之,把不同流派作家的创作联合在自己周围的文学思潮是常有的。有时,流派不同而思想上彼此有某些接近的作家,在同思想上截然对立的其他流派的作家进行共同的思想艺术的论战过程中,在纲领上联合起来了。"① 在这里,波氏强调了不同流派作家可以"联合起来"的条件——我认为,这种条件就是文学思潮和文学运动提供的可能性与合法性。比如"五四"文学时期,由于启蒙文学内在地倾向于对现实人生的直接介入,因而现实主义(写实主义)备受青睐,也促进了这一派的创作成为文坛的主导,连郭沫若等人的浪漫主义也在被这一现实主义潮流状态的影响下,朝着带有更多地"破坏"与"反抗"内在精神的一途发展。现实主义创作在新时期的浮沉,也能说明这一点。再如,由于新写实创作对现实的介入方式比先锋创作更切合于大众,则便为先锋作家90年代的写实转向提供了一种思潮性的参照。

二

文学思潮与文学运动的不同性,具体讲包括三个方面:

---

① ［苏］波斯彼洛夫:《文学原理》,王忠琪、徐京安、张秉真译,生活·读书·新知三联书店1987年版。

（一）发生过程的不同

根据文学实践的具体情形来看,文学思潮的生成过程应当说是一种非人为的自然过程。文学思潮的发生一般有着两重渊源情形:一是外在的刺激。由于社会的主要领域比如政治、经济的重大变化,必然使社会生活主体感受到震荡,一系列震荡既考验着人们的旧有价值观、生活方式和观察、介入生活的方式等方面,也同时给生活主体带来困惑、不安和期待,陷入某种"精神空白"或"价值断档"状况之中。新的文化价值选择的复杂性、艰难性及动荡感,都会借主体精神这一中介折射到文学领域。这种表现为冲出困惑、重建价值的文学思潮可称之为"外援型"。相比之下,"内发型"文学思潮的发生,自然是以文学内部某种矛盾运动中各因素消长、浮沉方式表现出来。"内发型"文学思潮,不论首先出现在创作领域还是批评领域,总与文学在发展过程中历史与现实的某种矛盾性关联着,即文学或审美的内在变革需求。我们可能常常会把某一个或多数作家理论家的困惑当作"审美的内在变革需求"的先驱——其实这种判断是值得怀疑的。"审美的内在变革需求"之于某种文学思潮的生成关系,应当是群体性、整体性、联动性状态,即是一种普遍的变革欲望催生着异动——这可以称为文学思潮真正的先兆。对文学思潮"外援型"和"内生型"两种类型,我们都可以找到文学史实作为例证。前者如"五四"启蒙主义文学思潮、新时期人道主义文学思潮和90年代的非意识形态文学思潮等,后者像30年代的自由主义文学思潮、现代主义文学思潮、80年代的"寻根文学"思潮、新写实文学思潮、先锋文学思潮等。这里要特别注意的是,表面看上列"外援型"文学思潮也有其生成的内因,但主体原因却不能不是外援型的——因为在这些思潮中,我们看到的是文学的时代工具化状态,即文学成了表述社会性情绪的一个载体。在这两种类型思潮里,其共性表现为文学的自觉应和或自发性,它并没有借助于体制的力量推行自身,而是以新理念之于审美历史的超越性以及对生活现实对应化,吸引着文学活动主体自觉地加以认同、接纳,并迅速以自觉实践自塑为文学思潮的构成因素。

而文学运动则以"组织化"方式区别于文学思潮。它有预置的动机与目的,常常借助于有形或无形的体制化力量加以推行。我们在文学史著述中经常看到,之所以把"五四"文学、白话文、左翼文学、延安文艺整风、新民歌等称之为"运动"而不是"思潮",原因怕正在于此。有时文学运动也有着相当鲜明的与其目的、动机相伴随、相匹配的理念,此时,"运动"与"思潮"就可以互换;但有时"运动"中并不包含有统一的、清晰的观念,仿佛"运动"本身就是目的,或者"运动"作为推动器或载体,用来达到非审美目的。例如新民歌运动,抗战时期的朗诵诗运动等。显而易见,文学运动的发生条件需要满足三点:体制性凭恃;先置的动机与目的;鲜明的口号或理念和化大众的策略。而文学思潮的生发则更倾向于内在的、潜隐的、自发的形式。

(二)发生方式的不同

所谓的发生方式是指某种状态出现的时空性质。文学思潮的发生一般呈现为渐进性,因为是非人为,所以并不存在明确的预置性功利欲望,它出现的必然性是在漫长的时间中被孕育的。例如"五四"启蒙主义文学思潮,它的"五四表现",应视为自19世纪40年代半个世纪以来中西文化冲突的最终选择结果。近代启蒙主义的历史与实践,不仅是它的历史资源,也是它的酝酿过程。启蒙的"五四方式"的爆炸性,应看做是这一过程所有力量积蓄到一定程度的结果,说到底,"五四"启蒙主义文学思潮,如只放在"五四"时空,是难以自足的。诚然,我们也看到像革命文学思潮这样迅疾的思潮形态,它在短时间内的爆发,似乎与上述思潮确有不同,但这是因为这一文学思潮同时具有文学运动形态——这种"复合"状态亦是文学思潮与文学运动的常见状态。革命文学思潮与左翼文艺运动的"连体"性是容易理解的。从实际情形看,也可以说是文艺运动造就了革命文学思潮的诞生。其他如"政治——乡村化文学思潮"与"延安整风运动"、"十七年"和"文化大革命"时期"激进主义文学思潮"与当代文学界一系列批判运动的关系等都可作如是观。相比之下,文学运动的发生方式则更具有"突发性"。高度的组织化方式、明确的目的功利性、功利化的策略设计以及高度统一的理念,都必然使文学运动能在极短时间内以高潮迭起的形式取得效果。其突发性,既是组织者的愿望,又是效果好坏的一个标尺。文学运动总是企望动机与效果取得最大限度的和谐。

发生方式其实包含着目的性。文学思潮和文学运动的目的性在发生方式表现为一种隐秘的修辞关系。就文学思潮的自然特性而言,发生方式并不是可以选择的,所以自然特性造成了渐进方式,而文学运动的目的特性,从一开始就作用于它对发生方式的选择——排斥自然性,促生突发性。因为突发性的震慑力量及由此所带来的表面的暂时的一体化,正好与文学运动谋求霸权的最终目的相契合。

(三)文学史意义的不同

这种不同性,主要着眼于两者之于文学史构成的价值性方面。文学史有着多种多样的叙述方式,有的采用作家本位式,有的采用时间本位式,而思潮史方式可视为文学史叙述的一个比较好的方式。因为,在思潮研究中对审美观念流变方面的侧重,有助于文学阶段划分依据的确立和对流派、作家、文学风格变迁等制约性因素的深入探索。如果把文学思潮作为时期的概念,那么,文学思潮的涵盖范畴与文学史范畴无疑就会重叠,但两者对于文学想象的叙述则是大不一样的。比之于文学史叙述的多种可能性,文学思潮的叙述只能是思潮的视角。从这个意义上说,文学思潮亦可以成为文学史叙述的一种方式从而具备方法论意义。同时,思潮本身也是文学史的叙述内容。即使在文学思潮视角的文学史叙述中,只要涉及对一个时期文学的审美风貌、风格和作家创作的整体性观照,都或多或少地会关涉文学思潮与文学活动及其主体的关系问题——这可能就是"将文学思潮真正研究清楚,会使文学史上很多问题迎刃而解"的原因所在。①

文学运动的文学史价值到底体现在哪里呢?有一个现象值得我们注意,产生在20世纪50—80年代的许多文学史著作,几乎都是以文学运动为线索撰就的,有的干脆就称之为文学运动史。这似乎暗示出文学运动之于文学史叙述也具有方法论意义,其实不然。所谓的文学运动史,只是表明某种文

① 严家炎:《文学思潮研究的二三感想》,《五四的误读——严家炎学术随笔自选集》,福建教育出版社 2000 年版。

学史更注重于运动带给某个时期文学面貌与格局的影响,或是把许多"论争"也升格为"运动"。文学运动在文学史叙述中的泛化后果,直接凸显了文学史发生、变化的人为性、他律性和所谓的规律性,放逐了文学审美自身的自律效能。这成为为了某种功利目的而把文学史叙述利益化的惯常且有效的方式。文学史的历史学科性质,规约着它应把还原历史真实及其过程作为叙述的基本目标。从这个意义上说,文学运动的价值在于,它更多地应当成为文学史分析突发性事件之于文学发展影响的对象。同时,文学发展历程中的自律与他律、内部与外部、恒常与异动等,也能够在对文学运动现象分析之中得到进一步的合理理解。当然,从文学运动的整体性分析出发去探索一个时期的文学体制及体制化程度、组织化程度高低等对文学正负两方面的实际影响,研究文学活动的个体与体制之间的复杂冲突以及文学格局变化的复杂性等,都是文学史叙述绕不开的问题和对象。

文学思潮与创作方法

　　文学思潮与创作方法之间的关系,长期以来一直是一个重要的、但亦是纠缠不清的问题。在过去的研究中,虽然人们始终看到了二者之间的不同,但在实际研究过程中确是更多地以它们的相同作为出发点。过分强调它们之间的隶属关系,必然会自觉或不自觉地遮蔽二者之间的质的差异性。我们想首先提出一些问题,并以这些问题为中心展开讨论。

　　其一,文学思潮与创作方法是否可以看做是"表达"关系?其二,文学思潮与创作方法,它们之间的互文性是否可以看做是"战略"与"策略"的关系?其三,文学思潮作为"思想话语"是排斥修辞的,而"创作方法"从某种意义上说,是否就是修辞的产物?其四,文学思潮似乎与具体的生活内容(题材)关系不大,它毋宁说就是"生活"的审美组织法,因而"文学思潮"并不讲风格。而创作方法则对"生活具体性"(题材)是有选择的——因为方法的不同,决定着对具体生活组织的不同,"组织方式"即是风格。风格并不是个人的东西,说到底是一种观念制约下对生活书写的不同,那么,个人言说通过"话语程序",怎样呈现给我们一个世界图景?思潮决定着话语,而主体对某种创作方法的选择是否潜含着个人言说的最大可能性?

一

在以往的研究中,文学思潮与创作方法的关系表呈为以下几种状况:

类型状态。对文学思潮,尤其是对"文学思潮史"的研究,必然涉及对各种各样文学思潮性质的认定,关乎对文学思潮的价值判定。所谓的"性质",一般理解为某事物所固有的本质属性——这一概念解释对一般性的非社会性的事物认定是恰切的。但对于复杂的社会现象和审美创造物而言,其性质的认定往往是人言言殊、各有所据。就"文学思潮"而言,参与对其"性质"认定的因素不但是多种多样的,而且各因素之间的关系常常是复杂而微妙。比如,"文学思潮"的产生(包括语境、主体趋同性等因素)、"文学思潮"的发展(包括传播方式、途径、被接受的对象群体、接受过程中的变异等)、"文学思潮"的作用领域(包括文体呈现的先后顺序、作用发生的不同方式——理论引导或作品示范的作用的弱化和修正等)。这些因素不仅参与到"文学思潮"的构成及其过程里,也渗浸在"文学思潮"属性呈现方式之中。我们是否可以这样说,凡是在生成过程、发展历程和作用范畴等关节点上所涉及的因素及其关系,都应当是对"文学思潮"性质认定的必要参数。所以说,对"文学思潮"性质的认定,并不简单。

从过去大量有关"文学思潮"理论和状态的研究文献看,对"文学思潮性质"的分析呈示为大致两类思维趋向:其一是强调它的"文学性",即认定它的性质属于美学,须要用美学的方法和言说方式对其进行阐释。其二是凸现它的"社会学"性质。认为"文学思潮"总是一定的历史阶段里社会思潮的审美折射。比如在对"五四"时期、抗战时期、"文革时期"、20 世纪80 年代等历史阶段文学思潮的梳理分析中,大致倾向于这一思路。强调文学思潮的"社会学"性质,在众多研究者那里并没有简单地把文学思潮作为生活事件加以处理,而是有意无意地强调它的审美性。只不过是,"社会学"的文学思潮研究,先在地取得了文学思潮自我生发的可能性,把文学思潮中体现出来的观念性存在,包括创作方法、题材选择、价值判断、人物精神倾向性等,都不由自主地看成是"社会学"(社会思潮)制约下的选择——此时,即使"文学思潮"借用了某种现成的创作方法来"命名"——比如"现实主义文学思潮"等,也更多关注的是"现实主义"在指涉创作主体与客体的关系方面,而不是"现实主义"的审美特性。把一种文学思潮命名为"现实主义"、"浪漫主义"或"现代主义",研究者所思考辨析的重心并不是审美的内在差异性,而是依据某些现成的话语逻辑对之进行了"类型学"意义上的改写。不同"主义"之于"文学思潮"的"命名",对接受者所提示的更多的是主体与现实的关系方式。

审美关系。文学思潮的视域涵盖了整个文学及其过程。文学活动中既有审美活动,也有非审美因素——正如一个作家,其创作生涯中并非时时刻刻都在写作,也不是作家生活中的全部都可以看作是写作的准备和结果。文学思潮不仅描述状态,同时必须分析状态的生成与变化。在涉及文学思潮生成史话题中,何者是思潮与思潮得以生成的条件,无疑是思潮研究的重点,在这里,关于文学思潮生成与变异"条件"的分析显得尤为重要。而"条件"的分析,将大量涉及"非审美活动"因素。我多次强调,文学思潮史研究的重点是某种文学思想规模化的传播过程。这决定了文学思潮的研究本质上属于"观念"的研究,"思潮史"就是文学观念动态的流布历史。这里所说的"观念",应当是指审美性观念——包括审美价值观、审美态度与情感、审美方式审美心理与机制、审美氛围等。为此,就又决定了文学思潮的研究最终是一种审美研究。文学思潮在面对审美成果(作品与理论)时的开放姿态,并不含有研究过程放逐文学的可能,它依然要充分关注主体与客体的审美关系。所以,当"文学思潮"在一些研究者那里必须借用已有的创作方法概念来"命名"自身时,比如"现实主义文学思潮"等,这种"命名"方式,既是文学与外部关系的定位,也是对"文学思潮"内部机制所包含的主导性审美关系认定。不过应当注意的是,"文学思潮"的"现实主义"和创作方法的"现实主义",并不等值,也不等义,甚至永恒地存有差异。在这样的范畴里,文学思潮可以表述为:就是研究一种观照世界的审美方式是如何成为群体性共识、或成为创作主体的一种植入式"经验"的。

包含关系。有很多研究者认为二者是相同的,并且具有天然的相同性。"文学思潮的概念,根据高尔基的意见,主要是指影响一定时代的创作方法,创作原则。① "文学思潮之所以常常与创作方法共名,是因为文学思潮必须依赖于创作方法而存在。把创作方法视为文学思潮的主要特征,决定着文学思潮质的规定性。缺少创作方法这个特征,就不是真正的文学思潮。"② 说"包含",其实在一些坚持以创作方法来概括文学思潮的研究者那里就是等同——这显然值得分析。无论如何,"文学思潮"与"创作方法"都不可能是像"同义词"那样的存在。就一般思维程序而言,文学思潮与创作方法的关系逻辑是这样被建立起来的——文学思潮所要研究的重点是某一历史时期起主导作用的文学观念。而就创作说,文学观念在作品中的呈现及其呈现方式,总是与创作主体一定的审美观念的实施方式即创作方法有关。创作方法成为主体与作品之间的中介。不同作家所创作的作品的相似性,根本上体现为对生活处理方式的相似,而这又可以归结为是创作方法的相似。相似性的观念借大量作品而呈现,文学思潮因此与创作方法存在着密切的关系。显然,"包含观"所依托的是"相似性",同时在对"相似性"产生的条件与可能及其原因的追索过程中,无形强化了"创作方法"这一因素作用的唯一性。但它却有意无意地忽视了这样几个重要侧面:一是文学思潮与创作方法的性质差异;二是文学思潮与创作方法的范畴差异;三是文学思潮与创作方法的作用差异;四是文学思潮与创作方法的生成变化式样的差异等。

与过去研究不同,20 世纪 80 年代以来,有研究者对上述判断提出质疑,认为文学思潮与创作方法之间,其联系性小于他们之间的差异性,强调文学思潮与创作方法二者之间的独立特性。"文学思潮作为观念系统是一个群体性精神结构,它贯穿于整个文学活动各个领域。创作思潮是文学思潮整体中的部分,而创作方法则是创作思潮中这个部分的部分。就理论性质而言,文学思潮概念主要是文学史范畴,创作方法则属于美学范畴。在外延上,文学思潮可以包含创作方法,创作方法既可以隶属于文学思潮,又可以独立于文学思潮之外而存在。"③ 显然,这是从"隶属"关系方面重新辨识二者关系

---

① 吴奔星:《关于识别文学流派的几个关系问题》,《中国现代文学思潮流派讨论集》,人民文学出版社 1984 年版。

② 周晓风:《论文学思潮的创作方法特征》,《重庆师范学院学报》1992 年第 4 期。

③ 卢铁澎:《文学思潮与创作方法》,《中国人民大学学报》2000 年第 2 期。

的。作者试图在对"文学思潮与创作方法的比较"中,通过"差异"和"相互依赖性"来说明这一点。"具体地说,文学思潮对创作方法的依赖性表现在两方面:(1)创作方法是文学思潮区别于社会思潮的特殊性——文学性之所在,同时又是社会思潮、文学思想转换为审美形态的文学思潮的'中介',没有特定创作方法的形成,就不算是文学思潮。(2)创作方法是文学思潮的超越性之所在,即文学思潮的产生、演变、更迭、递移,其内在根源主要是创作方法的变迁。"①针对这种观点,反驳者批评道:"特殊方法的形成确实有赖于文学思潮,但创作方法和一般方法的产生存在就不一定依赖于文学思潮。创作方法标志着文学思潮的特殊性,这一点只能在创作思潮层面上说才是正确的。如果在包括创作、理论、批评、鉴赏的文学活动系统整体层面上说,文学思潮的特殊性——它与社会思潮相区别的(文学性)就只能从观念本质上去界定,其独特之处应是文学思潮掌握世界方式的不同。从根本上说,文学思潮整体相对于社会思潮的特殊性决定于文学掌握世界的方式的原则。至于文学思潮的递变,从逻辑顺序上看,应是在特定社会历史条件制约下,首先是文学观念发生变化,才引起创作方法和创作面貌的变迁。"②总之,作者认为,创作方法的改变有赖于文学观念的异动。而文学观念恰恰是文学思潮整体构成的核心部分。

其实,仅仅从"文学思潮"与"创作方法"二者之间的隶属关系入手,恐难解答它们关系的真正结构状态。事物之间的联系,哪怕是相当紧密的联系,也不是认定两者相同的决定性前提或充要条件。我认为,一般而言,"文学思潮"与"创作方法"之所以在过去被视为彼此可以置换的关系,一方面来源于自高尔基开始二者界限的模糊认识,另一方面则关乎到对二者"命名"方式的混淆。当文学思潮研究者在随意中借用诸如"现实主义"、"浪漫主义"、"现代主义"等指称某一种创作状态的名称来"命名"文学思潮的时候,就造成了二者之间的等同关系和以"借代"为呈现方式的关系称谓。

① 周晓风:《论文学思潮的创作方法特征》,《重庆师范学院学报》1992年第4期。
② 卢铁澎:《文学思潮与创作方法》,《中国人民大学学报》2000年第2期。

二

我们需要从性质、范畴、作用及生成变化式样等方面,对二者加以认真的剥离。首先,从二者的属性上看,文学思潮更多具有"史学"性质,而创作方法无疑更具有"理论"性质。前者可归入"艺术史学",后者则属于"艺术哲学"。"在文学的实际发展中,思潮也许可算是个纲。将文学思潮真正研究清楚,会使文学的很多问题迎刃而解。"① 无论是思潮状态的描述,还是"思潮史"的梳理,主体之于对象的关系始终是一种"历史关系",也决定着主体之于对象时的态度只能是历史的态度。文学思潮研究的内容基本上有两个方面:一是"思潮"呈现的状态或者思潮存在的真实状态;二是文学思潮生成、变化、消颓、兼并的动态过程及其有机性。对"文学思潮"真实存在状态的描述, 自然要求主体必须潜入历史深处,探察思潮原来的、没有被遮蔽的本真状态,准确厘定思潮的内容存在与形式存在及其特征,这无疑是一个"历史还原"的过程。这一过程的展开和结论的浮出,并不仰仗理论推导,而是紧紧依赖于对原始材料全面深入的拥有与把握。要真正完成对文学思潮存在状态的描述,只有"存在的结果图像"是不行的,一般都要涉及一种文学思潮的生成语境与机缘、生成过程及其相关因素的整合、变化的根据与条件及其思潮由盛至衰的过程性和原因等。这显然是一种历史的梳理,只能运用历史学方法才能完成。对于思潮史来说,某一大时段的各个文学思潮的各自生成、相互关系及其嬗递变化,是其阐释的重点。价值判断的重心是对历史的充分尊重。

"创作方法"这一"命题"的展开,应当说自始至终都具有鲜明的"理论性质"。一般理解中的"创作方法"是指艺术创作的"原则和方法"。创作方法与世界观、哲学观、文学观、审美原则、艺术原则、艺术手法又有着紧密的联系。从这样的层面上看,创作方法本身就构成了一个旁涉广泛的理论命

---

① 　严家炎:《文学思潮研究二三感想》,《五四的误读——严家炎学术随笔自选集》,福建教育出版社 2000 年版。

题。为了更细致具体地理解创作方法,人们大致认同这样的结论:创作方法包含着三个方面:基本艺术观、具体艺术观和特征性艺术手法。基本艺术观是指诸如文艺和现实的关系、艺术对人和世界的认识与把握等属于艺术本质论方面的观点。具体艺术观是指在基本艺术观基础上形成的艺术创作的主张。特征性艺术手法是与具体艺术观适应的、对创作方法形成具有举足轻重的决定性作用的某些艺术手法。[①] 其实,创作方法上述三重内涵是有着不同的存在形式的。基本艺术观和具体艺术观都表现为创作主体的哲学态度和对世界的基本价值判断。一般而言,我们只能通过艺术家的创作及其理论言说对其进行归类与把握,它属于创作主体精神的一部分。而特征性艺术方法则是读者可以从作者文本中直接感知的。但要由特征性艺术方法推知具体艺术方法和基本艺术方法,则并不是直线的,比如象征,象征主义有,现代主义有,现实主义文本也大量存在,主要是看某一种特征性艺术方法在文本结构中起什么作用,它对我们的价值判断发生了什么影响。因而,我们不同意基本艺术观与特征性艺术手法之间一定对应的观点。特征性艺术手法是可以"中立"的,它本身并不体现价值判断。而基本艺术观是与主体对人或世界的认识方式及其传统密切联系在一起的。基本艺术观的核心是创作主体对世界进行的价值判断。对"创作方法"的辨析,是文学研究中对流派、作家、作品进行研究的常规手段。从本质属性上看,创作方法离开作品文本是无法确定的。确定一个流派、作家或一部作品的创作方法属性,目的是为了对他们创造的审美图式进行有效地把握,从而确认创作的审美价值的特性和其对文学史的贡献。因而,创作方法本身的研究并没有太大的意义,其意义在于为我们认定创作价值提供一种基本规范。

其次,二者范畴属性上的差异。当我们从"思潮"方位对文学或审美活动实施阐释时,文学或审美无法以自身的"自足性"说明"思潮"。不仅"思潮"生成的渊源性难以在文学领域准确定位,而且其观念传播过程中的"潮流"状态也是有多种多样文学活动以外的因素共同参与而完成的。在此,我们不能因为要强调或凸现"文学思潮"的"文学性"而有意淡漠"文

---

① 邹平:《现实主义精神和多样的创作方法》,《文学评论》1982 年第 5 期。

学思潮是一定阶段社会思潮反映"的观点。文学以具体形式展开自身——不仅指依据一定文体规则完成自身,还有其被接受的过程。文学在接受过程中得以形成"思潮",主要是"观念"的被认可,这一"认可",既可以是发生在"文学领域"(指创作、理论与批评),也可能首先在接受中激起反响并回馈到"文学领域",形成内外互动状态。比如对 20 世纪中国文学发展的思潮性言说中,"后现代主义"是一个核心概念。"后现代主义"在这一历史时段的中国文学中所表现出来的"思潮性"特征,虽然更多地集中在文学活动当中(尤以批评为主),但如果我们要寻找它是如何走入 20 世纪 90 年代中国文化异动的结构之中时,就必然涉及整个社会变革的新的复杂性和深刻性。一方面是"在一个各种价值观念迅速更迭的转型期社会里,急于牟取批评的权力,建立先锋批评的先锋地位,以及与世界学术思潮对话、接轨的欲望,使一部分批评家对后现代主义产生了本能的认同"①。另一方面,经济文化主导下的消费文化的急剧增生也确实孕育了中国的"后现代主义"文化因素。文化专制破除之后的多元情状,已越来越清晰地呈现出"后现代主义"的中国社会现实图谱。"从文化背景上看,消解主流意识形态和权力话语,是一部分知识分子在告别政治阴影过程中的自觉的文化立场。而在经历了本土从传统的农业形态向现代工商业形态转变所引发的巨大的文化震荡之后,一部分人文知识分子放弃了激进的批判策略而采取一种文化的保守立场,试图在与大众文化的合流中,悄无声息地瓦解主流意识形态和权力话语。"②虽然读者认为 90 年代文学领域中的"后现代主义""在中国既不是文化传统自然变异的结果,也不是中国这一特定社会、历史文本的催孕,而是在一个充满异质文化并置的全球化语境中对'他者'话语的一次'借挪式'的操作",或者说仅仅是"文化策略"指导的"话语修辞"。但是,批评家借用"后现代主义"来言说中国当下的文学现实,从一开始就获得得了广泛理解。其中所生成的中国式的"后现代主义"的观念,迅速在传播中与生活构成了"互文"关系。于此,知识分子获得了进入当下、介入现实的新的条件与可能。"后现代主义"毕竟是与高度成熟的工业经济联系在一起,中国经

---

① 　陆贵山主编:《中国当代文艺思潮》,中国人民大学出版社 2002 年版。

② 　同上。

济现实当中区域差异和财富拥有的巨大差异,为人们理解接纳"后现代主义"观念形成了认知前提——这是毋庸置疑的。

在文学社会学视域中,文学活动与社会活动的联系是广泛、复杂而深入的。在这里,"对特定历史条件下的艺术与特定的审美态度、审美感受和审美理想等因素的关系"的研究,显然是必要的。我们只有弄清某一时代的艺术之所以美的道理,彻底搞清楚"那个显示于心灵中的幻想的实在即审美对象的种种特征",我们就会看到,"艺术品作为审美对象,既是一定时代的产物,又是当时最具有审美能力的人们的主观心理结构的对应品。因此,只有对于作为审美对象的艺术品的研究,才是物态化了的一定时代的心灵结构的研究"①。艺术社会学的规范性表现为,在研究某种艺术品,某种艺术潮流,趣味和观念在何种社会条件下出现、流行和衰落时,应当与具体的"审美体验"联系起来,重建彼时的审美原则,从而有效把握"艺术"(包括文学)种种思潮的发展变化历史。这恰恰说明了"文学思潮"在范畴上的独特性。确切地说,文学思潮是在"文学活动"的"历史性"和"心理性"的交叉地带扎下自己生命根须的。"文学活动"的"历史性"(即语境)从根本上制约着社会审美心理趋进、变化的可能性空间,"文学活动"的"心理性"在见证社会历史的同时,也以自己的方式给予了永恒的记录。应当说,文学思潮正是这一互动的结果。有研究者指出:"文学思潮是某个历史阶段社会思潮的组成部分和特殊形态。文学思潮不仅是诸多社会思潮中的一种,而且是社会思潮的'反映'与'表现'。就是说,文学思潮不单是关于文学自身的,同时它也总是社会的观念体系、思想原则的产物,它总是'反映'或表达着某个社会集团的精神冲动。文学思潮这种一般性质要求我们在研究它时必须将它同某个时期的社会思潮紧密地联系起来考察,也就是把种种社会思潮和观念体系当作理解文学思潮的社会——历史——文化的语境。"我们强调关注"文学思潮"的"社会性"(历史性),并不排斥文学思潮的文学性。文学性不但是"文学思潮"研究的理论视野中必有之物,而且文学思潮的存在状态及其流变的梳理,只能是以基本的文学现象作言说的基础。这一点,决

---

① 陆贵山主编:《中国当代文艺思潮》,中国人民大学出版社 2002 年版。

定了文学思潮研究过程中其"文学性"的天然拥有。我们要注意的是,社会
活动是如何改变了人们的审美心理,审美心理又是以怎样的形式与结构形成
了与社会活动中文化主导观念的呼应,并进而泛化为一种新的艺术把握世界
的基本原则的。所以从以上的分析看,关注"文学活动"与"社会活动"的
互动,是"文学思潮"研究范畴的基本疆界。

　　创作方法的观念与规则,只有在我们面对具体的艺术成果时才会鲜明
化。创作方法归根到底只是有关作品结构与风格状态区分时的存在。虽然
我们也可以在"艺术社会学"视野中,对它进行一些有限的描述——比如一
种创作方法何以在此时流行,或者创作方法的观念体系建构的社会影响等,
但创作方法观念的体系性,即生成、变化、更迭等,依托自身就可以完全被说
明。社会活动的变化并不是可以直接越过主体而在创作方法上表现出来。
只有主体的世界观、哲学观在社会活动影响下发生变化后,创作方法的选择
之于主体才是可能的。我们可以进一步分析,对于文学活动主体而言,无论
他是从理论方面还是创作方面获得某一种创作方法,但他都有一个"自我
化"过程。特定的创作方法在其种种"敞开"和"限制"之中,毕竟含纳着
有关如何介入生活、解释生活及其修辞策略、目的等方面的不变的"内核",
我们称这一"内核"为对世界的"期待"。对世界的期待的不同,决定着文
学活动主体与生活的关系,决定他的选择与价值判断。"期待"里完成着世
界观、哲学观、价值观的全新定位,也同时完成着文学活动主体对创作方法的
整体——基本艺术观、具体艺术观及特征性艺术手法的选择与取舍。在这里
我们看到,文学活动主体之于创作方法之间关系,不仅是一个相互体认的过
程,而且主体与创作方法之间是前者主动后者被动的状态,即创作方法并没
有能力选择主体。从根本上讲,文学活动主体对某种创作方法的青睐(指其
迅速在其创作的作品反映出来),应当说是主体已经改变了的对世界的期待,
找到了此时此刻他认为最好的表达方式,一种新审美方式和审美心理也随之
完成。这样一来,也许我们就容易对很多作家在其创作中把多种创作方法杂
糅在一起的现象进行解释了。以鲁迅为例,当他"听将令",以精英知识分
子的"启蒙姿态"确定了自己对世界的期待时,他的创作的现实主义风貌无
疑是鲜明的。但是当他在社会活动中改变了(即使是部分改变)自己的期

待后,"浪漫主义""象征主义"等新的创作方法因素就渗入了他的创作之中。在他不断变化的"精神建构"过程中,创作方法的选择只能是世界观变化前提下的无意认同。甚至可以说,当他把某种创作方法纳入自己视野时,不仅强化了其中某些与自我想象相似的观念,也同时赋予一种创作方法"内核"某些新质。对鲁迅而言,创作方法的变幻选择,始终服务于他对于世界不同的期待。正是这种富有活力的期待,改变着创作方法的某些成规。正是在这一使某种创作方法重获生命的过程里,主体的选择过程便实际地参与了时代文艺思潮的构成。

作用方式。文学思潮的群体性质,使其在生成、传播过程中始终保持着对参与艺术活动个体的强大规范力量。在文学历史上的很多时段里,当一种已有充分创作、批评作为后援的文学观念以潮流形成覆盖文坛时,个人对于观念的选择经常是被动而为的——也就是说并非主体的自愿选择,尤其是当这一观念的拥有与否将直接影响到文学活动主体的自我价值实现时,情形就更加明显。其实,文学思潮在文学活动中的扩张势能,既有着文学活动主体自觉认同产生的时尚效应,但更多地是思潮以观念的异样性吸引、收纳着被其感染的朝拜者。因之,它的作用不仅像彼斯彼洛夫所说的那样,"促进了创作的巨大组织性和他们作品的完整性",而且"是创作的艺术和思想的共性把作家联合在一起,并促使他们意识到和宣告了相应的纲领原则"。彼斯彼洛夫指出的这种情势,我认为就是"互动"、"组织性"、"完整性"及"艺术和思想的共性"被意识到等等,可以看作是外在于文学活动主体的文学思潮对作家和作品的一种"整编"方式——他们在"思潮"语境中被整合成一种新的存在。所以,这也就决定了"文学思潮"对文学活动主体的作用方式是借"语境化"因素而展开的,即文学思潮的广泛覆盖决定了已有文学资源(包括技巧等)的再生可能和创造性空间。简言之,它为文学活动主体的思维设置了所有合法性前提。也正是在这样的情势与状态里,文学思潮显示了它无所不在、无所不能的存在特性与作用形式。"因为文学思潮是在文学活动的整体系统中展开的,完整的文学思潮不仅涉及创作,也涉及理论,批评和鉴赏(接受)等活动。"① 有人在具

---

① 　陆贵山主编:《中国当代文艺思潮》,中国人民大学出版社 2002 年版。

体理解韦勒克关于"文学思潮"意义阐释时,也涉及这一问题。他们认为,韦勒克是以"文学规范系统"来定义"文学思潮"概念内涵的,而所谓的"文学规范系统"用韦氏的话说就是"文学的规范,标准和惯例的体系",即"一套规范,程式和价值体系"。这一体系,"不仅文学本质,功能等方面提供基本观点,还有题材、主题、文体、人物类型、技巧、手法和审美趣味等方面的一套程式,所有的原则,都体现其价值规范"①。当然我们在此需要特别指出,所谓的"文学规范系统"只是结果的描述,在这一"规范系统"生成过程中它是以人言言殊的不定型状态被各个文学活动主体所意识到的——这种殊异性并不影响认同者对其精神内核和价值观的同一感受。当人们从王朔笔下的"痞子"身上看到"顽"成为生命展开的唯一方式时,其作品所蕴含的蔑视崇高的消解性价值观也就附着在形象身上被轻而易举地接受了下来。

创作方法对于文学活动主体的影响作用,无法以先置或普通覆盖的方式完成。就基本艺术观的成熟程度而言,文学发展迄今也不过几种创作方法而已——现实主义,浪漫主义,象征主义,现代主义。这几类创作方法的具体艺术观已有了很多重叠之处。至于具体的特征性艺术手法其实已化为人类文学写作行为的公共财富了——比如象征、白描、夸张、暗示、变形等,我们是不难在上述几种文学类型的典范创作中找到它们具体的不同作用与身影的。我认为,手法的"能指"是被价值观或文学活动主体对世界的期待形成的"所指"框架所左右,否则"能指"就会空洞化,就可能不再是审美的创造手法,而成为学生练习写作的一种作业。如果说,当我们把一种创作方法视为一个自足的、边界明确的"文学规范系统"时,那么,它必然地将以先在状态对所有后来者施加影响;而假设我们只是从"具体艺术观"或"特征性艺术手法"方面看,那它对文学活动主体的影响就难以直接化,反倒成了文学活动主体选择的对象——认同或拒绝,全盘吸纳式改写整合。误解常常产生在这里——当有人把文学思潮与创作方法二者视为"一体两面"存在时,实际上有意无意已把"创作方法""原则化"了。即认为它已是包含了"基本艺术观"、"具体艺术观"和"特征性艺术手法"的完全存在。这在理论

---

① 陆贵山主编:《中国当代文艺思潮》,中国人民大学出版社 2002 年版。

的逻辑上显然是不严密的。就目前被原则化的"创作方法"类型而言,他们之间的最大差异表现为"对世界期待的不同"和"价值观"的殊异。"现实主义"和"现代主义"都同样认为艺术与现实的关系是密切的,艺术与现实的对象化过程体现为前者对后者的干预——揭露、驳斥、批判等。"后现代主义"则表示了"认同",认为艺术并无能力真正介入现实,其局限性表现为这种介入必须借助于社会游戏规则——比如市场化、商品化等。以"交换原则"为核心的意识形态在影响文学功能的同时,也耗尽了文学的激情动力与价值冲动。看来,若把有史以来的基本艺术观念概括为"拒绝"和"认同"两大类,应当是无大错的。如此一来,单以某一类创作中出现了价值判断的异动(这一"异动"并未提供新的人对世界的认知方式),就把它作为文学思潮或者以具体手法来认定它的思潮属性,恐怕是相当危险的。可以这样断言,真正的具有"文学规范系统"的"创作方法",是不会因题材、人物类型或审美趣味变化而改变自身。人们常常所谓的"思潮",只不过是文学"历史过程"中文学活动主体对生活的组合方式发生了变化而已。这种现象,既不能认定为"文学思潮",也不能认为就是新的"创作方法"。简而论之,作为"原则性"的"创作方法"是很难被创造的,而"文学思潮"就只能是审美地处理世界的一种方式及其价值观念得到普遍性认可,并在一定时段的文学活动中成为主导的文学活动状态。

文学思潮"特性"之一

文学思潮的"特性",即是指只有在"文学思潮"状态下才能得以充分显现的东西。只有当各种因素的"共同倾向性"呈现出容易被人们感知的"群体"样态时,"思潮"的生命过程才算开始。"共同倾向性",既表现为"共时性"的各个完整系统之中的各环节或部分,又呈示在"历时性"衍化而成的"家族相似"式的纵向现象异变中。"文学思潮"的"群体性",既可以是某一特定时期以平行方式排列的集束"现象",也可以是一种现象以跨时空(指不同文化时段)排列呈现为纵向性的"现象"群体。文学思潮的"扩张性"特点,意味着它总体上不是内敛,而是外扩并具有强大的辐射性。由"点"到"面"的变化过程亦就是由单个的"思"之于群体"潮"的生成过程。"点"的重要性在于,它可能最先呈现了某种趋向,潜含了外扩的潜能及被多角度接受的可能性。它首先体现为对存有"小异"的"同质"因素的"吸附",其次表现为对在对抗中日益弱化的因素的"招降"或"改编",同时也相应产生对"传统"因素的"改造"。"整合性"是文学思潮"扩张性"特征的重要内涵,也是"扩张性"功能外化的主要策略。"整合"中的"呼应性"和"矛盾性"(对抗性),可谓文学思潮扩展历程中最有活力的两个因素。

一

对于像"文学思潮"这样一个具有泛对象性"概念"的内涵"和""外延"进行指认,离不开对其进行"特性"分析。作为理论性命题的"文学思潮"研究,无疑,我们应当从概念的"特性"分析入手。然而从实践意义上看,"文学思潮""特性"研究或分析的重要性,我以为比弄清"文学思潮"的"概念"本身更重要。这不仅是说其"概念"的界定与阐释一定得有"特性"研究作基础,更为紧要的是作为"混沌状"的"文学思潮",在我们对它进行把握时应充分注意到这一"混沌性",须在"混沌性"里钩稽出若干具有恒定性的"特性",并以此作为我们对"文学思潮"进行感知、观察、分析、研究的基础。其重要性是不言而喻的——然而这方面研究却远远不够。

我们知道,从我国20世纪文学的"思潮"研究历史来看,绝大多数著述属于具体的文学思潮状态的描述之作——间或有文章涉及文学思潮的理论性方面,也多是浅尝辄止,未予详论。"文学思潮"的"特性"研究属于把"文学思潮"从众多具体中抽象出来的纯理论命题,其整体性的"特性"分析,应当有意与那些具体的文学思潮状态的个体性"特性"研究类型加以区别。长时期以来所形成的研究者对"文学思潮"的"特性"进行理论性分析的藐视状况,其主要的原因是,在一般研究者看来,文学思潮的特性是可以被自然感知的,或者是可以在对具体的文学思潮的分析中自然显现出来。一方面,人们认为只要某一时段的文学出现明显的"共性"就可以以"思潮"命名,另一方面,"思潮"描述也日趋"宏观化",并不断走向"泛化"。①在这样的论述逻辑和思考方式里,文学的"共性"相似于"思潮性",继而与"思潮"画上等号。于是,各种各样、繁然杂陈的思潮研究,其本身的理论严肃性被日益弱化,表面繁荣的背后却加深着"思潮研究"学理资源的困境与危机。这对"思潮"研究的危害是极大的。"文学思潮"在"分类"上

---

① 可参见卢铁澎:《"泛思潮化"现象探源》,《文艺评论》2001年第3期。

的名目繁多,就是明证。

90 年代中期以来,随着对文学进行"思潮"式研究高潮的兴起与发展,"文学思潮"诸问题的理论性受到关注。有少数学者在这方面已经进行了较深入的研究与探索。指出:"文学思潮的基本特性可以归纳为群体性、动态性、复杂性和历史性等四个主要方面。它们之间或交叉,或重合,互相关联,互为因果,多向互动,有不可割裂的整体联系。"其"群体性"中包含了与"个体性"的互动或相融的关系。认为"文学思潮的动态性",不仅指"作为群体意识、群体精神结构的文学思潮""是流动的","而且是规模更大、变化更复杂的流动"。对"复杂性"这一"特性"的分析,作者从"文学思潮"内部存在的共时性"矛盾化"、历时性的"继承性"及影响性所导致的面目"模糊性"等三方面入手进行了分析。对于"历时性",则以"时代性"、"民族性"、"阶级性"等三因素着眼,对其内涵进行具体化阐述。[①]无疑,在"泛思潮化"背景中,这种深微的分析蕴含着重要的启迪意味。从作者的相关论述来看,他所说的"群体性",显然是着眼于"文学思潮"的生存方式而言;"动态性"则侧重于涵括"文学思潮"的生命状态;对"复杂性"的特性指认,无疑是倾向于从"构成论"上立论,而"历时性"则又是注目于"文学思潮"与外部的关系。这些论述在提示我们,对"文学思潮"的"特性"体认,应在多项范畴和多种视野中完成。但我们也隐约感到,这里所论述的"文学思潮"生成状态和呈现状态,其可疑之处是作者并未指出并论证哪一种"特性"是最重要的? 其"主体性结构因素"又是什么?

这里将涉及"文学思潮"研究中的思维秩序和先后关系的定位与处理问题。

上述论者对于"文学思潮""特性"的类型归纳,应当说已经包含了人们所能够意识到的有关文学思潮"特性"的多数方面——这恐怕也是很多研究者虽不涉足"思潮理论领域"但却敢于染指"思潮"研究的重要原因。"特性"研究与认证的最大分歧,在于如何理解与解释。其重点是文学思潮特征的结构状态。一般而言,确认文学思潮特征的前提是能够始终凸

---

① 作者主要是想就"文学思潮"在生成过程中的主体能动性进行阐释。

现它的"文学性"。有人这样指出:"'文学思潮'明确是一个比喻性概念,它以可见的生动的'潮'的称谓来类比一种文学现象。"并且进一步解释道,"'思潮'之'思',是精神性的东西;'潮'这一视觉意象所暗含的内涵是指'思'在较大范围内的动态性和形象性特征。"① 当然,这种解释并未包含"文学性"前提,其"思"与"潮"也不会必然地指向"文学性"。问题在于,"文学性"之于"文学思潮"而言,并不是一个有意义的话题。关注"文学思潮"的"文学性",这早已寓含在我们所有对"文学思潮"研究的先置前提之中了。问题的关键之处在于,当"文学思潮"构成我们研究文学的"语境"时,要解释的是它的"文学性"被呈现或存在方式等方面的"特性"。它应当作为我们分析"文学思潮"特性的规约与向标。在文学发展的历史过程中,具有"文学性"属性的现象很多,大到文学史叙述、运动、理论、创作、批评、接受,小到情节、细节、对话等,它们表示"文学性"的方式(或状态)是大不一样的。这说明,对"文学思潮"特性——即对"文学思潮""文学性"不同的显示方式的探察,是定位"文学思潮"特性研究的基本出发点。

我以为,对"文学思潮"的特性研究,应在范畴与属性上有所限定,即它不应是无限的。文学思潮的"特性",即是指只有文学思潮本身才有的、或指那些只有在"文学思潮"状态下才能得以充分显现的东西。为此,我把文学思潮的"特性"规整为以下几种:①群体性(或连锁效应性、众生化);②扩张性(整合性、多向性、呼应性或外衍性等);③互动性(双向性);④现象性(具体性、可感性等);⑤系统性(递进性、波及性、联动性等);⑥集权性;⑦多维性(多义性、多元性等)。本文将重点论述文学思潮的"群体性"与"扩张性"两个方面。

二

"群体性"应当是指状态或"现象"是以多个、集束的样态而存在。对

---

① 陆贵山主编:《中国当代文艺思潮》,中国人民大学出版社 2002 年版。

"群体性"的理解至少包含这样侧面:A.组成"群体"的各个要素之间具有共同性,为人们把之认可为"群体"确立前提。B.各因素的"共性",是从某个特定的角度或范畴考察的结果。C.各因素在"群体性"视野中它们之间的关系是平行的。D.各现象被"群体性"组织之后,并不影响它们各自独立的属性。E."群体性"应当视为描述的结果,而并非是事物本来的样子。(这是充分注意到主体性作用)。我们认为,"文学思潮"的"群体性"是一种容易被感知的状态——无论从构成"文学思潮"的大范畴如运动、创作、理论、批评、接受、研究,还是从一个范畴的具体细化分析——如"创作思潮"中的主体、作品、形式、效应等方面,亦是如此。每一个被有意凸现与封闭的"个体",都难以被认定为思潮。"思潮"构成的"复数"性,为它的本质属性所决定。只有当各种因素在共时性或历时性里形成易被人们感知的"群体"样态时,"思潮"的生命过程才算开始。"共同倾向性"(有很多时候,我们在一开始是无法对这种"共同倾向性"进行有说服力的理论概括或逻辑定位的)既表现为"共时性"的各个完整系统之中的各环节或部分,又表现为"历时性"衍化而成的"家族相似"式(维特根斯坦语)的纵向现象异变中。所以,"文学思潮"的"群体性",既可以是某一特定时期以平行方式排列的集束"现象"(亦可称为"共时思潮"或"空间思潮",如"五四启蒙主义"、"左翼文学思潮"、"寻根文学思潮"等),也可以是一种现象以时间的跨时空(指不同文化时段)排列呈现为纵向性的"现象"群体(此种状态也可称为"历时性思潮"或"时间性思潮",如"通俗文学思潮"、"中国现代文学的现代主义思潮"、"现实主义思潮"等)。当然,也有很多思潮的"时间性"、"空间性"是可以叠合或有着双重性——其实这个问题很重要——使我们可以清楚地知道众多具体思潮描述之间的又一种差异。

这种"时间""空间"的区别提示我们的重要一点是,"文学思潮"是研究者从特定角度出发对一些对象感知的结果,总与"现象"的原在状态有差距——正因为此,"文学思潮"的描述样态才会如此之多——多到令人感到混乱。如果这个结论能得到充分论证,那么试图寻找"文学思潮"变化规律或从寻找规律出发而去研究文学思潮的做法,怕是一种圣化自我的幻象。

"文学思潮"研究的功能或目的,不应定位于此。例如有人这样认为,"作为一种科学研究,现代文学思潮研究也毫无例外地应该将探寻思潮发展运动的规律当作自己重要目标"①。"文学思潮就是体现在文学活动中的具有一定范围的广泛性和群体性的整体观念系统。群体性的形成由文学规范体系所支配,而文学规范体系则是一定阶层、阶级或集团在特定历史条件下所形成的群体意识的美学升华……所以,文学思潮的群体性不仅是文学活动主体观念的共同性、社会性,在更深层面上,还是文学思潮主体所在时代和阶级、阶层或集团意识的共同性、社会性。"

认定并试图勾勒"文学思潮"中那"整体观念系统",或"思潮""共同性""社会性"在"特定条件下"的生成状态,这无疑是想找到其中的规律。我以为这是值得怀疑的——因为,不仅"规律"是人为的产物,即使是"整体观念系统"本身也是描述的结果。"规律"并不重要,而重要的是我们为什么、有怎样的理由把它认定为规律。也许,把"文学思潮"研究功能定位于可能为我们审视文学提供一种思维路向更合适些。

"文学思潮"被感知的方式,如上所述,既可以是不同时间平面品行排列现象的空间方式,以可以使不同时间平面上具有"家族相似"特征现象的时间方式。就"同一时间平面"而言,"文学思潮"又具有多种附着物——运动、创作、理论、批评、接受等,这就构成了文学思潮在同质系统中的多种呈现方式。这些文学现象或形态并不直接呈现"思潮",有待于我们对之进行抽绎——即对众多对象进行"文学思潮"的"形式化"。在"文学思潮"视野中,"群体性"的个体,不能表面地认定为"人"的"个体",正像我们不能把"群体性"分解为无数个"人"和"个体"的集合体一样。它应当这样被区分:作为构成"群体性"的"个体"因素,一是指具有独立主体性的"人",如某个作家、批评家等,二是指"文学思潮"承载物的"个体"如运动、创作、理论、批评等。只有这两方面的"个体"的融合,才能真正完成"文学思潮""群体性"的建构。

以上可以看成是"文学思潮""群体性"特性"形式化"的标志。当

---

① 胡有清:《中国现代文学思潮研究十五年》,《社会科学战线》1996年第3期。

然,"现象""思潮化"的形式感,应当是建立在对"群体性"现象的内在性和共同性思想倾向性的感知基础之上的(这种分析还有待深入分析,"形式"与"内涵"的感知何者在先?),也可以视为可能会同时发生。相比于"现象"可感性,"内涵"的感知则需要依托对比选择的抽绎思维。这是因为,正像随便排列现象或不是有意从"思潮"角度对众多现象"共性化"处理就无法感知"现象"的"思潮状态"一样,"内涵"更是潜隐在各种"个体"所特有的常态因素之中,如创作的"叙事状"、理论的逻辑形式、批评的聚焦化等。它需要被破译的,不仅有各种"个体"隐含"思想"的方式,还有被不同方式呈现的"思想的共同性"及其发展脉向。我以为,只有当这种"形式"与"内蕴"共同走入感知者视野并呈现出"共同性"时,其完整的"思潮"才可能出现。总而言之,"文学思潮""群体性"是主体在"空间"或"时间"方面同时对集束现象的"形式""内涵"一并鲜明感知的结果。

"群体性"中各个"个体"之间的关系,虽然表面上已进入已然的集束状态,当它并不说明各现象独自的本质自然具有整合为"思潮"的倾向性。应当区分"现象"独立状态与在被"思潮"整合后的不同属性。我们所说的"群体性",只是指众多"现象"只有在"思潮"形式中才具有"同质"关系。为此,我们不能同意以下这种说法:"群体性是指某一特性在一定范围内为多个个体所共有。文学思潮的群体性一般被理解为一群(不是一个或多个)作家在某一文学主张,文学思想指导下进行创作,写出了一大批在思想、艺术上具有共同特征的作品,产生了较大的社会影响。"

我们做这样的分析无非是想强调几点:一是"文学思潮"的研究要具有"方法论"意义;二是"现象"是可以被置于不同思维视野中加以体认与阐释的;三是任何具体的"文学思潮"描述的真实性与价值性,都是有限与相对的——这也可以作为"思潮研究"多元化的一个依据。

研究"文学思潮"的"群体性",还应注意其"效应连锁性"在"现象"呈现为"群体性"时的作用。虽然我们在上面已经论述过,在"空间"型思潮形态里,每个构成"思潮"的现象可以在同一平面平行共置,但是否其中的每个"现象因素"的构成作用都相等,或有无"原生"与"衍生"之分(仅指作用链意义上)等,都是值得深入研究的相关问题 ——从"连锁效应性"来分析思潮"群体性"就是这个意思。这来自于具体文学思潮给我们的启发。比如"革命文学思潮""寻根文学思潮"与"新写实思潮""先锋文学思潮"之间就不同。前者首先表现为"理论形态"、继之有了"运动"（左联）,"创作",随后的"批评"、"读者接受"等依序而至。后者则是"创作"在先,"批评"在后,"接受"的反响导致其"泛化"——即从个人创作行为走向市场操纵。这两种情形的"因素"排列顺序都是不可颠倒或随意排列的,因为它将牵扯到对"思潮"生成方式与运动方式的准确描绘。从那些已具有完型形态的思潮整体来看,似乎各个"现象"因素可以不分彼此同呈"共性"并"共享共性",但若从生成发展看,"原生"与"衍生"则须区分清楚。"群体性"的形成应当有这样一个过程——也是"思潮"被托举的过程:由潜隐—显豁、由边缘—中心,由微细—壮大、甚至兴—盛—衰的过程。文学思潮过程的多样性,可能与各个"个体"的先后次序不同有关。显然,"理论"先导的"思潮"与"创作"先导思潮,至少在之于"接受"（非专业）或"接受"介入"思潮"生成的急缓、强弱等程度上是大异的,后者更容易以作品的特殊性为内驱而迅速波漾开去,"思潮"的兴盛之势会更快,更猛,也更直观些。为此,"群体性"就不能被仅仅理解为一个静态的情势,而是有着因"个体"不同排列产生不同作用形成的"兴"、"发"相继的动态性。上述所引学者的"有交叉"、"互相关联、多向互动"等,在这样的理解中才具有内在性,而不是仅仅只满足于理论论证的逻辑需要。

三

　　相对于把"群体性"作为"文学思潮"存在方式而言,"扩张性"① 这一"特性"则是侧重于对文学思潮在生成发展过程中的"主动性"进行分析。这一称谓与有的学者提出的"动态性"相类——但不同性更多。以"动态性"来涵盖文学思潮的不断变化性,只是从最抽象的层面来论证问题,

---

　　① "扩张性"这一概念,其实也包含着诸如整合性、外衍性、运动性、多向性、呼应性等方面,见卢铁澎:《文学思潮特性论》,《首都师范大学学报》1999 年第 5 期。

而忽略了"动态"的特征。"个体意识的活动如'河'如'流',变化不居。作为群体意识,群体精神结构的文学思潮同样也是流动的,而是规模更大,变化更复杂的流动。文学思潮是个具有历史规定性的群体文学意识的活动过程,它同所有思潮(政治的、哲学的、宗教的⋯⋯)一样,都是一个具有发生、发展和衰落等不同流变阶段的过程。每一个文学思潮都处在不断的变革之中,不同的思潮此起彼伏、不断更替。有时以某一思潮占据主流、独领风骚,有时是数潮竞胜,争为霸主。有的思潮起落短暂,有的思潮延绵漫长。"①"各种思潮之间互相促进、流传和发展,或者互相对立、矛盾和斗争,构成了思潮运动和文学发展的生动流程。"②除了以抽象性说明"思潮"流动之外,证据之二来自于类比之中的参照,即"哲学的、文化的、政治的等的""思潮"的"共性",认为"文学思潮"亦有这一"共性"。理由之三是对"思潮"间相互影响的援例,认为不仅一种"思潮"具有"历时性"的线性变化,还有着被"共时性"同类因素相激荡而产生的变化。

　　如果只是从"世界上的任何事物都是变化的、都处在变化之中"这一哲学前提出发,那么"文学思潮"的"动态性"特征就没有必要单独列出。故而,对"动态性"说明的第一种理由失之空泛。其二,以"哲学的、政治的、文化的"的"思潮"变化来佐证"文学思潮"的变化必然性,也有可疑之处。且不说这一前提缺乏论证,但就"思潮变化"而言,更重要的是"怎样变化"而不是"都会变化"的问题。其三,把"文学思潮"之间相互影响作为"思潮变化"的一个因素来分析,其着力点亦应是"影响方式"或"作用特殊性"的研究——这些,显然是无法以"普遍性"研究代替的,往往是"问题的特殊性"决定着研究价值。

　　我们选择"文学思潮"的生成、发展为切入点分析它的"动态性",是因为只有在这样的范畴当中这一特性才呈现得充分、典型、饱满。为此,我们应警惕从某种先置观念出发对文学思潮动态性进行"静态式"的"逻各斯主义"式的"动态"描述,即不是把它的"动态性"看成是只在学理上得以完成的,而是把文学思潮自身就视为一个完整生命的过程,有它的生成、兴

---

①　卢铁澎:《文学思潮特性论》,《首都师范大学学报》1999 年第 5 期。

②　胡有清:《中国现代文学思潮研究十五年》,《社会科学战线》1996 年第 3 期。

发、盛势与消歇的过程。在此基础上我们要侧重研究的是文学思潮"动态"的特征,即如何动,何以如此"动"的问题。所以,"向度"、"结构方式"、"协调机制"等是一些重要的方面。也许正因为如此,我们更愿意把文学思潮的"动态化"以"扩张性"来代替,这一命名含有"动态性"的特点。

　　文学思潮的"扩张性"特点,意味它总体上不是内敛,而是外扩或外衍或者说具有强大的辐射性。由"点"到"面"的变化过程亦就是由单个的"思"之于群体"潮"的生成过程。"点"的重要性在于,它可能最先呈现了某种趋向,潜含了外扩的功能及被多角度接受的可能性。"点"的凸现,从思潮生成性来看,并不是自为的,而是被广泛性识别认可后的状态。它起着一种引领、吸附、聚集的作用。因为只有在吸附、引领、聚集的过程中,"点"的"思想"的价值才会在与过去、与当下流行观念的鲜明地比较中显示出差异性,才会凸现并走向理性化与范式化。"点"的"效应性"的产生,为"思"之"潮"的发生创造一种必然。

　　我们强调"点""面"关系和"点"的重要作用,不仅因为"思潮"的生发有一个由弱至强、由隐至显,由小至大,由兴至盛的过程本质性,而且还要有意区别"思潮"之初的个体化作用,强调"先锋思想"的作用。个体性变为群体性的关键在于,不但越来越多的个体接受了一种新思想的"价值",并且重要的是迅速接受了"价值"判断方式和对事物的认识方式——当然这种"认识方式"的"共性"化,也许更多的来自于"语境"的制约。强调这一点,是基于对梁启超等人说法的怀疑。他在《论清学史二种》(复旦大学出版社 1985 年版)中说:思潮的形成,是因为人们在"某一时期之中,因环境之变迁,心理之感召,不期思想趋于一个方向,于是相与呼应汹涌如潮然"。显然,梁启超把外部存在视作思潮生成的主要因素,不仅如此,还有意无意地把"思潮生成""神秘化"了。我以为这是因为他未能深入地考察个体与群体的关系或"点""面"关系而导致的。

　　其实,由"点"到"面"的"扩张性",因作用方式不同带有某种可分析的难度,即复杂性。如丹麦批评家勃兰兑斯在论述 19 世纪德国浪漫主义文学流派形成过程时,也如同梁启超一样以相当感性的文学性话语描述了这种"神秘性",但在对"具有一种神秘的魔力的""浪漫主义流派或思潮"

的形成过程进行具体解释时,依然注意到了"点"之于"面"的"引领、吸附"作用。他说:"某一位杰出的人物,经过长期无意识的和半意识的斗争后,终于具备充分的意识,从各种偏见中挣脱出来,并在视觉上达到晶莹清澈的境地。然后,一切就绪,天才的闪电照亮了他看到的一切。这样一个人表达了以前从未以同样方式思考过或者表达过的某些思想——雨果在 20 来页的散文序言《克伦威尔序言》中就表达了这些思想。这些思想或许只有一半是真实的,或许是模糊不清的,然而它们却具有这个显著的特点:尽管或多或少不那么明确,它们却冒犯了一切传统的偏见,并在最薄弱的环节上挫伤了当代的虚荣,同时它们就像一声召唤,就像一个我们大胆放肆的口号在青年一代人的耳边回响。""最先一个人,接着是另一个人,然后是第三个人,各自带着他自己的观点,各自带着他的反抗精神、他的抱负、他的需要、他的希望、他的决心,走向这个新倾向的代言人。他们向他表示,他所倾吐的语言已经体现在他们身上了。有些人和他直接交往,有些人则以他的精神和他的名义互相交往,前不久还是彼此互不相识的人们(正如他们现在所以不为一般群众所知一样),各自在离群索居中一直在精神上沮丧颓废的人们,现在聚合在一起了……"① 这样激情满怀的论述,也表现在他对英国自然派的论证之中。并以小说的手法,具体剖析了"自然主义思潮"的"开篇"人物华兹华斯与柯勒律治上如何与"欧洲各国的十八世纪的精神"实施"决裂"的,勃兰兑斯认为,也正是因为他们,才使"大自然"作为审美口号与旗帜,"在 19 世纪初期像巨大的波涛似的席卷了欧洲。"② 20 世纪中国文学史上的一些思潮的"生发"情形也明显体现出这一点——如"革命文学思潮"、"工农兵文学思潮"、80 年代的"社会批判文学""人道主义文学"等"现象"带起的"思潮生成"皆具有上述特征。

"向度"的由内到外,在呈现为"外向性"同时,就其生成线索与状态呈现而言,更应是"单向性"的(某些局部的"多向性"是存在的,但不足以构成对"向度"朝向的改变能力)。文学思潮的表呈形态,简单归类也有理论的、运动的、创作的,批评的或接受的多种,再结合具体文学思潮,呈现形态

---

① 《十九世纪文学主流》第三分册《法国浪漫派》,人民文学出版社 1982 年版,第 13—14 页。
② 《十九世纪文学主流》第四分册《英国自然主义》,人民文学出版社 1982 年版,第 39—41 页。

也许更多。这里提到文学思潮的“形态”，不是要辨析有多少思潮呈现方式，而是要提示，在外向性、单向性的思潮生成中，任何一种“形态”都可能作为“点”的形式出现。一般我们习惯于从创作着眼或以创作为“点”或“眼”来梳理、规整文学思潮，这反映了人们对文学系统整体认识的传统状况。那种紧盯着创作、或把创作看作是文学思潮的唯一“原生素”的认识，导致的结果必然对理论、批评、接受等因素作用的“附属性”或“衍生物”的价值结论。诚然，理论上我们是不好先验地确立“谁”为永恒的“点”——也不可能。“点”的确立，是一个必须经由对具体文学思潮的分析过程才可完成，也就是说，每一种文学思潮的“点”“面”构成因素排列，肯定都不一样。看来，这个在理论层面意识到的问题，需要或必须到“思潮”具体分析实践中加以解决。

文学思潮由“点”到“面”的“外扩”“衍延”，实际情形中，并不是在意识到拥有权利之后一味地“进攻”或曰“攻城掠地”。除了外部早已存在的对抗性因素之外，文学思潮在生成过程中的“霸权”状态也只是暂时的。它首先体现为对存有“小异”的“同质”因素的“吸附”，其次表现为对在对抗中日益弱化的因素的“招降”或“改编”，同时也相应产生对“传统”因素的“改造”——我们把这种“吸附”、“改编”、“改造”，称之为“整合性”，这也是文学思潮“扩张性”特征的一个重要内涵，也可看作是“扩张性”功能外化的主要策略。“整合”中的“呼应性”和“矛盾性”（对抗性），可谓文学思潮扩展历程中最有活力的两个因素。文学思潮的“扩张性”特点，意味它总体上不是内敛，而是外扩或外衍或者说具有强大的辐射性。由“点”到“面”的变化过程亦就是由单个的“思”之于群体“潮”的生成过程。“点”的重要性在于，它可能最先呈现了某种趋向，潜含了外扩的功能及被多角度接受的可能性。“呼应性”是指在“点”的“引领”下同质性因素的纷纷归顺，并以同质力量对思潮起着强健作用。“矛盾性”，则以“斗争性”或“对抗性”标示着“新”“旧”之差异，亦从反面被确认，也起着迫使正在兴发的文学思潮自我调适的作用。

人们容易担忧，文学思潮在“扩张”中是否会日渐趋向“模糊”（有人曾把“模糊性”以“复杂性”一个因素作为思潮的一个特性），其实“整合性"在此起着关键性作用。文学思潮在生成过程中,"点"的"思想"的非传统性、新异性是被关注的焦点。对同质因素的"吸附""聚合",无疑在获得从正面证明自己的同时,也使"新异"思想的"价值属性"被凸现、被"共性化",导致"面"的形成,即"潮"的出现。在与"异质"因素的"矛盾""对抗"情势里,原已存在并形成传统的"异质"因素,会因"老化"而日益减弱自身在对抗中的力度。"弱化"过程反倒成了"新异"思想得以生长的空间。对这样的因素实施"整合",要么"改造",以形成自身新因素;要么排斥,达到"中心"与"边缘"的换位。因而,无论"呼应"(顺应)还是"矛盾"(反应),最后的作用点都将集中在对"新异"思想"价值属性"的确立方面。这是一个很有意思的问题。如果"对抗性"长期存在并有激化的可能性,"文学思潮"就会以"运动"的激进形态呈现。

这里可以"革命文学思潮"来具体说明。30年代的"革命文学思潮",以"理论倡导"为点,其"扩张性"首先体现为对"五四"的态度。"吸附""创造社"及其资源,对鲁迅、茅盾、叶圣陶、郁达夫、冰心等给予大规模批判(改造的前提),有意挑起论争。"论争"的大规模展开,显示了两种不同思想之间的"矛盾性""对抗性"。在趋"新"舍"旧"的时代语境作用下,"革命文学"成为"新理念"并大大扩散,在与时代政治相呼应的激荡里,以"左联"成立为标志,完成了其"价值属性"的"共性化"。

这里想提到所谓"多向性"的问题。我认为,在文学思潮"扩张性"特性里已含有的"多向性",仅是指"点"的外化可以同时在不同形态中表现,如以"创作"为点,向理论、批评、研究、接受等方面"延展",这种情形,与"点"的个体的"单向性"状态是不同的。无论何种形态,"点"的作用都表现为由"点"出发,而不是由外在出发。

文学思潮"特性"之二

一

把互动性作为文学思潮的重要特性,是基于我们长期以来对大量具体的文学思潮现象的具体感知。文学思潮在走向整体的过程中被逐步整合的状态,显然是互动性结构而成的。诚然,我们这里所说的互动仅仅是就文学思潮与社会生活各方面及具体文学现象之间的关系而言,是想通过这一特性的逻辑分析与具体考察,揭示文学思潮作为独立生命体的渐性生成历史。以往人们对文学思潮所概括的复杂性的认识——包括它的继承性、模糊性的提法,也都含有可对互动性这一特征进行说明的意味。对文学思潮与社会生活各方面(如政治的、经济的、世俗的等)的互动认识,并不是建立在简单的、机械的反映论基础上的——我们所要反对的正是这种视文学为从属的观点。但是,无论如何,文学与社会人生有着割不断的关联——无论这种关联是以什么方式存在:比如,呼应的,对立的,超越的或否定批判的,等等。文学思潮与外在的互动性,既有单向式,亦有双向式。单向式既指文学思潮为影响主体、其他作为影响接受者的状态,亦指外在为主体、文学思潮作为施受对象的现象。当然,这种划分主要针对文学思潮互动性特性的主要方面而言,实际上,并不存在完全纯粹意义上的单向影响。比如"五四"时期的启蒙主义文学思潮,虽然也有着半个多世纪的文化更新历史作为基础,但就这一时段的历史整体来看,文学式启蒙对社会外在的影响应当是强势的。故而,文学的作用被这一时期看作既是文化启蒙运动的先锋,又为"五四"启蒙的政治运动创造了舆论环境,提供了人才基础。文学的启蒙成为"五四"文化启蒙运动最耀眼的标志。从思潮的互动和影响的角度分析,显然不能只是认为"五四"文学运动是"五四"文化运动的一部分,而应充分注意到文学的启蒙在"五四"文化启蒙运动整体中的凝聚与辐射作用。再如,20世纪20年代末、30年代初的革命文学思潮亦是如此。革命文学思潮生发于上海,它的整个发展过程并未离开这个特定区域。就上海区域在19世纪二三十年代的情形来看,其社会外在的革命气息并不十分纯粹与浓烈。革命文学倡导者们的创新勇气,一半来自于苏联与日本,一半则来自于刚刚失败的大革命运动。当时社会情形在一般文学史中有大致相同的描述:"这一时期的政治形势是,在国内,蒋介石于1927年叛变革命后,建立了国民党政权,实行法西斯统治,在军事上和文化上进行反革命'围剿';在国际上,由于资本主义的经济危机,各帝国主义国家加紧了对中国的侵略,日本帝国主义更妄图变中国为它的殖民地。这是一个阶级矛盾和民族矛盾十分尖锐复杂的时期。反'围剿',反侵略是这一时期中国人民迫切的政治任务,也是这一时期文学运动和文学创作面临的一个重要课题。"① 这种情势下,革命文学是不可能直接从平行的当下生活中获取思潮资源的。有研究者分析:"20年代末,资本主义世界爆发了本世纪最严重的经济危机,由此产生的殃及亿万无产阶级和劳动人民的灾难性效应,在广大正直的知识分子良心上便有了强烈的震动,加之苏联新经济政策的成功逐渐显示了社会主义阵营的优势,以及共产国际的活动所产生的影响,全世界范围内便出现了文坛左倾势头,不仅苏联、日本的无产阶级文学运动势属锐不可当,法国、英国的左翼文学运动也颇有声色,'红色的三十年代'给'方向转换'后的中国文坛带来了十分相宜的世界文学气候。"尤其是俄国革命文学运动及其观念对处在彷徨中的新文学产生了巨大的吸引力。"俄国布尔什维克的赤色革命在政治上,经济上,社会上产生极大的变动,掀天动地,使全世界的思想都受它的影响。大家要追溯它的原

---

① 郭志刚、孙中田:《中国现代文学史》(上),高等教育出版社1993年版。

因,考察它的文化,所以不知不觉全世界的视线都集中于俄国,都集中于俄国的文学。而在中国这样黑暗悲惨的社会里,人都想从生活的现状里开辟一条新道路,听着俄国旧社会崩裂的声浪,真是空谷足音,不由得不动心。因此大家都来讨论研究俄国。于是俄国文学就成了中国文学家的目标。"① 也许正因为如此,作为中共派往苏联留学的第一批留学生之一的蒋光慈的革命文学理论倡导,一开始就具有了号召力和权威性,加之创造社日日归国的青年学生李初梨、彭康、冯乃超等人的加盟,中国的革命文学思潮,便径直以苏联托普和日本纳普 ② 理论为基础一下子发展起来。

不难看出,革命文学思潮在理论和创作上的自足性,与当时社会外在并没有太多的直接关联,它后来以创作形态对当时阶级化的中国现实的介入,既是主动的,又引领了当时时代的精神取向(这在知识者或都市知识青年群体中体现得更为明显),"卷起了一股我国文学史上罕见的政治与文学相激荡的旋风"③。他们把文学定位于这里:"无产阶级文学是:为完成主体阶级的历史的使命,不是以观照的——表现的态度,而以无产阶级的阶级意识产生出来的一种斗争的文学。"④ 这些足以引起国民党政权及其文人的极大恐慌,称之为"共产党的文艺暴动",要求"组织一个大规模的中国国民党文艺战争团"与之对抗⑤⑥。从作品来看,"这群作家中的不少人,是初从阶级战争的火线退下来的,他们对中国社会的总体体验是:阶级斗争你死我活。为了宣泄胸中积愤,为了履行文学是宣传的使命,他们的作品多写阶级斗争异常尖锐化的题材,多写农民的苦难、罢工暴动以及在白色恐怖中革命者的艰苦和危难"⑦。如华汉的《暗夜》、洪灵菲的《大海》、蒋光慈的《咆哮了的土地》以及戴平万的短篇等。无论理论,还是创作,革命文学思潮都以使文学能在实际斗争中产生作用为最终指归。在这里我们看到,社会外在与文学的互动

---

① 《瞿秋白文集》第三卷,人民文学出版社 1954 年版,第 54、50 页。
② 纳普是世界语 nippne(全体无产者艺术联盟)字母的音译。
③ 杨义:《中国现代小说史》中卷,人民文学出版社 1993 年版,第 44、50 页。
④ 李初梨:《怎样地建设革命文学》,《文学运动史料选》(三),上海教育出版社 1979 年版。
⑤ 寥平:《国民党不应有文艺政策吗?》,《革命文学》(周刊)第十六期,1928 年。
⑥ 鸣秋:《最近共产党的文艺暴动计划》,《再造》(旬刊)第十八期,1928 年。
⑦ 杨义:《中国现代小说史》中卷,人民文学出版社 1993 年版,第 44、50 页。

形成了历史的社会与现实的文学之间的错位互动关系,不过,社会外在之于文学思潮的强势状态是容易看出的,文学对外在鲜明的呼应性呈现了文学思潮生命形成的一种典型形态。反之,社会外在单向性作用于文学思潮的情形也是右的,如新时期的所谓"文革"后文学阶段等。

从历史、时代、未来与文学思潮的关系来看,互动性则呈现为时间的互动与空间的互动两种方式。时间性互动,主要体现为文学思潮之于历史、未来的承续性与开启性。承续性。更多地表现为同质的认寻与汇同,是有意把历史既存作为资源加以利用。开启性则表现为同构式的衍生或变异——相同基因作用下的顺向延展和历年范畴的扩大。空间性互动则指以共时平行状态发生关联的思潮间的互动方式。在文学史上常出现这样的情形:几种思潮共存于一时,共同构成了某一时期的文学系统因素或版图。如我国 20 世纪30 年代文坛即是如此,"五四"文坛亦是如此。虽然各思潮在话语权力占有上配额并不相等,但各自拥有发展的空间,处于各自可以自立、边界清晰的鼎立状态。这种互动情势,或是大同小异的依附,或是大异小同的矛盾,彼此互为参照,互侵与互补同时展开。彼此以矛盾的方式确立的对象化方式,使文学思潮的丰富性拥有了可能。彼此作用的强势与弱势的不断切换,亦是文学整体生命力强健的一个侧示。

就文学内部各因素关系而言,文学各因素之间的互动性似乎是一个可以按常理推想出结论的一般问题,其实并不是这样。文学思潮的互动至少可以在三种维度内被深入展开:第一,当然是文学与文学之外因素的互动。以往人们习惯于按照文学作为社会反映的观点,认为文学思潮当然也是社会思潮的　种反映。在这样的定位里,文学不仅是承载物、影响接受者,社会思潮还是文学思潮产生的直接原因或主体构成因素。由此而确定的文学思潮研究路径就是在区别社会思潮与文学思潮的基础上找出它们之间的共性,进而具体描述文学思潮反映了什么或哪些社会思潮,或反映方式是什么等。现在看来,这样认识文学思潮与社会外在关系的危害,不仅表现为对文学思潮独立性的蔑视与取消,也表现为对文学感应社会的方式独立性的漠视,无形之中弱化了对思潮的文学性问题应有的关注力度。有学者已注意到这个问题。

认为文学思潮与其他思潮相比,"最重要的区别在于,它是'文学'的思潮,'文学性'正是文学思潮的特殊性,并靠这一特殊性而显示其相对独立性"。他还进一步说明,以往"文学思潮不是被理解为文学的思潮,而是被误解为文学中反映的思潮"①。不过,这里需要辨析的是,思潮是被呈现的,但文学中呈现的思潮有两个关键点:一是以文学形态呈现,二是呈现物的属性为文学。其实在这样的前提下,文学的思潮和文学中反映的思潮并无根本性对立。所要注意的是,即使是受到外在刺激而产生的文学思潮,即使这种文学思潮与其他思潮有相同之处,然而,区别的重要性在于呈现方式,而不是呈现了什么。也正是在这里,有些意欲辨识的学者就陷入自我矛盾中:文学思潮的核心在他们看来是思想或文学思想,但任何思想都是以抽象的理念存在为基本属性,比如人道主义,哲学的呈现与文学的呈现,其理念的存在即抽象的方式是共同的,表述的方式也是共同的。那么,思想的文学性与思想的哲学性或神学性等就不存在本质的差异、区别。笔者认为,是呈现方式,也仅仅只是呈现方式决定了我们接近那些共同理念的方式——形象的、理论逻辑的或神学的,等等。所以,文学思潮的独特性如从它的存在形态而言,是它的文学性,即呈现方式的文学性而非思想的文学性——这是一个重要的区分。文学思想和思想的文学性,显然是有差异的。文学思想所强调的是思想的适用对象即文学;思想的文学性,强调的则是对象呈现的方式。如果只强调文学性思想,就可能会导致文学思潮研究偏重于理论形态的毛病——我们过去思潮研究的许多著述之所以都看重运动、理论方面,恐怕与这种把文学思潮认定为文学性思想、群体倾向的思潮观不无关系。

所以文学思潮所含纳的思想,既包括有关文学的思想,也包括一种共同的思想被呈现的不同方式——文本内部结构方式的独特性。

相比于文学与社会外在之间的互动,第二个层面的互动,即是指文学思潮内部各因素和独立的各个思潮之间的一种关系方式。文学思潮的具体构成是众多共性的现象——这些现象有理论的,批评的,创作的,接受的,等等,它们之间必须有一个不断向心的运动才可能走向思潮。共性既是思潮判断的前提,又是向心运动的作用结果。文学思潮作为抽象的判断认知,是建立

---

① 卢铁澎:《文学思潮正名》,《中国人民大学学报》2001 年第 3 期。

在对具体的现象共性分析基础之上的。而要考察文学思潮的生成过程及其发展态势,就必然得对具体构成因素之间的互动性进行考察,比如构成思潮各因素之间的比例、排列顺序及其变化等。在文学发展的实际状态中,有的思潮是创作明显居于核心,有的则表现为创作与理论在整体内部的结构功能上存在明显的衍生状况等。至于各独立的文学思潮之间的互动,不外乎同质聚附和异质斗争两种方式。

二

把现象性作为文学思潮的特性之一,是从文学思潮被感知的对象属性考虑的。我们多强调,文学思潮作为现象的属性,不可能像其他类型现象那样既可以是宏观的,又可以是微观的。文学思潮被感知的角度只能是宏观的,它不可能通过任何一种微观具体的存在物来呈现全部。犹如我们常说的味道——咸一样,我们可以说盐是咸的,但不能说盐就是咸。这也正像维特根斯坦质疑古典哲学那样,事物是美的和事物是美完全是两个概念。美的是一种价值判断,美则是物性指认——意在说明两者的相同。我们可以说某种文学思潮存在于某种创作、理论或其他形态的现象之中,但不能说某创作、理论或某现象就是某思潮。文学思潮是寄寓于多个现象之中的,文学思潮的思想性属性由于与寄寓对象思想属性具有一致性,方才获得寓寄的可能。离开了具体的寄寓现象,我们无法找到文学思潮,更无法感知。

对于文学思潮现象性特性的理解,可从以下几方面入手:

第一,文学思潮抽象性与具体性的关系。文学思潮的生成的完型态,是我们对众多现象总体综合感知的主观结果,即它的抽象性。不过,这一抽象性却难以被指认为某个具有思潮本体性的具体存在所呈现,也就是说,具体的现象一旦被植入文学思潮范畴(现象群)加以理念化之后,其范畴之中的任何一个个体的现象都不足以成为这一理念的载体。抽象性与具体性无从对应,无法互为实指即是所谓的所指确定。它们之间的互文性,只可被理解为单向,即具体对抽象而言。就文学思潮研究的整体性说,它只能在一个感知的先验认知引导下对众多现象进行思潮式阐释与融合,此时的具体现象,既能被认作为文学思潮寄寓的客体对象,又是文学思潮整体显现的组成因素,现象被思潮化了。在这一过程中,现象作为原本独立的客体属性就必然有所改变,遮蔽与凸现也是必然的,这也许可以看成是思潮的组织化过程.在思潮的视野中,现象就变为思潮的现象——这一点我认为相当重要。文学思潮的研究,既是一种以自己的规范体例对相关现象(这里的相关,有的表现为共时性,有的表现为同质性)的新的阐释,又是自我意图的构成方式与过程。其实,阐释的努力,是在向着两个方位同时趋进——文学思潮抽象性的完成与具体性的定位。这一点我们可以在那些对同一时段却命名不同的思潮研究分析中得以确证。文学思潮命名的先验性总是与研究主体所面对的特定而具体的存在相联系,先验规范又必须将在完成自我逻辑构架中对原感知对象再感知。被思潮重新阐释的对象属性,会在新结构中发生变化。如革命文学论争,文学史的任务是还原它的本真状态,继而确立它的意义。如若将它置于革命文学思潮视野,还原便可忽略,但它之于思潮的结构功能比被凸现与放大。当然了,如果我们把它再置于20世纪以来中国文学意识形态"左"倾化思潮中来予以细究。无疑革命文学论争的政治属性和思维方式,就会成为阐发的重点。再如民族主义文艺运动这一现象,在革命文学思潮中,它是对立的参照;而放在30年代现代性思潮视野中,它便可能被作为殖民理论分析的对象。中国现代文学研究史当中的许多事例,如对战国策派、学衡派、鸳蝴派的一系列重评里,就含纳着不同思潮规范与视野的差异。我认为,结论的差异并不是与上述这些现象日趋走向历史的原在或真相的恢复有着直接关系,而更多的是视野转换的结果——文学思潮作为一种文学史的叙述方式,在这种差异的形成过程里,发挥了特殊的修辞作用。

第二,文学思潮的现象特性,还须强调现象分析在思潮研究中的重要作用。文学思潮的研究属性,说到底并不是理论属性,而是它的具体属性——现象属性。它既需要建立在现象基础上,也同时规定了文学思潮研究的现象角度。一般而言,首先要确定的是思潮隶属的现象群的边界,其次要弄清楚在构成思潮过程中各现象的排列次序,再次是对现象个体之于思潮整体的功能与作用方式的分析,末次是要把握现象的变化之于思潮意义的影响等,从而完成思潮建构。

　　强调文学思潮的现象特性,是想有意抑制过去研究中过分看重文学思潮理论性的惯性,

　　从而全面地有效地捕捉现象,尤其是以审美形式存在的现象。当然,这不是现象学的分析,现象本质化,得依托思潮的整体观照而完成。现象间的互动,既是复杂的,又是有趣的,思潮的生命感应当是寄寓在现象之身的。

三

　　文学思潮具有系统性特性。首先我们可以认定。文学思潮的系统性存在着不同的样恋,即以不同组合方式形成的系统性。从文学的不同领域看,文学思潮可以在创作、理论、批评与接受等方面形成一个个系统,同时,创作、理论、批评与接受又可以被整合成一个系统来呈现文学思潮——至于这个系统中各因素孰先孰后、如何排列着是另外一个问题。若从发生学角度切入,文学思潮自然有生发、兴盛、弱灭的过程,这个过程是具有系统性的。当然,如果把文学思潮作为一个大系统中的个别因素独立出来,那么这一个与其他存在的关系,恐怕也可以被看成是一个系统。讨论文学思潮的系统性特性,是从文学思潮的功能性一点出发的,即想从最一般又是抽象的意义上厘清文学思潮的功能方式和功能作用范畴。我们还要强调:文学思潮本身是个抽象存在,它寄寓于一定的具体文学形态和文学现象之身,它的功能方式与具体形态的文学现象性质将是存在差异的——也许这种差异在具体分析中相当明显。我们不妨先分析一下具体形态的文学功能实现的方式。比如创作,它的功能作用范畴首先是读者,其次才是理论。它的功能方式是吸引人阅读而被其感染进而予以接受——包括各种层面或因素的接受。只有当这种接受形成浩大之势,其理论潜能才能被发现,继而展现其理论功能。

　　与之相比,理论形态的文学似乎就不一样。理论存在的前提是其自身逻辑的自足,它通过这种自身呈现的自足逻辑性,来征服个体。其功能作用范畴虽然也是阅读者,但确实并不自然包括以欣赏和消遣来靠近文学的那些读者,而是专业阅读者——作家、批评家和研究家。

　　这种主体的限定,实际也就限定了理论形态现象的功能实现方式——即

逻辑方式有限性和对象的特定性。如果说创作的目的在于阅读者对它的接受（包括伦理性、政治性或其他种种方面的内容），那么，读者阅读完毕就可以作为一个完整的段落——作品是否能进入文学史评价范畴、戏如何评价等等一类的问题，读者是可以不关心的。而理论的价值实现，不但有更高期待，还有更复杂的过程。理论之于专业人士阅读之后并未结束自己的旅行，实质上这种阅读只是中介性行为，专业阅读者的接受是为了更好地引导普通阅读和对文学创作及研究进行新的观照。只有作用到这些因素，理论才算相对完成了自身的价值实现过程。

由此看，文学思潮的功能范畴显然难以定于某一区位，必将是文学领域的各个方面（至少比任何因素都具有这种可能性）。当一种新质萌生旋即被广泛感知、效仿，思潮就产生了。这时的思潮已不再是边缘性存在，而是以"潮"的方式进入中心，这就势必形成一种权力状态——我以为，文学思潮的功能方式恰恰是以这种权力方式推进的。考察历史上已存在过的多种多样的文学思潮，我们可以这样判断：文学思潮的权力状态总是首先呈现在某一领域——如革命文学思潮的理论领域——批评领域——创作领域等；伤痕文学思潮则是以创作——批评这样展延自身的。某一领域的权力的扩张，延及其他领域，当文学思潮以无所不在的方式呈现自身，霸权即全面的权力形态就出现了。我们是否可以这样认为，文学思潮的功能就是这样以权力的方式，由单一领域扩及其他多个领域，权力所及之处孰是思潮的功能范畴。

文学思潮的系统性特性于此可得到说明。不但系统化是由权力建构的，而且权力的生成亦成为文学思潮系统性完型呈现的重要标志。权力的扩张，导致文学思潮在功能实现过程中的递进性、波及性、联动性等特征，即文学思潮系统化功能。功能的系统化，我们既可以把它看成是文学思潮价值外化的结果，也可以看成是文学思潮功能的结构方式。离开系统性，也许我们根本无法描述文学思潮的价值实现过程。

文学"修辞行为"与 "修辞现象"研究

文学的"修辞行为"与"命名活动"

"语言凭其给存在物的初次命名,把存在物导向语词和显现。"①当我读到海德格尔这句话时,它与我多时所思考的关于"文学命名"的问题碰撞了在一起——确切地说,应当是擦亮了我思维的磷面。当然我不是指在海德格尔这里他非常自觉地把语言与命名联结在一起,而是他对语言的"命名性"的强调。当我们把"命名"与人类文明史的发展联系在一起加以仔细思考时就会发现,"命名"早已成为人类文明建构活动中的核心行为了,甚至就是我们进入并理解、适应、创造世界的最日常化的方式。在这个意义上说"人"的"文化性"是由"命名"所涵育并不为过——这是因为,"命名"不仅改变了人的"自然性",而且自始至终对人起着塑造作用。"我们必须给有利和不利的功能和关系命名,以便使我们对之有所作为。在这一命名过程中,我们形成了自己的性格,因为命名浸润着态度,而态度又暗示了行动。"②我们每天都生活在"命名"之中,并且又都在不知不觉地进行着连续不断的"命名"活动。"命名"所提供给我们各种各样的情感冲击,充实并丰富着我们的每时每刻,只是我们当中的许许多多的人都没有意识到罢了。科学范畴的命名不必说了,单就文学的命名历史与活动来说,就已经是十分地丰富多彩了。提出"文学史是由命名构成的"这一命题,当然还需要很多

---

① M.海德格尔:《诗·语言·思》,北京文化艺术出版社 1991 年版,第 158 页。
② 博克:《当代西方修辞学:演讲与话语批评》,中国社会科学出版社 1998 年版,第 15 页。

的论证,但"命名"作为文学思维历史的核心活动之一,阐释清楚这一点想来是不需要大费笔墨的。在此我们提出研究"文学命名"并在此基础上研究"文学命名"历史与现状,进而深入到"文学命名"思维与文学史构成的关系阐释,也许会对提升文学史研究的"科学性"起到意想不到的影响与作用。

一、"文学命名"的特定内涵

"文学命名"虽然与人类文明活动中的命名有很多相似之处,但我们需要特别注意的是其独有的特异性。不论是文学创作,还是文学的思维活动,包括文学事件在内,其"过程性"是它的基本特征之一。"过程性"决定了其存在状态的不定性、未定性和经常会发生料到的或难以预料的变化。这些客观性事实,势必影响、决定了文学的"命名"也必带有"过程性"色彩。在"过程"中"命名",不仅文学发展全过程中的各种变化因素会时时影响"命名"的确定,并且如果把"命名主体"的变量因素也考虑进去,那么,"命名"的过程性就会在其内涵的能指与所指的不断"互文"中走向模糊而不是呈现得更加清晰。这恐怕就是私人场所里人们常常把人文学科叫做"学问"而不称为"科学"的学理潜话语所在。诚然,"命名"的"互文"现象并不是永远性的,它只不过是"文学命名"为自己的确定性尽早实现所必须付出的代价而已。文学的这种"命名"不可靠性,在文学研究的历史中是经常出现的——不过这并非尽是负面的作用,它所不断激起的文学研究者的质疑激情、重构欲望和超越性想象等,甚至无数次地成为文学研究实施突破的先导号角。这似乎正印证了"命名"与文学建构历史的重要关系。

文学史的过程就是一段不断地"命名"—"改名"—"除名"—"正名"的循环往复的历史过程。在文学领域中,"命名"现象是与文学的生产一起联袂登台的。围绕"命名"所展开的一切行为、伴随"命名"所进行的文化选择几乎贯穿于文学的每一个发展阶段。因此,对"文学命名"展开研究,探寻"文学命名"的整体历史轨迹,将使我们有可能进入那些被历史所尘封的记忆深处,揭示出某种"存在真实"。当我们去有意检视近二十年来(20世纪80年代以来)有关中国当代文学著述时,对同一现象的"共时性"

的多种不同命名情状是令人惊诧的。每一个命名主体都自觉而不自觉地将其自身对时代情绪的感应投射到对象客体之中,意欲使其承担起建构时代话语与改变意识形态运动轨迹的重任。从"伤痕文学"、"反思文学"、"改革文学"、"寻根文学"到"先锋文学""新写实"及众多的"新""后"命名,无不充满了改革时代语境对近二十年来意识形态话语行进方向与过程的干预欲望和对命名权力结构的重构努力。即使抛开新时期文学所有的具体作品,单从这些纷繁复杂的"文学命名"入手,已能准确描述出当代中国文化与权力在八九十年代的演变轨迹及其时代主体的文化心态与面相。进入"命名"这一语言——哲学范畴,我们似乎已登临于"现在"与"过去"相连接的时空平台上来观察属于人类文明的"命名行为"。假若纯粹从"命名"的理论角度出发我们就会发现,"命名"本身就是一种表征历史时空与特定对象行为的复合体。它可以简约地表述为是一定的行为主体对其所观照下的对象客体在特定的时空范畴中行使某一特定行为的过程。在这里,它至少潜藏着以下几方面的深层内蕴:一是"命名"行为的发生总是客观存在于一定的历史时空中,时空范畴的确定性与唯一性决定了时代的文化时空与历史意识成为被描述对象诞生的基本前提与背景,也是行为主体行使"命名"这一主观动作的一个"平台支撑"。二是行为主体在面对特定时空中对象客体时的选择与描述,将成为对象客体被"命名化"这一主观行为的核心内容,对象客体也只有在这样的文化修辞状态中才会产生出独特的"命名价值"与"历史意蕴"。这一"价值"与"意蕴",应当说是在"命名"主体的聚合行为过程中诞生的。当行为主体在实施"命名"这一行为时,"命名"本身及"命名"结果所缊含的意义与价值,对主体本身都有某种互文性的指涉。"命名"范畴中主客体极其复杂的关系,都不可避免地表征出一定人文历史时空里文化结构的行进状态。三是对象客体在一定的时空范畴中凭借一定的文化现象或文化重组而类聚在一起,这种类聚的"泛行为"特征将紧紧吸附行为主体,使他们总能够依据一定的"现实标准"对之进行文化修辞与加工,其目的与结果都指向众多客体所集结出来的"现在特征",并根据一定的话语结构方式表述出来,最终定型并得到强化,从而使对象客体意义中"新的历史文化形态"充分地"类型化与纯粹化",即达到充分适合行为主体的文化修辞行为与满足时代动机的功利性目的。四是当对象客体经过种种程序最终必须以一定的修辞话语模式展现在人们面前时,"命名"所借用的外衣——"修辞语言"就成为其最为本质的内容质点。这时,"命名"主体与客体似乎完美地达成了某种和谐,然而在实际的潜在语境中,"命名"主体已不可避免地强行按照某种先置的话语标准与权力结构重塑了客体。"修辞指涉"在这里已完全代替了客体原有的"经验与记忆",成为人们进入"命名"——理解与接受的唯一方式。"修辞指涉"以其独特的权利功能彻底垄断了随后对对象客体接踵而至的描述、解释、定义、争论等一切行为与形式。五是行为主体在完成了对对象客体的"命名"之后会迅速将其推向"公共空间",因"游戏规则"的"先置性"与"排他性",所以接受者对"命名"及"命名对象"的认识也由此在新的人造语境中被模式化。行为主体的"情绪色彩"所折射出来的"修辞"已深深固化在每一个"命名"的话语深处。六是当一种"命名"在独特语境中以其特定的权利方式进入历史后,它便处于一种被普遍接受与认同的"完成时"状态中,即"当前"的任何对这一结果所进行的一切行为,都必须在肯定这一业已完成的历史状态的基础上延伸。认同的顺向强化必然是对一种权力的维护。同样,任何一种可能的质疑与探寻,都不可避免地被迅速排挤出特定时代的中心话语而遁入边缘。由此可见,在人类历史行进的过程中,伴随各种"命名"而诞生的各种权利体系已深深被植入文化结构之中,并与各种文化因子交织在一起,不断制造出新的文化景观。

二、"文学命名"与文学史

在"命名"研究过程中,"命名"与文学史的整体关系是我们首要应关注的方面。这样做似乎不只是限定我们仅仅只关注其二者的相互关系,也不只是影响到文学史撰述的角度的选择,更重要的是牵扯对文学生命活动、文学思维发生与展开如何进行把握的问题。"命名"之于文学史的重要性是显而易见的,但是把"命名"作为论述主旨来观照文学史,就论述内容而言无疑就有着对文学史的重构意味。这里将涉及"批评命名"到"文学史命名"

的时空考察、"批评命名"的"史性"鉴定、"批评命名"与"文学史命名"的差异鉴别及在"批评命名"前提下文学史重新"命名"的历史理由和变化因素梳理等一系列相关性问题。不过值得提醒注意的是,这些工作都是围绕文学史叙述而进行的,不能做成只是对"命名"的封闭的、单列的研究。

　　"命名"研究当然应是指向其自身,说白了就是针对文学史上已有的"命名现象"进行研究。在对"命名现象"进行梳理的基础上,区别并描述"命名"不同类型是至关重要的。由于"即时命名"的临场性是极其芜杂又千差万别,"命名"本身就必然地含纳有"即时"的所有因素及其作用,勾勒"命名"与"语境"的关系是重要的。其实,"命名"在其伊始并不完全以进入文学史为指归,在主体这里总有意无意地存有指向某种理论的企图。发现"命名"背后的理论潜藏也是不可忽视的方面。"命名"的理论潜含,如果这一"理论潜含"仅仅只是"命名"语境即时已有理论的现象呈示,那倒是容易分析的。问题是,有很多"命名"却常常暗示出某种尚在萌芽状态的理论的未来巨大可能性。在这种情景下,对"命名"的研究就不仅仅指向文学史范畴而同时指向理论范畴。其意义的重大性是不言而喻的。

三、"文学命名"与文学活动现实

　　"命名"与现实的关系。如果对这个问题仅仅从"现实主义理论范畴"去做探讨的话,那当然是没有太多的话好说,但我们必须充分注意当代及目下"哲学的语言化"倾向所给予我们的理论背景,即现实的呈现与语言的绝对依赖性关系。那种只是把命名直观地看做是现实线性的、直观式概念描述的做法,是很难经得起多重学理质疑的。我们应当辩证地去理解并做出有说服力的结论。"命名",既有着对客观性现实的表现,同时"命名"还具有对现实的超越性,甚至很多时候"命名"本身就担负着"创造现实"的任务。在这里,"命名"对"现实"的创造,实际就是"命名"把"现实""术语化"、"符号化"和"话语化"。"命名"是对已有的或新造"术语"的凸现式认证,而术语在本质上是有选择性的。"术语"与"现实"二者之间,因此就具有着"反映"与"背离"的两重性。术语化"命名",不仅影响我们观察现实之内容、方法、视角和记忆的方式,而且它通过改变我们经验认证的方式,从而把我们原来不认可的东西"移植"给我们,甚至是我们的许多观察就是因为这些"命名术语"而产生的。因而,我们当做"现实"的种种观察,不过是这些"命名术语"给我们带来的种种"可能性"而已。这既说明了"命名"与现实关系的复杂性一面,又隐藏着"命名"与现实之间的"主体互连"性。当然,文学的现实性(即历史性)作为认识对象,其本身也具有"过程性"特点,它总是处于某种被完成状态中。"命名"作为一种对现实的认知性方式,并不总负有生成真理的义务。"命名"作为一种对现实个体主观的概括与描述,一味追求乌托邦式的客观性是无意义的,即使被大多数人认可而成为了所谓的"共识",也同样摆脱不了其本质上的"主观性"。因此,"命名"与"现实"的关系描述,我以为应当着力于对有充足理由的"象征性""超越性"的寻找,对"历史情境"与"话语言说"之间逻辑谐和性的把握。说到底,"命名"中的现实,是主体加"话语"的共孕产物。"命名"是对现实、现象或其他被认为是有意义存在的最直截了当的修辞。

四、"文学命名"的思维两面性

对同一现象的不同"命名",其"术语"的非一致性实际上潜含了理论言说的思维差异性——这是"命名"研究的又一重要课题。首先应当肯定的是,"命名思维"无疑是逻辑的理性思维。它的"言说展开"不仅排斥想象,而且假定的科学性是其所有研究者的共同追求——这一特征,也许与自然科学命名对人文科学的落差式影响有很大关系。虽然就文学而言,我们可以随手列举出许许多多极富形象性的"命名",而且已有很多"形象性命名"被众多学者遵奉为"共名",但因其在被反复质疑与接受过程中的理性凸现,其"形象性"早已被"理念性"所替代。其"形象性",只能仅仅被作为"命名"的修辞而已。我们在此所说的"命名"思维的差异性,是指"命名"活动所面对的不同"理论语境"所表现出来的"名实相符"程度和内涵指向超越性的高低——即"批评命名"与"文学史命名"的差异。"批评命名"的"即时性"一定是很强的——这一点是不证自明的,这也就决定

了"批评命名"的随机性、随意性和主体情感无意识投射等特点。它不可能
完全或自始至终都能把自己的行为总置于历史的观念范畴,而多半取决于某
一"现象"产生的即时性语境来作出判断。其"命名"的形象性,是与研究
主体意欲张扬自己的发现有着无意识的联系。所以,在文学发展的历史上,
"批评命名"往往需要经过岁月的多次陶冶而被确认或被改写。而"文学史
命名"比之"批评命名",则无形之中多了一个对象和一个维度——即"批
评命名"对象和"历史维度"。"文学史命名"的科学性不仅来自于时空的
间隔,更重要的是主体观照对象的心态变化和对象适用理论的审慎选择。
"文学史命名"从一开始就是瞄准"真理性存在"而去的。因此,它对"命
名""科学性"的追求,也就成为了它的过程性特征。我们做这样的分析,并
无意对"批评命名"与"文学史命名"进行褒贬,而仅仅是想通过这种差异
性的简单描述提醒人们,当我们必须对文学现象的命名进行价值确认时,应
当格外注意思维差异性所给主体价值判断带来的影响,以保证对"命名"的
研究永远在理论的范畴中展开。

　　"文学命名"的机制及其过程与合成其整体的因素之间的结构状态,也
是一个在"命名"研究中必须回答的重要问题。一个"文学命名"是怎样
产生的? "命名"的历史流变状况如何? 一个文学的"批评命名"又是如
何在理论上被广泛"共识"的? ——前两个问题容易回答,而要想清楚地解
释后一个问题,以我看并不是三言两语所能奏效。仔细考察古今中外文学命
名的历史,几乎所有命名都有着机缘、过程、演化、认定、重读及前后定型的
特异性。到底在命名中有多少类型——至少在目前是无资料、文献可以援例
的。从机制上看,"文学命名"并无"老例"可循,即每一种"命名"的产
生方式及其推开过程,都有其极特异的"语境"因素在起作用,而且重要的
是这些因素并不是都可以在后来的历史中重复出现——文学历史中的这种
例子是很多的。既然不可能重复出现,那就至少说明"文学命名"的形式并
无规律可循。在这层含义上,所有形式的"文学命名"都带有"即时命名"
的"激情"性质,多属于"情境"的产物。但若从机制的思维类型上分析,
则其某些规律性还是有迹可循的。"命名"的思维机制在很大程度上取决于
命名主体与"现象"的关系。比如"远"与"近"、"亲"与"疏"、"情境

的"或是"历史的",甚至是方法角度差异所带来的种种"不同"等等。正由于如此,"现象"阅读或重读就成为"文学命名"的基本方式或进入"命名思维"的一个惯性角度。"重读"并不全意味着颠覆或推倒重来,而更多的是指向"确认"与"修正"。"重读"或不断地"重读",显然是有意识地要把"现象"之于结构系统功能中加以反复审视,以期取得最重要也是最准确的认识。

五、"文学命名"的修辞法

"命名"作为"修辞",其在文学范畴中也是一个大有可为的题目。"命名"的"修辞性",除了所含纳的对于"现象"的针对性说明功能之外,还有以下几点值得注意:第一是"命名主体"在整个命名"过程"中"修辞作用"的因果构成,即情感、意志、偏嗜、学养及命名即时的社会角色对一个命名产生的综合影响,也就是说,其"修辞理想"是要使"现象的话语化或符号化"过程,达到充分适合"命名主体"修辞行为的文化意旨与满足时代权力的功利性目的,以及多数人在面对对象客体时所具有的大致相同的想象可能性。当对象客体经过种种程序,最终得以用一定的修辞化话语模式展现在人们面前时,"命名"所借用的话语——其"修辞性"就成为本体性的存在形态。进一步的连锁反应是,"修辞指涉"会顺然以一种新的权力姿态对随后产生的有关对象客体的各种描述统统予以"合法"地遮蔽。另一方面,已进入"认同情景"的"命名",必然走向话语前台,其现在的、隐秘的或过去被有意模糊的"修辞语境"成为显性的、主流式的存在状态,因而,当"命名"被一种"修辞"生产出来并拥有了广泛的认同基础之后,其后的所有试图对已有命名进行修正的努力,都很难取得预期的效果——这样的例子在中国现代文学史上是不胜枚举的。其二则表现为对"命名方位"确认。"命名"作为"修辞",是主体企图通过"术语式"语言把现实符号化、意象化。"语言"对"现实"的直接表征,除了表层的直接对应性之外,还有很多的"所指"隐含在里面。这也就是说,我们不能把"命名"的"修辞性"的分析仅仅停留在"工具"层面上。当一种命名在特定的时代以其特定的权利方式进入历史后,所有后来者就必须面对一种被"强迫认同"的无选择局面。因此,面对"命名",就是面对一种特殊的权利状态。分析"命名"的权力修辞、"命名"与"权力"的相互依存关系及其文化话语系统,是命名研究的重点与难点。其三,"命名"的"修辞策略"选择中,实际包含了许多哲学观念与方法论因素。当一种模式化"修辞被认同和接受时,由此形成的想象空间,不仅意味着对已有修辞的接受,也同时开始了一种新的修辞的诞生"。这是因为,对一种"命名"的接受,就是对"命名"的客体性进行"修辞性的想象与整合"。事实上正是这样,"命名"一旦远离了当初的现象母体与文化语境,"命名"就成了唯一的本体——这也正是西方哲学家津津乐道的那个通俗的比喻:地图与地理相互置换的关系状态。这一点使得"命名"具有了某种纯粹的观念存在意义。"命名",毕竟要借助于修辞的工具性完成自己的叙述,而且更为重要的是"命名"本身就构成了一种修辞类型。值得注意的是,"命名修辞"并不过多地表现在如一般文本那样的"过程性"之中,而是"语言指向"的背后意味。

"文学命名"作为文学研究中的基本工作或必不可少的程序,把其作为研究对象的意义自然是不言而喻的。"命名"的理论描述与"命名"的历史现象考察,是这个课题基本的涉猎范畴。本文只是仅仅就"文学命名"的一些最一般问题做些探索,无疑还有大量的问题需要做长时间的深入研究。

文学"修辞现象"研究之一
——海外"华文诗歌"的抽样释读

　　"海外华文文学"或者说"海外汉语写作",在世界文学史上都是一个极其特殊的"另类",它被纳入研究视野的原因与机遇是复杂的。回顾中国大陆自 20 世纪 70 年代末所开展的"海外华文文学"研究历史我们可以看到,它的"源头"是从"港台文学"起始的。这里实际上潜含着一个重要的命题——即它是与"地缘阻隔"和冷战时期"意识形态分裂"的文化存在状况密切联系在一起的。但问题的关键是,这种状况并不只是影响到人们的政治性生活,它的长期存在实际上向每一个具有过"双重国籍"的个体提出了如何进行文化归属的定位和文化身份体认的痛苦而又尖锐的选择难题。尤其是当这一选择与主体的物性"生存"直接关联时,问题的严峻性就更加突出。我们所要关注的重心是其痛苦选择过程中的"精神表达",或者说是其对主体"修辞行为"的影响。主体所在"区域"(在此我用"区域"而不用"异域"是把世界各地都看作是一个个具有相对独立文化系统的处所)由于种种原因对"我性"的歧视(拒绝接纳)与"我性"由于"根性"差异对"区域文化"的陌生(拒绝进入),使主体被置于一种全面绝缘的"悬置"状态。这种状态在早期被迫到达台湾的大陆人及移居于其他国度的中国人身上,表现得十分明显。两岸隔绝时期与中国大陆处于"非常时期"(如"文革")的岁月里,无以讯达的处境,使"仰望"与"想象"成为一种定格的姿态。自感"无根"和上述那样的"双重拒绝",不仅使主体的修辞状态处于"无权力"状况,而且"修辞"成为主体隐秘"精神表达"的主要思考因素,即"修辞"为主体提供了最大的可能性。其修辞行为表现为对所处境遇之中的意识形态的淡化、超越(虽然这种行为并非完全自觉),表现为对利害与利益之于个人关系的跨越。在这一"淡化"与"超越"的背后,是"文化同根"历史记忆的骤然强化,是对民族共同性精神依凭的自觉靠拢。对"历史记忆"的"想象"的过程,就是"历史记忆"的实体化过程。这一状态对于主体"修辞行为"的制约,表现为主体修辞的"伦理化"语境,表现为主体对于"修辞伦理化"的几乎唯一的策略选择——这成为台港澳与海外华文文学"乡愁"主题生成的主要缘由。从这一角度我们看到,在台湾这个被特定的历史锁定的"区域"里,"现代汉诗"写作的"修辞策略"选择,鲜明体现出顽韧的"伦理化"走向。以余光中为例,他的创作涵盖了从 50 年代到 80 年代长长的历史阶段。《舟子的悲歌》《蓝色的羽毛》《天国的夜市》等早期诗集不必说了,即使是他自觉转向"现代"的诗作如《钟乳石》《万圣节》等作品集子,虽然欧化的诗作外形令人怪异,但其"精神传达"的"姿态"与修辞的"伦理化"趋向并未改变。对于余光中来讲,与中华文化"经典历史"的关系,不只是其熟悉、研究的对象,而是一种对"根"的追怀、向"强大"的寻溯、对一种"权力"的靠拢。说白了,是对"修辞"与"言说"合法性的体认与定位。他在"现代性"方面的尝试,其诗作运思方式的暂时的"西化"朝向,并不意味着伦理化修辞策略的改变。"汉语写作"的任何借鉴与挪用,都离不开"汉语性"的制约。"语言"与"修辞"的一体化及相对于创作主体和彼此关系范畴里的越来越强烈的"本体"性质,都意味着任何写作只能是一种被语言严格管辖的"被动写作"。诗人的创造常常体现为不断地遭遇困境又自感不断走出困境的痛苦过程。"借鉴西方"或采用其他方式,我以为都只是为"自己"制造"陌生化"效果,而难以影响到最终的修辞效果。如此看来,某种自觉或不自觉的"回归"①,并不能仅仅只

---

① 一般的文学史研究者都认为,余光中在 20 世纪 80 年代的诗歌创作有意转向"传统"。

看作是主体对某种"技艺"厌烦之举,而极有可能是多种修辞权力斗争的阶段性结果。余光中在20世纪80年代以后的"传统回归",显然是向一种"修辞"的"合法性权力"的"归化",尽管在他是相当自觉与理性的。另一位重要诗人洛夫也可作如是观。其自觉高标的"漂泊者"的文化身份,决定着其"精神传达"永恒的倾诉性——惧怕"漂泊"的"漂泊者"的隐秘情怀。敢于直言"漂泊",恰恰是暗示出对"泊定彼岸"的渴望。也许对于洛夫来讲,"漂泊者"身份更便于使他与所有的对象保持一种距离,"第三只眼"的"广角性",有助于把"疏离"在语境中转换为"寻求"与"认同"。"修辞"体现为对"文化情怀"的执著与"历史记忆"的醇化。

在20世纪50年代至90年代里,"修辞的伦理化"倾向也是台港澳以外的海外华文文学创作的共同性诉求。新加坡华文诗人彼岸(林今达)《写给祖国的情诗》,虽然失之直白,但却可以透视相当多海外华文学作家的"修辞情怀":"假如祖国拒绝了我/让痛苦把我捏成一尊望乡石/碧血长天叫痴情烧出一只苇莺/在芦花飘絮的季节里"。其实这样的姿态,在所谓"现代的诗形"里也一样的突出。比如怀鹰(新加坡)的《八月灯笼》:"一串雪白雪白的笑/轻轻满起/在我残梦里/孩子提着朦胧的童年。恍惚是花屏/酩酊的诗人/我在他的酒瓶中/看夜光杯晨的圆月和圆月/采石矶仍有潮音绵绵。八月/那个十五的灯笼/照亮旧旧的记忆/圆圆的饼/包裹着一颗族情。"我们看到,此诗的前一节似乎更具有"现代"的"朦胧",但是中华民族"相逢把酒"的"伦理情景",使我们体味到,"满起"的酒杯里,是天然纯洁(雪白雪白)的情(笑),"残梦"与"童年"都是指向不绝如缕的"历史记忆"。正因为如此,诗的第二节便直接进入对民族伦理化"典型场景"的描绘了。"通感"与"暗示"等此类"现代性",不但从一开始就被"伦理化修辞"所统辖,而且就是"伦理化修辞行为"的细节动作。渗透着这种"伦理化修辞"的"现代诗"是相当多的——千瀑(越南)的《家乡》、马力(奥地利)的《如水的表达》、远方(美国)的《插花》、和权(菲律宾)的《印泥》、郑愁予(美国)的《在温暖土壤上跪出两个窝》、柔密欧·郑(印度尼西亚)的《冬至读李商隐》、子帆(泰国)的《历史的伤痕》、张真(瑞典)的《新的》等等。在海外华人文学中大量存在的"怀乡”“怀旧”“思故”“朝祖”“恋亲”等一类创作中,我以为这并不是什么主题一类的东西,当然也不是用“情绪”之类的概念可以完全说明的,它是一种姿态,被一种“社会化文本”言说的强大的历史传统和现实存在所制约。走进“汉语言说”,就必然呈现“汉语”的修辞行为方式。

不仅如此,汉语的“修辞伦理化”在海外华文文学整体景观中,还表现为对其修辞行为展示过程中“角色意识”的强大影响。它们以诗或其他文类在“精神传达”时面对对象的“仰望”视点即“想象”的漫化过程,呈示为从“类型”走向“种型”的过程,即创作主体既体味到文化“孤独感”又不想成为纯粹的“孤独者”。因此,其“汉语身份”就成为强大的内在支撑。与“汉语渊源地”的远离与阻隔,在“仰望”里,“小我”与“大我”的关系也顺势就自然生成。“游子”的眷念范畴将更多可能地指向“故土”“母亲”。父与子、游子与故里、萍与根、月缺与月圆、小溪与大海等等伦理化关系指涉,便成为“小我”与“大我”的能指。靠“想象”完成的眷恋里,“愁”“苦”“痛”“哀”“悲”等就是“伦理化修辞”的格调或色彩的显示了。这些特征,在那些具有“双重文化身份”的早期“海外华人”身上体现的最为明显。

文学作品中的“时空状态”,既是我们分析创作主体修辞行为的重要对象,又是所有修辞行为生成的结构型因素。在一般的叙事类文本中,“时空”表现为对时间概念的使用、有意的时空提示或全知型的时空描述等。传统的所谓“顺叙”“倒叙”“插叙”“多线并行叙述”“多线非并行叙述”及“混叙”等,其“时间”首尾就是“空间”的边界。读者一般是从“时间”来体认“空间”的。其“时间段”与“空间块”是连在　起的。一般的情形下,创作主体与作品两个对象之间的“时空感”在艺术分析中可以忽略不及。其实,我以为这里正藏纳着“修辞行为”的隐秘性。我们知道,文学的“生活情景”一般都是指向“过去”的,“回忆”是它的一个基本性质。为了某种目的,主体对过去有意“遮蔽”或“放大”,是文学“虚构”的一种必然。这种状况,远非“文章学”“主题学”的范畴可以解释完满,毋宁说这本身就是“修辞”。由于海外华人特殊的文化身份所带来的对“区位”特殊敏感,“时空意识”成为他们的关注焦点。他们的“时空意识”更多地并不体现

在"文本内部",而是体现在作者与文本之间。在众多的作品中,"文本的
对象性"之于作者,既不是"全知型"的俯瞰,也不是第一人称视角的有意
限定,而是煞费苦心地把"空间"暗示导向"时间"——更多的是"历史时
间"(即记忆)。"历史"在他们的感受里,决不是时间流程,而是凝结的、实
体性"空间"。这"空间"与其"地理区位"、"文化传统"、"语言与言说"
及"生命伦理"等是密切连在一起的。它是"仰望"之所、"想象"之域、
情意之根。个人与这一"时空"的关系,就势必成为"边缘"与"中心"的
状态。

　　——"时空中心化",我以为是海外华文文学创作一种特殊的修辞行为。
我们来看下面这两首诗:

　　　　不再风花不再雪月

　　　　吾即风花吾即雪月

　　　　不再烟雨不再烽火

　　　　吾即烟雨酒泉烽火连天

　　　　家国乡土胃痛牙痛摇摇晃晃

　　　　遍体伤痛的老地球咀嚼

　　　　跌打损伤的乡愁

　　　　不再乡愁不再惊蛰

　　　　吾即乡愁吾即惊蛰

　　　　扬手一阵风起

　　　　举足一片落叶

　　　　悠哉游哉风里的落叶

　　　　不再归根不再结果

　　　　吾即不归之根不结之果

　　　　　　　　　　——[美]秦松《六十初度》

　　　　别你之后的路

　　　　我走的很慢很慢

父母亲刻印给我们东方的肤发

我们说着同样的方言

可我的心

已像古墙般肃然

你的脚步未到此地

多少春荣秋谢的惊异

我看见了

你看不见

看不见也许是你的幸福

我虽走的很慢很慢

离你的梦毕竟越走越远……

　　　　　——[荷]叶雪芳《无题》

在《六十初度》里,"无奈"是一目了然的。但我们要问的是"无奈"对谁说? 显然不是只朝向"自我"的。"风华""雪月""烟雨""烽火"的暗示指涉,不仅是"年轻"的"有为"、"盛年"的"英发"或奋斗有成的岁月,而更重要的是诗蕴寓着"岁月"生成的实体"空间",如此才有了"不归之根""不结之果"的"浩叹"。"过去"与"现在"的对比、"少"与"老"的差异、故国"华年"与异乡的"叹怜",都直指那已化为语境因素的"时空中心"。诗作从一开始由"历史记忆"切入,就已经确立了"时空中心化"的修辞行为的展开范畴与行进方向。"哀叹"里满蕴着对特定"时空"的"仰望"与"想象"。这与辛弃疾一系列的"悲愤"诗作有很多相似之处。

《无题》一诗,似有"爱情传达"的意味在里面。但我以为,"你""我"的人称设置,似更多考虑的是"倾诉"的方便。听者"缺席"的状况,腾出的空间是为了把"你""时空化"——"我走",也许起初的动机正是为了"你的梦","春荣秋谢"的"惊异"里,"我"改变了自己,才有了这份"离你"越走越远"的愧疚。在这首诗里,"时空中心化"不再如《六十初度》那样融化为无处不在的语境因素,而是人称化、个人化、生命化。修辞对象的这种"个人化"状态,就使得诗作的所指呈现为多极化。无论潜含还是外现,修辞行为都是在"时空中心化"的过程中完成的。同样的,如果我们可以把"时空中心化"姑且称为主体要达到的目的的话,那么,它可以说是依托于"修辞行为"而达到的。其"言说过程"不仅表现为"语言"形态,也是"修辞形态"。

三

"意象"与"修辞"的关系,乍看起来似乎是"结果"与"手段"的关系,这是因为,"意象"指涉性不仅与"主题"有关,而且与"修辞情景"即主体创作时的情绪、心态及自扮角色也大有关系。从传统意义上说,"修辞"的功能只是"劝说",它所显示的仅仅只是主体"对别人说服并使其确信"的能力。这一亚里士多德的理论,应该说是更适应于"口头修辞"或有准备的"演讲"修辞。这些情形中多少存在着为修辞而修辞的意味。"因为它们创作出来之后其准备使用的交流方式是我们通常所谓的'说'与'听'这种人类行为。"但修辞更重要的功能是在于,"修辞是改变现实的一种方式,它不是通过将能量直接应用到物体上,而是创造话语,通过调节人们的思想及行为来改变现实"①。文学的修辞,至少要力避"口头修辞"的两个方面的取向——一是"信息传递",二是与"受众的个人化联系"等。因此,"意象"作为修辞承载物,并不特指向某个个人的经验领域,而是一开始就生成在"公共领域"。为此,创作主体并不关心写给谁,而是更注意自己与描述对象之间的关系。这就使"意象"的指涉具有了浓郁的"修辞倾向性"。比如"创世纪诗社"的几位代表性诗人洛夫、痖弦、商禽、简政珍等,对"根"的"仰望"姿态和"汉语"培育的"文化情结",都使得其在"意象"选择上呈现出鲜明的"共同性"②。别的可以不论,单是他们曾大量地对中国历史或"古典题材"的翻新式描述,就可以说明。大量出现在台港澳与海外华文

---

① 卡罗尔·阿诺德(Canoll Amcld):《口头修辞、修辞及文学》,《当代西方修辞学:批评模式与方法》,中国社会科学出版社 1998 年版。

② 可参见章亚昕:《漂泊的身世与超越的情怀——论台湾创世纪诗社的创作心态》,《淮南师范学院学报》2000 年第 1 期。

诗作中的“长江”“黄河”等在记忆、想象的增色里,不但与大陆诗人笔下的“情韵”有极大的差异,而且也与它们的古典能指大为不同。“风华”“雪月”“烟雨”“烽火”“冬”“春”“秋”“圆月”“灯笼”“印泥”“池塘”“锄头”“小窗”“落叶”等等不胜枚举的“意象”,所指范畴不仅被“汉语”的“历史生命性”所规定,而更为重要的是被“族性、国性的伦理”所浸润。对此我们可以这样发问:诗人为什么非得采用这些意象不可呢? 其实这不仅仅只是从诗人的主观动机一途能诠释了的。一种语言对人的制约性,并不仅仅表现在“语法”的历史约定和使用习惯,而是它的思维结构及对外在整合能力的全部——对语境的调适、口吻的斟酌、修辞时机与情景、对象、可能性及策略的选择、对语言能指与所指的洞悉与会心等等。这一切都极大地限制着主体在写作时对语言的跨越可能性。语言及其体系,对人的制约是无处不在的。依附于语言的“意象系统”,本身就具有可供选择的明确边界。同时“意象系统”也自然产生与之相适应的修辞行为和策略。台港澳与海外华文文学的许多共同性也许正是由此造成。20世纪以来,不论是80年代以前的“华文文学”,还是80年代以后的所谓“新移民文学”,由“文化身份”认同焦虑而形成的“乡愁”主题、“困境”言说、“归化”期待、“仰望”姿态及“想象”定向等,都可以明显地看出“修辞行为”作为植根于“语言”具有恒定意味的结构性功能,不但可以穿越时空限制,而且越来越表现出对创作主体的制约。“修辞”在此显示了它的“本体性”。

文学"修辞现象"研究之二

——丁玲《太阳照在桑乾河上》的修辞行为

  《太阳照在桑乾河上》（以下简称《太》）作为丁玲第二个"转换期"的重要作品，其意义并不在于它之于作家一生全部创作的纵向比较的前探性方面，而是它在丁玲创作转换过程中所凸显出来的身份意识、性别意识和对艺术体认的功能意识等诸方面，因夹缠而形成的复杂性及其"修辞行为"的"暧昧"状态。显然，常常徘徊于"自我大于题材"和"题材大于自我"之间的丁玲，在实际创作中却仿佛不由自主地更倾向于前者。"语境"与"自我"之间不断进行的冲突与协调的置换，深刻地影响着丁玲对题材、主题、文风以及格调口吻的选择。丁玲，在"大革命风潮"中暴得大名、突遇"左翼"运动而意欲"转向"、再到"延安时代"前期的"自由主义"，现实境遇中的"身份定位"与"艺术策略"选择的矛盾，始终在折磨着她。外在压力与诱惑促成的对自我的不断放弃，又总是强化着"压抑"与"反压抑"的精神主题。不断的转向并未缓释焦虑，那些具有内在冲突性的因素——比如革命的、政治的、艺术的、女性的以及"五四"、30年代、解放区的现实等，又不断地附着于焦虑之身。焦虑产生的压力并不是主要的，而是需要判断焦虑是否会给自己的创作带来新的可能。如果说，"身份"的确认是焦虑的核心，那么，作为作家通向这一核心的途径应当是对艺术创作修辞策略的谨慎选择。

正因为如此,《太》蕴含了有关丁玲大量的、复杂的精神信息和"转向"过程里调整"修辞行为"的巨大努力。她要解决的问题是多方面的——既要立起"自身历史"与"现实需求"之间的界碑,又必须完成"革命者"身份主导下的"艺术"与"政治"的融合,还要使坚硬的"历史必然性"与"女性的感性"有机地链接起来。"修辞"在此所担当的实在是太沉重了。

一

1928 年,当丁玲带着"感伤"与"牢骚"推出"莎菲"时①,已是风云激荡的"革命时代"对女士"莎菲"行为所作的"革命性"解读,使作家在惊喜且尴尬之中也由此被推向"再选择"的境地。明眼人把莎菲看作"是心灵上负着时代苦闷的创伤的青年女性的叛逆的绝叫者"的判断②,也同样昭示着丁玲——走上文坛便与时代语境之间形成差异。"因为寂寞", 因为"自己的生活无出路"而形成的"对社会的不满",便成为她"提起了笔,来代替自己来给这社会一个分析"③的创作动机。其实更重要的是"内心有一种冲动,一种欲望"④,《莎菲女士的日记》显然是一个有关自我的写作。题材的我性与繁复的心理内剖,恰恰是作家在无意之中所采用的修辞方式,"寂寞"与"欲望"成了这一时期丁玲小说文本修辞的两翼。作品主人公"叛逆"的效应,其实是接受者在"五四"个性主义语境中对其"价值"的发现。创作主体的"革命性",在我看来仅仅表现为只会"绝叫"、只能"绝叫"而已。这种在价值属性上只能归类于"死去的阿 Q 时代"的产物,在"革命文学"看来不仅无用而且有害。"满带着'五四'时代的烙印"的价值身份,乍一定位旋即又被质疑。遭遇这种状况,致使丁玲的创作一开始就陷入到了现实的和艺术的身份均暧昧不明的困境之中,面临着"不

① 丁玲:《我的创作生活》,《创作的经验》,天马书店 1935 年版,第 23 页。
② 茅盾:《女作家丁玲》,《茅盾文艺评论集》,文化艺术出版社 1981 年版,第 98 页。
③ 同上。
④ 丁玲:《我的创作生活》,《创作的经验》,天马书店 1935 年版,第 23 页。

能再前进的顶点"的"危机"①。已经完成转换的时代,年轻的"对社会不满"的丁玲必须有相应的"转换",必须改变当时"并不是站着批判的观点写出来"的状态②。可以说,时代语境对她创作的修辞行为的强力干预,催生了《韦护》《1930年春在上海》(一、二)等作品。从自我跳到"革命",从"自我的现实"进到"理想的现实",必然连带着作家对题材处理方式的重大改变。她在"题材大于自我"的力不从心的驾驭中,落入"光赤式"的"恋爱与革命的冲突"的"阱"里,就不足为怪了。虽然,丁玲放弃早期的写作套式出于迫不得已,但问题的严重性在于,她的"转换"并没有在理念层次和审美范畴中真正完成,而只能算是题材的位移。"自我"与"题材"的隔膜及其所形成的题材处理方式的强行切换,导致主体的修辞策略被外置理念所主导。《1930年春在上海》里,女主人公美琳与丈夫的决裂和玛丽的沉沦所显示出来的生硬,透露了急于转换的丁玲依然陷在"身份"难以确认的困惑之中。在这部作品中,"赞赏革命"的概念化表达与作品中被作为否定性人物子彬的心理描写的矛盾性之间所形成的"裂隙",使我们意识到,这里既没有像蒋光慈那样,在鲜红"革命信仰"支撑下的对"理想人生"的浪漫拔高,也缺乏对人物精神实施阶级分析的"左翼"眼光,而是处处显得勉强。小说《水》的出现,似乎改变了这一切。但作品结尾处那个随着"赤裸着上身的汉子"一同杀向镇里的"饥民们"的"暴动"场面,实在是难免"革命的浪漫蒂克"之嫌。很明显,丁玲这种未完成的"转换"状态,为她进入延安埋下了诸多隐患。"国统区"与"抗日的革命根据地"之间的环境差异,尤其是延安的"革命"氛围,并未促使丁玲在已经启动的向左翼"转换"方面继续前进,反倒在这"生活是多么广阔"的光明之地祭起"五四"民主与科学的大旗。又一个困境出现了——现实的"革命者"身份与艺术的"五四"身份形成矛盾!不过这"矛盾"被丁玲轻轻放了过去,她认为这个问题随着自己从踏上延安土地之日起就已经解起了!身处革命队伍之中无需确认的虚幻的"革命者"身份意识,遮蔽了作家对自我历史反思的可能性。她在新的环境中对艺术价值的理解,已在毫无设防的前提下"退回"到

---

① 冯雪峰:《从〈梦河〉到〈夜〉》,《雪峰文集》第一卷,人民文学出版社1983年版,第296页。
② 丁玲:《我的创作生活》,《创作的经验》,天马书店1935年版,第23页。

"五四"——自己的、女性的、感性的世界！丁玲在延安 1942 年以前创作的轻松状态和内在的真诚感，既来自于对身份假象的认同，也是她艺术意识自觉的表现。"清醒"代替了"寂寞"，"亢奋"驱散了"苦闷"，不变的依然是被自我挟裹的"冲动"和"欲望"。革命者行为的"革命性"应当是不言自明的，任何革命者艺术行为的功利崇高感，也应当是时时处处都不会造成误解。但是，问题的严重性被后来的历史所证明。正是"革命者"身份意识与"艺术"功利意识难以完成对等匹配，使丁玲又一次踏进被"转换"的泥泞弯道。

急切地寻求解除"困境"正途，是丁玲创作《太》的隐秘的修辞动机。

二

展示了土改斗争的"复杂性"，是众多中国现代文学史著述对《太》的一种共识。然而，何以要描写土改的复杂性？这个问题长期以来似乎并未得到深究。① 我们要问的是，"复杂性"是来源于土改生活本身，还是作家意欲借"复杂性"承载土地革命的历史合理性与必然性？或者说丁玲自己除此之外还有着其他难以明言的隐秘意图？弄清楚这些问题，显然需要借助于对这部作品实施"修辞行为""复杂性"的解读。联系我们在上一部分的分析，《太》的文本世界里是否也含有透漏其在自我"转换"中的"复杂性""欲望"？是否因为"身份意识"与"艺术意识"在未完成的夹缠中所导致的文本世界的更为复杂的"复杂性"？

丁玲说过："我在新解放的张家口，进入阔别多年的城市生活，还将去东北更大的城市。在我的感情上，忽然对我曾经有些熟悉、却又并不熟悉的老解放区的农村眷恋起来。我很想再返回去，同相处过八九年的农村人民再生活在一起，同一些'土包子'的干部再共同工作。我立刻请求参加晋察冀中央局组织的土改工作队，去怀来、涿鹿一带进行土改。这对我是一个新课

---

① 龚德明在其一系列有关丁玲研究的著述中涉及了这个问题。认为，这部作品写出了"作家自己发现的东西"，并且是一般人"没发现"或"发现不深的东西"，即"表现了一个时代最本质、最精粹的东西"。参见《文事谈旧》，中国电影出版社 2000 年版，第 92 页。

题。我走马观花地住过几个村子,最后在温泉屯住的久一些。说实在,我那时对工作很外行。要很快了解分析全村阶级情况,发动广大贫雇农、团结起来向地主阶级进行斗争,以及平分土地、支前参军等一系列工作,都有些束手无策。一个多月后,这年十一月初,我就全力投入了工作。"我的农村生活基础不厚,小说中的人物同我的关系也不算深。只是由于我同他们一起生活过,共同战斗过,我爱这群人,爱这段生活,我要把他们真实地留在纸上。"①虽然丁玲对作品写作动机与目的的自白,与"初版本"、"人文修改本"的"前言"多有不同,但"核心"部分始终如一②。作者在这里提醒我们几点:一是对城市和农村的两种态度——对城市的"寡情",对农村的"多情"。二是主动请求到农村参加土改,却只是"走马观花",没做多少具体实在的工作,仅仅只是一个旁观者。三是"我"虽然和农村干部关系"不算深",但"我"却"爱这群人""爱这段生活"。其实,我们在这里不难发现丁玲的"种种矛盾":在城市成名却厌恶城市,在农村"走马观花"却眷恋农村;作为女性的"知识分子",却对"土包子"有一种"知之不深"的"爱";主动请求工作却没做具体工作;"一个多月"的"旁观",却在"几个月之后"就对作品的写作"胸有成竹","现在只需一张桌子、一叠纸一支笔了"。我以为,这是一种独特的"焦虑"——混同着"冲动""欲望"的身份确认的焦虑。这一切显然与丁玲30年代前期的荣辱有关,尤其是与她在1942年前后延安的"起落"密切联系着。《三八节有感》《我在霞村的时候》《在医院中》等作品的发表及其给延安文坛带来的震撼,似乎是对丁玲作为"五四"产儿的又一次定影,而这样的"定影"在延安却未能给她带来好运。最高领袖在整风中对她的"网开一面",无疑使丁玲对自己确认"革命者"身份提供了可能——《田家霖》这部作品在其"转换"途中所受到的赞扬,在进一步增多上述"可能性"的同时,却也因它的"粗糙"而未能得到艺术上的认可。此种情形反倒强化了丁玲的焦虑。她迫切需要迅速找到自己真正感兴

① 丁玲:《太阳照在桑乾河上》(重印前言),人民文学出版社1999年版。
② 据金宏宇先生的仔细校勘认为,丁玲在俄译本前言《作者的话》里对作品主题题旨的设定,体现了作家思想的深刻性。参见《中国现代小说名著版本校评》,人民文学出版社2004年版,第225页。

趣的对象——能够激起自我的真诚、爱心和感性的对象。她期望能够通过对这样对象的描写与挖掘,达到一系列的目的:即迎合了区域政治的文化要求,又可以透漏与"自我"(城市)的"间离性",同时还可以让女性知识者的"感性"挥洒自如。所以说,此时此刻的创作对象的选择,隐含着丁玲全部的修辞预设。"怀来、涿鹿两县特别是温泉屯土改中活动着的人们",正是在丁玲急于"转换"的"焦虑"中扑进作家"走马观花"的视野。《太》中的人物群落配置和冲突设计,无疑先天性地具有了完成上述修辞预设的重要功能。

三

从人物配置上看,《太》明显把作品人物分为"外部的"(工作队、县区干部)和"内部的"(暖水屯的人们)两大类。我以为,这种划分既合事实,又是隐喻。土改的过程展开和目标实现,正是通过这一"主体"与"客体"位置的变化得以完成。正如土改工作队员杨亮离村时对张裕民他们所说:"依靠群众才有力量,群众没起来时想法启发他,群众起来时不要害怕,要牢牢站在里面领导,对敌人要坚决,对自己要团结,你们都很明白,就是要一个劲地干下去啊!"依据我们对作家修辞预设的分析,可以进一步把人物细分为如下几类:章品、杨亮、胡立功、老董等为一类,他们既是"政党意识"、"历史必然性"的承载者,又是"知识者"的"他者"和知识者自我改造的楷模。他们的功能在作品中是通过"他们"与"群众"主客体位置的互换加以实现的。文采单独为一类。他在作品中的修辞功能,直接指向"知识分子"与"政治"的关系范畴,其功能的实现是在与"章品们"和"张裕民们"的对比之中获得的——尤其是以章品、杨亮等为代表的一方。作为一个未被改造好的知识者,作品用单独一节对他的"文化身份"进行贬抑式定位:"据他向人说他是一个大学毕业生,或者更高一点,一个大学教授。是什么大学呢,那就不太清楚了,大约只有组织上才了解。当他作教育工作的时候,他表示他过去是一个学教育的;有一阵子他同一些作家来往:他爱谈文艺的各部门,好像都很精通;现在他是一个正正经经的学政治经济的,他曾经在一个大杂志上发表过一篇这类的论文"等等,作者使用静态叙述方式突出他

"华而不实、夸夸其谈"的性格特征。采用这种叙述,看得出作者是想竭力把自己与"文采"区分开来。文采对张裕民的"坏印象"、"六个钟头的会"、对章品的指示,文采"并不真正认为有多少价值,所以他就不会有足够的尊敬,更谈不到学习"。对文采的这些描写,表达着丁玲的复杂感情——文采显然不是党所期待的知识分子。也许正是在这个人物身上,寄托着丁玲决然与"旧我"(城市知识者)决裂的意指。文采的"自信"、"内在的傲慢"与华而不实的作风,恰恰是整风期间延安政权对包括丁玲在内的真正知识分子的通用指责。作品对章品、杨亮等人的赞美和对文采的否定,表达了处于"转换"之中的作家在自我身份确认方面的焦虑和急于表白的隐衷。文采的自我期许,反倒成了自我否定的理由。文采对自己"知识分子性"的持守,不但在一开始就遭到作家的否弃,而且还以他在工作中不断陷入尴尬而成为所有人嘲弄的话柄。我们还看到,就作品整体而言,章品在作品中并不仅仅只是作为文采的"他者",作家要赋予这一形象的功能远不止这些,也许我们把他视为一种先置的理念或某种圣洁的"信仰"更为合适。作品安排他正式亮相之前,首先出现在张裕民因为文采不信任而产生的思念里——《分歧》一章写道:"他想起县上的章品同志,那是一个非常容易接近的人,尤其是因为他是来开辟这个村子的,他了解全村的情况,对他也是完全相信的。"作品中章品的出场是从反面人物任国忠眼里看到的。"对面的田藤上走过来一个穿白衬衫的人,光着头,肩膀上搭着件蓝布上衣,裤脚管卷的很高,是刚刚打桑乾河那边涉水过来的。""在他年轻的面孔上总是泛着朝气的笑容,他那长眯眯的细眼,一点不使人感觉其小,直觉其聪颖、尖利。"作品在其后 42—47 共六章的描写中,读者不仅知道他的到来正是为解决暖水屯群众发动不起来的"危机",而他的一系列行为及其所产生的出人意料的结果,也形成了"文采"一类知识分子"精神猥琐"的直接参照。显然,作者有意对他进行了偶像化处理——"他做事非常明快","能迅速解决问题","他是很坚定的人,虽然他的坚决同他稚嫩的外形并不相调衬"。"他的老练和机警"也是别人深深钦服的:刚进村村干部张正国与他兄弟般的亲热,一路上不断围拢上来的各色群众,支部书记张裕民"你来得真好"的感叹以及章品在众人面前表现出来的并非有意的"豪爽""大气"等等,真是一派无所畏惧、稳操胜券的"领袖"风采！这与工作队长文采相比,简直是天差地别！暖水屯干部群众对章品的无限信任,使文采感到震惊。不过,作者在这里却让文采在震惊之余更加"消极"。当章品"果然一下就作了决定"、要召开"干部党员会"时,作品写道:"这个决定的确使文采扫兴,把他原有的一点自鸣得意全收敛了,静默地一言不发冷眼看着杨亮和胡立功的愉快,对章的年轻的武断,当然他就更觉得张裕民讨厌。"这种鲜明的对比,显然是作者有意为之。在章品面前,文采不但显得无用,甚至是猥琐与"卑劣"了。章品形象就在诸如"果断"、"老练"、"机警"、"明快"、"坚定"等等的修饰和众人的集体感佩之中,升腾为丁玲的崇拜、皈依对象。其实章品这个人物的内在含蕴可能具有着更为"深广"的意指。丁玲说过:"当时（写作此书时——笔者注）我总是想着毛主席,想着这本书是为他写的,我不愿辜负他对我的希望与鼓励。我总想着有一天我要把这本书呈现给毛主席看的。""我那时每每腰痛得支持不住,而还伏在桌上一个字一个字地写下去,像火线上的战士,喊着他的名字冲锋前进一样,就是为了报答他老人家,为着书中所写的那些人而坚持下去的。"如此,有关文采和章品的描写的修辞目的就很容易理解了——章品和文采,就是丁玲在充满焦虑的"转换"中所要皈依的"现在"和否定的"过去"。

如果说,《太》中人物群落中"外部的"人物分类是为了完成作家"转换"过程中价值选择合理性的修辞预设,那么,有关"内部的"的人物之间的差异设计,则是出于力图把"革命者"与"艺术家"加以完满融合的修辞指向。从人物的本质属性方面看,"内部的"即暖水屯群众在丁玲的叙事安排中被有意地分为"好人"与"坏人"两大类——不过,这是容易觉察的解放区叙事文学的"熟套子"。但是,这部作品之所以在同类作品中卓有特色,是与创作主体对这一格式化过程的"复杂性"预设有关。作品通过"反面人物"的不断"隐身"和"正面人物"的不断"成熟"实现了这一目标。对于像丁玲这样的知识分子身份的作家而言,当时的延安政治对其"革命者"身份的确认过程,体现为长期与民众结合并打成一片的主体实践性过程,尤其注重被改造主体在"疾风暴雨"中"脱胎换骨"式的自我扬弃实践。这一实践过程,既是创作主体确认"革命者"身份的必需的历练,也是知识者利用自身优势获取权力认同的最好方式。丁玲的"复杂性"在于,她既在理念上实现了自我的信仰转换,又时时警惕着早年创作中已遭遇过的"陷入光赤式的阱里去"的可能的"危机"。为此她选择了一条艰难的路——即,理念认同前提下对对象的自我化处理。《太》的"复杂性"的玄机也正在这里。"别致"的"修辞",是为了更"审美"地指向多重融合:自我与革命、革命者与艺术家、女性与男权、意识形态传播者与精神丰富性的追求者等等。

　　具体分析,"内部的"群体可作这样的类型划分:第一类为"反面人物",侯殿魁、江世荣、李子俊、钱文贵、张正典、任国忠等。第二类为"正面人物",张裕民、程仁、张正国、李昌、赵全功、赵得禄、董桂花、周月英、李宝堂、刘满、钱文虎、刘教员等皆可归入此类。第三类可谓之"间色人物",计有黑妮、顾涌、侯全忠、郭柏仁、王新田、钱文富等。我以为,作品的"复杂性"呈现,是由"反面人物"群体担当并完成的——顾涌的形象则更多地体现为土改政策的说明①。在这里我们会发现,作者实际是把"反面人物"实施了"等级"指派——侯殿魁虽是地主,但因已被打倒毫无力量,属于"死老虎";江世荣表面上依然为"一村之长",但他的权力在支部、武委会、农会、工会、妇联等多种机构的分割下已所剩无几,属于"摆设";胆小的李子俊只会"躲"与"逃";任国忠"与地主做朋友",属于趋炎附势之徒,不足为奇。张正典与钱文贵站在一起,不仅因为他们之间的翁婿关系,而是一个只会腐化的狗腿子罢了。钱文贵作为暖水屯"八大尖"的"头一尖",对所有人的震慑力是他的"赛诸葛"的"智慧"。这与赵树理笔下的阎恒元(《李有才板话》)颇多相似。丁玲显然与赵树理一样,注意到土改中农民与地主阶级之间的"智慧较量",并且作为一种重要的"修辞"贯穿全局。这些"反面人物"前台后台的分工以及渐次"暴露"的过程,既呈现了"复杂性",同时"复杂性"的完成又催生了"胜利来之不易"的主题,和对农民"翻心"与时代政治之间密切关系的认同。作家在构思、叙述过程中对暖水屯土改斗争"复杂性"的修辞安排与展开,其实是被主体意欲解除"焦虑"的三重企

---

　　①　历来学术界认为,《太》作的主题从"翻身"到"翻心",体现了丁玲在对作品进行修改过程中思想深化的印记。顾涌常是这一观点的重要注脚。

图所规约:既要逼近历史的真实、为政治的合理性提供依据,又要在对于知识分子真正出路的探讨中完成自我的全面蝉蜕,还应尽可能地展现女性之于艺术的感性的细腻。从作品叙述上看,钱文贵的"坏"读者一开始就知道了①。作品让钱文贵一直"隐身",既是考验当时的政权力量,又是为了完成村民仇恨从内到外的爆发,也是丁玲对土改生活大胆的"思想式"想象力的驰骋。②这样看来,其他几位地主在作家的修辞中只是为了顺向烘托钱文贵。钱文贵与钱文富、钱文虎之间的阶级分野,说明着对40年代解放区农村阶级对立的现实复杂性判断的正确性。钱文贵夫妇和张正典的关系与钱文贵夫妇对黑妮、儿媳(顾涌之女)的态度,二者之间的巨大差异,作家意在说明阶级的普遍性和伦理亲情的有限性——而这正是典型的"革命者"的修辞。丁玲的"转换"及其对"革命者"身份与"知识者"身份进行融合的努力,在这种修辞里得到了合适的体现。

丁玲自言她与《太》中的"正面人物"是"心连心"的。"这些人物却又扎根在我的心里,成为我心中的常常不能与我分开的人物。因此,我的书虽然写成了,这些人物却没有完结,仍要一同与我生活,他们要成长成熟,他们要同我以后的生活中相遇的人混合,成为另一些人。"可能如此,所以"我不愿把张裕民写成一无缺点的英雄,也不愿把程仁写成了不起的农会主席"。"但他们的确是在土改初期走在最前面的人,在那个时代实在是不可多得的人。"③面对"正面人物"可以选择两种修辞:一是把他们英雄化,一是把理想化渗透进真实性里。她选择了后者——我以为这种选择是有深意的。张裕民、程仁在某种意义上可以视为丁玲的对象化存在。张裕民最初给文采的印象是"他敞开的胸口和胸口上的毛,一股汗气扑过来,好像还混合着有酒味"。"他记得区委书记说过的,暖水屯的支部书记,在过去曾有一个短时期染有流氓习气。"此后,张裕民不仅出现在放荡寡妇白银儿的屋里看赌博,并被传与寡妇有染。所以文采对他的不信任是"事出有因"的。而作品却把

---

①　在版本比照中研究者发现,在后来的修改中,"倒是把他向阶级伦理意义上的更坏的方向推进了一步"。参见《中国现代小说名著版本校评》,人民文学出版社2004年版,第225页。

②　作者说过,钱文贵形象"是从我思想中来的。思想先决定了,然后才选定了他"。参见丁玲:《生活、思想与人物》,《人民文学》1955年第3期。

③　茅盾:《女作家丁玲》,《茅盾文艺评论集》,文化艺术出版社1981年版,第98页。

这种"对立"接入"本质"范畴——工农与知识分子的冲突中。随着文采知识分子"劣性"的不断呈现,从而在反向上烘托出张裕民"一个雇农出身诚实可靠而能干的干部"形象。如果联系到当年丁玲出狱后与冯雪峰相见的尴尬、初到延安时对工农干部"粗放"行为的有意模仿和她在延安整风中的奇特遭遇等,张裕民不是有着丁玲自己的影子吗?!章品之于张裕民的"知遇之恩"、张裕民在土改后期的被信任,显然是丁玲在自我定位中所渴望的理想境遇。程仁的"爱情曲折"无疑是整个作品最动人的篇章。程仁对黑妮的"深爱"以及"无以言说"的困顿,其实正与1942年以后丁玲急于向党表白的焦虑相一致。黑妮"她相信程仁不是一个没良心的人"。"但她并不知道程仁的确有了新的矛盾。""程仁现在既然做了农会主席,就不应该去娶他(钱文贵)的侄女。同她勾勾搭搭更不好。""其实这种有意的冷淡在他也很痛苦,也很内疚,觉得对不起人。"这不是《夜》中何华明与侯桂英情形的原样复现么?!我们要问的是,丁玲为何热衷于此类感情的描写?在我看来,仍是她的"身份焦虑"所致。"革命与恋爱"的矛盾冲突是丁玲所经历过的,也是她想深入却未及深入便不得不被迫中断的"创作"遗憾。《夜》中,作者把此类情形隐晦地处理为"工作与家庭"的对立,美丽的侯桂英只是一个让村干部何华明偶尔动心的"性骚扰"。而在阶级视野已经确立的《太》中,这种情形又不自觉地出现在程仁与黑妮的身上——这是颇有意味的。显然,作者是想让他们走向"大团圆"的。程仁与黑妮的相爱,并不是"性"的自然吸引,而是"缺亲少友""咱一个亲人也没有"的共同遭遇连接了他们的心灵。这就为他们的爱情设定了符合时代意识和道德规范的正当前提。① 也许是为了增加"曲折",作品有意让两人在"阶级分野"中暂时疏远。但众人眼里"她给人印象不坏"的判断,在修辞上显然是为了强调二人在本质上的一致性。这一强调,不但可以避免"革命加恋爱"叙事概念化的危险,也为他们最终走向结合找到了历史的必然性与逻辑。如果说这是"隐喻",那么,显然继续着作家在《三八节有感》里已经注意到的有关"知识女性"与"老干部"婚恋的沉重思考——只不过在这里加了一点"浪漫"

---

① 在初版本里,黑妮是钱文贵的"幼女",后来修改为"侄女"。

色彩而已。

在"间色人物"群落中,作者对顾涌的"厚爱"颇值得注意。《太》以顾涌开篇是相当独特的修辞选择。他的社会关系的复杂性在暖水屯实数独一无二——自己靠劳动挣得一份殷实家业,一群儿女都有不错的归宿。大女儿嫁给与自己门当户对的胡泰,二女儿又是暖水屯"实力派"人物钱文贵的儿媳,而这个女婿也早已是八路军的干部了。三儿子初中毕业,算得上村里屈指可数的文化人,并且还担任着村联会的副主任。二儿子也被动员参加了共产党的军队,政治成分亦是"抗属"。穷人李之祥的妹妹做了顾家的儿媳妇,儿媳妇的娘家嫂子董桂花还有个"妇女主任"头衔。处此位置的顾涌应当是左右逢源、进退自如才是。然而,作者却始终把顾涌及其一家人置于绵延不断的"恐慌"之中。连穷人董桂花也不免疑惑,"假如连顾涌家也被斗争,那不就闹到没安生的人了"。顾涌作为整个作品焦点的修辞指涉是明显的。我们可以觉察到,作品对顾涌家庭的关注,这一修辞既是为了考验工作队的政策水平,也是钱文贵"隐身"的一种方式。这里凸现了作家的想象能力——有意在"阶级视野"中把顾涌的身份设置为"暧昧不明",使之既可成为呈现农村土改"复杂性"的有效载体,也能够随时转换到丁玲言说自我身份确认焦虑的对象范畴之中。土改无疑是农村利益的重新分配,谁应当是被剥夺者或是获益者,这里面藏有微妙的"政治学"。把顾涌置于作品中心的叙事策略,体现了创作主体在多重表达意图影响下的修辞行为选择。顾涌身份的确认过程,既是真正的"敌人"被揭露的过程,也是张裕民他们"成熟"的步骤,更是工作队打开局面的标志。顾涌最后是"富农"还是"富裕中农"已不重要了,重要的是他已被确认为不是"敌人"。

四

在《太》中,女性群体也是值得我们格外关注的对象。就我们对作家的修辞预设分析而言,黑妮则显得特别重要。我认为,她的价值既不是为了反衬钱文贵的"智慧",也不应当仅仅视为程仁成长过程中的参照。她与作者有着非同寻常的关系——承载着丁玲在这部作品中"修辞行为"隐秘的复杂性。相比于黑妮,作品中的其他女性都是某种"符号"的表征。比如钱文贵老婆的愚蠢与恶毒、江世荣妻子的恶俗性、李宇俊老婆的心计与权变、寡妇白银儿的"混世"等等,都不免带有漫画意味。即使是那些被作者肯定的女性"正面人物",性格"单一性"也是他们的共性特征——董桂花的"成长"、周月英的"泼辣"、顾长生娘的"自私"。黑妮的"特殊性",一般看来更多地体现在她与钱文贵、程仁的关系方面。在钱与程本质对立范畴中,黑妮的"身份"是"暧昧不明"的。就作品整体而言,我以为有四种"眼光"投射在黑妮身上:钱文贵把她当作与土改抗衡的筹码;程仁的阶级意识使黑妮成了"革命的异类";众人眼里"她给人的印象不坏";第四种眼光则是丁玲的——黑妮是一个美丽可爱的"女性"。唯有"第四种眼光"才使黑妮超越了"被利用"的层面。作者充满着对黑妮的由衷的喜爱:"她很富于同情心,爱劳动,心地纯洁。""到小学校去念书,念了几年, 比哪个都念的好。回到家里还是常常出来玩,喜欢替旁人服务。""只要接触她两次后,就觉得她是个好姑娘。""她一年年长高,变成了美丽的少女。""从小就长得不错,有一对水汪汪的眼睛。"由于不明白程仁为什么疏远自己,"因此在这个本来是一个单纯的、好心肠的姑娘身上,涂了一层不调和的忧郁。"……作家似乎对这种静态的描写尚嫌不足,又常借"第三者"强化对黑妮的"好感"。董桂华"握住黑妮的手,她想起黑妮在识字班教书很热心,很负责,从来不要去找她,她常常很亲热地叫着她,她要有个病痛,她就来看她,替她烧米汤喝,又送过她颜料、花线、鞋面布,李昌也常说她好"。即使在"反面人物"李子俊老婆眼里,黑妮的美丽也是遮盖不住的。"她已经看见那个穿浅蓝布衫的黑妮……树林又像个大笼子似的罩在她周围,那些铺在她身后的果子,又像是繁密的星辰,鲜艳的星星不断地从她的手上,落在一个悬在枝头的篮子里。忽而她又缘着梯子滑下来,白色的长裤就更飘飘晃动。"

　　在这种种交叉目光里,黑妮的身份完成了定格,也实现了自己作为女性的完美。作品花费这么多篇幅对黑妮进行多侧面的细腻描绘,是极不寻常的——黑妮身上是否寄寓了丁玲自己情感的遭遇、曲折的身份确认过程及其自己被"革命"认同的解放感? 黑妮本身的"清白"与这一"清白"在特殊语境中发生的误解,恰恰构成了一种刻画人物形象的策略。丁玲以女性的眼光始终深情注视着黑妮,忘情地欣赏着这无论如何也遮掩不住的美。一面是毫无保留的赞美,一面却是不断滋生的误解———一切都缘于她的美丽和纯洁! 美是没有罪过的,而对美的一切误解、曲解、诽谤、利用才是真正的罪恶——这是丁玲想让读者意会到的形象的籍蕴。在黑妮的身上,显然接续着作家先前已于莎菲、贞贞、陆萍等人物形象身上倾注的对女性作为"完美"的深情表达。这种相当隐晦的表达里,依然有着丁玲在缓释自我由于多种人生曲折所形成的"压抑"与"反压抑"的精神主题。

文学"修辞现象"研究之三

——再读"十七年"抗战小说

在中国当代文学实际创作中,有关"革命历史"的战争描写一直持续不衰。中国现代历史过程中战争的民族性和阶级性的夹缠,不仅持续建构着中国现代政治二元对立的本体性,也是中国现代历史(与政治的、社会的、文化等方面相比较)最具神秘性、传奇性的丰富细节和复杂经络。革命、战争、历史,本是三个无法直接关联的各自独立的自由范畴,然而它们在中国当代文学叙事中不可分割的一体性状态,既说明着三者之间的相互依赖性,又是中国现代历史获得比中国以往所有历史都显得更为重要的身份指认和丰富宏伟的必要步骤。正如《三国演义》借助于战争演绎政治一样,中国当代大量关于战争的文学叙事,本意并不在于展示战争生活之于日常生活的众多特殊性,"历史本质论"刺激着并同时也制约着关于战争的描写与想象。面对这样的情形,真正要讨论的不是文学叙事中的战争与真正的战争历史之间的真伪及其关系,而是昔日的战争是如何走进新的历史之中,它为新的历史的正典化做出哪些真正有效的努力。"革命"视野中的战争和战争视野里的"革命",是我们思考此类文学创作的两个有所交叉但却各自别有意味的视点。我以为,这其实形成了中国当代文学有关现代战争描写的两个互为衔接的阶段。前者要解决的是如何描写战争,即对创作发挥关键作用的是关于战争性质的认识。为谁而战、谁在战等等问题在文学创作的实际操作中总是与文学所要描写的战争主体、战争目的相关。这里既隐含了对于战争性质的辨别，又规范了对战争主体进行描写的可能性向度。"民族解放战争"、"革命战争"、"人民解放战争"等等提法，便包含了对上述问题的多重提示。毛泽东在《讲话》中所强调的"我们是无产阶级的革命的功利主义者"的身份要求和对革命功利性"一元论"的确认，已经"摆好了"一切文艺在"革命"序列中的位置。① 革命视野中，战争的工具性、客体性被强化，战争被赋予"革命"性质的过程，正是革命改造战争、重述战争、战争与革命相黏结的过程。在这里，"革命"的激进定义和特指范畴，不仅成为被叙述的战争中人的精神得以提升至崇高境界的坚实台阶，也成为把战争的种种残酷赋予正当理由从而变为读者可以接受的传奇与向往。战争视野中的"革命"，作为战争文学叙事的第二阶段，已是审美在第一阶段基础上继续前行的必然要求。虽然战争视野中的"革命"凸现，常常是通过共产党的领导和对战争主体的阶级性强调等修辞得以实现的，但革命对于战争的改造，却完整体现了对文学创作中所有要素的重新组合及赋予其新功能的叙事意图。这种革命对于战争的改造，并不完全导向对于战争丰富性描写的限制，而是促进了在合法性范畴里文学对于战争想象更为浪漫的张扬。

一、1957 年前后文学叙事的差异

抗战小说创作正是经历了这样一个过程。当然，这个过程又必须是一个"审美化"的过程——尽管这样的"审美化"由于有了各种各样非审美因素的多方干扰而显得颇多曲折与尴尬。纵观中国当代文学"十七年"时期的抗战小说历程，以 1957 年为界大致可以划分为前后两个面目不同的阶段。这两个阶段的不同，恰恰体现为上述"革命的战争叙述"与"战争的革命叙述"的差异。这种差异，是后者构成对前者的"超越"、"进步"。一次文代会之后的中国大陆文艺界，艺术创作界充满了对于"新的人民的文

---

① 《延安文艺丛书·文艺理论卷》第一卷，湖南人民出版社 1984 年版，第 17 页。

艺"① 积极探索的风气,即如何表现革命及其怎样的艺术表达才是革命所真正需要的样态。在由"国统区"和"解放区"两支队伍构成的新中国文艺创作队伍中,能够以鲜明的革命创作成果来回答这一问题的并不多见。一次文代会上周扬在报告中的激昂呼吁至多解决了"新的人民的文艺"的对象问题,并没有解决"如何写"的问题。即使是 20 世纪 30 年代的左翼文学以及解放区文学中革命叙述所形成的传统,在新的时代语境中已被觉察出越来越多的缺陷从而丧失了效仿价值。② 所以才有了 1949 年《文汇报》关于小资产阶级可不可描写、可不可做主人公的讨论,以及关于电影《武训传》、小说《关连长》、《我们夫妇之间》、《战斗到明天》等等不少作品的批判式讨论。这种如何描写革命的普遍性迷惘,在 1949 至 1956 年间的抗战小说创作中有着不同于其他题材的别致呈现。1957 年之前,直接描写抗日战争的中长篇作品不到 20 部。主要作品如下表:

作　者	作品名称	初版时间	说　明
王林	《腹地》	1949 年 9 月	据作者言,此书初写于 1942 年 10 月—1943 年 4 月
袁静、孔厥	《新儿女英雄传》	1949 年 5 月	此书最初连载于《人民日报》
马烽、西戎	《吕梁英雄传》	1949 年 10 月	最早在《晋绥日报》上连载
徐光耀	《平原烈火》	1951 年	
孙犁	《风云初记》	1951 年	第 1 版和第 2 版分别于 1951、1953 年出版
哈华	《浅野三郎》	1951 年	
白朗	《战斗到明天》	1951 年	其中的一章曾在《人民文学》先期发表
知侠	《铁道游击队》	1954 年	
李英儒	《战斗在滹沱河上》	1954 年 1 月	
周而复	《山谷里的春天》	1955 年	
张雷	《变天记》	1955 年 4 月	
俞林	《人民在战斗》	1956 年 4 月	

注:图表中所列作品,参考了许明春的资料。

---

①　周扬:《新的人民的文艺——在中华全国文学艺术工作者代表大会上关于解放区文艺运动的报告》,《文学运动史料选》第五册,上海教育出版社 1979 年版,第 683 页。

②　参见竹可羽:《评〈邪不压正〉和〈传家宝〉》,《人民日报》1950 年 1 月 25 日。

　　这些作品比之 1957 年之后出版的同类题材小说创作,人的复杂性得到了更多的关注。1957 年之后的抗战小说,其战争叙述在被革命改造过程中,逐步形成了以强化人物群落的阶级分野、凸显主要人物的阶级意识、建构以阶级斗争带起民族斗争(抗日战争)的冲突模式等为主要内容的修辞策略。例如 1949 年出版的长篇小说《腹地》,其中的人物形象塑造很是耐人寻味。作为抗战时期的党员村长范世荣,作品着重刻画了这一人物的复杂性。与1957 年以后出现的抗日人物形象相比较,差异十分明显——既不是投敌变节分子,又难以归入"反面"人物群落,同时也不是如《烈火金刚》中在抗日政府胁迫下违心从事抗日的周大拿之类的"准反面"人物。其复杂性表现为在特定历史时期人的现实行为与精神皈依的分裂。

　　1957 之后这种情况发生了很大变化。"革命"的战争叙述逐步生长为一种新的主导类型。在 1957 年之后大量出现的抗战小说文本中,属于战争本身的内容并没有减少或被弱化,甚至在曲折性、艰险性和残酷性等方面比之前期的许多作品都有了不同程度的强化。例如,同样是以 1942 年冀中"五一"大扫荡为背景的作品,1958 年年底问世的《敌后武工队》,比之于《腹地》(1949)、《平原烈火》(1951)、《战斗在滹沱河上》(1954)等,前者有关战斗的"精彩性"无疑大大超过了后者。对敌斗争的"精彩性",实际上在一种被改造的新的叙事结构中起到了对抗日英雄的"阶级属性"的强化功能,即主要描写我们党和我们的武装斗争"怎样满足了他们(农民——引者注)的民主要求,以及抗日和民主的关系"。武工队员清一色的"八路军"精英身份、主要人物精神结构的党性化、党的领导在关键时刻发挥的关键作用、地方党组织所领导的广大有觉悟的群众对于武工队的全力支持等等,这些在战争叙事实际进程中常常发挥了主要作用的因素,不仅呈现了"革命的战争叙事"与"战争的革命叙事"之间不同的审美面貌,而且形成了新的叙事结构,从而保证了所有的精彩细节汇集于共同的意识形态叙事目标。作为"革命的战争叙事"成熟形态的《敌后武工队》,在整体的叙事结构上采用了意识形态的"历史本质"意义逻辑,正像陈涌早在对《新儿女英雄传》的评价时就特别指出的:"只有这样的长篇小说,才能教给我们以比较完整的现实的或历史的知识,才能完整地反映社会发展的规律或者现实中间一个运动的规律。"① 这个规律就是"从失败走向胜利""从胜利走向更大的胜利"。《敌后武工队》全书50余万字,共27章100余节。按照上述意义逻辑范畴的叙事结构,文本鲜明地可分割为四个相互关联的叙事意义单元:第1单元"初试锋芒"。包括1至5章;第2单元"扩大战果",涵括第6至第12章的内容;第3单元"遭遇挫折",从第13章到第21章的内容指向这方面;第4单元"迎来胜利",包括第23章到第27章的内容。

二、"爱情"功能的变化

"爱情"功能的变化,是战争叙事中呈现"革命"的一种重要方式。在1957年之前的抗战小说中,"爱情叙事"不但普遍存在,而且它在整个文本的叙事构成中显得相当重要——有的作品把爱情设置为一条贯穿全局的主线;有的则把它处理为具有独立性的叙事,成为作品最丰富多彩的一部分。有意思的是,几乎所有涉及爱情描写的小说作品,其男女人物总有一方是作为作品的主要人物活动在叙述世界里,《新儿女英雄传》是早期的代表作。《新儿女英雄传》在内容上已接近"庸俗化了"②,这种论调恰恰从反面说明,日益被要求革命化的战争叙事中"爱情"的不可或缺但处境却异常尴尬。当战争在作家笔下被作为一种真实的且特殊的生活加以表现时,爱情就成为它不可或缺的部分。其实对于"革命"和"爱情"来说,战争很容易被处理为一种氛围或一种只可能发挥衬托作用的淡远背景。生成于自然人性范畴的爱情生活,一旦以伦常日用化状态进入战争叙事,极有可能对战争的革命性本质构成消解性威胁——这当然是建国后日益激进的时代审美理性所高度警觉的。在"革命"的视野里,战争中的一切都迫切地需要改造而不是简单地摒除,即使是20世纪50年代最激进的艺术观念,也不可能理直气壮地要求在战争叙事中滤掉所有的爱情笔墨。为此,把爱情纳入"革命性"范畴,使它不仅服务于战争,更重要的是能够服务于"革命"(阶级)的战争。

---

① 《孔厥的创作道路》,《人民文学》1949年创刊号。
② 同上。

为了达到这一目的,这一时期抗战小说普遍采用了在整体叙事结构中把爱情描写挪向并确定于客体站位,彻底解除因爱情叙事的主体性所产生的威胁。这种策略的逐步普遍化,可能是 1957 年之后众多抗战小说中爱情描写依然存在的重要原因。

1957 年以后,抗战小说中的爱情描写变化首先体现为爱情主体的重新定位,作者必须要预先正确思考爱情可能发生的人的具体范畴和谁有资格获得爱情等等方面的问题。几乎所有的爱情只是发生在主要英雄人物身上——这可以被视为 1957 年之后抗战小说在走向革命的战争叙事过程中的一个重要策略选择。写战争中的爱情,既是基于对历史真实的尊重,也是战争中"人性"的重要维度。作为宏大战争叙事中的"爱情叙事",应当视为是它的有机部分而且是最自然的部分。爱情的产生是吸引也是选择,"十七年"抗战叙事有意强化了战争语境中"革命爱情"发生发展的特殊性——比如对爱的理解、选择的标准、获得爱情的条件、爱情表达的方式、爱情深化的方式等等。在我看来,"两情相悦"、"志同道合"和"危难见真情",应当是人类爱情发生的三种基本方式,"情"与"理"总是在这些模式中发挥着不同的作用——取决于环境的不同。战争大叙事中的爱情则更多地倾向于后两种。据我的阅读和考察,"十七年"革命战争叙事中的爱情总是由"危难见真情"过渡到"志同道合",并在这一过程中爱情得到升华。

我们以《敌后武工队》中主人公魏强与汪霞的爱情为例加以说明。他们是从不相识、相识走向爱情的。他们爱情的初步明朗化是在第 16 章。只有和工作结合在一起,爱情的言说不但拥有了自由,也拥有了坦然。在这样的语境中,"爱情"被有意处理为一种可以借用任何外在加以替代的存在,"爱情"亦被融化在所有看似与爱情无关的欢愉里面。因为有了两人可以意会的爱情语境,所以,一切言说都会直接指向爱情,并最终在爱情与革命的融汇的新的范畴中获得意义。这也是"十七年"此类创作甚至包括所有爱情描写采用的基本修辞方式。

其实,从"志同道合"、"危难见真情"到"两情相悦",这一与传统爱情生成方式存有极大差异的爱情发展过程,呈现着爱情从自然人性范畴走向革命范畴的意义崇高化的过程。在这一过程中充满了"革命"对于爱情的期待、改造和作为审美因素在创建新的叙事结构与程式中的监管作用及其策略调整。正是在这样的情势下，"革命的战争叙事"中的"爱情"笔墨，其"情"的相悦是有前提的，这个前提就是爱情主体在本质上的同一。很明显，在越来越激进化和纯粹化的时代语境里，认定爱情主体本质统一的范畴虽然有一个从民族斗争范畴向阶级范畴的推移过程，但爱情的成功则必须仰赖于主体阶级性同一的完成状态，并进一步导向把伦理范畴的道德崇尚和现代阶级意识形态皈依加以完美结合的高度统一——而且，这种同一表现得越简单越好。在众多"革命的战争叙事"之中，爱情往往发生在主要人物身上——这是个共同的、有意味的现象。一方面，是因为主要人物被充分描写的过程能够为身份暧昧的爱情生活展示提供尽可能多的空间，另一方面则是应然的英雄价值的额外体现。

过去，我们一般认为，这只是战争叙事中可以进一步烘托英雄价值的并不重要的点缀，其作用大约仅仅只是起到一些增加英雄的生活气息或平凡色彩的作用——显然，这是一种肤浅的认识。阶级的英雄，其本质的意识形态属性，单单只是从政治范畴加以表现是很容易走向虚假的，难以完成人物真实性的预设。更多的时候，英雄的合法性需仰赖于叙事在大量细部对于真实性的强化，其教化作用也只有在读者对英雄行为的完全认同与无意识追捧中才可以实现。我们知道，"十七年"中每一部作品出现后所引发的讨论，争论的歧义多半是因为各人对英雄真实性理解不同所致，潜含着是否"合理"、"合法"、"合情"的不懈追问。这里需要注意"情""理"的不同所指，软性的"情"，总是与民族民间在长期历史中形成的习惯性价值判断有关，它是稳定的，具有恒常性。"理"是变数，它在任何时代都是"权势"的姻亲，并且总是在与权力相关的范畴里才可能获得有效地解释。使英雄最大限度地在情理两个范畴里获得认同，不仅是社会政治伦理秩序建设的需要，也可以最有效地不断稳定英雄最终获取意义的生活基础。

当然，认为这样的描写更有助于在英雄人物刻画过程中人性维度的伸张，我看这也不免肤浅。其实，这是公共视野中高贵者理应得到的报偿。这里既需要防止对此类女性人物理解的偏差——也许人们可以从女性主义视角发现其中"男性叙事"的霸权性，继而质疑"女性"之于英雄是否具有了礼物的性质？只要我们认真地阅读作品就不难体会到,在众多的此类叙事作品中,女性的爱情选择不仅始终是自由的,而更为重要的是,她们在英雄那里获得了平等的爱。爱英雄的女性是无可指责的,虽然每个时代的英雄有别。但只要是英雄,他们就可能比一般人更容易获得女性的青睐,成全他们的总是有着众多民众的支持,这种来自大多数人的支持是至关重要的。我们似乎没有太多的理由把这种情形仅仅理解为只是叙事者的一厢情愿,或者属于有着明确政治意图的修辞策略。应当说,它体现了对正义、善良、美好以及与伦理信念等相关联的种种义举的承诺。他们的爱并非无缘无故或外在强加,而是被描写出和普通人一样的恋情生成过程。生死考验下的男女,对生命过程一切的理解所具有的独特性,是常人所难以理喻的,也自然是值得我们品味、深思的。无疑,战争使生命变得简单,这是战争叙事中男女爱情油然生成的关键。那种以和平时期的花前月下、缠绵悱恻模样来推测这一存在的复杂性,只能离真实愈远。

作品的第25章写到了这样的情节:汪霞被捕后关进日军大牢,各种酷刑考验着她。作品除叙写她与魏强的爱情给她的鼓舞之外,还饶有兴味地引入了叛徒马鸣:企图"以情动人"的马鸣,却以其心态的猥琐下流,形成对汪、魏精神的有力反衬。作品对马鸣的刻画当然是有着时代印记的——不乏漫画式的丑化。作品在刻画马鸣时有这样一些具体的细节和描写:"一幅吊死鬼的面影。""一个榔子头、瓦渣脸,两道稍低垂的麻刷子般的眉毛,让她一见就讨厌的脸型。"这显然是从汪霞的视点来看的。其实,大牢中汪霞对前来劝降的马鸣的厌恶,表面上是女性视角的反应,而内在地决定其情感态度的是女主人公对马鸣叛徒身份的阶级义愤和传统道德范畴中操行的蔑视。汪霞面对马鸣欲行"流氓"举止的拼死抵抗,所捍卫的是阶级、道德和女性的三重尊严,由此形成的"身体"与"精神"的完美,蕴含着对叙事世界中主要英雄人物意义完整性的强大建构功能。这种的"考验",是十七年的"革命叙事"(包括历史叙事和现实叙事)关于英雄刻画的常见笔墨。不过,出现在汪霞这里应当说有着不同的意味。这种酷刑中的坚贞,并非指向对于汪霞英雄性的刻画,或者说不仅仅如此。作为英雄的爱情对象,她不只是性别符号,更有着衬托英雄的职责。当她一旦和英雄发生关联,尤其是进入男情女愿的恋爱过程,女人的美是不能受到伤害的,她应当更美,也必须走向完美。同样作为战争主体的汪霞,其"完美性"仅靠"女性"是无法完成的。两性共有的"无性化"的性格特性,她也应当或尽可能地以女性状态予以体现,诸如勇敢、机智、沉着冷静、坚贞不屈、慷慨赴义、临危不惧、视死如归等等。只有如此,一方面她才配拥有英雄,另方面为英雄生命的完美提供理由。她在证明自己价值的同时,也为英雄向自己倾倒提供条件。在这里,肉身的分享是以彼此的精神层次和价值等量化作为前提的。反之,如果站在英雄面前的是颇有瑕疵的女性,英雄的选择将是艰难的:选择了,意味着自身的不完美,可能在后续的叙事中被矮化;放弃,则必须有助于英雄自身道德的崇高。为此,诸多作品中对英雄配偶的描写,必然地走向"浪漫主义"。

战争叙事中的"革命"表达,是在被多种叙事因素融合而成的新型叙事机制整体中完成的,就《敌后武工队》而言,中国文学已经形成传统的"斗争叙事"、"智慧叙事"、"转变叙事"、"成长叙事"、"爱情叙事"等方面,都有着鲜明的体现。

后　记

收入本书的论文,全部已先行在有关刊物发表。研究内容可分为四个方面:

中国当代文学史学科相关问题研究。中国当代文学在90年代研究的勃兴,使得这一领域的"史性研究"凸显为一个重要的学术话题和学科问题。本人在给硕士、博士生开设"学科史与方法论"的基础上,对此系列问题展开了持久且较为深入的研究,并获得教育部和国家社科课题立项。所发表的二十多篇相关论文,集中讨论了"中国当代文学学科史"的"发生发展"、"经典认知"、"文学史叙述"和"方法更移"等重要问题,在学界产生良好影响,论文多被转载。

赵树理与"山药蛋派"研究。笔者从80年代初进入高校任教以来,一直关注、跟踪国内外赵树理及其"山药蛋派"的学术进展,同时逐步拓展自己的研究,所提出的"赵树理与现代农民文化变迁"的关系、"山药蛋派审美"的特征描述、赵树理的"知识分子"意义、赵树理"文学修辞行为"的独特性、赵树理与革命现实主义文学的差异性、赵树理所接受的中国古代士人阶层的"中间人意识"与其政治选择的复杂关系等等观点,被学术界认为直接推进了赵树理研究的深化。截至目前,笔者已发表与之相关的论文五十余篇,出版学术论著两部。论文多被转载,引起学术界广泛关注。

文学思潮及"理论"与"关系"研究。笔者在这方面的研究主要从以下几个方面展开：深入辨析了文学思潮的学科属性、对象属性和方法论属性及其问题领域和价值意义；集中讨论了文学思潮的概念历史和命名思维，文学思潮的对象复杂性与方法的具体适用性，文学思潮的特性和文学思潮的功能与影响等理论问题。深入阐释了文学思潮与创作思潮、创作方法、文学流派、文学运动、文学风格及其文学时期的复杂关系。在把文学思潮语境化的基础上，运用文学思潮的研究方法，有选择地重点考察了中国现当代文学中的若干重要现象。笔者关于上述问题的系列学术论文，具有前沿性和创新性，多被转载，在学界产生影响。

　　文学“修辞行为”与“修辞现象”研究。这个方面的系列论文，主要借鉴西方现代和后现代修辞学理论，对中国现当代文学史上的若干重要现象和重要作家的“修辞行为”进行细部剖析，试图还原风格与语境的相互制约关系，为作家创新能力的评价提供一种新的尝试。系列论文中的一篇，被美国哈佛大学编辑出版的《华文精撷》所转载，并被中国作家协会评为 2002 年度优秀论文。

席　扬

2014 年 2 月